ଧୂସର ଶୈଶବ

ଧୂସର ଶୈଶବ

ମୂଳ ହିନ୍ଦୀ :
ଗୋବିନ୍ଦ ମିଶ୍ର

ଓଡ଼ିଆ ଅନୁବାଦ :
ନୀହାରିକା ମଲ୍ଲିକ

ବ୍ଲାକ୍ ଇଗଲ୍ ବୁକ୍ସ
ଭୁବନେଶ୍ୱର, ଓଡ଼ିଶା
BLACK EAGLE BOOKS
Dublin, USA

ଧୂସର ଶୈଶବ / ମୂଳ ହିନ୍ଦୀ : ଗୋବିନ୍ଦ ମିଶ୍ର

ଓଡ଼ିଆ ଅନୁବାଦ : ନୀହାରିକା ମଲ୍ଲିକ

ବ୍ଲାକ୍ ଇଗଲ୍ ବୁକ୍ସ : ଭୁବନେଶ୍ୱର, ଓଡ଼ିଶା ● ଡବ୍ଲିନ୍, ଯୁକ୍ତରାଷ୍ଟ୍ର ଆମେରିକା

 BLACK EAGLE BOOKS

USA address:
7464 Wisdom Lane
Dublin, OH 43016

India address:
E/312, Trident Galaxy, Kalinga Nagar,
Bhubaneswar-751003, Odisha, India

E-mail: info@blackeaglebooks.org
Website: www.blackeaglebooks.org

First International Edition Published by
BLACK EAGLE BOOKS, 2023

DHUSARA SAISABA
by **Govind Mishra**
Translated by **Niharika Mallick**

Original Copyright © **Govind Mishra**
Translation Copyright © **Niharika Mallick**

Cover & Interior Design: Ezy's Publication

ISBN- 978-1-64560-367-2 (Paperback)

Printed in the United States of America

ଉତ୍ସର୍ଗ

ଜୀବନକୁ ଧୂଳି ତଳେ ରୁନ୍ଧି ହେବାକୁ ନ ଦେଇ ପଲ୍ଲବି ଉଠିବାର
ସ୍ୱପ୍ନ ଦେଖୁଥିବା ଅଗଣିତ ଆଖି ଓ ଆତ୍ମ ସମ୍ମାନର ସହ ଜୀଇଁବାକୁ
ପ୍ରେରଣା ଦେଉଥିବା ପ୍ରେମପ୍ରକାଶମାନଙ୍କୁ...

ନୀହାରିକା

ଉପକ୍ରମଣିକା

ଗୋବିନ୍ଦ ମିଶ୍ର କେବଳ ଆଧୁନିକ ହିନ୍ଦୀ ସାହିତ୍ୟର ନୁହନ୍ତି, ସମସାମୟିକ ଭାରତୀୟ ସାହିତ୍ୟର ଏକ ମୁର୍ଦ୍ଧନ୍ୟ ଓ ବଳିଷ୍ଠ ସ୍ୱର। ଦୀର୍ଘ ଛଅ ଦଶନ୍ଧିରୁ ଅଧିକ କାଳ ଧରି ସେ ସାହିତ୍ୟ ସାଧନାରେ ନିମଗ୍ନ। ଉଚ୍ଚ ପ୍ରଶାସନିକ ପଦପଦବୀରେ ରହିସୁଦ୍ଧା ଚିନ୍ତା ଓ ଚେତନାରେ ସେ ସଦାବେଳେ ମାଟିମନସ୍କ ଓ ସାମାଜିକ ସତ୍ୟାନୁସନ୍ଧାନୀ। ତାହା ତାଙ୍କର ଗଳ୍ପ ଓ ଉପନ୍ୟାସ ଉଭୟରେ ବାରମ୍ବାର ପାଠକମାନେ ଦେଖିବାକୁ ପାଇଥାନ୍ତି।୧୯୬୦ ଦଶକ ବେଳକୁ ହିନ୍ଦୀ ସାହିତ୍ୟରେ ଯେଉଁ ନୂଆ ପରୀକ୍ଷାନିରୀକ୍ଷା ଆରମ୍ଭ ହୋଇଥିଲା, ସେଥିରେ ପରମ୍ପରାବାଦୀଙ୍କ ବିରୁଦ୍ଧରେ 'ନୟୀ କହାନୀ' ଆନ୍ଦୋଳନର ପ୍ରବକ୍ତାମାନେ ଦୃଢ଼ ସ୍ୱର ଉତ୍ତୋଳନ କରିଥିଲେ। ସେମାନେ ଯେଉଁ ସତ୍ୟକୁ ସାମ୍ନାକୁ ଆଣିବାକୁ ଚାହୁଁଥିଲେ, ତାହା ହେଲା ପରିବର୍ତ୍ତିତ ସମାଜର ମୁଖାହୀନ ଚେହେରା ଓ ସେଥିରେ ପେଶି ହୋଇଯାଉଥିବା ବ୍ୟକ୍ତି ସତ୍ତା। ପୁରୁଣା ଢାଞ୍ଚାରେ ସେ ସତ୍ୟକୁ ବଖାଣିବାକୁ ସେମାନେ ପ୍ରସ୍ତୁତ ନଥିଲେ। ଗୋବିନ୍ଦ ମିଶ୍ର 'ନୟୀ କହାନୀ' ଆନ୍ଦୋଳନର ପ୍ରଗଳ୍ଭ ପ୍ରବକ୍ତା ନଥିଲେ ସୁଦ୍ଧା ତାଙ୍କ ଲେଖନୀ ସେଇ ଆଡ଼କୁ ସମ୍ପୂର୍ଣ୍ଣ ରୂପେ ଢଳିଥିଲା। ସେ ସ୍ୱର ନୁହେଁ, ସ୍ୱାକ୍ଷରରେ ତାହା ପ୍ରମାଣିତ କରି ନିଜ ପାଇଁ ଆଧୁନିକ ହିନ୍ଦୀ ଗଦ୍ୟ ସାହିତ୍ୟରେ ଏକ ସ୍ୱତନ୍ତ୍ର ସ୍ଥାନ ସୃଷ୍ଟି କରିଥିଲେ। ନିର୍ମଲ ବର୍ମା ହୁଅନ୍ତୁ କି ରାଜେନ୍ଦ୍ର ଯାଦବ ଅଥବା ଭୀଷ୍ମ ସାହାନୀଙ୍କ ପରି ସେ ପାଶ୍ଚାତ୍ୟ ସାହିତ୍ୟର ପ୍ରତ୍ୟକ୍ଷ ପ୍ରଭାବରେ ଆସି ନଥିଲେ। ବରଂ ନିଜ ଭିତରୁ ଓ ଭାରତୀୟ ସମାଜରୁ ସେ ଆଧୁନିକତାର ସନ୍ଧାନ କରିଥିଲେ। ପରିବର୍ତ୍ତିତ ସାମାଜିକ ଚିତ୍ର ଶ୍ରୀ ମିଶ୍ରଙ୍କ ଗଳ୍ପ ଉପନ୍ୟାସରେ ପ୍ରତିବିମ୍ବିତ ହୋଇଥିବା ଯେକୌଣସି ପାଠକ ସହଜରେ ଅନୁମାନ କରିପାରିବେ। ତାହା ଆଲୋଚିତ ଉପନ୍ୟାସରେ ହୋଇଥାଉ ଅଥବା 'ନୟେ ଶିରେ ସେ', 'ଧାର କେ ବିପରୀତ', 'ୱହ ଅପନା ଚେହେରା', 'ଶାମ୍ କୀ ଝିଲମିଲ୍',

'ପାଞ୍ଚ ଆଁଗନ୍‌ୱାଲା ଘର୍', 'କୋହରେ ମେଁ କୈଦ୍ ରଙ୍ଗ' ଆଦିରେ। ପ୍ରତ୍ୟେକ ଉପନ୍ୟାସରେ ଶ୍ରୀ ମିଶ୍ର କିଛି ନୂଆ ପରୀକ୍ଷାନିରୀକ୍ଷା କରିଛନ୍ତି। ତାହା ତାଙ୍କ ଭାଷା, ଭାବ, ଶୈଳୀ, କଥାବସ୍ତୁରେ ସୁସ୍ପଷ୍ଟ। ଏହା କେବଳ ପାଠକମାନଙ୍କୁ ଅଧିକ ଆନନ୍ଦ ଦେଇନାହିଁ ଆଲୋଚକ ସମାଲୋଚକମାନେ ସୁଦ୍ଧା ଉପନ୍ୟାସକାରଙ୍କ ଚିନ୍ତା, ଚେତନା ଓ ରଚନାକୁ ଉଚ୍ଚ ପ୍ରଶଂସା କରିଛନ୍ତି। ଅଜସ୍ର ପାଠକୀୟ ଶ୍ରଦ୍ଧା ସହ ଅନେକ ପୁରସ୍କାର ଓ ସମ୍ମାନର ଅଧିକାରୀ ମଧ୍ୟ ହୋଇଛନ୍ତି।

ଆଲୋଚିତ ଉପନ୍ୟାସ 'ଧୂଲ୍ ପୌଧୋଁ ପର' ସମ୍ପୂର୍ଣ୍ଣ ରୂପେ ଏକ ପରୀକ୍ଷାନିରୀକ୍ଷାଧର୍ମୀ ସାମାଜିକ- ମନସ୍ତାତ୍ତ୍ୱିକ ଉପନ୍ୟାସ ଯେଉଁଥିରେ ଜଣେ ନାରୀର ଏକକ ସଂଗ୍ରାମକୁ ଅତି ନିଖୁଣ ଭାବେ ଚିତ୍ରିତ କରାଯାଇଛି। ନିଜ ସହ ଜଣେ ସଂଘର୍ଷ କରୁଥିବା ନାରୀ ନିଜ ପରିବାର ଓ ସମାଜ ସହ ଯେତେବେଳେ ସାମ୍‌ନା କରେ, ସେ ସଂଘର୍ଷ କରେ, ତା'ସହିତ କେହି ସହଯୋଦ୍ଧା ନଥାନ୍ତି। ଏପରିକି ସମୟ ମଧ୍ୟ ହାତ ଛାଡ଼ିଦିଏ। ସ୍ଥାନ, କାଳ ଓ ପାତ୍ର ଏକ ଚକ୍ରବ୍ୟୂହ ରଚନା କରନ୍ତି ଓ ନିଷ୍ପାପ ଅଭିମନ୍ୟୁଟି ଯୁଦ୍ଧ କରିଚାଲେ। କିନ୍ତୁ ଏ ଯୁଦ୍ଧରେ ଅଭିମନ୍ୟୁ ସପ୍ତରଥୀଙ୍କ ଦ୍ୱାରା ନିପାତ ହୁଏନାହିଁ। ବରଂ ସେ ସମୟ ଓ ସମାଜ ନିକଟରେ ନିଜର ଯଥାର୍ଥ୍ୟ ପ୍ରତିପାଦନ କରେ। ସବୁ ସିଦ୍ଧି ପାଇଁ ଯେପରି ସାଧନା କରିବାକୁ ପଡ଼ିଥାଏ, ସ୍ୱାର୍ଥକୁ ଜଳାଞ୍ଜଳି ଦେବାକୁ ପଡ଼ିଥାଏ ତାହା ହିଁ ଘଟିଛି ଏ ଉପନ୍ୟାସର ନାରୀଟି କ୍ଷେତ୍ରରେ। ସେ ପ୍ରମାଣିତ କରିଛି, ସେ ଅବଳା ନୁହେଁ, ତା'ର ମଧ୍ୟ ପ୍ରତିବାଦ କରିବାର ଅଧିକାର ଅଛି। ସେଇ ଅଧିକାର ବଳରେ ସେ ପରିବାରକୁ, ସମାଜକୁ ବଦଳାଇଛି। ବଦଳାଇ ଦେଇଛି ନାରୀ- ପୁରୁଷ ମଧ୍ୟରେ ଥିବା ପାରମ୍ପରିକ ସମ୍ପର୍କ ଓ ସଂଜ୍ଞାକୁ। ଶିକ୍ଷା ଠାରୁ ଆରମ୍ଭ କରି ସାମାଜିକ ସଂସ୍କାରରେ ଥିବା କଲ୍ମଷକୁ।

ଅନୁବାଦିକା ଶ୍ରୀମତୀ ନୀହାରିକା ମଲ୍ଲିକ ହିନ୍ଦୀରୁ ଏହି ଉପନ୍ୟାସକୁ ଓଡ଼ିଆରେ ରୂପାନ୍ତରଣ କରିବାରେ ଯେଉଁ ଶ୍ରମ ସ୍ୱୀକାର କରିଛନ୍ତି ତାହା ଅଭିନନ୍ଦନୀୟ। କାରଣ, ମୂଳ ଲେଖକ ଗୋବିନ୍ଦ ମିଶ୍ରଙ୍କ ଶୁଦ୍ଧ ଦେହାତୀ ହିନ୍ଦୀକୁ ଓଡ଼ିଆରେ ଅନୁବାଦ କରିବା ଆଉ ଏକ ସାଧନା। ଉଭୟ ହିନ୍ଦୀ ଓ ଓଡ଼ିଆରେ ସମ ଦକ୍ଷତାର ଅଧିକାରିଣୀ ଅନୁବାଦିକା ଶ୍ରୀମତୀ ମଲ୍ଲିକଙ୍କ ଅନୁବାଦ ଏହାର ପ୍ରମାଣ। ବୃହତ୍ତର ଓଡ଼ିଆ ପାଠକ ସମାଜ ନିକଟରେ ଏହା ଅବଶ୍ୟ ଶ୍ରଦ୍ଧାଭାଜନ ହୋଇପାରିବ, ଏଥିରେ ଦ୍ୱିରୁକ୍ତି ନାହିଁ।

ସୁଭାଷ ଶତପଥୀ

ଧୂସର ଶୈଶବ: ଏକ ପ୍ରଭାବୀ ଓ ସାହସିକ ଅନୁବାଦର ଉଦାହରଣ

ପ୍ରଥିତଯଶା କଥାଶିଳ୍ପୀ ଓ ହିନ୍ଦୀ ସାହିତ୍ୟର ସାଂପ୍ରତିକ କଥା ପରମ୍ପରାର ମହନୀୟ ଉଦାହରଣ ଶ୍ରୀ ଗୋବିନ୍ଦ ମିଶ୍ର। ତାଙ୍କର ବହୁ ଗଳ୍ପ, ଉପନ୍ୟାସ, ପ୍ରବନ୍ଧ ଓ କବିତା ପାଠକଙ୍କୁ ଚକିତ, ବିସ୍ମିତ ଓ ପ୍ରସାରିତ କରିଛି। 'ଧୂଲ୍ ପୌଧୋଁ ପର୍' ତାଙ୍କର ସରସ୍ୱତୀ ସମ୍ମାନ ପ୍ରାପ୍ତ ଚର୍ଚ୍ଚିତ ଉପନ୍ୟାସ। ଏହାର ଓଡ଼ିଆ ଅନୁସୃଜନ କରିଛନ୍ତି ଅନୁବାଦିକା ଶ୍ରୀମତୀ ନୀହାରିକା ମଲ୍ଲିକ। ଆଗରୁ ମହାଦେବୀ ବର୍ମା, ମୃଦୁଲା ଗର୍ଗ, ଚିତ୍ରା ମୁଦଗଲ୍ ଆଦି ଅନେକ ପ୍ରତିଷ୍ଠିତ ସାହିତ୍ୟିକଙ୍କ ଅନୁବାଦ କରି ଉତ୍କର୍ଷତା ଲାଭ କରିଥିବା ଅନୁବାଦିକାଙ୍କର ଏ ଅନୁସୃଜନ ସେହି ମହତୀ ଧାରାରେ ଏକ ସୁନ୍ଦର ସଂଯୋଗ, ସାରସ୍ୱତ ଉତ୍ତରଣ।

ମୁଁ ନୀହାରିକା ମାଡାମ୍‌ଙ୍କ ପୂର୍ବରୁ ପ୍ରକାଶିତ ସମସ୍ତ ଅନୁବାଦ ପଢ଼ିବାର ସୌଭାଗ୍ୟ ଲାଭ କରିଛି। ତାହା ଭାଷା ଓ ଭାବ ଦୃଷ୍ଟିରୁ ଉଚ୍ଚକିତ। ଅନୁବାଦିକା କେବଳ ଅନୁବାଦ ପାଇଁ ନିଜକୁ ଉତ୍ସର୍ଗ କରିଛନ୍ତି ଓ ଏଥିରେ ହିଁ ତାଙ୍କର ବିଦବତ୍ତା ଓ ସ୍ୱତନ୍ତ୍ରତାର ସନ୍ଧାନ କରିଛନ୍ତି। ମୁଁ ଉଭୟ ମୂଳ ହିନ୍ଦୀ ଓ ଅନୁଦିତ ପାଣ୍ଡୁଲିପି ପଢ଼ିଛି। ଉପନ୍ୟାସର କଥା, ପାତ୍ର, ଭାଷା, ବୀକ୍ଷା ଓ ତାତ୍ତ୍ୱିକ ବ୍ୟାଖ୍ୟାନକୁ ଖୁବ୍ ସୁନ୍ଦର ଭାବରେ ଅନୁବାଦିକା ଭାଷାୟିତ ଓ ଭାବାୟିତ କରିଛନ୍ତି। ଏପରିକି ପୁସ୍ତକର ନାମକରଣ ସେ 'ଧୂସର ଶୈଶବ' ବୋଲି ଅଭିହିତ କରିଛନ୍ତି ଏକ ତାତ୍ତ୍ୱିକ ଅଭିପ୍ରାୟ ନେଇ। ଗଛଲତାରେ ଧୂଳି ଲାଗିବା ସ୍ୱାଭାବିକ। କିନ୍ତୁ ଏ ଧୂଳି ସୌନ୍ଦର୍ଯ୍ୟ, ବିକାଶ, ଜୀବନ ପାଇଁ ଉଦ୍ଦିଷ୍ଟ ନୁହେଁ। ଏଠି ସେ ଗଛଲତାକୁ ନାରୀର ଜୀବନରେ ଶୈଶବ ସହ ତୁଳନା କରିଛନ୍ତି। ଉପନ୍ୟାସର ନାୟିକା

ଯାହାକୁ କି 'ସେ' ବା 'ୱହ' ନାମରେ ସର୍ବନାମ ବ୍ୟବହାର କରି ସମଗ୍ର ଉପନ୍ୟାସରେ ଚିତ୍ରଣ କରାଯାଇଛି, ତା' ଜୀବନରେ ଲାଗିଥିବା ଧୂଳି ଓ ବଦଳିଥିବା ଗତିପଥର ପ୍ରତିନିଧିତ୍ୱ କରୁଛି 'ଧୂସର ଶୈଶବ'। ସମ୍ବେଦନା, ଅଭିବୃଦ୍ଧି, ବିସ୍ତାର ଓ ବିତରଣକୁ ବାଧାପ୍ରାପ୍ତ କରୁଥିବା ବନ୍ଧନ ହେଲା ଧୂଳି ଓ ଜୀବନ ହେଲା ଏଠି ଗଛଲତା। ଅନୁବାଦିକାଙ୍କ ଭାଷାରେ ଜୀବନ ଶୈଶବ ଓ ଧୂଳିଧୂସରର ପ୍ରତିରୂପ। କହିବା ବାହୁଲ୍ୟ ଯେ ପୁସ୍ତକର କାୟାପ୍ରବେଶ ନ କଲେ କର୍ଷଣ ନ କଲେ, ବିଚାର ଓ ତନ୍ନିହିତ ଭାବନାକୁ ଆତ୍ମସ୍ଥ ନ କଲେ ଭଲ ଅନୁବାଦ ଉତୁରେ ନାହିଁ। ଏ କ୍ଷେତ୍ରରେ ଅନୁବାଦିକା ଉପନ୍ୟାସର ଭାବ ଓ ବିଚାରକୁ ଆତ୍ମସ୍ଥ କରି ତହିଁରେ ତଲ୍ଲୀନ ହେଲାପରେ ଅନୁବାଦ କରିଛନ୍ତି। ଶୀର୍ଷକର ଔଚିତ୍ୟରୁ ଏହା ପ୍ରତିଭାତ ହେଉଛି।

ଅନୁବାଦିକା ଏପରି ଏକ ସାମାଜିକ ଉପନ୍ୟାସ ଚୟନ ଓ ଅନୁବାଦ କରି ଓଡ଼ିଆ ସାହିତ୍ୟକୁ ଭେଟି ଦେଇଛନ୍ତି ଯାହା ସାମାଜିକ ବାସ୍ତବତା, ଜୀବନଜୀବିକା, ଜୀଜିବିଷା, ନୀରବ ପ୍ରେମ, ଘଟୁଥିବା ବିଘଟନ (ଶିକ୍ଷା, ଧର୍ମ ଓ ଆଧ୍ୟାତ୍ମିକତା)ର ଏକ ଦସ୍ତାବିଜ। ଆଞ୍ଚଳିକ ଭାଷାରେ ରଚିତ ଉପନ୍ୟାସର ମହତ୍ତ୍ୱ ଏହାଦ୍ୱାରା ଦୃଷ୍ଟିଗୋଚର ହେଉଛି। ଗୋବିନ୍ଦ ମିଶ୍ରଙ୍କ ଏ ଉପନ୍ୟାସକୁ ଅନୁବାଦିକା ଓଡ଼ିଆରେ ଅନୁବାଦ କରି ବୃହତ୍ତର ଓଡ଼ିଆ ପାଠକ ଓ ସାହିତ୍ୟିକଙ୍କୁ ଉପନ୍ୟାସ ଧାରା ତଥା ଅର୍ନ୍ତଗର୍ଭ ବିଷୟରେ ସୂଚନା ଦେବାସହ ସେତୁ ରୂପେ କାର୍ଯ୍ୟ କରିଛନ୍ତି।

ଏ ଉପନ୍ୟାସର ଅନୁବାଦ ଏକ ସାହସିକ ଓ ପରିଶ୍ରମର ପରିଚାୟକ ବୋଲି ମୋର ମନେହୁଏ। ଅନୁବାଦିକା ମୂଳ ବିଷୟରୁ ବିଚ୍ୟୁତ ନ ହୋଇ ତହିଁରେ ନିଜର ଭାଷାଶୈଳୀ ଓ କାରୁକାର୍ଯ୍ୟ ପ୍ରଦର୍ଶନ କରିଛନ୍ତି। ଏ ଉପନ୍ୟାସ ସମାଜଶାସ୍ତ୍ରୀ, ସମାଜସେବୀ, ପ୍ରଜ୍ଞାଦୀପ୍ତ, ବୁଦ୍ଧିଜୀବୀ ପ୍ରଫେସର ପ୍ରେମପ୍ରକାଶ ଓ ଅନାମିକା ନାୟିକା 'ସେ'ର ନୀରବ ବନ୍ଧୁତ୍ୱର ଏକ ପ୍ରଲମ୍ବିତ ପ୍ରେମକଥା। ଏଠି ଦେହ ନାହିଁ, ଆକର୍ଷଣ ଅଛି। ବୟସର ତାରତମ୍ୟ ସତ୍ତ୍ୱେ ଉଭୟେ ଉଭୟଙ୍କୁ ବୁଝିଛନ୍ତି। ଗୋବିନ୍ଦ ମିଶ୍ର ଭିନ୍ନକୁ ଅଭିନ୍ନ କରିଛନ୍ତି, ଅସଂପୂର୍ଣ୍ଣ କୁ ସଂପୂର୍ଣ୍ଣ କରିବାପାଇଁ ପଥ ସୃଷ୍ଟି କରିଛନ୍ତି। ଉପନ୍ୟାସରେ ତିନୋଟି ସ୍ତରର ଚେତନା ଏକତ୍ର ପ୍ରବାହିତ ହେଉଛି। 'ସେ' ଏକ ମଧ୍ୟବିତ୍ତ ପରିବାରରେ ଜନ୍ମଗ୍ରହଣ କରି ବହୁ ଦୁଃଖରେ ଜୀବନ ଅତିବାହିତ କରିଥିବା ଏକ ରମଣୀ। ସେ ଯାହାକୁ ବିବାହ କରିଛି ସେ ସ୍ୱାମୀ ଆନନ୍ଦ ବା ଯୁବାଗୁରୁ ନାମରେ ଖ୍ୟାତ। ଶାଶୁ ଶଶୁରଙ୍କ ଯତ୍ନ ଓ ଧର୍ମର ଛଳନା ଭିତରେ ଦାସୀ ଜୀବନ କାଟୁଥିବା ଝିଅଟି କେବେ ଗୃହଦାସୀ ତ କେବେ ଯୌନଦାସୀ ପୁଣି କେବେ ଧର୍ମଦାସୀ। ତଥାପି ସେ ଉଚ୍ଚଶିକ୍ଷା ହାସଲ କରୁଛି। ଭାରତୀୟ ନାରୀର ଅମାପ ସହନଶକ୍ତି, ଦୁର୍ବାର ଇଚ୍ଛାଶକ୍ତି ଓ

ସମୟୋପଯୋଗୀ ସମାୟୋଜନ ଏଠି ଦ୍ରଷ୍ଟବ୍ୟ। ଏମିତି ଏକ ପରିପ୍ରେକ୍ଷୀରେ 'ସେ' ପ୍ରେମପ୍ରକାଶଙ୍କୁ ନିଜ ଶିକ୍ଷାନୁଷ୍ଠାନକୁ ବ୍ୟାଖ୍ୟାନ ପାଇଁ ନିମନ୍ତ୍ରଣ କରୁଛି। ସମାଜସେବୀ ଓ ବିଖ୍ୟାତ ସମାଜଶାସ୍ତ୍ରୀର ଅହଂ ଭିତରେ ପ୍ରଥମେ ମନାକଲେ ମଧ୍ୟ ସେ ଅନୁଷ୍ଠାନକୁ ଯାଆନ୍ତି। ସେଠାରୁ ହିଁ ଦୁହିଁଙ୍କ ଭିତରେ ବନ୍ଧୁତ୍ୱ ସୃଷ୍ଟି ହୁଏ। ପ୍ରେମପ୍ରକାଶ ତା'ର ସବୁ ଅସୁବିଧା ବୁଝନ୍ତି, ବ୍ୟବସ୍ଥିତ କରନ୍ତି। କଥା ପ୍ରସଙ୍ଗରେ ଉପନ୍ୟାସରେ ଅନେକ ବିଷୟ ଆସେ। ନାରୀ ପୁରୁଷର ବନ୍ଧୁତ୍ୱ, ଆକର୍ଷଣ, ଅନାବିଳ ସଂପର୍କ, ବିବାହ-ବ୍ୟବସ୍ଥା, ବ୍ୟକ୍ତି ଚେତନାର ଦରଦୀ ସମ୍ବେଦୀ ରୂପ। ଏହାରି ଭିତରେ ମଧ୍ୟ ବର୍ଣ୍ଣନା ହୁଏ ଧର୍ମ ନାମରେ ଚାଲୁଥିବା ପାଷାଣ୍ଡ ବୁଦ୍ଧି, ଅର୍ଥ ଉପାର୍ଜନର ମୋହ, ଉଚ୍ଚଶିକ୍ଷାରେ ଯୌନଶୋଷଣ ଓ ଅର୍ଥ ଶୋଷଣ (ପ୍ର.କୌଶିକ) ଇତ୍ୟାଦି। ଉପନ୍ୟାସର ଦୁଇ ପ୍ରମୁଖ ପାତ୍ର ଆତ୍ମଚିନ୍ତନ, ବିଶ୍ଳେଷଣ ଓ ଗ୍ଲାନିରେ ଦଗ୍ଧ। ଏ ଦ୍ୱନ୍ଦ୍ୱ ଭାବନା ଓ ବୁଦ୍ଧିର। ଏ ସଂଘର୍ଷ, ଅର୍ନ୍ତଦ୍ୱନ୍ଦ୍ୱ ହିଁ ଜୀବନର ସଂଘାତ ତଥା ସଂଯାତ। ମନୁଷ୍ୟ ଜୀବନର ଜଟିଳତା ଓ ନାରୀ ଜୀବନର ତତୋଽଧିକ ଜଟିଳତାକୁ ଏ ଉପନ୍ୟାସ ଚିତ୍ରଣ କରିଛି। ଯେଉଁଠି ନାରୀ ବନ୍ଧନରେ ଥାଇ ମୁକ୍ତ ହେବାକୁ ଚାହେଁ, ମୁକ୍ତ ହୋଇ ବି କେବେ ବନ୍ଧନରୁ ମୁକୁଳିପାରେ ନାହିଁ। ଚେତନା ସହ ସାଂପ୍ରତିକ ସମସ୍ୟାର ଚିତ୍ରଣ ଏ ଉପନ୍ୟାସରେ ଦେଖିବାକୁ ମିଳେ। ଧର୍ମ ନାମରେ ଶୋଷଣ, ଅନ୍ଧବିଶ୍ୱାସ, ବିରୋଧାଭାସ, ଶିକ୍ଷାର ଭ୍ରଷ୍ଟସ୍ୱରୂପ, ବ୍ୟବସାୟୀକରଣ, ପୁରୁଷ ମାନସିକତା ଇତ୍ୟାଦି ଉପନ୍ୟାସଟିରେ ଅନ୍ତଃସଲୀଳା ଫଲଗୁ ରୂପେ ପ୍ରବାହିତ। ସର୍ବୋପରି ଅନୁବାଦିକାଙ୍କ ଏ ଉପନ୍ୟାସର ଅନୁବାଦର ଉଦ୍ଦେଶ୍ୟ ମହତ। ଏହା ନାରୀ ଓ ପୁରୁଷର ସଂପର୍କର ସମତାଳର ବର୍ଣ୍ଣନା। ନାରୀ ପୁରୁଷଙ୍କୁ ଗଢ଼ିପାରେ, ଭାଙ୍ଗିପାରେ ଠିକ୍ ସେପରି ପୁରୁଷ ମଧ୍ୟ (ଯୁବାଗୁରୁ ସ୍ୱାମୀ ଆନନ୍ଦ ପରି) ନାରୀକୁ ଭାଙ୍ଗିପାରେ, ଜାଳିପାରେ ପୁଣି ସେ (ପ୍ରେମପ୍ରକାଶ) ନାରୀକୁ ଗଢ଼ିପାରେ, ବଢ଼େଇପାରେ, ମାଆଘରର ସ୍ଥିତି ଦେବାରେ ସକ୍ଷମ ହୋଇପାରେ। ନାରୀ ପରମ୍ପରାକୁ ବାନ୍ଧିଛି ପୁଣି ଆଧୁନିକତାରେ ସଂପୂର୍ଣ୍ଣ ମୁକ୍ତ ହୋଇପାରିନାହିଁ। ଯେତେବେଳେ ପ୍ରେମପ୍ରକାଶଙ୍କୁ 'ସେ' ତାଙ୍କ ସଂପର୍କ ବିଷୟରେ ପ୍ରଶ୍ନ କରିଛି ସେ କହିଛନ୍ତି 'ତୁମଠୁ ଅପହୃତ ହୋଇଥିବା ସମସ୍ତ ଦୁଃଖ ମୁଁ, ମୁଁ ତୁମର ମା, ବାପା, ବାପଘର ଇତ୍ୟାଦି। ଏ ସଂପର୍କ ଓ ଶ୍ରଦ୍ଧାର ତେଣୁ ନା ନାହିଁ।'

ଅନୁବାଦିକା ଏ ସୁନ୍ଦର ଉପନ୍ୟାସର ଅନୁବାଦ ଖୁବ୍ ଭାବୋଚ୍ଛନ୍ଦ ଢଙ୍ଗରେ କରି ଆମକୁ ଉପହାର ଦେଇଛନ୍ତି। ଏ ଉପନ୍ୟାସର ନାୟିକା ନିଜେ ନିଜର ମାର୍ଗ ଚୟନ ଓ ପ୍ରଶସ୍ତ କଲାପରି ଅନୁବାଦଟି ମଧ୍ୟ ନିଜର ସ୍ୱକୀୟ ଉତ୍କର୍ଷତା ନିଜେ ଚୟନ କରୁ। ଏହା ହେଉ ଗଭୀର, ପ୍ରଭାବୀ ଓ ଉର୍ଜସ୍ୱଳ। ଏ ଅନୁବାଦ ପୁସ୍ତକ କେବେ ବି

ମୁକୁଳିବାର ସୁଯୋଗ ନ ଦେଉ। ଧୂଳି ଝାଡ଼ିଦେଇ, ପାଣି ଦେଇ, ଗଛପତ୍ର ଲତା ଆଦିକୁ ସୁଷମାମଣ୍ଡିତ କଲାପରି, ସମସ୍ତଙ୍କ ଜୀବନରେ ଶୈଶବର ସତେଜତା ଆସୁ, ଶୈଶବ ଧୂସର ନ ହେଉ।

ମୁଁ ବ୍ୟକ୍ତିଗତ ସ୍ତରରେ ଅନୁବାଦିକାଙ୍କ ଏ କାମ ପାଇଁ ତାଙ୍କୁ ଧନ୍ୟବାଦ ଜଣାଇବା ସହ କୃତଜ୍ଞତା ଜ୍ଞାପନ କରୁଛି। ଅନୁବାଦ କର୍ମ ଯେ କେତେ କଠିନ ସର୍ଜନ ତାହା ଅନୁଭବୀ ହିଁ ଜାଣେ। ଈଶ୍ୱରଙ୍କୁ ପ୍ରାର୍ଥନା କରୁଛି ତାଙ୍କ ଶ୍ରମ ସାର୍ଥକ ହେଉ। ଓଡ଼ିଆ ସାହିତ୍ୟ, ଅନୁବାଦର ଉତ୍କର୍ଷ ଓ ପାଠକୀୟ ରୁଚିକୁ ଏହା ଋଦ୍ଧିମନ୍ତ କରୁ। ଅନୁବାଦିକାଙ୍କ କଲମ ଆହୁରି ଶକ୍ତ ହେଉ ଓ ସେ ଅନୁବାଦ ମାଧ୍ୟମରେ ଭାଷା, ଭାବ ଓ ଭାରତକୁ ଯୋଡ଼ିବାର ପ୍ରୟାସରେ ବ୍ରତୀ ହୋଇ ରହିଥାନ୍ତୁ। ଶୁଭକାମନା ସହ।

ଡ.ଚନ୍ଦ୍ରଶେଖର ହୋତା

ଯୁବପ୍ରାବନ୍ଧିକ ଓ ସମାଲୋଚକ, ଉପ-ଆରକ୍ଷୀ ଅଧିକ୍ଷକ, ନବରଙ୍ଗପୁର

ଅନୁବାଦ ସଂପର୍କରେ

ହିନ୍ଦୀ ସାହିତ୍ୟର ପ୍ରସିଦ୍ଧ ଲେଖକ ଗୋବିନ୍ଦ ମିଶ୍ରଙ୍କର ଏହି ଉପନ୍ୟାସଟିର ଶୀର୍ଷକ ହିଁ ମୋତେ ସର୍ବପ୍ରଥମେ ଆକୃଷ୍ଟ କରିଥିଲା । ଲେଖକଙ୍କ ସହ ଟେଲିଫୋନ୍‌ରେ ବାର୍ତ୍ତାଳାପ ସମୟରେ ଏ ପ୍ରସଙ୍ଗରେ ସେ ଏକ ସୁନ୍ଦର କଥାଟିଏ କହିଥିଲେ-

"ପୌଧୋଁ ପର ଫୁଲ କା ଖିଲନା ଆମ୍ ବାତ ହୈ, ଲେକିନ୍ ପୌଧୋଁ ପର ଧୂଲ୍ କା ହୋନା ପୀଡ଼ାଦାୟକ ହୈ ।" ପ୍ରତୀକାତ୍ମକ ଶୈଳୀରେ ଦିଆଯାଇଥିବା ଏହି ଶୀର୍ଷକଟି ଜୀବନର ଅନେକ ଗଭୀର ଦର୍ଶନକୁ ପାଠକଙ୍କ ଆଗରେ ଖୋଲିଦେଇଛି । ଯାହାକି ନାୟିକା ମୁହଁରେ ଲେଖକ ବ୍ୟକ୍ତ କରିଛନ୍ତି "ତୁମେ ଚାରା ଗଛଟିଏ ରୋପିଦେଲ । ହେଲେ ତା'ଉପରେ ଦାୟିତ୍ୱବୋଧ, ସଂସ୍କାର, ନୀତିନିୟମ, କର୍ତ୍ତବ୍ୟବୋଧ ଧୂଳିର ଏକ ଆସ୍ତରଣ ଢାଳି ଚାଲିଲ । କିନ୍ତୁ ଆଶା ରଖିଲ ଯେ ଚାରା ଗଛଟି ଏ ସମସ୍ତ ବୋଝକୁ ମୁଣ୍ଡେଇ ଅକ୍ଳେଶରେ ପଲ୍ଲବି ଉଠୁନି କାହିଁକି ! ଏହା ଚାରାଗଛଟିର ଅପାରଗପଣିଆ ବୋଲି ତାଚ୍ଛଲ୍ୟ କଲ । ଯଦି ବା ନିଜ ସହ ସଂଘର୍ଷି କରି ଗଛଟି ଡାଳପତ୍ର ମେଲିବାର ପ୍ରୟାସ କରୁଛି, ତେବେ ତାକୁ ସୁରକ୍ଷା ନାଁରେ ଚାରିପଟୁ କଣ୍ଟାବାଡ଼ ଦେଇ ତା ପରିଧିକୁ ସୀମିତ କରିଦେଲ । ନିଜ ଇଚ୍ଛାନୁସାରେ ନିଜ ସ୍ୱପ୍ନକୁ ନେଇ ତାକୁ ଅବାଧ୍ୟରେ ବଢ଼ିବାକୁ ନ ଦେଇ ତୁମକୁ ପସନ୍ଦ ହେବାପରି ଏକ ଆକାର ଦେବାକୁ ତା ଡାଳପତ୍ର କାଟି ଚାଲିଲ ।"

ଉପନ୍ୟାସଟିର ଏପରି ଅନେକ ଅଂଶ ମନ ଭିତରେ ଗଭୀର ରେଖାପାତ କରେ । ଆଜିର ସମାଜରେ ମଧ୍ୟବର୍ଗୀୟ ନାରୀର ସ୍ଥିତି ଏବେ ବି ସେମିତି । ସଂସାରର ନାଲିଆଖି କର୍ତ୍ତବ୍ୟବୋଧ ଓ ସଂସ୍କାର କୁସଂସ୍କାର ଭିତରେ ହଜେଇ ଦେଇଛି ନିଜ ଅସ୍ତିତ୍ୱ । ଘରଠାରୁ ନେଇ ବାହାରଯାଏ, କର୍ମକ୍ଷେତ୍ରରୁ ନେଇ ଶିକ୍ଷାକ୍ଷେତ୍ର ଯାଏଁ ସବୁଠାରେ ତା'ପାଇଁ ଏକ ଲକ୍ଷ୍ମଣରେଖା । ଉପନ୍ୟାସଟିର ମୁଖ୍ୟ ଚରିତ୍ର ଏକ ନାରୀ । କିନ୍ତୁ ଲେଖକ

ତାକୁ କୌଣସି ଏକ ସ୍ୱତନ୍ତ୍ର ନାମର ବନ୍ଧନରେ ବାନ୍ଧି ନାହାଁନ୍ତି। ସେ ଏକ ପ୍ରତୀକ... ପ୍ରତିଟି ନାରୀ ସତ୍ତାର, ଯିଏ କି ନିଜର ସ୍ୱପ୍ନ, ପ୍ରେମ, ଉଚ୍ଚାକାଂକ୍ଷା ସହ ସାରା ଜୀବନ ସାଲିସ କରିଚାଲିଥାଏ। ଏଥିରେ ପ୍ରେମ ଯଦିଓ ମୁଖ୍ୟ ଭାବ ପରି ମନେହୁଏ, ତଥାପି ଧାର୍ମିକ କୁସଂସ୍କାର, ଅନ୍ଧବିଶ୍ୱାସ, ଶିକ୍ଷାକ୍ଷେତ୍ରରେ ଦୁର୍ନୀତି ଆଦି ସାମାଜିକ ସମସ୍ୟାକୁ ଲେଖକ ଅଣଦେଖା କରିନାହାଁନ୍ତି। ପୁରୁଷଟିଏ ସବୁବେଳେ ନିଜ ପ୍ରତିଷ୍ଠା, ପ୍ରସିଦ୍ଧି ଓ ସାମାଜିକ ସମ୍ମାନର ଖୋଳପା ଭିତରେ ନିଜକୁ ଲୁଚେଇ ରଖିଥାଏ ଏବଂ ଏହାକୁ ଅକ୍ଷୁର୍ଣ୍ଣ ରଖିବାର ପ୍ରୟାସରେ ସେ ନିଜର ପ୍ରେମ, ଭାବପ୍ରବଣତା, ସମ୍ବେଦନଶୀଳତା ଆଦି ଭାବାବେଗକୁ ବାହାରେ ପ୍ରକାଶ କରିବାକୁ କୁଣ୍ଠିତ ହୋଇଥାଏ। ଏହିପରି ପ୍ରେମ, ପ୍ରାପ୍ତି, ତ୍ୟାଗ, ଅସ୍ତିତ୍ୱ ପାଇଁ ସଂଘର୍ଷ, ଆତ୍ମ ନିର୍ଭରଶୀଳ ହେବାର ପ୍ରଚେଷ୍ଟା ଆଦିକୁ ନେଇ ମାନବ ଚରିତ୍ର ବିଶେଷ କରି ନାରୀ ମନସ୍ତତ୍ତ୍ୱର ଏକ ସୂକ୍ଷ୍ମ ରୂପ ହେଉଛି ଉପନ୍ୟାସ 'ଧୂସର ଶୈଶବ' ଯାହାକି ମୋତେ ଅନୁବାଦ କରି ଓଡ଼ିଆ ପାଠକଙ୍କ ପାଖରେ ଭେଟି ଦେବାକୁ ପ୍ରେରଣା ଦେଇଥିଲା।

ଅନୁବାଦ କରିବା ସମୟରେ ଏହାର ବ୍ୟାକରଣ ପ୍ରତି ଧ୍ୟାନ ଦେବା ଏକ ମୁଖ୍ୟ ଦିଗ। 'ଧୂସର ଶୈଶବ' ପରି ଏକ ଉପନ୍ୟାସ ଯାହାକି ତିନୋଟି ଉକ୍ତିରେ ଲେଖାଯାଇଛି, ମୋତେ ଏକ ଭିନ୍ନ ଅନୁଭୂତି ଦେଇଥିଲା। କାରଣ ଏ ପ୍ରକାର ବାକ୍ୟବିନ୍ୟାସ ପ୍ରାୟତଃ ବିରଳ। ତେଣୁ ମୂଳ ଲେଖାର ଭାବ, ଅର୍ଥ ଓ ଶୈଳୀକୁ ଅକ୍ଷୁର୍ଣ୍ଣ ରଖି ଯଥାସମ୍ଭବ ସାବଲୀଳତା ବଜାୟ ରଖିବାକୁ ମୁଁ ଏଥିରେ ପ୍ରୟାସ କରିଛି। ଯାହାକି ପାଠକମାନଙ୍କୁ ଏକ ସୁଖଦ ପାଠକୀୟ ଅନୁଭୂତି ଦେବ ବୋଲି ମୁଁ ଆଶା କରୁଛି।

ଏବଂ ଶେଷରେ, ପାଣ୍ଡୁଲିପିଟିକୁ ପାଠକରି ନିଜର ସୁଚିନ୍ତିତ ଓ ନିରପେକ୍ଷ ପାଠକୀୟ ମତ ପ୍ରଦାନ କରିଥିବା ମୋର ପ୍ରଥମ ଦୁଇଜଣ ପାଠକ ଶ୍ରୀ ସୁଭାଷ ଶତପଥୀ ସାର୍ ଏବଂ ଶ୍ରୀ ଚନ୍ଦ୍ରଶେଖର ହୋତା ସାର୍‌ଙ୍କୁ ମୋର ଆନ୍ତରିକ ଧନ୍ୟବାଦ ଏବଂ କୃତଜ୍ଞତା।

ନିଜ କୁଶଳୀ ହାତରେ ଉପନ୍ୟାସଟିକୁ ଏକ ସୁନ୍ଦର ପ୍ରଚ୍ଛଦ ତଥା ଲେଆଉଟରେ ସଜେଇଥିବା ଅଶୋକ ପରିଡ଼ା ସାର୍ ତଥା ବ୍ଲାକ୍ ଈଗଲ ପ୍ରକାଶନୀକୁ ମୋର ଆନ୍ତରିକ ଧନ୍ୟବାଦ।

ନୀହାରିକା ମଲ୍ଲିକ

ତୁମେ କିଏ, କ'ଣ ?

ପାଠପଢା ଏବଂ ପ୍ରସ୍ତୁତି ହେବାର ପ୍ରଥମ ବର୍ଷ ବାଦ୍ କରିଦିଅ ଏବଂ ବାକି ବର୍ଷ ଗୁଡିକରେ ବାହାର ଦୁନିଆଁରୁ ତୁମେ ଯାହା ଅର୍ଜନ କରିଛ ତାକୁ ଧର। ତୁମେ ଏଇଆ- ଏପରି ଧରିନିଆଯାଇ ପାରିବ କଣ, ଧରିନିଆଯାଏ। ଲୋକେ ତୁମକୁ ଏହି ରୂପରେ ଚିହ୍ନନ୍ତି, ତୁମେ ମଧ୍ୟ। ଯଦିଓ ଏହାର ବିପରୀତ ହେବାର ଥିଲା.. ଯେ ତୁମେ ଆରମ୍ଭ ବର୍ଷରୁ ହିଁ ସେଇଆ ଥାଆନ୍ତ, ଯାହା ତୁମେ ଥିଲ, ଯେତେବେଳେ ସାଂସରିକତା ତୁମକୁ କଳୁଷିତ କରିନଥିଲା, ଯେତେବେଳେ ତୁମର ଚୈତ୍ୟଶକ୍ତି ତୁମ ଭିତରେ ଥିଲା, ବାହାରକୁ ବାହାରି ଆସି ନ ଥିଲା। ପରବର୍ତ୍ତୀ ବର୍ଷଗୁଡିକ ବିତିଚାଲିବା ସହ ତୁମକୁ ନିଜଠାରୁ କାଢି ବାହାରକୁ ଫୋପାଡି ଦେବା ଦରକାର ଥିଲା, ଯଦ୍ଵାରା ତୁମେ ସେହି ପୁରୁଣା ହୋଇ ବାହାରକୁ ଆସିଥାନ୍ତ, ପ୍ରକୃତ ତୁମେ। ପରବର୍ତ୍ତୀ ଦିନଗୁଡିକରେ ତ ଆମେ ନିଜ ପାଇଁ ଏକ ସମ୍ମାନ ସୃଷ୍ଟି କରିନିଅନ୍ତି, ତାହା ଗୋଟିଏ ପରେ ଗୋଟିଏ ପଦୋନ୍ନତିରୁ ହେଉ, ଅବା ଟଙ୍କା ପଇସା ଧନ ସଂପତ୍ତି ଠୁଳ କରି ହେଉ ଅଥବା ପ୍ରଚାରିତ ହେଉଥିବା କିସମ କିସମର ସଜ୍ଜନତା - ନୈତିକତା ଦ୍ଵାରା ହେଉ। ଏବେ ଦେଖ, ତୁମେ ଏବେ କଣ... କେବଳ ଗୋଟିଏ ପଦ, ସମାଜଶାସ୍ତ୍ର ସହ ସମ୍ବନ୍ଧିତ ଏହି ପ୍ରତିଷ୍ଠିତ ସଂସ୍ଥାର ନିର୍ଦ୍ଦେଶକ। ଲୋକେ ତୁମକୁ ଏହି ପଦବୀ ପାଇଁ ହିଁ ଚିହ୍ନିଥାଆନ୍ତି। ଯେହେତୁ ଆଜିକାଲି କେବଳ ପଦପଦବୀ ଦ୍ଵାରା ଯଥେଷ୍ଟ ପ୍ରତିଷ୍ଠା ମିଳେନି, ତେଣୁ ତୁମେ ନିଜର

ବ୍ୟକ୍ତିତ୍ୱରେ ସକ୍ରିୟ ସମାଜ ସେବକ ମଧ୍ୟ ଯୋଗ କରିଦେଲ। ଯେତେବେଳେ ମନ ହେଲା ତା ଉପରେ ନିଜକୁ ସ୍ଥାପିତ କରିଦେଲ। ବାହାରେ ଦେଖାଇବା ପାଇଁ ଯେ ତୁମେ ଏହି ପଦପଦବୀକୁ ଛାଡି ମଧ୍ୟ ଆଉ କିଛି ଅଟ, ତୁମେ ସମାଜସେବୀ ସଂସ୍ଥାମାନଙ୍କ ସହ ସଂଶ୍ଳିଷ୍ଟ ହେଲ। ଏଥିପାଇଁ ତୁମ ଭିତରେ କିଛି ରହିଥାଇ ପାରେ,କିନ୍ତୁ ଏଠାରେ ମଧ୍ୟ ସେହି ଗୋଟିଏ ଜିନିଷ ପାଇଁ ଲାଳସା ଥିଲା-ସମ୍ମାନ ! ଖ୍ୟାତି ! ଯଶ ଅର୍ଥାତ୍ ଏଇଆ ଯେ ତୁମେ ତୁମେ ହୋଇ ପାରିଲନି, ପ୍ରତିଷ୍ଠିତର ଏକ କାଠକଣ୍ଢେଇ ହୋଇ ରହିଗଲ। ମଣିଷ ହେବା ବଦଳରେ ଏକ ଚିତ୍ର, ଯାହାକୁ ତୁମେ ନିଜେ ହିଁ ମନଇଚ୍ଛା ଆବଶ୍ୟକ ମୁତାବକ ଏପଟ ସେପଟ ଘୁଞ୍ଚାଇ ଚାଲୁଥାଅ। ସର୍ବମୋଟ ଏହି ଚିତ୍ରଟି ଏକ କୁଳୀନ, ସଂସ୍କାରୀ, ସଂଭ୍ରାନ୍ତ, ସମୃଦ୍ଧ, ଖ୍ୟାତିସଂପନ୍ନ, ସମ୍ମାନସ୍ପଦ ଶିକ୍ଷିତ ବୁଦ୍ଧିଜୀବୀର ଅଟେ, ଯିଏ କି ଦେଖିବାକୁ ମଧ୍ୟ ଆକର୍ଷଣୀୟ ଅଟେ। ଅର୍ଥାତ ସବୁ ଦୃଷ୍ଟିରୁ ଏକ ପରିପୂର୍ଣ୍ଣ ରୂପ.. ଯାହାର ଯେକୌଣସି ଅଂଶକୁ ତୁମେ ନିଜ ଇଚ୍ଛାନୁସାରେ ଅଧିକ ଜାଗ୍ରତ କରି ଆଗେଇ ନେଇ ପାରିବ। ସୁନ୍ଦର ଜୀବନ ପାଇଁ ସେତିକି ସୁନ୍ଦର ବ୍ୟବସ୍ଥା ! ନିଜର ସୁବିଧା ପାଇଁ ତୁମେ ଏପରି ମଧ୍ୟ କରିଦେଇଛ ଯେ ଯାହାସବୁ ଦେଖିବାକୁ ଚାହୁଁଛ... ସେ ସବୁ ଜଣାଇବାକୁ ନ ପଡୁ... ଏପରିକି ସେହି ଆୟୋଜନଗୁଡିକ ମଧ୍ୟ ଦେଖାନଯାଉ। ଏତେ ସ୍ୱାଭାବିକ ଢଙ୍ଗରେ ଏହି ପ୍ରତିଷ୍ଠାପୂର୍ଣ୍ଣ ବ୍ୟକ୍ତିତ୍ୱ ତୁମର ଅଭ୍ୟସ୍ତ ହୋଇ ଯାଇଛି ଯେ ତୁମେ ଏହାକୁ ଅତିକ୍ରମ କରି ତା ଭିତରେ କିଛି ଜାଣିବାର ଆବଶ୍ୟକତା ମଧ୍ୟ ଅନୁଭବ କରୁନାହଁ... କିନ୍ତୁ କେବେ କେବେ ଏପରି ସମୟ ଆସେ ଯେ ସମୟ ଫାଟ ଆଖି ସାମ୍ନାକୁ ଚାଲିଆସେ, ତୁମକୁ ଦୃଶ୍ୟ ବି ହୁଏ। ତୁମେ ଚାହିଁଲେ ସେ ଫାଙ୍କ ଭିତରକୁ ଉଙ୍କି ଦେଖିପାରିବ ଏବଂ ଚାହିଁଲେ ଅଣଦେଖା କରି ପୁଣି ସେହି ପୂର୍ବ ପ୍ରଶାନ୍ତଭରା ଆତ୍ମମୁଗ୍ଧତାରେ ହଜିଯାଇ ପାରିବ ଯେ - ଯାହା ବାହାର ଲୋକ ଦେଖୁଛନ୍ତି ଅଥବା ଯାହା ତୁମେ ଚିନ୍ତା କରୁଛ.... ସେମାନେ ଦେଖିଛନ୍ତି.. ତାହା ହିଁ ତୁମେ ଅଟ। ପ୍ରାୟତଃ ତୁମେ ଏଇଆ ହିଁ କରିଥାଅ।

ଗୋଟିଏ ବିଭାଗର ଡାକରା ଆସିଲା ଯେ ତୁମେ ସେଠାକୁ ଆସି ଛାତ୍ରମାନଙ୍କୁ ସମ୍ବୋଧିତ କର। ଦୁଇ ଜଣ ଝିଅ ଡାକିବା ପାଇଁ ଆସିଥିଲେ - ତୁମେ ଅନୁମାନ କରିନେଲ ଯେ ତୁମକୁ ଶୁଣିବାକୁ ବହୁତ ସଂଖ୍ୟାରେ ଶ୍ରୋତା ନଥିବେ। ତୁମେ ନିଜ ଭିତରେ ପୁରା ରାଗିଗଲ- କଣ ମୋର ପ୍ରସିଦ୍ଧି କେବଳ ଏତିକି ଯେ କେଉଁଠିବି ପହଞ୍ଚିଯିବି ! ବଡ ବଡ ସମାରୋହଗୁଡିକର ଉଦ୍‌ଘାଟନ, ଅଧ୍ୟକ୍ଷତା ହିଁ ମୋ ପକ୍ଷରେ ଶୋଭନୀୟ ଅଟେ, ଛୋଟ କାର୍ଯ୍ୟକ୍ରମଗୁଡିକୁ ଯିବା ମୋ ଖ୍ୟାତି ଅନୁରୂପ ନୁହେଁ ଏବଂ ତୁମେ ସେହି ନିର୍ଦ୍ଦିଷ୍ଟ ତାରିଖରେ ବ୍ୟସ୍ତ ରହିବାର ବାହାନା କରି ଛାତ୍ରୀମାନଙ୍କୁ

ଚାଲିଯିବାକୁ ଏକ ପ୍ରକାର ବାଧ୍ୟ କରିଦେଲ ଏବଂ ଯିବା ସମୟରେ ସେମାନଙ୍କୁ ଆଉକିଛି ଡକାଯାଇ ପାରିବା ଅତିଥିମାନଙ୍କ ନାମ ମଧ୍ୟ ସଜେଷ୍ଟ୍ କରିଦେଲ। ଏବେ ଦେଖ ଏଇ ମିଛ... ଏ ମିଥ୍ୟା ମଧ୍ୟ ତୁମରି ଅଂଶ ଅଟେ, ଏବଂ ନିଜର ଖ୍ୟାତିରୁ ରସ ଆସ୍ୱାଦନ କରି ଲାଖିରହିବା, ତାକୁ ଛାତିରେ ଲଗାଇ ରଖିବା.. ତାକୁ ସୁରକ୍ଷିତ ରଖିବା... ଇତ୍ୟାଦି ମଧ୍ୟ । ପଚାରିବାକୁ ତ ମନ ହୁଏ ଏଇଆ ଯେ, ଯେଉଁ ଖ୍ୟାତି ଯାହାକୁ ତୁମେ ନିଜର ଭାବୁଛ,

ତାହା କ'ଣ ବାହାରେ ସତକୁ ସତ ସେଇଆ ଅଟେ ? ନାଁ ଏହା କେବଳ ଚାଟୁକାରିତା ଅଟେ, ଯାହା ଆଖପାଖରେ ଥିବା ଲୋକମାନେ ସୁଯୋଗ ପାଇବା ମାତ୍ରେ ତୁମକୁ ଜଣାଇ ଥାଆନ୍ତି। କଣ ତୁମ ବିଷୟରେ ଖରାପ ଚିନ୍ତା କରୁଥିବା ଲୋକ ହିଁ ନାହାଁନ୍ତି ନା ତୁମ ବିଷୟରେ ଭଲ ଚିନ୍ତା କରୁଥବା ଲୋକ ହିଁ ନାହାଁନ୍ତି ? ତୁମ ବିଷୟରେ ଯଦି କେହି ସଠିକ ଚିନ୍ତା କରୁଛି ତା ହେଲେ ସେଇଟା କ'ଣ ! ଏବଂ ଯଦି ସତରେ ତୁମର ପରିଚୟ ଏହି ଖ୍ୟାତି ହିଁ ଅଟେ ତାହେଲେ ଏହାର କେତେ ଅଂଶ ଏପରି ଅଛି ଯାହା ତୁମେ ଅବା ତୁମ କର୍ମ ଅର୍ଜନ କରିଛି, ଏହିପରି କେତେ ଅଛି ଯାହା ତୁମେ ସ୍ୱୟଂ ଚାରିଆଡୁ ନିଜ ବିଷୟରେ ପ୍ରଚାର କରି ନିଜର ବ୍ୟକ୍ତିତ୍ୱ ଉପରେ ଦୃଢ କରି ଧରି ରଖିଛ !

ବର୍ତ୍ତମାନ ପାଇଁ ଯଦି ଦୃଷ୍ଟି କେବଳ ତୁମ ସମାଜସେବା ଉପରେ ହିଁ ଦେବା ତାହେଲେ କଣ ସତକୁ ସତ ତାହାର ସେତିକି ଓଜନ, ଯେତିକି ଖ୍ୟାତି ତୁମେ ନିକିତିର ଆର ପଲାରେ ରଖିଛ ? ଲେଖିଥିବା ବହିର ସଂଖ୍ୟା ଅନୁସାରେ ତୁମେ ଲୋକମାନଙ୍କ ପାଇଁ ଓଜନର ସଠିକତା ଯଦିଓ ପ୍ରମାଣିତ କରି ଦେବ, ତେବେ ବି କଣ ବହିର ଭିତରେ ତାର ଗୁଣାତ୍ମକତା, ସେଥିରେ ଝଲସି ଉଠୁଥିବା ତୁମର ସଚ୍ଚୋଟତା... କଣ ଏସବୁ ଉପରେ ପ୍ରଶ୍ନ ଉଠାଯାଇ ପାରିବନି ? ସେଠି ଲେଖା କେତେ ସଚ୍ଚୋଟ ଏବଂ କେତେ କେବଳ ଶବ୍ଦ ଜାଲ ? ତୁମେ କଣ ସତକୁ ସତ ନିଜ ଜୀବନର ବୃହତ୍ତର ଅଂଶ ସମାଜ ସେବାକୁ ଦେଇଛ, ତା ନାଁ ନେଇ ଯାହା କରିଛ, କଣ ସେଥିରେ ନିଜର ଅସ୍ତିତ୍ୱ, ନିଜର ଶ୍ରେଷ୍ଠତ୍ୱ ତ୍ୟାଗ କରିଛ... ଅବା ଯାହା କରି ନାହଁ... କରିଛ... ତାକୁ ଲିପିବଦ୍ଧ ମଧ୍ୟ କରିଛ ଏବଂ ଏହି ପରି ଗୋଟିଏ ବସ୍ତୁକୁ ଦୁଇ ଦୁଇଥର ଭୋଗିବାକୁ ଦେଇଛ। ସମାଜକୁ ବଦଳାଇବାକୁ ସେଥିରେ ହସ୍ତକ୍ଷେପର ଆଡମ୍ବରକୁ ତୁମେ ଚାରିଆଡେ ବୁଲାଇ ଚାଲିଲ, ନିଜକୁ ମଧ୍ୟ ସେହି ପରି ବହଲାଇବାକୁ ଲାଗିଲ... କିନ୍ତୁ କଣ ତୁମ ଭିତରେ ସମାଜ ଅବା ବ୍ୟକ୍ତି ପାଇଁ ପ୍ରକୃତରେ ଯନ୍ତ୍ରଣାଥିଲା ନା ତାକୁ କେବଳ ନିଜର ଖ୍ୟାତି ଯଶ ପାଇଁ ବ୍ୟବହାର କରିନେବାର ବାଧ୍ୟ ବାଧକତା ?

ଚାଲ, ମାନିନେବା ଯେ ପ୍ରଚାର ପ୍ରସାର କରିବା ପାଇଁ ତୁମେ ଶ୍ରମ କରିନ, ସଂଯୋଗବଶଃତ ସୁନ୍ଦର ଭାବମୂର୍ତ୍ତିର ରୂପ ତୁମର ଗଢି ହୋଇଗଲା... ତୁମ ଆଖପାଖରେ ଉଭା ହୋଇଗଲା। କିନ୍ତୁ ବନ୍ଧୁ ! ଏଇଟା ତ ସତ ଯେ ତୁମେ ଏହି ଛବିକୁ ଧରି ହିଁ ଘୂରି ବୁଲୁଛ, ଆମୋଦିତ ହେଉଛ। ତାକୁ ନକଲି ବୋଲି ଜାଣି ସୁଦ୍ଧା ତାକୁ ନିଜଠାରୁ ଅଲଗା କରୁନାହଁ... ନିଜ ପାଇଁ ବି ନୁହେଁ। ଛଳନା ନକଲି ସହ ଲାଖି ରହିବା ଯେହେତୁ ତୁମକୁ ସୁବିଧାଜନକ ମନେହେଉଛି... ସେଇଆ ନ ହେଲେ ବି ହୁଏତ ଆଳସ୍ୟ ଯୋଗୁଁ ତୁମେ ସେହି ମୁଖା ସହ ଲାଖି ରହୁଛ। ତାକୁ ଛାଡିବାକୁ ହେଲେ ପରିଶ୍ରମ କରିବାକୁ ହେବ, କଷ୍ଟ ସହିବାକୁ ହେବ। ଏପରିକି ସେ ତୁମକୁ ତୁମ ଭିତରର ଟିକିନିଖି କଥା ଦେଖାଇ ପାରିବ। ତୁମେ ତାହା ଦେଖିବାକୁ ଚାହଁ ନାହିଁ। ଲୋକ ଦେଖାଣିଆ.... ଏହାକୁ ଧରି ତୁମେ କେବେଠାରୁ ଚାଲୁଛ। ଦୁର୍ଭାଗ୍ୟ ତୁମର ଯେ, ତୁମ ଜୀବନରେ କେହି ଏପରି ଜଣେ ବ୍ୟକ୍ତି ଆସିନାହିଁ, ଯିଏ ତୁମର ଏହି ଆବରଣକୁ ଛୁରୀରେ ଚିରିଦେଇ ରଖି ଦିଅନ୍ତା। ଅବସୋସ ଏଇଆ ଯେ ନିଜର ତମାମ ବୁଦ୍ଧିମତ୍ତା ସତ୍ତ୍ୱେ ତୁମେ ଏମିତି ହିଁ... ନିଜକୁ ନ ଦେଖି ସଂସାରରୁ ଚାଲିଯିବା। କାରଣ ତୁମ ଆଗରେ ଦର୍ପଣ ରଖା ହିଁ ଯାଇନି।

ଯଦିବା ତୁମେ କହିବ ଯେ, ତୁମ ସହ ଅନ୍ୟାୟ ଅଟେ ତଥାପି ଏଇଟା ସତ ଯେ ତୁମକୁ ଲୋକମାନେ, ତୁମ ଦ୍ୱାରା ନୁହେଁ ବରଂ ସେସବୁ କଥାରୁ ଚିହ୍ନନ୍ତି ଯାହା ତୁମେ ସେହି ଚିତ୍ର ସାହାଯ୍ୟରେ ଅର୍ଜନ କରିଛ - ସେହି ଦେଶରେ ଯେଉଁଠି ଲୋକମାନଙ୍କ ଭାଗ୍ୟରେ ଶୌଚ ହେବା ପାଇଁ ମଧ୍ୟ ଆବଦ୍ଧ ଥିବା ଯାଗାଟିଏ ମିଳେ ନାହିଁ, ସେଠାରେ ଏ ବିରାଟ ଘର.... ଘର ଆଗରେ ଏ ଲନ୍, ସକାଳେ ଖୋଲୁଥିବା ଲୁହାର ଏ ବିରାଟ ଫାଟକ, ପୋର୍ଟିକୋରେ ରଖା ହୋଇଥିବା ଏ କାର୍.... ଆଉ ଏ ସବୁରୁ ଅନୁମାନ କରାଯାଇପାରେ ଯେ ତୁମ ବ୍ୟାଙ୍କ ବାଲାନ୍ସ କେତେ, ଲକର୍ ଯାହା ତୁମର ନିଶ୍ଚିତ ରୂପେ ଥିବ, ଏଠି ଏବଂ ଅନ୍ୟ ସହରରେ ତୁମର ଯେଉଁ ସଂପତ୍ତି ଥିବ... ଦେଖିଲନି, ଯେଉଁ ଛାତ୍ରୀମାନେ ଏବେ ଏବେ ଗଲେ ସେମାନେ ବିସ୍ଫାରିତ ଆଖିରେ ଏଇ ସବୁ ହିଁ ଦେଖୁଥିଲେ। ସେମାନେ ଜାଣନ୍ତି, ସେମାନଙ୍କୁ ଏସବୁ ଜିନିଷରୁ ହିଁ ଅନୁମାନ ହୋଇଯାଏ ଯେ ତୁମେ ବଡ ବଡ ପଦ ସୁଶୋଭିତ କରିଥିବ, ପ୍ରସିଦ୍ଧି ଓ ସମୃଦ୍ଧି ତୁମର ହୋଇଥିବ... କାରଣ ସେଥିପାଇଁ ତ ଏସବୁ ଜିନିଷ ଅଛି ଯାହା ସେମାନେ ଦେଖିପାରିଲେ... ବଙ୍ଗଳା, କାର... ଇତ୍ୟାଦି। ସେମାନେ ସମାଜଶାସ୍ତ୍ରର ଉଚ୍ଚତର ଶିକ୍ଷାର ଛାତ୍ରଛାତ୍ରୀ ହୁଅନ୍ତୁ ପଛେ... ସେମାନେ ତୁମର ଲେଖା ଫର୍ଦ୍ଦଟେ ବି ପଢିନାହାନ୍ତି, ତୁମର କୌଣସି କାମକୁ ଭଲ ଭାବରେ ଜାଣି ନାହାନ୍ତି, ତୁମକୁ କେବେ ଭାଷଣ

ଦେବାର ଶୁଣି ନାହାଁନ୍ତି, କିନ୍ତୁ ସେମାନଙ୍କର ଏଇଆ ଅନୁମାନ ଯେ ତୁମେ ଜଣେ ବଡ ବ୍ୟକ୍ତି। ଏପରି ଅନୁମାନ ଯେ କୌଣସି ବ୍ୟକ୍ତି କରି ପାରନ୍ତି। ତୁମର ଏହି ବଙ୍ଗଳା ଦେଖିଲେ ସେଇ କଥା ଜଣାପଡିଯାଏ। ଝିଅମାନେ ତୁମ ଘରକୁ ଆସି, ତୁମର ବୈଭବର ଝଲକ ଦେଖି ଟିକେ ଦବିଗଲେ ଏବଂ ମାନିଗଲେ ଯେ ତୁମେ ସତକୁ ସତ ସେଇଆ ଯାହା ଅନ୍ୟ ମାନେ କୁହନ୍ତି - ଉଚ୍ଚସ୍ତରର ବୁଦ୍ଧିଜୀବି, ପ୍ରତିଷ୍ଠିତ ସମାଜସେବୀ। ଯେତେବେଳେ ତୁମେ ସେମାନଙ୍କୁ ମନାକଲ, ସେତେବେଳେ ତୁମେ ସେମାନଙ୍କ ଦୃଷ୍ଟିରେ ଆହୁରି ଦୁଇ ପାହାଚ ଉପରକୁ ଉଠିଗଲ, କିନ୍ତୁ ନିଜ ଦୃଷ୍ଟିରେ ବି କଣ ଉଠିପାରିଲ ?... ନୁହଁ ନାଁ ? ଏବଂ ଏହା ତୁମର ଅର୍ନ୍ତମନରେ ଛଟପଟ ହେଉଥିଲା।

ବାରଣ୍ଡାରୁ ତୁମେ ଝିଅମାନଙ୍କୁ ବାହାରକୁ ଯିବା ଦେଖିବାକୁ ଲାଗିଲ, ଲୁହା ଗେଟ୍ ବନ୍ଦ ହେଲେ ଯେଉଁ ଶବ୍ଦ ଶୁଭେ, ତାହା ଶୁଣିଲ ଏବଂ ଟିକେ ପ୍ରସନ୍ନ ହେଲ ଯେ ସେମାନଙ୍କୁ ମନାକରି ତୁମେ ନିଜର ଗୌରବ ଆହୁରି ବଢେଇ ଦେଲ !

"ସାର୍, ମୁଁ ସମାଜଶାସ୍ତ୍ରରେ ଏମ୍.ଫିଲ କରୁଛି। କଣ ମୁଁ ବସି ପାରେ"

"ହଁ ହଁ, ନିଶ୍ଚୟ।"

ପ୍ରେମ ପ୍ରକାଶ ନିଜ ପଢା ଟେବୁଲ ପାଖରେ ଥିଲେ। ସେ ଆଗରେ ଥିବା ସୋଫା ଉପରେ ବସିଗଲା। ସାଧାରଣ ଉଚ୍ଚତାର ନହକା ଦେହ ଶୀତ ଲୁଗାରେ ଢଙ୍କା ହୋଇଥିଲା। ସାଧାରଣ ଛାତ୍ରୀମାନଙ୍କ ଠାରୁ ବୟସରେ ଟିକେ ବଡ ହେବା ସତ୍ତ୍ୱେ , ସେ ଛାତ୍ରୀ ପରି ହିଁ ଦେଖାଯାଉଥିଲେ। ହାଲୁକା ଗୋରା ରଙ୍ଗ, ସାଧାରଣ ଚେହେରା - ଡେଙ୍ଗା ନୁହେଁ କି ବାଙ୍ଗରା ନୁହେଁ । ଘନ କଳା ବବକଟ୍ ବାଳରେ ସ୍କାର୍ଫ, ଓଠରେ ଲାଲ ଲିପ୍‌ଷ୍ଟିକ। ଟିକେ ଶୀତର ପ୍ରଭାବ ଓ ଟିକେ ମୁହଁରେ ବୋଳା ହୋଇଥିବା ହାଲକା କ୍ରୀମ ଯୋଗୁଁ ମୁହଁ ଅଳ୍ପ ଅଳ୍ପ ଶୁଷ୍କ ଦେଖାଯାଉଥିଲା। ପ୍ରେମପ୍ରକାଶ ଲକ୍ଷ୍ୟକଲେ -

ମୁହଁଠାରୁ ତା'ହାତ ଅଧିକ ଗୋରାଦେଖାଯାଉଥିଲା। ସେ ଟିକେ ଆକର୍ଷଣୀୟ ମଧ୍ୟ ଥିଲା... ଏମିତି ଯେ ଯଦିଓ ଖାଲି ଚାହିଁ ରହିବାକୁ ମନ ହେଉ ନ ଥିଲା.. କିନ୍ତୁ ତା' ଉପରୁ ନଜର ହଟେଇ ହେଉ ନଥିଲା।

"ସାର୍ , ମୁଁ ଆପଣଙ୍କୁ ମୋ ବିଭାଗରେ ଗୋଟିଏ ବକ୍ତବ୍ୟ ଦେବା ପାଇଁ ନିମନ୍ତ୍ରଣ କରିବାକୁ ଆସିଛି।"

"ଆପଣଙ୍କ ସେଠୁ କାଲି ବି ତ ଦୁଇଜଣ ଆସିଥିଲେ... ମୁଁ ସେମାନଙ୍କୁ ଜଣେଇ ଦେଇଥିଲି ଯେ ଆସି ପାରିବିନି ବୋଲି"

"ମୁଁ ଜାଣିଛି , ତଥାପି ମୁଁ ଆସିଛି।"

"କାହିଁକି ?"

“କାହିଁକି ନା... ଆମେ ସମସ୍ତେ ଆପଣଙ୍କୁ ଶୁଣିବାକୁ ବହୁତ ଉତ୍ସୁକ, ଆପଣ ସୁବିଧା ଅନୁସାରେ ସମୟ କହିଦିଅନ୍ତୁ, ଆମେ ସେଇ ଦିନ ହିଁ ରଖିଦେବୁ... କିନ୍ତୁ ଆପଣଙ୍କୁ ଆସିବାକୁ ହିଁ ହେବ...।”

ପ୍ରେମ ପ୍ରକାଶ ଦେଖିଲେ ତାର ହାଲକା ଗୋରା ମୁହଁରେ ଯେମିତି ଚମକି ଉଠୁଛି... ଏକ ଆତ୍ମବିଶ୍ୱାସ। ସେ ଝିଅକୁ ଜଣାଥିଲା ଯେ, ତା ଅବସ୍ଥା କୌଣସି ବି ଦୃଷ୍ଟିକୋଣରୁ ସ୍ୱତନ୍ତ୍ର ନ ଥିଲା - ନାଁ ସେ ନିଜେ, ନା ତା ବିଷୟ, ନା ତାର ବିଭାଗ... ତଥାପି...

“କାହିଁକି ?”

“କାରଣ ମୁଁ ମୋ ହେଡ୍‌ଙ୍କୁ କହିକି ଆସିଛି ଯେ, ମୁଁ ଆପଣଙ୍କୁ ନେଇ ଆସିବି... ଯେମିତି ହେଉ।”

“ବାଃ ! ମୋ ପାଇଁ ନିଷ୍ପତ୍ତି ମଧ୍ୟ ତୁମେ ନେଇଗଲ ! ଭାରି ମଜା କଥା ତ !”

“ସାର୍, ଆମ ସମସ୍ତଙ୍କ ଆନ୍ତରିକତା ଇଚ୍ଛା ଯେ ଆପଣ ଆସନ୍ତୁ।”

“କିନ୍ତୁ କାହିଁକି !”

“କାରଣ ଆମମାନଙ୍କ ପାଖରେ ଆପଣଙ୍କୁ ଶୁଣିବାର ପ୍ରବଳ ଆଗ୍ରହ ଅଛି ଏବଂ ଆପଣଙ୍କୁ ମଧ୍ୟ ଆମ ଛାତ୍ରଛାତ୍ରୀମାନଙ୍କ ପାଖକୁ ଆସିବା ଦରକାର ନ ହେଲେ ଆମକୁ ଦିଗଦର୍ଶନ କେମିତି ମିଳିବ !”

“ତମେ ମାନେ, ଯେଉଁମାନେ ନିଜ କୋର୍ସ ବାହାରେ ଯାଇ କିଛି ପଢନ୍ତି ବି ନାହିଁ... ଆଉ ନା ପଢିବାକୁ ବି ଚାହାନ୍ତି... ସେମାନଙ୍କ ମଧ୍ୟରେ କି ଆଗ୍ରହ ଥିବ, କିଛି ଜାଣିବା ପାଇଁ ବା କିଛି ଦିଗଦର୍ଶନ ପାଇବା ପାଇଁ ! ତୁମେମାନଙ୍କ ପାଇଁ ତୁମ ଅଧ୍ୟାପକମାନେ ହିଁ ଯଥେଷ୍ଟ। ତୁମ କ୍ଲାସରେ ପାଠ୍ୟକ୍ରମରେ ଯାହା ପଢାଯାଉଛି... ଦ୍ୟାଟ୍‌ସ୍ ଏନଫ୍ !”

“ଏକଥା ଠିକ୍ ଯେ ଆମମାନଙ୍କ ଭିତରୁ ଅଧିକାଂଶ ସେଇଆ ଅଟନ୍ତି ଯାହା ଆପଣ କହୁଛନ୍ତି... କିନ୍ତୁ କିଛି ଏପରି ବି ଥାଇପାରନ୍ତି.... ଯେଉଁମାନେ ନିଜର ପରିସ୍ଥିତି କାରଣରୁ ବାହାର କଥା ପଢିପାରନ୍ତି ନାହିଁ, ବିଶ୍ୱବିଦ୍ୟାଳୟ ଚାଲି ଆସନ୍ତି - ଏତିକି ହିଁ ବହୁତ। ଯଦି ଆପଣ ସେମାନଙ୍କ ପରିସ୍ଥିତି କେବେ ଜାଣିବେ ତାହେଲେ ସେମାନଙ୍କ ପାଇଁ କେବେ ଏପରି କହିବେନି।”

“ସେହି ଛାତ୍ରମାନଙ୍କ ପାଖକୁ ଯାଇ କଣ କରିବି... ଯେଉଁ ମାନଙ୍କ ମୁଣ୍ଡରେ ମୋ କଥା ପଶିବ କି ନାହିଁ ସନ୍ଦେହ !” ପ୍ରେମପ୍ରକାଶ, ଦେଶର ପ୍ରସିଦ୍ଧ ସମାଜଶାସ୍ତ୍ରବିତ୍, ସେଇଠି ହିଁ ଅଟକି ଥିଲେ।

"ସେମାନଙ୍କ ମଧ୍ୟରୁ ଯଦି ଜଣେ ମଧ୍ୟ ଏପରି ବାହାରିଲା ଯାହାକୁ ଆପଣଙ୍କ କଥା ସ୍ପର୍ଶ କରିଛି ଅବା ମାର୍ଗଦର୍ଶନ ଦେଇଛି ତେବେ ତାଙ୍କ ଲାଗି ମଧ୍ୟ ଆପଣଙ୍କୁ ଯିବା ଉଚିତ।"

"କେଉଁଠି ସେ ?"

"ମୁଁ କେମିତି ଜାଣିବି.... ଆପଣଙ୍କ କହିବା ସମୟରେ ହୁଏତ ସେ ଥାଇପାରେ, ନ ଥାଇ ବି ପାରେ।"

"ଅର୍ଥାତ ସେହି ଜଣଙ୍କ ପାଇଁ... ଯିଏ ସେଠି ଥାଇ ପାରେ, ଆଉ ନଥାଇ ପାରେ...। ନଥିବାର ସମ୍ଭାବନା ଅଧିକ କଣ ମୋତେ ତଥାକଥିତ ଏହି ସବୁ ଛୋଟମୋଟ ଜାଗାକୁ ମଧ୍ୟ ଯିବା ଉଚିତ ?"

"ହଁ, କାରଣ, ଯେପରି ଆପଣ କହିଲେ ଯେ ଆପଣଙ୍କ ଲେଖାକୁ ସମସ୍ତେ ପଢନ୍ତି ନାହିଁ।"

"ଯାହାର ଦରକାର ଥିବ... ସେ ଖୋଜି ବାହାରକରିବ... ପଢିବ... ଆଜି ନ ହେଲେ କାଲି। ତୁମେମାନେ ନହେଲେ ବି ତୁମମାନଙ୍କୁ ଯିଏ ପଢାଉଛନ୍ତି ସେ ପଢିବ। ସେମାନେ ବି ଯଦି ନୁହଁନ୍ତି .... ତାହେଲେ ମୋର କଣ ଅଛି !"

"କିନ୍ତୁ ଯେଉଁ ମାନେ ପଢନ୍ତିନି ବା ପଢିପାରନ୍ତିନି .... ସେମାନଙ୍କ ଭିତରେ ନିଜ କଥାକୁ ପ୍ରସାରିତ କରିବାରେ ଯଦି ଆପଣଙ୍କୁ ଭାଷଣ ଦେବାର ସାହାଯ୍ୟ ନେବାକୁ ପଡେ ତା ହେଲେ କ୍ଷତି କଣ !"

"ପ୍ରାକ୍ଟିକାଲ ସମାଜସେବା ବା ସମାଜଶାସ୍ତ୍ର ବିଷୟରେ ଲେଖିବା - ଏଇଟା ହିଁ ଅସଲ କଥା। କହିବା, ଏଠିସେଠି ଯେଉଁଠି ବି ହେଉ ବୁଲି ବୁଲି ଭାଷଣ ଦେବା କିଛି ବି ନୁହେଁ ଏ ସବୁ ଆଗରେ... କେବଳ ନିଜ ସମୟ ନଷ୍ଟ କରିବା ହିଁ ଅଟେ।" ପ୍ରେମ ପ୍ରକାଶ ଅମଙ୍ଗ ହେଲେ।

"ଆପଣଙ୍କ ଲେଖାରେ, ଆପଣଙ୍କ ଚିନ୍ତନର କିଛି ଅଂଶ ତ ନିଶ୍ଚୟ ଚାଲିଆସୁଥିବ ଭାଷଣରେ... ତା ପରେ ଆପଣ ଲୋକଙ୍କ ସାମ୍ନାରେ ଥାଆନ୍ତି.... ଆପଣଙ୍କ ବ୍ୟକ୍ତିତ୍ୱ ସାମ୍ନାରେ ଥାଏ।"

ପ୍ରେମ ପ୍ରକାଶ ନିଜ ଭିତରେ ହଜିଗଲେ। ଏଇଆ ସତ ଯେ ଆମ କର୍ମ ଏବଂ ଆମ ଲେଖନ ସର୍ବପ୍ରଥମେ ଆମ ଉପରେ ପ୍ରଭାବ ପକାଇ ଥାଏ। ସେଥିପାଇଁ ଲଗାତାର ସେହିପରି କାମ ଏବଂ ଲେଖା ଦ୍ୱାରା ଆମର ବ୍ୟକ୍ତିତ୍ୱ ସେହି ପରି ହୋଇ ଯାଇଥାଏ। କିଛି ଲୋକ ମଧ୍ୟ କହିଥିଲେ - ସାର୍ ! ଆପଣଙ୍କ ବ୍ୟକ୍ତିତ୍ୱରୁ ତରଙ୍ଗ ଉଠିଥାଏ... କିଏ

ଜାଣେ ହୁଏତ ସତ ହୋଇଥିବ। ତେବେ ଯେତେବେଳେ ଏ ସାଧାରଣ ଅପାଠୁଆ ମହିଳା ପରି ଦିଶୁଥିବା ଝିଅଟି କହୁଛି, ସେଥିରେ ସତ୍ୟତା ଅଛି।

"ଠିକ ଅଛି, ତୁମେମାନେ ଜିଦ କରୁଛ ଯଦି ୫ତାରିଖ ୩ଟା ବେଳେ ଆସିବି, ସକାଳେ ନୁହେଁ... ସକାଳ ସମୟଟି ମୋ ନିଜ ପାଇଁ।"

"ଧନ୍ୟବାଦ, ଆମେ ରାଜି।"

"ନିଜ ହେଡଙ୍କୁ ତ ଅନ୍ତଃତ ପଚାରି ଦିଅନ୍ତୁ ଯେ ତାଙ୍କୁ ଏ ସମୟଟି ସୁବିଧାଜନକ କି ନୁହେଁ।"

"ମୁଁ ତାଙ୍କୁ ରାଜି କରିଦେବି, ଆପଣ ଚିନ୍ତା କରନ୍ତୁନି।"

"କେମିତି ?"

"ଯେମିତି ଆପଣଙ୍କୁ କରେଇଲି।"

ପ୍ରେମପ୍ରକାଶ ହସିଲେ, ତାଙ୍କ ସହ ସେ ବି। ବାତାବରଣ ଟିକେ ମଧୁମୟ ହୋଇଗଲା, କିନ୍ତୁ ଅଳ୍ପ କିଛି ମୁହୂର୍ତ୍ତ ପାଇଁ। କାରଣ ସେ ସାଙ୍ଗେସାଙ୍ଗେ ଉଠି ଛିଡା ହୋଇ ପଡିଲେ।

"ଠିକ ଅଛି, କେହି ଜଣେ ନେବାକୁ ଚାଲି ଆସିବେ।"

"ସାର୍, ଆମର କାର୍ ନାହିଁ, ଆଉ ବିଭାଗ ପାଖରେ ବି ଏତେ ଟଙ୍କା ନାହିଁ ଯେ ଟ୍ୟାକ୍ସିରେ ନେଇ ପାରିବ। ମୁଁ ଚାଲି ଆସିବି ଓ ଆପଣଙ୍କୁ ମୋ ଗାଡି ପଛରେ ବସାଇ ନେଇ ଯିବି।" ସେ ଗେଟ୍ ବାହାରେ ଠିଆ ହୋଇଥିବା ନିଜର ସ୍କୁଟି ଦେଖାଇ କହିଲା। ତାକୁ ହିଁ ସିଆଡେ ସବୁ ଗାଡି କହୁଥିଲେ।

ପ୍ରେମ ପ୍ରକାଶ ଘର ଭିତରକୁ ଯାଉ ଯାଉ ଅଟକି ଗଲେ। ଏକଦମ୍ ଚୁପ.... ତା ଆଡକୁ ଚାହିଁ ରହିଥିଲେ- ସେ ତାଙ୍କୁ କଣ ବୋଲି ଭାବୁଛି କି! ଅତି ସ୍ୱଳ୍ପ ସଂଖ୍ୟକ ଶ୍ରୋତାମାନଙ୍କ ପାଇଁ ଯାଉଛନ୍ତି... ପାରିଶ୍ରମିକର କୌଣସି ଦାବୀ ମଧ୍ୟ ନାହିଁ, ସେଥିରେ ପୁଣି ଏବେ ସ୍କୁଟିରେ ବସିକି ଯାଅ। ଲୋକେ କଣ କହିବେ। ସ୍କୁଟିରେ ବସିବା କଥା ଭାବିବା ମାତ୍ରେ ମନ ଭିତରେ ଟିକେ ଭୟ ମଧ୍ୟ ଲାଗୁଥିଲା - ଏଇ ସ୍କୁଟି ନାମକ ଚିଜଟି ସେ କେବେ ବି ଚଳାଇ ନାହାଁନ୍ତି। ଛାତ୍ର ଜୀବନରେ ସାଇକେଲ ଥିଲା, ତା ପରେ ସିଧାସଳଖ କାର କିଣି ନେଲେ।

"ଆପଣ କିଛି କହିଲେନି।"

"ପ୍ରକୃତ କଥା ହେଲା ସ୍କୁଟିରେ ବସିବାକୁ ମୋତେ ଡର ଲାଗେ।" ତାଙ୍କ ମୁହଁରୁ ସତ ବାହାରି ଗଲା। ଏବଂ ଯେପରି ହସର ଝରଣାଟେ ଝରିଗଲା। ସେ ହସି ଚାଲିଲା "ଆପଣଙ୍କୁ ଡର ଲାଗେ.... ସ୍କୁଟିରେ ବସିବାକୁ.... ସତରେ ?" ହସିବା

ଭିତରେ ଏତକ କହି ସେ ପୁଣି ହସିବାକୁ ଲାଗିଲା ମନଖୋଲା ହସ ଆପଣ ତ ପୁରାପୁରି ସାନ ପିଲା !

"ଡରିବାର କିଛି କାରଣ ନାହିଁ , ମୁଁ ଅଛି ନା!" ହସ ବନ୍ଦ କରି ସେ ଗମ୍ଭୀରତାର ସହ କହିଲା। ସେହି ସମୟରେ ସେ ନିଜ ବୟସଠାରୁ ଯଥେଷ୍ଟ ବଡ ହୋଇ ଯାଇଥିଲା।

"ମୁଁ ଜୀବନରେ ଥରେ କି ଦୁଇ ଥର ହିଁ ସ୍କୁଟିରେ ବସିଥିବି।"

"ସତରେ ? ସମାଜ ସେବୀଙ୍କୁ ତ ସାଧାରଣ ଜନତାର ପ୍ରତ୍ୟେକ ଜିନିଷର ଅଭିଜ୍ଞତା ରହିଥାଏ।"

ସେ ଠିକ କହୁଛି – ପ୍ରେମ ପ୍ରକାଶ ଭାବୁଥିଲେ। ଥରେ ସମୁଦ୍ରରେ ଗାଧୋଇବା ସମୟରେ ସେ ନିଜର ଜଣେ କବି ବନ୍ଧୁଙ୍କ ଉପରେ ଏଇଭଳି ହସିଥିଲେ – "ତୁମେ କଣ ଜାଣିବ ସାଗରକୁ, ଯେ ପର୍ଯ୍ୟନ୍ତ ତୁମେ ତା ଭିତରେ ପଶି ତାର ଆଘାତକୁ ନିଜ ଶରୀରରେ ଅନୁଭବ କରିନ" ସେ ବାରମ୍ବାର କବି ବନ୍ଧୁଙ୍କୁ କହୁଥିଲେ, ଯିଏ ତାଙ୍କୁ ସମୁଦ୍ରରେ ଗାଧୋଇବା ଦେଖି ଈର୍ଷା କରୁଥିଲେ.. କିନ୍ତୁ ସମୁଦ୍ର ଭିତରକୁ ଆସିବା ପାଇଁ ଡରୁଥିଲେ। ସବୁଠୁ ମଜାର କଥା ଏଇଆ ଯେ ସେ ସମୁଦ୍ର ଉପରେ କିଛି କବିତା ମଧ୍ୟ ଲେଖିଥିଲେ ଏବଂ ସେ ସବୁକୁ ସେ ନିଜର ସବୁଠାରୁ ଭଲ କବିତା ଭିତରେ ମଧ୍ୟ ଗଣନା କରୁଥିଲେ।

"ଆପଣଙ୍କ ଏ କାର... ନିଜେ ଚଲାନ୍ତି ନା ଆପଣ ?"

"ହଁ।"

"ଚାରି ଚକିଆ ଚଳେଇ ପାରୁଛନ୍ତି ଆଉ ଦି' ଚକିଆକୁ ଡରୁଛନ୍ତି ?" ସେ ପୁଣି ହସିବାକୁ ଲାଗିଥିଲେ। ବାହାରେ ଆମ୍ବ ଗଛରେ ବଉଳ କଅଁଳିଆ ଡାଳରେ ହଲୁଥିଲା।

"ହଉ ଠିକ୍ ଅଛି... ଚାଲିଆସିବା ନେବାକୁ। ମୁଁ ନିଜ ଗାଡିରେ ଯିବି।"

"ଥେଙ୍କ୍ୟୁ ସାର ! ମୁଁ ୫ତାରିଖ ଦିନ ଦୁଇଟା ପଇଁଚାଳିଶିରେ ଆସି ପହଞ୍ଚି ଯିବି। ସକାଳୁ ଯେ କୌଣସି ସମୟରେ ଗୋଟେ ଆପଣଙ୍କୁ ଫୋନ କରି ମନେ ବି ପକାଇଦେବି।"

"ଠିକ ଅଛି"

XXX

ସେ ଦୁଇ ଚାରି ଦିନରେ ଥରେ ପ୍ରେମ ପ୍ରକାଶଙ୍କ ଘରକୁ ମଧ୍ୟ ଆସିବାକୁ ଲାଗିଲା। ତାଙ୍କ ମାଆ ଏବଂ ପତ୍ନୀଙ୍କ ସହ ବହୁ ଶୀଘ୍ର ଅନ୍ତରଙ୍ଗ ହୋଇଗଲା...

ସେମାନଙ୍କ ସହ ଅନେକ ସମୟ ଯାଏଁ ଗପସପ କରିବାକୁ ଲାଗିଲା । ଯିବା ଆସିବା ବେଳେ ପ୍ରେମ ପ୍ରକାଶଙ୍କ ରୁମକୁ ଉଙ୍କି ଦେଇ ତାଙ୍କୁ ନମସ୍କାର କରିବାକୁ ଭୁଲେନି । ସେ ଯେବେ ଘରେ ଥାଏ, ସେ ସମୟତକ ପ୍ରେମ ପ୍ରକାଶଙ୍କ ଘର ଗୋଟିଏ କୋଳାହଳ ଗହଳଚହଳରେ ଭରି ଉଠେ, ସେହି ଘର ଯେଉଁଠି ତିନି ବୟସ୍କ ବ୍ୟକ୍ତି ଧିରେ ସୁସ୍ଥେ ଏପଟ ସେପଟ ହେଉଥିଲେ , ଯେଉଁଥିପାଇଁ ଏକ ପ୍ରକାର ଉଦାସୀପଣ, ନୀରସପଣ ଘର ସାରା ବିଛେଇ ହୋଇ ରହିଥିଲା । ସେ ଆସେ, ସତେ ଅବା ସକାଳକୁ ନିଜ ଗଣ୍ଠିଳିରେ ଧରି , ଯାହାକୁ ଖୋଲି ଦେଇ ସେ ଘର ଭିତରଟାକୁ ଉଷ୍ଣତାରେ ଭରିଦିଏ । ପ୍ରେମ ପ୍ରକାଶଙ୍କ ସହ ବେଶୀ କିଛି କଥାବାର୍ତ୍ତା କରେନି, ତା ମନରେ ଭୟ ଥାଏ ଯେ ତାଙ୍କ ସମୟ ବହୁତ ମୂଲ୍ୟବାନ ଓ ସେ ହୁଏତ କୌଣସି ଗୁରୁତ୍ୱପୂର୍ଣ୍ଣ କଥା ଚିନ୍ତା କରୁଥିବେ ଅବା ଲେଖୁଥିବେ । କେମିତି କେଉଠୁ ଜାଣିବ ଯେ, ଯେତେ ସମୟ ଧରି ସେ ସେଇଠି ଥାଏ, ପ୍ରେମ ପ୍ରକାଶଙ୍କ ସଂପୂର୍ଣ୍ଣ ଧ୍ୟାନ ତା ଉପରେ କେନ୍ଦ୍ରିତ ଥାଏ ।

ସେଦିନ ବିଶ୍ୱବିଦ୍ୟାଳୟରେ ସ୍ୱାଗତ ଅଭିଭାଷଣ ସେ ହିଁ ଦେଲା, ଧନ୍ୟବାଦ ଜ୍ଞାପନ ମଧ୍ୟ ସେ ହିଁ... ସତେ ଅବା ଛାତ୍ର ଏବଂ ପ୍ରଫେସରଙ୍କ ମଧ୍ୟରେ କେବଳ ସେ ହିଁ ସେ ଥିଲା... ଅନ୍ଧକାର ମଧ୍ୟରେ ଆଲୋକର ଶିଖା ପରି । ପ୍ରେମ ପ୍ରକାଶଙ୍କୁ ଘରକୁ ଛାଡିବାକୁ ମଧ୍ୟ ସେ ହିଁ ଆସିଲା । ଫେରିବା ସମୟରେ କାର ଚଳେଇବା ବେଳେ ପ୍ରେମ ପ୍ରକାଶ ହାତକୁ ଗିଅର ଉପରେ ରଖିବା ମାତ୍ରେ କେଜାଣି କୋଉଠୁ ତା ହାତ ଆସି ତାଙ୍କ ହାତ ଉପରେ ସେମିତି ମୁଠା ହୋଇ ରହିଲା... ଠିକ ଯେପରି ତାଙ୍କ ହାତ ଗିଅର ଉପରେ ରହିଥିଲା । କିଛି ସମୟ ସେହି ଅବସ୍ଥାରେ ରହିଲା । ପ୍ରେମ ପ୍ରକାଶ କିଛି ଅନୁଭବ କରିବା ପୂର୍ବରୁ ହିଁ ସେ ନିଜ ହାତ ଉଠାଇ ନେଇଥିଲା ।

ଏହାର ତାତ୍ପର୍ଯ୍ୟ ? ମୁଁ ଭାବିବାରେ ଲାଗିଲି । ଆମର ପ୍ରତ୍ୟେକ କ୍ରିୟାର କୌଣସି ତାତ୍ପର୍ଯ୍ୟ, କୌଣସି ଅଭିପ୍ରାୟ କଣ ନିହାତି ଥାଏ କି ? ଅବଚେତନ ଦ୍ୱାରା ପ୍ରେରିତ.... ଅନାୟାସରେ ହେଉଥିବା କ୍ରିୟା ଗୁଡିକ ମଧ୍ୟ ? ଯେ ପର୍ଯ୍ୟନ୍ତ ସେ ତାହାର ଏକ ବହୁତ ସରଳ, ଛୋଟିଆ, ଆକସ୍ମିକ କ୍ରିୟା ଥିଲା, ନିରଭିପ୍ରାୟ । ତାର ମନେ ବି ନ ଥିବେ । ଅବା ଅତି ବେଶୀରେ କୃତଜ୍ଞତା ଥିଲା ଯାହା ସେ ପ୍ରକଟ କରିଥିଲେ । ଯେ ମୁଁ ତା କହିବା ଅନୁସାରେ ଭାଷଣ ଦେବାକୁ ଗଲି । ତା ତରଫରୁ ଯଦି ଆଉ କିଛି ଥାଆନ୍ତା ତା ହେଲେ ମୁଁ ଦେଖି ପାରିଥାନ୍ତି ।

ୟୁନିଭର୍ସିଟିର କ୍ୟାମ୍ପସ ଗଛରେ ସବୁ ପତ୍ର କଅଁଳି ଆସୁଥିଲେ । ପାଗ ଯେପରି ଶୀତର ଶୁଷ୍କତାରୁ ବାହାରି ଆସିବାକୁ ପ୍ରୟାସ କରୁଥିଲା । କେଉଁଠୁ ଏକ ଝିଙ୍କାରୀର ଶବ୍ଦ ଭାସି

ଆସୁଥିଲା, ହୁଏତ ପାଗ ବଦଳିବାର ସୂଚନା । ପ୍ରେମ ପ୍ରକାଶଙ୍କ ମନ ବି କହୁଥିଲା ତା ସହିତ ୟୁନିଭରସିଟି କ୍ୟାମ୍ପସ ଭିତରେ ଘେରାଏ ବୁଲି ଆସିବାକୁ, ମୁହଁ ସଞ୍ଜରେ ତା ସହ କୌଣସି ଶୂନଶାନ ବେଞ୍ଚରେ ବସି ରହିବାକୁ, ୟୁନିଭର୍ସିଟିରେ ସେ ଯେତେବେଳେ ପଢୁଥିଲେ ... ସେ ସବୁ ଦିନ ସବୁକୁ ପୁଣିଥରେ ଫେରେଇ ଆଣିବାକୁ ଇଚ୍ଛା...

ନିଜକୁ ଆକଟ କରି ରହିଗଲେ । ସେ କଣ ଭାବିବ... ଯେଉଁମାନେ ସେମାନଙ୍କୁ ବେଞ୍ଚ ଉପରେ ଦେଖିବେ ସେମାନେ କଣ ଭାବିବେ.... ପ୍ରଫେସର ବୟସର ଜଣେ ବୟସ୍କ ଏକ ଛାତ୍ରୀ ସହ !

ଦିନେ ଲାଲ ରଙ୍ଗର ଶାଲ ଭିତରୁ ତା ଗୋରା ହାତ ଅଳ୍ପ ଟିକେ ବାହାରି ଆସିଥିଲା । କୋମଳ... ମସୃଣ... ଏକଦମ ନିଖୁଣ... ଏମିତି ଲାଗିଲା, ଯେପରି ସେହି ସୁନ୍ଦର ହାତ ଦେଇ ଏକ ହାଲକା ପବନ ସ୍ପର୍ଶ ଭାବପ୍ରବଣତା ପରି ଭାସି ଆସୁଛି । ସେ ମୋର ଦୃଷ୍ଟି କୋମଳ ହୋଇ ଆସୁଥିବା ଲକ୍ଷ୍ୟ କରି ଦେଇ ସେ ତତ୍‌କ୍ଷଣାତ୍ ବାହାରୁ ଶାଲରେ ଘୋଡାଇ ପକାଇଲା । ସେ ଅପ୍ରସ୍ତୁତ ମନେ ହେଲା, ହୁଏତ ମୋର ଏହିପରି ଦେଖିବା କାରଣରୁ ସେ ସାମାନ୍ୟ କ୍ରୋଧିତ ହୋଇଥାଇ ପାରେ, କିନ୍ତୁ ତାର ମୁହଁ ଏକଦମ୍ ନିର୍ବିକାର ଥିଲା । ମୁଁ ସେ ବାହୁ ଦୁଇଟିକୁ ସେପରି ଦେଖି ନ ଥିଲି, ଯେଉଁ ଭଳି ମୁଁ ତାର ଆଉ ସବୁ କଥାକୁ ଦେଖେ । ବାସ୍ତବ କଥା ହେଲା ଦେଖି ବି ନ ଥିଲି । ସେସବୁ ଅକସ୍ମାତ୍ ଦୃଷ୍ଟି ଆଗକୁ ଚାଲିଆସିଲେ, ଆଉ ମୁଁ ଦେଖି ଚାଲିଲି, ଯେପର୍ଯ୍ୟନ୍ତ ସେ ଢାଙ୍କି ନ ଦେଇଛି ।

ଆଜି ଯେତେବେଳେ ସେ ଫେରୁଥିଲା ତାକୁ ଛାଡିବା ପାଇଁ ରାସ୍ତାରେ ଥିବା ତା ସ୍କୁଟି ଯାଏ ଚାଲିଆସିଲି । ସ୍କୁଟିର ସିଟରେ ବସିବା ବେଳେ ତା ସାଲଓ୍ୱାରଟି ପାଦ ପାଖରୁ ଅଳ୍ପଟିକେ ଉଠିଗଲା ଏବଂ ହିଲ ଉପରେ ଗୋଇଠିର ଗୋଟିଏ ଝଲକ ଦେଖାଗଲା । ଖୁବ୍ ଗୋରା ଦୁଧ ଅଳତା ରଙ୍ଗର ଗୋଲ ସୁକୋମଳ ଗୋଇଠି । ତଳେ ଚିକମିକ୍ କରୁଥିବା ପରିଷ୍କାର ତଳିପା । ବାସ୍, କେବଳ ଗୋଟିଏ ମୁହୂର୍ତ୍ତ , ସାଲଓ୍ୱାରଟି ପୁଣି ଥରେ ପାଦର ସେ ଅଂଶଟିକୁ ଢାଙ୍କି ପକାଇଲା ।

କଞ୍ଚନଜଙ୍ଘାର ଶିଖର ଗୁଡିକ ମଧ୍ୟ ଏହିପରି ଟିକେ ଦେଖାଦେଇ ଚମକି ଉଠନ୍ତି ଏବଂ ସାଙ୍ଗେ ସାଙ୍ଗେ ପୁଣି ମେଘ ଭିତରେ ଲୁଚିଯାଆନ୍ତି । ପ୍ରତ୍ୟେକ ନାରୀର କୌଣସି ବିଶେଷ ଅଙ୍ଗ ଅବା ତାର କୌଣସି ବିଶେଷ ଠାଣି ତା ବ୍ୟକ୍ତିତ୍ୱ ଏବଂ ସୌନ୍ଦର୍ଯ୍ୟକୁ ସୁନ୍ଦରତମ କରି ଗଢି ତୋଳିଥାଏ । ଏ ଝିଅର ଅଙ୍ଗ ସୌଷ୍ଠବ ଅବା ଆଖି ମୋତେ ଆକର୍ଷିତ କଲା ନାହିଁ ବାହୁ ଏବଂ ପାଦ ହିଁ କାହିଁକି ? ଏ ସବୁର ଅର୍ଥ କଣ ?

ସେ ବିବାହିତ। ସେ ପ୍ରେମ ପ୍ରକାଶଙ୍କୁ ସପତ୍ନୀକ ନିଜ ଘରକୁ ନିମନ୍ତ୍ରଣ କଲା। ପ୍ରେମପ୍ରକାଶ ପ୍ରସ୍ତୁତ ହୋଇଗଲେ, କୌଣସି ଦ୍ୱିଧା ବା କୁଣ୍ଠା ଏଥିରେ ନଥିଲା।

ତା ଘର....

ଶାଶୁ ସତେ ଯେମିତି ଆହତ ବାଘୁଣି। ମୁହଁରେ ସବୁ ସମୟରେ ବିରକ୍ତି ଭାବ। ନୂଆ ଅଜଣା ବ୍ୟକ୍ତିଙ୍କୁ ବିରକ୍ତି ହୋଇ ବଡ ବଡ ଆଖି କରି ଚାହାନ୍ତି.... ଯେପରି ସାରା ସଂସାର ତାଙ୍କ ଉପରେ ଅତ୍ୟାଚାର କରିଥିଲା, ସେ ପ୍ରତିଶୋଧ ନେଇ ପାରିଲେନି କିନ୍ତୁ ସବୁବେଳେ ସେଇ ଚିନ୍ତାରେ ଅଛନ୍ତି। ତାଙ୍କ ମୁହଁର ଭାବ କେବେ ବି କୋମଳ ହୁଏନି, ଗୋଟିଏ ମୁହୂର୍ତ୍ତ ପାଇଁ ମଧ୍ୟ ସେଥିରେ ପ୍ରେମର ଛାଇଟିକେ ସୁଦ୍ଧା ଦେଖା ଯାଏନି। ଅସୁସ୍ଥ ଅଛନ୍ତି! ତାଙ୍କ ଦେହ ପା କଥା ପଚାରିବା ବେଳେ ପ୍ରେମପ୍ରକାଶ ସ୍ୱାଭାବିକ ଭାବେ ପଚାରି ଦେଲେ ଯେ - ତାଙ୍କର ପ୍ରକୃତରେ କଣ ହୋଇଛି! ଏକ ରୁକ୍ଷ ସ୍ୱରରେ ଜବାବ ଆସିଲା - "ଆପଣଙ୍କ ପ୍ରଶ୍ନଟା ହିଁ ଭୁଲ ଅଟେ। ଏଇଆ ପଚାରନ୍ତୁ ଯେ କଣ ହେଇନି!" ଏମିତିରେ ତ ସେ ରକ୍ତଚାପ ଏବଂ ମଧୁମେୟ ରୋଗୀ ଅଟନ୍ତି ଯାହାକି ଆଜିକାଲି ଏକ ଖୁବ୍ ସାଧାରଣ କଥା। ସେ ସବୁ ସମୟରେ ଅସନ୍ତୁଷ୍ଟ ଥାଆନ୍ତି। ଶରୀର ପତଳା - କ୍ଷୀଣକାୟ, ରୋଗୀ ପରି ଆଦୌ ନୁହେଁ... ବୋଧ ହୁଏ ତାଙ୍କ ମନ ହିଁ ଦେହକୁ ରୋଗୀଣା କରି ଦେଇଛି। ସନ୍ତୁଷ୍ଟ ବ୍ୟକ୍ତିର ମୁହଁ ସବୁବେଳେ ପ୍ରଫୁଲ୍ଲ ପ୍ରସନ୍ନ ଦେଖାଯାଏ, ଶରୀର ବେଢଙ୍ଗର ହେଲେ ମଧ୍ୟ ସନ୍ତୁଳିତ ପରିପୂର୍ଣ୍ଣ ଦେଖାଯାଏ। ଏ ସ୍ତ୍ରୀ ଲୋକର ଶରୀର ଅସୁନ୍ଦର ନୁହେଁ, କିନ୍ତୁ ମନରେ ସଦାସର୍ବଦା ବିରକ୍ତି ଭାବ। ସେଥିପାଇଁ ତାଙ୍କ ଶରୀର ମଧ୍ୟ ବିତୃଷ୍ଣା ଭାବ ସୃଷ୍ଟି କରୁଛି। ତାଙ୍କ ପାଇଁ ନିଜର ପତଳା ଶରୀର ମଧ୍ୟ ବୋଝ ପରି... ଯାହାକୁ ବୋହି ବୋହି ସେ ଚିଡିଚିଡା ହୋଇଯାଏ, ସତେ ଅବା ସାରା ଦୁନିଆଁ ପରି ତାଙ୍କ ନିଜ ଦେହ ମଧ୍ୟ ତାଙ୍କର ଶତ୍ରୁ ଅଟେ... ତାଙ୍କ ଉପରେ କେବେଠାରୁ ଅତ୍ୟାଚାର କରୁଛି। ପ୍ରତ୍ୟେକ ସମୟରେ ସେ ନିଜ ଶରୀରକୁ ନିଜଠାରୁ ଦୂରେଇ ଦେବାକୁ ଚାହାଁନ୍ତି। ସେ ଘରର ଏପରି କାମ ସବୁ କରନ୍ତି ଯେଉଁଥିରେ ବେଶୀ ସାବଧାନ ରହିବାକୁ ପଡି ନ ଥାଏ, ଯେପରିକି ଗହମ- ଚାଉଳ ବାଛିବା, ଗହମ ଧୋଇବା ଶୁଖାଇବା ନ ହେଲେ କାମବାଲୀ ଆସି ନ ଥିଲେ ବାସନ ମାଜିବା, ଲୁଗା ସଫା କରିବା ବା ଘର ଝାଡୁପୋଛା ଆଦି କରିବା। ରୋଷେଇ କରନ୍ତି ସକାଳର ଖାଇବା ସିଏ... କରନ୍ତିନି, ତାଙ୍କ ବୋହୂ ଏବଂ ରାତ୍ରୀ ଖାଇବା ଶ୍ୱଶୁରଙ୍କ ଦାୟିତ୍ୱ, ସେ ଇସ୍ତ୍ରୀ କେବେ ବି କରନ୍ତିନି, କାରଣ ସେଥିରେ ଲୁଗାପଟା ପୋଡି ହୋଇ ଯିବାର ଭୟ ଥାଏ। ଏହିପରି ଭାବରେ ସେସବୁ କାମ- ଯେଉଁଥିରେ ଅନ୍ୟ ମନସ୍କ ରହିଲେ ବହୁତ

ଗଡବଡ ହୋଇଯାଇପାରେ। ଅଥବା କାମ କରୁଥିବା ବ୍ୟକ୍ତିର ପୂର୍ଣ୍ଣ ଦକ୍ଷତାକୁ ପ୍ରମାଣିତ କରେ, ସେ ପ୍ରକାର କାମ ସେ କରନ୍ତିନି। ସେଥିପାଇଁ ତାଙ୍କ ଭିତରେ ଆହୁରି ଆତ୍ମବିଶ୍ୱାସର ଅଭାବ ଏବଂ ସେହି କାରଣରୁ ରୁକ୍ଷତା ଆସିଯାଇଛି। ତେଣୁ ବର୍ତ୍ତମାନ ପାଇଁ ତାଙ୍କ ଦିନଚର୍ଯ୍ୟା ସାଧାରଣ କାମରେ ଲାଗିରହିବା, କାମ କରିବା ବେଳେ ନିଜ ଦୁର୍ଦ୍ଦଶା ପାଇଁ ମନସ୍ତାପ କରିବା... ମଝି ମଝିରେ ଯିଏ ବି ତାଙ୍କ ଆଗକୁ ଆସେ ତାକୁ ଦୋଷଦେଇ ବାକ୍ୟବାଣରେ କ୍ଷତାକ୍ତ କରିବାରେ ଯେପରିକି ସେ ସାରାଦିନ ସେଥିରେ ଛଟପଟ ହେବ... ସେଇଥିରେ କଟିଯାଏ। ତାଙ୍କର ଦିନଚର୍ଯ୍ୟାର ନିର୍ଦ୍ଦିଷ୍ଟ ସମୟ ନ ଥାଏ.... କେବେ କେବେ ତିନି ଦିନ ଯାଏ ନ ଗାଧୋଇ ରହିଯିବେ... କୋଉ କାମ କେତେ ଲମ୍ବା ସମୟ ଯାଏ ଟାଳି ଚାଲିବେ, ତାର କୌଣସି ଇୟତ୍ତା ନଥାଏ। ଏହିପରି ଖାଇବାର ମଧ୍ୟ କୌଣସି ନିର୍ଦ୍ଦିଷ୍ଟ ସମୟ ନାହିଁ। ଏମିତିରେ ସକାଳ ଖାଇବା ସମସ୍ତେ ନିଜ ନିଜର ସମୟ ସୁବିଧା ଓ ଆବଶ୍ୟକତା ଅନୁସାରେ ଖାଇଥାନ୍ତି, ସନ୍ଧ୍ୟାରେ ଏକାଠି... ଯଦି ଶାଶୁ ପ୍ରସ୍ତୁତ ହୋଇଥାନ୍ତି ତେବେ ଟେବୁଲ ପାଖରେ ବସିଯାଆନ୍ତି। ତାଙ୍କୁ କେହି ଅପେକ୍ଷା କରନ୍ତିନି। ବରଂ ସମସ୍ତେ ଡରନ୍ତି ଯେ କେଜାଣି ଖାଇବା ବେଳେ କାହାକୁ କଣ କହି ପକାଇବେ! ତଥାପି କେହି ତାଙ୍କୁ ଏକଥା ଖୋଲାଖୋଲି ଭାବରେ କହିପାରନ୍ତିନି ଯେ- ମାଁ ଆପଣ ପରେ ଅଲଗା ଖାଇଦେବେ। ତେଣୁ ଔପଚାରିକତା ଦୃଷ୍ଟିରୁ ତାଙ୍କୁ ଖାଇବା ସମୟରେ ଥରୁଟେ ଡାକି ଦିଅନ୍ତି।

ସେ ନ ଆସିଲେ, ସମସ୍ତେ ଶାନ୍ତିରେ ନିଃଶ୍ୱାସ ମାରନ୍ତି। ସାଧାରଣତଃ କେହି ତାଙ୍କୁ ବିରକ୍ତ କରାନ୍ତିନି... ସେ ନିଜେ ନିଜେ ହିଁ ସବୁବେଳେ ଅଶାନ୍ତି ଭିତରେ ରହିଥାନ୍ତି। ଯଦି କେବେ ଏମିତି ସମୟ ଆସେ, ଯେତେବେଳେ ତାଙ୍କ ଅଶାନ୍ତି ଭାବ ନିୟନ୍ତ୍ରଣ ବାହାରକୁ ଚାଲିଯାଏ.. ସେ ଝଗଡା କରିବସନ୍ତି। ନିଜ ସ୍ୱାମୀଙ୍କ ସହ ପ୍ରାୟ, ପୁଣି କେବେ କେବେ ବୋହୂ ଓ ପୁଅ ସହ ମଧ୍ୟ। କିନ୍ତୁ ପୁଅ ସହ ଟିକେ ଦବିଲା ସ୍ୱରରେ... ସେ ଯେ ପୁଅକୁ ବହୁତ ସ୍ନେହ କରନ୍ତି ତା ନୁହେଁ, ବରଂ ଏଥି ପାଇଁ ଯେ, ପୁଅକୁ ହରେଇବାର ଆଶଙ୍କାଟେ ମନରେ ଥାଏ।

ଏପରି ମହିଳାଙ୍କ ସ୍ୱାମୀ ଅର୍ଥାତ୍ ତା ଶ୍ୱଶୁର ଯେପରି ହେବାକଥା ସେହିପରି ହୋଇଛନ୍ତି। ପତ୍ନୀଙ୍କର ସମୟ ଜ୍ଞାନ ନ ଥିବା ବେଳେ, ଇଏ ହେଲେ ନିଜକୁ ଘଣ୍ଟାକଣ୍ଟା ସହ ବାନ୍ଧି ରଖିବା ଲୋକ। ଚାରିଟା ବେଳେ ଉଠିବାର ଅଛି, ପାଞ୍ଚଟା ବେଳେ କୁକୁରକୁ ନିତ୍ୟକର୍ମ କରାଇବାକୁ ବୁଲାଇ ନେବାର ଅଛି, ଆସି ଗାଧୋଇବାର ଅଛି, ଗାଧୋଇବାର ଗୋଟିଏ ଘଣ୍ଟା ଯାଏଁ.. ଯେ ପର୍ଯ୍ୟନ୍ତ ସବୁ ଦେବାଦେବୀଙ୍କୁ ଜଳ ତର୍ପଣ, ପୂଜାର୍ଚ୍ଚନା ସରିନି ସେ ପର୍ଯ୍ୟନ୍ତ କଥା କହିବା ମନା.... ଏପରିକି ମଣିଷର ଛାଇ ସୁଦ୍ଧା

ନ ପଡିବା ଆହୁରି ଭଲ। ଯଦି ଏହା ସମ୍ଭବ ନୁହେଁ, ତେବେ ଅତି କମରେ ତା ସହ ପାଟିତୁଣ୍ଡ ହେବାରୁ ତ ନିଜକୁ ରକ୍ଷା କରିହେବ। ଏମିତିରେ ବି ସେ ବହୁତ କମ କଥା କୁହନ୍ତି। ପତ୍ନୀ ଯେତେବେଳେ କର୍କଶ ହୋଇଥାନ୍ତି, ରୁକ୍ଷତା ତାଙ୍କ ମୁହଁରେ ଷ୍ଟାମ୍ପ୍ର କଳାକାଳି ପରି ଲାଖି ରହିଥାଏ, ଯାହା କି ଟିକେ ଉଖାଡି ଦେଲେ ବୈଶାଖର ଝାଞ୍ଜି ପବନ ପରି ବ୍ୟତିବ୍ୟସ୍ତ କରିନିଏ, ସେପରି ସ୍ଥଳେ ଲୁଚାଇ ଚୁପ ନ ରହି ଆଉ ଚାରା ବି କଣ ଥାଏ ! ପତ୍ନୀ ନିଜର ଦୁର୍ଭାଗ୍ୟ ପାଇଁ ନିଜ ସ୍ୱାମୀଙ୍କୁ ହିଁ ସଂପୂର୍ଣ୍ଣ ରୂପେ ଦାୟୀ କରନ୍ତି, ଅକର୍ମା, ଯାହାଙ୍କ ଯୋଗୁଁ ସେ ଆଜି ଚାକରାଣୀ ହୋଇ ରହିଯାଇଛନ୍ତି। ଯେତେବେଳେ ସେ ରୋଜଗାର କରୁଥିଲେ ସେତେବେଳେ ମଧ୍ୟ ଗୋଟିଏ ସାଧାରଣ ବିଭାଗର କ୍ଲର୍କ ଯାହାକୁ କାମ କରିବାର ବି ଢଙ୍ଗ ଜଣା ନାହିଁ... ସେ ବେଇମାନୀ କରି କଣ ଅବା ରୋଜଗାର କରିପାରିବେ! କେବଳ ଦରମା ଗଣ୍ଡାକ ଘରକୁ ଆସେ.... ସେ କାନ୍ଦି କୁନ୍ଥେଇ ସେତିକିରେ ଘରର ମାସିକ ଖର୍ଚ୍ଚ ଚଳାଏ। ଆଉ ଏବେ ସେ ଯେତେବେଳେ ଶାଶୁ ହୋଇ ସାରିଛି, ତେବେ ବି କ'ଣ ହୋଇଗଲା !.. ଝାଡୁ ପୋଛା କରୁଥିବା କାମବାଲୀ। ଯେତେବେଳେ ବି ସେ ସ୍ୱାମୀଙ୍କ ଆଡକୁ ଚାହେଁ, ନିଜ ଆଖିରେ ଯେପରି କହୁଥାଏ... ଦେଖ, ତୁମେ ମୋତେ ଏଇଆ କରିଦେଇଛ.... ସେଥିପାଇଁ ସେ ତାଙ୍କ ଦୃଷ୍ଟିରୁ ଲୁଚି ବୁଲନ୍ତି, ଦିନ ସାରା ଏପଟୁ ସେପଟ, ସେପଟୁ ଏପଟ ହେଉଥାନ୍ତି। ଭାଗ୍ୟ ଭଲ ଯେ ଘରଟି ଦୁଇତାଲା ଅଟେ, ସେ ଉପର ରୁମରେ ଶୁଅନ୍ତି ଇଏ ତଳେ ରୁମରେ। ତାଙ୍କ ଭାଗର କାମ ମଧ୍ୟ ଇଏ କରିଦିଅନ୍ତି, ଯେପରି କି ରାତି ପାଇଁ ଭାତ ତରକାରୀ କରିଦେବା, କିନ୍ତୁ ଜୀବନ ତାଙ୍କର କୁକୁର ପାଖରେ ହିଁ ଥାଏ। କୁକୁର ତାଙ୍କୁ ସେଇ ସବୁ ଦେଇଛି, ଯାହା ତାଙ୍କ ପତ୍ନୀ କେବେ ଦେଇ ନାହାନ୍ତି। କୌଣସି ଅଭିଯୋଗ ନ ଥାଇ କେବଳ ଭଲ ପାଇବା। ସେ ଦୁଇ ବେଳା ତାକୁ ବାହାରକୁ ନେଇ ଯାଆନ୍ତି। କେତେ କାମ ଅଛି, ଯାହା ସେ ନିଜକୁ ବ୍ୟସ୍ତ ରଖିବା ପାଇଁ କରିଥାନ୍ତି, ଯେମିତିକି ପୂଜାପାଠ, ଟି.ଭି ରେ ପ୍ରବଚନ ଶୁଣିବା, ଧାର୍ମିକ ଗ୍ରନ୍ଥ ପଢିବା, ରୋଷେଇ ଘର କାମ, ବଜାର ସଉଦା କରିବା... ଏସବୁ ସହ ଆହୁରି ମଧ୍ୟ ଯାହା କାମ ମିଳେ କରିଚାଲନ୍ତି। ଏସବୁ ଭିତରେ ଧ୍ୟାନ କିନ୍ତୁ କୁକୁର ଉପରେ ଥାଏ। ଯାଉଣୁ ଆସୁଣୁ ନିୟମିତ ତା ଯତ୍ନ ନେବା, ଯେପରି ଗୋଟିଏ ମିନିଟ ମଧ୍ୟ ଖାଲି ନ ରହେ। ପତ୍ନୀଙ୍କର ତୀକ୍ଷ୍ଣ ଦୃଷ୍ଟି ନିଜ ପଛରେ ଥିବାର ସେ ସବୁବେଳେ ଅନୁଭବ କରନ୍ତି। ସେ ଦୃଷ୍ଟିରୁ ଲୁଚି ବୁଲନ୍ତି। ପ୍ରତିଟି କ୍ଷଣ ଯେମିତି ବ୍ୟସ୍ତ ରହିବେ, ମନ ସର୍ବଦା ତୃପ୍ତ, ଶାନ୍ତ ରହିବ... ଏପରି ଚେଷ୍ଟା କରିଥାନ୍ତି। ସେଥିପାଇଁ ବାର୍ଦ୍ଧକ୍ୟଜନିତ ସମସ୍ତ ରୋଗଠାରୁ ସେ ଏବେ ସୁଦ୍ଧା ବହୁ ଦୂରରେ। ମୋଟାମୋଟି କହିବାକୁ ଗଲେ ଶରୀର ଏବେ ସଂପୂର୍ଣ୍ଣ ନୀରୋଗ

ଅଛି, ଯେତିକି ଆବଶ୍ୟକ ସେତିକି କଥା ହିଁ କହିଥାଏ ଏବଂ କାହା ପାଖରେ ବସିବା ପାଇଁ ଆଗ୍ରହୀ ମଧ୍ୟ ହୁଅନ୍ତି ନାହିଁ, କାରଣ ତାହା ପତ୍ନୀଙ୍କର ଚକ୍ଷୁଶୂଳ ହୋଇଥାଏ.... ଏହି ନୀରୋଗ ପୁରୁଷ ଏବଂ ସେହି ରୋଗୀଣା ସ୍ତ୍ରୀଙ୍କ ଠାରୁ ଜନ୍ମିତ ପୁତ୍ର ତାର ସ୍ୱାମୀ ଅଟେ.. ବାପା ଗୋଟିଏ ଡିପ୍ଲୋମା କରେଇ ଦେଇଥିଲେ, ଯାହା ପାଇଁ ସେ ଗୋଟିଏ ପ୍ରାଇଭେଟ୍ ଫାର୍ମରେ କାମ ପାଇଗଲା। ବସି ବସି ଜ୍ୟୋତିଷଶାସ୍ତ୍ରର ଗୋଟିଏ ଡିଗ୍ରୀ ମଧ୍ୟ ପାଇଗଲା। କମ୍ପାନୀରୁ ଫେରିବା ମାତ୍ରେ ସେ ସାର୍ଟ ପ୍ୟାଣ୍ଟକୁ ଏପରି ବାହାର କରି ଫୋପାଡି ଦିଏ ଯେ, ଯେମିତି ସେସବୁ ଗୋଟେ ବୋଝ। ସାଙ୍ଗେ ସାଙ୍ଗେ ଗାଢ ଲାଲ ରଙ୍ଗର ଲୁଙ୍ଗି କୁର୍ତ୍ତା ପିନ୍ଧି କପାଳରେ ହଳଦିଆ ଚନ୍ଦନ ଲେପି, ହାତ ଏବଂ ବେକରେ ବଡ ବଡ ମାଳା ପିନ୍ଧି ସେ ଘରର ସେପଟକୁ ଚାଲିଯିବ, ଯେଉଁଠି ସେ ଗୋଟେ ଦେବୀ ମନ୍ଦିର ତିଆରି କରିଛି। ଦେବୀଙ୍କର ବିରାଟ ପ୍ରତିମା ତଳେ ପାହାଚ ପାହାଚ ହୋଇଥିବା ସିଂହାସନରେ ସବୁ ଦେବାଦେବୀଙ୍କର ପ୍ରତିମା ଅଛି। ଡାହାଣ ଆଡକୁ ଗୋଟିଏ କୋଣରେ ତା ଗୁରୁଙ୍କର ଗୋଟେ ବନ୍ଧେଇ ଫଟୋ ଏବଂ ବାଁ ପଟେ ସେମିତି ଗୋଟେ କୋଣରେ ସେଇଭଳି ନିଜର ଗୋଟେ ବନ୍ଧେଇ ହୋଇଥିବା ଫଟୋ, ଗୁରୁ ଏବଂ ଦେବତା ମାନଙ୍କ ସହ ସମାନ ହୋଇ! ଜୀଇଁ ଥାଉଁଥାଉଁ ଦେବତା ହୋଇଗଲା! ମନ୍ଦିର ପାଖରେ ଗୋଟିଏ ସିଟ୍ ଥିବା ବଡ ସୋଫାଟେ ଅଛି, ଏଇ ସେଇ ଗଦି ଯାହା ଉପରେ ସେ ବସେ... ଯୁବାଗୁରୁ। କେହି ଯଦି କୌଣସି ସମୟରେ ତାକୁ ଦେଖା କରିବାକୁ ଆସେ, ତେବେ ସେ ଘରର ପଛ ରାସ୍ତା ଦେଇ ମନ୍ଦିରରେ ପହଞ୍ଚି ଯାଏ ଓ ଗଦି ଉପରେ ଯାଇ ବସିଯାଏ। ସେଇଠି ଦେଖା କରେ। ସେ ଯେତେବେଳେ ନିଜ ଶାଶୁ ଶ୍ୱଶୁରଙ୍କୁ ପ୍ରେମ ପ୍ରକାଶ ଓ ତାଙ୍କ ପତ୍ନୀଙ୍କ ସହ ପରିଚୟ କରାଇଲା, ସେତେବେଳେ ସେ ପାଖରେ ବସି ରହିଲା, କଥାବାର୍ତ୍ତା ଆଲୋଚନାରେ ମଧ୍ୟ ଭାଗ ନେଲା, କିନ୍ତୁ ସ୍ୱାମୀଙ୍କ ସହ ଭେଟ କରାଇବାକୁ ସେ ଦୁହିଁଙ୍କୁ ମନ୍ଦିର ଥିବା ଘରେ ନେଇ ଛାଡିଦେଲା ଓ ପୁଣି ମୁଖ୍ୟ ଘରକୁ ଫେରି ଆସିଲା।

ମନ୍ଦିର ସାରା ଆଖି ଝଲସାଇ ଦେଉଥିବା ପରି କେବଳ ଗାଢ ନାଲି ରଙ୍ଗ ହିଁ ଥିଲା- ଦେବୀଙ୍କ ପୋଷାକ ଏବଂ ଜିଭ, ତଳେ ଚଟାଣର ରଙ୍ଗ, ଗୋଟିଏ ସିଟ୍ ଥିବା ସୋଫାର ରଙ୍ଗ, ତା ପାଖରେ ରଖାଯାଇଥିବା ଥାଳୀ ମଧ୍ୟ ଲାଲ ହିଁ ଥିଲା, ଯେଉଁଥିରେ ଚଣା ଏବଂ ଅଳେଇଚର ଦାନା ରଖାଯାଇଥିଲା। ତା ସ୍ୱାମୀ ମହନ୍ତ ସାଜି ସୋଫାର ଗଦି ଉପରେ ବସିଥିଲା। ବସିବା ପାଇଁ ସେଠି ତଳେ ଚଟାଣ ଛଡା ଆଉ କିଛି ବି ନ ଥିଲା। ପ୍ରେମ ପ୍ରକାଶ ଓ ତାଙ୍କ ପତ୍ନୀ ତଳେ ହିଁ ବସି ପଡିଲେ। ଯୁବାଗୁରୁ ବସିବା ପାଇଁ କହି ନଥିଲା। ମହାତ୍ମା ମାନେ କଣ କାହାକୁ ବସିବାକୁ କୁହନ୍ତି ଭଲା! ବ୍ୟବସ୍ଥା ଏପରି

ହୋଇଥିଲା ଯେ, ଆଗନ୍ତୁକଟି ଠିଆ ହୋଇ ରହିବ ଅଥବା ଯୁବାଗୁରୁଙ୍କ ପାଦ ପାଖରେ ତଳେ ବସିଯିବ ! ଏହି ପରି ଯୁବାଗୁରୁ ସମସ୍ତଙ୍କୁ ନିଜ ପାଦ ପାଖରେ ତଳେ ହିଁ ବସାଉ ଥିଲା । ସେ ପଛକେ ବୟସ, ଶିକ୍ଷା ଅଥବା ରୋଜଗାରରେ ଯେତେ ଉଚ୍ଚତର ହୋଇଥାଉ ନା କାହିଁକି । ସେ ସମୟରେ ସେ ସାମ୍ନା ଲୋକକୁ କମ୍ ଏବଂ ନିଜର ଗୋଟାଏ ପାଦରେ ପିନ୍ଧିଥିବା ରୂପାର ମୋଟା କଡାକୁ ବେଶୀ ଦେଖୁଥିଲା । ଏପରି ଲାଗୁଥିଲା ଯେପରି ଯେଉଁ ଧର୍ମର ସେ ଦୀକ୍ଷା ନେଇଥିଲା, ଏ କଡା ତାହାର ହିଁ ପ୍ରତୀକ ଅଟେ ଏବଂ ନିଜକୁ ସନ୍ଥ ହେବାର ଅନୁଭବ ଦେବା ପାଇଁ ଓ ଅନ୍ୟମାନଙ୍କୁ ମହତ୍ତ୍ୱର ଅନୁଭବ କରାଇବା ପାଇଁ ସେ ସେହି ପାଦଟିକୁ ରହିରହି ଅଳ୍ପଅଳ୍ପ ହଲାଉଥିଲେ ଏବଂ କଡାକୁ ବାରମ୍ବାର ଚାହୁଁଥିଲା । ଯଦିଓ ଘରଟି ତା ବାପା ତିଆରି କରିଥିଲେ କିନ୍ତୁ ଘରର ବାହାରେ ଯେଉଁ ଲାଲ ରଙ୍ଗର ଫଳକଟି ଲାଗିଥିଲା ସେଥିରେ ଯୁବାଗୁରୁର ନାମ ହିଁ ଥିଲା ନାମର ଆରମ୍ଭରେ ସ୍ୱାମୀ ଏବଂ ଶେଷରେ ଆନନ୍ଦ । ମନ୍ଦିରରେ ସକାଳୁ ସଂନ୍ଧ୍ୟାରେ ନିଶ୍ଚୟ ପୂଜା ଆଳତୀ ହୁଏ, ରାତିରେ ଏହି ଗଦି ଉପରେ ବସି ସେ ଲୋକମାନଙ୍କ ସମସ୍ୟା ଶୁଣେ, ସେମାନଙ୍କୁ ସମାଧାନର ବାଟ ବତାଏ, ଜାତକ ଦେଖି ଭାଗ୍ୟ ଭବିଷ୍ୟ କହେ, ଯାହା ଜାଣିବାର ଉତ୍ସୁକତା ସମସ୍ତଙ୍କ ମଧ୍ୟରେ ଥାଏ । ରାତି ଛଡା ଅଲଗା ସମୟରେ ବି ଯଦି କେହି ଆସିଗଲା, ସେ ଏହି ସବୁ କାମ ପାଇଁ ଏହି ଗଦି ଉପରେ ଆସି ବସିଯାଏ । ସେ ଆଧୁନିକ ଗୁରୁ ଥିଲା, କାରଣ ତାର ମୋଟା ଆଙ୍ଗୁଳି ଗୁଡିକରେ ବିଭିନ୍ନ ରତ୍ନ ବସା ମୁଦି ସବୁ ଯଦିଓ ଥିଲା କିନ୍ତୁ ହାତରେ ମାଳା ବଦଳରେ ମୋବାଇଲ ଥିଲା ।

ସେ ଛୋଟ ଛୋଟ ବାଳ ରଖୁଥିଲା ଯେମିତି ତା କପାଳ ଚଉଡା ଦେଖାଯିବ ଏବଂ ତା ଉପରେ ଲଗାଉଥିବା ହଳଦିଆ ଚନ୍ଦନ କେବଳ ଦେଖାଯିବ । ମୁହଁଟି ଗୋଟେ ବଡ ରସଗୋଲା ପରି, ଯାହାର ଗୋଟିଏ ଜାଗାରେ ଫଟା ଚିହ୍ନଟିଏ ଅଛି । ମୋଟାମୋଟା ଆଙ୍ଗୁଳି, ମୋଟାମୋଟା ଓଠ... ପ୍ରେମ ପ୍ରକାଶଙ୍କୁ ଲାଗିଲା ସେ ଝିଅଟି ଯେତିକି ପ୍ରଖର ଓ ଚଞ୍ଚଳ ଥିଲା, ତା ସ୍ୱାମୀ ସେତିକି ମାନ୍ଦା ଓ ଗମ୍ଭୀର ଥିଲା । ବୈଷୟିକ ଶିକ୍ଷା ଏବଂ ଧର୍ମର ଏପରି ଏକ ମିଶ୍ରଣ ଯାହା କିଛି ବି ହୋଇପାରିନଥିଲା ଏବଂ ଦୁଇଟି ଯାକ ଶିକ୍ଷାର ଅସ୍ତିତ୍ୱ ମଧ୍ୟ ହରାଇ ବସିଥିଲା । ଯୁବାଗୁରୁ ଆଶା କରୁଥିଲା ଯେ, ତାକୁ ଶ୍ରଦ୍ଧାର ସହ ବିନୀତ ହୋଇ କିଛି ପଚରା ଯାଉ... ଏବଂ ଯେଉଁଠି ଭାରତୀୟ ମହିଳା ଥିବେ, ସେଇଠି ଏସବୁର ଅଭାବ ରହିବନି । ତଳେ ଚଟାଣ ଉପରେ ବସିବା ପୂର୍ବରୁ ପ୍ରେମ ପ୍ରକାଶ ଏବଂ ତାଙ୍କ ପତ୍ନୀ ମନ୍ଦିରରେ ଦର୍ଶନ କଲେ, ଏକାବନ ଟଙ୍କା ଦକ୍ଷିଣା ଦେଲେ । ପ୍ରେମ ପ୍ରକାଶଙ୍କ ପତ୍ନୀ ନିଜ ପୁଅର ଭବିଷ୍ୟତ ବିଷୟରେ ଚିନ୍ତିତ ଥିଲେ, ଯିଏ କି ଏକ

ମହାନଗରୀରେ ଚାକିରି କରୁଥିଲା । ସେ ପୁଅର ଜାତକ ଗୁରୁଜୀଙ୍କ ଆଡକୁ ବଢାଇ ଦେଲେ । ଯୁବାଗୁରୁ ତାକୁ ଏପଟ ସେପଟ ଲେଉଟାଇ ଦେଖିଲା, କିଛି ସମୟ ଆଙ୍ଗୁଠିରେ ଗଣିଲା, ଚିନ୍ତା କଲା ଏବଂ ତା ପରେ କହିଲା..

"ଏମିତି ତ ଜାତକ ଗଣନା କରି ଫଳାଫଳ ଲେଖିକି ଦେଇ ଦେବି... କିନ୍ତୁ ଯଦି କିଛି ବଡବଡ କଥା କିଛି ପଚାରିବାର ଅଛି ତା ହେଲେ ପଚାରନ୍ତୁ । ବହୁତ ଭଲ ଜାତକ । ସ୍ୱାସ୍ଥ୍ୟ ଭଲ ରହିବ । ଏହାର ପିତାମାତା ଭଲ ସେମାନଙ୍କ ଠାରୁ ତାକୁ ସବୁବେଳେ କିଛି ନା କିଛି ମିଳୁଥିବ"

କି କଥା! ପ୍ରେମପ୍ରକାଶ ମନେମନେ ହସିଲେ । ଯଦି ଜାତକଟି ଯୁବକର... ତେବେ ତ ସ୍ୱାସ୍ଥ୍ୟ ନିଶ୍ଚୟ ଭଲ ରହିବ । ମାଆବାପାଙ୍କୁ ତ ସେ ଜାଣିସାରିଥିଲା, ସେମାନେ ସଂପନ୍ନ ହେଲେ ପିଲାମାନଙ୍କୁ ତ କିଛି ନା କିଛି ତ ନିଶ୍ଚୟ ମିଳିବ । ବିସ୍ତୃତ ଭାବରେ ନିଜେ ଲେଖିକି ଦେବ ନ ହେଲେ କାହା ଦ୍ୱାରା ଲେଖାଇ ଦେବ ତାଙ୍କ ପତ୍ନୀ ମୁଗ୍ଧ ହୋଇ ଶୁଣିଯାଉଥିଲେ । ଏଇ ସ୍ତ୍ରୀଲୋକମାନଙ୍କ ବଳରେ ହିଁ ଏଇ ସ୍ୱାମୀଜୀ ମାନେ ତିଷ୍ଠି ଯାଆନ୍ତି । ପ୍ରେମ ପ୍ରକାଶଙ୍କ ମୁଣ୍ଡକୁ ଦୁଷ୍ଟାମୀ କରିବାର ଆଇଡିଆ ଆସିଲା । ସେ ଯୁବାଗୁରୁକୁ ପଚାରି ବସିଲେ -

"ଏ ପିଲାଟି ଭାଗ୍ୟରେ କେତୋଟି ବିବାହ ଯୋଗ ଲେଖା ଅଛି ?"

"ଗୋଟିଏ ହିଁ ଦୃଷ୍ଟିଗୋଚର ହେଉଛି, ବୈବାହିକ ଜୀବନ ଅତି ସୁନ୍ଦର ।" ଜାତକରେ କିଛି ଖୋଜିବା ପରି ହୋଇ ଯୁବାଗୁରୁ କହିଲା ।

ପ୍ରେମ ପ୍ରକାଶ ନିଜ ପତ୍ନୀଙ୍କ ଆଡକୁ ଚାହିଁ ଇଶାରା କଲେ ଯେ - ଦେଖ, ଯାହା ଆଗରେ ତୁମେ ଶ୍ରଦ୍ଧା ଓ ଭକ୍ତିରେ ମୁଣ୍ଡ ନୁଆଁଇଛ ତାର ଭବିଷ୍ୟ ଜ୍ଞାନ ଏଇଆ ।

ପ୍ରକୃତ କଥା ଏଇଆ ଥିଲା ଯେ, ତାଙ୍କ ପୁଅର ପ୍ରଥମେ ବିବାହ ହୋଇ ସାରିଥିଲା । କିନ୍ତୁ ବାହାଘର ପରେ ପୁଅ ବୋହୂଙ୍କ ଭିତରେ ପ୍ରବଳ କହଳ ହେବାରୁ ସଂପର୍କ ଛିନ୍ନ ହୋଇ ଯାଇଥିଲା । ଏଇ କିଛି ଦିନ ଆଗରୁ ତାର ଦ୍ୱିତୀୟ ବିବାହ ହୋଇଛି, ଯାହାକୁ ନେଇ ମଧ୍ୟ ଏବେ ସେ ଦୁହେଁ ଚିନ୍ତିତ ଥିଲେ । କାରଣ ତାଙ୍କ ପୁଅ ସ୍ୱଭାବରେ ଉଗ୍ର ଥିଲା । ପ୍ରେମ ପ୍ରକାଶଙ୍କ ପତ୍ନୀ ତଥାପି ହତୋତ୍ସାହିତ ହୋଇ ନ ଥିଲେ, ସେ ନିଜ ଜାତକ ମଧ୍ୟ ବଢାଇ ଦେଇଥିଲେ ଆଉ ନିଜ ବିଷୟରେ ପଚାରିବାକୁ ଲାଗିଗଲେ ।

ଦୁହିଁଙ୍କ ବାର୍ତ୍ତାଳାପ ସମୟରେ ପ୍ରେମ ପ୍ରକାଶ ନୀରବରେ ବସି ରହିଲେ । ସିଂହାସନରେ ଦେବତା ମାନଙ୍କ ମଧ୍ୟରେ ଶୋଭା ପାଉଥିବା ଯୁବାଗୁରୁଙ୍କ ନିଜ ଫଟୋ ବାରମ୍ବାର ତାଙ୍କ ଧ୍ୟାନ ଆକର୍ଷଣ କରୁଥିଲା । ସେ ଭାବୁଥିଲେ ଜ୍ଞାନର ଅଭାବରେ

କେମିତି କେହି ମଣିଷ ଧର୍ମଗୁରୁ ହୋଇ ପାରିବ? ବହୁତ ଅଧ୍ୟୟନ କରିବା ନିହାତି ଜରୁରୀ ଅଟେ। ଯଦି ଯୁବାଗୁରୁ କେବଳ ଆମ ଧର୍ମଶାସ୍ତ୍ର ଗୁଡିକର ହିଁ ଅଧ୍ୟୟନ କରିଥିବ ତା ହେଲେ ମୁଁଦ୍ଧି, ଅହଂକୁ ଦୂର କରିବା, ଦମନ କରିବା ଅବା ନିଷ୍କ୍ରିୟ କରିବାର କଥା ଯାହା ସେଠାରେ ବାରମ୍ବାର ଆଲୋଚନା କରାଯାଇଥାଏ... ସେସବୁ ଦ୍ୱାରା ପ୍ରଭାବିତ ନ ହୋଇ ସେ କିପରି ରହି ପାରିଥାନ୍ତା ଏବଂ ସେତେବେଳେ କଣ ସେ ଏଇ ନିଜ ଫଟୋ ନେଇ ସେଇଠି ରଖିଥାନ୍ତା ଯେଉଁଠି ରଖା ହୋଇଛି... ନିଜ ଗୁରୁ ଓ ଦେବତାମାନଙ୍କ ସହ ସମାସ୍କନ୍ଧ ଭାବରେ? ତାର ବୈଷୟିକ ଶିକ୍ଷା ଯେତିକି ଓ ଯାହା ବି ଥିଲା କେବଳ ଜାଣିବା ପାଇଁ ଥିଲା, ସେସବୁରେ ଜ୍ଞାନ କାହିଁ! ଏଇ ସିଂହାସନ ସମ ସୋଫା ଯାହା ଉପରେ ବସି, ଏଇ ଲୋକଟି ବହୁତ ପ୍ରସନ୍ନ ଅଛି ଏବଂ ପାଦର ସେ କଡା ଯାହାକୁ ସେ ବାରମ୍ବାର ଦେଖାଉଛି... ଏହି ଦୁଇଟି କଥା ଏଇଆ ସୂଚାଏ ଯେ, ଏ ଲୋକଟି ଭିତରେ ପ୍ରତିଷ୍ଠାର କ୍ଷୁଧା ପ୍ରବଳ ମାତ୍ରାରେ ଅଛି, ଯାହା ତାକୁ ନିଜ ଚାକିରିରୁ ମିଳିବାର ପ୍ରଶ୍ନ ହିଁ ନାହିଁ... ଏମିତି ବି କାମ ଯେତେ ବି ଛୋଟ ହେଉ ପଛେ ଯଦି ଜଣେ ନିଷ୍ଠା, ସଚ୍ଚୋଟତା ଏବଂ ଧ୍ୟାନର ସହ ସୁନ୍ଦର ଭାବରେ ଚତୁରତା ସହ କରେ ତା ହେଲେ ଆଖପାଖରେ ଥିବା ଲୋକମାନଙ୍କ ମଧ୍ୟରେ ନିଜର ଏକ ପ୍ରତିଷ୍ଠା ସୁନାମ ସୃଷ୍ଟି ହୋଇଯାଏ। କିନ୍ତୁ ଯୁବାଗୁରୁକୁ ସେ ରାସ୍ତାଟି ବହୁତ ଦୀର୍ଘ ମନେ ହେଉଥିଲା। ଏପରି ବି ହୋଇଥାଇ ପାରେ ଯେ, ସେ ଅଧିକ ରୋଜଗାର କରିବାର ଗୋଟିଏ ପନ୍ଥା ବାହାର କରିବାକୁ ଚାହୁଁଥିବ - ଲୋକମାନେ ଜାତକ ତିଆରି କରାଇବେ, ପଢାଇବେ, ଭବିଷ୍ୟ ଜଣେଇବାର ପାଉଣା ସେ ନେବ, କୋଉ ରତ୍ନପଥର ପିନ୍ଧିବାକୁ ହେବ... ଏ ସବୁ କରିବା ସହ ରତ୍ନ ପଥର ମଧ୍ୟ ତା ପାଖରେ ଉପଲବ୍ଧ, ତା ପାଇଁ ଟଙ୍କା, ମନ୍ଦିରରେ ଦାନଦକ୍ଷିଣା ଆଜି ରୋଜଗାର, କନସଲଟେସନର ଅଲଗା ଫିସ୍... କିନ୍ତୁ ଏସବୁ କେବଳ ଅନୁମାନ ହିଁ କରିହେଉଥିଲା। କାରଣ ସହରରେ ଶହଶହ ଲୋକ ଏ ବେପାର କରୁଥିଲେ। କେତେ ବା ରୋଜଗାର ହୋଇ ପାରିଥାନ୍ତା। ପ୍ରତିଷ୍ଠାର ଲୋଭ ହିଁ ମୁଖ୍ୟ ଦେଖାଯାଉଥିଲା।

"ଆପଣ ନିଜ ଭବିଷ୍ୟ ବିଷୟରେ ପଚାରିବେନି?" ଯୁବାଗୁରୁ ପତ୍ନୀଙ୍କ ଠାରୁ ଫୁରୁସତ ପାଇ ପ୍ରେମ ପ୍ରକାଶଙ୍କ ଆଡକୁ ଚାହିଁଲା।

"ମୋ ଭବିଷ୍ୟତ? ଯେଉଁ ପଦବୀ ଯାଏଁ ପହଞ୍ଚିବାର ଥିଲା ପହଞ୍ଚିଗଲି, ଏବେ ତ ଯାହା ଅଛି ତାହା କେବଳ ଅତୀତ। ଭବିଷ୍ୟତ ପାଇଁ ମୁଁ କିଛି ହିଁ କରୁନି।"

"ଏମିତି ନୁହେଁ। ଆଶା ହିଁ ଜୀବନ ଅଟେ। ଯେ ପର୍ଯ୍ୟନ୍ତ ଜୀବନ ଅଛି, ଆଶା ତ୍ୟାଗ କରିବା ଅନୁଚିତ"

"ଅଧିକାଂଶ ଲୋକ ଅଭ୍ୟାସବଶତଃ ଜୀଇଁ ଥାନ୍ତି। ବୟସ ବଢ଼ି ଚାଲିଥାଏ, ଏମାନେ ଜୀଇଁ ଚାଲିଥାନ୍ତି... ମେସିନ ପରି ଜୀବନରେ କିଛି ବି ନ ଥାଏ"

"ଜୀବନ ନିରନ୍ତର ଗତିଶୀଳ ଅଟେ।" ସେପଟେ ଯୁବାଗୁରୁ ନୀତିବାକ୍ୟ ଉପରେ ନୀତିବାକ୍ୟ ଶୁଣାଇ ଚାଲିଥିଲା, ଆଉ ଏପଟେ ପ୍ରେମ ପ୍ରକାଶ ନିଜକୁ ନେଇ ଭିତରେ ଭିତରେ ଅଦୃଆ ସୂତାରେ ଛନ୍ଦି ହୋଇ ଯାଉଥିଲେ.... ସତରେ ଏବେ ଆଉ କଣ ବା ବାକି ଅଛି ଜୀବନରେ। ଆଉ କିଛି ବହି ଛପା ହୋଇ ଆସିଯିବ, ଆଉ ଗୋଟେ ଦୁଇଟି ପୁରସ୍କାର, ସମ୍ମାନ ମିଳିଯିବ, ହୁଏତ ଅବସର ନେବା ପୂର୍ବରୁ ପ୍ରାୟତଃ, ଏହାଠାରୁ ଟିକେ ଅଧିକ ପ୍ରତିଷ୍ଠିତ ପଦବୀ ମିଳିଯିବ... ଆଉ କଣ ବା ହେବାର ଅଛି ଏବେ !

"ଆପଣଙ୍କ ଆଖ ପାଖରେ ଯେଉଁ ସବୁ ଲୋକ ଅଛନ୍ତି... ମାତା, ପିତା, ପତ୍ନୀ, ପିଲାମାନେ ? ସେମାନଙ୍କ ବିଷୟରେ ଜିଜ୍ଞାସା ସୃଷ୍ଟି ହେବା ସ୍ୱାଭାବିକ। ସେଇଆ ପଚାରନ୍ତୁ।"

"ବାପା ନାହାଁନ୍ତି। ମାଆଙ୍କର ୮୧ ବର୍ଷ, ଏମିତି ଆହୁରି ଚାରି ପାଞ୍ଚ ବର୍ଷ କଷ୍ଟେମଷ୍ଟେ ବଞ୍ଚିଯିବା ହେଲା ତାଙ୍କ ଭବିଷ୍ୟତ। ପତ୍ନୀଙ୍କର ଭବିଷ୍ୟତ ଏଇଆ ଯେ ପିଲାମାନଙ୍କ ପ୍ରତି ତାର ଦାୟିତ୍ୱ ଓ ଆଗ୍ରହ ବଢ଼ିଯିବ। ଭବିଷ୍ୟତ, ଯାହାକି ଶୂନ୍ୟ ଅଟେ.. ତାକୁ ନେଇ ଚିନ୍ତାରେ ରହିବ, ଆଣ୍ଠୁଗଣ୍ଠି ବାତ ବାହାରିବ, ସ୍ୱାମୀ ସହ ମତାନ୍ତର ବଢ଼ିଯିବ। ପିଲା ତ ଦୁଇଟି, ଜଣକ ବିଷୟରେ ତ ଆପଣ କହି ସାରିଲେଣି, ଆଉ ଜଣକ ବିଷୟରେ ଇଏ ଆସନ୍ତା ଥରକୁ ପଚାରି ଦେବେ।"

ହସି ହସି ନିଜ ଭବିଷ୍ୟତ ନିଜେ କହିଦେଇ ପ୍ରେମ ପ୍ରକାଶ ଉଠି ପଡିଲେ, ନ ଉଠିଥାନ୍ତେ ଯଦି, କେଜାଣି କେତେ ସମୟ ଯାଏଁ ପତ୍ନୀ ସେଠି ଲାଖି ରହିଥାନ୍ତେ।

ଯୁବାଗୁରୁ ନିଜର ମୋଟାମୋଟା ବଳିଷ୍ଠ ହାତରେ ପାଖରେ ଥିବା ଥାଳୀରୁ ଚଣା, ଅଳେଇଚ ଓ ବାଦାମ ମଞ୍ଜି କିଛି ନେଲେ ଓ ଥରଥର କରି ଦୁଇଜଣଙ୍କ ହାତରେ ଦେଲା। ଗୁରୁଙ୍କ ହାତ ପାପୁଲିର ଝାଳକୁ ପ୍ରସାଦରେ ମିଶୁଥିବାର ସଫା ସଫା ଦେଖିପାରୁଥିଲେ ପ୍ରେମ ପ୍ରକାଶ... ଘୃଣା ଲାଗିଲା। ଖାଇ ତ ପାରିବେନି... ସେ ସବୁକୁ କଣ କରିବେ ! କିଛି ବୁଝି ନ ପାରି ହାତରେ ଧରି ରହିଲେ।

"ଆସୁଥାନ୍ତୁ" ଯୁବାଗୁରୁ କହିଲା। ପ୍ରତ୍ୟୁତ୍ତରରେ ପ୍ରେମ ପ୍ରକାଶ କିଛି ନ କହିବାରୁ ପତ୍ନୀ ହିଁ କହିଲେ - "ବହୁତ ଶାନ୍ତି ମିଳେ ମନ୍ଦିରରେ, ଆପଣଙ୍କ ପରି ବ୍ୟକ୍ତିମାନଙ୍କ ସାହଚର୍ଯ୍ୟ ଜ୍ଞାନ ବଢାଏ।"

"ଏକ ଦମ୍ ଠିକ୍।"

ଏହି ଶବ୍ଦକୁ ଯୁବାଗୁରୁ ବାରମ୍ବାର କହୁଥିଲା। ପ୍ରଥମତଃ ସେ ଶବ୍ଦର ଅର୍ଥ ଓ

ଦ୍ୱିତୀୟରେ ସେ ଶବ୍ଦ ଉଚ୍ଚାରଣ କରିବା ବେଳେ ତା ସ୍ୱର... ଯୁବାଗୁରୁ ଭିତରେ ଅପାର ତୃପ୍ତି ଆଣି ଦେଉଥିଲା। ତାହା ସନ୍ୟାସୀ ଯୋଗୀ ମାନଙ୍କ ପରି। ସୁଖେ- ଦୁଃଖେ ସମ କୃଷ୍ଣା ପରି ଭାବ ନ ଥିଲା ...କି ସଂସାର ପ୍ରତି ଉଦାସୀନତାର। କୌଣସି ବଡ ଅହଂକାର ବ୍ୟକ୍ତିର ଅହଂ ତୃପ୍ତି ହେବାର ଗର୍ବୀଭାବ ମଧ୍ୟ ନ ଥିଲା। ଏପରି ଏକ ବ୍ୟକ୍ତି, ଯାହା ପାଖରେ ନା ଜ୍ଞାନ ଅଛି ନା ବାକ୍‌ପଟୁତା, ଗୁରୁ ହେବା ପରି କୌଣସି ବିଶେଷ ଗୁଣ ନାହିଁ, ସେ ଭାରତୀୟ ଜନତାଙ୍କର ସେହି ପ୍ରବୃତ୍ତି। ଅଭ୍ୟାସର ଲାଭ ଉଠେଇ ଚାଲିଥିଲା... ଯେଉଁଥିରେ ସ୍ତ୍ରୀ ଓ ପୁରୁଷ ରାସ୍ତା କଡରେ ଥିବା ଯେ କୌଣସି ମନ୍ଦିରକୁ ରାସ୍ତା ଉପରୁ ହିଁ ମୁଣ୍ଡ ନୁଆଁଇଁ ପ୍ରଣାମ କରି ଚାଲନ୍ତି, ସେହି ଗୋଟିଏ ରାସ୍ତାର ସେଇ ଏକା ମନ୍ଦିର ଆଗରେ ଦିନକୁ ଦଶଥର ମୁଣ୍ଡିଆ ମାରନ୍ତି .. ଯାହା ଆଗ ଦେଇ ଦିନକୁ ଦଶ ଥର ଯାଉଥାନ୍ତି। ଏପରି ଲୋକମାନଙ୍କ ଭିତରେ ସ୍ୱାମୀଜୀ ବା ଗୁରୁ ହୋଇ ଯିବା ବହୁତ ସହଜ ଥିଲା। ତାହା ଏଇ ବ୍ୟକ୍ତି ଜଣକ ହୋଇ ସାରିଥିଲା। ତାହା ହେବାର ଯୋଗ୍ୟତା ତାର ନ ଥିଲା - ଏ ବିଷୟରେ ତାର ଏତେ ଟିକେ ବି ଧାରଣା ନ ଥିଲା। ସେ ତ ନିଜ ଆଖ ପାଖରେ ଘୁରିବୁଲୁଥିବା ସ୍ତ୍ରୀ ପୁରୁଷମାନଙ୍କ ଭିତରେ ନିଜକୁ ବିଶିଷ୍ଟ ମନେ କରି ସନ୍ତୁଷ୍ଟ ଥିଲା... ସତେ ଯେପରି ତାକୁ ଜୀବନର ସବୁ ଜ୍ଞାନ ଏବେ ହିଁ ମିଳିଗଲା। ଯେଉଁ ସାମାନ୍ୟ ବହୁ ଜଣାଶୁଣା କଥା ତା ମୁହଁରୁ ବାହାରୁଥିଲା, ତାକୁ ସେ ଜ୍ଞାନ ବାଣୀ ବୋଲି ଭାବି ମନେ ମନେ ଖୁସି ହୋଇ ଯାଉଥିଲା। ସେ କଥା ଗୁଡିକ କିଛି ମହତବାଣୀ ନ ହେଉ କି ସେ କୌଣସି ମହାପୁରୁଷ ନ ହେଉ ପଛେ... କିନ୍ତୁ ଏପରି ଭାବରେ ତାକୁ ଗ୍ରହଣ କରାଯାଉଥିଲା ଏବଂ ଏହା ହିଁ ସବୁଠାରୁ ଅଧିକ ମହତ୍ତ୍ୱପୂର୍ଣ୍ଣ ଥିଲା। ସେହି ସମୟ ଏବଂ ପରିବେଶରେ ଯଦି ବ୍ୟକ୍ତିଟିଏ ମହତ୍ତ୍ୱପୂର୍ଣ୍ଣ ନୁହେଁ... ତେବେ ସେ କିଛି ବି ନୁହେଁ। ସାଧାରଣ ହୋଇଥିବା ସତ୍ତ୍ୱେ ମଧ୍ୟ ତେଣୁ ସେ ଏକ ସାଧାରଣ ରାସ୍ତାରେ ଚାଲି ଏକ ବିଶିଷ୍ଟ ବ୍ୟକ୍ତି ହୋଇ ଯାଇଥିଲା। ସେ ଲୋକମାନଙ୍କୁ ଟିକେ ନିଜ ଆଡକୁ ଟାଣେ ଏବଂ ଲୋକମାନେ ଟାଣି ହୋଇ ଚାଲିଆସନ୍ତି। ଲୋକମାନଙ୍କ ଆଗରେ ତା ଚେହେରା ସବୁବେଳେ ସେଇ ଗୋଟିଏ ପ୍ରକାର ହୋଇ ରହୁଥିଲା ... ଅଳ୍ପ ମୁରୁକି ହସି ଆଗରେ ବସିଥିବା ଲୋକକୁ ମଧୁର ଦୃଷ୍ଟିରେ ଚାହିଁ ଯେପରି କହୁଛି - "ତୁମ ସହ ସବୁକିଛି ଭଲ ହିଁ ହେଉଛି ଆଉ ମୋ ସହ ବି।"

ଏମାନଙ୍କୁ ସବୁ କଣ ବା କୁହାଯିବ - କିଛି ସ୍ୱତନ୍ତ୍ର ହୋଇ ଯିବାର ସାମାନ୍ୟ ଲାଳସା, ଯାହା କାହା ଭିତରେ ମଧ୍ୟ ଜାଗ୍ରତ ହୋଇପାରେ...

ଯେପରି ତାଙ୍କ ମନରେ ଯୁବାଗୁରୁ ପ୍ରତି ସୃଷ୍ଟି ହୋଇଛି ? ଏହି ତିନି ଜଣଙ୍କ ଗହଣରେ କେମିତିରହୁଥିବ ସେ...ସେଇ ସ୍ପଷ୍ଟବାଦୀ ଝିଅଟି...ଏମାନଙ୍କ ବୋହୂ!

●●●

ଯଦିଓ ତାହାର ଗବେଷଣାର ବିଷୟ ପ୍ରତ୍ୟକ୍ଷ ଭାବରେ ପ୍ରେମପ୍ରକାଶଙ୍କ କ୍ଷେତ୍ର ସହ ସମ୍ବନ୍ଧିତ ନ ଥିଲା, କିନ୍ତୁ ସଂପୂର୍ଣ୍ଣ ବିଷୟଟି ତ ସମାଜଶାସ୍ତ୍ର ହିଁ ଥିଲା। ପ୍ରେମ ପ୍ରକାଶ ପ୍ରସିଦ୍ଧ ସମାଜଶାସ୍ତ୍ରୀ ଥିଲେ। ଯଦି କେମିତି ବି ହେଉ ତାଙ୍କର ଯଦି ସାକ୍ଷାତକାରଟିଏ ମିଳିଯାଏ ତା ହେଲେ ତାର ଶୋଧପତ୍ର ଆହୁରି ମହତ୍ତ୍ୱପୂର୍ଣ୍ଣ ହୋଇ ଯିବ। ସେ ଚିନ୍ତା କଲା ଏବଂ ସାକ୍ଷାତକାର ନେବା ପାଇଁ ସମୟ ନେଇ ପ୍ରେମ ପ୍ରକାଶଙ୍କ ପଢା ଘରେ ଯାଇ ପହଞ୍ଚିଲା। ଗବେଷଣା ସହ ସମ୍ବର୍ଦ୍ଧିତ କଥାବାର୍ତ୍ତା ସରି ଆସିବା ବେଳକୁ ସେ ତାଙ୍କ ସହ ଯଥେଷ୍ଟ ସହଜ ହୋଇ ଯାଇଥିଲା। ତାର ଅଧିକାଂଶ ପ୍ରଶ୍ନ କଲେଜ ସମ୍ବନ୍ଧୀୟ ଥିଲା, କିନ୍ତୁ ପ୍ରେମ ପ୍ରକାଶ ଆଦୌ ଦ୍ୱିଧା ନ କରି ବହୁତ ଧୈର୍ଯ୍ୟର ସହ ଉତ୍ତର ଦେଇ ଚାଲିଲେ। ବର୍ତ୍ତମାନ ଗବେଷଣା ସମ୍ବନ୍ଧୀୟ କିଛି ବାକି କଥା ଏବଂ ସେଥିରୁ କିଛି ସାଧାରଣ ସହଜ କଥାବାର୍ତ୍ତା ଚାଲିଥିଲା... ଯାହା କି ଶେଷ ହେବା ପରି ମଧ୍ୟ ଲାଗୁ ନଥିଲା। ସେ ତାଙ୍କ ସହ ଅଲଗା ଏକାନ୍ତରେ ବସି କଥା ହେଉଥିଲା....ଏ ପ୍ରକାର ସଙ୍କୋଚ ତା ମନ ଭିତରୁ ଦୂରେଇ ଯାଇଥିଲା। ବରଂ ଏକ ପ୍ରକାର ପୁଲକ ତା ମନ ଭିତରେ ଖେଳି ଯାଉଥିଲା।

"ସାର୍, ଜୀବନରେ ଏପରି କୌଣସି ରାସ୍ତା ଥାଏ କି ଯାହା ଉପରେ ଥରେ ଚାଲିବା ଆରମ୍ଭ କରିବା ପରେ, ଅନ୍ୟ କୌଣସି ରାସ୍ତାରେ ପାଦ ରଖିବା ମାତ୍ରେ ହିଁ ବାଟବଣା ହେବା ପରି ସ୍ପଷ୍ଟ ଅନୁଭୂତ ହୋଇଥାଏ।"

"ଏ କଥା ଜାଣିବା ପାଇଁ ତ ତୁମକୁ କୌଣସି ସନ୍ଥ ପାଖକୁ ଯିବାକୁ ପଡିବ... ତୁମ ଘରେ ତ ଜଣେ ଅଛି ..." ପ୍ରେମ ପ୍ରକାଶ ହସିଲେ କିନ୍ତୁ ସେ ଗମ୍ଭୀର ହୋଇଗଲା, ସତେ ଯେମିତି କେହି ତା ସହ ଗୋଟିଏ ଅନୁଚିତ ପରିହାସ କରିଦେଇଛି। ତା ମୁହଁ ଟିକେ କଳା ପଡିଯାଇଥିଲା। ତାର ନରମ ରେଶମୀ ବାଳରୁ କେରାଏ ମୁହଁ ଉପରକୁ ଖସି ଆସିଥିଲା... ତା ଚେହେରାକୁ ଦୁଇ ଭାଗରେ ବିଭକ୍ତ କରୁଥିବା ଗୋଟିଏ ରେଖା ପରି। ତା ଆଖି ଦୁଇଟି ଅଚାନକ ଏତେ ଉଦାସ ହୋଇ ଯାଇଥିଲା ଯେ ପ୍ରେମ ପ୍ରକାଶ ସଂକୁଚିତ ହୋଇଗଲେ।

"ମୋ କହିବା ଅର୍ଥ.... ଏପରି ପ୍ରଶ୍ନଗୁଡିକୁ ବଡବଡ ସନ୍ଥ ମହାତ୍ମା ସବୁବେଳେ ସାମ୍ନା କରି ଆସଛନ୍ତି, ଆଜି ବି କରୁଛନ୍ତି... ମୁଁ ତ କେବଳ ଏକ ସାଧାରଣ ଲୋକ।" ସେ କିଛି କହିଲାନି। କଥାଟି ତାକୁ ଆଘାତ ଦେଇଥିଲା, ସେ ସେଇଠି ହିଁ ରହିଯାଇଥିଲା।

"ମୁଁ ତ ମଜା କରୁଥିଲି.... ପ୍ରକୃତ କଥା ହେଲା ମୁଁ ବା ତୁମ ସ୍ୱାମୀ ପରି ଲୋକମାନେ ସେଇ ପ୍ରଶ୍ନ ବିଷୟରେ ଭାବିବା ଯୋଗ୍ୟ ବି ନୁହଁନ୍ତି। ତୁମେ ପ୍ରଶ୍ନ ଯେଉଁ ରାସ୍ତା ଆଡକୁ ଇସାରା କରେ, ତାହା କୌଣସି ବ୍ୟକ୍ତି ନିଜ ପାଇଁ ଖୋଜି ପାରିବ, କେବଳ ଆବଶ୍ୟକ ଏଇଆ ଯେ ତା ଚେତନା ମଧ୍ୟ ସେତିକି ଉଚ୍ଚ ଓ ମହତ୍ ହୋଇଥିବ। ଆମ ଚେତନା ସେଇ ସ୍ତର ପର୍ଯ୍ୟନ୍ତ ଉଠିପାରେନି... ସନ୍ଥତ୍ୱର ଖୋଳପା ଖାଲି ପିନ୍ଧି ଦେଲେ କଣ ହେବ।"

ପ୍ରେମ ପ୍ରକାଶଙ୍କ ସ୍ପଷ୍ଟୀକରଣ ତା ମନର ଉଦାସୀପଣକୁ ଟିକେ ହାଲୁକା କଲା। ଯେଉଁ ବନ୍ଧନରେ ସେ ଏଇ କିଛି ମୂହୁର୍ତ୍ତ ପୂର୍ବରୁ ଆସି ଛନ୍ଦି ହୋଇ ଯାଇଥିଲା... ସେଥିରୁ ସେ ମୁକ୍ତ ହୋଇଗଲା।

"ଆପଣ କହିପାରିବେ, ଯଦି ଇଚ୍ଛା କରନ୍ତି ତେବେ।"

"ତୁମେ ଭାବୁଛ ଯେ ମୋ ଚେତନା ସେହି ଉଚ୍ଚତର ସ୍ତରର ବୋଲି ?"

"ଉଚ୍ଚତର ସ୍ତରଠାରୁ ବେଶୀ ଜରୁରୀ ହୋଇଥାଏ ସଚ୍ଚୋଟତା। ଆପଣ ଯାହା ଆମ ଡିପାର୍ଟମେଣ୍ଟରେ କହିଲେ, ସେଇକଥା ଘରେ ବି କୁହନ୍ତି ଏବଂ ଯାହା ଅଳ୍ପ ବହୁତ ଜାଣିପାରୁଛି... ସେଇଟା ହିଁ କରନ୍ତି। ସେହିପରି ଜୀବନ ହିଁ ବଞ୍ଚନ୍ତି। ଏହି ସଚ୍ଚୋଟତା ସେହି ଉଚ୍ଚତର ଚେତନାର ସ୍ତରଠାରୁ ମଧ୍ୟ ବଡ ଅଟେ ଯାହାକୁ ଆପଣ ସନ୍ଥ - ମହାତ୍ମାଙ୍କ ସହ ଯୋଡୁଛନ୍ତି।"

"ମୋତେ ଦୟାକର, ମୋତେ ଏତେ ପ୍ରଶଂସା କରି ଉତ୍ଫୁଲ୍ଲିତ କରାଅନି।" ପ୍ରେମ ପ୍ରକାଶ ହସିଦେଇ କହିଲେ - "ମୁଁ ଜାଣିଛି ମଣିଷ ଭିତରେ ଥିବା ହଜାରେ ବଦଗୁଣ ମୋ ଭିତରେ ଅଛି। ମୁଁ ସେସବୁକୁ ଦୂର କରିବାକୁ ଚେଷ୍ଟା ବି କରେନି, ମଣିଷ ହୋଇ ମୁଁ ଖୁସି ଅଛି।"

"ସେସବୁ ତ ଠିକ୍.... କିନ୍ତୁ ଆପଣ ନିଶ୍ଚୟ ଏବିଷୟରେ ଭାବନ୍ତି... ଅବା ଆଗକୁ କେବେ ଭାବିଥିବେ। ଆପଣ କଥା ଟାଳି ଦେଉଛନ୍ତି, କାରଣ ମୁଁ ଯୋଗ୍ୟ ପାତ୍ର ନୁହେଁ।"

"ଏମିତି ନୁହେଁ ଯେ ତୁମେ ପାତ୍ର ନୁହେଁ। ତୁମଠାରୁ ଯୋଗ୍ୟ ପାତ୍ର ଆଉ କିଏ ହେବ... ମେଧାବୀ ଅଟ, ନୂତନ ପିଢିର ଅଟ, ତୁମ ଭିତରେ ଉତ୍ସୁକତା ଅଛି... କିନ୍ତୁ ମୁଁ ବୁଝିପାରୁନି ଯେ କଣ କହିବି, କାରଣ ମୁଁ ନିଜ ପାଇଁ ସେପରି କୌଣସି ରାସ୍ତା ଖୋଜି ପାରିନି, ଚେଷ୍ଟା ହିଁ କରିନି।"

"ହଉ, ସେସବୁ ଛାଡନ୍ତୁ। ଏଇଆ କୁହନ୍ତୁ ଯେ କୌଣସି ଏକ ରାସ୍ତା ଯାହାକୁ ଆପଣଙ୍କୁ ସମାଜ ଧରାଇ ଦିଏ, ଗୋଟିଏ ପ୍ରକାର ଆପଣଙ୍କୁ ତା ସାମ୍ନାରେ ରଖିଦିଏ

ଯେ... ଆଉ କିଛି ନାହିଁ... ଏବେ ଏହା ଉପରେ ହିଁ ଚାଲ, ସାରା ଜୀବନ ଚାଲୁଥାଅ.. କଣ ତାହା ଏପରି ହୋଇଥାଏ ଯେ କୌଣସି ଦ୍ୱିତୀୟ ରାସ୍ତାରେ ଚାଲିବା ଆରମ୍ଭ କରିବା ମାତ୍ରେ ହିଁ ତୁରନ୍ତ ବାଟବଣା ହେବା ପରି ଲାଗିଥାଏ।"

"ପ୍ରାୟତଃ ଏପରି ହିଁ ହୋଇଥାଏ... ସାମାଜିକ ବ୍ୟବସ୍ଥା କାରଣରୁ। ଆଉ ଏକ ରାସ୍ତା ସବୁବେଳେ ରହିଥାଏ, କିନ୍ତୁ ସେଥିରେ ଚାଲିବା ଅନ୍ୟ ଲୋକମାନଙ୍କୁ ବାଟବଣା ହେବା ଅଥବା ପାଗଳାମୀ ପରି ମନେ ହୋଇଥାଏ। ତା ଉପରେ ସେହିମାନେ ହିଁ ଚାଲିପାରନ୍ତି ଯେଉଁମାନଙ୍କର ନିଜ ଉପରେ ବିଶ୍ୱାସ ଥାଏ। ବହୁତ କମ ଲୋକ ସେ ରାସ୍ତାରେ ଚାଲିପାରନ୍ତି, ଅଧିକାଂଶ ଲୋକଙ୍କ ଭିତରେ ତ ପ୍ରାୟ ଏହି ଦ୍ୱନ୍ଦ ରହିଥାଏ ଯେ - ନିଜେ ଠିକ କରିଥିବା ରାସ୍ତାରେ ଯିବେ ନା ସମାଜ ଦ୍ୱାରା ସ୍ୱୀକୃତ ପାଇଥିବା ରାସ୍ତାରେ। "

"କେଉଁଟା ଠିକ୍ ହୋଇଥାଏ - ନିଜର ନା ସମାଜର ?"

"କେଉଁଟା ଠିକ, କେଉଁଟା ଭୁଲ କହିବା କେବେ ବି ସହଜ ହୋଇ ନ ଥାଏ। ଏତିକି କୁହାଯାଇ ପାରେ ଯେ ସମାଜ ଦ୍ୱାରା ନିର୍ଦ୍ଧାରିତ ରାସ୍ତାରେ ଚାଲିବାରେ ସଂଘର୍ଷ ନ ଥାଏ। ବ୍ୟକ୍ତି ଯେତେବେଳେ ନିଜ ରାସ୍ତା ସ୍ୱୟଂ ନିର୍ଣ୍ଣୟ କରିଥାଏ, ତା ଉପରେ ଚାଲିଥାଏ ସେତେବେଳେ କଷ୍ଟ... ?"

"ସେଥିପାଇଁ ଅଧିକାଂଶ ଲୋକ ସମାଜ ଦ୍ୱାରା ନିର୍ଦ୍ଧାରିତ ରାସ୍ତାରେ ଚାଲିଥାନ୍ତି।"

"ବୋଧହୁଏ ହଁ।"

"ଆପଣ କେଉଁ ରାସ୍ତାରେ ଚାଲନ୍ତି ?"

"ମୋର ତ ମନେହୁଏ ଯେ ମୁଁ ଚାଲି ହିଁ ନାହିଁ, ଯେଉଁ ରାସ୍ତା ମୋ ଆଗକୁ ଚାଲି ଆସିଲା ତା'ଉପରେ ପାଦ ଥାପି ଦେଇଛି। କଥା ହେଲା ଏହି ବୁଦ୍ଧିଜୀବୀ ବୋଲାଉଥିବା ପ୍ରାଣୀ ଜଣକ ମୂଳତଃ ବହୁତ ବଡ କାପୁରୁଷ ଭୀରୁ ହୋଇଥାଏ - ଏସ କେପିଷ୍ଟ୍। ମୁଁ ଧାଇଁ ଧାଇଁ ବହି ଗୁଡିକରେ ଲୁଚି ଚାଲିଲି। ବାହାରକୁ ବାହାରିଲି... କିଛି ବିଶ୍ଳେଷଣ କଲି, କିଛି ନିଷ୍କର୍ଷରେ ପହଞ୍ଚିଲି, କିଛି ସିଦ୍ଧାନ୍ତ ନିୟମ ଗଢିଲି, ସେଗୁଡିକୁ ଅଥବା ସେଗୁଡିକର ସହାୟତାରେ ପ୍ରସ୍ତୁତ କରାଯାଇଥିବା ବିଚାର ତଥ୍ୟ ଗୁଡିକୁ ପ୍ରମାଣିତ କଲି... କିନ୍ତୁ ସେସବୁ କଲେ ହିଁ ମୋତେ ଲାଗେ ଯେ କେଉଁଠି ନା କେଉଁଠି ମୁଁ ମିଥ୍ୟାବାଦୀ ନ ହେଲେ ବି ମୁଁ ଭୁଲ ତ ନିଶ୍ଚୟ ଅଟେ। ଏପରି ଧାରଣା ସବୁ ସୃଷ୍ଟି କରି ଆମେ ଲୋକମାନଙ୍କର ଅହିତ ହିଁ କରନ୍ତି - ଲୋକମାନଙ୍କୁ ଅକାରଣରେ ଭ୍ରମିତ କରି ଦିଅନ୍ତି, ସେହି ଲୋକ... ଯିଏ ଆରାମରେ ନିଜ ଜୀବନ ଜିଇଁ ଚାଲିଥିଲା, ଯେମିତି ବି

ହେଉ, ବଡ ବଡ କଥାରୁ ଦୂରରେ ଥାଇ... ଛୋଟ ମୋଟ ନିତିଦିନିଆ ଜିନିଷରେ ଖୁସି ଖୋଜି ନେଇ ତାକୁ ହିଁ ସବୁକିଛି ମାନି।"

କଣ ସମସ୍ତଙ୍କ ଆଗରେ ମୁଁ ଏହା କରିପାରିଥାନ୍ତି, ଯାହାସବୁ ଏ ଝିଅ ଆଗରେ କହିଗଲି ? ଯା ଆଗରେ ମିଛ କହିହୁଏନି, ସେ ନିଜ ସହ ଯେପରି ଭେଟ କରାଇନିଏ। ଭିତରର ସତ୍ୟତା ବାହାରକୁ ପ୍ରକାଶ ନ ହୋଇ ରହି ପାରେନି।

"ଅର୍ଥାତ ଜ୍ଞାନ ବ୍ୟର୍ଥ ଅଟେ ?"

"ସେ କଥା ତ ମୁଁ କହୁନି... କିନ୍ତୁ ପ୍ରାୟତଃ ଗୋଟିଏ ଅପାଠୁଆ ବ୍ୟକ୍ତି ହିଁ ଜୀବନକୁ ଭଲଭାବରେ ଜୀଇଁ ଥିବାର ଦେଖିଛି। ମଣିଷ ଯେତେ ଶିକ୍ଷିତ ହେବ, ସେ ବୌଦ୍ଧିକତାର ଜାଲରେ ଛନ୍ଦି ହୋଇ ଚାଲିଥିବ... ଅପରପକ୍ଷେ ଅପାଠୁଆ ବ୍ୟକ୍ତିଟେ ସେସବୁ ଦୁରଭିସନ୍ଧିଠାରୁ ଅନ୍ତଃତ ଦୂରରେ ଥାଏ।"

"ସେଥିପାଇଁ ସେ ସମାଜ ତିଆରି କରିଥିବା ରାସ୍ତାରେ ଆଖିବୁଜି ଚାଲିବାକୁ ଲାଗେ... ଯେମିତି ପୂର୍ବ ପ୍ରସ୍ତୁତି ରାସ୍ତାରେ ଶଗଡ ପରି...।"

"ସେଇଆ ତ ପ୍ରାୟ ଲୋକ କରନ୍ତି। ଅତି ବେଶୀ ହେଲେ ନିଜକୁ ଏଇଆ କହି ଭୁଲେଇବା ପାଇଁ ଯେ ଆମେ ନିଜେ ନିଜ ଦ୍ୱାରା ତିଆରି ରାସ୍ତାରେ ଚାଲୁଛେ, କୌଣସି ଛୋଟମୋଟ ରାସ୍ତାଟିଏ ଖୋଜି ନିଅନ୍ତି... ଯେପରିକି ମୁଁ ନିଜ ପାଇଁ ଅଳ୍ପ ବହୁତ ସମାଜ ସେବା କାମ ବାଛି ନେଲି ଅଥବା ଏହି ଲେଖାପଢା କାମ। କିନ୍ତୁ ଯେଉଁ ମୁଖ୍ୟ ରାସ୍ତା ଉପରେ ଚାଲୁଛି... ତାହା ତ ସମାଜ ଦ୍ୱାରା ହିଁ ସୃଷ୍ଟ।"

"କେହି ଯଦି ମୁଖ୍ୟ ରାସ୍ତା ହିଁ ନିଜ ଅନୁସାରେ ତିଆରି କରେ, ତା ଉପରେ ଯାଏ... ତା ହେଲେ ତାର ନିଜ ମାର୍ଗରେ, ନିଜ ଢଙ୍ଗରେ ଚାଲିବା, ଅନ୍ୟ ଆଖିକୁ ବାଟବଣା ହେବା ପରି ଦେଖାଯିବ କି ?"

"ନିଶ୍ଚୟ, ବିଶେଷକରି ସେତେବେଳେ ଯଦି ସେ ରାସ୍ତାଟି ସମାଜ ଦ୍ୱାରା ସ୍ୱୀକୃତ ହୋଇ ନ ଥିବ।"

"ସମସ୍ତଙ୍କୁ କଣ ଭୁଲ ରାସ୍ତାରେ ଯିବା ପରି ଦେଖାଯିବ, ଆପଣଙ୍କ ପରି ପାଠପଢା ଶିକ୍ଷିତ ମାନଙ୍କୁ ମଧ୍ୟ ?"

"ଏପରିକି କିଛି ଥାଇ ପାରନ୍ତି ଯେଉଁମାନଙ୍କ ଚିନ୍ତାଧାରା ସେହି ବ୍ୟକ୍ତିର ଚିନ୍ତାଧାରା ସହ ମେଳଖାଇ ଯିବ, ଯାହାର ଜୀବନ ଅଟେ ଓ ସେମାନେ ସେହି ରାସ୍ତାକୁ ବୈଧ ବୋଲି ମାନିନେଇ ପାରନ୍ତି। ନଚେତ୍ ଅଧିକାଂଶ ଲୋକ ତ ସାମାଜିକ ମାନ୍ୟତାନୁସାରେ ହିଁ ଚିନ୍ତା କରିଥାନ୍ତି।"

"ତା ହେଲେ ସେମାନଙ୍କ ଶିକ୍ଷାଦୀକ୍ଷାର ମୂଲ୍ୟ କଣ !"

"ଶିକ୍ଷାଦୀକ୍ଷା ପାଠପଢା ହେଲା କେବଳ ପାଠପଢା କ୍ଷେତ୍ରରେ। ଜୀବନ ପାଇଁ ତ, ଯେପରି ସମାଜ ସମସ୍ତଙ୍କଠାରୁ ଆଶା କରିଥାଏ... ସେପରି ଶିକ୍ଷିତ ମାନଙ୍କଠାରୁ ମଧ୍ୟ ପ୍ରଥାକୁ ମାନିବା ଆଶା କରିଥାଏ। "

"ଆପଣଙ୍କ ପରି ଲୋକ ସେ ଚିରାଚରିତ ପ୍ରଥାକୁ ବଦଳାଇ ପାରିବେନି ?"

ପ୍ରେମ ପ୍ରକାଶ ଚୁପ ହୋଇଗଲେ। ତା ଆଡକୁ ଚାହିଁ ରହିଲେ, ବିଚାର କରିବାର କ୍ଷମତା ଅଛି ଝିଅଟି ପାଖରେ। ଚିନ୍ତା କରିବା ଏବଂ ନିଜ ମତ ପ୍ରକାଶ କରିବା ସମୟରେ ତା ଭିତରେ ଏକ ପ୍ରଖରତା ବାରି ହୋଇପଡୁଥିଲା। ଯେଉଁଠି ତାଙ୍କର ଚିନ୍ତାଶକ୍ତି ଏକ ନିର୍ଦ୍ଦିଷ୍ଟ ବିନ୍ଦୁରେ ପହଞ୍ଚିବା ପରେ ସେଇ ଦିଗକୁ ଚାଲି ଯାଉଥିଲା ଯେଉଁ ଦିଗରେ ଦୁନିଆକୁ କୁହାଯାଉଥିବା ସୁନ୍ଦର ସୁନ୍ଦର କଥା ଥିଲା, ସେ ସଚ୍ଚୋଟ ଓ ସତ୍ୟନିଷ୍ଠ ହୋଇ ରହିପାରୁନଥିଲେ.. କିନ୍ତୁ ଏ ଝିଅଟି ନିଜ ବିଚାର ଶକ୍ତି ଓ ଚିନ୍ତାଧାରାରେ ନିଜକୁ ଯଥେଷ୍ଟ ସତ୍ୟନିଷ୍ଠ ଓ ସଚ୍ଚୋଟ ପ୍ରମାଣିତ କରିପାରୁଥିଲା।

"ଆପଣ କିଛି କହିଲେନି..."

"ଆମେ ଆମ ଜୀବନରେ ପ୍ରେମ ଘୃଣା, ରାଗ ଦ୍ୱେଷ, କ୍ରୋଧ, ଉଦାସୀନତା କରୁଣା... ଇତ୍ୟାଦିକୁ ନିଜର ସ୍ୱତନ୍ତ୍ର ଢଙ୍ଗରେ ଗ୍ରହଣ କରିନିଅନ୍ତି, ଅଥବା ଗ୍ରହଣ କରି ଜୀଇଁବାକୁ ନିଜକୁ ବାଧା ଦିଅନ୍ତି ନାହିଁ... ଅଥବା ସେହିପରି ବଞ୍ଚୁବଞ୍ଚୁ ଧିରେଧିରେ ସେହି ଭାବଗୁଡିକୁ ଅତିକ୍ରମ କରିଯିବା, ନମନୀୟ ହେବା - ନିଜ ସ୍ୱଭାବ ଅନୁସାରେ ଆମେ ଅଳ୍ପ ବହୁତ ଏଇଆ ବି କରିଥାନ୍ତି... କିନ୍ତୁ ସମାଜରେ ଯାହା ମାନ୍ୟ ଅଟେ ତାକୁ ଏତେ ସହଜରେ ବଦଳା ଯାଇ ପାରିବ ନାହିଁ।"

"କେମିତି ଜଣାପଡିବ ଯେ ଆମେ ଜୀବିତ ଅଛନ୍ତି, ଜୀବନରେ କେଉଁ ଦିଗ ପ୍ରତି ଯତ୍ନଶୀଳ ହେବା ଉଚିତ ?"

"ଏହା ମଧ୍ୟ ସମସ୍ତଙ୍କ ପାଇଁ ଭିନ୍ନ ଭିନ୍ନ ହୋଇଥାଏ।"

"ଆପଣଙ୍କ ପାଇଁ କଣ ଅଟେ... ପ୍ରାପ୍ତ ?"

"ପ୍ରାପ୍ତ... ମୋତେ ବିଶେଷ ଆକର୍ଷିତ କରେ ନାହିଁ। ଏପରି କୌଣସି କାମ ଯାହା କୌଣସି ପ୍ରାପ୍ତି ଆଶାରେ କରାଯାଏ, ତାହା ସେକଥାର ଅନୁଭବ କରାଇ ପାରିବ ନାହିଁ ଯାହା ତୁମେ ପଚାରୁଥିଲ, ଯେ ଜୀଇଁଥିବା ପରି ମନେହେବ, ସେପରି କିଛି। କାରଣ ଗୋଟିଏ ପ୍ରାପ୍ତି ଦ୍ୱିତୀୟ, ଏବଂ ଦ୍ୱିତୀୟଟି ତୃତୀୟ ଆଡକୁ ନେଇ ଯାଏ ଏବଂ ଆମେ ସ୍ୱୟଂ କେବଳ ଦୌଡୁଥିବା ପରି ନିଜକୁ ଦେଖାଯାଆନ୍ତି (ଯଦି ସଚ୍ଚୋଟ ହୋଇ ଦେଖନ୍ତି।) ଦୌଡିବା, ଅଣନିଃଶ୍ୱାସୀ ହୋଇ ଧାଇଁଚାଲିବା... କଣ ଏହା ହିଁ ଜୀବନ ଅଟେ, ଜୀବନର ମୂଳମନ୍ତ୍ର ଅଟେ? ଜୀବିତ ଥିବାର ବୋଧ

କେବଳ ସେହି କାମ କରାଇପାରେ ଯାହାର ଲକ୍ଷ୍ୟ ସେ ସ୍ୱୟଂ ହୋଇଥିବ, ଆଉ ଅନ୍ୟ କିଛି ନୁହେଁ - ଯେପରି କି ପ୍ରାର୍ଥନାର ଲକ୍ଷ୍ୟ କେବଳ ପ୍ରାର୍ଥନା ହିଁ, ଭଗବତ୍ ପ୍ରାପ୍ତି ମଧ୍ୟ ନୁହେଁ... ସେଥିରୁ ମିଳୁଥିବା ଶାନ୍ତି ବି ନୁହେଁ। ପାଖାପାଖି ପ୍ରତ୍ୟେକ ବ୍ୟକ୍ତିଙ୍କ ଜୀବନରେ ଏପରି ଦୁଃଖ ଆସିଥାଏ, ଯାହା ଆଗରେ ତାଙ୍କୁ ନିଜର ସମସ୍ତ ପ୍ରାପ୍ତି, ସଫଳତା, ନିଷ୍ଫଳ ନିରର୍ଥକ ପରି ମନେ ହୁଏ, ସେଥିପାଇଁ ଜୀବନଠୁ ଅବା ଜୀବନର କୌଣସି କର୍ମଠାରୁ ପ୍ରାପ୍ତି ବିଷୟରେ ଚିନ୍ତା କରିବା କେବଳ ନିଜର ମୁର୍ଖତା ଛଡା ଆଉ କିଛି ନୁହେଁ।"

"ଏପରି କର୍ମ ଯାହାର ଲକ୍ଷ୍ୟ ସେ ସ୍ୱୟଂ ଅଟନ୍ତି, ଏହାତ ସେଇମାନଙ୍କୁ ମିଳିଥାଏ ଯେଉଁମାନଙ୍କୁ ଜୀବନରେ ଆରାମ ମିଳିଛି। ଯେଉଁମାନେ ବିଚରା ନିଜ ଜୀବନର ମୌଳିକ ଆବଶ୍ୟକତା ପୂରଣ କରିବାରେ ଲାଗି ରହିଛନ୍ତି, ସେଥିପାଇଁ ସଂଘର୍ଷ କରୁଛନ୍ତି... ସେମାନେ ଯଦି ନିଜ ଜୀବନର ସାର ଖୋଜିବେ କେଉଁଠି ?"

"ବୋଧହୁଏ ସେମାନଙ୍କୁ, ସାର ନିଜ ସଂଘର୍ଷରେ ହିଁ ଦେଖାଯିବ। ତୁମର ଏ କଥା ବି ମୋତେ ଉଚିତ ମନେ ହେଉଛି ଯେ ଏହି ଜୀବନରେ ମୂଳ... ସାର ଇତ୍ୟାଦିର କଥା ସେଇ ଜୀବନରେ ଉଠିଥାଏ ଯେଉଁଠି ଆଶ୍ୱସ୍ତି ଶାନ୍ତି ଥାଏ। ବାକି ଲୋକମାନଙ୍କୁ ସମୟ ବି କୋଉଠି... ବେଳେବେଳେ ମୋତେ ଲାଗେ... ଚିନ୍ତା କରିବା ହିଁ ନିଜେ ଏକ ପ୍ରକାର ଲକ୍‌ଜରୀ, ବିଳାସ ଅଟେ।"

"ନାଁ, ପ୍ରତ୍ୟେକ ବ୍ୟକ୍ତି କେବେ ନା କେବେ ଟିକେ ରହିଯାଇ ନିଜ ଜୀବନ ବିଷୟରେ ଭାବିଥାଏ। ସ୍ତର ଭିନ୍ନ ହୋଇପାରେ। କିନ୍ତୁ ସାଧାରଣରୁ ଅତି ସାଧାରଣ ବ୍ୟକ୍ତି ମଧ୍ୟ ନିଜର ଦୈନନ୍ଦିନ ସଂଘର୍ଷ ମଧ୍ୟରେ କେଉଁଠି ନା କେଉଁଠି ଅଟକି ଯାଇଥାଏ... ଭାବୁଥାଏ ଯାହା ସେ ଅଟେ, ଯାହା ତାର ଜୀବନ ଅଟେ... ଯାହା ସେ ଥିଲା, ଯାହା ସବୁ ସେ ହୋଇ ପାରିବ। ଏକଥା ଅଲଗା ଯେ ସେ ନିଜର ଚିନ୍ତାଧାରାରେ ମୌଳିକ ହୋଇ ରହି ପାରେନି, ତାକୁ କୌଣସି କ୍ରମ ଦେଇପାରେନି ବହୁତ ଉଚ୍ଚକୁ ଉଠି ପାରେନି... ଏହା ପୂର୍ବରୁ ହିଁ ମସଜିଦ - ମନ୍ଦିର - ଗୀର୍ଜାରେ ନିଜ ମୁଣ୍ଡରଖି ଚିନ୍ତାଶକ୍ତିର ସମସ୍ତ ଦ୍ୱିଧାରୁ ମୁକ୍ତ ହୋଇଯାଏ। ସେଇଥିରେ ହିଁ କେଉଁଠି ପହଞ୍ଚିବା ପରି ଅନୁଭବ କରେ।"

"ନିଜ ପାଇଁ ତୁମେ କଣ ଚିନ୍ତା କର ?"

"ସେଇମାନେ ଚିନ୍ତା କରିଥାନ୍ତି ଯେଉଁମାନଙ୍କୁ ଅତିକମରେ ଏତିକି ବିଶ୍ୱାସ ଥାଏ ଯେ ଜୀବନ ତାଙ୍କର ଅଟେ। ମୁଁ ତ ଏଇଆ ବି ଭାବିପାରେନି ଯେ ଏ ଜୀବନଟା ମୋର ଅଟେ। ଏବେ ଦେଖନ୍ତୁ, ଯଦି ମୋ ସ୍ୱାମୀଙ୍କ ଦୟା ନ ହୋଇଥାନ୍ତା

ମୁଁ ପଢି ହିଁ ପାରି ନ ଥାନ୍ତି... ମୋର କେତୋଟି ପିଲାପିଲି ହେବେ - ଏଇଟା ମୋ ହାତରେ ଅଛି କି। ମୋ ହାତରେ ତ କିଛି ବି ନାହିଁ।"

"ତୁମର କହିବାର ଉଦ୍ଦେଶ୍ୟ ଭାରତୀୟ ନାରୀର ସ୍ଥିତିକୁ ନେଇ ?"

"ନାଁ, ଅନେକ ଭାରତୀୟ ନାରୀ ତ ବହୁତ ଅଗ୍ରଗତି କଲେଣି। ମୋ କହିବାରେ ଉଦ୍ଦେଶ୍ୟ କେବଳ ମୋ ନିଜ ସ୍ଥିତି.."

କହୁକହୁ ତା ଚେହେରାରେ ଗଭୀର ଉଦାସୀଭାବ ଛାଇ ଗଲା। ସେ ଆଉ କିଛି କହିଲାନି, ହୁଏତ ତା କଣ୍ଠ ବାଷ୍ପାକୁଳ ହୋଇ ଆସିଥିଲା। ସେ ବାହାର ଆଡକୁ ଚାହିଁ ରହିଥିଲା- ପ୍ରେମପ୍ରକାଶ ଆରାମଚେୟାର ଉପରେ ବସିଥିଲେ, ତା ସେପାଖକୁ ବାରଣ୍ଡା, ବାରଣ୍ଡାପରେ ଘରର ପାଚେରୀ ଓ ପାଚେରୀ ଆରପାଖେ ଭଙ୍ଗାରୁଜା ରାସ୍ତା ଯାହା କେଇବର୍ଷ ଧରି ମରାମତି ହୋଇନଥିଲା।

ମୌସୁମୀର ପହିଲି ବର୍ଷା ଆରମ୍ଭ ହେଉଥିଲା। ଆକାଶରେ କଳା ମେଘ ଘୋଟି ରହିଥିଲା। ପ୍ରଥମେ ଅଳ୍ପ ଝିପିଝିପି ବର୍ଷା ହେବାରୁ ଭୂଇଁରୁ ଉଠୁଥିବା ଉଷ୍ମ ଓଦାଳିଆ ମାଟିଗନ୍ଧ ଆସି ଘ୍ରାଣେନ୍ଦ୍ରିୟକୁ ଜାଗ୍ରତ କରିଦେଲା। ତା ପଛକୁ ପବନ ଆସି ସେ ଗନ୍ଧକୁ ସାରା ବାତାବରଣରେ ଖେଳାଇ ଦେବାକୁ ଆତୁର ହୋଇ ଉଠୁଥିଲା। ଏକରେ ତ ସନ୍ଧ୍ୟା ସମୟ ସେଥିରେ ପୁଣି ଆକାଶରେ କଳାହାଣ୍ଡିଆ ମେଘ... ଯାହାର ପ୍ରଭାବରେ ତା ଚେହେରା ଆହୁରି ଉଦାସ ଓ ଅସ୍ପଷ୍ଟ ଦେଖାଯାଉଥିଲା। ମୂର୍ତ୍ତିବତ୍ ସେ ବାହାର ଆଡକୁ ଅନାଇ ରହିଥିଲା... ସତେ ଅବା ଶୋଇ ପଡିଛି... ପାର୍ଥକ୍ୟ କେବଳ ଏତିକି ଥିଲା ଯେ ତା ଆଖି ଏକଦମ୍ ଖୋଲା ଥିଲା।

ଅନ୍ଧକାର ମାଡିଆସୁଥିଲା, ଖୁବ୍ ଜୋରରେ ବର୍ଷା ହେବାର ଆଭାସ ମିଳୁଥିଲା... ସେ ଏବେ ଚାଲିଯିବା ଉଚିତ... ସାମ୍ନାକୁ ଚାହିଁଚାହିଁ ସେ ଯେପରି ସଚେତନ ହୋଇ ଉଠିଲା। ନିଜର ଜିନିଷ ପତ୍ର ସଜାଡିବାକୁ ଲାଗିଲା... ଯିବା ପାଇଁ ପ୍ରସ୍ତୁତ ହେଉଛି, ଏତିକି ବେଳେ ବର୍ଷା ଆରମ୍ଭ ହୋଇଗଲା।

ଇଏ ଏମିତି ମେଘ ନ ଥିଲା ଯେ ଅଳ୍ପ ସିଞ୍ଚିଦେଇ ଚାଲିଯିବ, ଆଉ ନା ଏଇଟା ସେମିତି ସହରର ବର୍ଷା ଥିଲା ଦେଖୁ ଦେଖୁ ଏଠି ଆଉ ଟିକେ ପରେ ଆଉ କେଉଁଠି ... ବନ୍ଦ ହୋଇ ଯାଇଥାନ୍ତା। ବର୍ଷା ନିଜର ଇଚ୍ଛାରେ ବର୍ଷି ଚାଲିଥିଲା ଆଉ ସେ ନିଜ ଇଚ୍ଛାରେ । ପ୍ରଥମେ ରୁମ ବାହାରକୁ, ତା ପରେ ବାହାର କରିଥିବା ଜୋତା ଗଳେଇ ବାରଣ୍ଡାକୁ... ସତେ ଯେପରି ବର୍ଷା ହିଁ ହେଉନି। ତାର ଏକଥାକୁ ମଧ୍ୟ ଧ୍ୟାନ ନ ଥିଲା ଯେ ଭିତରକୁ ଯାଇ ପ୍ରେମପ୍ରକାଶଙ୍କ ପତ୍ନୀ ଓ ତାଙ୍କ ମାଆକୁ ନମସ୍କାର କରିବ, ଯେପରି ସେ ଯିବା ଆଗରୁ ସବୁଥର କରେ...

"ଆରେ...ଆରେ ! ଏମିତିରେ ତୁମେ କେମିତି ଯିବ। ଟିକେ ରହିଯାଅ..." ପ୍ରେମ ପ୍ରକାଶ ପଛ ଆଡୁ ଉଠିପଡି ଅଟକାଇଲେ।

"ନାଁ... ଚାଲିଯିବି..." ସେ ତାଙ୍କ ଆଡକୁ ନ ବୁଲି କହିଲା, ସେଇପରି ଏକ ଶୂନ୍ୟ ଉଦାସ ସ୍ୱରରେ।

"ଓଦା ହୋଇଯିବ... ଟିକେ ଅପେକ୍ଷା କର, ହୁଏତ ବର୍ଷା କମିଯାଇପାରେ।"

"କମିବନି।"

"ତୁମେ କେମିତି ଜାଣିଲ ?"

"ମୋତେ ଯିବାର ଅଛି... ସେଥିପାଇଁ।"

"ବାଃ ! ମାନେ ସାରା ପ୍ରକୃତି ତୁମ ବିରୁଦ୍ଧରେ। ବର୍ଷାତି ଅଛି ତୁମ ପାଖରେ ?"

"ନାଁ"

"ଆଚ୍ଛା, ଶୁଣ... ତୁମେ ସ୍କୁଟି ଏଇଠି ପୋର୍ଟିକୋରେ ରଖିଦିଅ। ମୁଁ ତୁମକୁ ନେଇ କାରରେ ଛାଡି ଆସିବି। କାଲି ସକାଳେ ଆସି ସ୍କୁଟି ନେଇ ଯିବ।"

ସେ କିଛି କହିଲାନି।

ବର୍ଷାରୁ ଟିକେ ରକ୍ଷା ପାଇବା ପାଇଁ ଓଢଣୀରେ ମୁଣ୍ଡ ଢାଙ୍କିଲା ଏବଂ ସ୍କୁଟିକୁ ଆଣି ପୋର୍ଟିକୋ ତଳେ ଠିଆ କରେଇଦେଲା। ଠିକ୍ କାରର ପାଖାପାଖି। ପୁଣି ବାହାରକୁ ଯାଇ ଗେଟ୍ ଖୋଲିଦେଲା ସେତେବେଳକୁ ପ୍ରେମ ପ୍ରକାଶ କାରର ଚାବି ନେଇ ଆସିଥିଲେ, ଭିତରେ ମଧ୍ୟ ଜଣେଇ ଦେଇଥିଲେ ଯେ ସେ ତାକୁ ଛାଡିବାକୁ ଯାଉଛନ୍ତି। ସେ କାର ବାହାରକୁ ବାହାର କଲେ, ସେ ଗେଟ୍ ବନ୍ଦ କଲା। ଏସବୁ କରିବା ଭିତରେ ସେ ଟିକେ ଭିଜିଗଲା ମଧ୍ୟ... କିନ୍ତୁ ଭିଜିବାରୁ ରକ୍ଷା ପାଇବାକୁ ସେ ଆଦୌ ବ୍ୟସ୍ତ ହେଉ ନ ଥିଲା। ସେ କାର ପାଖକୁ ଆସିବାରୁ ପ୍ରେମ ପ୍ରକାଶ ବସିରହି ବାଁ ହାତ ବଢାଇ କାରର ଦରଜା ଖୋଲିଦେଲେ। ସେ ପାଖ ସିଟରେ ବସି ପଡିଲା... ଯେଉଁଠି ସେଦିନ ବସିଥିଲା ଯେତେବେଳେ ତାଙ୍କୁ ନିଜ ଡିପାର୍ଟମେଣ୍ଟକୁ ନେଉଥିଲା।

ବର୍ଷା ଯଦିଓ ପ୍ରବଳ ବେଗରେ ନୁହେଁ ତଥାପି ଲଗାତାର ହୋଇ ଚାଲିଥିଲା। ଏବଂ ଏକଥା କାର ଭିତରୁ ହିଁ କାଚ ଓ ଆଗରେ ବୋନେଟ୍ ଉପରେ ପଡୁଥିବା ପାଣି ଠୋପାକୁ ଦେଖି ଜାଣି ହେଉଥିଲା।

ସେ ବହୁତ ଖାମଖିଆଲି, ବର୍ଷାତି ବି ରଖୁନି। ସ୍କୁଟିରେ ଯାଇଥାନ୍ତା ଯଦି ନିଶ୍ଚୟ ଓଦା ସରସର ହୋଇଯାଇଥାନ୍ତା, ଦେହ ବି ଖରାପ ହୋଇ ପାରିଥାନ୍ତା। ଏମିତି ଅଚାନକ କଣ ହୋଇଯାଏ ତାକୁ ! ଦେଖାହେବା ସମୟରେ ତ ପୁରା ସହଜ ଥିଲା, ତା ଜୀବନ କଥା ଯେଉଁଠି ଆସିଲା ସେତିକି ବେଳେ ଅନ୍ୟମନସ୍କ

ହୋଇଗଲା । ଅନ୍ୟମନସ୍କତା ଭିତରେ ହିଁ ସେ ମୋ କଥା ଶୁଣି ସ୍କୁଟିକୁ ଭିତରେ ରଖିଲା, ଗେଟ ଖୋଲିଲା, କାର ଭିତରେ ବସିଲା ଏବଂ ସେହି ଅବସ୍ଥାରେ ହିଁ ଏ ଯାଏଁ ବସି ରହିଛି ଏକଦମ୍ ଚୁପ ହୋଇ ।

କିଛି ଦୂର ଯିବା ପରେ ପ୍ରେମ ପ୍ରକାଶଙ୍କୁ ଲାଗିଲା ଯେ କାରଟି ମୁଖ୍ୟ ରାସ୍ତାରେ ଯିବା ବଦଳରେ ଭିତରେ ଗଳି ରାସ୍ତା ଉପରେ ଯାଉଛି - ଗୋଟେ ପଟେ ଗଛ ଓ ଅନ୍ୟ ଏକ ପଟେ ବଡ ବଡ କୋଠା... ଟିକେ ଟିକେ ବ୍ୟବଧାନରେ । ସବୁ ଆଡେ ଓଦା ସନ୍ତସନ୍ତିଆ ଓ ଖାଁ ଖାଁ । ସେମାନେ କେତେବେଳେ କେମିତି ଏ ରାସ୍ତା ଉପରକୁ ଆସିଗଲେ... ସେ ବି ଅଟକେଇଲାନି । ସେ ରାସ୍ତାର ଗୋଟେ ପାଖରେ ଗାଡି ବନ୍ଦ କଲେ ଏବଂ ଏପଟ ସେପଟକୁ ଅନାଇ ରାସ୍ତା ଚିହ୍ନିବାକୁ ଚେଷ୍ଟା କଲେ । ସେମାନେ ଗଛ ତଳେ ଥିଲେ ପତ୍ର ଫାଙ୍କ ଦେଇ ବର୍ଷା ଠୋପା ସବୁ ଝପଝପ୍ ହୋଇ କାର ଉପରେ ପଡୁଥିଲା । ଗୋଟେ ଗୋଟେ ଜାଗାରେ ଇଲେକ୍ଟ୍ରି ଖୁଣ୍ଟି ଉପରେ ଜଳୁଥିବା ଲାଇଟ ଉପରେ ବର୍ଷା ପାଣି ପଡୁଥିଲା, ମନେ ହେଉଥିଲା ଯେପରି ଛୋଟ ଛୋଟ ପୋକ ଆଲୋକ ଆଡକୁ ମୁହାଁଇ ସେଥିରେ ଜଳି ମରିବାକୁ ବ୍ୟଗ୍ର ହେଉଛନ୍ତି । ଚାରିଆଡେ ବର୍ଷାର ଶବ୍ଦ ସେଥିରେ ପୁଣି ଗଛ ପତ୍ର ଉପରେ ପଡି ଆହୁରି ଜୋରରେ ଶୁଭୁଥିଲା ।

"ବୋଧ ହୁଏ ଆମେ ରାସ୍ତା ଭୁଲିଯାଇଛେ... ଏକରେ ତ ଅନ୍ଧାର... ସେଥିରେ ପୁଣି ଏ ବର୍ଷା । ରାସ୍ତା କିଛି ଜଣା ପଡୁନି ।"

ତା ପାଖରୁ କୌଣସି ଉତ୍ତର ମିଳିଲାନି । ଯେପରି ସେ ସେଠାରେ ଥାଇ ମଧ୍ୟ ନ ଥିଲା । ଆଗରୁ ଦୃଷ୍ଟି ହଟାଇ ପ୍ରେମ ପ୍ରକାଶ ତା ଆଡକୁ ଚାହିଁଲେ । କାରର ସେହି ସିଟ୍ ଉପରେ ସେ ସେହିଭଳି ବସି ରହିଥିଲା ଯେପରି କିଛି ସମୟ ପୂର୍ବରୁ ପ୍ରେମ ପ୍ରକାଶଙ୍କ ପଢାଘର ଚେୟାର ଉପରେ ବସିଥିଲା... ନିର୍ଜୀବ ଦୃଷ୍ଟିରେ ସାମ୍ନା ଆଡକୁ ଚାହିଁ ରହି... ମଳିନ ମୁହଁରେ । ଆଖିରେ ଅନେକ ଶୂନ୍ୟତା, ଯେପରି ଅନେକ ଦୂର ଯାଏ ବ୍ୟାପିଯାଇଥିବା ଶୂନଶାନ ଉଜୁଡା ରାସ୍ତା । ସେତିକିବେଳେ କିଛି ଗୋଟାଏ ଝଲସିବା ପରି ମନେ ହେଲା ପ୍ରଥମେ ପ୍ରେମ ପ୍ରକାଶଙ୍କୁ ଲାଗିଲା ହୁଏତ ବିଜୁଳି ହୋଇଥିବ... ତା ପରେ ଲାଗିଲା ଯେପରି କିଛି ଗଛପତ୍ର ଅନ୍ଧାର ଭିତରେ ଚମକି ଉଠୁଛନ୍ତି । ତାର ଗୋରାଗୋରା ହାତ କୁର୍ତ୍ତାର ବାହୁ ପାଖରୁ ଅଧା ବାହାରକୁ ବାହାରି ଆସିଥିଲା । ମସୃଣ, ସୁଡୋଲ, ନିଟୋଳ, ଗୋଲ ଗୋଲ... ଏତେ ଚିକ୍କଣ ଯେ ଟିପ ରଖିଲେ ଯେପରି ଖସି ଆସିବ । ଉଜ୍ଜଳ ସେ ହାତ ଦୁଇଟି ଯେପରି କଥା କହୁଥିଲା ।

ପ୍ରେମ ପ୍ରକାଶ ଏ ପାଖରେ ଥିବା ହାତକୁ ଉଠାଇ ଧରି ତା ପାପୁଲିରେ ଚୁମା

ଦେଲେ, ପୁଣି ଯେପରି ନିଶାଗ୍ରସ୍ତ ପରି ତାର ପୁରା ହାତକୁ ଚୁମିବାକୁ ଲାଗିଲେ, ପାପୁଲିରୁ ନେଇ କହୁଣୀ ଯାଏଁ, ମସୃଣ ହାତରେ ବାରମ୍ବାର ନିଜ ଆଖିକୁ ରଗଡି ଚାଲିଲେ। ତା ହାତର ଉପର ଅଂଶରେ ତାଙ୍କ ଓଠ ଥିଲା ଓ ତାଙ୍କ ଦୃଷ୍ଟି ତା ଚେହେରା ଆଡକୁ ଚାଲିଗଲା। ତା ଆଖି ଠିକ ସେମିତି ନିର୍ଜୀବ, ଭାବଶୂନ୍ୟ ଓ ହଜିବା ପରି !

କେତେ ଦୀର୍ଘ ଅବସାଦ ଏଇଟା ଯାହାକି ପଢାଘର ଏ ପର୍ଯ୍ୟନ୍ତ ଜାରି ରହିଛି। ତା ଦୃଷ୍ଟି ଠିକ ସେହିପରି। ଏହି ଅବସ୍ଥାରେ ସେ ସ୍କୁଟି ଚଳାଇ ପୋର୍ଟିକୋରେ ଆଣି ରଖିଲା। ସେଠାରୁ ନେଇ ମୋର ଏଠି ତାକୁ ତାର ପୁରା ହାତରେ ଚୁମ୍ବନ ଦେବା ପର୍ଯ୍ୟନ୍ତ , ସେ ମୋତେ ଶୂନ୍ୟ ଦୃଷ୍ଟିରେ ହିଁ ଚାହିଁ ରହିଲା, ଏବେ ମଧ୍ୟ ସେହିପରି ଚାହିଁ ରହିଛି। ମୋର ମଧ୍ୟ ଇଏ କି ଭାବପ୍ରବଣତା, କେଉଁଠୁ ବାହାରି ଆସିଲା ! ସେ ରାଗି ପାରିଥାନ୍ତା। ଏମିତି ଦେଖିବାକୁ ଗଲେ ସେଇଟା ହିଁ ଭଲ ହୋଇଥାନ୍ତା।

"ଗାଡି ଚଳାନ୍ତୁ। ରାସ୍ତା ସେପଟରୁ ଅଛି..." ନିଜ ହାତକୁ ଅଲଗା କରି ନେଇ ଯାଉ ଯାଉ ସେ କହିଲା କଣ୍ଠରେ ଟିକେ ରୁକ୍ଷତା ଥିଲା।

●●●

ଦିନେ ସକାଳୁ ସକାଳୁ ତାର ଫୋନ ଆସିଲା। ପ୍ରେମ ପ୍ରକାଶ ପଢାପଢିରେ ଲାଗିଥିଲେ, ମାଆ ଓ ପତ୍ନୀ ଗାଧୁଆପାଧୁଆରେ। ଫୋନରେ ତା ସ୍ୱର ଶୁଣି ଚିହ୍ନି ପାରିବା ମାତ୍ରେ ହିଁ ସେ ତା ନାଁ କହିଲା ଆଉ ବାସ୍... ଯେପରି କୌଣସି ସରୁ ଝରଣା ପଥର ତଳେ ଚାପି ହୋଇ ଅଟକି ଯାଇଥିଲା ଏବଂ ସେଇଟି ହଟିଯିବା ପରେ ଝରଝର ହୋଇ ବହିଯିବାକୁ ଲାଗିଲା...

"ମୁଁ କଣ ! ମୋତେ, ମୁଁ କଣ ଖଣ୍ଡେ କାଗଜର ଟୁକୁଡା ଯାହାକୁ ଜୋତା ତଳେ ରଗଡି ଯେ କେହି କଣା କଣା କରିଦେବ... ନା ଗୋଟେ ପଶୁର ପିଲା ଯାହା ଉପର ଦେଇ ଗାଡି ଚଢେଇ ନେଇଯିବ ଆଉ ତୁମେ ପଛକୁ ନ ଦେଖି ଘୁଁ କରି ଆଗକୁ ବାହାରି ଯିବ..."

ପ୍ରେମ ପ୍ରକାଶ ବ୍ୟସ୍ତ ହୋଇଗଲେ - କଣ ତାଙ୍କର ସେ ଦିନର ବ୍ୟବହାର ପାଇଁ ସେ ତାଙ୍କୁ କାଠଗଡାରେ ଠିଆ କରାଉଛି ?

"ମୁଁ କୌଣସି ବସ୍ତୁ, ପଶୁ ନ ହେଲେ ପତ୍ନୀ ଅଟେ, ସେଥିପାଇଁ ମଣିଷ ବି ନୁହେଁ? ମୋର ଇଚ୍ଛା ଅନିଚ୍ଛା କିଛି ନାହିଁ... ସାରା ରାତି ସେ ମୋତେ ଏକ ଶିକାରୀ କୁକୁର ପରି ଝୁଣିଲା... ମୋ ଶରୀରର କୌଣସି ଅଂଶ ବି ଛାଡିଲାନି... ଏପରିକି ମୋ ବାଳ ଝିଙ୍କି, ଜବରଦସ୍ତି ମୋ ଲୁଗା ସବୁ ବାହାର କରି ଫୋପାଡି ଛାତିକୁ ନଖରେ

ଚିରି ପକାଇଲା, ମନଇଚ୍ଛା ସବୁଆଡେ ଦାନ୍ତ ଲଗାଇ ଦେଲା। ସାରା ରାତି ମୋତେ ଦଳି ମକଚି ଚାଲିଲା..."

ଯେଉଁ କଣ୍ଠ ତାର ଆରମ୍ଭରେ ବାଷ୍ପାକୁଳ ହୋଇ ଉଠିଥିଲା, ଏବେ ଆଉ ନିୟନ୍ତ୍ରଣରେ ରହିଲା ନାହିଁ। ସେ ଖୁବ୍ ଜୋରରେ କାନ୍ଦିବାକୁ ଲାଗିଲା। କିଛି ସମୟ ପରେ ସେ ପୁଣି କହିବାକୁ ଆରମ୍ଭ କଲା - ସେଇ ଭାରୀ... କମ୍ପିତ ସ୍ୱର... ଯେପରି କ୍ରୋଧ ଓ ପଶ୍ଚାତାପ ଭିତରେ ଫସିଯାଇଛି।

"ଏଇଟା କେତେ ଅପମାନଜନକ... କିଏ ତୁମେ ତୁମକୁ ଏମିତି ଦଳି ମକଚି ଚାଲିଯିବ... ଏହା ପରେ କଣ ଆଉ ଜୀଇଁ ରହିବାର ଇଚ୍ଛା ବାକି ଥିବ। ସେ ନୃଶଂସଟେ। ଭଣ୍ଡ। ମନ୍ଦିରର ଗଦି ଉପରେ ସନ୍ଥ ସାଜି ବସେ ଯଦି, ସେତେବେଳେ ନିଜ ମୁହଁକୁ ବି ପେଟ ପରି କରିଦିଏ - ଗୋଲମୋଟଲ। ଥୁଲଥୁଲ ଶରୀର, ମୁହଁ ଗୋଲଗାଲ... ସାମ୍ନାରେ ବସିଥିବା ଲୋକଟି ପାଇଁ ଏତେ ମିଠାପଣ... ସେଇ ପୁଣି ରାତିରେ ଅନ୍ଧାରରେ ନିଜ ପତ୍ନୀ ପାଇଁ ଏପରି କ୍ରୁର ନିଷ୍ଠୁର ହୋଇଯାଏ ! ବାହାରେ ତିଳକ ଲଗାଇ ବୁଲୁଥାଏ, ଲୋକମାନଙ୍କ କଷ୍ଟ ସମସ୍ୟା ଶୁଣେ, ସେଥିରୁ ମୁକୁଳିବା ପାଇଁ ସେମାନଙ୍କୁ ଉପାୟ ବତାଏ... ଆଉ ନିଜ ପତ୍ନୀ ସହ... ତା ହେଲେ ପତ୍ନୀ କଣ ଏକ ଅଲଗା ପ୍ରଜାତିର... ମଣିଷ ନୁହେଁ ?

ହଉ ପଛକେ ସେ ଝିଅର ବାହାହେବାକୁ ଏତେ ଟିକେ ବି ଇଚ୍ଛା ନ ଥିଲା ତଥାପି ହାତଗଣ୍ଠି ପଡିଗଲା... ସେଉଠୁ କଣ ତୁମେ ସ୍ୱାମୀ, ପୂର୍ଣ୍ଣ ଅଧିକାର ତା ଉପରେ ତୁମର ? ଜୀବନରୁ ମାରିଦେଲେ ଯଦି ଆଇନକାନୁନର କଥା ଉଠୁଛି ତେବେ ସବୁଦିନ ଏମିତି, ତିଳତିଳ ହୋଇ ମାରି ଚାଲିବ... ଆତ୍ମାକୁ ଖଣ୍ଡ ବିଖଣ୍ଡ କରି ରଖିଦେବ... ଏଇଟା ସ୍ୱାମୀର ଅଧିକାର ! ଏମିତି ପ୍ରତ୍ୟେକ ରାତିରେ ମୁଁ ମରୁଥାଏ, ନିଜ ଶରୀରର କୋଣ ଅନୁକୋଣ ପ୍ରତି ଘୃଣା ଜାଗେ, ବଞ୍ଚି ରହିବାକୁ ହିଁ ଘୃଣା ଲାଗେ... କିନ୍ତୁ ନିର୍ଲଜଙ୍କ ପରି ତା ପରଦିନ ପୁଣି କାମରେ ଲାଗିଯାଏ। ତାର ସଂପୂର୍ଣ୍ଣ ଅଧିକାର ଅଛି, ମୋର କିଛି ବି ନାହିଁ, ନିଜର ଇଚ୍ଛା ଅନିଚ୍ଛା ଜାହିର କରିବାର ବି ଅଧିକାର ନାହିଁ। କେବଳ ଏଥିପାଇଁ ଯେ ମୁଁ ନାରୀ ଅଟେ... ବାହାଘର ଆମ ଦୁହିଁଙ୍କର ହୋଇଥିଲା ଯଦି ତା ହେଲେ ଏସବୁ ଅଧିକାର ତାର... ଆଉ ମୋ ଅଧିକାର ତେବେ କଣ ... ? ମୋ ଜୀବନ କଣ ପାଇଁ...କେବଳ ଏଥିପାଇଁ ଯେ ଖାଲି ସବୁଦିନ ଖିନ୍‌ଭିନ୍ ହେଉଥିବି... ପେସି ହୋଇ ଯାଉଥିବି ? ମୁଁ କଣ ବଞ୍ଚିଛି ? ମୁଁ ବଞ୍ଚିବାକୁ ଚାହୁଁନି..."

"ଶୁଣ... ଶୁଣ" ପ୍ରେମ ପ୍ରକାଶ ବିବ୍ରତ ହେଇ ଯାଉଥିଲେ "ଏମିତି ଭାବନ୍ତିନି.."

"କାହିଁକି ଭାବନ୍ତିନି ?" ସେ ଏକ ପ୍ରକାର ତାଙ୍କୁ ଗାଳି ଦେବାପରି କହିଲା -

"ମୋ ସହ ସେ ହିଂସ୍ର ପଶୁମାନଙ୍କ ପରି ବ୍ୟବହାର କରିବ ଆଉ ମୁଁ ତା ବିରୁଦ୍ଧରେ ଚିନ୍ତା ବି କରିପାରିବିନି... କାରଣ ସେ ମୋ ସ୍ୱାମୀ... ଏଇଆ ହିଁ କହିବେ ଆପଣ ଆଉ କଣ ବା କହିବେ..."

"ନାଁ ମୋ କହିବାର ଉଦ୍ଦେଶ୍ୟ ତୁମେ ଯୋଉ ବଞ୍ଚିବା କଥା କହୁଥିଲ... ସେମିତି କଥା ଚିନ୍ତା କରନ୍ତିନି।"

"କାହିଁକି ଚିନ୍ତା କରିବା ଉଚିତ ନୁହେଁ... କଣ ଆପଣ ଗୋଟିଏ କାରଣ କହିପାରିବେ ଯେଉଁଥିପାଇଁ ମୁଁ ଜୀଇଁ ରହିବି।"

"ହଁ ନିଜ ପିଲା ପାଇଁ!"

"ତା ଜନ୍ମ ହେବାର ମୋର କୌଣସି ଇଚ୍ଛା ନ ଥିଲା। ସେ ଲୋକର ମାଆ ବାପାଙ୍କୁ ଗୋଟିଏ ଖେଳନା ଦରକାର ଥିଲା ନିଜର ଖାଲି ସମୟ କାଟିବାକୁ। ମୋ ପିଲା ଏପରି ପରିବେଶରେ କଣ ହେବ ଆଗକୁ? ମୁଁ ତାକୁ ଏପରି ଭଣ୍ଡ ବାବାଜୀ ଛଡା ଆଉ କଣ କରିପାରିବି... ପଣ୍ଡିତ, ମୁଁ ଯାହାକୁ ଘୃଣା କରେ... ଦିନରେ କପାଳରେ ତିଳକ ଚନ୍ଦନ ଲେପି ସାଧୁ, ରାତିରେ ପତ୍ନୀ ସହ ଏପରି... ଦାନବ, ରାକ୍ଷସ।"

"ଶୁଣ, ମୁଁ ମାନୁଛି... ଏଇଟା ଅତ୍ୟାଚାର।"

"କେବଳ ଅତ୍ୟାଚାର? ହୁଏତ ଆପଣ ଉଚିତ ଶବ୍ଦର ବ୍ୟବହାର ଜାଣି ନାହାଁନ୍ତି - ଯାହା ମୁଁ ମାନେନି, ନ ହେଲେ ଆପଣ ହୁଏତ ଜାଣିଶୁଣି ତା କୃତକର୍ମକୁ କମ୍ କରିବା ପାଇଁ କହୁଛନ୍ତି... କାରଣ ଆପଣ ବି ପୁରୁଷ ଅଟନ୍ତି।"

"ଦେଖ, ଏ ବିଷୟରେ ଆମେ ବସିକି ଆଲୋଚନା କରିବା, କେବଳ ତୁମେ ଓ ମୁଁ। ଏବେ ଶାନ୍ତ ହୋଇ ଯାଅ। ତୁମେ ଯେବେ ଯେତେବେଳେ ବି ଚାହିଁବ ଆସିପାରିବ।"

"ମୋର ଯିବାର ନାହିଁ।"

ଆଉ ସେ ଫୋନ ରଖିଦେଲା। ସେ ଯେଉଁ ରୁକ୍ଷତାର ସହ କହିଲା ତାହା ପ୍ରେମ ପ୍ରକାଶଙ୍କୁ ଛଟପଟ କରିଦେଲା।

ବୋଧହୁଏ ଏହି କ୍ରୋଧ ତଳେ... ବହୁତ ତଳେ ଦବି ହୋଇ ରହିଥିବା ତାର ସେହି ଆକ୍ରୋଶ ମଧ୍ୟ ଅଛି ଯାହା ସେଦିନ ବର୍ଷା ରାତିରେ କାରରେ ମୋର ବ୍ୟବହାର ପାଇଁ ଦେଖାଦେଇଥିଲା , ଯେଉଭଳି ଭାବରେ ସେ ନିଜର ହାତକୁ ମୋ ଓଠ ପାଖରୁ ଫେରାଇ ନେଇଥିଲା ଏବଂ ଗାଡି ଚଳେଇବାକୁ କହିଥିଲା। କଣ ମୁଁ ସେତେବେଳେ ତାର ଇଚ୍ଛା ଅନିଚ୍ଛା ପ୍ରତି ଧ୍ୟାନ ଦେଇଥିଲି ? ଗୋଟିଏ ଆବେଗରେ ମୁଁ ତାର ହାତକୁ ଚୁମି ଚାଲିଥିଲି। ଅବଶ୍ୟ ସେତେବେଳେ ସେ

ସିଧାସଳଖ କିଛି କହି ନ ଥିଲା, କିନ୍ତୁ ଆଖିରେ ଆକ୍ରୋଶ ସ୍ପଷ୍ଟ ଦେଖାଯାଉଥିଲା। ଭିତରେ ଲୁଚିରହିଥିବା ସେ ଭାବ, ଏବେ ସ୍ୱାମୀ ବିରୁଦ୍ଧରେ କ୍ରୋଧ ସହ ମିଶି ବାହାରକୁ ବାହାରି ଆସିଥିଲା। ସେ ଭାବୁଥିବ ଯେ, ଏଇ ପୁରୁଷ ବ୍ୟବହାର ମଧ୍ୟ ତାର ସ୍ୱାମୀ ପରି ହିଁ ଅଟେ। ଆଶ୍ଚର୍ଯ୍ୟର କଥା ଯେ, ମୋତେ ନେଇ ତାର ସେ ଆକ୍ରୋଶ ବୋଧହୁଏ ସଂପୂର୍ଣ୍ଣ ଭାବରେ ଶାନ୍ତ ବି ହୋଇ ନ ଥିବ... ଆଉ ସେ ମୋତେ ହିଁ ତାର ଏତେ ଅନ୍ତରଙ୍ଗ ବ୍ୟକ୍ତିଗତ କଥାର ଭାଗୀଦାର ବନାଇ ଦେଲା। କଣ ଭାବି ସେ ମୋତେ ଏସବୁ କହିବା ପାଇଁ ନିଷ୍ପତ୍ତି ନେଇଥିବ ନା କୌଣସି ନିଷ୍ପତ୍ତି ନ ନେଇ କିଛି କଥା ନ ଭାବି ଏକା ବେଳକେ ଫୋନ ଉଠାଇଲା ଏବଂ ଝରଝର ହୋଇ ଯିଏ ବି ଆଗ ଆଖି ଆଗକୁ ଆସିଲା ତା ଉପରେ ବର୍ଷି ଦେଇଗଲା।

ନାଁ, ସ୍ୱାମୀ ବିଷୟରେ ଏପରି କଥା ସେ ସମସ୍ତଙ୍କ ପାଖରେ କହିପାରିବନି ! ଏପରି ଝିଅ ଆତ୍ମହତ୍ୟା ବି କରିପାରେ ! ଫୋନ କରିବି ? ମୁଁ ତ ଏପର୍ଯ୍ୟନ୍ତ ତା ଫୋନ ନମ୍ବର ମଧ୍ୟ ରଖିନି। ଆରମ୍ଭରୁ ତ ଏଇ କଥା ଭାବୁଥିଲି ଯେ ସେ ତା ଆଡୁ ଫୋନ କରିଦେବ ନ ହେଲେ ଯେତେବେଳେ ଚାହିଁବ ଚାଲି ଆସିବ - ଯାହା ହେଲେ ବି ତ ସାନ। ସେଦିନ ସଂଧ୍ୟାରେ ନିଜର ବ୍ୟବହାର ପରେ ସେ ଆଶା ବି ଛାଡି ଦେଇଥିଲି।

ଯେପରି କୌଣସି ଆହତ ପକ୍ଷୀ ଗେଟ ଉପରେ ଲଟେଇ ଥିବ ଲତା ଗହଳରେ ଆସି ବସିଛି। ସେଇଠି ବସି ନିଜର କ୍ଷତକୁ ଆଉଁସୁଛି, ଡେଣା ଫଡଫଡ କରୁଛି, ଡେଣା ତଳେ ରକ୍ତ ଦାଗ ଦେଖାଯାଉଛି। ମୁଁ ତାକୁ ନେବା ପାଇଁ ତା ଆଡକୁ ଆଗାଉଛି। ଡରିଯାଇ ସେ ସେହି ସମୟରେ ଉଡିବାକୁ ଚେଷ୍ଟା କରୁଛି, ସେହି କ୍ଷତାକ୍ତ ଅବସ୍ଥାରେ ମଧ୍ୟ ମୁଁ ଫେରି ଆସୁଛି। ପକ୍ଷୀଟି ସେଇଠି ବସି ନିଜର କ୍ଷତାକ୍ତ ପରକୁ ଆଉଁସୁଛି, ଅସୁରକ୍ଷିତ ମନେ କରି ଚାରି ଆଡକୁ ଚାହୁଁଛି... ମୋ ଆଡକୁ ବି।

ଇଏ କେମିତିକା ଲୋକ... ତା ସ୍ୱାମୀ। ଯେତେବେଳେ ମନ୍ଦିର ସିଂହାସନରେ ବସିଥାଏ ସେତେବେଳେ ଚେହେରା ଶାନ୍ତ,ସୁନ୍ଦର... ରସଗୋଲା ପରି ମଧୁର... ମୁହଁରେ ଏପରି ମିଠାପଣ, ଆଗରେ ବସିଥିବା ଲୋକ ପାଇଁ କେତେ କରୁଣା... ସେ ପୁଣି ରାତିରେ ଅନ୍ଧକାରରେ ନିଜର ଆପଣାର ବ୍ୟକ୍ତି ପାଇଁ ଏପରି ନିଷ୍ଠୁର ନିର୍ମମ କିପରି ହୋଇ ଯାଉଥିବ। ପ୍ରତିଷ୍ଠା ପଦବୀ କାରଣରୁ କଣ ଏତେ ପାର୍ଥକ୍ୟ ? ପ୍ରଥମଟିରେ ପଦବୀ ଏକ ଗୁରୁର... ତେଣୁ କରୁଣା, ଦୟା, ଆଶୀର୍ବାଦର ନାଟକ... ଦ୍ୱିତୀୟଟିରେ

ଭୂମିକା ଏକ ସ୍ୱାମୀର, ସେଥିପାଇଁ ଏକଚାଟିଆ ଅଧିକାର, ନୃଶଂସତା, ହାତ ମୁଠାରେ ରଖିବାର ପ୍ରବୃତ୍ତି... ପୁରୁଷ ହିଁ ଏହି ଧାରଣା ସୃଷ୍ଟି କରିଛି ଯେ କଠୋରତାରେ ସ୍ତ୍ରୀ ପ୍ରସନ୍ନ ହୁଏ, କିନ୍ତୁ ଏଠାରେ ତ ଏହାର ପ୍ରଭାବ କେତେ ବିପରୀତ ମନେ ହୁଏ...

●●●

ଆସିବା ପାଇଁ ସେ ସଫା ସଫା ମନା କରିଦେଇଥିଲା। କିନ୍ତୁ କିଛି ଦିନ ପରେ ସେ ଆସିଲା। ପ୍ରେମ ପ୍ରକାଶ ସେ ଦିନ ଫୋନରେ ହୋଇଥିବା କଥାର ଆଘାତ ତା ଭିତରେ ଖୋଜୁଥିଲେ... ଯାହା ସେଦିନ କହିଥିଲା। କିନ୍ତୁ ତାର କୌଣସି ଚିହ୍ନବର୍ଣ୍ଣ ତା ପାଖରେ ନ ଥିଲା। ବୋଧ ହୁଏ ତାର ମନେ ବି ନ ଥିଲା ଯେ ତାଙ୍କ ସହ ତାର ବିଶେଷ ପରିଚୟ ନ ଥାଇ ମଧ୍ୟ ସେଦିନ କଣ କଣ ସବୁ କହିପକାଇଥିଲା। ସେ ସମୟରେ ସେ ଚଳଚଞ୍ଚଳ ଚଢେଇଟେ ପରି ଲାଗୁଥିଲା। ୟୁନିଭର୍ସିଟିରୁ ଫେରୁଥିଲା। ତା ହାତରେ ଗୋଟିଏ ଛୋଟିଆ ମିଠା ପ୍ୟାକେଟ୍ ଓ ନିଜର କିଛି ମାର୍କସିଟ ଥିଲା। ତାର ଏମ୍.ଫିଲର ଫଳ ଆସିଥିଲା- ପ୍ରଥମ ଶ୍ରେଣୀ ଓ ବିଶ୍ୱବିଦ୍ୟାଳୟରେ ଦ୍ୱିତୀୟ। ସିଧା ତାଙ୍କ ରୁମ୍‌କୁ ନ ଆସି ସେ ଖାଇବା ଟେବୁଲ ପାଖରେ ପହଞ୍ଚି ଯାଇଥିଲା, ସର୍ବପ୍ରଥମେ ମାଆଙ୍କୁ ନିଜ ପରୀକ୍ଷାଫଳ ଜଣାଇଲା, ତା ପରେ ପତ୍ନୀଙ୍କୁ... ଏମିତି ବଡ ପାଟିରେ ଯେ ନିଜ ରୁମ୍‌ରେ ଥାଇ ପ୍ରେମ ପ୍ରକାଶ ମଧ୍ୟ ଶୁଣି ପାରିବେ। ସାଙ୍ଗେ ସାଙ୍ଗେ ତା ଆଗରେ ଘରର ତିନିଜଣ ଯାକ ଖାଇବା ଟେବଲ ପାଖରେ ଏକାଠି ହୋଇଗଲେ।

ସେ ନିଜର ମାର୍କସିଟ ପ୍ରେମ ପ୍ରକାଶଙ୍କୁ ବଢାଇ ଦେଲା। ସେ ଚଷମା ଲଗାଇ ମାର୍କସିଟ ଦେଖିବାକୁ ଲାଗିଲେ। ମାଆ ଏବଂ ପତ୍ନୀ ତାକୁ ଆଶୀର୍ବାଦ ଦେଲେ, ସେ ମିଠା ପ୍ୟାକେଟ୍ ଖୋଲି ଦେଲା, ମାଆ ଏବଂ ପତ୍ନୀ ମିଠା ଗୋଟେ ଗୋଟେ ଧରିଲେ। ତା ପରେ ସେ ମିଠା ପ୍ରେମପ୍ରକାଶଙ୍କ ଆଡକୁ ବଢାଇ ଦେଲା। ସେ ମିଠାରୁ ଖଣ୍ଡେ ଧରିଲେ, ନିଜ ପାଟି ପାଖକୁ ନେଇ ଯାଉ ଯାଉ ଅଚାନକ ହାତଟି ତା ଆଡକୁ ଚାଲିଗଲା...

"ବହୁତ ବହୁତ ଅଭିନନ୍ଦନ... ଘରସଂସାର ସମ୍ଭାଳି ମଧ୍ୟ ଏତେ ଭଲ ମାର୍କ..."

ମିଠା ଧରିଥିବା ପ୍ରେମ ପ୍ରକାଶଙ୍କ ହାତ ତା ମୁହଁ ଆଡକୁ ଆଗେଇ ଆସିଲା... ତା ପାଟି ଆପଣାଛାଏଁ ଖୋଲିଗଲା ଏବଂ ହାତରୁ ମିଠା ଖାଇବା ପରେ ପୁଣି ବନ୍ଦ ହୋଇଗଲା, ତା ଚେହେରା ଈଷତ୍ ନାଲି ହୋଇଗଲା, କିନ୍ତୁ ଲଜ୍ଜା ବା ସେମିତି କିଛି ଟିକେ ବି ସେଠାରେ ନ ଥିଲା। ଆଉ ପ୍ରେମପ୍ରକାଶ... ତାଙ୍କୁ ତ ଜଣା ହିଁ ନ ଥିଲା ଯେ ସେ କଣ କରୁଛନ୍ତି। ମାଆ ଏବଂ ପତ୍ନୀ ଟିକେ ଆଶ୍ଚର୍ଯ୍ୟ ହୋଇ ତାଙ୍କ ଆଡକୁ ଚାହିଁ

ରହିଥିଲେ । ତାଙ୍କ ସଂସ୍କାର ଅନୁସାରେ ପ୍ରେମପ୍ରକାଶଙ୍କର ତା'ସହ ଏତେ ଆତ୍ମୀୟତା ଅନୁଚିତ ଥିଲା ।

"ସାର୍, ମୁଁ ବିଶ୍ୱବିଦ୍ୟାଳୟରେ ପ୍ରଥମ ହୋଇଥିଲି, ମୋତେ ଜାଣିଶୁଣି ଦ୍ୱିତୀୟ କରି ଦିଆଯାଇଛି ।"

"କେମିତି ?"

"ଦେଖନ୍ତୁ, ଥାର୍ଡପେପରରେ ହିଁ ମୋର କମ ନମ୍ବର ଅଛି, କମ୍ ଦିଆଯାଇଛି । ଏହି ପେପର ଯିଏ ଦେଖୁଥିଲେ ସେ ବାହାରର ପରୀକ୍ଷକ ନୁହଁନ୍ତି । ମୋର ବିଭାଗ ମୁଖ୍ୟ ଡ. କୌଶିକ ଅଟନ୍ତି । ସେ ଆଗରୁ ହିଁ କରୁଣାକୁ କହିସାରିଥିଲେ ଯେ ୟୁନିଭର୍ସିଟିରେ ସେ ହିଁ ଟପ୍ପର ହେବ ।"

"କଣ କରୁଣା ତାଙ୍କ ସଂପର୍କୀୟ ?"

"ନାଁ... କିନ୍ତୁ ସେ ବହୁତ ଧନୀ ଘରର ଆଉ ଆମ ହେଡଙ୍କ ବିଷୟରେ ଆପଣ ଯାହାକୁ ହେଲେ ପଚାରିପାରିବେ । ସେ ଟଙ୍କା ନିଅନ୍ତି ।"

"ତୁମେ ଦେଲନି ?"

"ମୁଁ କୋଉଠୁ ଦେଇଥାନ୍ତି... ସ୍ୱାମୀର ଏତିକି ଦୟା ଯଥେଷ୍ଟ ଯେ ସେ ମୋତେ ପଢିବାକୁ ଅନୁମତି ଦେଇଛି । ଆମର ବି ପଇସା କୋଉ ଅଛି..."

ପ୍ରେମ ପ୍ରକାଶ ମାର୍କସିଟକୁ ପୁଣି ଥରେ ଦେଖିଲେ । ସତକୁ ସତ ଯେଉଁ ଛାତ୍ରକୁ ପ୍ରତିଟି ପେପରରେ ସତୁରୀ ପ୍ରତିଶତ ନମ୍ବର ମିଳିଛି ସେ ଗୋଟିଏ ପେପର କେବଳ ସଇଁତିରିଶ ପ୍ରତିଶତ ପାଖରେ କିପରି ଅଟକି ଯିବ ? ତା ସାଙ୍ଗରେ ଏମିତି ହିଁ ହୋଇଥିଲା । ତା ପ୍ରତି ତାଙ୍କ ମନ ଗଭୀର ସହାନୁଭୂତିରେ ଭରିଗଲା । କେମିତି ଲାଗୁଥିବ ତାକୁ... ଯେତେବେଳେ ତା ସହ ପ୍ରତି କ୍ଷେତ୍ରରେ ଅନ୍ୟାୟ ହେଉଥିବ ! ଘରେ ମଧ୍ୟ ଓ ବାହାରେ ମଧ୍ୟ ।

"ହଉ ଛାଡ, କିଛି କଥା ନାହିଁ । ଏ ନମ୍ବର ମଧ୍ୟ କିଛି କମ୍ ନୁହେଁ ।"

"ନମ୍ବରର କଥା ନୁହେଁ, ମୋତେ ଗୋଲ୍ଡ ମେଡାଲ ମିଳିବନି । ହାଇସ୍କୁଲରେ ମୁଁ ଟପ୍ପର ହୋଇଥିଲି, ମୋ ନାଁରେ ଗୋଲଡ୍ ମେଡାଲ ଘୋଷଣା କରାଯାଇଥିଲା । ପଚରା ଗଲା ଯେ ମୋତେ ଗୋଲଡ ମେଡାଲ ଦରକାର ନା ନଗଦ ଟଙ୍କା... ମାଆ ନଗଦ ଟଙ୍କା ବୋଲି ଲେଖି ପଠେଇ ଦେଲେ । ମୋର ବହୁତ ଇଚ୍ଛା ଥିଲା ଯେ ମୁଁ ମଞ୍ଚ ଉପରକୁ ଯାଇ ଗୋଲଡ ମେଡାଲ ନେବି... କିନ୍ତୁ ତା ବଦଳରେ ମୋ ଘରକୁ ଟଙ୍କା ପଠାଇ ଦିଆଗଲା । ଗୋଲଡ ମେଡାଲ ମୋତେ ସେବେ ବି ମିଳି ନ ଥିଲା... ଏଥର ବି ନୁହେଁ । ମୁଁ ଯାହା ଚାହେଁ... ମୋତେ କେବେ ବି ମିଳେନି..."

ତା ଆଖି ଲୁହ ଛଳଛଳ ହୋଇ ଆସିଲା, ତଳକୁ ଝରିବା ପୂର୍ବରୁ ସେ ତାକୁ ଓଢଣୀରେ ପୋଛି ଦେଲା। କିଛି ସମୟ ଆଗରୁ ଯିଏ ଏତେ ଖୁସିରେ ଉଛୁଳି ଉଠୁଥିଲା... ସେ ଏତେ ଶୀଘ୍ର କାନ୍ଦିପକାଇଲା। ଉଜ୍ଜଳ ସତେଜ ମୁହଁଟି ଝାଉଁଳି ପଡିଥିଲା... ସେ ନିଜକୁ ସମ୍ଭାଳିବାକୁ ଚେଷ୍ଟା କରୁଥିଲା, ସାହସୀ ହେବାର ପ୍ରୟାସ କରୁଥିଲା। ତା ଭିତରେ କେମିତି ଏତେ ଶୀଘ୍ର ପରିବର୍ତ୍ତନ ଆସିଯାଏ ପ୍ରେମ ପ୍ରକାଶ ଭାବୁଥିଲେ... ଅବା ତା ଭିତରେ ଏକ ଉଦାସୀପଣର ଚଟାଣ ରହିଛି ଯାହାକୁ ଅଳ୍ପ ସମୟ ପାଇଁ କୌଣସି ଖୁସି ବା ଉଲ୍ଲାସର ମେଘ ଆସି ଢାଙ୍କି ପକାଏ, ମେଘ ପବନରେ ଘୁଞ୍ଚି ଯିବା ପରେ ଚଟାଣ ପୁଣି ଆଗକୁ ଚାଲି ଆସେ... ନିଜର ପୂର୍ବ ରୂପକୁ ଦେଖାଇ... ତାକୁ ଆହୁରି ଉଦାସ କରିଦେଇ।

ତାକୁ ଉଦାସ ହେବାର ଦେଖି ପ୍ରେମ ପ୍ରକାଶ ବ୍ୟଗ୍ର ହୋଇ ଉଠିଲେ। ଏ ସମୟରେ ସେ ଯଦି ଏକୁଟିଆ ତାଙ୍କ ରୁମରେ ଥାଆନ୍ତା ତା ହେଲେ ସେ ତାକୁ ହାଲକା ଭାବରେ ଟିକେ ଆଉଜିଆଣି ପିଠିକୁ ଥାପୁଡାଇବାକୁ ଚାହିଁଥାନ୍ତେ। ସେ କଣ କରିବେ...? ସେ ତା ଆଖିରେ ଦେଖିବାକୁ ଚେଷ୍ଟା କଲେ ଯେ ହୁଏତ ସେଦିନ ନିଜ ସ୍ୱାମୀ ସହ ଅନ୍ତରଙ୍ଗ କଥାକୁ ନେଇ ସେ ତାଙ୍କ ସହ ଯାହା ସବୁ ବାଣ୍ଟିଥିଲା ତାର କୌଣସି ଦୁଃଖ ବା ଚିହ୍ନବର୍ଣ୍ଣ କିଛି ସେଠାରେ ଥିବ। କିନ୍ତୁ ସେମିତି କିଛି ବି ନ ଥିଲା। ସେ ମାଆ ଏବଂ ପ୍ରେମ ପ୍ରକାଶଙ୍କ ପତ୍ନୀଙ୍କ ସହ ଅଗଣାରେ ଯାଇ ବସିଲା। ପ୍ରେମ ପ୍ରକାଶ ପୁଣି ନିଜ ରୁମ୍‌କୁ ଫେରି ଆସିଲେ, କିଛି ସମୟ ପରେ ବାହାରକୁ ବାହାରି ଦେଖିଲେ ଯେ ତିନି ମହିଳାଙ୍କ ଭିତରେ ନାରୀ ସୁଲଭ ଗପସପ ଚାଲିଛି। ସେ ଶୁଣିବାକୁ ଚେଷ୍ଟାକଲେ ମଝିରେ ମଝିରେ ତା ପାଟି ଶୁଭୁଥିଲା... ବୋଧେ କିଏ ପଚାରିବା ଆଗରୁ ଏମିତି ହିଁ ଅଥବା କୌଣସି ପ୍ରସଙ୍ଗ ସେହି ପ୍ରକାରର ଚାଲିଥିଲା –

ତା ଘରେ ଭାରି ପଣ୍ଡିତିଆ ପରିବେଶ, ଯାହା ତାର ପସନ୍ଦ ନୁହେଁ। ତାକୁ ମଧ୍ୟ ପୂଜା ପାଠରେ ବସିବା ପାଇଁ ବାଧ୍ୟ କରାଯାଏ ଘଣ୍ଟାଧିକ ସମୟ ନଷ୍ଟ ହୋଇ ଯାଏ ଅଯଥାରେ, ଲେଖାପଢା ଆଦି କରିବା ଭାରି କଷ୍ଟ ହୁଏ, ସେ କେବଳ ଚାରି ଘଣ୍ଟା ହିଁ ଶୁଏ... ସେ ଏପରି କିଛି କହି ଚାଲିଥାଏ।

ତା ଭିତରେ ବହୁତ କିଛି ଅଛି, ଯାହା ବାହାରକୁ ଆସିବାକୁ ଚାହୁଁଛି। କଣ ସେ ଏଇଆ ମଧ୍ୟ ଦେଖୁନି ଯେ କାହାକୁ କହିବା ଉଚିତ ଓ କାହାକୁ କହିବା ଉଚିତ ନୁହେଁ। ମାଆ ଓ ପତ୍ନୀଙ୍କ ସହ ତାର ଘନିଷ୍ଠତା ବା କେତେ ଯେ ସେ ଏସବୁ ତାଙ୍କୁ କହିପକାଉଛି ? କେହିଁ ନାହିଁ ଯଦି ସେ ହୁଏତ ଯିଏ ଦେଖା ହେଲା ତାଙ୍କୁ କହିପକାଏ

– ଏହି ପରି ଭାବରେ ନିଜକୁ ଟିକେ ହାଲୁକା ବି କରିନିଏ। ହୋଇପାରେ, ସେ ସମୟରେ ଏକଥା ସେ ମାଆ ଓ ପତ୍ନୀଙ୍କୁ କହୁ ନଥିଲା, ମୋତେ ହିଁ କହୁଥିଲା, ଏଥିପାଇଁ ଯେ ସେ ଅଗଣାରେ ବସିଛି ଓ ମୁଁ ମୋ ପଢାଘରେ। ପଢାଘର କବାଟ ଖୋଲା ଅଛି, ମୋ ଯାଏଁ ତା କଥା ପହଞ୍ଚି ପାରିବ। ସେ ଏତେ ଜୋରରେ କହୁଥିଲା, ଯେପରି ମୋତେ ଶୁଣିବାକୁ ବାଧ କରୁଛି।

ଯିବା ସମୟରେ ସେ ପ୍ରେମ ପ୍ରକାଶଙ୍କ ପଢାଘରକୁ ପଶିଆସିଲା।

"ନମସ୍କାର ସାର! ମୁଁ ଯାଉଛି।"

"ଶୁଣ ଏଠିକୁ ଆସ...।"

ସେ ତାଙ୍କ ଟେବଲ ପାଖକୁ ଆସିଲା। ସେ ଆସ୍ତେ କହିଲେ

"ଶୁଣ- କାଲି ସଂନ୍ଧ୍ୟା ଚାରିଟା ବେଳେ ତୁମେ ମୋତେ ହ୍ରଦ ପାଖରେ ଥିବା ପାର୍କରେ ଦେଖା କରିବ... ଛୋଟ ହ୍ରଦ ଥିବା ପାର୍କର ଗେଟ ପାଖରେ... ମୋର ତୁମକୁ କିଛି କହିବାର ଅଛି... ମୁଁ ମେନ୍ ଗେଟ୍ ପାଖରେ ଠିଆ ହୋଇଥିବି... ପାଞ୍ଚ ଦଶ ମିନିଟ୍ ଏପଟ ସେପଟ ହୋଇପାରେ, କିନ୍ତୁ ସେଇଠି ହିଁ ଦେଖାହେବ... ଗେଟ୍ ପାଖରେ... ପାର୍କଟି ବଡ ଅଛି, ସେଥିପାଇଁ ସେଇଠି..."

"ଆପଣ ହଜି ଯାଆନ୍ତି ଯଦି ବି ମୁଁ ଖୋଜିପାଇଯିବି।" ସେ ସେତିକି ଆସ୍ତେ କହିଲା। ତା ଆଖିରେ ଚମକ ଥିଲା, ଯାହା ମେଡାଲ ନ ମିଳିବାର ବିଷାଦ ବା ତା ଘରର ବିପରୀତ ପରିସ୍ଥିତର ଉଦାସୀନତାକୁ ଢାଙ୍କି ଦେଇଥିଲା। ଅପୂର୍ବ ତେଜ ଭରା ଚମକ ଥିଲା... ଆଉ ଯେପରି ସେ ସ୍ୱୟଂ ମଧ୍ୟ ସେ ଚମକକୁ ଦେଖିପାରୁ ଥିଲା। ତାକୁ ଆଉ କେହି ଯେପରି ଛଡାଇ ନ ନେଉ... ସେଥିପାଇଁ ସେ ତୁରନ୍ତ ଏବଂ କ୍ଷୀପ୍ର ବେଗରେ ବାହାରକୁ ଚାଲିଗଲା... ଯେପରି କୌଣସି ଛୋଟ ପିଲା ନିଜ ପସନ୍ଦର ମିଠାକୁ ହାତରେ ମୁଠାଇ ଧରି ଧାଇଁ ଚାଲିଯାଏ।

●●●

"ମୋତେ ଏମିତି ଲାଗିଲା ଯେମିତି ତୁମେ ମୋତେ କିଛି କହିବାକୁ ଚାହୁଁଛ, ଯାହାକୁ କହିବାର ସମୟ ଓ ଏକାନ୍ତ ତୁମକୁ ମିଳିପାରୁନି।" ପାର୍କରେ ପ୍ରେମ ପ୍ରକାଶ ତାକୁ କହିଲେ।

ସେ ତାଙ୍କ ଆଡକୁ ପ୍ରଶ୍ନିଳ ଆଖିରେ ଚାହିଁବାକୁ ଲାଗିଲା... ସତେ ଯେପରି ମନେମନେ କିଛି ଭାବୁଛି। ଅଥବା ସେ ଆଖି ଦୁଇଟି ଯେପରି ତାଙ୍କୁ ପରୀକ୍ଷା କରୁଥିଲେ।

"ତୁମେ କିଛି କହିଲନି"

"ନାଁ... ସେମିତି କିଛି ଖାସ୍ ନୁହେଁ।"

"ସେ ଦିନ ତୁମେ ଫୋନରେ ନିଜ ସ୍ୱାମୀଙ୍କ ବ୍ୟବହାର ବିଷୟରେ ମୋତେ କେତେ କଣ ସବୁ କହି ପକାଇଲ।"

"ପରେ ନିଜ ବ୍ୟବହାର ପାଇଁ ମୁଁ ବହୁତ ଆଶ୍ଚର୍ଯ୍ୟ ହେଲି ଓ ଲଜ୍ଜିତ ବି।"

"ଆଉ କାହାକୁ ମଧ୍ୟ କହିଛ ସେସବୁ କଥା ? "

"ନାଁ..."

"ନିଜର କୌଣସି ଅନ୍ତରଙ୍ଗ ବାନ୍ଧବୀ... କିମ୍ବା ମିତ୍ର..."

"ମୋ ପାଖରେ ଏପରି କେହି ବି ନାହାନ୍ତି।"

"ଆଗରୁ କାହା ସହ ଏସବୁ ବିଷୟରେ କହିଛ ?"

"ନାଁ"

"ତା ହେଲେ କେବଳ ମୋତେ ହିଁ କାହିଁକି ?"

"ଜାଣିନି... କହିବା ପୂର୍ବରୁ ଭାବିନି। ଭାବିଥିଲେ କହି ନଥାନ୍ତି। ବୋଧହୁଏ ସେଦିନ ମାନସିକ ଚାପ ବହୁତ ଥିଲା। ଆପଣଙ୍କୁ ଖରାପ ଲାଗିଲା ?"

"ନାଁ... କହିଦିଅ, କହିଦେବା ଉଚିତ। ମୋର ମନେ ହୁଏ ଯେ ବାହାରକୁ ତୁମେ ଯେତେ ଖୁସିରେ ବୁଲୁଥାଅ, ଭିତରେ ସେତେ ହିଁ ଉଦାସ ଅଟେ... ବାହାରକୁ ଯେତେ ଉନ୍ମୁକ୍ତ... ଭିତରେ ସେତେ ହିଁ ଅନ୍ତର୍ମୁଖୀ। ଅଣନିଃଶ୍ୱାସୀ ଭିତରେ ରହୁଛ।"

ତା ଆଖି ଛଳଛଳ ହୋଇ ଆସିଲା। ପ୍ରେମପ୍ରକାଶ ଆଡକୁ ଥିବା ତାର କାନ୍ଧକୁ ଥାପୁଡାଇ ଦେଲେ।

"ତୁମକୁ ଜଣେ ବନ୍ଧୁର ଆବଶ୍ୟକତା ଅଛି। ଯେ ପର୍ଯ୍ୟନ୍ତ କେହି ନ ହେଇଛନ୍ତି ମୋତେ ହିଁ ନିଜର ବନ୍ଧୁ ବୋଲି ଭାବିନିଅ।"

ଅଳ୍ପ ଓଦା ହୋଇ ଆସୁଥିବା ଆଖିରେ ସେ ପୁଣି ଥରେ ପ୍ରେମ ପ୍ରକାଶଙ୍କ ଆଡକୁ ଠିକ୍ ସେହିପରି ଦେଖିବାକୁ ଲାଗିଲା... ଯେପରି ତାଙ୍କୁ ପରୀକ୍ଷା କରୁଛି, ତର୍ଜମା କରୁଛି, ପୁଣି ସାମ୍ନାରେ ଥିବା ଏକ ଛୋଟ ଗଛ ଆଡକୁ ଦେଖିବାକୁ ଲାଗିଲା। ସରୁସରୁ ଡାଳ ଥିବା, ଗୋଲଗୋଲ ହୋଇ କଟାଯାଇଥିବା ସଜାଯାଇଥିବା ତାହା ଏକ ମନୁଷ୍ୟକୃତ ଗଛ ଥିଲା, ତାରଜାଲି ଦ୍ୱାରା ବେଢା ଯାଇଥିଲା... ନିୟମିତ ଭାବରେ ଚାରିପଟୁ କଟାଯାଇ ଯାହାକୁ ଏକ ଆନୁପାତିକ ଗୋଲାକାର ରୂପ ଦିଆଯାଇଥିଲା। ଗଛଟିର ପତ୍ର ଗୁଡିକ ଉପରେ ଧୂଳି ଜମିଥିଲା ଯେଉଁ କାରଣରୁ ତାହା ଆଉ ସତେଜ ଲାଗୁ ନ ଥିଲା... ଯେମିତି ଏକ ବାସୀପଣ ତା ଭିତରୁ ବାହାରୁଥିଲା। ପତ୍ର ଗହଳରୁ ଚଢେଇଟିଏ ଚିଁ ଚିଁ ହୋଇ ଉପର ତଳ ଏପଟ ସେପଟ ହେଉଥିଲା।

"କିଛି କହୁନ ଯେ।" ପ୍ରେମ ପ୍ରକାଶ ପୁଣିଥରେ ପଚାରିଲେ।

"ଆପଣଙ୍କ ପାଖରେ ବସିବାକୁ ଭଲ ଲାଗୁଛି।" ସାମ୍ନାକୁ ଚାହିଁ ରହି ସେ କହିଲା।

"କିନ୍ତୁ ତୁମେ ତ ମୋ ଆଡକୁ ବି ଚାହୁଁନ।"

"ସେଥିରେ କଣ ଅଛି, ଆପଣ ଅଛନ୍ତି ଯଦି..." ସେମାନଙ୍କ ଭିତରେ ଟିକେ ସମୟ ପାଇଁ ନୀରବତା ଛାଇଗଲା। ପ୍ରେମ ପ୍ରକାଶ ତାକୁ ଆଉ କିଛି ପଚାରିଲେନି...।

ସେ ଆଉ ଯନ୍ତଟେ ନୁହେଁ ଯେ ମଣିଷ ବଟନ୍ ଟିପିବା ମାତ୍ରେ ପୁଣି ଚାଲୁ ହୋଇ ଯିବ। ତାଙ୍କୁ ଲାଗିଲା ଯେପରି ସେ ନିଜ ବୟସରୁ ଟିକେ ବଡ ହୋଇ ଯାଇଛି... ଗମ୍ଭୀର।

ବିତିଯାଉଥିବା ମୁହୂର୍ତ୍ତଗୁଡିକୁ ସେ ଧରିବାକୁ ଚାହୁଁଥିଲା... ସତେ ଅବା ସେସବୁ ଅତି ଦୁର୍ମୂଲ୍ୟ ଥିଲେ, ସେହି ମୁହୂର୍ତ୍ତ ସବୁକୁ ସେ ଜୀଇଁ ଯାଉଥିଲା।

"ମୁଁ ନିଜକୁ ବିଶ୍ୱାସ ବି କରିପାରୁନି ଯେ ଏବେ ମୁଁ ଆପଣ ପାଖରେ ଏଇ ପାର୍କରେ ବସିଛି।"

"କାହିଁକି ...? ଏଥିରେ କଣ ବଡ କଥା ଅଛି... ଘରେ କଥା ହେବା ପାଇଁ ଏକାନ୍ତ ସମୟ ମିଳୁ ନ ଥିଲା, ସେଥିପାଇଁ ଏଠାକୁ ଚାଲି ଆସିଲେ। ସମସ୍ତେ ଆସନ୍ତି।"

"ହଁ... କିନ୍ତୁ ସମସ୍ତଙ୍କ ଭାଗ୍ୟରେ ଆପଣ ନ ଥାନ୍ତି।"

"ସମସ୍ତେ ମୋ ପାଇଁ ଏମିତି ହିଁ ବଡ ବଡ କଥା କହିଥାନ୍ତି, ତୁମେ ବି କହୁଛ।"

"ଏଇ କାରଣରୁ ନୁହେଁ ଯେ ଆପଣ ପ୍ରସିଦ୍ଧ ଅଟନ୍ତି, ବଡ ଲୋକ ଅଟନ୍ତି। ବରଂ ଏଥିପାଇଁ ଯେ ଆପଣଙ୍କ ଭିତରେ ସହାନୁଭୂତି କରୁଣା ଅଛି। କେହି କେବେ ମୋ ପାଇଁ ରହିଯାଇନି... ସମସ୍ତେ ଭାବନ୍ତି ଯେ ନାରୀ ଅଟେ, ପତ୍ନୀ ଅଟେ, ତେଣୁ ଦୁଃଖ ମୋ ଜୀବନର ଅଂଶ ହେବା ସ୍ୱାଭାବିକ। ସେଦିନ ମୋ ମୁଣ୍ଡ ବିଚଳିତ ହୋଇ ଯାଇଥିଲା... କେଜାଣି ଆପଣଙ୍କୁ କଣ ସବୁ କହି ପକାଇଲି... ମୋର ଠିକ ଭାବରେ ମନେ ବି ନାହିଁ... ଆଉ ଆପଣ ଏତେ ଦୁଃଖୀ ହୋଇଗଲେ ଯେ ଏ ପର୍ଯ୍ୟନ୍ତ ମନେ ବି ରଖିଛନ୍ତି !"

"ତାହା କଣ ତୁମର ଏପରି କୌଣସି ସମସ୍ୟା ଥିଲା ଯାହା ଅପ୍ରତ୍ୟାଶିତ ଭାବରେ ଆସିଲା ଏବଂ ଚାଲିଗଲା, ପୁଣି ଥରେ ଆସିବାର ନାହିଁ... ଅସ୍ଥାୟୀ ରୂପୀ କୌଣସି କଥା... "

"ନାଁ, ସେମିତି ତ ନୁହେଁ। ସେ ନିଜ ଜାଗାରେ ଅଛି ଓ ବାରମ୍ବାର ଆସୁଥାଏ। କେବେ କାହାକୁ କହି ପାରିବନି, ଆପଣଙ୍କୁ କେଜାଣି କେମିତି କହି ପକାଇଲି।

ମୋର ମୂଳ ସମସ୍ୟା ହେଲା ଏପରି ପରିବେଶରେ ରହିବା, ଯାହା କି ସଂପୂର୍ଣ୍ଣ ଭାବରେ ମୋ ଇଚ୍ଛାବିରୁଦ୍ଧ ପୂଜାପାଠର ବାତାବରଣ। ମୋତେ ଯେତେବେଳେ ଈଶ୍ୱର କିଛି ବି ଦେଇ ନାହାନ୍ତି ତେବେ ମୋର ତାଙ୍କ ପ୍ରତି ଶ୍ରଦ୍ଧା କିପରି ଆସିବ?... ଆଉ ଯେତେବେଳେ ଶ୍ରଦ୍ଧା ହିଁ ନାହିଁ ତେବେ ତୁମେ ପୂଜାପାଠରେ କାହିଁକି ଯୋଗ ଦେବ। ମୋତେ ମନ୍ଦିରର ପୂଜାପାଠରେ ସାମିଲ୍ ହେବାକୁ ପଡେ, କାରଣ ମୁଁ ଗୁରୁପତ୍ନୀ ଅଟେ... ଇଏ ଦୀକ୍ଷା ନେଲେ, ତା ସହ ମୋତେ ବି ଦେଇଦେଲେ, ତେଣୁ ପ୍ରତ୍ୟେକ ପୂଜାରେ ତାଙ୍କ ସହ ମୋତେ ବସିବାକୁ ପଡିଥାଏ। ମୋଠୁ ବୟସରେ ବଡ ଲୋକମାନେ ମୋ ପାଦ ଛୁଅଁନ୍ତି, କାରଣ ମୁଁ ଗୁରୁପତ୍ନୀ...

ଯଦିଓ ମୋ ଭିତରେ ଶ୍ରଦ୍ଧା ନାହିଁ। ବାହାରେ ଯଦି ଏ କଥା ପ୍ରକାଶ ହୋଇଯାଏ, ତେବେ ଗୁରୁଜୀ ଅର୍ଥାତ ମୋ ସ୍ୱାମୀଙ୍କର ପ୍ରତିଷ୍ଠାରେ ଆଞ୍ଚ ଆସିବ। ଇଏ କେମିତି ପୂଜା ପାଠ କରିବା ଲୋକ ଯାହାର ପୂଜାର ପ୍ରଭାବ ତା ନିଜ ଘରେ ହିଁ ନାହିଁ, ଇଏ କେଉଁ ପ୍ରକାର ଦୀକ୍ଷା ଅଟେ ଯାହା ତା ପତ୍ନୀକୁ ହିଁ ସଂସ୍କାରୀ କରିପାରିଲାନି। ମୋତେ ଲାଗୁଛି ଯେ ମୁଁ ଯେ କେବଳ ଏହି ସୁଆଙ୍ଗରେ ସାମିଲ୍ ହେଉଛି ତା ନୁହେଁ... ବରଂ ସେ ଲୋକମାନଙ୍କ ସହ ମଧ୍ୟ ବିଶ୍ୱାସଘାତକତା କରୁଛି ଯେଉଁମାନେ ଭକ୍ତି ଓ ଶ୍ରଦ୍ଧା ଭାବନେଇ ପୂଜାପାଠକୁ ଆସୁଛନ୍ତି।" ତା ମୁହଁରେ ଯନ୍ତ୍ରଣାର କ୍ଷୀଣ ରେଖାଟିଏ ଆଙ୍କି ହୋଇଗଲା।

"ତାର ସମାଧାନ ତ ବହୁତ ସହଜ। ତୁମେ ବସନି ପୂଜାପାଠରେ... ସ୍ପଷ୍ଟ କହିଦିଅ ଯେ ତୁମର ସେଠି ବସିବାକୁ ଇଚ୍ଛା ନାହିଁ।"

"ମୁଁ କଣ ଏହା କହିପାରିବି? ଆମ ସମାଜରେ ସ୍ତ୍ରୀର ସ୍ଥିତି କଣ... ଆପଣ ଜାଣିନାହାନ୍ତି।"

"ଜାଣିଛି।"

"ନାଁ, ଜାଣିନାହାନ୍ତି ଆପଣ। ଆପଣ ପଢିଛନ୍ତି, ଶୁଣିଛନ୍ତି, ତା ଉପରେ ଲେଖି ପାରିବେ, କହି ପାରିବେ। ଆପଣ ଅନୁଭବ କରିପାରିବେନି ଯେଉଁ ପର୍ଯ୍ୟନ୍ତ ସେହି ବିଶେଷ ସମାଜର... ବିଶେଷ ବର୍ଗର ସ୍ତ୍ରୀ ଲୋକଟିଏ ଆପଣ ସ୍ୱୟଂ ନ ହେଇଛନ୍ତି। ମୋ ଘରେ ଯେଉଁ ତିନିଜଣ ଲୋକ ଅଛନ୍ତି - ମୋ ପତି,ଶାଶୁ, ଶ୍ୱଶୁର... ତିନିଜଣ ଏମିତି ତ ଭିନ୍ନଭିନ୍ନ ପ୍ରକୃତିର, କିନ୍ତୁ ଗୋଟିଏ କଥାରେ ତିନିଜଣଙ୍କ ଭିତରେ ସାମଞ୍ଜସ୍ୟ ଅଛି-ବୋହୂ ଉପରେ ଅଧିକାର ସାବ୍ୟସ୍ତ କରିବା, ତାକୁ ଯନ୍ତ୍ରଣା ଦେବା। ସେମାନଙ୍କ ପାଇଁ ଏକଥା ଏତେ ସାଧାରଣ ସ୍ୱାଭାବିକ ଯେ ସେମାନେ ଏହାକୁ ଅତ୍ୟାଚାର ହିଁ ମାନନ୍ତି ନି। ତିନିଜଣ ଯାକ ଏଇଆ ମନେକରନ୍ତି ଯେ ବୋହୂର କୌଣସି ଅସ୍ତିତ୍ୱ ହିଁ

ନାହିଁ, ରହିବା ମଧ୍ୟ ଉଚିତ ନୁହେଁ, ସେ ତ କେବଳ ବୋହୂ ଅଟେ। ତିନିଜଣଙ୍କର ଯନ୍ତ୍ରଣା ଦେବାର ଶୈଳୀ ମଧ୍ୟ ଭିନ୍ନଭିନ୍ନ। ଶ୍ୱଶୁରଙ୍କୁ ଯେ କେହି ବି କହିବ ଜଣେ ସାଧୁ ପୁରୁଷ- ସେ ମୋତେ ସିଧାସଳଖ କୌଣସି କଥା କହିବେନି, କିନ୍ତୁ ଦେଖାଇ ଶୁଣାଇ କଥାର ଚାବୁକ ନିଶ୍ଚୟ ମାରିଚାଲିବେ। ଯିବା ଆସିବା ବେଳେ ଗରଗର ହୋଇ କହୁଥିବେ - ଏ ଘରେ ତ ରିଟାୟାର୍ଡ ବୁଢା ଲୋକମାନଙ୍କ ଦ୍ୱାରା ହିଁ ସବୁ କାମ କରାଯାଏ, ସକାଳ ସାରା ଖଟିଲେ ଯାଇ ଦୁଇ ଖଣ୍ଡ ରୁଟି ଖାଇବାକୁ ମିଳେ, ମୋ ମାଆ ସକାଳ ଚାରିଟାରୁ ଉଠିଯାଉ ଥିଲା, ଆଜି କାଲିର ବୋହୂମାନେ ଦ୍ୱି ପହର ଯାଏ ଶୋଇ ରହୁଛନ୍ତି... ଇତ୍ୟାଦି। ଶାଶୁ ସିଧା ଆକ୍ରମଣ କରନ୍ତି ଆଖିପତା ଟେକିଦେଇ ବଡ ବଡ ଆଖିରେ ଅନାଇ କର୍କଶ ସ୍ୱରରେ କୁହନ୍ତି "ଜାଣଛି ଯେ ମୋ ହାତରେ କିଛି ନାହିଁ, ସେଥିପାଇଁ କଇଁଚି ପରି ଜିଭ ଚଲେଇଛି, ନ ହେଲେ କାଟିକି ରଖି ଦିଅନ୍ତି, ଆମେ ସକାଳୁ ଉଠି ଶାଶୁଶ୍ୱଶୁରଙ୍କ ପାଦ ଛୁଉଁଥିଲୁ ଆଉ ଇଏ ମୁହଁଟାକୁ ଏମିତି କରି ବାହାରିଯାଉଛି ଯେ ସତେ ଯେମିତି ଆମେ ପୋକମାଛି। ଆମରି ପାଇଁ ଘରେ ରାଣୀ ହୋଇରହିଛି, ମୋ ସ୍ୱାମୀ ନିଜ ପେନ୍‌ସନ ପଇସାରେ ଘର ଚଳାଉଛି, ଏ ଯୋଉ ବିରାଟ ଘର ଯୋଉଠି ତୁ ମହାରାଣୀ ହୋଇକି ବସିଛୁ, କିଏ ତିଆରି କରିଛି... ମୋ ସ୍ୱାମୀ।" ଏମିତି କଥା... ସବୁ ଦିନ। ଏବଂ ସ୍ୱାମୀ... ମୁଁ ବନ୍ଦୀପରି ରହେ, ଘରେ ଚାକରାଣୀ ପରି କାମ କରେ... ସେଥିପାଇଁ ଆପ୍ରାଣ ଚେଷ୍ଟାରେ ଲାଗିଥାଏ, କହନ୍ତି- ତୁ ସେଠିକୁ ଯିବାକୁ ଚାହୁଁଛୁ... ଭାବିନେ ମାଆ ବାପା କଣ କହିବେ। ମୁଁ ତାଙ୍କର ସ୍ୱାମୀଜୀ ବାଲା ଲମ୍ବା ଚଉଡା... ମୋଟା ମୋଟା ଅନ୍ତଃର୍ବସ୍ତ୍ର, କୁର୍ତ୍ତା, ଉତ୍ତରୀୟ... ଏସବୁ ମଧ୍ୟ ଧୋଇ ସଫା କରେ, ଇସ୍ତ୍ରୀ କରେ। ତା ମନକୁ ଏକଥା ଆସେନି ଯେ ଯଦି ଗୋଟିଏ ୱାଶିଂ ମେସିନ୍ ଘରକୁ ଅଣାଯାଏ ତା ହେଲେ ତା ସ୍ତ୍ରୀକୁ କେତେ ଆରାମ ମିଳିବ, କହିବ ଯେ ଯେତେବେଳେ ଉପର ରୁମ ତିଆରି କରିବା ପାଇଁ ବାପା ନିଜ ଆକାଉଣ୍ଟରୁ ଟଙ୍କା ବାହାର କରିଦେଇ ଥିଲେ, ମୁଁ କହିଥିଲି ଯେ ମୋ ପାଖରେ ଟଙ୍କା ନାହିଁ... ଏବେ ସେ କଣ ଭାବିବେ, କୋଉଠୁ ପଇସା ଆସିଲା... ତୁ ଭାବେ। ଯେଉଁ କାମ ସ୍ୱାମୀ କରିବା କଥା... ସେଥିପାଇଁ ମଧ୍ୟ ମୋତେ ଆଗକୁ ଠେଲିଦେବ- ତୁ ଚାଲି ଯା, ସେମାନଙ୍କ ସହ ଯାଇ କଥା ହ। ବହୁତ ରୁକ୍ଷ ସ୍ୱରରେ କଥାବାର୍ତ୍ତା କରେ, କେବେକେବେ ହାତ ବି ଉଠାଇଦିଏ... ପୁଣି ପାଞ୍ଚମିନିଟ ପରେ ସିଡି ଉପରେ ଠିଆହୋଇ ପାଟିରେ ଶବ୍ଦ କରି, ସିଟି ବଜାଇ ମୋ ଧ୍ୟାନ ଆକର୍ଷଣ କରେ, ହାତକୁ ଛାଟି କହେ ଯେ ଭୁଲିଯା। ଭୁଲିଯିବା କଣ ଏତେ ସହଜ ହୋଇଥାଏ ! ଏତେ ଶୀଘ୍ର କଣ ଭୁଲିଯାଇ

ହୁଏ ? କେହି ବି ଯଦି ତା ପତ୍ନୀକୁ ଅଶାଳୀନ ଥଟ୍ଟା ପରିହାସ କରିଦିଏ, ପତ୍ନୀର ସୁରକ୍ଷାର ଟିକେ ବି ଚିନ୍ତା ନାହିଁ... ତାକୁ କେବଳ ପତିର ଅଧିକାର ଦରକାର। କିଛି କହିଲେ ସେ କହେ - ମୁଁ ତୋତେ ପାଠପଢାଇ ଭୁଲ କରିଛି। ଏକଥା ସତ ଯେ ମୁଁ ଯଦି ବିବାହ ପରେ ପାଠ ପଢି ପାରିଛି ତା ପଇସା ଯୋଗୁଁ... କିନ୍ତୁ କଥା କଥାରେ ଏକଥା ଶୁଣାଇବ ? ପଢା ମଝିରେ ହିଁ ତାର ପିଲା ଦରକାର ଥିଲା। ଶାଶୁ ସବୁଦିନ କହିହେଲେ ଆମେ କାହିଁକି ଏମିତି ହାତରେ ହାତ ରଖି ଘରେ ବସି ରହିବୁ, ପୁଅର ବାହାଘର କରି ଆମକୁ କଣ ମିଳିଲା, ଆମକୁ ତ ଖେଳିବା ପାଇଁ ଖେଳନା ଦରକାର... ତାଙ୍କ ଖୁଣ୍ଟା ଶୁଣି ବାଧ୍ୟ ହୋଇ ମୁଁ ପାଠପଢା ମଝିରେ ହିଁ ପିଲା ଜନ୍ମ କଲି, ରାତି ରାତି ଧରି ଶୋଉ ନ ଥିଲି ସେ ଦିନମାନଙ୍କରେ। ଏସବୁ କରି କଣ ପାଇଲି। ଆଜି ସମସ୍ତେ ମୋ ଉପରେ ଅସନ୍ତୁଷ୍ଟ। ତିନିଜଣ ଯାକ ଏଇଆ ଅଭିଯୋଗ କରନ୍ତି ଯେ ମୁଁ ମନ୍ଦିରରେ ବସୁନାହିଁ, ସେଠି ଝାଡୁପୋଛା କରୁନି, ପଣ୍ଡିତ ମହାଶୟଙ୍କ ଗ୍ରାହକ କରିବା ପାଇଁ ଲୋକମାନଙ୍କୁ ଆକର୍ଷିତ କରୁନି, ପାଦରେ ଅଳତା ଲଗାଇ ସ୍ତ୍ରୀ ଲୋକମାନଙ୍କ ପାଖରେ ବସୁନି... ଲାଲଶାଢୀ ପିନ୍ଧି ଗୁରୁପତ୍ନୀ ସାଜି ମନ୍ଦିରରେ ପୁରା ସମୟ କାଟୁନି।

ଯାହା ସବୁ ସେ ନିଜ ଭିତରେ ହଜିବା ପରି, ନିଜ ସହ କଥା ହେବା ପରି ଆପେଆପେ କହିଚାଲିଥିଲା, ଏଇଠି ଆସି ଅଟକି ଗଲା। ଭିତରେ ଚାପିହୋଇ ରହିଥିବା ଆକ୍ରୋଶ ତା ମୁହଁରେ ଯେପରି ସ୍ପଷ୍ଟ ଦେଖାଯାଇଥିଲେ। ପ୍ରେମ ପ୍ରକାଶ ଯଦି ସେଠାରେ ନ ଥାନ୍ତେ ତେବେ ହୁଏତ ସେ ଥୁଃ କରି ଛେପ ଲଣ୍ଡାଏ ପକାଇ ଦେଇଥାନ୍ତା... ସେଇଠି।

ପ୍ରେମପ୍ରକାଶଙ୍କ ଭିତରର ସମାଜଶାସ୍ତ୍ରୀ ବିଶ୍ଳେଷଣ କରିବାକୁ ଲାଗିଲା - ସେ ଏକ ପଛୁଆ ଅଞ୍ଚଳର ଏକ ସହରର ମଧ୍ୟବିତ୍ତ ପରିବାରର ଝିଅ ଅଟେ. ଯେଉଁଠାରେ ଆଜି ପର୍ଯ୍ୟନ୍ତ ମଧ୍ୟ ମହିଳାମାନେ ଅଶିକ୍ଷିତ ଅଛନ୍ତି। ସେ ମଧ୍ୟ ଥିଲା... ହୁଏତ ଏହାକୁ ନୂତନ ସମୟର ନୂତନ ସୂର୍ଯ୍ୟୋଦୟ କହିବା ଯେ, ବିବାହ ପରେ ତାକୁ ନିଜର ଅଧାପାଠୁଆ ହେବା ଭଲ ଲାଗିଲାନି, ତା ଭିତରେ ପାଠ ପଢିବାର ଜିଦ୍ ସୃଷ୍ଟି ହେଲା... ତେଣୁ ପଢି ଚାଲିଲା ... କିନ୍ତୁ ସେଠାରେ ବୋହୂର ପରିକଳ୍ପନା ତ ଏ ପର୍ଯ୍ୟନ୍ତ ପାରମ୍ପାରିକ ହିଁ ଅଛି - ସମସ୍ତଙ୍କ ସେବା କରୁଥିବା ଦାସୀ। ସେ ଯଦି ଭୁଲରେ ବି ନିଜର ଅସ୍ତିତ୍ୱ, ନିଜ ବିଷୟରରେ ଚିନ୍ତା ବି କରିନେଲା ତ ତାହେଲେ ପତିତା ହୋଇଗଲା। ଦୁର୍ଭାଗ୍ୟବଶତଃ ଭାରତରେ ସମୟ ପଛକେ ଯେତେ ଅଗ୍ରଗତି କରୁ, ଆର୍ଥିକ ପ୍ରଗତି ପଛକେ ଯେତେ ହୋଇଯାଉ... ଛୋଟ ସହରର ମଧ୍ୟବର୍ଗୀୟ ମାନସିକତା ଯଦି ପରିବର୍ତ୍ତନ ଆଡକୁ ମୁହାଁଉଛି ତା ହେଲେ କଚ୍ଛପ ଗତିରେ ହିଁ। ସେ

ନିଜ ବିଷୟରେ ପ୍ରଶ୍ନ କରିବାକୁ ଲାଗିଥିଲା... ଯେପରି ପିଲାଟିଏ କଥା କହିବା ବୟସରେ ପହଞ୍ଚିଯାଏ, ଅଚାନକ... ଏବଂ ଏ ସମାଜ... ଯିଏ କି ବିକାଶର ସେହି ସ୍ୱାଭାବିକ ପ୍ରକିୟାକୁ ନାଲି ଆଖି ଦେଖାଏ... ଏ ଝିଅର ଏତେ ସାହସ ! ସେ ଘରେ ରହିଲେ ତ ଏ ଝିଅ ପାଗଳ ହୋଇଯିବ।

"ତୁମର ଘରୁ ବାହାରିବା ଉଚିତ, ଚାକିରି କରିବା ଉଚିତ।" ସେ କିଛି କହିଲାନି। ପ୍ରେମ ପ୍ରକାଶ ହିଁ ନିଜେ ନିଜ କଥାରେ ଲଜ୍ଜିତ ହେଲେ। ଆମ ଦେଶରେ କଣ ଚାକିରି ଏତେ ସହଜରେ ମିଳେ ! ଯଦି କୌଣସି ବ୍ୟକ୍ତି ଚାକିରି ମିଳିଯିବା କାରଣରୁ ହିଁ ମରିବାରୁ ବଞ୍ଚି ଯାଉଥିବ... ତଥାପି ମିଳେନି... କିନ୍ତୁ କାହିଁକି ମିଳେନି...

ତାଙ୍କ ଭିତରେ ଯେମିତି କେହି ଚିତ୍କାର କରୁଥିଲା, କିନ୍ତୁ ସେ ଚୁପଚାପ ବସି ଆଗକୁ ଚାହିଁ ରହିଥିଲା- ସେଇ ତାର ବାଡରେ ଗୁଡେଇ ହୋଇ ରହି ଲତା ପରି ଦେଖାଯାଉଥିବା ସେ ଗହଳ ଡାଳ, ପତ୍ରଗୁଡ଼ିକ ଉପରେ ଧୂଳି ପରସ୍ତେ। ତା' ଭିତରେ ଚେଁ ଚେଁ ହୋଇ କିଛି ଖୋଜିବା ପରି ଡେଣା ଝାଡି ବୁଲୁଥିବା ଚଢ଼େଇଟି ଏବେ ସେଠି ନଥିଲା। କିଛି ଦୂରରେ ଚାଲିବା ପାଇଁ ତିଆରି କରାଯାଇଥିବା ଇଟାର ପାଦଚଲା ରାସ୍ତା ଉପରେ ଜଣ ଦୁଇଜଣ ଲୋକ ଚାଲୁଥିଲେ ରହି ରହି।

"ଆପଣଙ୍କୁ ଏ ସହର ଭଲଲାଗୁଛି ?" କିଛି ସମୟ ପରେ ସେ କହିଲା, ସେ ପ୍ରସଙ୍ଗ ବଦଳାଇ ଦେଇଥିଲା।

"ଏହାକୁ ସହର କହିବା ନା ବଡ଼ ଗାଁ ?"

"ଯାହା ବି ହେଉ... ବସ୍ତି ହିଁ କୁହନ୍ତୁ।"

"ବସ୍ତିଗୁଡିକ ଆଉ କଣ କି... ପ୍ରାୟ ଏକାପ୍ରକାର ହେଇଥାନ୍ତି, ସବୁ ଆଡେ ପ୍ରଦୂଷଣ, ସବୁ ଆଡେ ମଶା, ସବୁ ଯାଗାରେ ଏଠିସେଠି ଉଡିବୁଲୁଥିବା ଜରି ପଲିଥିନ୍ ଆଦି, ସବୁ ଆଡେ ପାଣି ଅପରିଷ୍କାର। ଖାଲି ସେ ବସ୍ତିରେ ତୁମେ କେମିତି ନିଜକୁ ରଖିବ... ଏହା ଉପରେ ନିର୍ଭର କରେ।"

"ନିଜେ ନିଜକୁ କେମିତି ରଖୁଛନ୍ତି ?"

"ଧରି ନିଅ ଯେ ଗୋଟେ ଗଛ ମୂଳରେ ମୁଁ ବସି ମୋ କାମ କରୁଛି।"

"କଣ କାମ ଛଡା ଜୀବନରେ ଆଉ କିଛି ନଥାଏ ?"

"କାହିଁକି ନୁହେଁ ... କିନ୍ତୁ ଏଇଆ ଚିନ୍ତା କରିବାର ବିଷୟ ଯେ, ଜୀବନର ଯେଉଁ ସ୍ଥାନରେ ତୁମେ ଅଛ ସେଠି ତୁମ ପାଇଁ କଣ ମହତ୍ତ୍ୱପୂର୍ଣ୍ଣ ଅଟେ। ମୋ ପାଇଁ ଏ ପରିସ୍ଥିତିରେ କାମ ହିଁ ଗୁରୁତ୍ୱପୂର୍ଣ୍ଣ।"

"ମୋ ପରି ଲୋକଙ୍କ ପାଇଁ କଣ ବା ମହତ୍ତ୍ୱପୂର୍ଣ୍ଣ ହୋଇପାରିବ... ଯାହା ଜୀବନରେ କୌଣସି ମୁହୂର୍ତ୍ତ ହିଁ ଆସିବାର ନାହିଁ, ସବୁବେଳେ ଏମିତି ହିଁ ରହିବାର ଅଛି।"

"ଏମିତି ନୁହେଁ। ଦେଖ, ଜୀବନ ତ ତୁମର ମଧ୍ୟ ଆଗେଇ ଚାଲିଛି... ବାହାଘର ପୂର୍ବରୁ କଣ ଥିଲା, ପରେ କଣ ହେଲା... ପୁଣି ପଢ଼ିବା ପୂର୍ବରୁ, ପଢ଼ିବା ପରେ... ସନ୍ତାନ ଜନ୍ମ ହେବା ପରେ... ତା ପରେ... ପୁଣି ଏବେ ତ ଗୋଟିଏ ପିଲା ହେଇଛି... ଦୁଇ ତିନୋଟି ପିଲା ହେବା ପରେ ତୁମେ ପୁଣି ଆଉ କିଛି ହେବ... ପ୍ରତ୍ୟେକ ପରିସ୍ଥିତିରେ ତୁମର କାମ ଭିନ୍ନ ଭିନ୍ନ ହେବ।"

"ଏବେ କଣ କାମ ହେବା ଦରକାର ?"

"ଏବେ ତୁମେ ପାଠପଢ଼ି ବାହାରକୁ ବାହାରୁଛ। ଶିକ୍ଷା ତୁମ ଭିତରେ ନିଜକୁ ଚିହ୍ନିବାର ଉତ୍ସୁକତା ଆଗ୍ରହ ସୃଷ୍ଟି କରିଛି। ତୁମେ ମଧ୍ୟ ସେଇଆ କରୁଛ...ନିଜକୁ ଚିହ୍ନିବାର ପ୍ରୟାସ, ଜୀବନରେ ତୁମକୁ କଣ ଦରକାର - ଏହା ଜାଣିବାର ଚେଷ୍ଟା।"

"ଯେଉଁଠି ପ୍ରତ୍ୟେକ କଥା ପରିସ୍ଥିତି ଉପରେ ନିର୍ଭର କରେ, ସେଠି ଏପରି କୌଣସି ପ୍ରୟାସର କିଛି ଅର୍ଥ ନାହିଁ। ମୁଁ କିଛି ବି ଚେଷ୍ଟା କରିନି।"

"ସେ ଦିଗରେ ସାମାନ୍ୟ ପ୍ରୟାସ ମଧ୍ୟ ପ୍ରଚେଷ୍ଟାର ଆଭାସ ଦେଇଥାଏ। ଶିକ୍ଷା ହିଁ ତୁମର ଇଚ୍ଛା ଅନିଚ୍ଛାରେ ତୁମେ ଅବଚେତନ ଦ୍ୱାରା ଏସବୁ କରିଚାଲିବ।"

"ଏବେ ପାଇଁ ତ ମୋତେ ଶିକ୍ଷାର କେବଳ ଗୋଟିଏ ଲାଭ ଦେଖାଯାଉଛି, ଘରୁ ବାହାରି ବାହାର ଦୁନିଆଁ ଟିକେ ଦେଖି ପାରୁଛି, ଆପଣଙ୍କ ପରି ଲୋକଙ୍କ ସହ ସାକ୍ଷାତ କରିପାରୁଛି। ଆପଣ କଣ ଭାବୁଛନ୍ତି ମୋ ପରି ପରିସ୍ଥିତିରେ ଥାଇ କେହି କଣ କେବେ ଜୀବନଠୁ କିଛି ଆଶା କରିପାରେ।"

"ବହୁତ। କିନ୍ତୁ ଏସବୁ ତ ତୁମେ ହିଁ ଠିକ କରିବ... ସମୟ ଅନୁସାରେ ଏସବୁ ହୋଇ ଚାଲିବ। ପରିସ୍ଥିତି କେବେ ବି ଏତେ ଶକ୍ତିଶାଳୀ ହୋଇ ନ ଥାଏ ଯେ ସମ୍ଭାବନାଗୁଡ଼ିକ ପାଇଁ କୌଣସି ରାସ୍ତା ହିଁ ରହିବନି... ଯିବା ଏବେ ?"

"ଆଜ୍ଞା"

"ତୁମେ ଯେବେ ଇଚ୍ଛା ହେବ ମୋ ପାଖକୁ ଆସିପାରିବ ନ ହେଲେ ମୋତେ ଡକାଇ ପାରିବ। ସବୁ କିଛି ମୋତେ କହିପାରିବ, ଏଇ ବିଶ୍ୱାସ ରଖ। ନିଜକୁ ନିଜକୁ ଏକୁଟିଆ ମନେ କରନି। ନିରାଶ ହୁଅନି।"

ପ୍ରେମ ପ୍ରକାଶ ତା ମୁଣ୍ଡରେ ହାତ ରଖିଲେ। ତା ବାଳ ବହୁତ କଳା, ଘନ ଓ ଚମକଦାର ଥିଲା। ଆଉ ତା ତଳକୁ ମୁହଁର ଝାଉଁଳା ଗୋରା ରଙ୍ଗ। ହାତ ଦୁଇଟି ମୁହଁଠୁ

ବି ଗୋରା ଥିଲା ଓ ପାଦ ଦୁଇଟି ହାତ ଠାରୁ ମଧ୍ୟ ତୋଫା। ତାର ପ୍ରକୃତ ରଙ୍ଗ ଖୁବ୍ ଉଜ୍ଜଳ ଥିଲା, ମଳିନତାରେ ଆଚ୍ଛାଦିତ ହୋଇଥାଉ ପଛକେ...।

ଦୁଇଜଣ ଉଠି ଠିଆ ହେଲେ। ତା ଆଖି ଖୁସିରେ ଉଜ୍ଜଳ ଦିଶୁଥିଲା। ସେ ପ୍ରେମ ପ୍ରକାଶ ସହ ପାଦରେ ପାଦ ମିଳାଇ ଏକା ସାଙ୍ଗରେ ଚାଲୁଥିଲା। ସେ ନିଜକୁ ପରିପୂର୍ଣ୍ଣ ଅନୁଭବ କରୁଥିଲା।

●●●

ନାଲି ଲୁଗା ପ୍ରତି ତା ମନରେ ଘୃଣା ଭରି ଯାଇଥିଲା। ସ୍ୱାମୀର ଲୁଗାକୁ ବିଦା କରିବ... ଏହା ପୂର୍ବରୁ ସେସବୁ ଯାହା ତା ଦେହ ସହ ଜଡେଇହୋଇ ରହିଛି... ଗୋଟିଏ ବଡ ମିଛ, ଯାହା ସେ ନିଜ ଜୀବନରେ ଜଡେଇ ଧରିଛି ସେସବୁକୁ ବାହାରକରି ଫୋପାଡି ଦେବ। ମନ ଭିତରେ ଏକଥା ଦୃଢ ନିଶ୍ଚିତ ହୋଇ ଯିବାରୁ ସେ ସଂଧ୍ୟା ଆଳତୀ, ଯେଉଁ ସମୟରେ ସେ ସବୁବେଳେ ଉପସ୍ଥିତ ରହି ଆସୁଥିଲା... ହଠାତ୍ ସେଠାକୁ ଯିବା ବନ୍ଦ କରିଦେଲା। ତାର ଅନୁପସ୍ଥିତିକୁ ପ୍ରଥମ ଦିନରୁ ହିଁ ଗୁରୁତର ସହ ନିଆଗଲା। ରାତ୍ରି ପୂଜା ସାରିବା ପରେ ଯୁବାଗୁରୁ ଘର ଭିତରେ ପାଦ ରଖିବା ମାତ୍ରେ ପଚରାଉଚୁରା ଆରମ୍ଭ କରିଦେଲା –

“ଆଳତୀରେ ଯାଇ ପହଞ୍ଚିଲୁନି... ଦେହ ଠିକ୍ ଅଛି ?”

“ହଁ, ଠିକ୍ ଅଛି।”

“ତା ହେଲେ ଆସିଲୁନି କାହିଁକି ?”

“ଆସିଲିନି, ଏଣିକି ଆଉ ଯିବିନି। ଇଚ୍ଛା ହେଉନି।”

ତା ଭିତରେ ଅଚାନକ ଏ ପରିବର୍ତ୍ତନ ଦେଖି ଯୁବାଗୁରୁ ମନଭିତରେ ଉତ୍କ୍ଷିପ୍ତ ହୋଇଉଠିଲା... ନିଜକୁ ଟିକେ ସମ୍ଭାଳିନେଇ ସେ ସଂଯତହୋଇ ପଚାରିଲା –

“କାହିଁକି ମନ ହେଉନି... ମୁଁ ବି ତ ଟିକେ ଜାଣେ।”

“ଯଦି ମନରେ ଶ୍ରଦ୍ଧା ନାହିଁ ଏ ସବୁ ତେବେ ଦେଖାଣିଆ। ଲୋକମାନଙ୍କ ସହ ଛଳନା ଅଟେ।”

“କିଏ ଛଳନା କରିଛି, କାହା ଭିତରେ ଶ୍ରଦ୍ଧା ନାହିଁ... ମୋ ଭିତରେ ନା ତୋ ଭିତରେ।”

“ମୋ ଭିତରେ... ମୁଁ ନିଜ କଥା କହୁଛି।”

“ସବୁ ଦିନ ପୂଜା କଲେ, ସେ କାମରେ ସବୁଦିନ ସାମିଲ ହେଲେ ମନରେ ଶ୍ରଦ୍ଧା ସୃଷ୍ଟି ହୁଏ। ଯେଉଁ ପ୍ରକାର ଶ୍ରଦ୍ଧାଭାବ ରହିବା ବୋଲି ଭାବୁଛୁ... ଆସିଯିବ ପୂଜାପାଠ ଚାଲୁଥିବା ଦରକାର।”

"ନାଁ ମୁଁ ଭାବୁଛି ଯେ ଶ୍ରଦ୍ଧା ଥିଲେ ହିଁ ପୂଜାପାଠରେ କୌଣସି ମାନେ ଥାଏ।"

"ଆଚ୍ଛା ! ତୁ ଭାବିବାକୁ ବି ଲାଗିଲୁଣି... ପାଠ ପଢୁଆ ହୋଇ ଗଲୁଣି ନା !"

ସେ କିଛି ନ କହିବାରୁ ଯୁବାଗୁରୁ ହିଁ କହିବା ଜାରି ରଖିଲା।

"କିନ୍ତୁ ତୁ ଏଇଆ ଭାବିଲୁନି ଯେ ତୋତେ ଆଳତୀ ସମୟରେ ନ ଦେଖି ଲୋକମାନେ କଣ ଭାବିବେ। ସେମାନଙ୍କ କେମିତି ଲାଗିବ।"

"ଯେଉଁ ଲୋକମାନଙ୍କର ମୋ ପାଖରେ କୌଣସି ମାନେ ନାହିଁ, ସେମାନଙ୍କୁ କେମିତି ଲାଗିବ- ସେଥିରେ ମୋର କଣ ଯାଏ ଆସେ। ତାଙ୍କୁ କେମିତି ଲାଗୁଛି ନ ଭାବି ବରଂ ମୁଁ ଏଇଆ ଦେଖିବି ଯେ ମୋତେ କେମିତି ଲାଗୁଛି। ଆଉ ମୁଁ ବି କୌଣସି ଏତେ ବଡ ବ୍ୟକ୍ତି ନୁହେଁ ଯେ ଲୋକମାନେ ମୋତେ ସେଠି ନ ପାଇ ଖୋଜିବେ। ଧିରେଧିରେ ସବୁ ଦେହସୁହା ହୋଇ ଯିବ, ମୋର ନ ରହିବା ବି।"

"ଆଉ ଯୋଉ ପୂଜା ଅଧା ହୋଇ ରହିଥିବ... ସେଇଟା ?"

"ଆପଣ ତ ଅଛନ୍ତି ବିଧିବିଧାନ ଅନୁସାରେ କରିବା ପାଇଁ। ଆପଣଙ୍କ ଦ୍ୱାରା ହିଁ ତ ପୂଜା ସଂପୂର୍ଣ୍ଣ ହେବ।"

"ଆମେ ସ୍ୱାମୀ-ସ୍ତ୍ରୀ ସାଙ୍ଗରେ ପୂଜା କରି ଆସୁଛନ୍ତି।"

"ମୋ ଭିତରେ ଯଦି ଆପଣଙ୍କ ପରି ଶ୍ରଦ୍ଧା ନାହିଁ, ତା ହେଲେ ମୋର ସେ ପୂଜାରେ ଯୋଗ ଦେବା ମଧ୍ୟ ତାକୁ ଅପୂର୍ଣ୍ଣ କରିଦେବ।"

"ତୋତେ କଣ ମୋ ସହ ପୂଜାରେ ବସିବାକୁ ଲାଜ ଲାଗୁଛି।"

"ମୁଁ ପତ୍ନୀ ଅଟେ, ଏଥିରେ ଲାଜ କରିବାର କଣ ଅଛି, କିନ୍ତୁ ମୁଁ ଗୁରୁମା ଅଟେ ଏଥିରେ ମୋତେ ଲଜ୍ଜା ଆସେ, କାରଣ ମୁଁ ତାହାର ଯୋଗ୍ୟ ନୁହେଁ।"

"ତା ହେଲେ କଣ ତୁ ମୋ ସହ କୌଣସି ପୂଜାରେ ବି ବସିବୁନି ?"

"ଘରର ପୂଜାରେ ବସିବି... ଯେପରି ପ୍ରତ୍ୟେକ ପତ୍ନୀ ବସନ୍ତି। ମନ୍ଦିରର ପୂଜାରେ ନୁହେଁ... ଯେଉଁଠି ମୋତେ ଗୁରୁମା ଭାବେ ବସିବାକୁ ହୋଇଥାଏ।"

"ଆମେ ଦୁଇ ଜଣ ଜଣେ ହିଁ ଗୁରୁଙ୍କ ଠାରୁ ଦୀକ୍ଷା ନେଇଥିଲେ... ଏକାଠି ଯଦି ପୂଜା ନ କରିବା ତେବେ ଦୀକ୍ଷାର କଣ ହେବ... ତୋତେ ପାପ ଲାଗିବ।"

"ମୋତେ ତ ଲାଗିବ ନା... ଆପଣଙ୍କୁ ତ ନୁହେଁ। ଆପଣ ପାଳନ କରନ୍ତୁ ଦୀକ୍ଷାର ସର୍ତ୍ତ, ମୋ ଦ୍ୱାରା ହେବନି।"

"କାହିଁକି ହେବନି... ଆଜି ପର୍ଯ୍ୟନ୍ତ କେମିତି ହେଉଥିଲା, ହଠାତ୍ କଣ ହେଇଗଲା ?"

"ହଠାତ୍ କିଛି ହୋଇନି। ଅନେକ ବର୍ଷରୁ ମୋ ମନରେ ଦ୍ୱନ୍ଦ ଥିଲା। ଭାବୁଥିଲି ଯେ ମନ ଭିତରେ ଶ୍ରଦ୍ଧା ଆସି ଯିବ। କିନ୍ତୁ ସେଇଆ ହେଲାନି।"

"କିନ୍ତୁ ଏବେ... ହଠାତ୍ ଏବେ କଣ ହୋଇଗଲା ?"

"ମୁଁ କହିଲି ନା ହଠାତ୍ କିଛି ନୁହେଁ... କେଇ ବର୍ଷ ଭାବିବା ପରେ ହିଁ ମୁଁ ଏଇ ନିଷ୍ପତ୍ତି ନେଲି।"

"କିନ୍ତୁ ନିଷ୍ପତ୍ତି ଏବେ ହିଁ କାହିଁକି ନିଆଗଲା... ପରେ କିମ୍ବା ଆଗରୁ କାହିଁକି ନୁହେଁ।"

"ସବୁ କଥାର ସମୟ ଥାଏ, ସମୟ ଆସିଲା ତେଣୁ ହୋଇଗଲା। ମୁଁ କେମିତି ଜାଣିବି ଏବେ କାହିଁକି ହେଲା।"

"ଗୁରୁଜୀ ଯଦି ଜାଣିବେ ତା ହେଲେ ସେ କଣ କହିବେ ?"

"କଣ କହିବେ... ଭାବିନେବେ ଯେ ଦୀକ୍ଷାର ଅନୁଶାସନ ପାଳନ କରିବା ଯା ଦ୍ୱାରା ହେଲାନି। ଆଉ ଏମିତି ବି ଗୁରୁଜୀଙ୍କର ମୋ ବିଷୟରେ ଭାବିବା ଛଡା ଆହୁରି ଅନେକ କାମ ଅଛି।"

"ତୁ ଧର୍ମଦ୍ରୋହୀ ହୋଇଯିବୁ।"

"ମୁଁ ହେବି ନା... ଆପଣ ତ ନୁହଁନ୍ତି।"

"ତୁ ଭାରି ଭିନ୍ନ ପ୍ରକାର ଭାବିବାକୁ ଲାଗିଲୁଣି।"

"ମୁଁ ପତ୍ନୀ... କିନ୍ତୁ ଗୋଟିଏ ଭିନ୍ନ ମଣିଷ ମଧ୍ୟ ଅଟେ। କଣ ଆପଣ ସବୁବେଳେ ମୋ ପରି ହିଁ ଭାବନ୍ତି ? ତାହେଲେ ମୋଠାରୁ ହିଁ କେବଳ ଏଇଆ ଆଶା କରନ୍ତି କାହିଁକି ?"

"ଦେଖୁଛି, ତୋର ପର ଲାଗି ଗଲାଣି।"

ଅସନ୍ତୋଷ ଓ କୁଟୀଳତା ଭରା ସ୍ୱରରେ ଯୁବାଗୁରୁ କହିଲା ଏବଂ ଧ୍ୟାନ ବଦଳାଇବା ପାଇଁ ଟି.ଭି ଆଗରେ ଯାଇ ବସି ପଡିଲା।

●●●

ସେଦିନ ସେ ନ ଜଣାଇ ପ୍ରେମ ପ୍ରକାଶଙ୍କ ଘରକୁ ଚାଲି ଆସିଲା। ପ୍ରଥମେ ସେ ମାଆ ଓ ପତ୍ନୀଙ୍କ ପାଖକୁ ଗଲା, କିନ୍ତୁ ତାଙ୍କ ପାଖରେ ବେଶୀ ସମୟ ଯାଏଁ ରହିଲାନି। ଔପଚାରିକତା ସାରି ସେ ବହୁତ ଶିଘ୍ର ପ୍ରେମ ପ୍ରକାଶଙ୍କ ପଢାଘରକୁ ଆସିଗଲା। ଆସିବା ମାତ୍ରେ ସେ ଟିକେ ଜୋରରେ "ନମସ୍ତେ ସାର" କଲା। ସେ ଉତ୍ତର ଦେବାକୁ ଭୁଲିଯାଇ ତା ଚମକୁ ଥିବା ଆଖିକୁ ଚାହିଁ ରହିଲେ। ସେ ପାଖରେ ପଡିଥିବା ଚେୟାର ଉପରେ ବସି ପଡିଲା।

"ପୁଅକୁ ଆଣିବା ପାଇଁ ସ୍କୁଲ ଯାଉଥିଲି... ଟିକେ ସମୟ ଥିଲା ତେଣୁ ଭାବିଲି ଏପଟେ ହୋଇ ଚାଲିଯିବି।"

"ଭଲ କଲ... ଆଉ କେମିତି ଅଛ ?"

"ଯେମିତି ଦେଖାଯାଉଛି।"

"ମୋତେ ତ ଭଲ ଦେଖାଯାଉଛ..."

ସେ ଧଳା ଚୁଡିଦାର ପ୍ୟାଣ୍ଟ ଏବଂ ଲାଲ ରଙ୍ଗର ଅଧା ହାତ ବାଲା କୁର୍ତ୍ତା ପିନ୍ଧିଥିଲା। କୁର୍ତ୍ତାର ବେକ ଓ ହାତରେ ସରୁ ସୂତାରେ କାମ ହୋଇଥିଲା। କୁର୍ତ୍ତାଟି ଛୋଟ... ଅଳ୍ପଅଳ୍ପ ଜାକିବାପରି ଥିଲା, ହୁଏତ ବହୁଦିନ ପୁରୁଣା... ସେ ଯେତେବେଳେ ଇଣ୍ଟର ପଢୁଥିବ, ସେତେବେଳର। ସେତେବେଳେ ହୁଏତ ତାକୁ ଠିକ ହେଉଥିବ। ଓଢଣୀ ତଳେ ତା ବାହୁର ଉପର ଅଂଶ ଝଲସି ଉଠୁଥିଲା, କହୁଣୀ ଉପରର ଗୋରା ମାଂସଳ ଅଂଶ- ନା ବେଶୀ ମୋଟା - ନା ବେଶୀ ସରୁ... ଏକଦମ୍ ସମାନ ଯାହା କୁର୍ତ୍ତା ଭିତରୁ ତଳକୁ ଗୋଲ ଗୋଲ ହୋଇ ଦିଶିଯାଉଥିଲା ଏବଂ ପୁଣି କହୁଣୀ ତଳେ ଗୋରା ଅଂଶର ଚମକରେ ମିଶି ଯାଉଥିଲା। ଓଢଣୀର ନାଲି ରଙ୍ଗ ଏବଂ ଚମକି ଉଠୁଥିବା ଧଳା ସୂତା କାମ ତା ବାହୁରେ ଏକ ସୁନ୍ଦର ସୁନେଲି ରଙ୍ଗର ଭ୍ରମ ସୃଷ୍ଟି କରୁଥିଲା।

"କଣ କିଛି ନୂଆ ଲେଖୁଛନ୍ତି ?"

"ଲେଖାଲେଖି ନ ଚାଲିଥିଲେ ମଧ୍ୟ କିଛି ନା କିଛି ତ ଚାଲିଥାଏ... ପୁରୁଣା ବାକିଥିବା କିଛି... ଭବିଷ୍ୟତର କିଛି ଅସ୍ପଷ୍ଟ... ଯାହା କି ଆଗକୁ କିଛି ରୂପ ନେଇପାରେ, ଅବା ନେଇ ବି ନ ପାରେ...। ଏ ସବୁର ପ୍ରଭାବ ପଡୁଥାଏ... ଆମ ଭାବନା ଉପରେ, ଆମ ବ୍ୟକ୍ତିତ୍ୱ ଉପରେ ଯାହା ଲେଖାଯାଉଛି ତା ଉପରେ...ତୁମର ମନେ ହୁଏନି ?"

"ମୁଁ କଣ କହିବି... ଲେଖକ ହୋଇଥିଲେ ହୁଏତ କିଛି କହିପାରନ୍ତି।"

"କିନ୍ତୁ ମନୁଷ୍ୟ ତ ଅଟ, ଜୀବନ ତ ତୁମର ମଧ୍ୟ ଅଛି, ଭାବିଲେ ତ ଆମ ସମସ୍ତଙ୍କ ସହ ଏପରି ହୋଇଥାଏ, ଆମ ପରି ପ୍ରଫେସନାଲ ଲୋକମାନଙ୍କ ସହ ଟିକେ ଅଧିକ ଗଭୀରତାର ସହ ହୋଇଥାଏ... ଆଉ କଣ !"

ସେ ନିଜକୁ ତର୍ଜମା କରିବାକୁ ଲାଗିଲା। ପ୍ରେମ ପ୍ରକାଶ ଭବିଷ୍ୟତ ବିଷୟରେ ହିଁ ବହୁତ କୁହନ୍ତି। ତା ନିଜ ଜୀବନରେ ଆଗକୁ କଣ ଅଛି... ସେ ସବୁ କିଏ... ଯେଉଁମାନେ ଅଦୂରରେ ଥାଇ ମିଞ୍ଜି ମିଞ୍ଜି ହେଉଛନ୍ତି... ସେମିତି କେହି କଣ ଅଛନ୍ତି ! ସେ ଅତୀତର ବୋଝରେ ଚାପି ହୋଇ ରହେ, ବର୍ତ୍ତମାନ ଦ୍ୱାରା ଆବଶ୍ୟକତା ଠାରୁ ଅଧିକ ସଂଶ୍ଳିଷ୍ଟ... ଭବିଷ୍ୟତ କେଉଁଠି ବି ଦୃଶ୍ୟମାନ ନୁହେଁ... ବୋଧହୁଏ ନାହିଁ।

"ଗଭୀରତାରୁ ହିଁ ତ ଫରକ ଆସିଯାଏ। ଅଧିକାଂଶ ଲୋକ ତ କିଛି ଭାବନ୍ତି ହିଁ ନାହିଁ ... ପାଠ ପଢୁଆ ଲୋକମାନେ ମଧ୍ୟ... କେବଳ ଖିଆପିଆ ଓ ମଜା କରିବା ଛଡା। ଏମିତି ଲୋକମାନଙ୍କ ପ୍ରତି ମୋର ବହୁତ ଇର୍ଷା ହୁଏ। ମୋପରି ଲୋକକୁ ଜୀବନ କିଛି ଭାବିବା ପାଇଁ ବାଧ୍ୟ କରିଥାଏ... କିନ୍ତୁ ଆମେ ଲଗାତାର ଏବଂ ସ୍ପଷ୍ଟ ଭାବରେ ଚିନ୍ତା କରି ପାରନ୍ତିନି। ମଝିରେ କୋଉଠି ଛାଡି ଦିଅନ୍ତି, କାରଣ ଚିନ୍ତା କରିବା ଦ୍ୱାରା ଯେ ଆମ ଜୀବନରେ କେବେ କୌଣସି ପ୍ରକାରର ପରିବର୍ତ୍ତନ ଆସିପାରେ... ଏମିତି ଲାଗୁନି। ଆପଣ ମାନେ ନିରନ୍ତର ପ୍ରୟାସ କରୁଛନ୍ତି... ସେଥିପାଇଁ ସ୍ପଷ୍ଟତା ଆଡକୁ ଯାଇ ପାରୁଛନ୍ତି।"

"ମୋତେ ତ ଲାଗୁଛି ଯେ ମୁଁ ବହୁତ କନଫ୍ୟୁଜ୍‌ଡ ଅଛି।"

"ନିଜ ଭିତରେ ଥିବ, ବାହାରେ କିନ୍ତୁ ସ୍ପଷ୍ଟ।"

"ଆଚ୍ଛା ? ତୁମେ କେମିତି ଜାଣିଲ ?"

"ଆପଣଙ୍କ କଥାରୁ। ଆପଣ ନ କହିଲେ ବି, ଆପଣଙ୍କ ଉପସ୍ଥିତି ବ୍ୟକ୍ତିତ୍ୱ... ବ୍ୟକ୍ତ କରନ୍ତି, ସ୍ପନ୍ଦିତ ହୋଇ ଉଠନ୍ତି...।"

"ମୋ ପତ୍ନୀ କ୍ଷେତ୍ରରେ ତ ବିପରୀତ... ଦିନରେ ଦଶଥର ସେ ନିଜ ଭାଗ୍ୟକୁ ନିନ୍ଦୁଥାଏ- ଈଶ୍ୱର କେବେ କାହାକୁ ଲେଖକର ପତ୍ନୀ ନ କରନ୍ତୁ।"

ପ୍ରେମ ପ୍ରକାଶ ହସିଲେ।

"ଗଛ ମୂଳରେ ଖଟ ପକାଇ ଶୋଇଥିବା ବ୍ୟକ୍ତି ପାଖରେ ତାର ସୁଗନ୍ଧ ଜଣା ପଡେନି। ଗଛ ପାଖ ଦେଇ ଚାଲିଯାଉଥିବା ବ୍ୟକ୍ତି ହିଁ ଏହି ସୁଗନ୍ଧକୁ ତତ୍‌କ୍ଷଣାତ ଅନୁଭବ କରିପାରେ।"

"ହଉ-ହଉ, ଥାଉ... ଠିକ ଅଛି। ଏବେ କୁହ ସେଠି ସବୁ ଠିକ୍ ଠାକ୍ ଚାଲିଛି ତ... ?"

"କୋଉଠି ?"

"ଘରେ..."

"ହଁ... ଯେତେ ଦୂର ସମ୍ଭବ ସବୁ ଠିକ୍ ..."

ସେ ଉଠି ପଡିଲା, ସତେ ଯେମିତି ଘର ବିଷୟ ଆଲୋଚନା କରିବାର ସେ ଆଗ୍ରହୀ ନଥିଲା। ଥାକରେ ସଜା ହୋଇ ରହିଥିବା ବହି ଗୁଡିକୁ ଦେଖିବାକୁ ଲାଗିଲା। ତା'ପରେ ଏକଦମ୍ ଅନ୍ୟ ଆଡକୁ ବୁଲିପଡିଲା, ଯୋଉ ପଟେ ଆଲମାରୀରେ ସଜା ହୋଇ ରହିଥିବା ଅନେକ ସୋ-ପିସ୍, ପ୍ରେମ ପ୍ରକାଶଙ୍କୁ ମିଳିଥିବା ପୁରସ୍କାର ସମ୍ମାନ, ମେଡାଲ ଇତ୍ୟାଦି। ଏହା ଘରର ଏକଦମ୍ ବାହାର ଅଂଶ ଥିଲା। ଯେଉଁଠୁ ସିଧା

ବାହାରକୁ ବାରଣ୍ଡା ଥିଲା... ପ୍ରେମ ପ୍ରକାଶଙ୍କ ପଢା ଘରକୁ ଛାଡି ଘରର ବାକି ଅଂଶ ଟିକେ ଆଢୁଆଳକୁ ରହୁଥିଲା। ସେ ଆଲମାରୀରେ ଥିବା ଜିନିଷ ଗୁଡିକୁ ଆଗକୁ ଝୁଙ୍କି ପଡି ଦେଖୁଥିଲା, ମଝି ମଝିରେ ମେଡାଲ ଆଉ ତାମ୍ରଫଳକ ଗୁଡିକ ଉପରେ ଥିବା ଲେଖାଗୁଡିକୁ ପଢିବାରେ ଲାଗିଯାଉଥିଲା। ଟାଇଟ୍ ହୋଇ ରହିଥିବା ପୋଷାକ ପଛପଟୁ ତାର ଅବୟବ ଗୁଡିକ ବାହାରକୁ ସ୍ପଷ୍ଟ ଦେଖାଯାଉଥିଲେ... ନହକା, ହାତରେ ମାଠିମୁଠି ଗଢିବା ପରି ତାର ସରୁ ଅଣ୍ଟା... ପଛପଟକୁ ସାମାନ୍ୟ ଉଠିବା ପରି ନିତମ୍ବ, ତଳକୁ କ୍ରମଶଃ ସରୁ ପତଳା ହୋଇ ଆସିଥିବା ଗୋଡ, ଉଜ୍ଜଳ ଗୋରାରଙ୍ଗର ପାଦ ଗୋଇଠି ପିନ୍ଧିଥିବା ଚୁଡିଦାର ପ୍ୟାଣ୍ଟ ଭିତରୁ ମଝିମଝିରେ ବାହାରି ଆସୁଥାଏ...

ପ୍ରେମପ୍ରକାଶଙ୍କ ଦୃଷ୍ଟି ପୁଣିଥରେ ଉପର ଆଡକୁ ଚାଲିଗଲା... ସେଇଠି ଯେଉଁଠି ଝଲସି ଉଠୁଥିଲା - ମସୃଣ ଶୁଭ୍ର ଶଙ୍ଖ ପରି ବାହୁ... ଦୁଇ ପାଖରେ ଲାଲ କୁର୍ତ୍ତାରେ ବାନ୍ଧି ହୋଇ ରହିଥିବା ମାଂସଳ ଗୋଲେଇ ଯାହା ସୁନା ରଙ୍ଗରେ ଝଲସି ଉଠି ଉପର ତଳ ହେଉଥିଲା... ପଛ ପଟୁ ଆହୁରି ନିଟୋଳ... ଆହୁରି ଗୋଲ... ଆହୁରି ଗୋରା...

“ଆପଣଙ୍କୁ କେତେ ମେଡାଲ, କେତେ ସବୁ ସମ୍ମାନ ମିଳିଛି...” ସେ ଆଲମାରୀକୁ ଚାହିଁ ଗଦଗଦ ହୋଇ କହି ଚାଲିଥିଲା।

ଏପଟେ କବାଟ ପାଖରୁ ଭିତରକୁ ଚାହିଁ କେହି ଆଖ ପାଖରେ ନ ଥିବାର ଦେଖି ପ୍ରେମ ପ୍ରକାଶ ତା ଆଡକୁ ଟାଣି ହୋଇଗଲେ... ପଛପଟୁ ତା ପାଖରେ ଲାଗିଯାଇ ଦୁଇ ବାହୁକୁ ପାପୁଲିରେ ମୁଠାଇ, ତା ପିଠିରେ ଝୁଙ୍କି ପଡି ମୁଣ୍ଡକୁ ତା ବେକପାଖରେ ଥୋଇଦେଲେ। ତା କେଶରୁ ବାହାରୁଥିବା ସୁଗନ୍ଧକୁ ମନ ଭରି ଆଘ୍ରାଣ କରିବାକୁ ଲାଗିଲେ...

ତାର ଦୁଇବାହୁରେ ସେ ଥରକୁ ଥର ନିଜ ଓଠ ଓ ଆଖିକୁ ଛୁଆଁଇ ଚାଲିଲେ। ତାକୁ ନିଜ ଆଡକୁ ବୁଲାଇ ଆଣିଲେ ଓ ଓଠକୁ ଚୁମିନେଲେ...

“ଏ... ଏ... କଣ କରୁଛନ୍ତି...!” ଗୋଟିଏ ଶକ୍ତ ଝଟକା ଦେଇ ସେ ପ୍ରେମପ୍ରକାଶଙ୍କୁ ଏକ ପ୍ରକାର ଧକ୍କାଦେଇ ନିଜକୁ ଅଲଗା କରିନେଲା, ଓଠକୁ କୁର୍ତ୍ତିର କାନ୍ଧରେ ରଗଡି ଦେଇ ଚୁମ୍ବନକୁ ପୋଛି ପକାଇବାର ଚେଷ୍ଟା କଲା ଏବଂ ପାଖ କବାଟ ଦେଇ ଅଗଣାକୁ ବାହାରି ଆସିଲା... ବିବ୍ରତ, ବିକ୍ଷିପ୍ତ ଟିକେ କ୍ରୋଧିତ ମଧ୍ୟ। ତାର ନିଃଶ୍ୱାସପ୍ରଶ୍ୱାସ ଖୁବ୍ ଜୋରରେ ଚାଲୁଥିଲା।

କିଛି ସମୟ ପରେ ପଛେପଛେ ପ୍ରେମପ୍ରକାଶ ବାହାରିଲେ... ଲଜ୍ଜା ସଂକୋଚରେ ଜଡ ହୋଇ ଧିର ପାଦରେ... ସେତେବେଳକୁ ସେ ନିଜକୁ ସମ୍ଭାଳି ନେଇ ଥିଲା... ମୁହଁ ଅବଶ୍ୟ ଏ ପର୍ଯ୍ୟନ୍ତ ନାଲି ଦେଖାଯାଉଥିଲା। ପ୍ରେମ ପ୍ରକାଶଙ୍କୁ

ଭଲଭାବରେ ଟିକେ ଅନାଇ... ସେ ଲନ୍‌ରେ ଧାଡି ଧାଡି ହୋଇ ଲଗାଯାଇଥିବା ଗଛ ଆଡକୁ ଗଲା... ପାଖରେ ପଡିଥିବା ପାଣି ଦେବା ପାଇପ ଉଠାଇଲା ଏବଂ କଳ ଖୋଲି ଗୋଟିଏ ବଡ ଗଛକୁ ପାଣିଦେବାକୁ ଲାଗିଲା, ପ୍ରଥମେ ତଳ ଏବଂ ତା'ପରେ ଉପର ଥିବା ପତ୍ର ଗୁଡିକରେ।

ପ୍ରେମପ୍ରକାଶଙ୍କ ଉପସ୍ଥିତିକୁ ପାଖରେ ଅନୁଭବ କରିପାରି ସେ କହିଲା –

"ଦେଖନ୍ତୁ, କେତେ ଧୂଳି ପଡିଯାଇଛି ବିଚରା ଉପରେ! ଗଛର ମୂଳରେ ପାଇପ ଏଥିପାଇଁ ଛାଡିଦେବା ଯେ ଗଛ ମୂଳକୁ ପାଣି ଯାଉଛି ବୋଲି... ଏହା ଯଥେଷ୍ଟ ନୁହେଁ।"

ସେ ଆଉ ଏକ ଗଛ ପାଖକୁ ଚାଲିଗଲା।

"ଗଛଟି ମଧ୍ୟ ଗାଧୋଇବାକୁ ଚାହେଁ। ତାକୁ ଯେତେବେଳେ ଏପରି ଭାବରେ ଗାଧୋଇ ଦିଆଯାଏ କେମିତି ସତେଜ ହୋଇ ଯାଏ। ଦେଖନ୍ତୁ କେମିତି ହସୁଛନ୍ତି, କଥା କହି ନ ପାରିଲେ କଣ ହେଲା..."

ପ୍ରେମ ପ୍ରକାଶ ତାକୁ ଗଛ ଗୁଡିକ ଭିତରେ ହଜିଯିବାର ଦେଖି ପାରୁଥିଲେ। ସେ ତାର ଠିକ୍ ପଛକୁ ଠିଆ ହୋଇଥିଲେ। କିନ୍ତୁ ବାହାରେ ପହଞ୍ଚି ସେ ଟିକେ ଆଶ୍ୱସ୍ତ ହୋଇ ଯାଇଥିଲେ, କିଛି ମୂହୁର୍ତ୍ତ ପୂର୍ବର ସେଇ ବ୍ୟସ୍ତତା... କ୍ରୋଧ ସବୁକୁ ପଛକୁ ଫିଙ୍ଗି ଦେଇ ସେ ଏକଦମ୍ ପଛକୁ ବୁଲି ପଡିଲା ଏବଂ ଆସ୍ତେ କରି କହିଲା –

"ମୋ ଉପରେ ରାଗିବେନି... ମୋତେ ରଖିବେ ନିଜ ସହ।"

ଏଇ ସମୟରେ ଯେତେବେଳେ ସେ ଦଶପଦ କଥା ବି ଶୁଣାଇ ପାରିଥାନ୍ତା ଏବଂ ପ୍ରେମପ୍ରକାଶ ଲଜ୍ଜିତ ହୋଇ ଚୁପଚାପ ଠିଆହୋଇ ଶୁଣିଯାଇଥାନ୍ତେ। ନିଜର ସମସ୍ତ ବୁଦ୍ଧି ଉପଯୋଗ କରିବା ସତ୍ତ୍ୱେ ପ୍ରେମ ପ୍ରକାଶ କିଛି ବୁଝିପାରୁ ନ ଥିଲେ – ନା ନିଜର ବ୍ୟବହାର, ନା ତାକୁ... ଯିଏ ଗଛ ଆଡକୁ ମୁହଁ କରି ପାଣି ଦେବାର ବ୍ୟସ୍ତ ଥିଲା।

"ଆରେ... ପୁଅର ସ୍କୁଲ ଛୁଟି ହେବା ସମୟ ହୋଇଗଲା... ମୁଁ ଯିବି..." ସେ କହିଲା "ନିଅନ୍ତୁ, ବାକି ଗଛ ଗୁଡିକୁ ମୋ ବଦଳରେ ଆପଣ ଗାଧୋଇ ଦିଅନ୍ତୁ।"

ସେ ପାଇପକୁ ପ୍ରେମ ପ୍ରକାଶଙ୍କ ହାତରେ ଧରାଇ ଦେଲା ଏବଂ ଦୌଡିବା ପରି ଚାଲିଗଲା। ବାହାରେ ଗେଟ୍ ଖୋଲିବାର ଓ ବନ୍ଦ ହେବାର ଶବ୍ଦ ଶୁଭିଲା, ପୁଣି ପାଇପରୁ ପାଣି ସବୁ ଗଛ ଉପରେ ପଡି ଚାଲିଥାଏ।

●●●

ତୁମର ସେ ରୂପ ଯାହା ଦୁନିଆ ଆଗରେ ଅଛି ଓ ସେଇଟା ଯାହା ତୁମେ ପ୍ରକୃତରେ ଅଟ, ଏଇ ଦୁଇଟି ଭିତରେ କେତେ ଫରକ! ବାହାରେ କେତେ ସଭ୍ୟ, ଶାଳୀନ, କେତେ ଚରିତ୍ରବାନ, କେତେ ଦୟାଳୁ... ଆଦି କେତେ... କଣ ସବୁ... ଏବଂ ପ୍ରକୃତରେ... ? ମାଂସ ପାଇଁ ଲାଳାୟିତ ଏକ କ୍ଷୁଧିତ ହେଟା। ତୁମେ ମଦ ପିଇ ନଥିଲ କିନ୍ତୁ ତୁମେ ବ୍ୟବହାର ସତ ପ୍ରତିଶତ ମଦ୍ୟପଙ୍କ ପରିଥିଲା। ମାଂସ ଓ ମଦିରାକୁ ଖାଲିଟାରେ ଏମିତି ଏକାଠି କୁହାଯାଏନି। ମଦ ପିଇ, ମାଂସ ଦେଖି... ହିଁ ମଣିଷ କଣରୁ କଣ ପାଲଟି ଯାଏ।

ତୁମ ଜାତକ ଅନେକ ଜ୍ୟୋତିଷ ମାନଙ୍କ ଦ୍ୱାରା ଗଣନା କରାଯାଇଥିଲା। ନିଜ ନିଜର ଜ୍ଞାନ ଅନୁସାରେ ସମସ୍ତେ ତୁମର ଗ୍ରହଚଳନରେ ଶୁକ୍ରର ମହିମା ଗାନ କରିଥିଲେ। ଯେଉଁମାନେ ଟିକେ ଉଦାର ଥିଲେ ସେମାନେ କହିଲେ ଯେ- ଶୁକ୍ର କାରଣରୁ ତୁମ ଜୀବନରେ ପ୍ରେମ ଆରମ୍ଭରୁ ଶେଷ ପର୍ଯ୍ୟନ୍ତ ରହିବ... କିନ୍ତୁ ଜଣେ ଯିଏ ନିଜକୁ ସବୁବେଳେ ଠିକ୍ ବୋଲି ଭାବୁଥିଲେ, କହିଲେ - ଚାରି ଆଡକୁ ଦେଖିବାକୁ ବାଧ୍ୟ ହେଉଥିବା ହଜାରେ ଦାୟିତ୍ୱରେ ବାନ୍ଧିହୋଇ ରହିଥିବା ବିଚରା ସ୍ତ୍ରୀ ଲୋକଟିଏ କଣ ବା କାହାକୁ ଦେଇ ପାରିବ! କଥାରେ ଯେମିତି ଥିଲେ ସେମିତି ଜୀବନରେ ମଧ୍ୟ ସେ ସେହିପରି ଥିଲେ, ଖାମଖିଆଲୀ! ସେ ଆଦୌ ବିବାହ କରି ନ ଥିଲେ, ଯେପରି କାହୁଅଠୁ ସମସ୍ତେ ଦୂରେଇ ରହୁଥିଲେ। ତୃତୀୟ ପ୍ରକାରର ଜ୍ୟୋତିଷ କହିପାରିବା ଟିକେ ବେଶୀ କ୍ରୁର ଥିଲେ, କିନ୍ତୁ ହୋଇପାରେ ସେ ଯଥାର୍ଥ କଥା କହିପାରୁଥିଲେ। ସେମାନଙ୍କର କହିବା କଥା ଏଇଆ ଥିଲା ଯେ - ତୁମର ଶୁକ୍ର ନୀଚ ସ୍ଥାନରେ ଅଛି। ତୁମର ସମସ୍ତ ରାଶିନକ୍ଷତ୍ର ତୁମକୁ ଉନ୍ନତି ଆଡକୁ ନେଇ ଯିବେ, କିନ୍ତୁ କେବଳ ଏଇ ଶୁକ୍ର ହିଁ ସେମାନଙ୍କ ଗୋଡ ପଛରୁ ଟାଣି ଧରୁଛି, ତୁମକୁ ବିପଥଗାମୀ କରାଉଛି, ନିନ୍ଦିତ କରାଉଛି। ଯଦି ଇଏ ନ ଥାନ୍ତା ତା ହେଲେ ତୁମେ ଅନେକ ଆଗକୁ ଯାଇ ସାରନ୍ତଣି। ତୁମକୁ ନାରୀମାନଙ୍କ ଠାରୁ କେବେ ବି ମୁକ୍ତି ମିଳିବନି ଅବା ତୁମେ ମୁକ୍ତ ହେବାକୁ ଚାହିଁବନି- ସେଇ ଏକା କଥା।

ଅଦ୍ଭୁତ ଲୋକ ତୁମେ। କହୁଛ ଯେ ଯେତେବେଳେ ତୁମେ ନିୟତିରେ ହିଁ ଏଇଆ ଲେଖାଅଛି ତେବେ ତୁମେ ସେଥିପାଇଁ କିପରି ଦାୟୀ ହେବ। ନିୟତି ଯେତେବେଳେ ତୁମର ସ୍ୱଭାବ ପାଲଟିଯାଏ ସେତେବେଳେ ତୁମେ କଣ ବା କରିପାରିବ। ଆଉ ରହିଲା ଖ୍ୟାତିର ପ୍ରଶ୍ନ... ତେବେ ଯେତିକି ତୁମକୁ ମିଳିବାର ଥିଲା, ମିଳିସାରିଛି, ତେଣୁ ଏବେ ତା ପାଇଁ ଆଉ ପ୍ରୟାସ କାହିଁକି କରିବା... ବିଶେଷ କରି ଏପରି ପ୍ରୟାସ ଯାହା ତୁମର ସ୍ୱଭାବର ବିପରୀତ ହୋଇଥିବ। ପୁଣି ଖ୍ୟାତି, ଉନ୍ନତି...

ସବୁବେଳେ ଏସବୁ ଭିତରେ... କଣ ଏହା ହିଁ ଜୀବନରେ ସବୁକିଛି ଅଟେ ? ସ୍ୱଭାବ ସହ ନିଜ ଜୀବନକୁ ମଧ୍ୟ ସ୍ରୋତର ଅନୁକୂଳରେ ଭାସିଯିବାକୁ କାହିଁକି ନ ଦିଆଯିବ ?

ଯଦି ଅସନ୍ତୁଷ୍ଟ ହୋଇଯାଇଛ... ତା ହେଲେ କହୁଛ ଯେ ଯେତେବେଳେ ତୁମେ କୌଣସି ବିଶେଷ ଦିଗରେ ଯିବାକୁ ଚେଷ୍ଟା କରୁନାହଁ, ତା ହେଲେ ଅଟକି ଯିବାର ଚେଷ୍ଟା ମଧ୍ୟ କାହିଁକି କରିବ ?

ଯୁକ୍ତି ଏବଂ ତର୍କ ଦ୍ୱାରା ରଚନା କରାଯାଇଥିବ ବ୍ୟୂହ ତୁମକୁ ସୁରକ୍ଷା ଦେଇ ପାରନ୍ତି... କିନ୍ତୁ ସେତେବେଳେ କଣ କରିବ... ଯେବେ ତୁମେ ଏକା ସମୟରେ ନିଜ ଦୃଷ୍ଟି ଓ ଅନ୍ୟ ଦୃଷ୍ଟିରେ ମଧ୍ୟ ତଳକୁ ଖସିଯିବ। ତୁମେ ତାକୁ ଦୟା କରିବାକୁ ବାହାରିଥିଲ... ନାଁ, ତାକୁ ଦେଖାଉଥିଲ, ଯେପରି ସମାଜକୁ ନିଜର ସମାଜସେବା ଦେଖାଇ ଆସୁଛ... ଦେଖେଇ ହେବା ତୁମର ଏକ ଅଭ୍ୟାସ ହେଇ ଗଲାଣି। ତୁମେ ମନରେ ଦୟାମାୟା ନ ଥିଲା, ତୁମ ଆଖି ତ ଶିକାର ଉପରେ ଥିଲା... ଯେପରି ସିଂହ ଗଛ ଆଢୁଆଳରେ ଛପି ବସିଥାଏ ଅବା ଯେମିତି କୁମ୍ଭୀର ବାଲି ଉପରେ ପଡି ରହିଥାଏ ନିଷ୍ପ୍ରାଣ ହୋଇ। ତୁମେ ମଧ୍ୟ ଏକଦମ୍ ଡେଇଁପଡ... ତାକୁ ଚିନ୍ତା ଭାବନା କରିବାର ସୁଯୋଗ ମଧ୍ୟ ଦିଅନି... ସେ ଝିଅଟିଏ, ପ୍ରତ୍ୟେକ ଦୃଷ୍ଟିରୁ ତୁମଠାରୁ ହୀନ, କଣ କରିପାରିବ। ବିଚାରୀ କେବଳ ଧାଇଁ ହିଁ ପାରିଥାନ୍ତା।

ସେ ଯେଉଁ ତୁମ ପାଖରେ ନିଜ ସ୍ୱାମୀର କ୍ରୁରତାର କଥା ବଖାଣୁ ଥିଲା, ଭାବୁଥିଲା ଯେ ତୁମେ ସେ ବିଷୟ ଭାବ... ତାକୁ ତୁମର ଆବଶ୍ୟକତା ଅଛି... ତାକୁ ତୁମଠାରୁ ମଧ୍ୟ ସେଇଆ ହିଁ ମିଳିଲା - ଭାବୁଥିବ ଯେ ଏ ଲୋକଟି ମଧ୍ୟ ସେହିପରି ଝୁଣି ପକାଇବାକୁ ଧାଇଁ ଆସୁଛି ! ତୁମକୁ କଣ ଏଥିରେ କିଛି ଫରକ ହିଁ ପଡେନି ଯେ ତୁମେ ଏତେ ଶୀଘ୍ର ତା ଦୃଷ୍ଟିରେ ତଳକୁ ଖସିଗଲ ?

କିନ୍ତୁ ଯିବା ପୂର୍ବରୁ ସେ କାହିଁକି ଏ କଥା କହିଲା ଯେ - ରାଗିବେନି, ମୋତେ ନିଜ ସହ ସବୁବେଳେ ରଖିବେ। ଏହାର ଅଭିପ୍ରାୟ ? ଯେଉଁ ସମୟରେ ତୁମକୁ ଧିକ୍କାର କରିପାରିଥାନ୍ତା, ସେତେବେଳେ... ?

•••

ପ୍ରେମପ୍ରକାଶଙ୍କୁ ଜ୍ୱର ହୋଇଗଲା। ସେ ଭିତରେ ଭିତରେ ଗ୍ଲାନିରେ ସଢି ଯାଉଥିଲେ। ତାକୁ ସିଧା ସଳଖ ସ୍ୱଷ୍ଟ ଭାବରେ କ୍ଷମା ମାଗି ପାରୁ ନ ଥିଲେ, ବଡ ପଣିଆ ଯେପରି ବାଟ ଓଗାଳୁ ଥିଲା, ନିଜକୁ ମଧ୍ୟ କ୍ଷମା କରିପାରୁ ନଥିଲେ। ସେଥିରେ ପୁଣି ସେ ଯେଉଁ ଅଡୁଆ ସୂତା ଧରେଇ ଦେଇଥିଲା।

ମୋତେ ନିଜ ସହ ରଖିଥିବେ! ସମାଜଶାସ୍ତ୍ରରେ ନିଜର ଯଥେଷ୍ଟ ଜ୍ଞାନ ଓ ଅନୁଭବ ଥିବା ସତ୍ତ୍ୱେ ମଧ୍ୟ ସେ ଏହି ସାମାନ୍ୟ କଥାଟିର ଅର୍ଥ ବୁଝିପାରୁ ନ ଥିଲେ, ବାରମ୍ବାର କଥାଟି ମନରେ ଧକ୍କା ଖାଉଥିଲା। ସେ 'ସାଙ୍ଗରେ' ଶବ୍ଦର ବ୍ୟବହାର କଲାନି, 'ସହ' କହିଲା, ରଖିଥିବେ କହିଲା, ରଖିବେ ନୁହେଁ। କଣ ଶବ୍ଦ ପ୍ରତି ସେ ଏତେ ସଚେତନ ନା ତାର କଲୁଷଶୂନ୍ୟ ଭାବ ହିଁ ଏହି ଶବ୍ଦକୁ ସ୍ୱତଃ ଚୟନ କରିନେଇଛି ଯେପରି ପକ୍ଷୀଟିଏ ଅଳିଆ ଆବର୍ଜନା ଭିତରୁ ଅଣ୍ଟରେ ଖାଦ୍ୟଦାନାଟିଏ ଖୁଣ୍ଟି ନିଏ! ଏସବୁ ଶବ୍ଦର କଣ କୌଣସି ଉଦ୍ଦେଶ୍ୟ ଥିଲା? ଭାବିଚିନ୍ତି ଯଦି କୁହାଯାଇଥିବ ତେବେ ହୁଏତ ନ ଥାନ୍ତା, ଅନାୟାସରେ ତା ମୁହଁରୁ ଯଦି ବାହାରିଗଲା... ତା ହେଲେ ଉଦ୍ଦେଶ୍ୟ ଥିବ, ତା ଅଜାଣତରେ ହେଉ ପଛକେ।

ଦେହ ଖରାପ କଥା ଶୁଣିବା ମାତ୍ରେ ସେ ବ୍ୟସ୍ତ ହୋଇ ଧାଇଁ ଆସିଲା। ପ୍ରେମ ପ୍ରକାଶ ନିଜ ପଢାଘରେ ଖଟ ଉପରେ ହିଁ ଗଡପଡ ହେଉଥିଲେ। ସିଧା ସେଠାରେ ପହଞ୍ଚି ଯାଇ ତାଙ୍କ ଖଟ ଧାରର ମଝିରେ ହିଁ ବସିପଡିଲା, ପ୍ରେମ ପ୍ରକାଶଙ୍କ ଅତି ନିକଟରେ ଏବଂ ନିଜର ହାତ ପାପୁଲିକୁ ତାଙ୍କ କପାଳରେ ରଖିଦେଲା... "କେମିତି ଜ୍ୱର ହୋଇଗଲା? ମୁଣ୍ଡ ବିନ୍ଧୁଛି... ଚିପି ଦେବି?"

ସେ ଭାବପ୍ରବଣତାର ସେ ମୁହୂର୍ତ୍ତ ଚାଲିଯାଇଥାନ୍ତା, ଯଦି ପ୍ରେମ ପ୍ରକାଶ ତାକୁ ଦେଖି ନ ଥାନ୍ତେ - ପ୍ରକୃତରେ ସେ ଅନ୍ତର ଭିତରେ ଖୁବ ଆଘାତ ପାଇଥିଲା, ଆଖିରେ କରୁଣା, ପ୍ରେମ। ପ୍ରେମପ୍ରକାଶ ତା ହାତକୁ ଉଠାଇ ଧରିଲେ ଓ ସ୍ୱତଃ ତାଙ୍କ ଦୁଇ ଓଠ ପାପୁଲିକୁ ଛୁଇଁଦେଇଗଲା। ପାପୁଲିର ଭିତର ଅଂଶ ଉଷୁମ ଲାଗୁଥିଲା, ସତେଯେପରି ତା'ର ସମ୍ବେଦନଶୀଳତା ଆବେଗ ଦ୍ରବୀଭୂତ ହୋଇ ସେଠି ଭରିଯାଇଥିଲା। ସେତିକି ବେଳେ ଭିତରୁ ପ୍ରେମପ୍ରକାଶଙ୍କ ପତ୍ନୀ ଏବଂ ମାଆ ଚାଲିଆସିଲେ। ସେମାନଙ୍କ ଦୃଷ୍ଟି ନା ପ୍ରେମ ପ୍ରକାଶଙ୍କ ଉପରେ ଥିଲା ନା ତା ଉପରେ, ବରଂ ସେ ଜାଗା ଉପରେ ଥିଲା ଯେଉଁଠି ସେ ବସିଥିଲା, ପଲଙ୍କର ମଝିରେ, ଯେଉଁଠୁ ତା' ଶରୀର ନ ହେଲେ ତା' ପୋଷାକ ପ୍ରେମପ୍ରକାଶଙ୍କୁ ଏକ ପ୍ରକାର ଛୁଇଁ ଯାଉଥିଲା। ସେମାନଙ୍କ ସଂସ୍କାର ଅନୁସାରେ ଏଇଟା ଝିଅର ନିର୍ଲଜତା ଥିଲା- ପରପୁରୁଷ ବିଛଣାରେ ଏପରି ବସିବା ! ସେମାନଙ୍କ ବଡବଡ ଆଖିରୁ ଏକଥା ସ୍ପଷ୍ଟଜଣା ପଡୁଥିଲା, କିନ୍ତୁ ସେ ସେମାନଙ୍କ ଆଡକୁ ଚାହିଁଲାନି ମଧ୍ୟ... ସେଇଠି ସେମିତି ବସି ରହି ପ୍ରେମପ୍ରକାଶଙ୍କୁ ତାଙ୍କ ଦେହପା ଔଷଧପତ୍ର ଇତ୍ୟାଦି ବିଷୟରେ ପଚାରିଚାଲିଲା।

ସେଇଠୁ ସେତିକିବେଳେ ଯାଇ ଉଠିଲା, ଯେତେବେଳେ ଔଷଧ ଦେବା ପାଇଁ ପାଣି ଆଣିବାକୁ ଭିତରକୁ ଯିବାକୁ ହେଲା। ଫେରିବା ପରେ ପୁଣି ସାମ୍ନାରେ ପଡିଥିବା

ଚେୟାର ଉପରେ ବସି ପଡିଲା ଏବଂ ଅସୁସ୍ଥତା ସମ୍ବନ୍ଧୀୟ ଅନ୍ୟ ଔପଚାରିକ କଥାରେ ନିଜକୁ ବ୍ୟସ୍ତ ରଖିଲା । ଟିକେ ଏକାନ୍ତ ସମୟ ମିଳିବାରୁ ପ୍ରେମ ପ୍ରକାଶ ଆସ୍ତେ କରି କହିପକାଇଲେ -

"ସେଦିନ ମୋ ବ୍ୟବହାର ବହୁତ ଅନୁଚିତ ଥିଲା, କ୍ଷମା କରିଦେବ..."

"ତା ହେଲେ ଏଇ ସବୁ ଚିନ୍ତା କରି ହିଁ ଆପଣ ଅସୁସ୍ଥ ହୋଇ ପଡିଛନ୍ତି । ଚିନ୍ତା କରିବାକୁ ଆଉ କିଛି ଭଲ ଜିନିଷ ନାହିଁ କି ?"

"ଚାକିରି ବିଷୟରେ ତୁମେ କଣ ଭାବିଲ ?"

"ଆପଣ ଯାହା କହିବେ, କିନ୍ତୁ ଏବେ ମୋତେ ପି.ଏଚ୍. ଡି କରିବାର ଅଛି ।"

"ସେଇଟା ବି କର, ତା ସହ ଚାକିରି ମଧ୍ୟ କରିଚାଲ । ମୋ ଆଖିରେ ଗୋଟିଏ ପ୍ରାଇଭେଟ୍ ପତ୍ରକାରିତା ଶିକ୍ଷଣ ସଂସ୍ଥାନ ଅଛି । ତାର ସର୍ବେସର୍ବା ବର୍ମା ବାବୁଙ୍କୁ କାଲି ନ ହେଲେ ତା ପରେ ଯେବେ ବି ହେଉ ଦେଖା କର... ମୁଁ ଆଜି ତାଙ୍କ ସହ କଥା ହୋଇଯିବି ।"

"ପ୍ରଥମେ ଆପଣ ଠିକ ତ ହୋଇ ଯାଆନ୍ତୁ ।"

"ଆରେ, ଉଠିକି ଖାଲି ତ ଫୋନଟେ କରିବାର ଅଛି । ତୁମକୁ ନିଜ ଘରେ ପଚାରିବାକୁ ପଡିବ କି ?"

"ସେଠି କେହି ଏମିତି ଯୋଗ୍ୟ ନାହାଁନ୍ତି ଯେ ଯାହାକୁ ପଚରା ଯାଇ ପାରିବ, କିନ୍ତୁ ପ୍ରଥମ ଥର ପାଇଁ ଘରୁ ବାହାରକୁ ବାହାରିବି ତେଣୁ... ?"

"ହଁ, ପଚାରି ଦେବା ଉଚିତ । ଏମିତିରେ ତୁମର ଇଚ୍ଛା ତ ହୁଏନା ?"

"କେଉଁ କଥା ପାଇଁ..."

"ଏଇ ଚାକିରି କରିବା ପାଇଁ..."

"ଆପଣ କହିଦେଲେ, ତା ହେଲେ ମୋ ପାଇଁ କଥାଟି ସରିଲା..."

"କାହା ଉପରେ ଏତେ ଶୀଘ୍ର ଏତେ ବିଶ୍ୱାସ କରିଯିବା ଠିକ୍ ନୁହେଁ । ଏବେ ତୁମେ ମୋତେ ଜାଣିନ ମଧ୍ୟ । ମୁଁ ଗୋଟିଏ ଖରାପ ଲୋକ ତାର ନମୁନା ଦେଖି ସାରିଛ ।"

ସେ କିଛି କହିଲାନି... । ଅନ୍ୟମନସ୍କ ପରି ଏପଟସେପଟ ଦେଖିବାକୁ ଲାଗିଲା ।

"କାହା ଉପରେ ମଧ୍ୟ ଏତେ ନିର୍ଭରଶୀଳ ହୋଇ ରହିବା ଠିକ୍ ନୁହେଁ"ପ୍ରେମ ପ୍ରକାଶ ପୁଣି କହିଲେ -"ନିଜ ବିବେକ ଅନୁସାରେ ନିଷ୍ପତ୍ତି ନେବା ଶିଖ ।"

"ଯଦି ମୋ ବିବେକ ଆପଣଙ୍କର କଥା ହିଁ ମାନିବାକୁ କହୁଥାଏ ତେବେ ?"

"ଏହା ବିବେକ ନୁହେଁ, ଅନ୍ଧ ଭକ୍ତି। ତୁମେ ସ୍ୱୟଂ ନିଜ ଜୀବନ ବିଷୟରେ ନିର୍ଣ୍ଣୟ ନେବା ଉଚିତ କାରଣ ତୁମେ ହିଁ ତାକୁ ବହୁତ ଭଲଭାବରେ ବୁଝିଛ ଏବଂ ନିଜକୁ ମଧ୍ୟ।"

"ମୁଁ ଉଭୟଙ୍କୁ ହିଁ ବୁଝି ପାରେନି... ଚିନ୍ତା କରିବା ଭାବିବାର ଅଭ୍ୟାସ ହିଁ ହୋଇ ନାହିଁ କାରଣ ପ୍ରଥମରୁ ହିଁ ଚିନ୍ତା କରିବା ନିଷ୍ପତ୍ତି ନେବା ପାଇଁ ହତୋତ୍ସାହିତ କରାଯାଇଛି, ଏ ପର୍ଯ୍ୟନ୍ତ ଆପଣ ହିଁ ପ୍ରଥମ ବ୍ୟକ୍ତି ଯିଏ ଭାବିବାକୁ ନିଷ୍ପତ୍ତି ନେବାକୁ କହିଲେ। ଏବେ ପାଇଁ ମୁଁ ପି. ଏଚ. ଡି କରିବାକୁ ଚାହୁଁନି।"

"ସେଇଟା ତ ତୁମେ ଚାକିରି କରିବା ସହ କରିପାରିବ। ମୁଁ ଚାକିରି କରିବା ସପକ୍ଷରେ ଏଥିପାଇଁ ଅଛି। ଯେ ତୁମ ଘରର ଯେଉଁ ଅଣନିଃଶ୍ୱାସୀ ପରିବେଶ ଅଛି ତା ଭିତରୁ ତୁମେ ବାହାରକୁ ବାହାରି ପାରିବ, ସେଥିରୁ ସାରା ଦିନ ଦୂରେଇ ରହି ପାରିବ। କିନ୍ତୁ ଏ ଲୋକମାନଙ୍କୁ ପ୍ରଥମେ ପଚାରି ଦେବା ଦରକାର... ତା ପରେ ହିଁ ଯାଇ ତୁମକୁ ବର୍ମା ବାବୁଙ୍କ ପାଖକୁ ପଠେଇବି। କହିବ ଯଦି, ତୁମ ସ୍ୱାମୀଙ୍କ ସହ ମୁଁ କଥା ହୋଇଯିବି।"

"ଯାହା ଆପଣ ଠିକ୍ ଭାବିବେ।"

"ପୁଣି ସେଇକଥା... ଯାହା କହିଲି ସେଇଥିରେ ମୁଣ୍ଡ ଟୁଙ୍ଗାରି ଦେଲ!"

"କିଛି ସମୟ ତ ଲାଗିବ ବଦଳିବାକୁ।"

"ତେବେ ମୋର ତାଙ୍କ ସହ କଥା ହୋଇଯିବା ଭଲ ହେବ। ତୁମର ଚାକିରି କରିବା କଥା ନେଇ ଆଗକୁ ଯାହା ବି ଯଦି ବିବାଦ ସୃଷ୍ଟି ହେବ ତା ହେଲେ ସେଥିରେ ମୁଁ ସାକ୍ଷୀ ରହିବି ଯେ ପଚାରି ଦେଇଥିଲି ବୋଲି।"

ପତ୍ନୀ ଏବଂ ମାଆ ଆସିଯିବାରୁ ସେ କଥାକୁ ପୁଣି ଅସୁସ୍ଥତା ଆଡକୁ ନେଇଗଲା। କଥା ଗୁଡିକ ଏମିତି କିଛି ତ ନଥିଲା ଯେ ଯାହାକୁ ମାଆ ଓ ପତ୍ନୀଙ୍କ ଆଗରେ କୁହାଯାଇ ପାରିବ ନାହିଁ, କିନ୍ତୁ ପ୍ରେମ ପ୍ରକାଶ ଜାଣିଥିଲେ ଯେ ଯେଉଁମାନଙ୍କ ଦ୍ୱାରା ତାର ଏପରି ପଲଙ୍କ ଉପରେ ବସିବା ହିଁ ଦୃଷ୍ଟିକଟୁ ହୋଇଥିଲା, ସେମାନଙ୍କ ଆଗରେ ତାର ଚାକିରି, ତା ସ୍ୱାମୀ... ଇତ୍ୟାଦି କଥା କିପରି କରି ପାରିଥାନ୍ତେ।

ପ୍ରେମ ପ୍ରକାଶ ଫୋନ କରି ତା ସ୍ୱାମୀଙ୍କୁ ପଚାରିବାରୁ ଯୁବାଗୁରୁ ଗଦ୍‌ଗଦ୍, କୃତ୍ୟକୃତ୍ୟ ଓ ବହୁତ କିଛି ହୋଇ ଯାଇଥିଲା। ସେ ମନ୍ଦିର ଯଦି ଆସୁନି ତେବେ ଘରକାମ କରିବା ସହ ଯଦି କିଛି ଟଙ୍କା ରୋଜଗାର କରି ଆଣେ ତା ହେଲେ କ୍ଷତି କଣ। ଯେପରି ଗୋଲଗୋଲ ରସଗୋଲା ପରି ତାର ଚେହେରା ଥିଲା, ସେହିପରି

ମିଠାବୋଲା ସ୍ୱରରେ ସେ କହିଲା... "ବହୁତ ଭଲ ହେବ ଏଇଟା... କେବଳ ଆପଣଙ୍କର ଆଶୀର୍ବାଦ ଦରକାର।"

"ଚାକିରି କରିବାକୁ ତାକୁ ସମୟ ମିଳିବ ?"

"ନିଶ୍ଚୟ। ସାରା ଦିନ ଘରେ ହିଁ ତ ବସିଥାଏ, ଆପଣଙ୍କ ଆଶୀର୍ବାଦ ଆବଶ୍ୟକ।"

ପ୍ରେମ ପ୍ରକାଶଙ୍କୁ କଥାଟି ବାଧିଗଲା। ସେ ଜାଣିଥିଲେ ଯେ ସାରା ଦିନ ସେ ଘରେ କେତେ ଖଟିଥାଏ।

ଯୁବାଗୁରୁ ଆରାମରେ ନିଜ ଦାୟିତ୍ୱ ପ୍ରେମପ୍ରକାଶଙ୍କ ଆଡକୁ ଠେଲି ଦେଇଥିଲା – "କେବଳ ଆପଣଙ୍କ ଆଶୀର୍ବାଦ ଦରକାର।" ତାଙ୍କୁ ସେ ବ୍ୟକ୍ତି ପ୍ରତି ଟିକେ ଇର୍ଷା ହେଲା ଯେ କିଛି ଶବ୍ଦର ସାହାରା ନେଇ ସେ କେତେ ମଜାରେ ଆଶ୍ୱସ୍ତ ହୋଇ ରହିଯାଉଥିଲା ପତ୍ନୀକୁ କହିବ ତୁ ଦେଖ୍ ତୁ ଭାବିନେ... ଅର୍ଥାତ୍ ଯେକୌଣସି ନିଷ୍ପତ୍ତି ନେବାର ଭାର ପତ୍ନୀ ଉପରେ। ଗ୍ରାହକ ଭକ୍ତମାନଙ୍କୁ କହିବ... ବିଲକୁଲ, ବିଲକୁଲ... ଅର୍ଥାତ୍ ମୁଁ ତ ତୁମ ମତକୁ ହିଁ ସମ୍ମତି ଜଣାଉଥିଲି ଏବଂ କାହାକୁ କିଛି ମାଗିବାର ଥିଲେ ତେବେ ... କେବଳ ଆପଣଙ୍କ ଆଶୀର୍ବାଦ ଦରକାର। ଯେତେବେଳେ ମଧ୍ୟ ସେ ଫୋନ ଉଠାଏ ଏବଂ ପ୍ରେମ ପ୍ରକାଶ ପଚାରନ୍ତି ଯେ ସେ କଣ କରୁଛି, ସେ ଗର୍ବ ସନ୍ତୋଷର ସହ କହେ- ରୋଷେଇ କରୁଛି ! ନ ହେଲେ ଲୁଗା ସଫା କରୁଛି... ଭିତରେ ପତ୍ନୀ କାମ କରୁଥିବ, ଆଉ ବାହାରେ ପୁରୁଷଟି ବସି ଫୋନ ଶୁଣିବ ନ ହେଲେ ଟି.ଭି ଦେଖିବ ନଚେତ୍ ବାରଣ୍ଡାରେ ଟେବୁଲ ଉପରେ ଗୋଡରଖି ଖବରକାଗଜ ପଢିବ... ଏହାଠାରୁ ବଳି ଭଲ ଜୀବନ ଆଉ କଣ ହୋଇଥାଏ !

●●●

ସେ ଚାକିରି କରି ଯିବାକୁ ଲାଗିଲା, କିନ୍ତୁ ତା ଭିତରେ କୌଣସି ବିଶେଷ ପରିବର୍ତ୍ତନ ଆସିଲାନି। ଆତ୍ମବିଶ୍ୱାସ କମ୍ କି ବେଶୀ ହେଲାନି। ପ୍ରେମ ପ୍ରକାଶଙ୍କ ପାଇଁ କୃତଜ୍ଞତା ଭରା ଭାବ...ତାହା ମଧ୍ୟ କେଉଁଠି ନ ଥିଲା। ସେ ଭାବୁଥିଲା ଯେ ଯୋଉ କାମ ତାକୁ ମିଳିଥିଲା, ସେଥିପାଇଁ ସେ ଯଥେଷ୍ଟ ବେଶୀ ଶିକ୍ଷିତ, ଯେତିକି ପରିଶ୍ରମର ଆଶା ଥିଲା, ତା ଠାରୁ ଅଧିକ ହିଁ କରୁଛି... ତେଣୁ ଚାକିରି ଯଦି ମିଳିଲା । ତା ହେଲେ ମିଳିବାର ହିଁ ଥିଲା। ଯେଉଁ ଦରମା ମିଳିଛି ସେ ତାଠାରୁ ଅଧିକ ମୂଲ୍ୟର ନିଜର ଶ୍ରମ ଏବଂ ସମୟ ଦେଇଛି। ପ୍ରେମପ୍ରକାଶଙ୍କୁ ସେ ଦେଖା କରୁଥିଲା, ଏଥିପାଇଁ ନୁହେଁ ଯେ ସେ ଚାକିରି କରାଇ ଦେଲେ... ତାଙ୍କ ପାଖରେ କିଛି ପାଇବାର ଅଛି... ବରଂ ଏଥିପାଇଁ ଯେ ତାଙ୍କ ପାଖରେ ବସିବାକୁ ତାକୁ ଭଲ ଲାଗୁଥିଲା। ତାଙ୍କ ସହ ସେ ସବୁପ୍ରକାର

କଥା ବାଣ୍ଟି ପାରୁଥିଲେ, ତାଙ୍କୁ କିଛି ବି କହିବାକୁ ସେ କୁଣ୍ଠାବୋଧ କରୁ ନ ଥିଲେ, ତାଙ୍କ କଥା ମାନିବା ପାଇଁ ମନ ଚାହୁଁଥିଲା... କାରଣ ତାଙ୍କ ଉପରେ ବିଶ୍ୱାସ ସେତିକି ଦୃଢ ଥିଲା। ପ୍ରେମ ପ୍ରକାଶ ଯେବେ କହିଲେ ଯେ ଲିପଷ୍ଟିକ୍ ଲଗାଇବା ବନ୍ଦ କରିଦିଅ, ସେଥିରେ ଓଠର ନୈସର୍ଗିକ ରଙ୍ଗ ଚାଲିଯାଉଛି, ସେ ମାନି ନେଇଥିଲା। ପରେ ଭାବିବାକୁ ଲାଗିଲା କାହା ପାଇଁ ନୈସର୍ଗିକ ରଙ୍ଗ? ପତିକୁ ତ ସେ କେବଳ ବରଦାସ୍ତ କରେ, ତାକୁ କାହିଁକି କିଛି ଭଲ ଦେବାକୁ ଚାହିଁବ। ପ୍ରେମ ପ୍ରକାଶ କଣ ଏସବୁ ନିଜ ପାଇଁ କହିଲେ, କିନ୍ତୁ ସେ ତ ସେଦିନ ପରେ କିଛି ଏମିତି ସେମିତି କରିନାହାନ୍ତି। ଦିନେ ସନ୍ଧ୍ୟାବେଳେ ତାଙ୍କ ଘରେ କେହି ନ ଥିଲେ ସେତେବେଳେ ଟିକେ ରହିବାକୁ କହିବାରୁ ସେ ବହୁତ ଶାଳୀନତାର ସହ ବୁଝାଇ ଦେଇଥିଲା –

"ଦେଖନ୍ତୁ ସେ ଘର ଯେମିତି ଯାହା ହେଲେ ବି ମୁଁ ତାର ଅଂଶ। ସେଠି ରହୁଛି, ଏଠୁ ଫେରି ମୋତେ ସବୁଦିନ ସେଠାକୁ ହିଁ ଯିବାର ଅଛି। କେଜାଣି କେତେ ଦିନ ପର୍ଯ୍ୟନ୍ତ ସେଇଠି ସେହି ଲୋକମାନଙ୍କ ସହ ରହିବାର ଅଛି... ତେଣୁ ସମାଜର ନିୟମ ଅନୁସାରେ ତ ଚଳିବାକୁ ପଡିବ। ମୁଁ ଅନ୍ଧାର ହେବା ପୂର୍ବରୁ ଘରେ ପହଞ୍ଚି ଯାଏ।"

"ଭିତରେ ତ ତୁମର ବିଦ୍ରୋହ ଅଛି, ଏପରି ନୀତିନିୟମ ବିରୁଦ୍ଧରେ... ଶ୍ୱଶୁର ଘର ଲୋକଙ୍କ ବିରୁଦ୍ଧରେ...?"

"ଘୃଣା ଅଛି ଜଣଜଣ କରି ସମସ୍ତଙ୍କ ପାଇଁ ... କିନ୍ତୁ ବାହାରେ କାହା ପତ୍ନୀ କାହା ବୋହୂର ଭୂମିକା ବି ତ ନିଭାଇବାକୁ ପଡିବ।"

"ତୁମ ଭିତରେ ଏ ସବୁ ଅଛି ମୁଁ ଜାଣିନି... ଏ ପ୍ରକାରର ଦୁଇଟି ବିରୋଧାତ୍ମକ ଚରିତ୍ରରେ ଖେଳିପାରିବା।"

"ନାହିଁ... ମୁଁ ମଧ୍ୟ ଜାଣେ। ପ୍ରତ୍ୟେକଙ୍କ ସହ ମୋର ଯେଉଁ ସଂପର୍କ ଅଛି... ସେମାନଙ୍କ ସହ ପାରସ୍ପରିକ ବ୍ୟବହାରରେ ମୋର ଘୃଣା, ବିଦ୍ରୋହ ମଧ୍ୟ ପ୍ରକାଶ ପାଇଯାଏ... ସେମାନଙ୍କଠାରୁ ପ୍ରକୃତ ସ୍ୱରୂପ ଲୁଚାଇ ରଖେନି। ସେ ସଂପର୍କ ଯେମିତି ବି ହେଉ, ତାର ସାମ୍ନା ମୋତେ ଓ ସେମାନଙ୍କୁ ଉଭୟଙ୍କୁ କରିବାର ଅଛି, କିନ୍ତୁ ବାହାରେ ସେ ଲୋକମାନଙ୍କ ମାନମର୍ଯ୍ୟାଦା ସକାଶେ ମର୍ଯ୍ୟାଦା ଭିତରେ ରହେ। ଏଇଟା ମୋର ସେମାନଙ୍କ ପ୍ରତି ଉପକାର... ସେମାନେ ଯୋଉ ମୋତେ ପାଠଶାଠ ପଢାଇଲେ ତା'ରଣ ମୁଁ ଏହିପରି ସୁଝିଥାଏ, ମୋ ପାଇଁ ଏହା ବାଧ୍ୟବାଧକତା ହୋଇଥାଇପାରେ, କିନ୍ତୁ ଏହାର କୌଣସି ବିକଳ୍ପ ନାହିଁ ମୋ ପାଖରେ।"

"ମୋତେ ନେଇ ମଧ୍ୟ ତୁମର କୌଣସି ବାଧ୍ୟବାଧକତା ଅଛି?"

"ନାଁ... ଆପଣଙ୍କ ପାଖକୁ ମୁଁ ମୋ ନିଜ ଇଚ୍ଛାରେ ଆସେ। ସତ କହିବାକୁ ଥିଲେ ମୁଁ ଯେଉଁ ଭିତରେ ମୃତବତ୍ ପଡିଥିଲି ତାକୁ ଆପଣ ଜୀବିତ କରିଦେଲେ। ଆପଣ ମୋତେ ଭାବିବା ଶିଖାଇଲେ, ନିଜ ବିଷୟରେ, ଜୀବନ ବିଷୟରେ।"

"ଶିଖି ଗଲ ?"

"ନାଁ... ଆରମ୍ଭ କରିଛି। ଏବେ ଏହି ପ୍ରକ୍ରିୟା ତ ହେଉଛି...ହେଉ ପଛକେ ମୁଁ କେଉଁଠି ପହଁଞ୍ଚେ ଅବା ନ ପହଁଞ୍ଚେ।

ଆଗରୁ ତ କିଛି ବି ହେଉ ନ ଥିଲା।"

"ଆଉ ତୁମେ ଯୋଉ ଏଇଟା କହୁଛ ଯେ- ମୋତେ ନିଜ ସହ ରଖିବେ ?"

"ମୋତେ ଆପଣଙ୍କ ସାହଚର୍ଯ୍ୟ ଦରକାର। ସେଥିପାଇଁ ଯେତେବେଳେ ବି ଆପଣ ଡକାନ୍ତି ଧାଇଁ ପଳାଇ ଆସୁଛି, ଆପେ ଆପଣା ଛାଏଁ ଆସିଯାଉଛି। ଏତିକି ବୁଝିସାରିଛି ଯେ ଆପଣଙ୍କ ସଙ୍ଗ ହିଁ ମୋତେ ଜୀବିତ ରଖିବ।"

"ତୁମେ କେବେ ବି ନିଜଆଡୁ ଦେଖା କରିବାକୁ, ବାହାରେ କେଉଁଠି ଭେଟିବାକୁ ତ କହୁନା।"

"ନିଜକୁ ବି ତ ଅଟକାଉନି। ଯେଉଁଠିକୁ ଆପଣ କହୁଛନ୍ତି ଚାଲିଆସୁଛି, ସତକଥା ତ ଏଇଆ ଯେ, ମୁଁ ନିଜକୁ ଆପଣଙ୍କ ଉପରେ ଲଦି ଦେବାକୁ ଚାହୁଁନି। ଯଦି ବା ଆପଣଙ୍କୁ ଅନୁରୋଧ କରୁଛି ସାଥିରେ ରଖିବାକୁ ତେବେ ଏକଥା ଜାଣେ ଯେ ମୁଁ ଆପଣଙ୍କୁ କିଛି ବି ଦେଇ ପାରିବିନି, କୌଣସି ଦୃଷ୍ଟିରୁ ବି ଆପଣଙ୍କ ଯୋଗ୍ୟ ମୁଁ ନୁହେଁ..."

"ତୁମେ କେମିତି ଜାଣିଲ ଯେ ତୁମେ ମୋର କୌଣସି କାମର ନୁହେଁ। ମୋ ମନରେ ତୁମ ପ୍ରତି ଆକର୍ଷଣ ଅଛି। ତୁମେ ଅନୁଭବ ମଧ୍ୟ କରିପାରୁଥିବ।"

"କରିପାରୁଛି... ଆପଣଙ୍କୁ କହିବାକୁ ମଧ୍ୟ ଚାହୁଁଥିଲି ଯେ ମୋ ଭିତରେ କିଛି ନାହିଁ। ଶରୀର ପ୍ରତି ଆପଣଙ୍କର ରୁଚି ଦେଖାଯାଉଛି, ମୋର ନାହିଁ। ମରି ସାରିଛି ବୋଲି କହିବା ଠିକ ହେବନି କାରଣ କେବେ ଜୀବିତ ହିଁ ନ ଥିଲି। ପ୍ରଥମରୁ ହିଁ ପରିସ୍ଥିତି ଏପରି ରହିଥିଲା ଯେ କେବେ ଜାଗ୍ରତ ହୋଇ ନ ଥିଲି... ଅଥବା ତା ଉପରେ ଏପରି ପ୍ରହାର ହୋଇଥିଲା ଯେ ଅଙ୍କୁରିତ ହୋଇ ପାରିଲିନି। ପୁରୁଷକୁ ପ୍ରଥମରୁ ଯେଉଁ ରୂପରେ ଦେଖିଲି। ସେଥିରେ ମନରେ ଘୃଣା ସୃଷ୍ଟି ହୋଇଗଲା। କେଜାଣି କେମିତି ଆପଣଙ୍କ ନିକଟତର ହୋଇଗଲି... ତେବେ ବି ମୋର ଶରୀର ପ୍ରତି ଆକର୍ଷଣ ନାହିଁ। ଭାବୁଛି କିଛି ଦିନ ଭିତରେ ଆପଣଙ୍କର ମଧ୍ୟ ଏସବୁ କଥାକୁ ନେଇ ମୋ ଭିତରେ ଆକର୍ଷଣ ରହିବନି। ମୁଁ ଆପଣଙ୍କୁ ଆଘାତ ଦେବାକୁ ଚାହୁଁନି, କିନ୍ତୁ କଣ କରିବି। "

ଏହା ପରେ ବି କଣ ଆଗକୁ ବଢିଯାଇ ହେବ ଏବଂ କେଉଁଠିକୁ ? ତଥାପି ଯଦି ମୁଁ ଆଗକୁ ବଢୁଛି ଏବଂ ମୋତେ ଜଣା ଅଛି ଯେ ସେ ପ୍ରତିବାଦ କରିବନି ତା' ହେଲେ ଏଇଟା ତା ଠାରୁ ତାକୁ ଚାକିରି କରାଇ ଦେବାର ମୂଲ୍ୟ ଆଦାୟ କରିବା ହେବ। ମୋତେ ମୋ ନିଜକୁ ପଛକୁ ଫେରାଇ ଆଣିବା ଉଚିତ। ଯିଏ ଭିତରେ ଏତେ ଦୁଃଖୀ ଯେମିତି କି ସିଏ, ତାକୁ ଆହୁରି ଦୁଃଖୀ କରାଯାଇ ପାରିବନି। ମୋ ସାହଚର୍ଯ୍ୟ ସେତିକି ହିଁ ଯେତିକି ତାକୁ ଭରସା ଦେବ, ବଞ୍ଚିବା ପାଇଁ ଶକ୍ତି ଦେବ।

•••

ଦିନେ ସେ ପ୍ରେମ ପ୍ରକାଶଙ୍କୁ ଜଣାଇଲା ଯେ ତା ଘରର ଲୋକମାନେ ଏବେ ରହୁଥିବା ଘର ବିକ୍ରି କରି ଆଉ ଗୋଟେ ଘର କିଣୁଛନ୍ତି। ଟିକେ ଦୂର ହେବ କିନ୍ତୁ ଶସ୍ତା ଓ ବଡ ଅଛି। ଘରସଂପତ୍ତି କଥା... ତେଣୁ ଯଦି ପ୍ରେମ ପ୍ରକାଶ ମଧ୍ୟ ଦେଖି ବୁଝାବୁଝି କରି ନିଅନ୍ତେ ତେବେ ଭଲ ହୁଅନ୍ତା। ଶୁଣିବା ମାତ୍ରେ ହିଁ ପ୍ରେମ ପ୍ରକାଶ ମନା କରିଦେଲେ –

"ଦେଖ ବାବା ! ଯାହା ତୁମ ସହ ଓ ତୁମ ଜୀବନ ସହ ସମ୍ବନ୍ଧୀୟ କେବଳ ସେସବୁରେ ମୁଁ ମୁଣ୍ଡ ଖେଳାଇବି। ତୁମ ଘରର ଲୋକ କଣ ସବୁ କରୁଛନ୍ତି ସେଥିରେ ମୋର କଣ ଯାଏ ଆସେ ! ତାଙ୍କ ଟଙ୍କା ପଇସା... ସେ ଯାହା ଇଚ୍ଛା ସେଇଆ କରିବେ। ହିଁ, ଯଦି ତୁମେ ନିଜ ଟଙ୍କା କେଉଁଠି ଖର୍ଚ୍ଚ କରିବାକୁ ବାହାର ଓ ମୋତେ ପଚାରିବ ତା ହେଲେ ମୁଁ ମୋ ମତ ଦେଇଦେବି। ଯଦି ପଚାର ତେବେ..."

"ମୋ ନିଜ ଟଙ୍କା... କୋଉଠି ?"

"ତୁମକୁ ଯୋଉ ଦରମା ମିଳୁଛି, ଚାରି ହଜାର ଟଙ୍କା ମାସକୁ। ନଗଦ ମିଳୁଛି ନା ଚେକ୍ ?"

"ନଗଦ"

"କଣ କରୁଛ ସେ ଟଙ୍କା"

"ତାଙ୍କୁ ଦେଇ ଦିଏ, ଇଏ କେବେ ପୁରା ଟଙ୍କା ଓ କେବେ ଅଳ୍ପ କିଛି ମାଆଙ୍କୁ ଦେଇଦିଅନ୍ତି।"

ପ୍ରେମ ପ୍ରକାଶ ମନେ ମନେ ରାଗିଗଲେ। କଣ ଏଇଥି ପାଇଁ ଯାକୁ ଚାକିରି କରାଇ ଦେଇଥିଲି ଯେ ସେ ଘରର ରୋଜଗାରରେ ସାହାଯ୍ୟ କରିବ ? ସେ ନିଜର ବ୍ୟାଙ୍କ ଖାତାରେ ଜମା କରାଇଥାନ୍ତା, ତା ନିଜର କିଛି ବ୍ୟାଙ୍କ ବାଲାନ୍ସ ବଢିଥାନ୍ତା, ସେଥିରେ ତାର ନିଜର ଆତ୍ମବିଶ୍ୱାସ ମଧ୍ୟ ବଢିଥାନ୍ତା। ସେ ଜାଣି ନ ଥିଲେ ଯେ ସେ

ଏତେ ମୂର୍ଖ ହୋଇଥିବ ବୋଲି । ରୋଜଗାର କରୁଥିବା ପ୍ରତ୍ୟେକ ସ୍ତ୍ରୀ ଲୋକ ସ୍ୱାଭାବିକ ଭାବେ ନିଜ ରୋଜଗାର ଅଲଗା ରଖେ । ପତି ଘର ଚଳାଏ, କାରଣ ପତ୍ନୀ ଯଦି କିଛି ନ କରିଥାନ୍ତେ ତା ହେଲେ ଘର ଖର୍ଚ୍ଚ ତ ତାକୁ ହିଁ ଉଠାଇବାକୁ ପଡିଥାନ୍ତା... ସେଥିପାଇଁ ଯେପରି ବିବାହରେ ମିଳିଥିବା ଧନ ସ୍ତ୍ରୀଧନ, ସେହିପରି ଝିଅଟିର ରୋଜଗାର ମଧ୍ୟ ଝିଅଟିର ହୋଇଥାଏ । ଆଇନ ଅନୁଯାୟୀ ମଧ୍ୟ... । କିନ୍ତୁ ୟାକୁ ଦେଖ - ଗୋଟେ ପଟେ ସେମାନଙ୍କୁ ଡରି ଡରି ରହୁଛି, କେବେ କେମିତି ସେମାନଙ୍କ ବି ପ୍ରତିବାଦ କରୁଛି, ପୁଣି ଆଉ ଗୋଟେ ପଟେ ମାସଟାଯାକର ଦରମା ଟଙ୍କା ନେଇ ସେମାନଙ୍କ ପାଦତଳେ ଢାଳି ଦେଉଛି ।

"ଆଉ ତୁମ ନିଜ ଖର୍ଚ୍ଚ ?"

"ଯେତେବେଳେ ଯୋଉ ଜିନିଷ ଦରକାର ହୁଏ ତାକୁ ମାଗିନି । ସ୍କୁଟିରେ ପେଟ୍ରୋଲ ପକେଇବା ପାଇଁ, ନିଜ ପାଇଁ କୌଣସି ଡ୍ରେସ କିଣିବାକୁ... ପୁଅ ପାଇଁ କିଛି..."

"ମାନେ ଚାକିରି କରିବା ସତ୍ତ୍ୱେ ବି ଭିକ ମାଗିବା ପରିସ୍ଥିତିରେ ଅଛ !"

ସେ କିଛି କହିଲାନି । ପ୍ରେମପ୍ରକାଶଙ୍କର ବିରକ୍ତି ଭାବକୁ ସେ ଚୁପଚାପ ସହିଯାଉଥିଲା । କିଛି ସମୟ ନୀରବ ରହିବାରୁ ପ୍ରେମପ୍ରକାଶ ଟିକେ ନରମିଗଲେ । ସେ କଣ କରିବ ଯଦି ତା ପରିବାର ସେ ପ୍ରକାର ମଧ୍ୟବର୍ଗୀୟ ବ୍ୟବସ୍ଥାକୁ ଆଜି ଯାଏଁ ମାନି ଆସୁଛନ୍ତି । ଯୌଥପରିବାରରେ ଏଇ ଥିଲା ଯେ ରୋଷେଇ ପରି ଟଙ୍କା ମଧ୍ୟ ଗୋଟିଏ ଯାଗାରେ ରହିବ... କିନ୍ତୁ ସେତେବେଳେ ସ୍ତ୍ରୀ ଲୋକମାନେ ରୋଜଗାର ବି କୋଉ କରୁଥିଲେ ! ସେ ବାହାରେ ଚାକିରି କରିବାକୁ ବାହାରିଲା ଏବଂ ଘରର ଯୌଥପରିବାରର ନିୟମକୁ ମଧ୍ୟ ବୋହିଚାଲିଲା । ତା' ପରିବାରର ଲୋକେ ଶୋଷଣ କରିବାର ଏପରି ଭଲଉପାୟ ବାହାର କରିଥିଲେ- ସେ ରୋଜଗାର ବି କରିବ ଆଉ ତା'ନିଜ ରୋଜଗାର ଉପରେ ତାର ଅଧିକାର ବି ରହିବନି ।

"ତୁମେ ବ୍ୟାଙ୍କରେ ତୁମର ଏକ ଅଲଗା ଖାତା ଖୋଲିଲ ?"

"ନାଁ.... କଣ ରଖିବି ସେଥିରେ !"

"ପୁରା ଦରମା ନ ହେଲେ ବି ସେଥିରୁ କିଛି କାଟିକି ରଖ, ନିଜର ଖର୍ଚ୍ଚ ପାଇଁ । ସେଇଟା ନେଇ ବ୍ୟାଙ୍କରେ ରଖ ।"

"ମୋତେ କେତେ ଦରମା ମିଳୁଛି ସେ ଜାଣିଛନ୍ତି । ପୁରା ରଖେ କି ଅଧା, ମନାନ୍ତର ତ ସେତିକି ହୋଇ ହିଁ ଯିବ । ଅଶାନ୍ତି ତ କେବଳ ଏତିକି କଥାରେ ଆରମ୍ଭ ହୋଇଯିବ ଯେ ମୁଁ ଅଲଗା ଖାତା ଖୋଲିବି । ଶାଶୁ ଶ୍ୱଶୁର କହିବେ- ଏ ତୋର

ମୋର କଣ, ତୋ ସ୍ୱାମୀର ଆଉ କୋଉ ଭାଇ ଅଛି କି ଯେ ଏମିତି କରିବାର ଆବଶ୍ୟକତା ପଡିଲା, ସବୁ କିଛି ତ ତୋର। କିନ୍ତୁ ମୁଁ ଜାଣିଛି କିଛି ବି ମୋର ନୁହେଁ। ସେତେବେଳେ ମୁଁ ଇଣ୍ଟର ଯାଏ ପଢିଥିଲି, ବାହାଘର ପରେ ବି.ଏ, ଏମ୍.ଏ, ଏମ୍.ଫିଲ... ତେଣୁ ମୋ ସ୍ୱାମୀ ସବୁବେଳେ ଶୁଣାଉଛନ୍ତି ଯେ ମୁଁ ତୋତେ ପଢେଇଲି। ମୁଁ ଭାବିଛି ଯେ କେବେ ନା କେବେ ତାଙ୍କର ସବୁ ପଇସା ସୁଝି ଦେବି। ମୁଁ ସେ ଘରେ ନିଜ ଦରମା ଟଙ୍କା ଦେଉଛି ଏଥିପାଇଁ ଯେ ମୁଁ ସେଠି ରହୁଛି, ଖାଉଛି ପିଉଛି। ପଢା ସରିବାପରେ ଏବେ ଆଉ ଆଗକୁ ତାଙ୍କ ଦୟାର ପାତ୍ର ହେବାକୁ ଚାହୁଁନି।"

"ତୁମକୁ ଏ କଥାର ଶ୍ରେୟ କେହି ଦେବେ ?"

"ନ ଦିଅନ୍ତୁ... କିନ୍ତୁ ମୋତେ ତ ସନ୍ତୋଷ ମିଳିବ। ମୋ ବ୍ୟବହାରକୁ ନେଇ ଯେତେବେଳେ କେହି ଆପତ୍ତି କରିବେ, ତେବେ କହିପାରିବି ଯେ ନିଜ ରହିବା ଖାଇବା ପାଇଁ ମୁଁ ଘରକୁ ଖର୍ଚ୍ଚ ଦେଉଛି... ମାସ ପୁରିବା ପୂର୍ବରୁ ହିଁ।"

କେତେ ଆତ୍ମସମ୍ମାନ ! ପ୍ରେମପ୍ରକାଶ ଆଚମ୍ବିତ ହୋଇ ରହିଗଲେ। ତାକୁ ସ୍ନେହରେ ବୁଝାଇବାକୁ ଲାଗିଲେ -

"ଦେଖ, ତୁମ ପରିସ୍ଥିତିରେ ଜରୁରୀ ଅଟେ ଯେ ତୁମେ ବ୍ୟାଙ୍କରେ ନିଜର ଖାତା ଖୋଲ। ସେଥିରେ ଯେତେ ଟଙ୍କା ରହିବ, ତୁମର ଆତ୍ମବିଶ୍ୱାସ ସେତେ ବଢିବ।"

"ଆତ୍ମବିଶ୍ୱାସ କଣ ଟଙ୍କା ପଇସାରୁ ଆସେ ?"

"ତା ହେଲେ ଆଉ କୋଉଠୁ... ?"

"ଆପଣଙ୍କ ଠାରୁ..."

ସେ ତାଙ୍କୁ ସ୍ଥିର ଦୃଷ୍ଟିରେ ଚାହିଁ ରହିଲା। ତା ମୁହଁ ନାଲି ପଡି ଆସୁଥିଲା, ତାର ଜଳନ ସେ ନିଜେ ଅନୁଭବ କରି ପାରୁଥିଲେ।

"ହଁ ଏଇଟା ସତ," ଟିକେ ରହିଯାଇ ସେ କହିଲା -

"ଆପଣ ଥିଲେ ମୋ ଭିତରେ ଆତ୍ମବିଶ୍ୱାସ ଆସିଯାଏ।"

ପ୍ରେମପ୍ରକାଶ ଭିତରେ ଭିତରେ ବ୍ୟଥିତ ହେଲେ... ସେ ଘରର ଆଶ୍ରିତା ଏପଟେ ତାଙ୍କ ଉପରେ ନିର୍ଭରଶୀଳ ହୋଇଯାଉଛି। ସେ କରି ଦେଉଛନ୍ତି।

"ଦେଖ, ତୁମକୁ ଆତ୍ମନିର୍ଭରଶୀଳ ହେବାକୁ ପଡିବ ଏବଂ ତାର ଗୋଟିଏ ପାହାଚ ହେଲା ନିଜର ବ୍ୟାଙ୍କ ବାଲାନ୍ସ ରହିବା, ଯେତେ କମ୍ ପରିମାଣରେ ହେଉ ପଛକେ। କୁହ ଖୋଲିବଖାତା ?"

"ଯଦି ଆପଣ କହିବେ ତା ହେଲେ କାହିଁକି ନୁହେଁ? ଟ୍ୟୁସନ କଲେ ସେ ଟଙ୍କା ରଖିବି ସେଥିରେ।"

"ହଁ, ଏଇଟା ହେଲା ନା ଗୋଟେ କଥା। ମୁଁ ତୁମର ପରିସ୍ଥିତି ବୁଝିପାରୁଛି, ଚୁପଚାପ୍ ତୁମର ଗୋଟେ ଆକାଉଣ୍ଟ ଖୋଲିଦେବି, ସେମାନେ ଜାଣି ବି ପାରିବେନି।"

"ସେ ଘର କଥାଟିକେ ଦେଖିବେ?"

"ମୁଁ କହିଲି ନା, ଏଇଟା ସେମାନଙ୍କ କଥା, ତୁମର ନୁହେଁ। ଆମେ ଏଇ ସୀମା ଗୋଟେ ରଖିଦେବା ଯେ ତୁମ ସହ ଯେଉଁ କଥା ଘଟଣା ସମ୍ବନ୍ଧିତ, ଯାହା ତୁମକୁ ପ୍ରଭାବିତ କରେ, ସେଇ କଥାରେ ହିଁ ମୁଁ ମୁଣ୍ଡ ଖେଳାଇବି, ତୁମ ଘରର ପ୍ରତ୍ୟେକ କଥାରେ ନୁହେଁ।"

ସେ ଏକଥା ଉପରେ ଆଉ କିଛି ବି କହିଲାନି। ସେ କୌଣସି ଦୃଷ୍ଟିରୁ ବି ଅପ୍ରସନ୍ନ ବା ନିରାଶ ନ ଥିଲା, ଭାବୁଥିଲା ଯେ ଏଇଟା ପ୍ରେମ ପ୍ରକାଶଙ୍କର ନିଜ ନିଷ୍ପତ୍ତି, ତାଙ୍କୁ ବାଧ୍ୟ କରାଯାଇ ପାରିଥାନ୍ତା। ଚାକିରି ପାଇଁ ମଧ୍ୟ ତାଙ୍କୁ କେହି କହି ନ ଥିଲେ, ତାଙ୍କ ନିଜର ଇଚ୍ଛା ହୋଇଥିଲା।

ପାଖାପାଖି ଗୋଟିଏ ମାସ ପରେ ପ୍ରେମପ୍ରକାଶ ଦେଖିଲେ ସବୁ ଗୋଳମାଳ ହୋଇଯାଇଛି। ସେ କିଛି ବି ଜଣାଇ ନଥିଲା। ସେ ଏମିତି ହିଁ ବୁଲିବା ପରି ତା' ଘରକୁ ଚାଲି ଯାଇଥିଲେ, ସେତିକିବେଳେ ତା ଶ୍ୱଶୁରଙ୍କଠାରୁ ସାରା ଘଟଣା ଶୁଣିବାକୁ ମିଳିଥିଲା। ଯୁବାଗୁରୁ ନିଜର ଶିଷ୍ୟ ଉପରେ ମାତ୍ରାଧିକ ବିଶ୍ୱାସ କରି ନିଜର ଘରର ବିକ୍ରି କାଗଜପତ୍ର ଉପରେ ଦସ୍ତଖତ କରିଦେଲା, ବାପାଙ୍କଠୁ ମଧ୍ୟ କରେଇନେଲେ। କାଗଜ ଅନୁସାରେ କିଣିବା ଲୋକକୁ ବିକ୍ରୟ ରାଶିର ଏକ ଛୋଟ ଅଂଶ ଆରମ୍ଭରୁ ଦେବାରଥିଲା ଆଉ ବାକି, ଯେବେ ଏମାନେ ପୁରା ଘର ଖାଲି କରିଦେବେ। ଯାହାର ନାମ କିଣିବା ଲୋକ କହିବ ତା ନାଁ ରେ ଘରର ରେଜେଷ୍ଟ୍ରି କରିବାର ଥିଲା। ସ୍ପଷ୍ଟ ଥିଲା ଯେ ବିକ୍ରିବଟାର ବୁଝାମଣା କଥା କେହି ଜଣେ ଦଲାଲ କରିଥିଲା, ଯିଏ କି ଘରକୁ କୌଣସି ତୃତୀୟ ବ୍ୟକ୍ତିକୁ ବିକ୍ରି କରି ମଝିରେ ନିଜ ପାଇଁ କିଛି ମୋଟା ଅଙ୍କ ରଖିନେବାକୁ ଚାହୁଁଥିଲା। ଏମାନଙ୍କୁ ନିଜେ ରହିବା ପାଇଁ ନୂଆ ଘର ମିଳିବନି ଯେପର୍ଯ୍ୟନ୍ତ ସଂପୂର୍ଣ୍ଣ ମୂଲ୍ୟ ଦିଆ ନ ସରିଛି ଆଉ ସେଇଟା କେମିତି ଦେଇ ଦିଆଯାଇଥାନ୍ତା ଯେପର୍ଯ୍ୟନ୍ତ ପୁରୁଣା ଘର ବିକ୍ରୀର ପଇସା ସଂପୂର୍ଣ୍ଣ ରୂପେ ନ ମିଳିଛି। ପୁରା ଟଙ୍କା ମିଳିବା ଆଗରୁ ହିଁ ଘର ଖାଲି କରିଦେଲେ... ତା ପରେ କଣ ଗ୍ୟାରେଣ୍ଟି ଯେ ଆଉ ବାକି ମିଳିବ କି ନାହିଁ।

ଦଲାଲର ଗୁଣ୍ଡାମାନେ ଏମାନଙ୍କୁ ଡରାନ୍ତି ଧମକାନ୍ତି, ଏମାନଙ୍କର ଘରର କାଗଜ ଦେଖାନ୍ତି ଆଉ ସବୁଦିନ ଗାଳିଗୁଲଜ କରିବାକୁ ଆସି ପହଞ୍ଚି ଯାଆନ୍ତି... ଯେ ଘର ଖାଲିକର। କେବେ କେବେ ତ ସେ ଝିଅକୁ ବାହାରିଆସି ସେଇ ପୁରୁଷମାନଙ୍କୁ ସାମ୍ନା

କରିବାକୁ ପଡିଥାଏ। ସେ ଜଣେ ମହିଳା! ଆଉ ସେ ପ୍ରେମପ୍ରକାଶଙ୍କୁ କିଛି ବି ଜଣେଇଲାନି? କିଛି ସମୟ ପାଇଁ ପ୍ରେମପ୍ରକାଶ ତାକୁ ଏକୁଟିଆ ପାଇ ଅଭିଯୋଗ କଲେ -

"ଜଣେଇଲନି କାହିଁକି...?"

"ଆପଣ ଏ ସବୁ ଘଟଣାରୁ ଦୂରେଇ ରହିବାକୁ କହିଥିଲେ ବୋଲି।"

"ମୁଁ ଏଇଆ ବି ତ କହିଥିଲି ଯେ ଯୋଉ କଥା ତୁମକୁ ପ୍ରଭାବିତ କରୁଥିବ..."

"ୟାଙ୍କୁ ଦେଖନ୍ତୁ, ଶିଷ୍ୟ ବୋଲି ଏତେ ବିଶ୍ୱାସ କଲେ ଯେ ସେ ଯାହା ବି କିଛି ଏଗ୍ରିମେଣ୍ଟ କାଗଜରେ ଲେଖିଆଣିଲା ତା ଉପରେ ଦସ୍ତଖତ କରିଦେଲେ। ମଣିଷ ଚିହ୍ନିବା ଗୁଣ ଟିକେ ବି ନାହିଁ। ଯାହା ଲେଖାହେଉଥିଲା ତାକୁ ପଢନ୍ତି ବି ନାହିଁ। ଭୁଲ ତାଙ୍କ ବାପାଙ୍କର ମଧ୍ୟ ଅଛି- ସେ ତ ଦୁନିଆଁ ଦେଖିଛନ୍ତି, ସେ କଣ ଅଟକାଇ ପାରି ନ ଥାନ୍ତେ? ଜମିବାଡି ସଂପତ୍ତି ତାଙ୍କର, ସେ କଣ ଭାବିକି ଦସ୍ତଖତ କଲେ। ଏବେ ଘାଣ୍ଟି ହେଉଛି ମୁଁ। ଯିଏ ବି ଧମକ ଦେବାକୁ ଆସୁଛି ତାକୁ ମୋତେ ହିଁ ସାମ୍ନା କରିବାକୁ ପଡୁଛି। ଇଏ କହୁଛନ୍ତି ଖାଲିକରିଦେବା... କୁଆଡେ ଯିବି ପରିବାର ଓ ପିଲାଙ୍କୁ ଧରି, କଣ ରାସ୍ତାରେ ପଡିରହିବି। ୟାଙ୍କୁ ଲଜ୍ଜା ଆସେନି, ଘରର ପୁରୁଷ ସୁରକ୍ଷା ଦିଏ ଆଉ ଇଏ ଓଲଟି କହୁଛନ୍ତି ଯେ ଘର ଖାଲି କରିଦେବା। ଯେଉଁଠି ବି ହେଉ ଗୋଟେ ରହିଯିବା କିଛି ଦିନ ପାଇଁ, ନୂଆ ଘର ତିଆରି ହେବା ମାତ୍ରେ ସେଠିକୁ ଚାଲିଯିବା।"

ତା ଦେହ ଯେମିତି ଜଳୁ ଉଠୁଥିଲା। ମୁହଁଟି ନିଆଁ ଝୁଲ ପରି ଲାଲ, ଆଖି ଫୁଲିବା ପରି। ବହୁତ ଦିନରୁ ଶୋଇ ନ ଥିଲା। ଏକୁଟିଆ ଥିବା ବେଳେ କାନ୍ଦୁଥିଲା, ସମସ୍ତେ ଥିବା ବେଳେ ଟୋପାଏ ବି ଲୁହ ଗଡାଉ ନ ଥିଲା।

"କହୁଚନ୍ତି, ଭୁଲ ହୋଇଗଲା, ମୋ ଦ୍ୱାରା ହେଲାନି ଯଦି ତୁ କରିଦେ। ନିଜେ କଥାକୁ ବିଗାଡି ଦେଇ ଏବେ ମୋତେ ଆଗକୁ ଠେଲି ଦେଉଛନ୍ତି।"

"ହଉ ହଉ, ଶାନ୍ତ ହୋଇଯାଅ।"

"କେମିତି ଶାନ୍ତ ହୋଇଯିବି..." ସେ ପ୍ରେମପ୍ରକାଶଙ୍କ ଉପରେ ମଧ୍ୟ ବର୍ଷିଗଲା.... "ଏ ଲୋକଟା ସାଙ୍ଗରେ କିଏ କେମିତି ରହିପାରିବ ଯିଏ ଗୋଟେ ଭଲ ସୁନ୍ଦର ଘରୁ ବାହାରିଆସି ସ୍ତ୍ରୀ ପିଲାଙ୍କୁ ରାସ୍ତା ଉପରେ ଫିଙ୍ଗିଦେବାକୁ ବି ରାଜି।"

ପ୍ରେମପ୍ରକାଶ ତାର ଏ ରୁଦ୍ର ରୂପ ପ୍ରଥମ ଥର ପାଇଁ ଦେଖିଲେ କ୍ରୋଧରେ ଥରିଯାଉଥିଲା ପତଳା ନହକା ଦେହ, ତୀକ୍ଷ୍ଣ ସ୍ୱର, ଛଳଛଳ ଆଖି,ଅସ୍ତ ବ୍ୟସ୍ତ ପୋଷାକ, ଆଖି ଫୁଲା ଫୁଲା ଓ ଆଖିତଳେ ଲାଲଲାଲ ଚିହ୍ନ। ସେ ଯେତେବେଳେ କହୁଥିଲା

ତାର ପୁରା ଶରୀର ଥରି ଯାଉଥିଲା, ଯେମିତି ପତଳା ଡାଳ ଖଣ୍ଡେ ବର୍ଷା ପବନରେ ଏପଟସେପଟ ଦୋହଲି ଯାଏ, ଭାଙ୍ଗି ପଡିବାପରି ଲାଗୁଥାଏ।

ପ୍ରେମପ୍ରକାଶ ସେ ଘର ବିକ୍ରିର କାଗଜପତ୍ର ଯୁବାଗୁରୁଠାରୁ ଆଣି ପଢିଲେ, ତାଙ୍କୁ ନିଜ ପାଖରେ ବସାଇଲେ ଓ ତା ସହ ହିଁ କଥା ହେଲେ।

"ଦେଖ ଭାଇ, ଏ କାଗଜ ପତ୍ରରେ ତ ସ୍ପଷ୍ଟ ଭାବରେ ସେମାନଙ୍କ ସପକ୍ଷରେ ଲେଖାହୋଇଛି। ଅଳ୍ପ ଟିକେ ପଇସା ପତ୍ର ପାଇ ହିଁ ଘର ସେମାନଙ୍କୁ ଦେଇଦେବା... ଏମିତି କିଏ କରେ। ଏ କଥା ମନେରଖ ଯେ ଯଦି ତୁମେ ତାଙ୍କୁ ଘରଟା ଛାଡିଦିଅ ତେବେ ଆଗକୁ ଆଉ ଆଦୌ ଟଙ୍କା ପଇସା କିଛି ବି ମିଳିବନି।"

"ସେ କହୁଛି, ଅଗ୍ରୀମ ତାରିଖ ପକାଇ ଚେକ ନେଇନିଅ।"

"ଅର୍ଥାତ ତା ପଛେ ପଛେ ଧାଉଁଥାଅ। ଆପଣ ବି ତ ଘର କିଣୁଛନ୍ତି... କଣ ବିକିବା ଲୋକ ଆପଣଙ୍କ ଏମିତି କଥାରେ ରାଜିହେବ।"

ତାକୁ ପଚାରିଲି... "କହିଲା ଏଠି ଆମର ଏ ସିଷ୍ଟମ ନାହିଁ।"

"ତାହେଲେ... ଏଥିରେ ପୁଣି ଏଇଆ ବି ଭୁଲ ହୋଇଛି ଯେ ଏ ଏଗ୍ରିମେଣ୍ଟ ଭାଙ୍ଗିଦେଲେ, ଆପଣଙ୍କୁ ଯୋଉ ଟଙ୍କା ମିଳିଛି ତା ଉପରେ ୧୮ ପ୍ରତିଶତ ସୁଧ ଦେବେ।"

"ହଁ ଭୁଲ ତ ହୋଇଗଲା।"

"ତା ହେଲେ ଏବେ... ପ୍ରଥମ କଥା ତ ଏଇଆ ଯେ ଏ ଘର ଆପଣ ଯେ ପର୍ଯ୍ୟନ୍ତ ଖାଲି କରିବେନି, ଯେଉଁ ପର୍ଯ୍ୟନ୍ତ କିଣିବା ଲୋକ ପୁରା ଟଙ୍କା ଦେଇ ନ ସାରିଛି..."

"କିନ୍ତୁ ଏଗ୍ରିମେଣ୍ଟ ତ ଏଇଆ ହୋଇଛି ଯେ ପୁରା ଟଙ୍କା ସେ ଆମେ ଘର ଖାଲି କରିବା ପରେ ହିଁ ଦେବ।"

"ହେଇଥିବ। ଆପଣ ତାଙ୍କୁ କୁହନ୍ତୁ ଯେ ଆପଣ ଯିବେ କୁଆଡେ। ସେ ପୁରା ଟଙ୍କା ଦେଇଦେଲେ ସିନା ଆପଣ ସାଙ୍ଗେସାଙ୍ଗେ ନୂଆ ଘର ନେଇ ନେବେ ଆଉ ସେଠିକୁ ଚାଲିଯିବେ ତାଙ୍କୁ ପୁରା ଟଙ୍କା ମିଳିବା ପରେ ହିଁ ଦେବେ - ଏଇ କଥାରେ ଆପଣଙ୍କୁ ଦୃଢ ରହିବାକୁ ହେବ, ଆଉ ବୁଝାମଣା ଏଗ୍ରିମେଣ୍ଟ କିଛି ନୁହେଁ।"

"ସେ କହୁଛି ଯେ ଦିନେ ଚାରିଜଣଲୋକ ନେଇକି ଆସିବ ଓ ଜିନିଷ ପତ୍ର ଫୋପାଡି ଦେବ।"

"ବାଃ! କେମିତି ଫିଙ୍ଗିଦେବ। ଏଇଟା ଘର ବିକ୍ରି ହେବା ପାଇଁ, ଏଗ୍ରିମେଣ୍ଟ

ଏ ଯାଏଁ ବିକ୍ରି ହୋଇନି, ଘର ଆପଣଙ୍କର ହୋଇ ରହିବ ଯେ ପର୍ଯ୍ୟନ୍ତ ରେଜିଷ୍ଟ୍ରି ନ ହୋଇଛି। ଏବେ ପାଇଁ କେବଳ ସାହସର ସହ ନିଷ୍ପତିରେ ଅଟଳ ହୋଇ ରହିବାକୁ ପଡିବ। ଘର ଛାଡ଼ିବାର ନାହିଁ, ଯେ ପର୍ଯ୍ୟନ୍ତ ପୁରା ଟଙ୍କା ନ ମିଳିଛି।"

●●●

ତୁମେ ଚାଲିଆସିଲ, ତାକୁ ସାହସର ସହ ନିଜ ନିଷ୍ପତ୍ତିରେ ଅଟଳ ରହିବାର ଉପଦେଶ ଦେଇ... କିନ୍ତୁ ଯେତେବେଳେ ଗୁଣ୍ଡାମାନେ ଧମକ ଦେଇ ତା ଘରେ ପଶିବେ ସେତେବେଳେ ସେମାନଙ୍କୁ ସାମ୍ନା କିଏ କରିବ... ଏକା ସେ ହିଁ? ତା ପାଇଁ ତୁମେ କିଛି କଲ? ଏଥର କାହିଁକି ପୁଣି ଥରେ କହିଦେଇ ଆସିଲନି ଯେ ଏଇଟା ସେମାନଙ୍କ କଥା, ସେମାନେ ବୁଝିବେ। ନାଁ, ତୁମକୁ ତ ସାହାଯ୍ୟ କରିବାର ଅଭିନୟ କରିବାର ଥିଲା... ଏ ଅଭିନୟ କରିବା ତୁମ ପାଇଁ ଆବଶ୍ୟକ, କାରଣ ତୁମେ ସମାଜସେବୀ ଅଟ। ତୁମେ ଦେଖିଲ, କୌଣସି ସଂସ୍ଥା ସହ ସଂଶ୍ଳିଷ୍ଟ ହୋଇ ସମାଜ ସେବା କରି ଚାଲିବା ଗୋଟିଏ କଥା, ଗୋଟିଏ ଜୀବନକୁ... ଜଣେ ବ୍ୟକ୍ତିଙ୍କୁ ସମ୍ଭାଳିବା ପୁରାପୁରି ଅଲଗା କଥା। ତୁମେ ଅନ୍ୟମାନଙ୍କୁ, ନିଜକୁ ଦେଖାଇବାକୁ ଚାହଁ ଯେ ତୁମେ ଦୟାଳୁ ଅଟ। ତୁମେ ଲାସ୍କିଙ୍କର "ଦ କୁକୁଜ୍ ନେଷ୍ଟ" ପଢିଛ - ଯେପରି କୋଇଲି କାଉମାନଙ୍କ ଦ୍ୱାରା ନିଜର ପିଲାକୁ ବଡ କରି ନିଜକୁ ପିଲା ପାଳିବାର ଭ୍ରମ ଦେଇଥାଏ, ଅଥବା ଯେପରି ଅଫିସରମାନଙ୍କ ପତ୍ନୀମାନେ ସମାଜସେବା କରନ୍ତି- ସେମାନଙ୍କ ଭିତରେ ସମାଜସେବୀର ପ୍ରକୃତ ଭାବନା ବଦଳରେ ନିଜକୁ ଏଇଆ ବିଶ୍ୱାସ କରାଇବାର ପ୍ରୟାସ ବେଶୀ ରହିଥାଏ ଯେ ସେମାନେ ସମାଜସେବା ପରି ବଡ କାମରେ ଲାଗିରହିଛନ୍ତି - ତୁମେ ସେହି ପତ୍ନୀ ଓ କୋଇଲିମାନଙ୍କ ଠାରୁ ଆଉ ବେଶୀ କଣ କି!

ଅସଲରେ ତୁମେ ଭାରି ଚାଲାକ ଜନ୍ତୁ ଅଟ। ପ୍ରଥମେ ଗୋଟିଏ ସୀମା ଟାଣି ନିଜକୁ ସୁରକ୍ଷିତ କରିନେଉଛ, ପୁଣି ସେହି ସୀମା ଭିତରୁ ହିଁ ଅନ୍ୟମାନଙ୍କୁ ସାହାଯ୍ୟର ହାତ ବଢାଉଛ... ଏପରି ଭାବରେ ଯେ ତୁମର ଟିକେ ମଧ୍ୟ ଅସୁବିଧା ହେବନି ଏବଂ ତୁମକୁ ଅନ୍ୟମାନଙ୍କୁ ସାହାଯ୍ୟ କରିବାର ଭାବନାତ୍ମକ ତୃପ୍ତି ମିଳିବ। ତୁମେ ତାଙ୍କ ଲଢେଇ ନିଜ ଘରେ ବସି ଲଢିବ... କାହିଁକି? ଯୁଦ୍ଧକ୍ଷେତ୍ର ତ ସେଇଠି ଅଛି ତାଙ୍କ ଘର ବାହାରେ, ସେଠାକୁ କାହିଁକି ଯାଉନ?

ତୁମେ ନିଜକୁ ଏଇ ଭ୍ରମରେ ରଖିବାକୁ ଚାହୁଁଛ ଯେ ଯେଉଁଠି ସମସ୍ୟା ଦେଖିଲି ସେଠାରେ ତତ୍‌କ୍ଷଣାତ୍ ଯାଇ ପହଞ୍ଚି ଯାଉଛି। ପ୍ରକୃତ କଥା ହେଲା ତୁମେ ଏସବୁ ଆଖ

ପାଖରେ ଲୋକମାନଙ୍କୁ ଦେଖାଇବାକୁ ଚାହୁଁଛ। ଏ ସମୟରେ ତୁମେ ତାକୁ ଦେଖାଇବାକୁ ଚାହୁଁଛ।

ତୁମେ ଏସବୁ ଝିଂଝଟ ଭିତରେ କେବଳ ଏଥିପାଇଁ ପଡିଛ ଯେ ସେଠି ସେ ଅଛି... ସେଥିପାଇଁ... ତାଆରି ପାଇଁ ତୁମେ। ଏପରି ଯଦି ଅନୁଭବ କରୁଛ ତେବେ ଏଥିରେ କୌଣସି ଭୁଲ ନାହିଁ। ତାକୁ ସାହାଯ୍ୟ କରିବାରେ କୌଣସି କ୍ଷତି ନାହିଁ କିନ୍ତୁ ଏ ଅଧା ସାହାଯ୍ୟ... କେବଳ ଉପଦେଶ ଦେଇ ଚାଲି ଆସିଲ! ତୁମେ ସେଦିନ କାହିଁକି ନିଜକୁ ଦୂରେଇ ରଖିଥିଲ, ଯେତେବେଳେ ସେ କହିଥିଲା ଯେ ଘରସଂପତ୍ତି କଥା, କାଗଜ ପତ୍ରକୁ ତୁମେ ବି ଟିକେ ଦେଖିନିଅ। ଦେଖି ଦେଇ ଥାନ୍ତ ଯଦି ହୁଏତ ଏ ପରିସ୍ଥିତି ସୃଷ୍ଟି ହୋଇ ନ ଥାନ୍ତା। ତୁମର ଯୁକ୍ତି ଏଇଆ ଥିଲା ଯେ ତୁମେ ସେଇଠି ହସ୍ତକ୍ଷେପ କରିବ ଯୋଉଠି ସେ ପ୍ରଭାବିତ ହେଉଥିବ। ତା ଘରର କୌଣସି ସମସ୍ୟା ହେବ ସେ ପ୍ରଭାବିତ ନ ହୋଇ ରହିପାରିବ କି? ଦେଖିଲ ତୁମେ? ଏସବୁ ପୁରା ଘଟଣା ଭିତରେ ସବୁଠୁ ଅଧିକ କିଏ ଘାଣ୍ଟି ହେଉଛି ... ସବୁଠୁ ଅଧିକ ଅସୁରକ୍ଷିତ ତା ଛଡା ଆଉ କିଏ ହୋଇଛି?

ତେବେ କାହିଁକି ଏହା ମାନି ନିଆ ନ ଯିବ ଯେ ଏସବୁ ପାଇଁ ତୁମେ ମଧ୍ୟ ସେତିକି ଦାୟୀ ଯେତିକି ତା ସ୍ୱାମୀ ଓ ତା ଶ୍ୱଶୁର!

ପଶ୍ଚାତାପ ହେଉଛି ଯେ ମୁଁ ସେତେବେଳେ ତା କଥା କାହିଁକି ମାନିଲିନି। ମୁଁ ନିଶ୍ଚୟ କହିଥାନ୍ତି ଯେ ଦସ୍ତଖତ କରିବା ପୂର୍ବରୁ ମୋତେ ବିକ୍ରିର ଏଗ୍ରିମେଣ୍ଟ କାଗଜ ପତ୍ର ଦେଖାଅ। ଆଉ ଏହି ବଡବଡ ଭୁଲକୁ ମୁଁ ନିଶ୍ଚୟ ଧରି ନେଇଥାନ୍ତି। ଯେ କେହି ବି ଧରି ପାରିଥାନ୍ତା। ଯୁବାଗୁରୁ ନିଜର ସାଙ୍ଗକୁ ବିଶ୍ୱାସ କରି ଦସ୍ତଖତ କରିଦେଲା ଆଉ ତା ବାପା ପୁଅକୁ ବିଶ୍ୱାସ କରି। ସେ ଯଦି ଦେଖିଥାନ୍ତ ତା ହେଲେ ନିଶ୍ଚୟ ସେ ଜାଣିପାରିଥାନ୍ତ। ଏତେ ଶିକ୍ଷିତା ଓ ବୁଦ୍ଧିମତୀ ମଧ୍ୟ ଅଟେ। କିନ୍ତୁ ତାର ଆଗ୍ରହ ମଧ୍ୟ କମିଗଲା, ଯେତେବେଳେ ମୋର କମିଗଲା। ସେ ମୋତେ ଆଭାସ ଦେବା ସତ୍ତ୍ୱେ ମୁଁ ପଛଘୁଞ୍ଚା ଦେଲି। ତା ମନରେ କିଛି ଗଡବଡ ହେବାର ଆଶଙ୍କା ଥିଲା। ସେ ନିଜ ସ୍ୱାମୀକୁ ଜାଣିଥିଲା!

ଏବେ ପଶ୍ଚାତାପ କାହିଁକି ହେଉଛି? ସେ ଏକଥା କହିବା ପରେ ଯେ ତାର ସ୍ତ୍ରୀ ପୁରୁଷଙ୍କ ଶାରିରୀକ ସଂପର୍କ ପ୍ରତି ଆଗ୍ରହ ନାହିଁ। ତା ସହ ଅତି ବେଶୀରେ ଗୋଟିଏ ବନ୍ଧୁତ୍ୱର ସଂପର୍କ ରଖିହେବ, ଯେଉଁଠି ସେ ଯେତେବେଳେ ଇଚ୍ଛା ସେତେବେଳେ ଯେକୌଣସି ସମସ୍ୟା ବିଷୟରେ ପରାମର୍ଶ ନେବା ପାଇଁ ଚାଲି ଆସିବ, ମୋ ପରାମର୍ଶକୁ ଉଚିତ ବୋଲି ମନେ କଲେ ଗ୍ରହଣ କରିବ! ମୁଁ ତାର

ମାର୍ଗଦର୍ଶକ ହୋଇଯିବି, ସେ ଟିକେ ନିଜକୁ ସୁରକ୍ଷିତ ମନେ କରିବ। ଏଥିରେ କ୍ଷତି କିଛି ନାହିଁ। ଜୀବନରେ ଆମ ଚାରିପାଖରେ ଯେଉଁମାନେ ଘୂରିବୁଲୁଛନ୍ତି ସେମାନଙ୍କ ଭିତରେ ଯଦି ପରସ୍ପର ପାଇଁ ଏତେ ଆଗ୍ରହ ସୃଷ୍ଟି ହେଉଛି, ଅଥବା ପରସ୍ପର ଜୀବନରେ ଯଦି ଆମେ ଏତେ ପରିମାଣରେ ସଂଶ୍ଳିଷ୍ଟ ହୋଇ ଆସୁଛନ୍ତି ତା ହେଲେ ତ ଭଲ ଅଟେ, ନିଜ ଜୀବନରେ ବୁଡି ରହିବାଠାରୁ ତ ଲକ୍ଷେ ଗୁଣ ଭଲ ! କିନ୍ତୁ ତା ଠାରୁ ତ ଆଗକୁ ବଢି ଚାଲୁଛି ଏ ସମ୍ବନ୍ଧ !

ଏପରି କାହିଁକି ଯେ, ଯେଉଁ ଯନ୍ତ୍ରଣା ତାକୁ ଆଲୋଡିତ କରେ, ତାହା ବିଜୁଳି ପରି ତଡିତ୍ ବେଗରେ ମୋ ଭିତରକୁ ଆସିଯାଏ, ମୋତେ ମଧ୍ୟ ସେହିପରି ବିଚଳିତ କରିଦିଏ। କଣ ସେଇଟା ଯାହା ମୋତେ ତାହା ସହ ଏତେ ପରିମାଣରେ ବାନ୍ଧିରଖେ ? ଏହା କି ପ୍ରକାର ସଂପର୍କ। କଣ ପୂର୍ବ ଜନ୍ମର ସଂପର୍କ ଏପରି ହୋଇଥାଏ, ଯେଉଁଠି ତୁମେ ଚିହ୍ନି ପାର ନାହିଁ, କିନ୍ତୁ ନିଜକୁ ବନ୍ଧନ ଭିତରେ ପାଅ ?

ପୂର୍ବ ଜନ୍ମର ସେ କିଏ ମୋର... ଯେ ଅଚାନକ ପ୍ରକଟ ହୋଇଗଲା ଏବଂ ଯେଉଁ ଯନ୍ତ୍ରଣା ସବୁ ତା ଭାଗରେ ଅଛି ସେ ସବୁରେ ମୋତେ ବାନ୍ଧିବା ଆରମ୍ଭ କରିଦେଲା। ସେ ମୋତେ କିଛି ଦେଇ ପାରିବନି।

କେବେ କୌଣସି ବିଶେଷ ଦୃଷ୍ଟିରୁ ନିଜର କୌଣସି ଅଂଶରୁ ସେ ହୁଏତ ସୁନ୍ଦର ଦେଖାଯାଉଥାଇ ପାରେ, କିନ୍ତୁ ଭିତରେ ଏତେ କ୍ଷତାକ୍ତ ଯେ ସେଠି ଯଦି କେହି ସୁନ୍ଦରତା ଖୋଜିବାକୁ ବି ଚାହିଁବେ ତେବେ କେବଳ ଯନ୍ତ୍ରଣା ଆଉ ଯନ୍ତ୍ରଣା ହିଁ ଦେଖିବାକୁ ପାଇବ। ଏପରି ମନେ ହେଉଛି ସତେ ଯେମିତି ଆରମ୍ଭରୁ ଦୁଃଖ ତାକୁ ଛିନ୍‌ଭିନ୍ କରି ରଖିଦେଇଛି। ଏପରି ବ୍ୟକ୍ତି ପାଖରେ ଦେବା ପାଇଁ ଆଉ କଣ ଥାଇପାରେ, ଯିଏ ନିଜେ ଝୁଣ୍ଟି ପଡିବା, କୌଣସି ପ୍ରକାରେ ନିଜକୁ ସମ୍ଭାଳିବା, ଛିଡା ହେବା ପରେ ପୁଣି ପଡିଯିବା ଭିତରେ ଫସି ରହିଛି।

ଏପରି କାହିଁକି ହୁଏ ଯେ... ଯେ ଯଦି ସେପଟେ ତା ଉପରକୁ କୌଣସି ସମସ୍ୟା ମାଡିଆସେ, ଆଉ ଏପଟେ ମୋ ଭିତରେ କ୍ଷତ ଖୋଲିହୋଇଯାଏ ଏବଂ ପୁଣି ଯେପରି ସେହି କଷ୍ଟ ଦେଇ କେହି ଛୁଞ୍ଚିସୂତାରେ ଟାଣି ଧରୁଛି ଧିରେଧିରେ।

କେଉଁ ଏକ କୂଳରେ ବସିଥିଲେ ପ୍ରେମପ୍ରକାଶ... ଏବେ ଏପରି ଧାଇଁବାକୁ ଲାଗିଲେ ଯେପରି ବିପଦ ତାଙ୍କ ନିଜ ଘରକୁ ମାଡି ଆସୁଛି। ଜଣେ ଅଫିସରଙ୍କ ଦ୍ୱାରା ସାମ୍ନା ପାର୍ଟି ଉପରେ ଚାପ ପକାଇଲେ ଯେ, ସେ ଏସବୁ ବନ୍ଦ କରନ୍ତୁ, ପୁରା ପଇସା ଦେଇ ଦିଅନ୍ତୁ ଆଉ ଘର ନେଇ ନିଅନ୍ତୁ... ଯେମିତି କିଣିବା ଓ ବିକ୍ରି କରିବା ଲୋକ

ଭିତରେ ସାଧାରଣତଃ ହୋଇଥାଏ। ଏକଦମ୍ ସିଧା ସଳଖ ବିକ୍ରିର କାଗଜପତ୍ର ଉପରେ ଛଳନାରେ ଦସ୍ତଖତ କରାଇ ନିଆଯାଇଛି। ସାମ୍‌ନା ପାର୍ଟି ଅଫିସରଙ୍କୁ ଟାଳଟୁଳ କରି ଉତ୍ତର ଦେଲେ ଏବଂ ତା' ପରିବାର ଉପରେ ଆହୁରି ବେଶୀ ଚାପ ପକାଇଲେ - ଯେତେହେଲେ ବି ପ୍ରଶ୍ନ ଟଙ୍କାପଇସାର ଥିଲା, ଦଲାଲମାନଙ୍କର ରୋଜଗାରର ଥିଲା। ଦଲାଲମାନଙ୍କୁ ଶୀଘ୍ର କୌଣସି କିଣିବା ଲୋକ ମିଳୁ ନ ଥିଲେ, ନ ହେଲେ କ୍ରେତା ଠାରୁ ଅଧିକ ଟଙ୍କା ନେଇ ସେମାନେ ତା ନାମରେ ସିଧା ରେଜେଷ୍ଟ୍ରି କରାଇ ଦେଇଥାନ୍ତେ। ଯାହା କିଛି ଲାଭ ଟଙ୍କା ଆସିଲା ହାତେଇ ନେଇ ଚାଲି ଯାଆନ୍ତେ। ସେମାନଙ୍କ ପୋଷାଗୁଣ୍ଡାମାନେ ଏବେ ବି କେବେ କେମିତି ଫୋନ୍‌ରେ କିମ୍ବା ଆସିକି ଗାଳିଗୁଲଜ କରିଯାଆନ୍ତି ଆଗପରି। ସେମାନଙ୍କ ତରଫରୁ ଏଇଆ ମଧ୍ୟ କୁହାଗଲା ଯେ, ଯେଉଁ ଅଫିସର ଦ୍ୱାରା ସୁପାରିଶ କରେଇଛ, ଆମେ ତାଙ୍କୁ ଅନେକ ଆଗରୁ ଲକ୍ଷଲକ୍ଷ ଟଙ୍କା ଦେଇ ସାରିଛୁ, ସେ ଏବେ ଆମର କଣ ବିଗାଡିବେ। ଗୁଣ୍ଡାଗର୍ଦ୍ଦି ଏବଂ ଫୋନରେ ଓଲଟାସିଧା କରି ବକିବା ବନ୍ଦ ହେଲାନି। ତା ପରିବାରଙ୍କର ଏ ଆଶଙ୍କା ସବୁବେଳେ ରହିଲା ଯେ ସେ ଲୋକମାନେ କେତେବେଳେ ବି ଏ ଘର ଭିତରକୁ ପଶି ଆସିପାରିବେ ଏବଂ ଜିନିଷପତ୍ର ବାହାରକୁ ଫିଙ୍ଗି ଘର କବ୍‌ଜା କରିନେବେ, ଆଉ ଏଇଆ ଦର୍ଶାଇବେ ଯେ ବିକ୍ରି ବୁଝାମଣା ଅନୁସାରେ ଏମାନେ ନିଜ ଇଚ୍ଛାରେ ଘର ତାଙ୍କ ହାତକୁ ଦେଇଛନ୍ତି... ଏକଥା ଅଟକାଇବା ପାଇଁ ପ୍ରେମ ପ୍ରକାଶ ଯାଇ ପୁଲିସ ବିଭାଗରେ ସୁରକ୍ଷା ଆବଶ୍ୟକ ବୋଲି ଏକ ଦରଖାସ୍ତ ଦେଇଦେଲେ, ଯୁବାଗୁରୁଙ୍କୁ ପରାମର୍ଶ ଦେଲେ ଯେ କିଛି ଦିନ ପାଇଁ ନିଜର କିଛି ଶିଷ୍ୟଙ୍କୁ ଘରେ ଶୋଇବାକୁ କୁହନ୍ତୁ, ଫଳରେ ଟିକେ ସାହସ ବଢିବ।

କିଛି ଦିନ ଏପରି ହିଁ ଚାଲିଲା। ଯେଉଁ ଅଫିସରଙ୍କୁ ପ୍ରେମ ପ୍ରକାଶ ମଧ୍ୟସ୍ଥି କରିଥିଲେ, ସେ ପ୍ରସ୍ତାବ ଦେଲେ ଯେ ଆଇନଗତ କାର୍ଯ୍ୟାନୁଷ୍ଠାନ ମଧ୍ୟ ଗ୍ରହଣ କରାଯାଉ। ଏପଟୁ କୋଟ କଚେରୀରୁ ଚାପ ପଡିବ, ସେପଟୁ ସେ ନିଜର ଚାପ ଜାରି ରଖିବେ। ମଧ୍ୟସ୍ଥିମାନଙ୍କ ଆଗରେ ଏଇଆ ଉପସ୍ଥାପନା କରାଗଲା ଯେ ଯେଉଁ ଟଙ୍କା ସେ ଏପର୍ଯ୍ୟନ୍ତ ଦେଇଛନ୍ତି, ସେସବୁ ଫେରସ୍ତ ନେଇ ଯାଆନ୍ତୁ, ପୁଣି ବୁଝାମଣା ଅନୁସାରେ ସୁଧ ଟଙ୍କା ଯେତିକି ହେଉଛି ସେଇଟା ମଧ୍ୟ ନେଇ ଯାଆନ୍ତୁ ଓ ବିକ୍ରି ଏଗ୍ରିମେଣ୍ଟକୁ କ୍ୟାନସଲ କରି ଦିଅନ୍ତୁ। ସେ ପାର୍ଟି କିନ୍ତୁ ସଫା ସଫା ମନା କରିଦେଲା, ତାଙ୍କର ତ ଘର ଦରକାର, ଖାଲିଘର ବୁଝାମଣା ଚୁକ୍ତି ଅନୁସାରେ ହିଁ ଚାଲିବ ସବୁ...

ଶେଷରେ ଏମାନେ ଗୋଟିଏ ଓକିଲ ଧରିଲେ। ହରଭଜନ ଜଣେ ଜଣାଶୁଣା ଓକିଲ ଥିଲେ। ଯୁବାଗୁରୁ ତାଙ୍କୁ ଗୁରୁଭାଇ ବୋଲି ମାନୁଥିଲେ, କାରଣ ଉଭୟ ଜଣେ

ଗୁରଙ୍କ ପାଖରୁ ଦୀକ୍ଷା ନେଇଥିଲେ। ଯୁବାଗୁରୁ ସେହି ଗୁରୁଙ୍କୁ ହିଁ ଅନୁସରଣ କରୁଥିଲେ, ଅନ୍ୟ ପକ୍ଷରେ ହରଭଜନ ସୁଯୋଗ ଦେଖି ଆଉ ଜଣେ ଗୁରୁଙ୍କ ପାଖରୁ ମଧ୍ୟ ଦୀକ୍ଷା ନେଇଗଲା... ଚୁପଚାପ। ପ୍ରଥମ ଗୁରୁଙ୍କ ପାଖରେ ଖବର ପହଞ୍ଚିବାରୁ ସେ ହରଭଜନକୁ ନିଜ ସଂଘରୁ ବାହାର କରିଦେଲେ, ଯୁବାଗୁରୁକୁ ନିଜର ପ୍ରିୟ ଶିଷ୍ୟ କରିଦେଲେ। ପରେ ମଧ୍ୟ ଯୁବାଗୁରୁ ଧର୍ମକାର୍ଯ୍ୟ ଚାଲୁ ରଖିଲେ, ବର୍ଷକୁ ଥରେ ଗୁରୁଙ୍କୁ ନିଜ ଘରକୁ ମଧ୍ୟ ଡାକୁଥିଲେ...

ହରଭଜନ ଦୁଇ ଜଣ ଗୁରୁଙ୍କ ମଧ୍ୟରୁ କାହାର ମଧ୍ୟ ହୋଇ ପାରିଲା ନାହିଁ। କୌଣସି ଚାକିରି କରିବାକୁ ଯୋଗ୍ୟ ନ ଥିଲା ତେଣୁ ଆଇନ ପଢି ଓକିଲ ହୋଇଗଲା। ଯେତେବେଳେ ଏଲୋକମାନେ ତା ପାଖରେ ପହଞ୍ଚିଲେ ସେତେବେଳେ ତାକୁ ଏ କଥାର ସନ୍ତୁଷ୍ଟି ଥିଲା ଯେ ଯୁବାଗୁରୁ... ଯିଏ କି ପୂର୍ବ ଗୁରୁଙ୍କ କାନରେ ତା ବିରୁଦ୍ଧରେ ଉସକାଉ ଥିଲା (ଅନ୍ତଃତ ସେ ଏହିପରି ଭାବୁଥିଲା), ସେ ତା ନିକଟକୁ କୌଣସି ସାହାଯ୍ୟ ପାଇବା ଆଶାରେ ଆସିଲା, ତାହା ପୁଣି ପତ୍ନୀ ସହ। ସେ ଯିବା ପାଇଁ ପ୍ରସ୍ତୁତ ନ ଥିଲା କିନ୍ତୁ ଯୁବାଗୁରୁ ବହୁତ ବାଧ୍ୟ କଲା "ତୁ ଚାଲ, ଏବେ ସବୁ କିଛି ତୋତେ ପଚାରି ହିଁ କରାଯିବ... ପୁଣି ଯଦି କେଉଁଠି କିଛି ଟିକେ ଏପଟ ସେପଟ ହେଇ ଯିବ ତେବେ ତୁ ପୁଣି ରାଗିଯିବୁ..."

"ଏହାକୁ ଆପଣ ଟିକେ ଏପଟସେପଟ ବୋଲି କହୁଛନ୍ତି, ଅନ୍ଧ ପରି ଏମିତି ଦସ୍ତଖତ କରିଦେବାକୁ... ?" ସେ ବିରକ୍ତ ହୋଇଥିଲା, କିନ୍ତୁ ଯିବା ପାଇଁ ରାଜି ହୋଇଯାଇଥିଲା, ତାକୁ ନିଜର ସ୍ୱାମୀ ଉପରେ ଭରସା ନ ଥିଲା।

ସେମାନଙ୍କୁ ହଇରାଣ କରିବାକୁ ହରଭଜନକୁ ମଜା ଲାଗୁଥିଲା। ସେ ସଂଧ୍ୟାବେଳେ ଏମିତି ସମୟରେ ଡକାଉଥିଲା ଯେତେବେଳେ ସେ ଦୁହେଁ ସିଧା ଅଫିସରୁ ଆସିବେ। ତା ପରେ ସେମାନଙ୍କୁ ରାତି ଅଧ ଯାଏଁ ବସାଇ ରଖେ। ପ୍ରଥମେ ତ ସେ ନିଜେ ଡେରିରେ ଆସିବ ଯଦି ପ୍ରଥମେ କିଛି ସମୟ ଅପେକ୍ଷା, ତା ପରେ ମଝି ମଝିରେ ଅନେକ ସମୟ ଯାଏ ଫୋନରେ କଥାବାର୍ତ୍ତା... ଅନ୍ୟ ମହକିଲ ମାନଙ୍କ ସହ ବହୁତ ଡେରି ଯାଏଁ କେସ ବିଷୟରେ କଥାବାର୍ତ୍ତା ... ମଝିରେ ପାଞ୍ଚ ଛଅ ଥର ସେ ଗୁଟୁଖା ଖାଏ, ପୁଣି ତାକୁ ପକାଇବା ପାଇଁ ସେ ଟେବୁଲ ତଳେ ପିକଦାନୀଟିଏ ରଖିଥିଲା। ପ୍ରଥମେ ସେ ଦୁଇଜଣଙ୍କ ବିଶ୍ୱାସ ଜିତିବା ପାଇଁ ହରଭଜନ ଅପରପକ୍ଷ ସହ ଫୋନରେ କଥା ହେଲା- ଏଇଆ ଦେଖେଇବା ପାଇଁ ଯେ ସେ ପ୍ରକୃତରେ ସେଇମାନଙ୍କ ଲୋକ ଏବଂ ଏମାନଙ୍କ ସହ ମଧ୍ୟସ୍ଥତା କରାଇ ପାରିବ। ଯେତେବେଳେ ସେ ପକ୍ଷର ଲୋକ ଆରପାଖେ ଫୋନରେ ଥାଏ ସେତେବେଳେ ଇଏ ଫୋନ ରିସିଭରକୁ ଯୁବାଗୁରୁଙ୍କ

କାନ ପାଖରେ ଦେଇଦିଏ, ଯେମିତିକି ସେ ସେପଟୁ କଥା ସବୁ ଶୁଣିପାରିବ। କିନ୍ତୁ ଅସଲରେ ଏହା ଏକ ଅତି ଧୂର୍ତ୍ତ ଉପାୟ ଥିଲା ଏ ଲୋକମାନଙ୍କ ମଧ୍ୟରେ ଭୟ ସୃଷ୍ଟି କରିବାର। ହରଭଜନ ପୂର୍ବରୁ ହିଁ ଏକଥା ଜଣେଇ ଦେଇଥିଲା ଯେ ସେ ଲୋକମାନେ ବହୁତ ନୃଶଂସ, ସେମାନଙ୍କ ଉପରେ ଦୁଇ ତିନୋଟି ହତ୍ୟାର ମାମଲା ଏବେ ବି ଚାଲିଛି। କିଛି ଆପୋଷ ବୁଝାମଣା ଅବା ମଝାମଝି କିଛି ଉପାୟ ଯଦି ବାହାରିପାରେ ତା ହେଲେ ଭଲ। ହରଭଜନ ନିଜେ ଉଭୟପକ୍ଷର ଲୋକମାନଙ୍କ ସହ ଏଥିପାଇଁ ସଂପର୍କ ରଖିଥିଲା ଯେ, ଯଦି କୌଣସି ବୁଝାମଣା ହୁଏ ତେବେ ଦୁଇ ପକ୍ଷ ଠାରୁ ସେ ଦଲାଲିର, ମଧ୍ୟସ୍ଥତାର ପାଉଣା ହାତେଇ ନେବ। ଓକିଲର ଫିସ୍ ବହୁତ ମାମୁଲି ହୋଇଥାଏ, ସେଥିପାଇଁ ସମୟାନୁସାରେ କ୍ରମେ ଓକିଲାତି ଦଲାଲିରେ ବଦଳି ଯାଇଥିଲା। ଯୁବାଗୁରୁ ଏବଂ ତାର ପତ୍ନୀ ଦୁହିଁଙ୍କୁ ପ୍ରତି ତିନି ଦିନରେ ଥରେ ହରଭଜନ ପାଖକୁ ଯିବାକୁ ପଡେ। ସେଇଠୁ ଏମାନେ ଫେରିବାବେଳକୁ କେବେକେବେ ରାତି ଗୋଟାଏ ବାଜି ଯାଇଥାଏ। ସେ ଫୋନ କରି ପ୍ରେମ ପ୍ରକାଶଙ୍କୁ ସବୁକିଛି ଜଣାଏ। ପ୍ରେମ ପ୍ରକାଶଙ୍କୁ ଏଇ ଚିନ୍ତା ଲାଗିରହୁଥିଲା ଯେ ସେ ନୃଶଂସ ଲୋକଗୁଡା ଡରାଇବା ପାଇଁ ରାତି ଅଧରେ ଏମାନଙ୍କ ଉପରେ ଆକ୍ରମଣ କରି ନ ଦିଅନ୍ତୁ। ଯୁବାଗୁରୁ ପ୍ରତି ସେତେ ବିପଦ ନ ଥିଲା ଯେତିକି ଯା ପାଇଁ ଥିଲା- କାରଣ ଘରୁ ବାହାରି ଆସି ସେ ହିଁ ଗୁଣ୍ଡାମାନଙ୍କ ସାମ୍ନା କରୁଥିଲା। ସମସ୍ତେ ଜାଣିଥିଲେ ଯେ ସେ ଯଦି ମଝିରେ ହସ୍ତକ୍ଷେପ କରି ନଥାନ୍ତା ତେବେ ବିକ୍ରି ଏଗ୍ରିମେଣ୍ଟ ଅନୁସାରେ ତାଙ୍କର କାମ ହୋଇଯାଇଥାନ୍ତା। ସ୍କୁଟି ପଛରେ ସେ ବସେ ଓ ଯୁବାଗୁରୁ ଚଲାଏ। ଯଦି କୌଣସି ଗାଡିରେ କେହି କ୍ଷୀପ୍ର ବେଗରେ ଆସି ପଛପଟୁ ତାକୁ ମୁଣ୍ଡରେ ପିଟି ଦେଇ ଚାଲିଯିବ, କୋଉଠି କୌଣସି ପ୍ରମାଣ ରହିବାର ବି ସୁଯୋଗ ନ ଥିଲା...

ପ୍ରେମପ୍ରକାଶଙ୍କୁ ଦୁଶ୍ଚିନ୍ତା ହୁଏ। ସେ ଯୁବାଗୁରୁଙ୍କ ମୋବାଇଲରେ ଫୋନ କରି ଖୋଜଖବର ନିଅନ୍ତି। ବେଳେବେଳେ ତ ରାତି ବାରଟା ବେଳେ ଫୋନ କରି ବୁଝନ୍ତି ଯେ ସେମାନେ ଘରେ ଭଲରେ ପହଞ୍ଚିଗଲେ କି ନାହିଁ।

ଏତେ ଚିନ୍ତା ... ତାଆରି ହିଁ ତ ନା ଆଉ କାହାର! ପ୍ରେମ ପ୍ରକାଶ ନିଜେ ସ୍ୱୟଂ ଆଶ୍ଚର୍ଯ୍ୟ ହେଉଥିଲେ। ସେମାନଙ୍କ ସହ ଚିନ୍ତା ଓ ସମସ୍ୟାରେ ସେ ମଧ୍ୟ ଘାଣ୍ଟି ହେଉଥିଲେ... ସେ ଯିଏ କି ଏସବୁ ଘଟଣାଠାରୁ ଦୂରେଇ ରହିବା ପାଇଁ କେବେ ଦିନେ ଚିନ୍ତା କରିଥିଲେ। ନିୟତି କିନ୍ତୁ ତାଙ୍କୁ ଏସବୁ ଭିତରକୁ ଟାଣିନେଲା।

ଦିନେ ତାର ଫୋନ ଆସିଲା ଯେ ଗୋଟିଏ ନୋଟିସ୍ ସେ ଲୋକମାନଙ୍କୁ ପଠେଇବାର ଅଛି, ସେଇଟା ଫାଇନାଲ ହୋଇଯାଇଛି। ଆଜି ହରଭଜନ ଡକାଇଛି

ଦସ୍ତଖତ କରିବା ପାଇଁ, ଯଦି ଟିକେ ଶ୍ରମସ୍ୱୀକାର କରି ପ୍ରେମପ୍ରକାଶ ମଧ୍ୟ ଓକିଲ ପାଖକୁ ଯାଆନ୍ତେ ତାହେଲେ ସେ ନୋଟିସକୁ ମଧ୍ୟ ଦେଖି ନିଅନ୍ତେ।

"ଆପଣଙ୍କ ପ୍ରତିଷ୍ଠା ଓ ନୀତି ବିରୁଦ୍ଧ ତ ହେବ ନାହିଁ"... ସେ ଶେଷରେ ପଚାରିଲା।

"କାହିଁକି... ଏଥିରେ ପ୍ରତିଷ୍ଠା କଥା କୋଉଠୁ ଆସିଲା ?"

"ଓକିଲ ପାଖକୁ ଯିବା..."

"ଓକିଲ ପାଖକୁ ହିଁ ତ, କୌଣସି ଚୋର ଡାକୁ ପାଖକୁ ତ ଯାଉ ନାହିଁ... କିନ୍ତୁ ମୁଁ କୌଣସି ଆଇନ ବିଶେଷଜ୍ଞ ନୁହେଁ ଯେ ନୋଟିସ ବିଷୟରେ କିଛି ପରାମର୍ଶ ଦେଇ ପାରିବି।"

"ମୋତେ କିନ୍ତୁ ସାହସ ମିଳିବ।"

"ମୁଁ ଆଇନ ବିଷୟରେ ବେଶୀ କିଛି ଜାଣିନି।"

"ଆପଣ ଯିବେ ଯଦି ମୋର ସାହସ ହେବ। ଆପଣ କେବଳ ଏଇଆ କୁହନ୍ତୁ ଯେ ସେଠାକୁ ଯିବାର ଆପଣଙ୍କର କୌଣସି ଅସୁବିଧା ହେବନି ତ।"

"କୌଣସି ଅସୁବିଧା ନାହିଁ... କିନ୍ତୁ ତୁମର ଯେଉଁ ଏମିତି ମୋ ଉପରେ ପ୍ରତ୍ୟେକ କଥାରେ ବିଶ୍ୱାସ ଭରସା କରିବା - ଏଇଟା ମୁଁ ବୁଝି ପାରୁନି।"

"ମୁଁ ଜାଣିନି... ଖାଲି ଏମିତି ଲାଗୁଛି ଯେ ଆପଣ ଅଛନ୍ତି ଯଦି ସବୁ ଠିକ ହେବ।"

"ତୁମେ କହିବା ସତ୍ତ୍ୱେ ମୁଁ ଓ ଘର ବିକ୍ରି ହେବା ସମ୍ବନ୍ଧରେ କଥାବାର୍ତ୍ତା, ଏଗ୍ରିମେଣ୍ଟ ଇତ୍ୟାଦିରେ ଆଗ୍ରହ ଦେଖାଇବାକୁ ମନା କରିବା ପରେ ବି ମୋ ଉପରେ ଏତେ ବିଶ୍ୱାସ।"

"ଯାହା ହେବାର ଥିଲା ହୋଇଗଲା କିନ୍ତୁ ଏଇଟା ତ ଆପଣ ମଧ୍ୟ ମାନିବେ ଯେ ଆପଣ ଏସବୁ ଦେଖିଥାନ୍ତେ ତେବେ ଏତେ ଅସୁବିଧା ହୋଇ ନ ଥାନ୍ତା।"

"ହଁ... ବୋଧ ହୁଏ। ସେତେବେଳେ ସେ ପରିସ୍ଥିତିକୁ ହୁଏତ ସମ୍ଭଳା ଯାଇପାରିଥାନ୍ତା। ହେଲେ ଏବେ ଜଣାନାହିଁ। ଆଚ୍ଛା ଠିକ୍ ଅଛି ଚାଲିଯିବି।"

ପ୍ରେମପ୍ରକାଶ ମନା କରିପାରିଲେନି। ତା ଠାରୁ ଯିବାର ସମୟ ଓ ସ୍ଥାନ ଠିକଣା ପଚାରି ନେଲେ। ସେ ପତି ପତ୍ନୀ ଅଲଗା ଭାବରେ ଗଲେ, ପ୍ରେମ ପ୍ରକାଶ ଅଲଗା ଭାବେ। ସେ ଦେଖିଲେ ଯେ ହରଭଜନ ଗର୍ବୀ ଓ ଧୂର୍ତ୍ତ ଥିଲା। ସେ ବିପକ୍ଷ ପାର୍ଟି ସହ କଥାବାର୍ତ୍ତା କରିବାରେ ଲାଗିଗଲା, ରିସିଭରକୁ ଯୁବାଗୁରୁର କାନରେ ଲଗାଇ ଦେଲା। ଯୁବାଗୁରୁର ମୁହଁ ଭୟରେ ଶେତା ପଡିଗଲା। ଆରପଟୁ ସେ ପକ୍ଷର ଲୋକ କହୁଥିଲେ

ଯେ ବିକ୍ରୟ ଚୁକ୍ତିପତ୍ର ଅନୁଯାୟୀ ଆସନ୍ତାକାଲି ହେଉଛି ଶେଷ ତାରିଖ ତେଣୁ ସେମାନେ ପଅରଦିନ ନିଜର ଲୋକ ପଠାଇ ଜିନିଷ ପତ୍ର ବାହାରକରି ଫିଙ୍ଗିଦେବେ।

"ସେମାନେ ଏମିତି କେମିତି କରିପାରିବେ। ଘର ତ ଏବେ ବିକ୍ରି ବି ହୋଇନି... ବିକ୍ରି ହେବା ପାଇଁ କାଗଜ ପତ୍ରରେ ଚୁକ୍ତି ହୋଇଛି।" ଫୋନରେ କଥାବାର୍ତ୍ତା ସରିବା ପରେ ଏ ସବୁ ଶୁଣି ପ୍ରେମ ପ୍ରକାଶ ପ୍ରତିବାଦ କଲେ।

"ସାର୍... ସେଇ କଥାତ... ସେମାନେ ସବୁ ଡାହାଳ କୁକୁର... ତିନୋଟି ହତ୍ୟାକାଣ୍ଡର କେସ ତ ଏ ପର୍ଯ୍ୟନ୍ତ ସେମାନଙ୍କ ଉପରେ ଚାଲିଛି। ଏମାନେ ସବୁ କରି ଖସିଯାଆନ୍ତି... ଆଇନ୍ ପରେ ବସି ଦେଖୁଥାଏ।"

ହରଭଜନ ପୁଣି ସେମାନଙ୍କୁ ଭୟଭୀତ କରାଉଥିଲା। ପ୍ରେମ ପ୍ରକାଶଙ୍କର ମନେହେଲା ଯେ ଯେମିତି ସେ ଏପଟର ଲୋକଙ୍କୁ ସେମାନଙ୍କ କଥା ଶୁଣାଇ ନିଜର ବିଶ୍ୱାସଭାଜନ କରାଉଥିଲା, ସେହିପରି ଅପର ପକ୍ଷର ଲୋକମାନଙ୍କ ପାଇଁ ବି ତ କରିପାରିବ... ହୁଏତ କରୁଥାଇ ପାରେ ମଧ୍ୟ। ଏଇଟା ବି ତ ହୋଇ ପାରେ ଯେ ସେ ଲୋକମାନଙ୍କୁ କହିଥିବ - ଆପଣ ଆଜି ଏତିକି ସମୟରେ ଫୋନ କରିବେ ଓ ଏଇ ସବୁ ଧମକ ଦେବେ। ଯୁବାଗୁରୁଙ୍କୁ ଫୋନରେ ଧମକ ସବୁ ଶୁଣାଇ ସେ ଏମାନଙ୍କୁ ଆହୁରି ବେଶୀ ଡରାଇ ଦେଉଥିଲା। ସବୁ କିଛି ପୂର୍ବ ଯୋଜନା ମୁତାବକ ବୁଝାମଣା କରିବା ଉପରେ ସେ ଅଧିକ ଚାପ ଦେଉଥିଲା। ସେ କହିଲା ମଧ୍ୟ -

"ଆପଣ କହିବେ ଯଦି ନୋଟିସ ବାତିଲ କରି ଆପୋଷ ବୁଝାମଣା ପାଇଁ ଆଉଥରେ ଚେଷ୍ଟା କରାଯାଉ। ଆଉ ସେମାନେ କେତେ ଦେଇଦେଲେ ଆପଣ ଘରର ମାଲିକାନା ତାଙ୍କୁ ଦେଇଦେବେ?"

"ଯେତେ ହେଲେ ମଧ୍ୟ ନୁହେଁ। କାରଣ ଏମାନଙ୍କ ସମସ୍ୟା ଏଇଆ ଯେ ଏମାନେ ଯିବେ କୋଉଠିକୁ?" ପ୍ରେମ ପ୍ରକାଶ କହିଲେ।

"ଆମକୁ ପୁରାଟଙ୍କା ଦେଇ ଦିଅନ୍ତୁ ଯେମିତି କି ଆମେ ଆମ ବିଲଡରଙ୍କୁ ପୁରା ମୂଲ୍ୟଟା ଦେଇ ପାରିବୁ ଓ ଯୋଉ ଘର କିଣିବାକୁ ଚାହୁଁଛୁ କିଣିପାରିବୁ। ତା ପରେ ଆମ ଜିନିଷପତ୍ର ସେଠୁ ବାହାର କରି ନେବାପାଇଁ ତିନିଦିନ ସମୟ।" ସେ ମଝିରେ ପଶି ରୁକ୍ଷତାର ସହ କହିଲା।

"କିନ୍ତୁ ଭାଉଜ! ଏକଥା ତ ବିକ୍ରି ଏଗ୍ରିମେଣ୍ଟରେ ନାହିଁ।"

"ନ ଥାଉ। କଣ ସେଥିରେ ଯାହା ଲେଖାହୋଇଛି ସେଇଆ ହିଁ ହେବା କଥା। ଆପଣ ଏପରି ଆଉ କୌଣସି ବିକ୍ରି ଏଗ୍ରିମେଣ୍ଟ ଦେଖିଛନ୍ତି ଯୋଉଥିରେ ପୁରା

ଟଙ୍କା ନ ମିଳିଲେ ମଧ୍ୟ ସଂପୂର୍ଣ୍ଣ ମାଲିକାନା ଦେଇଦିଆଯିବ। ପରିବାପତ୍ର କିଣିବା କ୍ଷେତ୍ରରେ ମଧ୍ୟ ତ ଏଇଆ ହୁଏନି... ଏଇଟା ତ ଘର ଅଟେ।"

"ଆମେ କଣ ଏ ଏଗ୍ରିମେଣ୍ଟକୁ ନାକଚ କରିବା ପାଇଁ କହି ପାରିବାନି..." ପ୍ରେମ ପ୍ରକାଶ କହିଲେ

"ଆମେ ନୁହେଁ, ସେମାନେ କରିପାରିବେ, ସେମାନଙ୍କ ପାଖରେ କାରଣ ଥିବ। ଯେତେବେଳେ ଆପଣ ଏହି ବୁଝାମଣାର କୌଣସି ସର୍ତ୍ତ ଖିଲାପ କରିବେ, ଯେମିତିକି ଯେଉଁ ତାରିଖ ପର୍ଯ୍ୟନ୍ତ ଯେତିକି ଟଙ୍କା ଦେବା କଥା ଦେଇସାରିବା ସତ୍ତ୍ୱେ ଘରର ମାଲିକାନା ନ ଦେବା ଆମ ପାଖରେ କି କାରଣ ଅଛି ନାକଚ କରିବା ପାଇଁ।"

"ଯେଉଁଟା ସତ ସେଇଟା କାହିଁକି ନୁହେଁ ଯେ ଆମ ସହ ଧୋକାକରି ଦସ୍ତଖତ ନିଆଯାଇଛି।" ସେ ଆଲୋଚନାରେ ସମ ପରିମାଣରେ ଭାଗ ନେଉଥିଲା। ପ୍ରେମପ୍ରକାଶଙ୍କୁ ଗୋଟିଏ ପଏଣ୍ଟ ମିଳିଗଲା।

"ହଁ, ଠିକ କଥା ତ" ସେ ଓକିଲକୁ କହିଲେ।

"ଏଇଟା ଲେଖନ୍ତୁ ଆଉ ଯାହା ସବୁ ଅଲଗା କଥା ଲେଖିହେବ ଲେଖିଦିଅନ୍ତୁ। ଆମେ ହିଁ ସେମାନଙ୍କୁ ଏ ଏଗ୍ରିମେଣ୍ଟ ବାତିଲ କରିବାପାଇଁ ନୋଟିସ ପଠେଇ ଦେବା।"

"ଆପଣମାନେ କଣ ଚାହୁଁଛନ୍ତି... ଘର ବିକ୍ରି କରିବା ନା ତାକୁ ରଖିବା ?"

ଯୁବାଗୁରୁ ଗୋଲଗାଲ ମୁହଁ ଚୁପ ରହିଥିବାରୁ ଆହୁରି ଗୋଲ ଦେଖାଯାଉଥିଲା। ସେ ପ୍ରେମପ୍ରକାଶଙ୍କ ଆଡକୁ ଚାହୁଁଥିଲା, ପ୍ରେମପ୍ରକାଶ ନିଜ ଆଡୁ କିଛି କହିବାପାଇଁ କୁଣ୍ଠାବୋଧ କରୁଥିଲେ।

"ଏଇଆ ଭାବି ନିଅନ୍ତୁ ଯେ ଆଉ ସହଜରେ ଘରବିକ୍ରି ହୋଇପାରିବନାହିଁ। ଏ ସହରରେ ଏତେ ଦାମ୍ ଦେବା ଲୋକ କିଏ ଅଛି... ତେଣୁ ଏପରି ଏକ ରାସ୍ତା ବାହାର କରିବା ଉଚିତ ଯେ ଯେଉଁଥିରେ ଘର ବିକ୍ରି ହୋଇଯିବ ଓ ଆମର କୌଣସି ଅସୁବିଧା ବି ହେବନି।" ହରଭଜନ ନିଜ ପକ୍ଷର ଯୁକ୍ତି ରଖି ଚାଲିଥିଲା।

"ଯଦି ଏ ଘର ବିକ୍ରି ହୋଇନପାରିଲା, ତେବେ ଆମେ ନୂଆ ଘରର କିସ୍ତି ଦେଇ ପାରିବୁନି, ତାର ସୁଧ ଦେବାକୁ ହେବ ଏବଂ ଯଦି ସେ ଘରକୁ ଛାଡି ଦେଉଛନ୍ତି ତେବେ ଯେଉଁ ପଇସା ତାକୁ କିଣିବା ପାଇଁ ଦେଇ ସାରିଛନ୍ତି - ପାଖାପାଖି ଦୁଇଲକ୍ଷ... ସେଇଟା ଆମ ବିଲଡର ଆଉ ଫେରସ୍ତ କରିବ ନାହିଁ... ତୁ ସବୁକଥା ଭାବିନେ।"

ଯୁବାଗୁରୁ ନିଜ ପତ୍ନୀକୁ କହିଲା। ସେଠି ବସିଥିବା ପ୍ରେମ ପ୍ରକାଶ ମଧ୍ୟ ଶୁଣିଲେ। ସେ ଲୋକଟା ଆଉ ସବୁ କଥା ଚିନ୍ତା କରୁଥିଲା କିନ୍ତୁ ପରିବାର ଯେଉଁ ସଂକଟ ଦେଇ ଗତି କରିବ, ସେ କଥା ଭାବୁ ନ ଥିଲା।

"କେମିତି ନିଜକୁ ଦୁଇଆଡୁ ଆପଣ ଫସେଇ ଦେଉଛନ୍ତି ?" ପ୍ରେମପ୍ରକାଶ ନ କହି ରହିପାରିଲେନ। ଯୁବାଗୁରୁ ଟିକେ ଲାଜେଇବା ପରି ହସି ଦେଲା...।

"ଶୀଘ୍ର କୁହନ୍ତୁ... ଦେଖନ୍ତୁ ସେ ପହରଦିନ ନିଜର ଲୋକ ପଠେଇବ। ଯଦି ଆପଣ କହିବେ ତେବେ ଏବେ ଫୋନକରି ଆପଣଙ୍କ ପାଇଁ କିଛି ଅଧିକ ସମୟ ମାଗିଦେଇପାରିବି।"

ପ୍ରେମପ୍ରକାଶଙ୍କୁ ସେ ଏକ ଅଜବ ଓକିଲ ମନେହେଲା। ଓକିଲ ଏମାନଙ୍କର କିନ୍ତୁ କାମ ବିରୋଧି ପକ୍ଷ ପରି କରୁଥିଲା। ତାଙ୍କୁ ସଫାସଫା କହିଦେବାକୁ ପଡିଲା - "ଦେଖନ୍ତୁ, ଘର ଏଯାବତ୍ ଏଇମାନଙ୍କର ହିଁ ଅଟେ, କାରଣ ରେଜିଷ୍ଟ୍ରି ହୋଇନାହିଁ। ଏମାନେ କାହିଁକି ଘର ଖାଲିକରିବେ ? କଣ ଭଡାରେ ରହୁଛନ୍ତି ନା କଣ ? ଖାଲିକରିବା କଥା ଭାବିବେ ଯଦିଓ ରହିବେ କେଉଠି। ମୁଖ୍ୟ କଥା ଏଇଆ। ଏମାନଙ୍କୁ ଯେତେବେଳେ ନୂଆ ଘର ମିଳିବ ସେତେ ବେଳେ ଯାଇ ସିନା ଏମାନେ ଘର ଛାଡି ପାରିବେ... ନ ହେଲେ ଯିବେ କୋଉଠିକୁ ? ସେମାନେ ଏ ଘର କିଣିବାର ସଂପୂର୍ଣ୍ଣ ମୂଲ୍ୟ ଦେଇ ଦିଅନ୍ତୁ, ଏମାନେ ନିଜ ବିଲଡରକୁ ଦେଇ ସେ ଘର ନେଇ ନେବେ... ସମସ୍ୟାର ଅନ୍ତ।"

"ସେମାନେ ପୁରା ପଇସା ଦେବେନି।"

"କାହିଁକି ?"

"କାରଣ ସେମାନଙ୍କ ପାଖରେ ଏବେ ନାହିଁ।"

"ତା ହେଲେ ଏ ଏଗ୍ରିମେଣ୍ଟକୁ କ୍ୟାନ୍‌ସଲ କରାନ୍ତୁ... ଯାହା କ୍ଷତି ହେବ ହେଉ।"

"କଣ ଭାଉଜ... ଆପଣ କୁହନ୍ତୁ।"

"ହଁ, ଏମାନଙ୍କୁ ବି ପଚାରନ୍ତୁ। ଏମାନେ ଯାହା କହିବେ।" ପ୍ରେମ ପ୍ରକାଶ ମଧ୍ୟ କହିଲେ।

ଓକିଲ ଇତି ମଧ୍ୟରେ ଏତିକି ଜ୍ଞାନ ପାଇ ସାରିଥିଲେ ଯେ ନିଷ୍ପତି ଟା ଗୁରୁ ଭାଇକୁ ନୁହେଁ... ତା ପତ୍ନୀକୁ ନେବାର ଅଛି।

"ଆପଣ କଣ କହୁଛନ୍ତି ?" ହରଭଜନ ପୁଣି ଥରେ ପଚାରିଲା।

"କ୍ୟାନସେଲ..."ସେ ଗୋଟିଏ ଶବ୍ଦରେ ଶୁଣାଇ ଦେଲା। ଓକିଲ ପାଖରେ କହିବାକୁ ଆଉ କିଛି ନ ଥିଲା। ଯଦି ସେ ଏବେ ବି କିଛି କହିଥାନ୍ତା ତେବେ ସେ ଏକଥା ଏକଦମ୍ ସ୍ପଷ୍ଟ ପ୍ରମାଣିତ ହୋଇଯାଇଥାନ୍ତା ଯେ ସେ ଦଳକୁ ହିଁ ବେଶୀ ସମର୍ଥନ କରୁଥିଲା - ଯାହାକି ସେ ଜଣେଇବାକୁ ଚାହୁଁ ନ ଥିଲା। ସେ ଘଟଣା ସଂପୂର୍ଣ୍ଣ ନିଜ ସପକ୍ଷରେ କରିଦେଲା।

"ଦେଖନ୍ତୁ, ମୁଁ ତ ଆଗରୁ ହିଁ କ୍ୟାନସଲ କରିବା ନୋଟିସ ବନେଇ ଦେଇ ଥିଲି। ଦେଖନ୍ତୁ..."

ପ୍ରେମପ୍ରକାଶ ଦେଖିଲେ ଯେ ନୋଟିସ ଡ୍ରାଫ୍ଟ୍ କାଣ୍ଟଛାଣ୍ଟ ହୋଇଥିଲା କିନ୍ତୁ ବିଷୟବସ୍ତୁ ପ୍ରାୟତଃ ଥିଲା। ଯେଉଁ ପରିସ୍ଥିତିରେ ବିକ୍ରି ଏଗ୍ରିମେଣ୍ଟ ଉପରେ ଦସ୍ତଖତ କରାଇ ନିଆ ଯାଇଥିଲା, ତା ଉପରେ ବିଶେଷ ଅଧିକ ଗୁରୁତ୍ୱ ଦିଆଯାଇଥିଲା।

"ଆଚ୍ଛା ଭାଉଜ, ଆପଣ ସେଠି ବସି ଗୋଟେ ଫେୟାର କରି ଟାଇପ କରିଦିଅନ୍ତୁ।"

ଅର୍ଥାତ ଏବେ ଆହୁରି ଘଣ୍ଟାଏ। ପ୍ରେମପ୍ରକାଶ କ୍ୟାନସଲ କରିବାର ନିଷ୍ପତି ତ ନେଇଗଲେ... କିନ୍ତୁ ତାଙ୍କ ହୃଦସ୍ପନ୍ଦନ ବଢି ଯାଇଥିଲା... ଯଦି ପଅରି ଦିନ ସେ ପକ୍ଷର ଲୋକ ସତକୁ ସତ ଘର ଖାଲି କରାଇବା ପାଇଁ ଗୁଣ୍ଡା ପଠାଇ ଦେବେ... ତା ହେଲେ... ତାଙ୍କୁ କିଛି କରିବାକୁ ହେବ ...

"ଏବେ ଏ ନୋଟିସ ତ କାଲି ହିଁ ଯିବ। ତୁମେ ଏହାକୁ ଫେୟାର ଟାଇପକରି ଏହି ଡ୍ରାଫ୍ଟକୁ ନିଜ ସହ ଘରକୁ ନେଇଆସ। ସକାଳୁ ଆମେ ଦେଖିବା। ଦସ୍ତଖତ କରି ସେଇଠୁ ହିଁ ପଠେଇଦେବା। ଏବେ ମୁଁ ଆସିବି, ମୋତେ ଗୋଟିଏ ଯାଗାକୁ ଯିବାର ଅଛି। କାଲି ସକାଳ ସାତଟାରେ ଆସିବି ତୁମ ଘରକୁ।" ପ୍ରେମ ପ୍ରକାଶ ତାକୁ କହିଲେ।

ପ୍ରେମ ପ୍ରକାଶ ଆଉ ଓକିଲକୁ ସୁଯୋଗ ଦେଲେନି। ସେ ଜାଣିଥିଲେ ଯେ ଥରୁଟିଏ କହିଦେବା ମାତ୍ରେ ଏବେ ସେ ଏମିତି ହିଁ କରିବ। ଏସବୁ କ୍ଷେତ୍ରରେ ସେ ବହୁତ ଜିଦଖୋର ଥିଲା। ହରଭଜନ ମଧ୍ୟ କୌଣସି ପ୍ରତିବାଦ କରି ପାରିଲା ନାହିଁ।

ହରଭଜନର ଅଫିସରୁ ବାହାରକୁ ଆସିବା ବେଳେ ପ୍ରେମ ପ୍ରକାଶ ଆଶ୍ୱସ୍ତ ଥିଲେ ଯାହା ବି ନିଷ୍ପତ୍ତି ନିଆଗଲା ତାହା ଏକାକୀ ତାଙ୍କ ନିଷ୍ପତ୍ତି ହିଁ ନ ଥିଲା। ପ୍ରେମ ପ୍ରକାଶ ଏବଂ ତାର ଥିଲା... ପ୍ରଥମେ ତାଙ୍କର... ଏବଂ ତାଙ୍କ ପଛରେ ସେ ବି ଆସିଯାଇଥିଲା... ସବୁଥର ପରି। ଏହା ପରେ ଆଉ କାହା କଥାରେ ପଡିବାର ଆବଶ୍ୟକତା ହିଁ ନ ଥିଲା। ସର୍ବମୋଟ ଉପରରେ ନିଷ୍ପତ୍ତି ସଠିକ ଥିଲା... କାରଣ ଟଙ୍କା ପଇସାକୁ ଆଡ କରିଦେଇ ଘରର ସଦସ୍ୟ ମାନଙ୍କୁ ଦୃଷ୍ଟିରେ ରଖାଯାଇଥିଲା... ଏମାନେ ଅନ୍ତତଃ ରାସ୍ତା ଉପରକୁ ଆସିଯିବେନି। ଏ ସବୁ ସତ୍ତ୍ୱେ, ପ୍ରେମ ପ୍ରକାଶ ନିଜକୁ ବିଚଳିତ ଅନୁଭବ କଲେ। କାର ଚଳାଉଥିବା ସମୟରେ କେବଳ କପାଳରେ ନୁହେଁ ବରଂ ସାରା ଶରୀର ଝାଳରେ ବୁଡିଯାଇ ଥିଲା... ସତେ ଅବା ହାର୍ଟ ଆଟାକ୍ ହୋଇଯିବ।

ନିଷ୍ପତ୍ତି ତ ହୋଇଗଲା କିନ୍ତୁ ଦାୟିତ୍ୱ ଏବେ ଏ ପାଖକୁ ଚାଲି ଆସିଛି, ଏ ପାଖକୁ ଅର୍ଥାତ୍ ମୋ ଆଡକୁ। ହରଭଜନ ସେ ପକ୍ଷର ଲୋକଙ୍କୁ ନିଶ୍ଚୟ ଜଣେଇ

ଦେବ ଯେ ବିକ୍ରି ଏଗ୍ରିମେଣ୍ଟକୁ କ୍ୟାନସଲ କରିବାର ନୋଟିସ ପହଞ୍ଚିଛି ଏବଂ ଯଦି ସେମାନେ ନୋଟିସ ପାଇବା ପୂର୍ବରୁ ଜୋର ଜବରଦସ୍ତ କରି ଘର ଖାଲି କରାଇବାକୁ ଚାଲି ଆସିଲେ ତା ହେଲେ ? ଏମାନଙ୍କର କି ସୁରକ୍ଷା ଅଛି ଏବଂ ଏମାନେ ସେ, ତା ପତି, ଶ୍ୱଶୁର ଇତ୍ୟାଦି... ସେମାନେତ ଏବେ ପ୍ରତ୍ୟେକ କଥା ପାଇଁ ମୋତେ ଚାହିଁ ରହିବେ । ଦାୟିତ୍ୱ ନିଜ ଉପରକୁ ନେଇ ଯାଉଛି, ଏବେ ଦାୟିତ୍ୱର ଭାର ମୋ ମୁଣ୍ଡ ଉପରେ । ଏବେ ଯଦିଓ କାଲି ପୁରା ଦିନଟା ତା ଘରେ ରହିବି, ତେବେ ବି କଣ ଏକାଏକା ଗୁଣ୍ଡା ମାନଙ୍କର ମୁକାବିଲା କରିପାରିବି । ଓକିଲକୁ ନିଜ ବାଟକୁ ଆଣିବା ଗୋଟିଏ କଥା, ଆଉ ଗୁଣ୍ଡାମାନଙ୍କ ସହ ଲଢିବା ଆଉ ଗୋଟେ କଥା । ସମସ୍ୟା ଏବେ ମୋର ହୋଇଗଲା । ମୁଁ ହିଁ ସମସ୍ୟାକୁ ନିଜ ଆଡକୁ ଟାଣି ଆଣିଛି । କିନ୍ତୁ ଆଶ୍ଚର୍ଯ୍ୟର କଥା ଯେ ନିଜର କାମ ପାଇଁ ଏତେ ଟିକେ ବି ପଶ୍ଚାତାପ ନାହିଁ । ସତେ ଅବା ଏହା ହେବାର ହିଁ ଥିଲା, ଆଗକୁ ହିଁ ହୋଇ ଯିବାର ଥିଲା- ତା ସମସ୍ୟା ମୋ ସମସ୍ୟା । ସେ ବିପଦରେ ରହିବ ଆଉ ମୁଁ ଅଲଗା ଅଚିହ୍ନା ପରି ହୋଇ ରହିବି... ଏହା ଅସ୍ୱାଭାବିକ ଅଟେ, ଯେପରି ଗଡାଣିଆ ହୋଇ ମଧ୍ୟ ପାଣି ସେ ଆଡକୁ ନ ବହିବା, ଅବା ପାଣିକୁ ଭୂଇଁ ନ ଶୋଷିବା !

ପ୍ରେମ ପ୍ରକାଶ ରୁମାଲ ବାହାର କରି ବାରମ୍ବାର ଝାଳ ପୋଛି ଚାଲିଲେ କିନ୍ତୁ ପୁରା ଶରୀର ଭିଜି ସାରିଥିଲା । ଯେଉଁ ପରି ମାନସିକ ଅସ୍ଥିରତା ତାଙ୍କୁ ଏବେ ବିଚଳିତ କରି ତାଙ୍କ ଶିରା ପ୍ରଶିରାକୁ ଅସ୍ଥିର କରି ଦେଉଛି କେତେ ବର୍ଷ ଧରି ସେ ଏପରି ଅନୁଭବ କରି ନଥିଲେ । ଏଠି ଯେଉଁ ସନ୍ତୁଳନ ଏବଂ ଆଶ୍ୱସ୍ତି ଭିତରେ ସେ ନିଜକୁ ବସାଇ ରଖିଥିଲେ - ସେଇଠି ଏ ପ୍ରକାରର ଅସ୍ଥିରତା ଦେଇ ଗତି କରିବା... ତାଙ୍କ ପାଇଁ ସହଜ ଓ ସ୍ୱାଭାବିକ ନ ଥିଲା ।

ଅଚାନକ ତାଙ୍କୁ ନିଜର ଜଣେ ପୋଲିସ ଅଧିକାରୀ ବନ୍ଧୁଙ୍କ କଥା ମନେ ପଡିଗଲା ଏବଂ ସେ ତା ଘର ଆଡକୁ ଗାଡି ବୁଲାଇଲେ । ତାକୁ କହି ସେମାନଙ୍କୁ ଦୁଇ ଚାରି ଦିନ ପାଇଁ ସୁରକ୍ଷା ବନ୍ଦୋବସ୍ତ କରାଯାଇ ପାରେ ।

●●●

ବିକ୍ରି ବୁଝାମଣା ରଦ୍ଦ ହେବାର ନୋଟିସ୍, ପଛେ ପଛେ କିଣା ହେବାର କାଗଜ ? ସୁଧ ସମେତ ମିଳିଯିବା ପରେ କିଣିବାକୁ ଆସିଥିବା ପାର୍ଟି ଶାନ୍ତ ହୋଇଗଲେ । ସେମାନଙ୍କର ତ କେବଳ ଏତିକି ଉଦ୍ଦେଶ୍ୟ ଥିଲା ଯେ ବିପକ୍ଷ ଦଳ ଦୁର୍ବଳ ଅଛନ୍ତି... ଡରାଇ ଧମକାଇ ଘର ନେଇନିଅ... ଅଧିକ ପଇସାରେ ପୁଣି ଆଉ କାହାକୁ ବିକ୍ରି କରିଦିଅ । ସେତିକି ଲାଭ ଏବଂ ଏମାନଙ୍କ ପାଖରୁ ମିଳୁଥିବା ଟଙ୍କାରୁ ଯେତିକି ହାତେଇ

ହେବ... ସେତିକି ମଧ୍ୟ ଉପରି। ଯେତେବେଳେ ଦେଖିଲେ ଯେ ଏମାନେ ପୁରା ଅଡି ବସିଲେ, ସେତେବେଳେ ଚୁପ୍ ହୋଇଗଲେ। ବିକ୍ରି ବୁଝାମଣା ଆପେ ଆପେ ଖାରଜ ହୋଇଗଲା। ପ୍ରେମ ପ୍ରକାଶଙ୍କର ପରାମର୍ଶ ଏବଂ ସାହାଯ୍ୟରେ କିଛି ଦିନ ପରେ ଘର ତୃତୀୟ ଜଣଙ୍କୁ ବିକ୍ରି କରିଦିଆଗଲା। ଏଥର ପ୍ରେମ ପ୍ରକାଶ ଆରମ୍ଭରୁ ହିଁ ଆଗରେ ରହିଲେ। ସେ ଏହା ଉପରେ ଅଧିକ ଗୁରୁତ୍ୱ ଦେଉଥିଲେ ଯେ ବରଂ ଘରଟି ଟିକେ କମ୍ ମୂଲ୍ୟରେ ବିକ୍ରି ହେଉ କିନ୍ତୁ ଯାହାକୁ ବିକ୍ରି କରାଯିବ ସେମାନେ ଯେମିତି ଭଲ ଲୋକ ହୋଇଥିବେ।

ସବୁ କିଛି ଠିକ୍ ଭାବରେ ହୋଇଗଲା। ପୁରୁଣା ଘରକୁ ଖାଲି କରି ଯୁବାଗୁରୁ ପରିବାର ନୂଆ ଘରକୁ ଆସିଗଲେ।

ଯୁବାଗୁରୁର ଇଚ୍ଛା ଥିଲା ଯେ ଗୃହ ପ୍ରବେଶ କାମଟି ଖୁବ୍ ଯାକଜମକରେ ପାଳନ କରାଯାଉ। କିନ୍ତୁ ପ୍ରେମ ପ୍ରକାଶ ଏହାର ସମକ୍ଷରେ ନ ଥିଲେ। ତାଙ୍କ କହିବା ଥିଲା ଯେ ସୁଧ ଇତ୍ୟାଦି ଦେବାରେ ଆଗରୁ ହିଁ ବହୁତ ଖର୍ଚ୍ଚାନ୍ତ ହୋଇ ସାରିଛ, ସେଥିରେ ପୁଣି ଏବେ ହଜାରେ ଲୋକଙ୍କୁ ଭୋଜିଭାତ ଦେବା... ଏସବୁ ଅଯଥା ଖର୍ଚ୍ଚ। ଛୋଟ ଆକାରରେ ସାଦାସିଧା ପୂଜାଟିଏ ହିଁ ଯଥେଷ୍ଟ ହେବ। ପ୍ରେମପ୍ରକାଶ ଥରେ ଦୁଇ ଥର ଏ କଥା ସେମାନଙ୍କୁ ମଧ୍ୟ କହିଥିଲେ... କିନ୍ତୁ ଯୁବାଗୁରୁ ଜଣକ ହସିଦେଇ ଏକଥାକୁ ଟାଳି ଚାଲିଥିଲେ। ତା ପାଇଁ ଗୃହ ପ୍ରବେଶର ଭୋଜି ଗୋଟିଏ ସୁଯୋଗ ଥିଲା, ଯେମିତି କି ସେ ସମସ୍ତଙ୍କ ଦୃଷ୍ଟି ଆକର୍ଷଣ କରିପାରିବ। ଆଉ ଏହି ସୁଯୋଗରେ ତାର ଗୁରୁ ଏବଂ ସ୍ୱାମୀବାଲା ରୂପ ଚମକି ଉଠିବ। ତାର ପୁରୁଣା ଶିଷ୍ୟ ଆହୁରି ପ୍ରଭାବିତ ହୋଇଉଠିବେ, ନୂଆ ମଧ୍ୟ ଆସିବେ। ସେ ପ୍ରେମପ୍ରକାଶଙ୍କୁ ସଫାସଫା ମନାକରୁ ନଥିଲା... କିନ୍ତୁ ତାର ଧାନ ଉଷୁନା ହାଣ୍ଡି ପରି ମୁହଁରେ ଲାଖିଥିବା ହସ କହୁଥିଲା ଯେ, ପ୍ରେମପ୍ରକାଶ ବାବୁ, ଆପଣ ଯେତେ ହେଲେ ବାହାର ଲୋକ... ବାହାର ଲୋକ ହୋଇ ରୁହନ୍ତୁ, ଆମ ଘର କଥାରେ କାହିଁକି ମୁଣ୍ଡ ପୁରାଉଛନ୍ତି, ଆମ ଟଙ୍କା, ତୁମ ପାଖରେ କେହି ହାତ ପାତୁନି। ପ୍ରେମ ପ୍ରକାଶ ରାସ୍ତାରୁ ଚୁପଚାପ ହଟିଗଲେ, ଗୃହ ପ୍ରବେଶର ତାରିଖ ଧାର୍ଯ୍ୟ ହୋଇଗଲା। ଏସବୁ ମଝିରେ ସେ କେବଳ ପେସି ହୋଇଯାଉଥିଲା। ତା ସ୍ୱାମୀ ଯଦି ଯାଇ ପ୍ରେମପ୍ରକାଶଙ୍କୁ ନିମନ୍ତ୍ରଣ ପତ୍ର ଦେଇ ଆସିଥାନ୍ତେ ତେବେ ସବୁ ଔପଚାରିକତାରେ କଥା ସରିଯାଇଥାନ୍ତା। ଯେହେତୁ ଯୁବାଗୁରୁଙ୍କୁ ପ୍ରେମପ୍ରକାଶ ହିଁ ଏସବୁ କରିବାକୁ ମନା କରିଥିଲେ ତେଣୁ ସେହିଁ ଯାଇ ତାଙ୍କୁ ନିମନ୍ତ୍ରଣ କରୁ, କିନ୍ତୁ ଯୁବାଗୁରୁ ତ ନିଜର ଦାୟିତ୍ୱ ଖସେଇବାରେ ପାରଙ୍ଗମ ସବୁବେଳେ- "ତୁ ଯାଆ, ତୋ ସାର୍ ସେ!" ଅର୍ଥାତ ସେହିଁ ଯାଉ ପ୍ରେମପ୍ରକାଶଙ୍କ ଘା'ରେ ଲୁଣଛିଟା

ଦେବାକୁ ! କହିବାକୁ ନୁହେଁ, ବରଂ ଏଇଆ ନିଶ୍ଚୟ ଜଣେଇବାକୁ ଯେ- ଆମେ ଆପଣଙ୍କ କଥା ମାନିଲୁନି, କାରଣ ଯେଉଁ ଟଙ୍କା ଖର୍ଚ୍ଚ ହେଉଛି ସେଇଟା ଆମ ଟଙ୍କା, ଆପଣଙ୍କର ନୁହେଁ। ତାକୁ ଯିବାକୁ ଆଦୌ ଭଲ ଲାଗୁ ନ ଥିଲା, କିନ୍ତୁ ଯିବାକୁ ପଡିଲା। ନିମନ୍ତ୍ରଣ ପତ୍ର ନ ପହଞ୍ଚୁ, କିନ୍ତୁ ତା ଠାରୁ ବରଂ ଭଲ ଥିଲା ଯେ କେହି ହେଲେ ଚାଲିଯାଉ।

ପ୍ରେମ ପ୍ରକାଶ ନିଜ ପଢାଘରେ ଥିଲେ... ଏକା।

"ମୁଁ ଜାଣିଛି ଯେ ଏହା ଆପଣଙ୍କ ମନ କଥା ନୁହେଁ।" ସେ କହିଲା।

"ମୋ ମନ... ଅବା ମୁଁ ମହତ୍ତ୍ୱପୂର୍ଣ୍ଣ ମଧ୍ୟ ନୁହେଁ।"ପ୍ରେମ ପ୍ରକାଶଙ୍କ ମୁଖମୁଦ୍ରା, କଥା, କହିବାର ଶୈଳୀ, ସ୍ୱର... ଏସବୁରୁ ସ୍ପଷ୍ଟ ଜଣା ପଡୁଥିଲା ଯେ ସେ ଆଘାତ ପାଇଛନ୍ତି - କାମ ହୋଇଯିବା ପରେ ତାଙ୍କୁ କ୍ଷୀରରୁ ମାଛି ପରି ବାହାର କରି ଫୋପାଡି ଦିଆଗଲା !

"ଆପଣ ଜାଣନ୍ତି - ମୁଁ ଏସବୁ ଆୟୋଜନର ସପକ୍ଷରେ ନାହିଁ।"

"କାର୍ଡ ଦେବାକୁ ତ ଆସିଛ।"

"ଆପଣଙ୍କ ପାଖକୁ ଆସିବା ପାଇଁ ଯେ କୌଣସି ବାହାନା ମୋ ପକ୍ଷରେ ଗ୍ରହଣୀୟ। ଏହି ବାହାନାରେ ହେଉ ପଛେ, ଆପଣଙ୍କ ପାଖରେ ଟିକେ ସମୟ ତ ବସିପାରିବି।"

"ଆରେ... ଆମ ଭାବନା ଯେ ସବୁ ସମୟରେ ସମାନ ହେବ... ଏହା ବି ତ ଜରୁରୀ ନୁହେଁ। ତୁମେମାନେ ଗୃହ ପ୍ରବେଶ କରାଅ, ଭୋଜି ଭାତ କର... କିଏ ମନା କରୁଛି।"

"ଆଜି ଯଦି ଆମେ ସେ ଘରେ ରହି ପାରିଛୁ, ତେବେ ଆପଣଙ୍କ ଦୟାରୁ ହିଁ। ଆପଣଙ୍କ ବିନା କି ଗୃହ ପ୍ରବେଶ !"

"ଏ କଥା ଭାବିବା ମଧ୍ୟ ଭୁଲ ଯେ, କୌଣସି ଜଣଙ୍କ କାରଣରୁ ହିଁ ଏମିତି ଅବା ସେମିତି ହୋଇଥାଏ। କେବେ କେବେ ଏପରି ପରିସ୍ଥିତି ଆସିଯାଇଥାଏ ଯେ କଥା ବିଗିଡି ଯାଏ, ପୁଣି ଅଲଗା ପ୍ରକାରରେ କଥା ସୁଧୁରି ଯାଏ। ଏହି କ୍ରମ ଏମିତି ଚାଲିଥାଏ... ଲୋକମାନେ ଖାଲି ସେଥିରେ ଘାଣ୍ଟି ହେଉଥାନ୍ତି।"

"ଆମରିମାନଙ୍କ ପରି ଲୋକମାନେ ହିଁ ତ ଏପରି ପରିସ୍ଥିତି ତିଆରି ହେବା ପଛରେ ରହିଥାନ୍ତି, କିଛି ବିଗାଡିବା ପରି ହୋଇଥାଏ ଆଉ କିଛି ସଜାଡିବା ପରି।"

"ଦେଖ, ତୁମେମାନେ ଏସବୁ ଆୟୋଜନ କରୁଛ ବୋଲି ମୋତେ ଆଦୌ ଖରାପ ଲାଗୁନି। ଏ ସବୁ ତୁମ ଘର କଥା।"

"ଯେତେବେଳେ ଘର ବିକ୍ରି କଥା ଅଧାରେ ଅଟକି ରହିଥିଲା, ସେଇଟା ବି ତ ଆମଘର କଥାଥିଲା।"

"ସେତେବେଳେ ପରିସ୍ଥିତି ଭିନ୍ନ ଥିଲା... କିଛି କଥା ସେଥିରେ ସମସ୍ୟା ସୃଷ୍ଟି କରୁଥିଲା। କିନ୍ତୁ ଏ ଆୟୋଜନରେ ଏମିତି କିଛି ବି ହେବାର ନାହିଁ, କେବଳ କିଛି ଟଙ୍କା ପଇସା ଖର୍ଚ୍ଚ ହେବ... ସେକଥା ତୁମେମାନେ ବୁଝିବ।"

"ମୁଁ ତୁମେମାନେ ଭିତରେ ସାମିଲ ହେବାକୁ ଚାହୁଁନି।"

"କିନ୍ତୁ ତୁମର ପରିସ୍ଥିତି ଏପରି ଯେ ତୁମକୁ ସେଥିରେ ସାମିଲ ହେବାକୁ ପଡିବ।"

"ଜାଣିଛି, କିନ୍ତୁ ସାମିଲ ହୋଇ ମଧ୍ୟ ନ ହେବି... ଏହା ମୋତେ ଆସେ। ସେ ଅବସରରେ ଯେତେବେଳେ ସମସ୍ତେ ଖୁସିରେ ଖାଇବାକୁ ଆସିବେ... ମୁଁ ସାରା ଦିନ ଖାଇବିନି, ରାତି ଭୋଜିରେ ବି ନୁହେଁ - ଯଦି ଆପଣ ନ ଆସନ୍ତି। ଆପଣ ନାହାନ୍ତି ମାନେ ମୋ ପାଇଁ ସେଇଟା ଗୃହ ପ୍ରବେଶ ନୁହେଁ।"

କାର୍ଡକୁ ଟେବୁଲ ଉପରେ ରଖିଦେଇ ସେ ଚାଲିଗଲା। ପ୍ରେମ ପ୍ରକାଶ ମଧ୍ୟ ଉଠି ଛିଡା ହୋଇପଡିଲେ। ସେ ତାକୁ ପଛ ଆଡୁ ଚାହିଁ ରହିଥିଲେ, ତାର ଦୃଢତା, ଜିଦ୍‌କୁ ଯାହା ପଛପଟୁ ମଧ୍ୟ ସ୍ପଷ୍ଟ ଜଣା ପଡୁଥିଲା।

"ଶୁଣ... ଠିକ ଅଛି, ମୁଁ ଆସିବି..."

ସେତିକି ଶୁଣିବା... ସତେ ଯେମିତି ତା ଭିତରେ ବିଜୁଳି ଚମକ ପ୍ରବେଶ କରିଗଲା। ସେ ଧାଇଁଯାଇ ପ୍ରେମପ୍ରକାଶଙ୍କୁ କୁଣ୍ଢାଇ ପକାଇଲା। ମୁଣ୍ଡ ତାଙ୍କ ବେକ ପାଖରେ। ଗତ କିଛି ଦିନର ତୋଫାନ, ଝଡଝଞ୍ଜା, ବ୍ୟସ୍ତତା... ଯାହା ସବୁ ତାକୁ ଏତେଦିନ ଘେରିରହିଥିଲା... ସେସବୁ କେରିକେରି ହୋଇ ପ୍ରେମପ୍ରକାଶଙ୍କ ବେକ ଦେଇ ଝରିପଡୁଥିଲା।

ତାକୁ ଲାଗୁଥିଲା, ଯେପରି ସେ ଏକ ଗୁମ୍ଫା ଭିତରେ ପ୍ରବେଶ କରିସାରିଛି- ଗୁମ୍ଫାଟି ସୁରକ୍ଷିତ, ଶାନ୍ତ ଏବଂ ଶୀତଳ। ସୁପ୍ତାବସ୍ଥା ଅବା ଅର୍ଦ୍ଧମରଣାବସ୍ଥା... କଣ ଥିଲା ତାହା ? ବାହାର ଦୁନିଆଁ କଥା ଛାଡ, ନିଜ ସ୍ଥିତି ବିଷୟରେ ମଧ୍ୟ କୌଣସି ଅନୁଭବ ନ ଥିଲା। କେବଳ ଏକ ସୁଗନ୍ଧ ଥିଲା, ଘ୍ରାଣେନ୍ଦ୍ରିୟକୁ ଛୁଇଁ ଯାଉଥିଲା। ନିଜ ଭିତରକୁ ଫେରି ଦେଖିଲା- ସେ ସୁଗନ୍ଧି ସେଇ ଯାଗାରୁ ଭାସି ଆସୁଥିଲା ଯେଉଁଠି ତା ଗାଲ ଓ ପ୍ରେମପ୍ରକାଶଙ୍କ ଛାତି ପରସ୍ପରକୁ ସ୍ପର୍ଶ କରୁଥିଲା... ପ୍ରେମପ୍ରକାଶଙ୍କ ଗୋଟିଏ ହାତ ହାଲକା ଭାବରେ ତାକୁ ବାନ୍ଧି ରଖିଥିଲା... 'ମୋ ଆହତ କପୋତୀ'। ସେ ତାକୁ ଆପୁଡାଉଥିଲେ। 'ଗତ କିଛିଦିନ ଧରି କେତେ କଷ୍ଟ ସହିଛ। ମୁଁ ତୁମକୁ ଦୁଃଖୀ ଦେଖିପାରିବିନି'।

ମୁହଁ ଉପରକୁ କରି ସେ ତା ଓଠକୁ ପ୍ରେମ ପ୍ରକାଶଙ୍କ ଓଠ ଉପରେ ପହଁରେଇ ଆଣିଲା ।

•••

ସଂଧ୍ୟା ବେଳେ ପ୍ରେମପ୍ରକାଶ ତା'ଘରେ ପହଞ୍ଚିଲେ । ଘର ବାହାରେ ବନ୍ଧାଯାଇଥିଲା ପେଣ୍ଡାଲ ଖାଲି ପଡିଥିଲା । ଦିନ ସାରା ଲୋକମାନଙ୍କର ଯିବା ଆସିବା, ଖାଇବା ପିଇବା ଲାଗି ରହିଥିଲା । ଏବେ ଖାଲି ଜଣେ ଦୁଇଜଣ ଆସୁଥିଲେ, ଯେଉଁ ମାନେ କି ଘରେ କିମ୍ବା ଘର ବାହାରେ ଥିବା ବାରଣ୍ଡାରେ ଖାଇ ନେଉଥିଲେ ଯେଉଁଠି ଗୋଟିଏ କୋଣକୁ ଟେବୁଲ ଉପରେ ଭୋଜିରେ ରନ୍ଧା ଯାଇଥିବା ଖାଦ୍ୟ - ଯେମିତିକି ପୁରି ତରକାରୀ, ରାଇତା, ମିଠା ଆଦି ରଖାଯାଇଥିଲା । ଘର ପାଖକୁ ଲାଗି ହିଁ ମନ୍ଦିର ପାଇଁ ଜାଗା ଥିଲା, ଯାହାକୁ ସେମାନେ ଘର ସହ କିଣିଥିଲେ । ସେଠି ଦେବୀଙ୍କର ସ୍ଥାପନା ଏ ପର୍ଯ୍ୟନ୍ତ କରାଯାଇ ନ ଥିଲା... କିନ୍ତୁ ଦେବୀ ଦେବତା ମାନଙ୍କର ମୂର୍ତ୍ତିଗୁଡିକୁ ରଖି ଦିଆଯାଇଥିଲା । ଉପରେ ନାଲି ପତାକା ଲଗା ଯାଇଥିଲା । ଘର ସାମ୍ନାରେ ବୋର୍ଡ ଲାଗିଥିଲା- ପତିର ନାମରେ ଆରମ୍ଭରୁ ସ୍ୱାମୀ ଓ ଶେଷରେ ଆନନ୍ଦ । ନା ତା ଶ୍ୱଶୁରଙ୍କ ନାଁ ଯାହାଙ୍କର ଘର ବିକ୍ରିକରି ଏ ଘର କିଣା ଯାଇଥିଲା, ନା ତାର... ଯଦିଓ ଶ୍ୱଶୁର ଦୁହିଁଙ୍କ ନାମରେ ଘର କିଣିଥିଲେ ।

ପ୍ରେମ ପ୍ରକାଶଙ୍କୁ ଦେଖିବା ମାତ୍ରେ ହିଁ ସେ ଖୁସିରେ ଗଦ୍ ଗଦ୍ ହୋଇଗଲା... ସାରା ଦିନର ଥକିଯାଇଥିବା ଝାଉଁଳି ପଡିଥିବା ଚେହେରା ।

ସେ ଶାଢୀ ପିନ୍ଧିଥିଲା । ଏ ପୋଷାକରେ ପ୍ରେମ ପ୍ରକାଶ ତାକୁ ଦ୍ୱିତୀୟ ଥର ପାଇଁ ଦେଖୁଥିଲେ । ପ୍ରଥମ ଥର ସେତେବେଳେ ଦେଖିଥିଲେ ଯେବେ ତା ସହ ପରିଚୟ ହୋଇଥିଲା ... ସେ ଶାଢୀ ପିନ୍ଧି ଘରକୁ ଆସିଥିଲା ଏବଂ ତାକୁ ଦେଖି ସେ ବହୁତ ହସିଥିଲେ... ହସି ଚାଲିଥିଲେ... ପତଳା ନହକା ଦେହ ତାର ଶାଢୀ ଭିତରେ ବାନ୍ଧି ହେବା ପରି ଦେଖାଯାଉଥିଲା, ସତେ ଯେମିତି ବାଉଁଶ ଉପରେ କେହି ଚାଦର ଘୋଡେଇ ଦେଇଛି... ପାଳଭୂତ ପରି । ପତଳା ନହକା ଲୋକଙ୍କୁ ଶାଢୀ ମାନେନି... ଭାବୁଥିଲେ ଓ ଭାବିଭାବି ହସୁଥିଲେ । ସେ ଟିକେ କାନ୍ଦୁରା ମୁହଁ ହୋଇ ପ୍ରେମ ପ୍ରକାଶଙ୍କ ପତ୍ନୀଙ୍କ ଆଡକୁ ଗଲା ଏବଂ ଅଭିଯୋଗ କରି କହିଥିଲା - ଦେଖନ୍ତୁ ସାର କେମିତି ମୋର ମଜାକ୍ ଉଡାଉଛନ୍ତି । ଆଜି ଶାଢୀରେ ସେ ସୁନ୍ଦର ଦେଖାଯାଉଥିଲା - ହଳଦିଆ ଶାଢୀ ଓ ସବୁଜ ରଙ୍ଗର ବ୍ଲାଉଜ । ମୁହଁ ଫିକା ନାଲି ଓ ଓଠ ଅଳ୍ପ ଶୁଖିଲା । ସେ ଲିପଷ୍ଟିକ୍ ଲଗାଇ ନ ଥିଲା... ତା' ଓଠ ସେମିତି ହିଁ ବାହାର ପବନ ବାଜି ହୋଇଯାଇଥିଲା, ଚିନ୍ତା ଓ ହାଲିଆ ଯୋଗୁଁ ମଧ୍ୟ ହୋଇ ଯାଇଥାଇପାରେ । ସେ ସିନ୍ଥିରେ ସିନ୍ଦୁର

ଲଗାଉଥିଲା... ପ୍ରେମ ପ୍ରକାଶଙ୍କୁ ଆଶ୍ଚର୍ଯ୍ୟ ଲାଗିଲା ଯେ ସେ, ଯିଏ ନିଜ ସ୍ୱାମୀ ପ୍ରତି ବୀତସ୍ପୃହ ଥିଲା... ଘୃଣାଠୁ ବି କେଇ ପାଦ ଆଗରେ... ସେ ନିଜର ବିବାହିତ ହେବା ଏପରି ଗର୍ବର ସହ ଧାରଣ କରୁଛି ଓ ପ୍ରଦର୍ଶିତ ମଧ୍ୟ କରୁଛି। ଭାରତୀୟ ନାରୀମାନଙ୍କର ଏହି କଥା ସେ ଆଦୌ ବୁଝିପାରୁ ନଥିଲେ। ଏହି ଲୋକ ଦେଖାଣିଆ...! କିନ୍ତୁ ସେ ତ ଦେଖାଇ ହେବାଠୁ ବହୁଦୂରରେ...!

ତାଙ୍କୁ ଦେଖିବା ମାତ୍ରେ ସେ ତାଙ୍କ ଆଡକୁ ଚାଲି ଆସିଲା ଯେପରି ସାରା ଦିନ ତାଙ୍କୁ ହିଁ ଅପେକ୍ଷା କରି ରହିଥିଲା। ଯେଉଁ କିଛି ଲୋକ ଆଖପାଖରେ ଥିଲେ, ସେ ସେମାନଙ୍କୁ ଧ୍ୟାନ ବି ଦେଲାନି। ସେ ସମସ୍ତଙ୍କ ଆଗରେ ପ୍ରେମ ପ୍ରକାଶଙ୍କ ହାତ ଧରିଲା ଏବଂ ଆସନ୍ତୁ ଆପଣଙ୍କୁ ଘର ଦେଖାଇବି କହି ତଳ ମହଲା ଛାଡି ସିଧା ସିଢି ଚଢି ଉପରକୁ ନେଇଗଲା, ଏକ ରକମ ତାଙ୍କ ଦେହ ସହ ଦେହକୁ ଲଗାଇ।

ଶୋଇବା ଘର ଉପର ମହଲାର ରୁମ୍ ଯାହା ସ୍ୱାଭାବିକ ଭାବରେ ସେମାନଙ୍କ ବେଡରୁମ୍ ଥିଲା, ସେ ସେବିଷୟରେ କିଛି ବି କହିଲାନି, ଯେପରିକି ସେ କୋଠରୀଟି ପ୍ରତି ତାର କୋଣସି ଆଗ୍ରହ ହିଁ ନ ଥିଲା। ସେ ଶୋଇବା ଘର ପାର ହୋଇ ଯିବା ପରେ ତା ପାଖକୁ ଲାଗି ଯୋଉ ଛୋଟିଆ ଛାତ ଥିଲା, ସେ ତାଙ୍କୁ ସେଠାକୁ ନେଇଗଲା ଏବଂ କହିଲା ଏଇଠି ମୁଁ ରାତିରେ ତାରାମାନଙ୍କ ସହ ବସିବି। ଯାହାକୁ ମନେ ପକେଇବା କଥା ତାକୁ ଏଠି ବସି ମନେ ପକାଇ ପାରିବି। ଖରା ରେ...

ସେ ଅଟକି ଗଲା। ତଳୁ କିଛି ଲୋକ ଉପରକୁ ଆସିଯାଇଥିଲେ, ସେମାନଙ୍କ ପଛେପଛେ ତା ଶାଶୁ ମଧ୍ୟ। ସେମାନଙ୍କୁ ଚାହିଁ ଔପଚାରିକତା ଦୃଷ୍ଟିରୁ ଟିକେ ହସିଦେଇ ସେ ପ୍ରେମ ପ୍ରକାଶଙ୍କୁ ପାଖ ରୁମକୁ ନେଇଗଲା।

ଏଇଟା ମାଆଙ୍କ ରୁମ। ବାଥରୁମ୍ ସହ। ଚାଲନ୍ତୁ, ସବା ଉପରକୁ ଯିବା।

ସେ ରୁମ ବାହାରେ ଗୋଟିଏ ଗୋଲ ଲୁହା ସିଡି ଛାତକୁ ଲମ୍ବିଥିଲା। ଛାତରୁ ବାମ ପଟକୁ ପାହାଡ ଦେଖା ଯାଉଥିଲା। ସେ ପଟକୁ କୌଣସି ବଡ କୋଠା ଏ ଯାଏଁ ତିଆରି ହୋଇ ନଥିଲା।

"ଏଇଠି ମୁଁ କଣ କରିବି?"

"ଧୋଇଥିବା ଲୁଗା ଶୁଖାଇବ... ବାଳ ଶୁଖାଇବ....।" ପ୍ରେମ ପ୍ରକାଶ କହିଲେ।

"ମଜାକ୍ କରନ୍ତୁନି... କୁହନ୍ତୁ ନା!"

"ଏପଟେ ଥିବା ପାହାଡ ଗୁଡିକୁ ଦେଖ।"

"ଏଇ ଛୋଟିଆ ପାହାଡ ସବୁ?"

"ହଁ, ଏମାନଙ୍କୁ କିଛି ବି ମିଳିନି, ଆମକୁ ତ ତଥାପି କିଛି ମିଳିଛି, ତଥାପି ଏ ଛିଡା ହୋଇଛନ୍ତି। କେମିତି ନିର୍ବିକାର ହୋଇ ଠିଆ ହୋଇଛନ୍ତି, ସବୁ କିଛି ଦେଖ।"

"ଆମେ କଣ ଏତେ ନିର୍ବିକାର ହୋଇ ପାରିବା... ଏମାନେ ତ ପଥର।"

"ଦିନେ ଏମାନଙ୍କର ମଧ୍ୟ ଡେଣା ଥିଲା। ଏପଟେ ସେପଟେ ଝଟ କରି କୁଆଡେ ଚାଲିଯାଉଥିଲେ। ପାହାଡ ବି ଚଳଚଞ୍ଚଳ ଥିଲା। କିନ୍ତୁ ଦିନେ ସମୟ ଆସିଲା ଯେ ଅଚଳ ହୋଇ ଯିବାକୁ ପଡିଲା। ଅର୍ଥାତ ବହୁତ ବେଶୀ ଚଳନଶୀଳ ହେବା ବି ଠିକ୍ ନୁହେଁ। ଆମର ଏଠି ତ କୌଣସି ପାହାଡ, ବିନ୍ଧ୍ୟାଚଳ, ଅଥବା ଗୋବର୍ଦ୍ଧନ... ଅବା ଦୁଇଟି ଯାକ, ଠିକ୍ ଭାବରେ ମନେ ନାହିଁ... ସେମାନଙ୍କ ବିଷୟରେ କାହାଣୀ ଅଛି ଯେ- ରହିଯାଅ ! ସେହିପରି ସ୍ଥିର ହୋଇରହିବା ଏମାନଙ୍କଠାରୁ ଶିଖାଯାଇ ପାରେ। କୌଣସି କଥାରେ ସ୍ଥିର ହୋଇ ରହିବା... ଯେମିତିକି ଏହି ଘରେ।"

"ମୋର ହେବାର ନାହିଁ। ଯେଉଁଥିରେ ମନ ହେବ ସେଇଥିରେ ସ୍ଥିର ହୋଇ ରହିବାକୁ ଇଚ୍ଛା କରିବା ବୁଝି ହେଉଛି। ଏଠି ରହି ତ କେବଳ ପାହାଡ ଗୁଡିକୁ ଦେଖି ନିରପେକ୍ଷତା, ନିର୍ବିକାର ହୋଇ ରହିବା ହିଁ ଶିଖିବି।"

ସେମାନେ ତଳକୁ ଚାଲି ଆସିଲେ। ଘରର ଏ ଭାଗରେ ରୋଷେଇ ଘର, ଗୋଟିଏ ରୁମ୍ (ଯାହା ତା ଶ୍ୱଶୁରଙ୍କର ଥିଲା), ଗୋଟିଏ ବାଥରୁମ୍ ଓ ଗୋଟିଏ ହଲ୍ ଥିଲା। ତଳେ ଥିବା ହଲ୍‌ରେ କାର୍ପେଟ ପଡିଥିଲା, ଗୋଟିଏ ପଟକୁ ପୂଜାରେ ଲାଗି ସାରିଥିବା ଜିନିଷ ପତ୍ର ରଖାଯାଇ ଥିଲା, ସେଇଠି କାନ୍ଥରେ ଭଗବାନଙ୍କ ଫଟୋ ଓ ମୂର୍ତ୍ତି ଥିଲା। ସେଇ ପାଖରେ ତଳେ ସତରଞ୍ଜି ଉପରେ ସେ ପ୍ରେମ ପ୍ରକାଶଙ୍କୁ ବସାଇ ଦେଲା ଏବଂ ନିଜେ ତାଙ୍କ ସହ ଲାଗିହୋଇ ବସିଲା। ମଝି ମଝିରେ ସମସ୍ତଙ୍କ ସାମ୍ନାରେ ହିଁ ତାଙ୍କ ଆଣ୍ଠୁ ଉପରେ ହାତ ରଖିଦେଉଥାଏ। ପ୍ରେମ ପ୍ରକାଶ ଟିକେ ଅପ୍ରସ୍ତୁତ ହୋଇ ଯାଆନ୍ତି, କିନ୍ତୁ ସେ ସେତିକି ଆତ୍ମୀୟତାର ସହ ତାଙ୍କ ପାଖକୁ ଲାଗିଆସେ।

ସତେ ଅବା ସେ ସାରା ଦୁନିଆଁକୁ ଜଣାଇ ଦେଉଥିଲା ଯେ ଦେଖ, ଇଏ ମୋ ପାଇଁ ଯାହା, ସେମିତି ଆଉ କେହି ନୁହେଁ। ମୁଁ ତା କଥା ବୁଝୁଛି। ହେଲେ, ଆମ ଦୁହିଁଙ୍କର କଥା ଭାବନା ଲୋକଙ୍କ ଆଗକୁ କାହିଁକି ଆସିବ ? ତାର ପବିତ୍ରତା ଏଇଥିରେ ଅଛି ଯେ, ସେଇଟା କେବଳ ଦୁଇଜଣଙ୍କ ଭିତରେ ହିଁ ରହିବ, ବାହାର ଦୁନିଆଁ ପାଇଁ ସେସବୁ ଉପରେ ଏକ ପରଦା ରହିବ। ହୁଏତ କଥା ଭାବନାର ନୁହେଁ। ମୋତେ ନେଇ ସେ ଗର୍ବ କରେ ଏବଂ ସମସ୍ତଙ୍କୁ ନ ହେଲେ ବି ନିଜ ଘର ଲୋକଙ୍କୁ ସେ ନିଶ୍ଚୟ ଜଣାଇବାକୁ ଚାହୁଁଛି ଯେ, ଦେଖ, ଯାହାଙ୍କ ସାହାଯ୍ୟ ପାଇଁ ଆଜି ଆମେ ସବୁ ଏ ଘରେ ବସିଛୁ, ସେ ମୋର। ମୁଁ ତାଙ୍କୁ ଖୋଜିକି ଆଣିଛି।

କିନ୍ତୁ ଏଇଟା ତ ବିପଦଜନକ କଥା, ଯାହା ସେ ବୁଝୁନି, ଯଦି ବୁଝି ପାରୁଛି ତା ହେଲେ ଖାତିରି କରୁନି ନ ହେଲେ କିଏ ଜାଣେ ହୁଏତ ଏଇଟା ତା ଭିତରେ ଥିବା ଉତଫୁଲ୍ଲତା । ଏତେ ଯେ ବାହାରକୁ ଉଛୁଳି ପଡୁଛି ଯେ ମୁଁ ଆସିଲି, ସେ ମୋତେ ନେଇ ଆସିଲା ।

"ଏଇ ସାଙ୍ଗେସାଙ୍ଗେ ଆସୁଛି... ଏଇଠି ଥିବେ ।" ସେ ହଠାତ୍ ଉପରକୁ ଚାଲିଗଲା । ଏଇଆ ଦେଖିବାକୁ ଯେ କଣ ଉପରେ ପ୍ରେମପ୍ରକାଶଙ୍କୁ ଖାଇବାକୁ ଦେଇହେବ, ସେଠି ଲୋକମାନେ ଏ ପର୍ଯ୍ୟନ୍ତ ଜଣେଜଣେ କରି ଯିବା ଆସିବା କରୁଥିଲେ ।

ସେ ଖୁବ ଶୀଘ୍ର ଫେରିଆସିଲା, ଟିକେ ଅନ୍ୟମନସ୍କ । ଯେଉଁଠି ଖାଇବା ସବୁ ରଖାଯାଇଥିଲା ସେଇଠି ସିଧା ପହଞ୍ଚି ଗୋଟିଏ ଥାଳିରେ ଖାଇବା ବାଢ଼ିବାକୁ ଲାଗିଲା । ସେତେବେଳକୁ ଯୁବାଗୁରୁ ଆସିଗଲା... ଏବଂ ପ୍ରେମ ପ୍ରକାଶଙ୍କୁ ଏକା ବସିଥିବାର ଦେଖି ତାଙ୍କ ଆଗରେ ଯାଇ ବସିଗଲା । ପଛେପଛେ ସେ ଆସିଲା ଏବଂ ନିଜ ସ୍ୱାମୀକୁ କହିଲା "ଶୁଣନ୍ତୁ... ଆପଣଙ୍କ କିଛି ଲୋକ ମନ୍ଦିର ଆଡକୁ ଯାଇଛନ୍ତି, ଆପଣ ସେମାନଙ୍କ ଖାଇବା କଥା ଦେଖନ୍ତୁ, ମୁଁ ସାରଙ୍କୁ ଖାଇବାକୁ ଦେଇଦେଉଛି... ।"

ଯୁବାଗୁରୁ ମନ୍ଦିର ଆଡକୁ ଚାଲିଗଲେ । ସେ ଥାଳିକୁ ପ୍ରେମପ୍ରକାଶଙ୍କ ଆଗରେ ହିଁ ରଖିଦେଲା ଏବଂ ତାଙ୍କ ପାଖରେ ଆଗପରି ଲାଗିହୋଇ ବସିଗଲା...

ଏତିକି ବେଳେ ହଠାତ୍ ଲାଇନ୍ କଟିଗଲା । ସବୁ ଆଡେ ଅନ୍ଧାର । ପ୍ରେମପ୍ରକାଶ ଭାବୁଥିଲେ ଯେ ଲାଇନ୍ ଆସିବା ପରେ ହିଁ ଖାଇବା ଆରମ୍ଭ କରିବେ... କିନ୍ତୁ ସେତିକିବେଳେ ଓଠ ଉପରେ କୋମଳ ଅଙ୍ଗୁଳିର ସ୍ପର୍ଶ ବାଜିଲା, ହାଲକା କମ୍ପିଉଠୁଥିବା... ଆଙ୍ଗୁଳି ଦୁଇଟି ତାଙ୍କ ପାଟିରେ ଖାଦ୍ୟର ଛୋଟ ଟୁକୁଡା ଥୋଇଦେଲା । ପ୍ରେମ ପ୍ରକାଶଙ୍କ ଓଠ... ତା ଆଙ୍ଗୁଳିର କମ୍ପିତ ସ୍ପର୍ଶରେ ଯେମିତି ଜଳିଉଠିଲା । ଆଙ୍ଗୁଳି ଧିରେଧିରେ ପଛକୁ ଫେରିଆସିଲା । ପ୍ରେମପ୍ରକାଶ ଦ୍ୱିତୀୟ ଖଣ୍ଡର ଅପେକ୍ଷା କରୁଥିଲେ ଓ ଏତିକି ବେଳେ ବିଜୁଳି ଚାଲି ଆସିଲା । ଦ୍ୱିତୀୟ ଖଣ୍ଡଟି ତା ହାତରେ ହିଁ ଥିଲା, ଯାହାକୁ ସେ ତରବରରେ ନିଜ ପାଟିରେ ପୁରାଇ ଦେଲା ।

ପ୍ରେମପ୍ରକାଶଙ୍କ ଆଡକୁ ଚାହିଁ ମୁରୁକି ମୁରୁକି ହସୁଥିଲା ।

ପ୍ରେମପ୍ରକାଶ ଖାଇବା ଆରମ୍ଭ କରିଦେଇ ଥିଲେ । କିଛି ସମୟ ପରେ ସେ ଉଠି ଚାଲିଗଲା ଓ ଅନ୍ୟ ଅତିଥିମାନଙ୍କ ସହ ବ୍ୟସ୍ତ ରହିଲା । ଖାଇବା ଶେଷକରି ପ୍ରେମପ୍ରକାଶ ଯିବା ପାଇଁ ବାହାରିଲେ । ବାହାଘର ବ୍ରତଘର ଅବା ଏପରି କିଛି ଆୟୋଜନ

ଗୁଡିକରେ ସେ ବହୁତ କମ ଯାଉଥିଲେ, ଯେଉଁଠି ବି ଯାଉଥିଲେ ବହୁତ ଶୀଘ୍ର ଚାଲିଆସିବା ପାଇଁ ବ୍ୟସ୍ତ ହୋଇ ଉଠୁଥିଲେ...

ଯେଉଁଠି ଜୀବନ ମୂଳତଃ ବିଷାଦମୟ ଅଟେ, ସେଇଠି ଏହିପରି ଲୋକଦେଖାଣିଆ ଯାକଜମକରେ ଉତ୍ସବ ପାଳନ କରିବା ମୋତେ ବିସ୍ମିତ କରେ। ଜନ୍ମଦିନ, ବିବାହ, ଗୃହ ପ୍ରବେଶ... ଆଦି ଯେପରି ଆଉ କାହାର ହେଉନି! କେମିତି ଖୁସି ହୋଇ ଫୁଲି ଉଠୁଛନ୍ତି ଏ ଘରର ଲୋକେ, ତା ପୁଣି ଯେତେବେଳେ ଏମାନଙ୍କ ଭିତରେ, ଏ ଘରେ କେତେ କେଜାଣି ଯନ୍ତ୍ରଣା ଦବି ହୋଇ ରହିଛି।

ଲୋକଙ୍କ ଭିତରେ, ତାଙ୍କ ସହ ସେ ସମସ୍ତଙ୍କ ଦୃଷ୍ଟିର କେନ୍ଦ୍ରବିନ୍ଦୁ, ସେଥିପାଇଁ ବହୁତ ଖୁସି। ତା ଭିତରେ କେତେ ବିରୋଧାଭାସ- ଘରପ୍ରତି ଉଦାସୀନ ହୋଇ ମଧ୍ୟ ଘରୋଇ, ଗୃହ ପ୍ରବେଶ କାମରେ ମଗ୍ନ, ବିବାହ ପ୍ରତି ବୀତସ୍ପୃହା ହୋଇ ମଧ୍ୟ ବିବାହିତ ହେବା ସମସ୍ତ ପ୍ରତୀକ ସଜେଇହୋଇ ବବ୍‌କଟ୍ ବାଳକୁ ଖୋଲା ଏମିତି ଛାଡି ଦେବା ବଦଳରେ ସେ ସୁନ୍ଦା କାଟିଛି, ସିନ୍ଥିରେ ହାଲକା କରି ଅଳ୍ପ ସିନ୍ଦୁର ପିନ୍ଧିବା ବଦଳରେ ଏତେ ପରିମାଣରେ ଭର୍ତ୍ତିକରି ପିନ୍ଧିଛି ଯେ ସିନ୍ଥି ଓ ବାଳରେ ଇଆଡେ ସିଆଡେ ହୋଇ ଲାଗିଛି। ସେ ଖୁସି ହେବାକୁ ଚାହେଁ, ଖୁସିକୁ ନିଜ ଆଡକୁ ଜୋର କରି ଟାଣି ନେବାର ଶକ୍ତି ବି ଅଛି। ଏହି ଗହଳି ଭିତରେ ମଧ୍ୟ ମୋତେ ନିଜ ହାତରେ ଖୁଆଇ ଦେବା....

ତା' ପାଖରେ ପହଞ୍ଚି, ପ୍ରେମପ୍ରକାଶ ପଛଆଡୁ "ଏବେ ମୁଁ ଯିବି " କହିବା ମାତ୍ରେ ସେ ପିଲାଙ୍କ ପରି ଜିଦ୍ କରିବା ପରି କହିଲା- "ଏବେ ନୁହେଁ, ଏବେ ତ ଆସିଛନ୍ତି, ବସନ୍ତୁ ନା, ମୁଁ ଆସୁଛି।"

ପ୍ରେମପ୍ରକାଶ ପୁଣି ସେଇ ଯାଗାକୁ ଯାଇ ବସିପଡିଲେ। ସେ ତାଙ୍କ ପାଖରେ ବସିବା ପାଇଁ ଚେଷ୍ଟା କରୁଥିଲା କିନ୍ତୁ ତାକୁ ଅତିଥିମାନଙ୍କୁ ଭେଟିବାପାଇଁ ବାରମ୍ବାର ଉଠି ଯିବାକୁ ପଡୁଥିଲା। ଏଥର କିନ୍ତୁ ସେ ଆଉ ମନା କଲାନି, ଅବଶ୍ୟ ଟିକେ ଉଦାସ ହୋଇଗଲା... ଆଉ ଟିକେ ଅସନ୍ତୁଷ୍ଟ ମଧ୍ୟ। ତାଙ୍କୁ ଛାଡିବା ପାଇଁ ବାହାରକୁ ମଧ୍ୟ ଆସିଲାନି ଯଦିଓ ନିଜ ଘରେ ପ୍ରେମ ପ୍ରକାଶ ଯାଇଥିଲେ।

ତା'ପରଦିନ ଫୋନରେ ସେ, ତାଙ୍କୁ ଅଭିଯୋଗ କଲା - "କଣ ଆଉ ଟିକେ ସମୟ ରହି ପାରି ନ ଥାନ୍ତେ ?"

ଖୁସିକୁ ଟାଣି ନେବାର ଶକ୍ତି ତ ତା ପାଖରେ ଅଛି, କିନ୍ତୁ ଦୀର୍ଘ ସମୟ ଧରି ସେହି ଖୁସିକୁ ନିଜ ଭିତରେ ଧାରଣ କରି ରଖିବାର କ୍ଷମତା ନାହିଁ - କାହିଁକି ନାଁ ଆସନ୍ତା କେତେ ଦିନ ପର୍ଯ୍ୟନ୍ତ ସେ ଏ କଥାରେ ହିଁ ଖୁସି ହୋଇ ରହିପାରିଥାନ୍ତା ଯେ

ଗୃହ ପ୍ରବେଶରେ ମୁଁ ଗଲି... ମୁଁ ଯିଏ କୁଆଡେ ବି ଯାଏନି, ନିଜ ଅନିଚ୍ଛା ସତ୍ତ୍ୱେ ଗଲି, ତାରି ପାଇଁ । ଓଲଟା ସେ ଆହୁରି ଅସନ୍ତୁଷ୍ଟ, ଟିକେ ରୁଷି ବସିଲା... କେବଳ ଏଇଥିପାଇଁ ଯେ ମୁଁ ଆଉ ଟିକେ ସମୟ ପାଇଁ ରହିଲିନି । ନିଜ ହାତରେ ଖୁଆଇଦେବା ପରି ଆଉକିଛି ସ୍ୱପ୍ନ ଥିଲା କି ତାର ? ବୋଧହୁଏ, ନିଜ ଘରେ ସେ ମୋତେ ଟିକେ ଅଧିକ ସମୟ ଦେଖିବାକୁ ଚାହୁଁଥିଲା, ମୋ'ପାଖରେ ବସିପାରୁ କି ନ ପାରୁ। ମୋର ଉପସ୍ଥିତି ହିଁ... ଯେପରି ତାକୁ ଲାଗିବ ଯେ ମୁଁ ମଧ୍ୟ ସେ ଘରର ସଦସ୍ୟ...

ନିଜ ହାତରେ ଖୁଆଇବାର ଖୁସିର ତୁରନ୍ତ କିଛି ସମୟ ପରେ ସେ ଅଖୁସିକୁ ମଧ୍ୟ ନିଜ ଆଡକୁ ସେଇପରି ଟାଣି ନେଇଥିଲା ।

ସେଇଟା କଣ ସମାଜଶାସ୍ତ୍ର, ମନୋବିଜ୍ଞାନର କେତେ ବହି ମୁଁ ପଢ଼ିଛି, ଜୀବନରେ ଏତେ ଅଭିଜ୍ଞତା, କିନ୍ତୁ ଗୋଟିଏ ଝିଅକୁ ବୁଝିପାରୁନି !

●●●

ଗୃହ ପ୍ରବେଶ ପରେ ଯୁବାଗୁରୁ ଘରର ରହିବା ଅଂଶକୁ ତ ଠିକ୍ ସେମିତି ହିଁ ରହିବାକୁ ଦେଲା, ଯେମିତି କିଣିଥିଲା, କିନ୍ତୁ ମନ୍ଦିର ଆଡକୁ ଥିବା ଭାଗରେ ଯଥେଷ୍ଟ ପରିବର୍ତ୍ତନ କଲା, ସେଠି ଅଧିକ ଟଙ୍କା ଖର୍ଚ୍ଚ କଲା । ପୂର୍ବରୁ ରହୁଥିବା ଘରେ ମଧ୍ୟ ଯେଉଁ ସାଜସଜ୍ଜା ମନ୍ଦିର ପଟକୁ ରହୁଥିଲା, ସେଇଟା ଘରର ନ ଥିଲା । ଏ ଘରେ ତ ମନ୍ଦିର ଥିବା ଭାଗଟା ଘରଠାରୁ ଅଲଗା ହିଁ ଥିଲା, ଏକ ପ୍ରକାରର ଆଉ ଗୋଟେ ଘର, ମୁଖ୍ୟ ଦରଜା ବି ଅଲଗା ଥିଲା । ପ୍ରବେଶ ଦ୍ୱାରର ଠିକ୍ ସାମ୍ନାରେ ଯୁବାଗୁରୁ ଠାକୁରଙ୍କୁ ରଖିଲା- ସାଧାରଣ ଲୋକଙ୍କ ପାଇଁ, ସେମାନେ ଆସିବେ ଏବଂ ଏଇଠୁ ହିଁ ଦର୍ଶନ କରି ପୁଣି ଫେରିଯିବେ । କାନ୍ଥ ଉଠାଇ ମନ୍ଦିରର ଅନ୍ୟ ପଟକୁ ପୂଜା ସ୍ଥାନ ଠାରୁ ସଂପୂର୍ଣ୍ଣ ଅଲଗା କରିଦେଲା । କାନ୍ଥରେ ଗୋଟେ କବାଟ ଥିଲା ଯାହାକି ଗୋଟିଏ ଛୋଟିଆ ପ୍ରତୀକ୍ଷାଳୟ ଆଡକୁ ଖୋଲୁଥିଲା । ସାମ୍ନାରେ ଆଉ ଗୋଟିଏ ଭବ୍ୟ କୋଠରୀର କବାଟ, ଯେଉଁଠି ଗୋଟେ ଗୁରୁଜୀଙ୍କ ପାଇଁ ସିଂହାସନ ଓ ଆଉ ଗୋଟେ ଡିଭାନ୍ ପଡିଥିଲା । ଡିଭାନ୍‌ଟି ସ୍ୱାମିଜୀଙ୍କର ବିଶ୍ରାମ କରିବା ପାଇଁ । ବିଶିଷ୍ଟ ଆଗନ୍ତୁକମାନେ ଏଠି ମଧ୍ୟ ତଳେ ହିଁ ବସୁଥିଲେ । ଏହି ସଂପୂର୍ଣ୍ଣ ଅଂଶଟିରେ ସେ କାନ୍ଥକୁ ଲଗାଇ ନୂଆ ନାଲି କାର୍ପେଟ ବିଛେଇଲା, ଏ.ସି ଲଗାଇଲା, ରୁମ୍ ଓ ପ୍ରତୀକ୍ଷାଗୃହ ଉଭୟର କବାଟରେ ଡୋର କ୍ଲୋଜର । ଏଠାରେ ଯୁବାଗୁରୁ ବିଶିଷ୍ଟ ଲୋକମାନଙ୍କ ସହ ସେମାନଙ୍କ ପଦ ପ୍ରତିଷ୍ଠା ଅନୁସାରେ ଦେଖା କରୁଥିଲା । ମହିଳାମାନଙ୍କ ମଧ୍ୟରେ ପୌଢାମାନେ ବହୁତ ଆସୁଥିଲେ । ଯୁବାଗୁରୁ ଧନୀ ଏବଂ ସୁନ୍ଦରୀମାନଙ୍କ ସହ ଅଧିକ ସମୟ ବିତାଉଥିଲେ... ସେମାନଙ୍କ ସହ ଆତ୍ମୀୟତା

ବଢାଇବାକୁ ଚେଷ୍ଟା କରୁଥିଲା, କିନ୍ତୁ ସେମାନେ ଚାଲାକ୍ ମହିଳାଥିଲେ। ନିଜର ଖାଲି ସମୟ କାଟିବାକୁ ମନ୍ଦିର ପୂଜା ଆଦିରେ ସେମାନଙ୍କର ଆଗ୍ରହ ଥାଇପାରେ, କିନ୍ତୁ ନା ସେମାନେ କୌଣସି ଟଙ୍କା ପଇସା ସାହାଯ୍ୟ କରୁଥିବା ନଜରକୁ ଆସେ ନା ହିଁ ଗୁରୁଜୀଙ୍କ କଥା ସେମାନଙ୍କୁ ଭ୍ରମିତ କରିପାରେ। ସେମାନେ ଆସନ୍ତି, ନିଜର ଦରକାରୀ କଥାହୋଇ ଚାଲିଯାଆନ୍ତି। କାହାକୁ କେତେ ସମୟ ଦିଆଯିବ, ଏ କଥା ଯୁବାଗୁରୁ ସ୍ଥିର କରୁଥିଲେ। କୌଣସି ସହାୟକ ରଖୁନଥିଲେ, କାରଣ ସେଥିରେ ତା'ର ଏକାକୀତ୍ୱ ଭଙ୍ଗ ହେଉଥିଲା। ଭିତରେ ଅଂଶକୁ ଯୁବାଗୁରୁର ବିନା ଅନୁମତିରେ ଶିଷ୍ୟମାନଙ୍କର ମଧ୍ୟ ପ୍ରବେଶ ନିଷିଦ୍ଧଥିଲା ଗୁରୁ ପ୍ରାୟ ସମୟରେ ତା' ଭିତରୁ ବାହାରି ଦେବସ୍ଥଳୀ, ପୂଜାସ୍ଥଳୀ ଅବା ନିଜ ଘରେ ସାକ୍ଷାତ କରୁଥିଲା। ଯେତେବେଳେ ଆଗନ୍ତୁକମାନେ ନଥାନ୍ତି ଅବା ଯାଇସାରିଥାନ୍ତି ସେ ସମୟରେ ଯୁବାଗୁରୁ ସାଧନା, ଧ୍ୟାନ ଅବା ସ୍ୱାଧ୍ୱାୟରେ ଲୀନ ହୋଇଥାଏ, ବାହାରେ ଏହି ଗୁଜବ୍ ଖେଳାଇ ଦିଆଯାଇ ଥିଲା। ପୌଢା ସ୍ତ୍ରୀ ଲୋକମାନେ, ମାଆବାପା କେବେ ଏକା ସାଙ୍ଗରେ, କିନ୍ତୁ ପ୍ରାୟତଃ ଅଲଗା ଅଲଗା ନିଜ ସମସ୍ୟା ଗୁଡିକର ସମାଧାନ ପାଇଁ ଆସୁଥିଲେ। ଯୁବାଗୁରୁ ଏପରି ସବୁ ଯୋଜନା କରି ରଖିଥିଲେ ଯେ ସମ୍ବନ୍ଧିତ ବ୍ୟକ୍ତି ନିଜର ସମସ୍ୟା ଏକୁଟିଆ ହିଁ ତାକୁ କହିବ। ପତିପତ୍ନୀ ସମ୍ବନ୍ଧୀୟ ସମସ୍ୟା ଯଦି, ପତି ଅଲଗା ଓ ପତ୍ନୀ ଅଲଗା ହୋଇ ଜଣାଇବ। ଏଥିପାଇଁ ପୌଢମାନେ ଯେଉଁମାନେ କି ମନ୍ଦିରକୁ ଏମିତି ହିଁ କାହାକାହା ସାଙ୍ଗରେ ଆସୁଥିଲେ, ଭିତରେ ଯେତେବେଳେ ଗୁରୁଜୀଙ୍କ ସହ ଦେଖାକରୁଥିଲେ ସେତେବେଳେ ସେମାନଙ୍କୁ ଏକା ହିଁ ବସିବାକୁ ପଡିଥାଏ। ସେମାନଙ୍କ ମଧ୍ୟରୁ କିଛି ପୁଣି ଏକା ଆସିବାକୁ ଲାଗନ୍ତି।

ସେଦିନ ରାତିରେ ଆଳତୀ ପରେ ଗୁରୁଜୀଙ୍କ ସହ ଦେଖାକରିବା ଲୋକଙ୍କ ଭିତରୁ ସବୁଠାରୁ ଶେଷରେ ତିନି ଜଣ ଥିଲେ ମାତାପିତା ଓ ସାଙ୍ଗରେ ସେମାନଙ୍କ ଝିଅ ନିଶା। ସମସ୍ୟା ମାଆ ବାପାଙ୍କର ବି ଥିଲା ଓ ଝିଅର ବି। ସେମାନେ ତାର ବିବାହ ଯୋଗ ବିଚାର କରିବା ପାଇଁ ଆସିଥିଲେ।

ଜାତକ ଦେଖିବା ପୂର୍ବରୁ ହିଁ ଯୁବାଗୁରୁର ସ୍ନିଗ୍ଧ ଦୃଷ୍ଟି ସେମାନଙ୍କ ଆଡକୁ ଚାଲିଗଲା, ଝିଅଟି ଉପରେ ଟିକେ ବେଶୀ ସମୟ ଯାଏଁ ଦୃଷ୍ଟି ସ୍ଥିର ହୋଇ ରହିଲା।

ସେ ନବ ଯୁବତୀ ଥିଲା। ଶ୍ୟାମଳ ରଂଗ, ଫିକା ଫିକା ବସନ୍ତର ଚିହ୍ନ, କମ୍ ଉଚ୍ଚତା କିନ୍ତୁ ନୂଆ ଯୌବନର ସତେଜତା ଚେହେରାରେ ଥିଲା, ଉଚ୍ଚତା କମ୍ ଥିବା ଯୋଗୁଁ ଦେହ ଅତିରିକ୍ତ ପୁରିଲା ପୁରିଲା... ଗୋଲଗୋଲ ଝିଅ !

"କଣ ନାମ ଏ ସୁକନ୍ୟାଙ୍କର ?"

"ନିଶା" ତା' ବାପା କହିଲେ।

"ସୁନ୍ଦର ନାମ! ନିଶା... ବିଶ୍ରାମ ଦାୟିନୀ। ରାତି ନ ହେଲେ ତ ମଣିଷ ଟିକେ ବିଶ୍ରାମ ବି ପାଇବନି, ବିକ୍ଷିପ୍ତ ହୋଇଯିବ।"

"ଯାକୁ ଏଥିପାଇଁ ସାଙ୍ଗରେ ଆଣିଲୁ ଯେ ଆପଣ ଜାତକ ସହ ହସ୍ତରେଖା ମଧ୍ୟ ଟିକେ ଦେଖିଦେବେ। ଶୁଣୁଛୁ ଆପଣ ଦୁଇଟି ଯାକ ଦେଖନ୍ତି।"

"ନିଶ୍ଚୟ, ଦୁଇଟି ଯାକ ପରସ୍ପର ପୂରକ ଅଟନ୍ତି। ଯାହା ଗୋଟିଏ ସ୍ଥାନରେ ସୂଚନା ଦେଇଥାଏ ତାହାର ଅନ୍ୟଟିରେ ନିଶ୍ଚିତ ହୋଇଯାଏ ଏବଂ ଆମକୁ ଆମର ଧାରଣା ସଠିକ ଲାଗିଥାଏ। ସମସ୍ୟା କଣ?"

"ଯା ବିବାହ ପ୍ରସ୍ତାବ ଯେଉଁଠି ବି ପଡୁଛି ସେଇଠି ହିଁ ଭାଙ୍ଗି ଯାଉଛି... ଅନେକ ସମୟରେ ତ ବହୁତ ଛୋଟ ଏବଂ ବେକାର କାରଣରୁ।"

ଯୁବାଗୁରୁ ଜାତକ ଧରିଲା, କିଛି ସମୟ ତାକୁ ଏପାଖ ସେପାଖ ଓଲଟାଇ ଚାଲିଲା, ଆଙ୍ଗୁଳି ଗୁଡିକରେ କିଛି ଗଣିବାକୁ ଲାଗିଲା। ତା ପରେ କହିଲା -

"ନିଶା, ମୋ ପାଖକୁ ଆସ..."

ନିଶା ତା ସିଂହାସନର ଠିକ ତଳକୁ ଘୁଞ୍ଚି ଆସିଲା। ଯୁବାଗୁରୁ ତା ବାଁ ହାତକୁ ନିଜର ଦୁଇ ହାତରେ ଧରିଲା- କୋମଳ ପତ୍ରର କମ୍ପନ। ହସ୍ତରେଖା ଦେଖିବାକୁ ଲାଗିଲା। ପାପୁଲିକୁ ଖୋଲିବା ବନ୍ଦ କରିବା ବାହାନାରେ ହାତକୁ ଟିକେ ଏପାଖ ସେପାଖରୁ ଦବାଇବାକୁ ଲାଗିଲା... ଏକ ଦମ୍ କୋମଳ ପବନରେ ଥରୁଥିବା ପତ୍ର ପରି। ଜାତକଠାରୁ ଅଧିକ ସମୟ ସେ ହାତ ଦେଖିବାରେ ଲଗାଇଦେଲା... ଓଲଟା ପାଲଟା କରି କିଛି ସମୟ ପାଇଁ ସେ ତା ମୁହଁକୁ ବି ଦେଖିଲା। ହାତ ଛାଡିବା ବେଳକୁ ଅନ୍ୟମନସ୍କ ଥିବା ପରି ସେ ଲାଗୁଥିଲା, ଚୁପ୍ ହୋଇ ରହିଲା।

"କଣ କହୁଛନ୍ତି ଗୁରୁଜୀ!"

"ବିବାହ ଯୋଗ ଗ୍ରାସିତ ଅଛି।"

"ମାନେ... କଣ ଲେଖା ହିଁ ହୋଇନି?"

"ନାଁ, କଥା ସେମିତି ନୁହେଁ। ତିନି ବର୍ଷ ଯାଏଁ ବିପରୀତ ଗ୍ରହ ସବୁ ଘେରି ହୋଇଛନ୍ତି। ଏପରି ପରିସ୍ଥିତିରେ ତରବରରେ ବିବାହ ଯଦିଓ କରିଦେବେ ତେବେ କିଛି ଅଘଟଣ ଘଟିପାରେ।"

ପୁଣି ଜାତକକୁ ଦେଖି, ହାତ ଗଣି କହିଲା....

"ହଁ, ତିନି ବର୍ଷ ପରେ ଯେତେବେଳେ ଗୁରୁ ମହାଦଶା ଆରମ୍ଭ ହେବ ସେତେବେଳେ ଏହାଙ୍କ ବିବାହ ବିଷୟରେ ଚିନ୍ତା କରାଯାଇପାରେ... ସେ ଯାଏଁ

ନୀଲମର ମୁଦି ଧାରଣ କରନ୍ତୁ, ବିପରୀତ ଗ୍ରହ ଗୁଡିକର ଦୋଷ ନିବାରଣ ପାଇଁ ବ୍ରତ ଉପବାସ କରନ୍ତୁ।"

ମାଆବାପା ଦୁହେଁ ଚିନ୍ତିତ ଦେଖାଯିବାରୁ ଯୁବାଗୁରୁ ତାଙ୍କୁ ହାଲୁକା ଢଙ୍ଗରେ ପଚାରିଲେ "ଆପଣମାନେ ଏତେ ତରବର କାହିଁକି ହେଉଛନ୍ତି... ?"

"ବି.ଏ କରିସାରିଛି, ଘରେ କାହିଁକି ବସିରହିବ ବୟସ ବି ତ ହେଇଯାଉଛି ।"

"ଆଜିକାଲିର ସମୟ ଅନୁସାରେ ତ କିଛି ବେଶୀ ବୟସ ହେଇନି। ଘରେ ବସିବା କଥା ଯଦି... ସେ ପଢୁ... ଆଗକୁ ଆହୁରି ପଢୁ।"

"ପଢିବାରେ ବିଶେଷ ରୁଚି ୟାର ନାହିଁ।"

"ହେଇଯିବ...ମୁଁ ମୋ ପତ୍ନୀଙ୍କ ସହ ଦେଖା କରାଇଦେବି। ସେ ପଢା ପଢିରେ ଖୁବ୍ ଆଗୁଆ। ଆମେ ଦୁଇ ଜଣ ୟା ସହ କଥା ହୋଇ ତା ମନ ପସନ୍ଦର ବିଷୟ ସ୍ଥିର କରିଦେବୁ। ବିଶ୍ୱ ବିଦ୍ୟାଳୟରେ ମୋ ପତ୍ନୀଙ୍କର ଚିହ୍ନା ପରିଚୟ ଅଛି, ସେ ତା ପସନ୍ଦର ବିଷୟରେ ଆଡମିସନ କରାଇଦେବେ। ବିଶ୍ୱ ବିଦ୍ୟାଳୟ ଯିବାକୁ ଆରମ୍ଭ କଲେ, ମନ ନିଶ୍ଚୟ ଲାଗିଯିବ, ନିଶା, ତୁମେ କାଲି ଦ୍ୱିପ୍ରହର ପରେ ମୋ ଘରକୁ ଚାଲି ଆସିବ... ଏଠିକୁ ନୁହେଁ। ମୁଁ ନ ଥିବି ଯଦି ମୋ ପତ୍ନୀ ପାଖରେ ବସିବ... ଆମେ ତିନି ଜଣ ଆଗାମୀ ଯୋଜନା ବିଷୟରେ କଥା ହୋଇଯିବା।"

"ନୀଲମ ?"

"ଆପଣ ଆଙ୍ଗୁଠି ମାପର ମୁଦି ବନେଇ ଦିଅନ୍ତୁ, ପଥର ମୁଁ ଦେଇଦେବି। ଯେଉଁ ଓପାସ ବ୍ରତ କରିବାର ଅଛି... କେମିତି କରିବାକୁ ହେବ, ମୁଁ ସେଇଟା ନିଶାକୁ ବୁଝେଇଦେବି।"

ଯୁବାଗୁରୁ ଉଠିଗଲେ।

ତା' ପରଦିନ ନିଶା ଆସିଲା। ଯୁବାଗୁରୁ ପତ୍ନୀ ସହ ଆଗରୁ ହିଁ କଥାବାର୍ତ୍ତା କରି ରଖିଥିଲା। ଘର ବାହାରେ ଥିବା ତ ପରିଚିତମାନଙ୍କୁ ଯୁବାଗୁରୁ ବ୍ୟବହାର କରିବ, ଏହା ସାଧାରଣତଃ ତାକୁ ଭଲ ଲାଗୁ ନଥିଲା... କିନ୍ତୁ ନିଶା ପାଇଁ ତା ମନରେ ଦୟା ଆସିଲା ଓ ସେ ମାନିଗଲା। ଦୁଇଜଣ ଯାକ ନିଶା ସହ କଥା ହୋଇ ତାକୁ ଇତିହାସରେ ଏମ୍.ଏ କରିବା ପାଇଁ ରାଜି କରାଇଲେ। ସେ ପ୍ରଫେସର କୌଶିକ୍‌ଙ୍କ ସହ, ଯିଏ କି ଲିଡର ଥିଲେ, ତାଙ୍କ ତତ୍ତ୍ୱାବଧାନରେ କରିବା ପାଇଁ ନିଶା ଉପସ୍ଥିତିରେ ତାଙ୍କ ସହ ଫୋନରେ କଥା ହୋଇଗଲା। ଧାର୍ଯ୍ୟ ତାରିଖ ଓ ସମୟରେ ନିଶାର ସେଠାରେ ପହଞ୍ଚି ଯିବାର ଥିଲା, ବାକି ସବୁ କାମ ସେ କରାଇଦେବ ଇତିହାସ ବିଭାଗକୁ ଯାଇ।

ଯୁବାଗୁରୁ ଘରର ଡ୍ରଇଁ ରୁମରେ ହିଁ ନିଶାକୁ ସୋମବାର ଏବଂ ଶନିବାର ଦିନ

ବ୍ରତ ରଖିବାର ବିଧିବିଧାନ ବିସ୍ତାର ରୂପେ ବୁଝାଇ ଦେଲା। ତାକୁ ଛାଡିବା ପାଇଁ ବାହାରକୁ ଆସି ଦେଖିଲା ଯେ ତା ପାଖରେ ସ୍କୁଟି ନାହିଁ, ବସରେ ଆସିଥିଲା।

"ଚାଲ, ତୁମକୁ ଘରେ ଛାଡି ଦେଇ ଆସିବି।"

"ମୁଁ ବସରେ ଚାଲିଯିବି, ସିଧା ଘର ଦେଇ ଯାଏ।"

"ଅସୁବିଧା କଣ, ମୋର ସେଇଆଡକୁ ଏବେ ଯିବାର ଅଛି।"

"ଏବେ ?"

"ହଁ ଯାଉଥିଲି। ତୁମ ମାଆବାପାଙ୍କ ସହ ମଧ୍ୟ ଦେଖା ହୋଇଯିବ। ବାଟରେ ତ ପଡିବ!"

ନିଶାର ବାପା ଅସୁସ୍ଥ ରହୁଥିଲେ, କିଛି ମାସ ପରେ ଅବସର ନେଇଥାନ୍ତେ। ସେଥିପାଇଁ ତାଙ୍କୁ ନିଜର ଏକ ମାତ୍ର ସନ୍ତାନ ନିଶାର ବିବାହର ଚିନ୍ତା ଲାଗିରହୁଥିଲା। ଦୁର୍ଭାଗ୍ୟର କଥା ଯେ, ନିଶା ଦେଖିବାକୁ ବହୁତ ସାଧାରଣ ଥିଲା ସେଥିପାଇଁ ବାହାଘରେ ସମସ୍ୟା ହେଉଥିଲା, ଯେଉଁଠି ଯଦିଓ କଥା ଆଗକୁ ବଢୁଥିଲା ତେବେ ବରପକ୍ଷଙ୍କ ଯୌତୁକ ଦାବି କଥାକୁ ବିଗାଡି ଦେଉଥିଲା। ନିଜର ଆର୍ଥିକ ସ୍ଥିତି ସୁଧାରିବା କଥା ଚିନ୍ତା କରି ନିଶାର ବାପା ନିଜ ଘରର ଛାତ ଉପରେ ଏକ ଛୋଟିଆ ରହିବା ମୁତାବକ ଘରଟିଏ ତିଆରି କରୁଥିଲେ... ଯାହାକୁ ଭଡାରେ ଦିଆଯାଇ ପାରିବ। ରିଟାୟାର୍ଡ୍ ହେବା ପରେ ସେଇଟା ଗୋଟିଏ ଅତିରିକ୍ତ ରୋଜଗାରର ମାଧ୍ୟମ ହୋଇପାରିବ।

ଯୁବାଗୁରୁ କଥାବାର୍ତ୍ତା ବହୁତ ମିଠାମିଠା କରୁଥିଲା। ସେଇଦିନ ସେ ନିଶାର ମାଆ ବାପାଙ୍କ ମନ ଜିଣିନେଲା। ନିର୍ଦ୍ଧାରିତ ଦିନ ସେ ହିଁ ନିଶାକୁ ନିଜ ସ୍କୁଟରରେ ୟୁନିଭର୍ସିଟି ନେଇ ଗଲା, ତା ଆଡମିଶନର ସମସ୍ତ ଔପଚାରିକତା ଶେଷ କରି ଆସିଲା। ଏହା ପରେ ପ୍ରାୟ ତା ଫୋନ ଆସିବାକୁ ଲାଗିଲା, ସେ ନିଶାର ବାପାଙ୍କ ସହ ହିଁ ଅଧିକ କଥା ହୁଏ। ଧିରେଧିରେ ସେ ତାଙ୍କ ଘର ତିଆରି ହେବା କାମରେ ମଧ୍ୟ ସାହାଯ୍ୟ କରିବାକୁ ଲାଗିଲା, ବଜାରକୁ ଯିବା, ଜିନିଷ ପତ୍ର ଆଦି କିଣାକିଣି କରି ନିଶା ଘରକୁ ପଠେଇ ଦେବା, କଣ୍ଟ୍ରାକ୍ଟର ଠିକାଦାର ଆଦିଙ୍କ ସହ କଥା ହେବା ଇତ୍ୟାଦି। ନିଶାର ବାପା, ଯିଏ କି ଆଉ ବେଶୀ ଧାଁ ଦଉଡ କରିପାରୁ ନ ଥିଲେ... ତାଙ୍କୁ ଟିକେ ହାଲୁକା ଲାଗିଲା। ଏହା ପରେ ମଧ୍ୟ ଖରାରେ ଯେତେବେଳେ ସେ ଘରର ଛାତ ପଡିବା ଆଦି କାମ ଠିଆ ହୋଇ ଦେଖିବାର ଥାଏ... ଯୁବାଗୁରୁ ଦିନରେ ଚାଲିଯାଏ ଏବଂ ଘଣ୍ଟା ଘଣ୍ଟା ଧରି ନିଶା ଘରେ ରହେ। ସେ ସମୟରେ ନିଶା ତା ପାଇଁ ନିଜେ କିଛି ଖାଇବା ତିଆରି କରି ଖାଇବାକୁ ଦିଏ, ଚା' ପିଆଏ।

ଅଳ୍ପ କିଛି ମାସରେ ସିଏ ସେ ଘରର ଅନ୍ତରଙ୍ଗ ସଦସ୍ୟ ହୋଇଯାଇଥିଲା।

ନିଶା ସହ ଏକାନ୍ତରେ ଯେତେବେଳେ ବି କଥା ହେବାର ସମୟ ମିଳେ, ସେ ତାକୁ ଜ୍ୟୋତିଷ ବିଦ୍ୟାର କଥା କୁହେ। ଜ୍ୟୋତିଷଶାସ୍ତ୍ରରେ ନିଶାର ଆଗ୍ରହ ବଢିଯାଏ।

"କଣ ଆପଣ ମୋତେ ଜ୍ୟୋତିଷଶାସ୍ତ୍ର ପଢାଇ ପାରିବେ?" ସେ ଦିନେ ଯୁବାଗୁରୁଙ୍କୁ ପଚାରିଲା।

"କିନ୍ତୁ ତୁମେ ତ ଇତିହାସ ପଢୁଛ।"

"ତା ପାଇଁ ଏତେ ବେଶୀ ସମୟ ଦରକାର ନାହିଁ। ମୁଁ ଏକା ସାଙ୍ଗରେ ଆଉ କିଛି ମଧ୍ୟ କରିପାରିବି।"

"ଠିକ ଅଛି... କିନ୍ତୁ ବିଦ୍ୟାର୍ଥୀକୁ ଗୁରୁଙ୍କ ପାଖକୁ ଆସିବାକୁ ହୋଇଥାଏ।" ଯୁବାଗୁରୁ ମୁରୁକି ହସି କହିଲା। ନିଶା ବିସ୍ମିତ ହୋଇ ଚାହିଁରହିବାରୁ ସେ କଥାକୁ ସ୍ପଷ୍ଟ କରିଦେଲା - "ଏଥିପାଇଁ ତୁମକୁ ମୋ ଘରକୁ ଆସିବାକୁ ହେବ, ସବୁ ଦିନ ନୁହେଁ, ସପ୍ତାହରେ ଗୋଟିଏ ଦିନ ଘଣ୍ଟାଏ ପାଇଁ ଯଥେଷ୍ଟ ହେବ। ଆମେମାନେ ହଲରେ ବସିଯିବା।"

"ମୁଁ ଚାଲିଯିବି... ବସ୍‌ରେ ଆପଣଙ୍କ ଘରକୁ ତ ମାତ୍ର ଅଧଘଣ୍ଟାର ରାସ୍ତା।"

"ବାପାଙ୍କୁ ପଚାରିଦିଅ।"

"ସେ ମନା କରିବେନି। ପଢାପଢି କରିବା ବିଷୟରେ ସେ ମୋଠାରୁ ବେଶୀ ଆଗ୍ରହୀ।"

ନିଶାର ବାପା ରାଜି ହୋଇଗଲେ। ଏମ୍.ଏ କରିବା ସହ ଯଦି ଝିଅ ଆଉ ଗୋଟିଏ ବିଷୟରେ ପାରଙ୍ଗମ ହୋଇଯାଏ, ତେବେ କ୍ଷତି କଣ। ଏଇଟା ବି ଭଲ ଯେ ସେ ଅଧିକରୁ ଅଧିକ ବ୍ୟସ୍ତ ରହିବ।

ଯୁବାଗୁରୁ ଥରେ ଦୁଇଥର ତ ହଲରେ ପଢାଇଲା... ଏପରି ସମୟରେ... ଯେଉଁ ସମୟରେ ପତ୍ନୀ ଅଫିସରେ ଥାଏ। ଏହା ପରେ ଗୋଟିଏ ଦିନ ହଠାତ୍ ପ୍ରସ୍ତାବ ଦେଲା - "ଚାଲ, ମନ୍ଦିରରେ ବସିବା। ଏଠି ଡିଷ୍ଟର୍ବ ହେଉଛି।"

ସେମାନେ ମନ୍ଦିରର ଭିତର କକ୍ଷରେ ବସିବାକୁ ଲାଗିଲେ... ସେଠି, ଯେଉଁଠାକୁ ନିଶା ପ୍ରଥମ ଥର ପାଇଁ ଆସିଲା ଦିନ ବେଳା ସେଠାରେ ଖାଁ ଖାଁ ଲାଗେ। ଯେଉଁ ଦିନ ନିଶାର ଆସିବାର ଥାଏ... ଯୁବାଗୁରୁ ଅଫିସରୁ ଟିକେ ଶୀଘ୍ର ଆସିଯାଏ। ଯୁବାଗୁରୁ ଜ୍ୟୋତିଷ ବିଦ୍ୟାର ଅଧ୍ୟୟନ କରିଥିଲା ଗୋଟିଏ ଡିଗ୍ରୀ ମଧ୍ୟ ପାଇଥିଲା। ସେ ସେହିପରି ପଢାଇବାକୁ ଲାଗିଲା... ଧିରେଧିରେ। ଆସ୍ତେଆସ୍ତେ ନିଶାକୁ ଛୁଇଁବା... ଯାହା କ୍ରମଶଃ ତାକୁ ଆଲିଙ୍ଗନ କରିବା ଓ ଚୁମିବା ଯାଏ ଚାଲିଗଲା। ସେ ପର୍ଯ୍ୟନ୍ତ ନିଶା ବିଶେଷ

ବିରୋଧ କଲା ନାହିଁ... ଯେହେତୁ ସେ ଘରଲୋକଙ୍କ ଅନ୍ତରଙ୍ଗ ହୋଇ ସାରିଥିଲା, ଅନେକ କାମରେ ବାପାଙ୍କୁ ଆଗତୁରା ସାହାଯ୍ୟ କରୁଥିଲା । ଏକ ପ୍ରକାର କହିବାକୁ ଗଲେ ସେ ଘରର ଢାଲ ହୋଇ ଯାଇଥିଲା । ଆଉ ଏଇଆ ବି ଥିଲା ଯେ- ଏ ଧରଣର ସୁଖର ଅନୁଭବ ନିଶା ପାଇଁ ପ୍ରଥମ ସୁଖ ଥିଲା । ଯୁବାଗୁରୁ ଗୋରା ଥିଲେ, ନିଶା ଠାରୁ ଯଥେଷ୍ଟ ସୁନ୍ଦର... ଏବଂ ପାଖାପାଖି ସମବୟସ୍କ ମଧ୍ୟ । କିନ୍ତୁ ଯୁବାଗୁରୁ ଦିନେ ଆଉ ଟିକେ ଆଗକୁ ବଢିବାର ଚେଷ୍ଟା କରିବାରୁ ନିଶା ବାଧା ଦେଲା ।

"ଏଇଟା ନୁହେଁ ।"

"କାହିଁକି ?"

"... ଏଠି ନୁହେଁ ।"

"କାହିଁକି ?"

"କେହି ଦେଖି ଦେବ ।"

"ଏଠାକୁ କେହି ଆସନ୍ତିନି ।"

"ଦିଦି ?"

"ସେ ଏ ସମୟରେ ଅଫିସରେ ଥାଏ ।"

"ମାଆ - ବାପା ?"

"ସେମାନେ ଦିନବେଳା ଘରେ ଥାନ୍ତି । ଆଜି ସେମିତି ବି ବାହାରକୁ ଯାଇଛନ୍ତି ।"

"ଏବେ ନୁହେଁ ।"

ଯୁବାଗୁରୁ ଜବରଦସ୍ତି କଲା ନାହିଁ, ନିଶାକୁ ମାନସିକ ରୂପେ ପ୍ରସ୍ତୁତ କରିବାକୁ ହେବ । ଦିହେଁ ନିଜ ନିଜ ସ୍ଥାନରେ ବସିଯିବା ପରେ ନିଶା କହିଲା -

"ଆପଣ ବିବାହିତ, କଣ ଏହା ଦିଦିଙ୍କ ସହ ବିଶ୍ୱାସଘାତକତା ନୁହେଁ ?"

"ମୁଁ ତାକୁ ପ୍ରେମ କରେନି ।"

"କାହିଁକି ?"

"ଆମ ବିଚାରରେ ସମାନତା ନାହିଁ । ତାର ଧର୍ମକାର୍ଯ୍ୟରେ ରୁଚି ନାହିଁ । ମୋର କେତେ ରୁଚି ଅଛି... ଦେଖୁଛ । ସେ ଧର୍ମର, ମୋର ଅପମାନ କରେ । ଆମେ ଦୀକ୍ଷା ଏକା ସାଙ୍ଗରେ ନେଇଥିଲୁ, କିଛି ଦିନ ସେ ମନ୍ଦିରରେ ମୋ ସହ ପାଖାପାଖି ବସି ପୂଜାପାଠରେ ଭାଗ ନେଉଥିଲା । ହଠାତ୍ ଛାଡିଦେଲା । ସେ ଅବିଶ୍ୱସ୍ତ ପରି କାମକଲା ସେବେଠୁ ଆମ ଦୁହିଁଙ୍କ ରାସ୍ତା ଅଲଗା ହୋଇ ଯାଇଛି ।"

"ଆପଣଙ୍କ ଧର୍ମ ଏ କଥାକୁ ଅନୁମତି ଦିଏ ।"

"ମୁଁ ତୁମକୁ ପ୍ରେମ କରେ... ସେଥିପାଇଁ ଏହା ଦୋଷାବହ ନୁହେଁ।"

"ସନ୍ଥ ହେବାରେ ବ୍ୟାଘାତ ନୁହେଁ?"

"ସନ୍ଥ ବି ତ ମନୁଷ୍ୟ ହୋଇଥାଏ। ତା ଛଡା ମୁଁ ବି ତ ସଂସାର ଛାଡିନି।"

"ମୋତେ ପ୍ରେମ କାହିଁକି କରନ୍ତି?"

"ଏଥିପାଇଁ ଯେ ଆମ ରୁଚିରେ ସମାନତା ଅଛି। ତୁମର ଜ୍ୟୋତିଷ ବିଦ୍ୟାରେ ଆଗ୍ରହ ଅଛି... ମୋ କାର୍ଯ୍ୟ କ୍ଷେତ୍ରରେ। ପୂଜାବ୍ରତ କରୁଛି। ତୁମେ ମୋ ବିଷୟରେ ଚିନ୍ତା କରୁଛ। ଆମେ ପରସ୍ପରର ଭବିଷ୍ୟତ ବିଷୟରେ ଭାବନ୍ତି। ତୁମେ ମୋତେ ବହୁତ ଭଲଲାଗ। ଏବଂ ତୁମେ ମଧ୍ୟ ବିବାହ ଯାଏ କାହିଁକି ଅପେକ୍ଷା କରି ବସିଛ। ଏ ବୟସ, ଏ ସମୟ ଏମିତି କାହିଁକି ନଷ୍ଟ କରୁଛ। ଆଜିକାଲି ଝିଅ ମାନଙ୍କ ମଧ୍ୟରେ ବିବାହ ପୂର୍ବରୁ... ଏହାର ମଧ୍ୟ ଚଳଣୀ ଅଛି।"

ନିଶାକୁ ସେ ସୁଖ ଭିତରେ କେଉଁଠି ସ୍ପର୍ଶ କରିଥିଲା... ସେହି ଅଜଣା ସୁଖ ଯାହା କେଜାଣି କେତେ ଦୂରରେ ଥିଲା। ତା ସାଙ୍ଗ ଝିଅମାନେ ଯେତେବେଳେ ଏ ବିଷୟରେ କଥା ହୁଅନ୍ତି, ସେ ଖାଲି ଶୁଣୁଥାଏ... ଏବେ ଅଳ୍ପ ପରିଚୟ ହୋଇଯାଇଥିଲା।

ସେହି ସୁଖକୁ ପାଇବାର କ୍ରମ ବଢି ଚାଲିଲା। ଦୁହେଁ ପ୍ରାୟତଃ ସୁଯୋଗ ଅପେକ୍ଷାରେ ଥାଆନ୍ତି। ନିଶାର ମାଆ ବାପା ଏ ଦୃଷ୍ଟିରୁ ନିଶ୍ଚିନ୍ତ ଥିଲେ ଯେ ଯୁବାଗୁରୁ ଧାର୍ମିକ ବ୍ୟକ୍ତି ଥିଲା, ବିବାହିତ ଥିଲା... ପତ୍ନୀ ଛଡା ସେ ଘରେ ଯୁବାଗୁରୁର ମାଆ ବାପା ଓ ପୁଅ ମଧ୍ୟ ଥିଲେ। ନିଶା ଯୁବାଗୁରୁର ସ୍କୁଟରରେ ବସେ... ସେ ଏଥିରେ ଅଭ୍ୟସ୍ତ ହୋଇ ସାରିଥିଲା। ଏପଟେ ଯୁବାଗୁରୁ ଟଙ୍କା ସଞ୍ଚୟ କରି ନିଶା ପାଇଁ କେବେ କେଉଁ ଉପହାର, କେବେ କେଉଁ ଡ୍ରେସ୍ ଆଦି କିଣିଦିଏ... ଯାହାକୁ ନିଶା ଘରେ ଲୁଚାଇକି ରଖେ ଅବା କେବେ କେଉଁ ବାନ୍ଧବୀ ଦେଇଛି ବୋଲି କହିଦିଏ। ନିଶାର ମାଆ ବାପାଙ୍କୁ ଝିଅର ବଦନାମ ହେବାକୁ ନେଇ ଟିକେ ଚିନ୍ତା ଥାଏ... କିନ୍ତୁ ନିଶା ତ ଦିନରେ ହିଁ ଇଆଡେ ସିଆଡେ ଯାଏ... ଅଧିକାଂଶ ସମୟ ବିଶ୍ୱ ବିଦ୍ୟାଳୟ। ଏକଥା ଭିନ୍ନ ଥିଲା ଯେ ଯୁବାଗୁରୁ ପ୍ରାୟ ଅନେକ ପୂର୍ବରୁ ହିଁ ବିଶ୍ୱ ବିଦ୍ୟାଳୟରେ ପହଞ୍ଚି ଯାଏ। ସେଇଠୁ ସେମାନେ ଆଉ କେଉଁ ଆଡେ ଚାଲି ଯାଆନ୍ତି... ନ ହେଲେ ମନ୍ଦିର ଚାଲିଆସନ୍ତି। ଜ୍ୟୋତିଷବିଦ୍ୟା ଶିକ୍ଷା ଏବେ ସପ୍ତାହକୁ ଥରେ ହୋଇ ରହିଯାଇ ନ ଥିଲା ଯୁବାଗୁରୁକୁ ନା ନିଜ ମାଆ ବାପାଙ୍କ ତରଫରୁ ଚିନ୍ତା ଥିଲା, ନା ପତ୍ନୀ ତରଫରୁ। ସେ କେବଳ ନିଜ ଶିଷ୍ୟମାନଙ୍କୁ ନେଇ ଚିନ୍ତିତ ଥିଲା, ଯେଉଁମାନେ କି ତା ସମ୍ମାନ ପ୍ରତିଷ୍ଠାର ବାହକ ଥିଲେ। ଭଲ ଥିଲା ଯେ ସେମାନେ ଦିନବେଳା ଏ ଆଡକୁ ଆସୁନଥିଲେ।

●●●

"ଆମେ ଏକାଠି ବହୁତ କମ୍ ଯାଉ। ଇଏ କପାଳରେ ଚନ୍ଦନ ଲେପି ହୋଇ ଆସିବ, ମନ୍ଦିର ଯିବା ନାଲି ପୋଷାକରେ ହିଁ! ଗଳାରେ ମୋଟା ମାଳି, ମୋଟା ମୋଟା ଆଙ୍ଗୁଳିରେ ବଡ ବଡ ରତ୍ନ ପଥର ବସା ମୁଦି। ଭାବୁଛି ଏହିପରି ଭାବରେ ସେ ସ୍ୱତନ୍ତ୍ର ହୋଇଯାଇଛି, ଏସବୁ ଦ୍ୱାରା ଲୋକଙ୍କ ଉପରେ ପ୍ରଭାବ ପଡୁଛି। ହୁଏତ ପଡୁଥାଇ ପାରେ କିନ୍ତୁ କଣ ସବୁ ସମୟରେ ସମସ୍ତଙ୍କ ପାଇଁ ହିଁ ସ୍ୱତନ୍ତ୍ର ହୋଇ ରହିବାର ଅଛି... କଣ କେବେ ଆମେ କେବଳ ଏକାଠି ବସିବା ପାଇଁ ଲୋକଙ୍କ ପାଖକୁ ଯାଇ ପାରିବାନି... ସାଧାରଣ ହୋଇ? ପ୍ରତ୍ୟେକ ସ୍ଥାନରେ ହଳଦିଆ ତିଳକ, ଲାଲ ପୋଷାକ? ଭାବୁଥିବ କେଜାଣି କେବେ କିଏ କେଉଁଠି ଭେଟ ହୋଇଯିବ, ପ୍ରଭାବ ପକାଇ ହେବ। ସବୁ ଜାଗାରେ ଦେଖାଇବାକୁ ଚାହେଁ ଯେ ସେ ଦୀକ୍ଷା ନେଇଛି, ସେ ବିଶିଷ୍ଟ ବ୍ୟକ୍ତି। ମୋ କହିବା କଥା ଯେ ଏ ବେଶ ପୋଷାକ କେବଳ ମନ୍ଦିର ପାଇଁ ରଖ, ପୂଜା ପାଠ କରିବା ସମୟରେ... ମନ୍ଦିରରେ ନିଜର ଭକ୍ତମାନଙ୍କୁ ଦର୍ଶନ ଦେବା ସମୟରେ ମଧ୍ୟ ଠିକ ଅଛି। ଇଏ କିନ୍ତୁ କଣ ଚବିଶ ଘଣ୍ଟା। ଛୋଟ ଛୋଟ କରି ବାଳ ରଖିବା.... ଯେମିତିକି କପାଳ ଆହୁରି ବଡ ଦେଖାଯିବ, କପାଳରେ କେବଳ ମୋଟା ତିଳକ ହିଁ ଦେଖାଯିବ... ସ୍ୱାମୀ ହିଁ ସ୍ୱାମୀ... ସ୍ୱାମୀ। କୋଣସି ଦିଗରୁ ଯେମିତି ମଣିଷ ପରି ନ ଲାଗୁ!

ଆମର ବିବାହ ଏକ ଭାରି ଫିଲ୍ମି ଢଙ୍ଗରେ ହୋଇଥିଲା। ଆମେ ଗୋଟିଏ ହିଁ ବସ୍ତିର ଥିଲୁ। ମୁଁ ଇଣ୍ଟରରେ ପଢୁଥାଏ, ସାଇକେଲରେ କଲେଜକୁ ଯିବା ଆସିବା କରୁଥାଏ। ଦିନେ ଇଏ ଅଚାନକ ଆଗରେ ଆସି ପଡିଗଲା, ଏପରି ଭାବରେ ଯେମିତିକି ମୋ ସାଇକେଲ ତା ଉପରେ ଚଢିଯିବ। ସେତେବେଳେ ସେ ସାଧାରଣ ପୋଷାକରେ ସାଧାରଣ ବିଦ୍ୟାର୍ଥୀ ହିଁ ଥିଲା, ସେ ପ୍ରେମ ଦେଖାଇବା ପାଇଁ ସିନେମା ହୀରୋ ବାଲା ଉପାୟ ବାଛିଲା। ପ୍ରଥମ ଦେଖାରେ ତ ମୋତେ ଏସବୁ ପସନ୍ଦ ଆସି ନଥିଲା, ଆଉ ନାଁ ତାର ଏ ଭଳି ଢଙ୍ଗରେ ଆସିବା। ମୁଁ ନିଜର ସାବତ ଭାଇମାନଙ୍କ ପାଖରେ ଅଭିଯୋଗ କରିଦେଲି। ସେମାନେ ଆଉ କଣ ଜାଣନ୍ତି କି, ୟାକୁ ପିଟି ପକାଇଲେ। ସେ ଯାଇ ପୁଲିସ୍‌ରେ ରିପୋର୍ଟ କରିଦେଲା। ଏବେ ଇଏ ନିଜ ମାଆ ବାପାଙ୍କଠୁ ଟଙ୍କା ନେଇ ପୁଲିସବାଲାଙ୍କୁ ଖାଇବାକୁ ପିଇବାକୁ ଦେଲା, ପୁଲିସ ଆସି ମୋ ଭାଇମାନଙ୍କୁ ହଇରାଣ କଲେ। ପୁଣି ଦିନେ ମୋତେ ଏକୁଟିଆ ଦେଖି କହିଲା- ଦିନେ ତୋ ଆଖି ଆଗରେ ନିଜ ପେଟରେ ଛୁରୀ ଭୁଷିଦେବି... ଯଦି ତୁ ହଁ ନ କରିବୁ। ବାହା ହେବି ତ ତୋତେ ହିଁ... ନ ହେଲେ ମରିଯିବି। ପୁଣି ଫିଲ୍ମି! ମୁଁ କିନ୍ତୁ ଡରିଗଲି। ବହୁତ ବଡ ଦ୍ୱନ୍ଦରେ ପଡିଲି। ତା ଆଡକୁ ଯେତେ ଦେଖିଥିଲି... ସେତିକି

ଘୃଣା ଆସୁଥିଲା । ମୋ ପିତାଙ୍କର ଦେହାନ୍ତ ହୋଇ ସାରିଥିଲା, ସାବତ ମାଆ ଥିଲେ । ମୁଁ ମାଆଙ୍କୁ କହିଲି । ମୋ ପକ୍ଷ ନେବା ବଦଳରେ ସେ ନିଜ ପୁଅମାନଙ୍କ ଚିନ୍ତା ବେଶୀ କଲେ । କହିଲେ -

"କାହା ସାଙ୍ଗରେ ହେଉ ତୋର ବାହାଘର ହେବାର ଅଛି ଆଉ ବାହାଘର ପରେ ସବୁ ପୁରୁଷ ଏକାପରି ହୋଇଥାନ୍ତି । ସେ ସେଇଆ କରିବ, ଯାହା ଆଉ କେହି ବି କରିଥାନ୍ତେ, ତୁ ଯାହାକୁ ପସନ୍ଦ କରିବୁ, ସେ ବି ସେଇଆ କରିବ । ଭଲ ହେଲା, ଆମକୁ ଖୋଜିବାକୁ ପଡିଲାନି, ଘରେ ବସି ବସି ବରପାତ୍ର ମିଳିଗଲା... ଯୁଆନ ପିଲା... ପାଠ ପଢୁଛି, ତୋତେ ବି ପସନ୍ଦ କରୁଛି... ଆଉ କଣ ଦରକାର । ତୁ ହଁ କରିଦେ... କିନ୍ତୁ ଗୋଟିଏ ସର୍ତ୍ତ ରଖେ ଯେ ତୋ ଭାଇମାନଙ୍କ ନାଁରେ ଯୋଉ ପୁଲିସ ପାଖରେ ମାମଲା ଚଲେଇଛି ତାକୁ ଉଠେଇ ନେବ... ପୁଲିସବାଲା ବହୁତ ହଇରାଣ କରୁଛନ୍ତି ବିଚରା ତୋ ଭାଇମାନେ ଡରରେ ଘରୁ ବାହାରକୁ ବାହାରୁ ନାହାନ୍ତି...।"

ମୋ ସହ ମାଆର ବ୍ୟବହାର କେବେ ବି ଭଲ ନ ଥିଲା । ସେ ଘଟଣା ପରେ ତ ସେ ମୋର କଲେଜ ଯିବା ହିଁ ବନ୍ଦ କରି ଦେଇଥିଲା, ସେହି ପୁରୁଣା ଅଭିଯୋଗ, ପାଠ ପଢିବା ଝିଅଙ୍କ କାମ ନୁହେଁ, ଘରକାମ ଶିଖ, ଯାହା କି ତୋତେ ପରଘରେ ଯାଇ ସାରାଜୀବନ କରିବାର ଅଛି । ଲେଖାପଢା କରିବାର ଥିଲା ଯଦି ଝିଅ ହୋଇ କାହିଁକି ଜନ୍ମ ହେଲୁ ! ଏବେ ସବୁକିଛି ଠିକଠାକ୍ ଅଛି, ଯେ କେହି ବାହା ହେବାକୁ ରାଜି ହେଇଯିବ, କଳି ଝଗଡା ହେଲେ କେହି ଯଦି ବଦନାମ୍ କରିଦିଏ ତେବେ ବାହାଘର ବି ହେବନି... ଆଉ କଣ ସାରା ଜୀବନ ତୋତେ ବସି ଖୁଆଇବି, ମୋ ଛାତି ଉପରେ ବୋଝ ହୋଇ ବସିବା ପାଇଁ ଜନ୍ମ ହେଇଛୁ.... ମୁଁ ଚିନ୍ତା କଲି ମାଆ ଘରୁତ ମୋତେ କିଛି ମିଳିବାର ନାହିଁ... କାରଣ ମୁଁ ଝିଅ ହୋଇ ଜନ୍ମ ହୋଇଛି, ଯାହାକି ତାଙ୍କ ଆଖିରେ ସବୁଠୁ ବଡ ଅପରାଧ ଥିଲା । ହୁଏତ ନୂଆ ଘରେ ମୋତେ କିଛି ମିଳିଯାଇ ପାରେ... ତେଣୁ ମୁଁ ରାଜି ହୋଇଗଲି । ତା ପାଖରେ ମୁଁ ଦୁଇଟି ସର୍ତ୍ତ ରଖିଲି - ପ୍ରଥମେ ତ ଭାଇମାନଙ୍କ ନାଁରେ କରିଥିବା କେସ ଉଠେଇ ନେବ ଓ ଦ୍ୱିତୀୟରେ ମୋତେ ୟୁନିଭର୍ସିଟିରେ ପଢିବାକୁ ଅନୁମତି ଦେବ । ଯା'ଉପରେ ତ ବାହା ହେବାର ଭୂତ ସବାର ହୋଇଥିଲା, ତେଣୁ ମାନିଗଲା । ଇଏ ଦୁଇଟି ଯାକ କଥା ମାନିଲା, କିନ୍ତୁ ଯେଉଁ ସବୁ ଅଲଗା କଥା ଇଏ କରିଚାଲିଲା..."

ପ୍ରେମପ୍ରକାଶ ଦେଖିଲେ ଯେ ତା ଆଖିରେ ଲୁହ ଛଳଛଳ ହୋଇ ଆସିଲା । ପାର୍କରେ ଗଛର ଛାଇ ତା ମୁହଁରେ ପଡୁଥିଲା, ମୁହଁଟି ଶେତା ଦେଖାଯାଉଥିଲା । ସେ ନିଶ୍ଚୟ ଏକଥା ଆଶା କରୁଥିଲା ଯେ ତାର ବୈବାହିକ ଜୀବନ ସୁଖକର ହେଉ, ସେ

ଯେପରି ସେଥିରେ ସଂପୂର୍ଣ୍ଣ ରୂପେ ହଜିଯାଇପାରିବ... କିନ୍ତୁ ତାହା ହୋଇ ପାରିଲାନି । ସେ ଆଗକୁ କହିଚାଲିଥିଲା -

"ବାହାଘର ପରେ ଇଏ ଦୀକ୍ଷା ନେଇଗଲା ଓ ମୋତେ ବି ଦୀକ୍ଷିତ କରେଇଲା । ଯଦି ତୁମର ସେଥିରେ ଏତେ ମନ ଥିଲା ତାହେଲେ ବାହାଘର ଆଗରୁ କାହିଁକି ନେଲନି, ବାହା ବି ହେଲ କାହିଁକି ? ମୁଁ ପଚାରିବାରୁ କହିଲା ଯେ ଏକାଠି କାମ କରିବାର ମଜା ହିଁ ଅଲଗା । ଦୁହେଁ ଗୃହସ୍ଥ ହୋଇ ମଧ୍ୟ ଗୁରୁଙ୍କ ଧର୍ମର ପ୍ରଚାର କରିପାରିବା, ତାଙ୍କ ନିୟମ ଅନୁସାରେ ଦେବୀ-ଦେବତାମାନଙ୍କ ସ୍ଥାପନା ଏକାଠି ପୂଜାପାଠ, ବ୍ରତ ଅନୁଷ୍ଠାନ କରିବା ।

ଏକାଠି କରିବା ପାଇଁ ଏଇ ଗୋଟିଏ କଥା ଥିଲା ? ସବୁ ପୂଜାରେ ମୋତେ ଗୁରୁମାତା କରି ବସାଏ... ମୋ ଭିତରେ ଚାପି ହୋଇ ରହିଥିବା ବିଦ୍ୱେଷ ବଢ଼ିଚାଲିଲା । ମୁଁ ବିଦ୍ରୋହ କରିବା ଆରମ୍ଭ କରିଦେଲି । ଅତି ସାଧାରଣ କାମରେ ବି ମୋତେ ପାଖରେ ବସାଇବାକୁ ଚାହୁଁଥିଲା - ତାକୁ ଗୁରୁ ହେବାର ଆତ୍ମ ତୃପ୍ତି ମିଳିବା ସହ ମୋତେ ପାଖରେ ବସାଇବାର ସନ୍ତୁଷ୍ଟି ବି ମିଳିବ... କିନ୍ତୁ ପ୍ରତ୍ୟେକ ଥର ହିଁ ମୁଁ ବିରୋଧ କରୁଥିଲି, ଆଉ କେବେକେବେ କାନ୍ଦିକାନ୍ଦି ଚେୟାର ଉପରେ ବସେ । ଲୋକମାନେ ଦେଖନ୍ତି, ଯାର ପ୍ରତିଷ୍ଠା ସମ୍ମାନ ଉପରେ ଆଞ୍ଚ ଆସେ । ଧୀରେ ଧୀରେ ଏପରି ହେବାକୁ ଲାଗିଲା ଯେ ସେ ମୋତେ ସଂପୂର୍ଣ୍ଣ ରୂପେ ମାନସିକ ରୂପେ ପ୍ରସ୍ତୁତ କରି ନେଇଯାଏ । କିନ୍ତୁ ମୋ ଆତ୍ମା ତଥାପି ବିଦ୍ରୋହ କରିଉଠେ- ଯେଉଁଥିରେ ମୋର ଆଦୌ ବିଶ୍ୱାସ ନାହିଁ, ଯାହା ପ୍ରତିଟି କ୍ଷଣରେ ମୋତେ ଆଡମ୍ବର ଦେଖାଣିଆ ପରି ଲାଗେ, ତା' ତିଳକ ଓ ନାଲି ଲୁଗାକୁ ମୁଁ ଘୃଣା କରେ, ତାହେଲେ ମୁଁ କାହିଁକି ବସିବି ପୂଜା ପାଠରେ... ତା ବି ଯା ସହ ! ଦିନେ ମୁଁ ସ୍ପଷ୍ଟ ମନା କରି ଦେଲି... ମନ୍ଦିରର ପୂଜାପାଠ ଠାରୁ ମୁଁ ଏବେ ନିଜକୁ ଦୂରେଇ ରଖିବି ।

ପାଠପଢ଼ା ଘଟଣା ବି ଟିକେ ଶୁଣନ୍ତୁ । ମୁଁ ସାଇନ୍ସ ପଢ଼ିବାକୁ ଚାହୁଁଥିଲି... ଗୋଟିଏ ବର୍ଷ ବି.ଏସ୍.ସିର ଆଡମିଶନ ନେଇ ପଢ଼ିଥିଲି ମଧ୍ୟ... କିନ୍ତୁ ଏକଥା ତା ମାଆବାପାଙ୍କର ପସନ୍ଦ ହେଲାନି । ଶାଶୁଙ୍କର ଶାଶୁପରି ଯେଉଁ ବ୍ୟବହାର ଥିଲା... ସେଇଟା ତ ଅଲଗା, ସେ ଅଭିଯୋଗ କରିବା ଆରମ୍ଭ କରିଦେଲେ- କଣ ଆମେ ଖାଲି ଏମିତି ବସି ରହିବାକୁ ଅଛୁ, ଏମିତି ବସି ରହିବୁ ବୋଲି କଣ ପୁଅ ବାହାଘର କରିଥିଲୁ, ଆମେ କଣ କରିବୁ ସାରା ଦିନ, ଆମକୁ ଖେଳିବା ପାଇଁ ଖେଳନା ଦରକାର....

ମୋର ମେଡିକାଲ ଏଣ୍ଟ୍ରାନ୍ସ ଦେବାକୁ ଇଚ୍ଛା ଥିଲା ଇଣ୍ଟର ଯାଏଁ ମୁଁ ବହୁତ ଭଲ ପଢ଼ାପଢ଼ି କରୁଥିଲି... ପି.ଏମ୍.ଟି ପାଇଁ ପ୍ରସ୍ତୁତ ବି ହେଉଥିଲି, ଏ ସମୟରେ

ସିଦ୍ଧାର୍ଥ ପେଟରେ ରହିଲା। ସେମାନଙ୍କୁ ଖେଳନା ଦରକାର ଥିଲା କିନ୍ତୁ ପିଲାର ଲାଳନ ପାଳନ ବେଳକୁ ସବୁ ହାତ ଝାଡିଦେଲେ, ସବୁ ଦାୟିତ୍ୱ ମୋ ଉପରେ। ମୁଁ ରାତି ରାତି ଧରି ଅନିଦ୍ରା ରହିବି... ସକାଳକୁ ପୁଣି କଲେଜ। କାମ ବୋଝ ସମ୍ଭାଳି ନ ପାରିବାରୁ ଇଏ ପରାମର୍ଶ ଦେଲା ଯେ ବି.ଏ କର, ପଢା ଚାପ କମ ରହିବ। ତଥାପି ସପ୍ତାହ ସାରା ମୁଁ ଶୋଇପାରେନି। ଏମିତି ଖେଳନା ଦରକାର ଥିଲା ଶାଶୁଙ୍କୁ ? ଏ ପର୍ଯ୍ୟନ୍ତ ମଧ୍ୟ, ମୋତେ ଯେତେବେଳେ ମକଦ୍ଦମା ପାଇଁ ହରଭଜନ ଘରକୁ ଅଫିସରୁ ହିଁ ସିଧା ଯିବାକୁ ପଡୁଥିଲା, ଶାଶୁ ଶ୍ୱଶୁର ସିଦ୍ଧାର୍ଥକୁ ମଧ୍ୟ ସାଙ୍ଗରେ ଜୋର କରି ପଠାଇ ଦେଉଥିଲେ...

ଆଉ ସେଠି ସେ ରାତି ବାରଟା ଯାଏଁ ବସି ଢୋଳାଉଥାଏ। ଶାଶୁ ଶ୍ୱଶୁର ଦୁହେଁଯାକ ଘରେ ରଖିବାକୁ ସଫାସଫା ମନା କରିଦିଅନ୍ତି... ଟିକେ ବି ଦୟା ନାହିଁ... ଯେବେ କି ଆପଣ ମଧ୍ୟ ଜାଣନ୍ତି, ଘର ବିକ୍ରି ହେବା ଘଟଣା ବିଗାଡିବାରେ ଶ୍ୱଶୁରଙ୍କ ଭୂମିକା ମଧ୍ୟ କମ ନ ଥିଲା... କିନ୍ତୁ ସେ ସବୁବେଳେ କହୁଥିଲେ... ତୁମମାନଙ୍କୁ ସବୁ କଥା ଦେଖି ନେବାର ଥିଲା... କାରଣ ଘର ତୁମ ଦୁହିଁଙ୍କ ନାଆଁରେ କରା ଯାଉଥିଲା... ସବୁ କଥା କଣ ମୁଁ ସମ୍ଭାଳିବି ? ସେ ଏମିତି, ବାହାରକୁ ଦେଖିବାକୁ ଯେତିକି ସିଧାସାଧା ଭିତରେ ସେତିକି ନିର୍ଦ୍ଦୟୀ !

ଖାଲି ଏବେର କଥା ନୁହେଁ। ମୋ ଶାଶୁ ନିଜ ପୁଅର ବାହାଘର ମୋ ସହ କରିବାକୁ ଚାହୁଁଥିଲେ... ଜାଣନ୍ତି କାହିଁକି ? ଏଇଟା ତ ସତ ଯେ ସେ ନିଜ ପୁଅର ସବୁ ଇଚ୍ଛା ପୁରା କରିବାକୁ ଚାହୁଁଥିଲେ... କିନ୍ତୁ ଏଥିରେ ତାଙ୍କର ପ୍ରତିଶୋଧ ନେବାକୁ ଚାହୁଁଥିଲେ... ନଚେତ୍ ଆପଣ ହିଁ କୁହନ୍ତୁ - ଯେଉଁ ଘରୁ ତାଙ୍କ ପୁଅକୁ ଅପମାନ ମିଳିଛି ସେଇଠି ସେଇ ଘରେ ବନ୍ଧୁ ବାନ୍ଧିବାକୁ କେହି କାହିଁକି ଚାହିଁବ ?"

"କିନ୍ତୁ ମୋତେ ତ କୌଣସି ଗୁରୁତର କର୍କଶତା ତୁମ ଶାଶୁ ଭିତରେ ଦେଖାଯାଉନି... ସେ ଭିତରେ ଭିତରେ ପଛେ ଗାଳି ଦେଉଥାନ୍ତୁ, ତାଙ୍କ ମୁହଁରେ ବି ବିରକ୍ତି ଭାବ, ଚିଡିଚିଡା ପଣ ଦେଖିବାକୁ ମିଳେ, କିନ୍ତୁ ତୁମ ସହ ବ୍ୟବହାର ରେ...।"

"ବାହାର ଲୋକଙ୍କୁ ଦେଖାଇ ହୁଅନ୍ତି। ସେ ଡରନ୍ତି ବି। ମୁଁ କହିଥିଲି ନା ଯେ ସେ ବାରମ୍ବାର କହନ୍ତି- ଜାଣିଛି ଯେ ଆମ ହାତ ବନ୍ଧା ହୋଇଛି ! ଏଇଟା କଣ ଜାଣନ୍ତି ? ମୋ ପୂର୍ବରୁ ଯିଏ ଏ ଘରକୁ ଆସିଥିଲା ତାକୁ ମୋ ଶାଶୁ ବହୁତ ଯନ୍ତ୍ରଣା ଦେଉଥିଲେ।"

"ଅର୍ଥାତ... ?"

"ମୋ ଶ୍ୱଶୁର ବହୁତ ଦିନ ଯାଏଁ ନିଃସନ୍ତାନ ରହିବାରୁ ନିଜ ସଂପର୍କୀୟ ଭିତରୁ

ଗୋଟିଏ ପୁଅକୁ ପୋଷ୍ୟ ସନ୍ତାନ ରୂପେ ଗ୍ରହଣ କରିଥିଲେ। ତା ପତ୍ନୀ। ସେ ନିଜ ପତ୍ନୀକୁ ବହୁତ ଭଲ ପାଉଥିଲେ। ମୁଁ ଶୁଣିଥିଲି ଯେ ମୋ ଶାଶୁ ସେ ବିଚାରୀକୁ ଦିନ ସାରା ଆଡୁସ୍ୟାଡୁ କରି କହନ୍ତି, କେତେ ପ୍ରକାରର ଖୁଣ୍ଟା ଦିଅନ୍ତି, ସବୁବେଳେ ନଜର ରଖିଥାନ୍ତି, ଘରର ସବୁ କାମ କରାନ୍ତି... ଘରେ ଥିବା ସବୁ କାମବାଲୀମାନଙ୍କୁ ବାହାର କରିଦେଇଥିଲେ... ଆଉ ବେଳେବେଳେ ତା ଉପରକୁ ହାତ ବି ଉଠାଇ ଦେଉଥିଲେ। ସହି ନ ପାରି ଶେଷରେ ସେ ଦୁହେଁ ଆତ୍ମହତ୍ୟା କରିଦେଲେ...."

ପ୍ରେମପ୍ରକାଶ ହତଭମ୍ବ ହୋଇଗଲେ। ଏପରି ଦୁର୍ଘଟଣା... କିନ୍ତୁ ସେମାନଙ୍କ ମଧ୍ୟରୁ କାହାରି ମୁହଁରେ ମଧ୍ୟ ଏହାର ଚିହ୍ନବର୍ଣ୍ଣ ଦେଖିବାକୁ ମିଳେନି। ଏପରିକି ସେ ମଧ୍ୟ ଏବେ ଯାଇ କହିଲା। ଏକ ସାଧାରଣ ମଧ୍ୟବିତ୍ତ ପରିବାର ଏବଂ କଣ କଣ ସବୁ ଘଟି ଯାଉଛି ତା'ଉପରେ। ସେ ଦୁର୍ଘଟଣା ତ ଘଟି ଚାଲିଗଲା, କିନ୍ତୁ ତା ଛାୟା ଆଜି ଯାଏଁ ଘୁରି ବୁଲିଥିବ ସେ ଘର ଉପରେ, ସେ ସମସ୍ତଙ୍କ ଉପରେ। ଏପରି ସ୍ଥଳେ ସେମାନେ କିପରି ସେଠି ସହଜ ହୋଇ ରହିପାରିଥାନ୍ତେ...

ସେ ବି କେମିତି ରହି ପାରିଥାନ୍ତା! ହଠାତ୍ ପ୍ରେମ ପ୍ରକାଶ ତାକୁ ଡରିବାକୁ ଲାଗିଲେ। ସେ ତାକୁ ଭଲ କରି ଚାହିଁବାକୁ ଲାଗିଲେ। ସେ ଖୋଜୁଥିଲେ ତା ମୁହଁରେ ସେଦିନ ସେ ଘଟଣାର ଚିହ୍ନ, ତା ଛାୟା... ଯେଉଁ ଘରେ ସେମାନେ କେତେଥର ବସିଥିଲେ, ସେଇଠି ଘଟିଥିଲା ଏ ଦୁର୍ଘଟଣା। ବୋଧହୁଏ ସେଥିପାଇଁ ସେମାନେ ଘର ବିକ୍ରିକରି ଦେଲେ...

"ତୁମେ ଦେଖିଥିଲ ସେମାନଙ୍କୁ?"

"ନାଁ, ଏଇଟା ମୁଁ ଆସିବା ପୂର୍ବର କଥା।"

"ସେହି ପୁରୁଣା ଘରେ?"

"ନାଁ, ପୁରୁଣା ଗାଁରେ ... ଯେଉଠି ବାପା ଚାକିରି କରିଥିଲେ। ପୁଲିସ କେସ ହୋଇଥିଲା। ବାପା କେମିତି ଚେଷ୍ଟା କରି ଚାପି ଦେଇଥିଲେ। ସେ ପିଲାଟିକୁ ସେ ବହୁତ ଭଲ ପାଉଥିଲେ, ତା ନାଁ ସତ୍ୟେନ୍ଦ୍ର ଥିଲା, କିନ୍ତୁ ବାପା ତାକୁ "ବଡ" ବୋଲି କହୁଥିଲେ... କେସ୍ ଚାପି ଯିବାର କିଛି ଦିନ ପରେ ଅବସର ନେଇ ବାପା ଏଠିକୁ ଚାଲି ଆସିଲେ।"

"ସେ ଘରେ ତ ତୁମେ କିଛି ଦିନ ରହିଥିବ?"

"ହଁ... ବର୍ଷେରୁ କିଛି ଦିନ କମ୍ ହେବ।"

"ତୁମ ମାଆଙ୍କୁ ଏସବୁ କଥା ଜଣାଥିବ?"

"ଗାଁର ସବୁ ପୁରୁଖା ଲୋକମାନେ ଜାଣନ୍ତି।"

"ଗୋଟେ ବୋହୂ ସହ ଏ ସବୁ ହେଲା ଜାଣି ମଧ୍ୟ ତୁମ ମାଁ..."

"କହିଲି ନା... ସେ ମୋଠାରୁ ମୁକ୍ତି ଚାହୁଁଥିଲେ।"

"ତୁମକୁ ଡର ଲାଗୁ ନ ଥିଲା ?"

"ବାହାଘର ପରେ ମୁଁ ସେ ଦୁର୍ଘଟଣା ବିଷୟରେ ଜାଣିଲି। ଯେଉଁ ରୁମ୍‌ରେ ଆତ୍ମହତ୍ୟା କରିଥିଲେ, ସେ ରୁମଟିକୁ ବନ୍ଦ କରି ରଖାଯାଉଥିଲା। କିଛି ଦିନ ତ ସେ ରୁମ ପାଖ ଦେଇ ଯିବାବେଳେ ମୋତେ ବି ଡର ଲାଗୁଥିଲା... କିନ୍ତୁ ଧିରେ ଧିରେ ଅଭ୍ୟାସ ହୋଇଗଲା। ଭିତରେ ଭିତରେ ଗୋଟିଏ କଠୋର ଭାବନା ବି ଉଙ୍କି ମାରୁଥାଏ ଯେ... ଦିନେ ନା ଦିନେ ମୋତେ ମଧ୍ୟ ଏ ରାସ୍ତାରେ ଯିବାର ଅଛି। ଶାଶୁ ନିଜ ଅଭ୍ୟାସ ମୁତାବକ ମୋ ସହ କଠୋର ବ୍ୟବହାର କରନ୍ତି... ସେତେବେଳେ ସେ ଓ ମୁଁ... ଦୁହେଁ ସେ ରୁମ୍ ଆଡକୁ ଚାହିଁ ରହୁ ସେ ନିଜ ଅତୀତକୁ ଓ ମୁଁ ମୋ ଭବିଷ୍ୟତକୁ।"

କେମିତି ରହୁ ଥିବ ସେ... ଯିଏ ଚାଲିଗଲା। କଣ ଏହାରି ପରି ହିଁ, ସୁନ୍ଦର, କୋମଳ... ସଂବେଦନଶୀଳ... ଯାହାକୁ ତା ଶାଶୁ, ଜଣେ ନାରୀର ରୁକ୍ଷତା ଜାଳି ଦେଲା ? ଖବର କାଗଜରେ ଏପରି ଦୁର୍ଘଟଣା ଗୁଡିକ ବିଷୟରେ ମୁଁ ପ୍ରାୟ ପଢି ଥାଏ, ସେତେବେଳେ ବେଶୀ କିଛି ଅନୁଭବ କରିପାରୁ ନଥିଲି, ଆଜି ପ୍ରଥମ ଥର ପାଇଁ ଆଖି ଆଗରେ ଦେଖୁଛି। ଦର୍ପଣଟିଏ ପରି ସେ ମୋ ଆଖି ଆଗରେ ଥିଲା, ସେହି ଦୁର୍ଘଟଣାର ସିଧାସଳଖ ଚିତ୍ର ତା ମୁହଁରେ ପ୍ରତି ଫଳିତ ହେଉଥିଲା। କଳା ଛାଇ, ଯେପରି ସେ ଜାଣିଥିଲା ଯେ ଶାଶୁଙ୍କ ବ୍ୟବହାର ହୁଏତ ଟିକେ ବଦଳି ଯାଇଥାଇ ପାରେ, ସେ ତାଙ୍କ ଦ୍ୱିତୀୟ ବୋହୂ, ପ୍ରଥମଟିର ରାସ୍ତାରେ ହିଁ ଯିବ, ତାହା ହିଁ ଭାଗ୍ୟ, ମୁକ୍ତି ପାଇ ପାରିବନି। ତା ମୁହଁ ସାମାନ୍ୟ କଠୋର ହୋଇ ଆସିଛି। ନିର୍ବିଶେଷ ଆଖିରେ ସାମ୍ନାକୁ ଦେଖି ଚାଲିଛି। ସେ କେମିତି ରକ୍ଷା ପାଇପାରିବ। ବଞ୍ଚିବାର ଇଚ୍ଛା ତ ଏବେ ଠୁ ଶେଷ ହୋଇ ସାରିଛି।

"ମୋର ତୁମ ମାଆଙ୍କ ଉପରକୁ ରାଗ ଆସୁଛି। ଯେଉଁ ଘରର ଅତୀତ ଏହିପରି, ସେହି ଘରେ ଜାଣିଶୁଣି ନିଜ ଝିଅକୁ ଠେଲି ଦେଲେ ?"

"ଆପଣଙ୍କୁ ଏ କଥା ବୁଝିବାକୁ ଟିକେ ପରିଶ୍ରମ କରିବାକୁ ପଡିବ ଯେ ଆମ ଦେଶରେ ଆଜି ବି ଏପରି କେତେକ ସ୍ଥାନରେ, ଏପରି ଘର ଓ ପରିବାର ଅଛି, ଯେଉଁଠି ଝିଅକୁ ଅନାବଶ୍ୟକ ଅଦରକାରୀ ବସ୍ତୁ ଠାରୁ ବେଶୀ କିଛି ଭାବନ୍ତିନି। ଆମ ଜୀବନ ମରଣ କଥା ଚିନ୍ତା କରାଯାଏନି।"

"ବିବାହ ପରେପରେ ତ ସ୍ୱାମୀର ବ୍ୟବହାର ଠିକଠାକ୍ ଥିବ।"

"ଦିନରେ ନିଜର ଦାସୀ କରି ରଖିବା ଓ ରାତିରେ ଶରୀର ଝୁଣିବା- ଆରମ୍ଭରୁ

ହିଁ ଥିଲା। ତା ଦୃଷ୍ଟିରେ ପତିର ଧର୍ମ ହିଁ ଏଇଆ। ସେ କେବେ ଏ କଥା ଚିନ୍ତା ମଧ୍ୟ କରିନି ଯେ ମୋର ଇଚ୍ଛା କଣ। ଏଇଟା ମାନିକି ଚାଲ ଯେ ସ୍ୱାମୀର ଯାହା ଇଚ୍ଛା ତାହା ହିଁ ମୋର, ଆଉ ହେବା ଉଚିତ... ଆଚ୍ଛା, ତୁ ଏବେ ବି.ଏ କରେ... ଏମିତି କର ଯେ ତୁ ଏବେ ପ୍ରାଇଭେଟ୍ ରେ ବି.ଏ କର... ପିଲାକୁ ବି ଦେଖିବାର ଅଛି ନା। ତୋ ମାଆ ତ ତୋତେ ଇଣ୍ଟର ପରେ ପଢାଇବାକୁ ଚାହୁଁ ନ ଥିଲା, ମୋ ପ୍ରତି କୃତଜ୍ଞ ରହ ଯେ ମୁଁ ତୋତେ ଏମ.ଏ ପଢେଇଲି। ଏମିତି କଥା ସବୁ କହେ! ସ୍ୱାମୀ ହେବା ବ୍ୟତୀତ ନିଜର ଏସବୁ ଦୟା କାରଣରୁ ସେ ମୋ ଉପରେ ତାର ଅପରିମିତ ଅଧିକାର ଅଛି ବୋଲି ମାନେ। ମାରିବା ପିଟିବା ଅପେକ୍ଷା ମାନସିକ ଅତ୍ୟାଚାର ବହୁତ ବଡ ହୋଇଥାଏ... ବିଭିନ୍ନ ପ୍ରକାରେ ଆଘାତ ଦେବା, ଗଞ୍ଜଣା ଦେବା ପରି କଥା କହିବା ଆଦି। ଇଏ ଯାହା ଇଚ୍ଛା ତାହା ମୋ ସହ କରିବ... କାରଣ ସେ ସ୍ୱାମୀ, ହେଲେ କଣ ସେ ସ୍ୱାମୀର କର୍ତ୍ତବ୍ୟ କରୁଛି ? ନା ସେ ହିଁ କେବଳ ମୋତେ ଅପମାନ କରେ ବରଂ ଅନ୍ୟମାନଙ୍କ ଦ୍ୱାରା ମଧ୍ୟ ଅପମାନିତ କରାଇଥାଏ। ମୋତେ ହରଭଜନ ଘରେ ଏକୁଟିଆ ଛାଡି ଚାଲିଗଲା, ଥରେ ହରଭଜନ ଭାଉଜ ଭାଉଜ କହି ଯାରି ଆଗରେ ହିଁ ତାର କଡା ପାନ ମୋତେ ଖୁଆଇ ଦେଲା... ମୋତେ ବହୁତ ବାନ୍ତି ହେଲା, ବାଟରେ ହିଁ ମୋତେ ମୋର ଜଣେ ସାଙ୍ଗ ଘରେ ରହିବାକୁ ପଡିଲା। ୟା ମନରେ ହରଭଜନ ପାଇଁ ରାଗ ଆସିବ କଣ... ହସି ଚାଲିଲା। ମୁଁ ଥରେ କହିବାରୁ କହିଲା ଯେ ଆମ କାମ ତା ପାଖରେ ଫସି ରହିଛି, ହରଭଜନ ଯଦି ଅସନ୍ତୁଷ୍ଟ ହୋଇଯିବେ... ଆମ କାମ କରିବନି... ଆରେ! ସେ ଯଦି ନ କରିବ ତା ହେଲେ ଆଉ ଓକିଲ କଣ ନାହାନ୍ତି, ତାକୁ ରାଗିବାକୁ ନ ଦେବା କଥା ଭାବି ଇଏ ତ ମୋତେ କାଲି ତା ଘରେ ଛାଡି ଦେବ ଶୋଇବାକୁ... "

ତା ଆଖିରୁ ନିଆଁ ଖସି ପଡୁଥିଲା କ୍ରୋଧରେ, ମୁହଁରେ ସଂସାରଟା ପାଇଁ ଘୃଣା ଲାଖି ରହିଥିଲା। ମାଆ ଘରେ ଝିଅ ହୋଇ ଜନ୍ମ ହେବାର ଅପମାନ, ଶାଶୁ ଶ୍ୱଶୁର ଠାରୁ ଅପମାନ, ସ୍ୱାମୀ କରୁଥିବା ଓ କରାଉଥିବା ଅପମାନ... ପାଦେ ପାଦେ ଅପମାନ... ସେ ଯେମିତି ଶୁଖିଲା ପାଳଗଦା ଉପରେ ବସି ରହିଛି... ଯାହା କି ଯେକୌଣସି ମୂହୁର୍ତ୍ତରେ ତା କ୍ରୋଧର ନିଆଁରେ ଜଳି ଉଠିବ... ତାକୁ ଜାଳିଦେବ।

"ଜାଣନ୍ତି, ମୋତେ ୟା ସହ କୁଆଡେ ବି ଯିବାକୁ ଭୟ ଲାଗେ। କେବେ କେଉଁଠି ଫସେଇ ଦେବ। ସ୍ତ୍ରୀକୁ ନିଜ ସ୍ୱାମୀ ସହ ସୁରକ୍ଷିତ ଲାଗିବା କଥା... ମୁଁ ଓଲଟା ବେଶୀ ଅସୁରକ୍ଷିତ ଅନୁଭବ କରେ। ୟାର କଣ ଅଛି, ଇଏ ତ କୌଣସି ଅବସ୍ଥାରେ ବି ସଭା ମଝିରେ ହସିଦେବ।"

ଆରମ୍ଭକରି ତା ଚାରିପାଖରେ ଯେଉଁ ବଳୟ ରହିଛି, ଭିତରୁ କ୍ରମଶଃ ବାହାର ଆଡକୁ... ସେ ସବୁ ଏକକୁ ଆରେକ ଦୁଃଖଦାୟକ। ମାଆଠାରୁ ନେଇ ସାବତ ମାଆ... ପୁଣି ସେଠୁ ବିଦା ହୋଇ ଆସିବା। ନୂଆ ଘରକୁ ଆସିଲା ଏଇଆ ଭାବି ଯେ ପୁରୁଣା ଘର ଠାରୁ କିଛି ମାତ୍ରାରେ ତ ଭଲ ହୋଇଥିବ।

କିନ୍ତୁ ଏଠି ତା ଉପରେ ଆହୁରି ଚଡକ ପଡିଲା... ପିତାର ସୁରକ୍ଷା ତ ନ ଥିଲା ହେଲେ ସ୍ୱାମୀଠାରୁ ଭଲା ସେତକ ମିଳିଥାନ୍ତା... ତା ବି ନୁହେଁ। ସେ କେମିତି ବଞ୍ଚିକି ରହିଲା... ଯେତେବେଳେ କି ସବୁ ସାଧନା ଥିଲା ତା ପାଖରେ ପୂର୍ବର ସେ ରାସ୍ତାରେ ଯିବା ପାଇଁ। ଏକାକୀ ହିଁ ଚାଲିଯାଇଥାନ୍ତା ! କଣ ଥିଲା, ଯାହା ତାକୁ ବଞ୍ଚେଇ ରଖିଲା, ରଖିଛି ବି।

"ଆପଣ ପ୍ରଥମ ଲୋକ ଯାହାକୁ ମୁଁ ଏ ସବୁ କହି ପାରିଲି, ନଚେତ୍ ଏସବୁ କଥା ଆମେ କାହାକୁ କହି ମଧ୍ୟ ପାରୁନା...

ଆମକୁ କେବଳ ହସିବାକୁ ହୋଇଥାଏ। ବାହାରେ ସମସ୍ତେ ଏଇଆ ଭାବନ୍ତି ଯେ ସବୁ କିଛି ଠିକ ଅଛି- ସ୍ୱାମୀ ଅଛି, ପୁଅ ଅଛି, ଆଗରେ ଠିଆ ହେବା ପାଇଁ ଶ୍ୱଶୁର ଅଛନ୍ତି, ଘର କାମରେ ସାହାଯ୍ୟ କରିବା ପାଇଁ ଶାଶୁ ଅଛନ୍ତି... ଆଉ ଏବେ ଆପଣଙ୍କ ଯୋଗୁଁ ପାଇଥିବା ଚାକିରିଟେ ମଧ୍ୟ ଅଛି..."

ସେ ହସି ପକାଇଲା। ସେ ହସ ପଛରେ ଏକ ଗଭୀର ବିଷାଦ ଛପି ରହିଥିଲା। ଏହା ନିଜକୁ ଦୟା କରିବା ନ ଥିଲା, ଆଉ ନା ହିଁ କୌଣସି ପ୍ରକାରର ପର୍ସିକ୍ୟୁସନ ମାନିଆ ଯେ ସମସ୍ତେ ତାକୁ ହଇରାଣ କରିବା ପାଇଁ ଲାଗିପଡିଛନ୍ତି। ଖରାପ ପରିସ୍ଥିତି ଅବା ଖରାପ ଲୋକ ସମସ୍ତଙ୍କ ଜୀବନରେ କେବେ ନା କେବେ ତ ଆସିଥାନ୍ତି କିନ୍ତୁ ଏଠି ତ ସେମାନେ ସମସ୍ତେ ଅଟଳ ସ୍ଥିର ଥିଲେ।

"ତୁମକୁ ନିଜ ପରିବାରର ଲୋକମାନଙ୍କ ଭିତରେ କିଛି ଭଲକଥା ଦେଖା ଯାଏନି ?"

"କାହିଁକି ନୁହେଁ। ଯେପରି କି ସ୍ୱାମୀ ଧାର୍ମିକ ବ୍ୟକ୍ତି, ମାଛ ମାଂସ ମଦ-ସିଗାରେଟକୁ ହାତ ଲଗାଏନି, ମୋତେ ମାଡପିଟ୍ ବି କରେନି। ପାଟିତୁଣ୍ଡ ଅବଶ୍ୟ କରେ। ଶଶୁର ତ ଦୟାର ସାଗର... କୌଣସି ଚଢେଇ ଛୁଆ ଅବା କୁକୁର ଯଦି କଷ୍ଟରେ ଥାଏ ତେବେ ତାକୁ ଘରକୁ ନେଇ ଆସନ୍ତି... କିନ୍ତୁ ଘରକୁ ଆଣିଥିବା ମଣିଷ ଅର୍ଥାତ ମୋ ପାଇଁ କୌଣସି ଦୟା ନାହିଁ। ଶାଶୁ ଯେତେବେଳେ ରୋଷେଇ କରିବାକୁ ଆସନ୍ତି ତେବେ ଖୁବ୍ ସ୍ୱାଦିଷ୍ଟ ରୋଷେଇ କରନ୍ତି, ନିଜ ଝିଅର ଖୁବ୍ ଯତ୍ନ ନିଅନ୍ତି କିନ୍ତୁ ମୋତେ ନିଜ ଝିଅ ପରି କାହିଁକି ଭାବି ପାରନ୍ତିନି ? ଦୁର୍ଭାଗ୍ୟକୁ ଆରମ୍ଭରୁ ହିଁ ଯେଉଁ

ପରିସ୍ଥିତି ସୃଷ୍ଟି ହେଲା ସେଇଟା ଏମିତି ଯେ ଜଣେ ନୁହେଁ, ତିନି ଜଣଙ୍କର ବ୍ୟବହାର ମୋ ପାଇଁ ଖରାପ ହିଁ ହେବା... ପୁଣି ସେଥିରେ ଏମାନଙ୍କର ଏ କାମ ନିଆଁରେ ଘିଅ ଢାଳିବା ପରି ହୋଇଗଲା...."

"ସମାଧାନ କିଛି ଅଛି ?"

"ସମାଧାନ ? କଣ... କିଛି ନାହିଁ। ନା ଏ ପରିସ୍ଥିତି ମୁଁ ସୃଷ୍ଟି କରିଥିଲି ନା ଏ ଲୋକମାନଙ୍କ ସ୍ୱଭାବ। ଆଉ ମୋ ହାତରେ ନିଜ ଛଡା ଆଉ କଣ ଅଛି..." କହିବା ସହ ଏକ ଗଭୀର ଦୀର୍ଘଶ୍ୱାସଟିଏ ଚାଲି ଆସିଲା।

ସେହି ନିର୍ଦ୍ଦିଷ୍ଟ ବିନ୍ଦୁରେ ଯେତେବେଳେ ନିଜର ଅସମର୍ଥତା ଅନୁଭବ ଏତେ ପରିମାଣରେ ହୋଇଥାଏ ଯେ ନିଜର ଯେଉଁ ଦୁଃଖ କଷ୍ଟ ଆମେ ବାରମ୍ବାର କହି ଚାଲିଥାଉ ତାହା କହିବା ମଧ୍ୟ ଅର୍ଥହୀନ ଲାଗିଥାଏ। ଜୀବନ ଯେମିତି ହୋଇଥାଉ ତାକୁ ଚୁପଚାପ ସହିଚାଲ। ସେ ଏଇଆ ହିଁ କରୁଥିଲା ଯେ ମୁଁ ଆସିଗଲି, ତାକୁ ଉସୁକେଇବାରୁ ସେ ଭାବିବାକୁ ଲାଗିଲା। ଏବେ ମୋ ଆଡକୁ ଚାହିଁ ରହୁଛି ଯେ ହୁଏତ ମୁଁ କିଛି ରାସ୍ତା ଦେଖାଇ ପାରିବି... ଆଉ ମୁଁ ଆଶଙ୍କିତ ହୋଇ ଯାଏ। ରାସ୍ତା କଣ ଥାଏ ? ନିଜ ଜୀବନରେ ସ୍ୱୟଂ ମୁଁ କଣ କରିପାରିଲି... ପରିସ୍ଥିତି ଏବଂ ଲୋକମାନଙ୍କୁ ଏକ ପାଖିଆ କରିଦେଇ ଗୋଟିଏ କାମ ଧରି ନେଇଛି, ଲେଖାପଢା... ଭାବିନେଲି ଯେ ଲୋକମାନଙ୍କ ଠାରୁ ମୋତେ କିଛି ମିଳିବନି, ଯାହା ମିଳିବ ନିଜ କାମରୁ। ଏକ ପ୍ରକାର ପଳାୟନ କଲି। ଠିକ୍ ଅଛି, ମୁଁ ତ ପଳାୟନ କରି ଚାଲିଆସିଲି, ସେ ବିଚାରୀ ତ ପଳାୟନ ବି କରି ପାରିବନି। ଅଭିଶପ୍ତ ପରି ଘରେ ବନ୍ଦୀ ହୋଇ ପଡି ରହିଛି... ଚାକିରି କରିଥିବାରୁ ଅଳ୍ପ ବହୁତ ପରିବର୍ତ୍ତନ ଆସିଛି... ତାହା ପୁଣି ଏବେ ଯାଇ ଏବଂ ଚାକିରି କରୁଥିବା ବେଳେ ମଧ୍ୟ ସବୁ ସମୟରେ ଏଇ କଥା ମନରେ ଥାଏ ଯେ ଏଠୁ ପୁଣି ତାକୁ ଘରକୁ ହିଁ ଫେରିବାକୁ ହେବ।

ଗଛଲତା ତଳର ଛାଇ ସବୁ ଗଧ ହେବାକୁ ଲାଗିଥିଲେ, ଧିରେ ଛାଇ ଲମ୍ବି ଆସୁଥିଲା ଦୁହିଁଙ୍କ ଆଡକୁ। ଆଖ ପାଖରେ ଯେଉଁ ଗଛ ପତ୍ର ଥିଲେ, ସେଥିରେ ଫୁଲ ନ ଥିଲା, ଘାସ ମଧ୍ୟ ଠାଏଠାଏ ଶୁଖି ମଉଳି ପଡିଥିଲା। ପାଖରେ ଯେଉଁ ଦୁଇ ତିନୋଟି ଗହଳିଆ ଗଛ ଥିଲେ, ତା'ଉପରେ ଚଢେଇମାନଙ୍କର କିଚିରିମିଚିରି ଆରମ୍ଭ ହୋଇଯାଇଥିଲେ। ସେମାନେ କେତେବେଳେ ତା ଉପରେ ବସୁଥିଲେ, ତ ପୁଣି କେତେବେଳେ ଅଲଗା କେଉଁଠି ବସା ବାନ୍ଧିବା ଆଶାରେ ଅନ୍ୟ ଆଡକୁ ଉଡି ଯାଉଥିଲେ... ରାତ୍ରୀ ଯାପନର ସନ୍ଧାନରେ !

ଅନ୍ଧାର ମାଡି ଆସିବାରୁ ସେମାନେ ଯିବା ପାଇଁ ଉଠିଲେ। ଚାଲୁଚାଲୁ ପ୍ରେମପ୍ରକାଶ ତାକୁ ହାଲକା ଭାବରେ ନିଜ ଆଡକୁ ଆଉଜି ଆଣିଲେ, ତା ମୁଣ୍ଡ ତାଙ୍କ ବେକ ପାଖକୁ ଲାଗି ଆସିଲା... ଯେପରି ପକ୍ଷୀ ଶାବକଟିଏ ବସା ଭିତରକୁ ସୁରକ୍ଷିତ ଭାବରେ ପଶିଯାଏ।

ପ୍ରେମପ୍ରକାଶଙ୍କ ମନ ଗ୍ଳାନିରେ ଭରି ଯାଇଥିଲା - କାହିଁକି ସେ ତାକୁ ସେସବୁ କହି ପକାଇବାକୁ ଉସୁକେଇଲେ ? କଣ ଲାଭ...

ତା କାନ୍ଧକୁ ଆସ୍ତେ କରି ଥାପୁଡେଇ ଦେଲେ।

●●●

ସେ ଭାବିଥିଲା ଯେ ଦୁଇଜଣଙ୍କ ଦରମା ଯଦି ଘରକୁ ଆସିବ, ତେବେ ତା ପରିବାରର ଚଳଣୀ ଟିକେ ଉପରକୁ ଉଠିଯିବ। ସେମାନେ ସିଦ୍ଧାର୍ଥକୁ ଅପେକ୍ଷାକୃତ ଭଲ ସୁବିଧା ସୁଯୋଗ ଦେଇପାରିବେ। ସେଥିପାଇଁ ସେ ସବୁବେଳେ ଯୁବାଗୁରୁକୁ କୌଣସି ଭଲ ଦରମା ମିଳୁଥିବା ଚାକିରି ପାଇବା ପାଇଁ ଉସୁକାଇ ଥାଏ। ତା ଉପରେ କିଛି ପ୍ରଭାବ ପଡେନି। ବେଶୀ କହିଲେ ସେ କୁହେ -

"କଣ ହେବ, ତୋର ତ ଅଛି, ସେଇଟା ହିଁ ମୋର ଦରମା ବୋଲି ଧରିନେ' ଏମିତି କିଛି। କଥା ହେଲା ସେ ଚାକିରି କରିଥିବା ଯୋଗୁଁ ହିଁ ତା ସ୍ୱାମୀ ଆଉ ଚାକିରି ପ୍ରତି ଧ୍ୟାନ ଦେଉ ନଥିଲା।

ଦିନେ ସେ ଲକ୍ଷ୍ୟ କଲା ଯେ ଯୁବାଗୁରୁ ଅନେକ ଦିନ ହେଲା ଅଫିସ ଯାଉନି, ଘରେ ହିଁ ପଡି ରହୁଛି। ଖୋଳତାଡ କରିବାରୁ ଜଣାଗଲା ଯେ ମହାଶୟଙ୍କୁ ନିଲମ୍ବନ କରାଯାଇଛି। ଆଉ କଣ ବା ହେଇଥାନ୍ତା। ଯେତେବେଳେ ଇଚ୍ଛା ଅଫିସରୁ ଚାଲିଆସିବ, ଛୁଟି କାଟି ଘରେ ଆରାମରେ ପଡି ରହିବ... ଯେମିତି କୋଉ ଗୋଟେ ବଡ ଅଫିସରଟାଏ। ପୂଜା ପର୍ବ ଦିନ ଗୁଡିକରେ ଦଶ-ଦଶ ଦିନ ଯାଏଁ ଅଫିସ ନ ଯିବା ... କାରଣ ମହାଶୟ ନବରାତ୍ରୀ ବ୍ରତ ନ ହେଲେ ଗଣେଶ ଚତୁର୍ଥୀ କରୁଛନ୍ତି। ସେ ଭାବୁଥିବ, ସେ ଯେଉଁକାମ ସବୁ କରୁଛି ସେ ସବୁ ବହୁତ ବଡ କାମ, ଯାହା ପାଖରେ ଚାକିରି କିଛି ନୁହେଁ, ମାଲିକକୁ ଏ ସବୁ ବୁଝିବା ଦରକାର ! ଏବେ ଆମ ଦେଶରେ ତ ସବୁ ସପ୍ତାହରେ ପୂଜାପର୍ବ , ଓଷାବ୍ରତ। କିଏ ଆଉ କେତେ ସହିବ ! ଚାକିରି ଦେବା ଲୋକ ଦାନ ଖଇରାତ ବାଣ୍ଟିବାକୁ ତ ଆଉ ବସିନି... ସେଇଟା ପୁଣି ବେସରକାରୀ। ସେ ବୁଝାଇଲା, ଏବେ ବି କିଛି ବିଗିଡିନି, ଯାଇକି କ୍ଷମା ମାଗିଦିଅ, ତାଙ୍କୁ ଭରସା ଦିଅ ଯେ ଆଗକୁ ଆଉ ଏମିତି ଛୁଟି ନେବନି, କାମ ପ୍ରତି ଧ୍ୟାନ ଦେବ, ଶୃଙ୍ଖଳିତ ହୋଇ ରହିବ। ହେଲେ ସେ କହିଲା- "ମୁଁ କାହିଁକି ଯିବି,

ସେମାନଙ୍କ ଦରକାର ଯଦି ସେମାନେ ଡାକନ୍ତୁ, ମୁଁ ସେତେବେଳେ ଯାଇ ଚିନ୍ତା କରିବି।"

କି କଥା! ଆମ ଦେଶରେ କଣ ବେକାରୀ ସଂଖ୍ୟା କମ୍ କି ଯା ପାଇଁ କିଏ ଅପେକ୍ଷା କରି ବସି ରହିବ, ଯାକୁ ଖୋସାମତ କରିବ। ଯା ଦେହରେ ଭାରି ରଙ୍ଗୀନ ଡେଣା ଲାଗିଛି ତ... ନା ଇଏ ଏମିତି ଗୋଟେ କର୍ମଚାରୀ ଯେ ଯାହା ବିନା ମାଲିକମାନଙ୍କର କାରବାର ଠପ୍ ହୋଇଯିବ....

"କଣ ବା ମିଳିଯାଉଛି ଯେ ଯାହା ପାଇଁ ସାରା ଦିନ ଖଟିବି।" ସେ ପୁଣି କହିଲା।

ଯୁବାଗୁରୁ ଅଫିସରୁ ଧାରକରଜ କରିଥିଲା। ସେତକ କାଟିବା ପରେ ଦରମା ତ କମ୍ ହିଁ ମିଳିବ। ଉଧାର ନେଲାବେଳେ ସେ କଥା ଚିନ୍ତା କଲାନି। ଏବେ ପୁରା ଦରମା ଟଙ୍କା ହାତକୁ ନ ଆସିବାରୁ ଚାକିରି କରିବାର ଆଗ୍ରହ କମିଗଲା। ଘରଖର୍ଚ୍ଚ କେମିତି ଚଳିବ... ଯେତେବେଳେ ଏ କଥା ଉଠିଲା, ସେ ଚିହିଁକି ଉଠିଲା - "ତୋର କଣ ଯାଏ ଆସେ। ମୁଁ ଟଙ୍କା ଯୋଉଠୁ ବି ଆଣେ, ବାପାଙ୍କ ପେନସନ ବି ଅଛି।"

ତାକୁ ଶ୍ୱଶୁରଙ୍କ ଉପରେ ଆଶ୍ରିତ ହୋଇ ରହିବା ଭଲ ଲାଗେନି। ପ୍ରଥମେ ତ ସେମାନେ ତାଙ୍କ ଘରେ ରହୁଛନ୍ତି, ସେ ନିଜ ପେନସନ ଟଙ୍କାରେ ଘରଖର୍ଚ୍ଚ ବି କରୁଛନ୍ତି। ସଂପୂର୍ଣ୍ଣ ଭାବରେ ତାଙ୍କ ଉପରେ ନିର୍ଭରଶୀଳ ହୋଇ ଯିବା... ବୁଢାଙ୍କ ଉପରେ... ଯଦିଓ ଏବେ ନିଜର କାମ କରିବାର ବୟସ ଅଛି....!

"ମୋ ମନ ଲାଗୁନି... ବାସ୍ । ମୁଁ ନିଜର ସବୁ ସମୟ ମୁଁ ଧର୍ମକାମ ପୂଜାପାଠରେ ଦେବାକୁ ଚାହୁଁଛି। ମୋ ବଦଳରେ ତୁ ତ ରୋଜଗାର କରୁଛୁ ...."

ସେ କଥା ସେଇଠି ସାରିଦେଲା କ୍ଷମା ମାଗିବାକୁ ଗଲା ହିଁ ନାହିଁ। ସେ ଚାକିରି କରିବାକୁ ଚାହୁଁ ନ ଥିଲା। ନିଶା ସହ ଦେଖାହେବାରେ ବି ଅସୁବିଧା ହେଉଥିଲା। ଏବେ ସାରାଦିନ ରହିବ ତା ପାଇଁ... ଯେତେବେଳେ ବି ନିଶାକୁ ସୁବିଧା ହେବ। ପିଲାର ଭବିଷ୍ୟତର କି ଚିନ୍ତା.... ବାପାଙ୍କ ଏ ଘର ଅଛି ଯାହା ମିଳିବ ହିଁ ମିଳିବ, କିଛି କାମ କରିବାକୁ ନ ମିଳିଲେ ମନ୍ଦିର ତ ଅଛି... ଯଦି ଯୁବାଗୁରୁ ନିଜ ଜୀବନ ଦିନରାତି ଆରତି କରି ଅନ୍ୟମାନଙ୍କୁ ଧର୍ମବାଣୀ ଉପଦେଶ ଦେଇ କାଟି ପାରିବ ତେବେ ତାହା ପୁଅ କାହିଁକି ନୁହଁ!

ଉଧାର ଥିବା ଟଙ୍କା ତା ପ୍ରୋଭିଡେଣ୍ଟ ଫଣ୍ଡରୁ କାଟି ନିଆଗଲା ଏବଂ ଯୁବାଗୁରୁକୁ ଚାକିରିରୁ ବାହାର କରି ଦିଆଗଲା। ଶେଷ ହିସାବ କରିବା ପାଇଁ ମଧ୍ୟ ସେ ଅଫିସକୁ ଗଲା ନାହିଁ। ଅଫିସରୁ ଚିଠି ଘରକୁ ଆସିଲା ତା ସହ ଯାହା ଯେତିକି ଚେକ୍ ମଧ୍ୟ।

ମନ ଭିତରେ ଲୁଚିରହିଥିବା କଷ୍ଟକୁ ସେ କାହା ଆଗରେ କହିପାରୁନଥିଲା ଯେ ସେମାନେ ଯଦି କୋଉଠି ବାହାରକୁ ଯାଆନ୍ତି ଓ କେହିଯଦି ଏ କଥା ପଚାରି ଦିଏ ସେ ତୁମ ସ୍ୱାମୀ କଣ କରନ୍ତି, ସେ କଣ ଉତ୍ତର ଦେବ... ପୁଅକୁ ଯଦି କେହି ପଚାରେ ଯେ ତୁମ ବାପା କଣ କରନ୍ତି ସେ କଣ କହିବ... ଏଇଆ ଯେ ପୂଜାପାଠ କରନ୍ତି ଆଉ ସେଇଟା ପୁଣି ଘରେ ନିଜ ମନ୍ଦିରରେ ?

ଦିନେ ରାତିରେ .... ଅଧା ନିଦରେ ତାକୁ ଲାଗିଲା ଯେମିତି କୌଣସି ପୋକ ଲାଳ ସାଲୁବାଲୁ ହୋଇ ଯେପରି ତା ପାଦ ଦେଇ ଉପରକୁ ଉଠି ଆସୁଛି.... ଲାଳୁଆ କର୍ଦ୍ଦମାକ୍ତ ଚିହ୍ନ ତା ଦେହରେ ଠାଏ ଠାଏ ଛାଡିଯାଉଛି। ସେ ଆଙ୍ଗୁଳିରେ ତାକୁ ଛାଟି ଦେବାକୁ ଚେଷ୍ଟା କଲାବେଳେ ସେ ଆଉ ଯାଗାରେ ରହୁନି। କିଛି ସମୟ ପରେ ପୁଣି ଆଉ ଗୋଟେ ଜାଗାରେ ସେହି ଘୃଣ୍ୟ ଓଦାଳିଆ ସ୍ପର୍ଶ ।

ପାଖରେ ସିଦ୍ଧାର୍ଥ ଗଭୀର ନିଦରେ ଶୋଇ ରହିଛି। ସେ ନିଜର ସୁରକ୍ଷା ପାଇଁ ତାକୁ ମଝିରେ ଶୁଆଇଥାଏ। ତା ଆରପାଖରେ ଯୁବାଗୁରୁ ଶୋଉଥିଲା... ଯିଏ କି ଏବେ ଆଉ ନିଜ ଯାଗାରେ ନ ଥିଲା। ସିଦ୍ଧାର୍ଥର ନିଦ ଆଉ ଗାଢ ଅନ୍ଧାରର ସୁଯୋଗ ନେଇ ଯୁବାଗୁରୁ ଏପାଖକୁ ଚାଲିଆସିଥିଲା ଏବଂ ତାକୁ ପାଦ ପାଖରୁ ଚୁମିଚୁମି ତା ଜଙ୍ଘ ପାଖରେ ପହଞ୍ଚି ସାରିଥିଲା, ଗାଉନକୁ ଉପରକୁ ଉଠାଇ ଦେଇ...... ସେ କେତେବେଳେ ବି ଉପରକୁ ଚାଲି ଆସିବ....

ହଠାତ୍ ସେ ତାକୁ ନିଜର ସମସ୍ତ ଶକ୍ତି ଖଟାଇ ଗୋଟିଏ ଲାତ ମାରି ପା ପୋଛ ପାଖକୁ ଠେଲି ଦେଲା। ଯୁବାଗୁରୁ ଯାଇ ଖଟ ତଳେ ପଡିଲା। ସେ ଉଠିଗଲା, ତାକୁ ଖୁବ ଜୋରରେ ବାନ୍ତି ଉଠାଉଥିଲା। ସିଧା ବାଥରୁମରେ ପଶି ଲାଇଟ୍ ଲଗାଇ ଭିତରୁ କବାଟ ବନ୍ଦ କରିଦେଲା ଆଉ ତଳେ ଚଟାଣରେ ବସି ପଡି ବାନ୍ତି କରିବାକୁ ଲାଗିଲା। ୱାସ୍‌ବେସିନ ପାଖରେ ଠିଆ ହେବାର ଶକ୍ତି ତା ଭିତରେ ନଥିଲା... ସବୁ ଶକ୍ତି ସେ ଯୁବାଗୁରୁକୁ ଧକ୍କା ଦେବାରେ ଖର୍ଚ୍ଚ କରିଦେଇଥିଲା।

ବାଥରୁମରୁ ବାହାରି ସେ ସିଧା ଛାତ ଉପରକୁ ଚାଲିଗଲା ଆଉ ନିଜକୁ ହାଲୁକା କରିବା ପାଇଁ ଟିକେ ଏପଟେ ସେପଟେ ଟହଲିବାକୁ ଲାଗିଲା।

ଲାଗିଲାଗି ରହିଥିବା ସେ ଘରଗୁଡିକର ଧାଡି ଏଲ୍ ଆକାରରେ ଇଆଡେ ସିଆଡେ ଲମ୍ବି ଯାଇଥିଲେ। ତାରାର ମିଞ୍ଜିମିଞ୍ଜି ଆଲୁଅ ତଳେ ଘରଗୁଡିକ ନିର୍ଜୀବ ପରି ଶୋଇ ରହିଥିଲେ। ସେ ଆଜି ପ୍ରଥମ ଥର ପାଇଁ ଲକ୍ଷ୍ୟକଲା ଯେ ସେ କ୍ୟାମ୍ପସ୍‌ରେ ଗୋଟିଏ ହେଲେ ବି ଗଛ ନାହିଁ, ଏ ମୁଣ୍ଡରୁ ସେ ମୁଣ୍ଡ ଯାଏଁ ସିମେଣ୍ଟର ଜଙ୍ଗଲ। ଟିକେ ଦୂରରେ ପାହାଡ ସବୁ ବି ଥିଲେ.... ସେ ବି ଟାଙ୍ଗରା।

"ଏଇଠୁ ତୁମେ ପାହାଡ ଗୁଡିକୁ ବସି ଦେଖିବ।" ପ୍ରେମ ପ୍ରକାଶ କହିଥିଲେ। ଏ ପାହାଡ ଗୁଡିକୁ ବି ସେ ଦେଖିପାରିବ... କିନ୍ତୁ କେତେ ଦିନ ଯାଏଁ? ସେଠିଥିବା ଗଛ ସବୁ କଟା ସରିଥିଲେ, ସେଠାରେ ମଧ୍ୟ ସିମେଣ୍ଟର ଜଙ୍ଗଲ କରିଦିଆ ଯିବ.... ଯେମିତି ଏବେ ଏଇଠି ଥିଲା ତଳେ!

ସେ ଯେତିକି ଶାଶୁଘରୁ ପାଏ, ତା ଠାରୁ ଅନେକ ବେଶୀ ଦେଇଥାଏ। ନିଜର ଦରମା... ପୁରା। ତା ସହ ଚାକିରି କରିବା ସହ ଘରକାମ ବି କରେ ସମସ୍ତଙ୍କ ପାଇଁ ଖାଇବା ବନେଇବା, ସ୍ୱାମୀ ପୁଅ ଓ ନିଜର ଲୁଗା ସଫା କରିବା। ଝାଡୁ, ଘର ପୋଛା, ବାସନ ମାଜିବା ପାଇଁ ଯେଉଁ ସ୍ତ୍ରୀ ଲୋକଟି ଥାଏ, ସେ ନ ଆସିଲେ ତା କାମ ବି କରିବା। ସ୍ୱାମୀର ସବୁ କାମ କରେ, ତା ଲୁଗା ସଫା କରେ, ଅଣ୍ଡରୱେର ଓ ବାନିୟନ ମଧ୍ୟ। ପୂଜାପାଠ ବେଳେ ପିନ୍ଧୁଥିବା ନାଲିଲୁଗା - ଯାହାକୁ ସେ ଘୃଣା କରେ, ସେସବୁ ମଧ୍ୟ ସଫା କରି ଇସ୍ତ୍ରୀ କରେ। ଯୁବାଗୁରୁ ଗାଧୋଇବା ପାଇଁ ବାଥରୁମରେ ପଶିବା ପରେ, ସେଇଠୁ ହିଁ ଖାଲି ଦେହରେ ଥାଇ ପାଟି କରିବ- ତଉଲିଆ ଦେଲୁ । ସେ ତଉଲିଆ ନେଇ ଦିଏ, ପ୍ରାୟ ସମୟରେ ତଉଲିଆ ସହ ସେ ତାକୁ ମଧ୍ୟ ଭିତରକୁ ଟାଣି ନିଏ ଓ ଭିଡି ଧରେ। ସେ ତାକୁ ମଧ୍ୟ ସେମିତି କରିବାକୁ ଦିଏ। ଗାଧୋଇବା ପରେ ତାର ଯେଉଁ ଲୁଗାପଟା ପିନ୍ଧିବାର ଥାଏ ସେ ସବୁକୁ ବାହାର କରି ରଖେ। ଯୁବାଗୁରୁ କେବଳ ସ୍ତ୍ରୀ ହାତରନ୍ଧା ହିଁ ଖାଇବାକୁ ପସନ୍ଦ କରେ। ଆଉ ଏଇଆ ମଧ୍ୟ ଯେ ଖାଇବା ବାଢିଦେଇ ପତ୍ନୀ ସେଇଠି ହିଁ ବସି ରହିବ, ତାକୁ ଖାଉଥିବାର ଦେଖିବ। ଯେ ପର୍ଯ୍ୟନ୍ତ ତା ଖାଇବା ସରିନି ପତ୍ନୀ ତା ଆଗରେ ବସି ରହିବ। ପତ୍ନୀ ତା ଆଗରେ ନ ବସିଲେ ସେ ଖାଇବା ଥାଳି ଠେଲିଦେଇ ଉଠିଚାଲିଯିବ। ତାକୁ କେଉଁଠି ବାହାରକୁ ଯିବାର ଥିଲେ ଆଟାଚି ସଜାଡି ନେଇ ପତ୍ନୀ ହିଁ ତାକୁ ଦେବ। ସେ ଆରାମରେ ଆଟାଚି ଧରି ଚାଲିଯିବ। ନୂଆଜାଗା ନୂଆ ସହରରେ ତାକୁ କେଉଁ ସବୁ ଜିନିଷର ଆବଶ୍ୟକତା ପଡିବ ଏସବୁ ଚିନ୍ତା କରିବା ପତ୍ନୀର କାମ ଥିଲା। ଯଦି କୌଣସି ଜିନିଷ ସେ ଭୁଲିଯାଇଥିବ ତେବେ ଆସିବା ପରେ ତାକୁ ଗାଳିଦେବ।

ଆଉ ସେ କଣ କରେ... ତା ସ୍ୱାମୀ? ଗୋଟିଏ ଚାକିରି- ଯାହା ଯେମିତି ଥିଲା- ସେଇଟା ବି ଏବେ ନାହିଁ। ସ୍ୱାମୀର ସବୁ ଅଧିକାର ଦରକାର... ପତ୍ନୀର ଶରୀର ନିଶ୍ଚୟ... ଯେତେବେଳେ ଯେମିତି ତା ମନକୁ ଆସିଲା....
ପତ୍ନୀର ଇଚ୍ଛା ଥାଉ କି ନଥାଉ...

ତା ଇଚ୍ଛା? ପ୍ରାଣ ଜଳି ଉଠେ, ଯେତେବେଳେ ସେ ତାକୁ ସେ ଉଦ୍ଦେଶ୍ୟରେ

ସ୍ପର୍ଶ କରେ, ସତେ ଯେମିତି ତାକୁ ଜୀଅନ୍ତା ଚିତା ଉପରେ ଜାଳି ଦେବାକୁ ଟାଣି ନେଉଛି !

ସେ କାମ ଯେଉଁଥିରେ ତା ଆତ୍ମା ଜଳିପୋଡି ପାଉଁଶ ହୁଏ.... ସେ କାମ ସେ କରିବନି। ସ୍ୱାମୀର କାମପିପାସାର ସାଧନ ସେ ସାଜିବନି। ସେ ଭୋଗ୍ୟା ନୁହେଁ, କୌଣସି ଖାଇବା ଜିନିଷ ନୁହେଁ ଯେ ସ୍ୱାମୀର ଯେତେବେଳେ ଇଚ୍ଛା ହେବ ଟକ୍ କରି ପାଟି ଭିତରେ ପୁରାଇ ଦେବ। ଯେଉଁ ଲୋକ ପାଇଁ ତା ମନରେ କିଛି ବି ସୃଷ୍ଟି ହୁଏନି, ଯେଉଁ ଲୋକ ଆତ୍ମସମ୍ମାନ ବିଷୟରେ ଚିନ୍ତା କରେନି, ଯେଉଁ ସୁରକ୍ଷା ପତ୍ନୀକୁ ଦେବା ଆବଶ୍ୟକ ତାହା ଦିଏନି, ଗୃହସ୍ଥ ହୋଇ ରୋଜଗାର କରେନି.... ତା ପାଖରେ ସେ କାହିଁକି ସମର୍ପିତ ହେବ ? ନିଜ ଇଚ୍ଛା ବିରୁଦ୍ଧରେ ସେ କାହିଁକି ତା ପାଖରେ ନିଜକୁ ଦେଇଦେବ, ନିଜ ଶରୀରକୁ କାହିଁକି ଝୁଣିବାକୁ ଦେବ.... କେବଳ ଏଇ ଗୋଟିଏ କାରଣ ପାଇଁ ଯେ ସେ ତାର ସ୍ୱାମୀ ହୋଇଗଲା... ଗୋଟେ ଝିଅର ଅସହାୟତା ଓ ପରିସ୍ଥିତିର ସୁଯୋଗ ନେଇ ?

ଏ ଶରୀର.... ତା ନିଜର। ତା ଜନ୍ମ ହେବା ସହ ଏହା ହିଁ ଗୋଟିଏ ଜିନିଷ ଯାହା ତାକୁ ମିଳିଛି, ଏତେ ବଡ ଦୁନିଆଁରେ ଏହାକୁ ହିଁ ସେ ନିଜର ବୋଲି କହି ପାରୁଛି। ଏହା ଭିତରେ ତ ସବୁକିଛି ଅଛି, ମନ ଆତ୍ମା ଯାହାବି। ତା ପ୍ରାଣର ମନ୍ଦିର। ଏହାକୁ ସେ ପଙ୍କରେ ଅପରିଷ୍କାର ହେବାକୁ ଦେବନି। ଏହାକୁ ଟାଣି - ଝୁଣିବାର ଅନୁମତି ସେ କାହାକୁ ଦେବନି, ସ୍ୱାମୀକୁ ବି ନୁହେଁ। ଶରୀରର ଏହି କାମବାସନାକୁ ନେଇ ତା ମନରେ ଏମିତି ବି ବିତୃଷ୍ଣା ଭାବ ରହିଛି, ଏହା ହିଁ ତ ସିଦ୍ଧାର୍ଥକୁ ଦୁନିଆଁରେ ଆଣିବାରେ କାରଣ ଥିଲା। ସେ ଯେତେବେଳେ ବି ସିଦ୍ଧାର୍ଥକୁ ଦେଖେ, ଅପରାଧବୋଧରେ ଭରିଯାଏ ସେ, ତା ମାଆବାପାଙ୍କର ତା ପାଇଁ ଯାହା କରିବା ଉଚିତ ତାହା କରୁନାହାନ୍ତି, ତାକୁ ଉଚିତ ଲାଳନ ପାଳନ ଓ ସୁସ୍ଥ ବାତାବରଣ ଦେଇପାରୁନାହାନ୍ତି। ବଡ ହୋଇ ସେ କଣ ହେବ.... ଏହି ମନ୍ଦିରରେ ବସି ପୂଜାପାଠ କରିବାବାଲା ପାଖଣ୍ଡୀ ?

ଯୁବାଗୁରୁ ସହ ଏବେ ଯାହା ଘଟିଗଲା... ତାକୁ ସେ ନିଜ ନିଷ୍ପତ୍ତିର ରୂପ ଦେବ। ନିଜର ବ୍ୟବହାରରେ ଏହାକୁ ଦର୍ଶାଇବ, ଅଧିକ ଶାଳୀନତାର ସହ ଏଥିରେ ସନ୍ଦେହ ନାହିଁ... ଆଉ ଯଦି ଯୁବାଗୁରୁ ତାର ବ୍ୟବହାରରୁ ବୁଝି ନ ପାରୁଛି ତେବେ ସେ ନିଜ ନିଷ୍ପତ୍ତି ବିଷୟରେ ତାକୁ କହିବ ମଧ୍ୟ....

ଏହାର ଫଳସ୍ୱରୂପ ?

ସେ ଏହି କଥାକଥିତ ସ୍ୱାମୀଠାରୁ ନିଜର କୌଣସି କାମ ପାଇଁ, ତାହା ନିଜ

ପାଠପଢା ସମ୍ବନ୍ଧିତ ହେଲେ ସୁଦ୍ଧା, ଟଙ୍କା ମାଗିବନି, ହଁ ନିଜର ଦରମାରୁ ନିଜ ଅଧିକାର ମାଗିନେବ ।

ସ୍ୱାମୀ ପାଠଶାଠ ପଢାଇଲା.... ଆଉ ତା ବଦଳରେ ସେ ମଧ୍ୟ ନିଜକୁ ବିଭିନ୍ନ ପ୍ରକାରେ ଦେଇଦେଲା । ଏଠାରେ ହିସାବ ବରାବର ହୋଇଗଲା । ଆଗକୁ ଏବେ ଆଉ ନୁହେଁ ।

●●●

ତାର ପିଏଚ.ଡି ର କାମ ସରିଯାଇଥିଲା, ସେ ତା ପେପର ମଧ୍ୟ ଜମା କରି ଦେଇଥିଲା ।

ବି.ଏ, ଏମ. ଏ ରେ ସେ ମହିଳା କଲେଜରେ ଥିଲା । ସେତେବେଳେ ତା ଭିତରେ ଗୋଟିଏ ହୀନମନ୍ୟତା ଥିଲା ଯେ ତାର ସମସ୍ତ ସହପାଠିନୀ ଅବିବାହିତା ଥିଲେ... ଯେଉଁମାନଙ୍କ ଜୀବନର ରାସ୍ତା ଆଗକୁ ପ୍ରଶସ୍ତ ଓ ମୁକ୍ତ ଥିଲା, ସେ ହିଁ ଏକା ଥିଲା ଯିଏ କି ବିବାହିତ ଓ ଗୋଟିଏ ପିଲାର ମାଆ ମଧ୍ୟ ଥିଲା । ଏମ୍‌ଫିଲ ସମୟରେ ପୁଅ ଝିଅ ଉଭୟ ଥିଲେ, କିନ୍ତୁ ବହୁତ କମ୍ ସଂଖ୍ୟକ । ଡ.କୌଶିକ ଇନଚାର୍ଜ ଥିଲେ । ଦୁର୍ବଳ ପତଳା ଶରୀର । ଅଫିସ ପିଣ୍ଡାରେ ପ୍ରାୟ ସିଗାରେଟ ଟାଣୁଥିବାର ଦେଖାଯାଆନ୍ତି । ସବୁବେଳେ ଚିନ୍ତାରେ ରୁହନ୍ତି । କବିତା ଲେଖାଲେଖି କରନ୍ତି । ଗୋଟିଏ ଦୁଇଟି କବିତା ସଂଗ୍ରହ ପ୍ରକାଶିତ ହୋଇ ସାରିଥିଲା କିନ୍ତୁ ବିଶ୍ୱବିଦ୍ୟାଳୟ ବାହାରେ ତାଙ୍କର ଏହି ପରିଚୟରେ ସେ ବିଶେଷ ପରିଚିତ ନଥିଲେ । ତାଙ୍କର ମଧ୍ୟ ସାହିତ୍ୟିକ ହେବାର କୌଣସି ଲକ୍ଷ୍ୟ ନ ଥିଲା, କେବଳ ଏଇଆ ଯେ ବିଶ୍ୱବିଦ୍ୟାଳୟର ଛାତ୍ର ଓ ଅଧ୍ୟାପକଙ୍କ ମହଲରେ ଶିକ୍ଷକ ଭିନ୍ନ ତାଙ୍କୁ ଅନ୍ୟ କିଛି ରୂପେ ମଧ୍ୟ ଜାଣନ୍ତୁ. କିଛି ଅତିରିକ୍ତ ପରିଚୟ ମିଳୁ....

ପ୍ରାୟେ କ୍ଲାସ ସରିବା ପରେ ପ୍ରଫେସର କୌଶିକ ତାକୁ ନିଜ ଅଫିସକୁ ଡକାଇ ପଠାନ୍ତି ଆଉ ସେ ପର୍ଯ୍ୟନ୍ତ ବସାଇ ରଖନ୍ତି ଯେ ପର୍ଯ୍ୟନ୍ତ ପୁରା ଡିପାଟମେଣ୍ଟ ଖାଲି ହୋଇ ନ ଯାଇଛି । ପୁଣି କୌଣସି ବାହାନାରେ ତାଙ୍କ ଆଙ୍ଗୁଳିଗୁଡିକ ତା ମଣିବନ୍ଧ ଦେଇ ଉପରକୁ ଉଠିବାକୁ ପ୍ରୟାସ କରନ୍ତି.... ସେତିକିବେଳେ ସେ ଖୁବ୍ ଚତୁରତାର ସହ ପ୍ରଫେସରଙ୍କ ଧ୍ୟାନ ଅନ୍ୟଆଡକୁ ଆକର୍ଷିତ କରାଇ ସେଠୁ ଖସି ଚାଲିଯାଏ । ଖୋଲାଖୋଲି ବିରୋଧ କରି ପାରି ନଥାନ୍ତା - ସବୁଦିନ ତା ସାନ୍ନିଧ୍ୟରେ ରହିବା, ତାଙ୍କରିଠାରୁ ମାର୍ଗଦର୍ଶନ ପାଇବା, ଏପରି ବହି ଯାହା ଲାଇବ୍ରେରୀରେ ମଧ୍ୟ ଉପଲବ୍ଧ ନୁହେଁ ସେସବୁ ତାଙ୍କଠାରୁ ପାଇ ଯିବ । ପୁଣି ଫାଇନାଲରେ କୌଣସି ନା କୌଣସି ପେପର, ତାଙ୍କ ହାତରେ ଥାଏ, ମୌଖିକ ପରୀକ୍ଷାରେ ମଧ୍ୟ ସେ ଜଣେ ସଦସ୍ୟ

ଭାବରେ ବସୁଥିଲେ। ପ୍ରଫେସର କୌଶିକଙ୍କର କୁଚେଷ୍ଟାକୁ ସେ ନାରୀ ସୁଲଭ ଚତୁରତାରେ ଆଡେଇ ଦେଇ ଯାଉଥିଲା। ତାଙ୍କ ପାଖରେ ବସିବା ମାତ୍ରେ ହିଁ ଖସି ଆସିବାର କୌଣସି ବାହାନା ଖୋଜୁଥାଏ, ପ୍ରାୟ ଶେଷ କ୍ଲାସ ପୂର୍ବରୁ ହିଁ ଚାଲିଯାଏ ବା ଶେଷ କ୍ଲାସ ସରିବା ମାତ୍ରେ ହିଁ ଛୁଟ୍ କରି ନିଜ ସ୍କୁଟି ପାଖକୁ ଚାଲିଯାଏ.... ଯେମିତିକି କୌଶିକ ସାରଙ୍କ ନଜରରେ ନ ପଡିବ। ଛୁଟି ଦିନମାନଙ୍କରେ ସେ କେବେ କେମିତି ତାଙ୍କୁ ନିଜ ଘରକୁ ଡକାନ୍ତି.... ଏମିତି ସମୟରେ ଯେତେବେଳେ ତାଙ୍କ ପରିବାରର କୌଣସି ସଦସ୍ୟ ଘରେ ନ ଥିବେ। କେତେବେଳେ ଚା କରିବାକୁ, କେବେ ରାତି ଖାଇବା ପାଇଁ ପରଟା କରିଦେବାକୁ କୁହନ୍ତି। ସେ ଚୁପଚାପ କରିଦିଏ, ଭିତରେ ଛାତି ଧଡପଡ ହେଉଥାଏ। ଏମିତି ହିଁ ଥରେ ରାତିରେ ଯେତେବେଳେ ସେ ଖାଇବା ତିଆରି କରିସାରି ଘରକୁ ଯିବାକୁ ବାହାରୁ ଥିଲା, ପ୍ରଫେସର କୌଶିକ ତାକୁ ସିଧାସଳଖ କହିଲେ - ତୁମେ ତ ଜାଣିଛ ଯେ ମୁଁ କବିତା ଲେଖାଲେଖି କରେ, ନିଜ ଭିତରେ ଭାବପ୍ରବଣତାକୁ ଜୀବନ୍ତ ରଖିବା ପାଇଁ ତାକୁ ସୌନ୍ଦର୍ଯ୍ୟର ସ୍ପର୍ଶ ଦେବା ଜରୁରୀ ହେଇଥାଏ। ଯେପରି ପାଠପଢାରେ ମୁଁ ତୁମକୁ ସାହାଯ୍ୟ କରୁଛି, ସେହିପରି ତୁମେ କବିତା ଲେଖିବାରେ ମୋର ସହାୟତା କର। ମୁଁ ତୁମକୁ ବୌଦ୍ଧିକ ସନ୍ତୋଷ ଦେବି, ତୁମେ ମୋତେ ଭାବନାତ୍ମକ ସନ୍ତୋଷ ଦିଅ। ସେ ପ୍ରଫେସର କୌଶିକଙ୍କର ଉଦ୍ଦେଶ୍ୟ ଠିକ୍ ଅନୁମାନ କରିପାରିଲା। ସେ ଏପରି ଏକ ପରିସ୍ଥିତିରେ ଥିଲା ଯେତେବେଳେ ବି ତାକୁ ଏପରି କୌଣସି ପରିସ୍ଥିତିର ସାମ୍ନା କରିବାକୁ ହୁଏ, କେଜାଣି ସେତେବେଳେ ତା ଭିତରେ କଣ ହେଇଯାଏ। ମେରୁଦଣ୍ଡ ହାଡ ଶକ୍ତ ହୋଇଯାଏ... ଆଖିରୁ ନିଆଁ ଝୁଲ ଖସି ପଡିବା ପରି ଲାଗେ। ସେ ନିଜକୁ ସମ୍ଭାଳିଲା ଏବଂ ବହୁତ ସ୍ୱାଭାବିକ ଓ ଦୃଢ ସ୍ୱରରେ ପ୍ରଫେସର କୌଶିକଙ୍କୁ କହିଲା -

"ସାର୍, ଆପଣ ଜାଣନ୍ତି ଯେ ମୁଁ ବିବାହିତ, ଗୋଟେ ପିଲାର ମାଆ।"

"ତୁମେ ବି କଣ.... ତୁମ ପାଠପଢାରେ କି ମୂଲ୍ୟ ଯଦି ତୁମେ ଏମିତି ଏଇ ପୁରୁଣାକାଳିଆ ରକ୍ଷଣଶୀଳତା ଭିତରେ ବାନ୍ଧି ହୋଇ ରହିବ। ମୁଁ ବି ତ ବିବାହିତ.... ସେଇଠୁ? ଏଇଟା ତ ସୁବିଧା।"

"ସାର୍, ଆପଣ ଯଦି କହିବେ ମୁଁ ପାଠପଢା ଛାଡି ଦେଇ ପାରିବି।"

ଆଉ ଆଗକୁ କିଛି ନ କହି ସେ ପାଦରେ ଜୋତା ଗଳେଇ ଶକ୍ତ ଭାବରେ ପାଦ ପକାଇ ସେଠାରୁ ବାହାରି ଆସିଥିଲା।

ସେ ଦିନ ସେ ଘଟଣା ପରେ ପ୍ରଫେସର କୌଶିକ ତାକୁ କେବେ ବି ଏକୁଟିଆ ଘରକୁ ଡାକିଲେନି। ପୁରୁଣା ରାଗ ସୁଝେଇବା ପାଇଁ ସେ ଯେକୌଣସି ଲୋକ

ଥିବାବେଳେ ତାକୁ ଡକାନ୍ତି, ସ୍ୱାଭାବିକ ଭାବରେ ମିଠାମିଠା କଥା କୁହନ୍ତି, ସତେ ଯେମିତି କବି ହେବା କାରଣରୁ ହିଁ ତାଙ୍କ ସ୍ୱଭାବ ହିଁ ରସିକ, ଭାବୁକ ପ୍ରକୃତିର, କୌଣସି ଭୁଲକାମ କରିବା ପରି ମନ୍ଦ ଉଦ୍ଦେଶ୍ୟ ତାଙ୍କର ଆଦୌ ନଥିଲା । ସୁଯୋଗ ପାଇଁ ଅଳ୍ପ ବହୁତ ବଦ୍‌ମାସୀ ଏବେ ବି କରିଦେଉଥିଲା... କେତେବେଳେ ହାତକୁ ଛୁଇଁ ଦେଉଥିଲେ, କେବେ କାନ୍ଧକୁ ଥାପୁଡାଇ ଦେଉଥିଲେ, କେବେ ପୁଣି ବାଳକୁ ହାତରେ ହଲେଇ ଅଡୁଆ କରିଦେଉଥିଲେ। ଅଭ୍ୟାସ ଛାଡି ପାରୁ ନ ଥିଲେ... ଠିକ୍ ସିଗାରେଟ ପିଇବା ଯେମିତି ଛାଡିପାରୁ ନ ଥିଲେ।

ଏମ୍.ଫିଲ ରେ ଦ୍ୱିତୀୟ ସ୍ଥାନ ତାକୁ କୌଶିକ ସାରଙ୍କ ଆଘାତ ପାଇଥିବା ଅହଂ କାରଣରୁ ହିଁ ମିଳିଥିଲା- ସେ ଜାଣିଥିଲା, କିନ୍ତୁ ଠିକ ଏହି କାରଣଟିକୁ ସେ ଖୋଲିକରି କାହାକୁ କହିପାରୁ ନ ଥିଲା, ପ୍ରେମପ୍ରକାଶଙ୍କୁ ବି ନୁହେଁ।

ପି.ଏଚ.ଡି ପାଇଁ ରେଜିଷ୍ଟ୍ରେସନ ସମୟରେ ତାକୁ ନିଜ ହାତମୁଠାରୁ ବାହାରି ଯିବାକୁ ଦେଲେ ନାହିଁ। ଯେ କୌଣସି ଅନ୍ୟ ପ୍ରଫେସରଙ୍କ ପାଖକୁ ସେ ଗାଇଡ କରିବା ପାଇଁ ଯାଉଥିଲା ସେମାନେ ତାକୁ ପୁଣି ପ୍ରଫେସର କୌଶିକଙ୍କ ପାଖକୁ ହିଁ ପଠେଇ ଦେଉଥିଲେ। ଶେଷରେ ତାକୁ ତାଙ୍କରି ପାଖରେ ହିଁ ପି.ଏଚ.ଡିର ରେଜିଷ୍ଟ୍ରେସନ କରିବାକୁ ପଡିଲା। ଥରେ ଏଇଟା ହୋଇଯିବା ପରେ ପ୍ରଫେସର ପୁଣି ନିଜର ଖେଳ ଖେଳିବା ଆରମ୍ଭ କରିଦେଲେ... ପ୍ରତି କଥାରେ ନିଜର ଫିସ୍ ମାଗିଲେ, ମାନେ ବିଶ୍ୱବିଦ୍ୟାଳୟର ଫିସ୍‌କୁ ଛାଡି ! ଯେଉଁ ଆତ୍ମୀୟତା ସେ ଆଗରୁ ଦେଖାଉଥିଲେ, ତା ବଦଳରେ ଏବେ କେବଳ ବୃତ୍ତିଗତ ରୁକ୍ଷତା ଥାଏ, ଆଉ ତା ଆଳରେ ଉତ୍କୋଚର ଲୋଭ। ଟିକେ ଆଗପଛ ହୋଇ ଦ୍ୱିଧାରେ ପଡିଲେ ସେ ଅନ୍ୟ ଡିପାର୍ଟମେଣ୍ଟର ପ୍ରଫେସର ଅଧ୍ୟାପକଙ୍କ ଆଡକୁ ଆଙ୍ଗୁଳି ଦେଖାନ୍ତି, କୁହନ୍ତି ଯେ ଏଇଟା ତ ସବୁଆଡେ ଚାଲିଛି। କେହି ଯଦି କହେ ଯେ ଛାତ୍ରଟିଏ, ଯାହାର କୌଣସି ଆୟର ମାଧ୍ୟମ ନାହିଁ ସେ ଟଙ୍କା କୋଉଠୁ ଆଣିବ... ତାଙ୍କର କିନ୍ତୁ ଏଥିରେ କୌଣସି ଯାଏ ଆସେ ନାହିଁ, ମାଆବାପାଠାରୁ ମାଗିକି ଆଣୁ, ଭିକ ମାଗୁ, ଚୋରୀ କରୁ। ଥେସିସ୍ ପେପର ଦାଖଲ କରିବା କରିବା ପର୍ଯ୍ୟନ୍ତ ସେ ମଧ୍ୟ କେବେ ଘରୁ, କେବେ ସ୍ୱାମୀଠାରୁ ପଇସା ଆଣି ପ୍ର. କୌଶିକଙ୍କ ଦାବି ପୂରଣ କରିଚାଲିଥିଲା, ଏ ପଟେ ତ ତାର ଦରମା ବି ଥିଲା ଯେଉଁଠୁ ସେ କିଛି କିଛି ନେଇ ପାରୁଥିଲା।

କିନ୍ତୁ ଏବେ... ?

ଗବେଷଣା ନିବନ୍ଧ ଦାଖଲ ହେବାର ୬ମାସ ବିତିଯିବା ପରେ ମଧ୍ୟ ନିଜ ଆଡୁ ଯେତେବେଳେ କାମ ଆଡକୁ ବଢିଲାନି ସେ ପ୍ରଫେସର କୌଶିକଙ୍କୁ ମନେ

ପକାଇ ଦେଲା। ମୌଖିକ ପରୀକ୍ଷା ପାଇଁ ପ୍ରଫେସର କୌଶିକ ତା ଆଗରେ ଏକ ମୋଟା ଅଙ୍କର ଦାବି ରଖିଲେ। ଲୋକମାନଙ୍କୁ, ବ୍ୟକ୍ତିମାନଙ୍କୁ ବାହାରର ପରୀକ୍ଷକ ଠିକ କରାଇବାକୁ ହେବ ଯିଏ କି ନିର୍ଦ୍ଧାରିତ ତାରିଖରେ ଆସିଯିବେ ନ ହେଲେ ତାରିଖ ଆଗକୁ ଆଗକୁ ବଢି ଚାଲିବ। ପରୀକ୍ଷକ ଏପରି ହୋଇଥିବେ ଯିଏ କି ତା ଥେସିସକୁ ପାସ କରାଇ ଦେବେ, ନଚେତ୍ ଛୋଟମୋଟ କୌଣସି କଥା ବାହାର କରି ପୁଣିଥରେ କାମ କରିବାକୁ ଉପଦେଶ ଦେଇ ପାରନ୍ତି। ସେଥିପାଇଁ ବେଶୀ ନୁହେଁ ୫ହଜାର ଟଙ୍କା, ନଚେତ୍ ତା ଥେସିସ ଯେତେ ଭଲ ହେଉଥାଉ ପଛେ, ମାମଲା ବର୍ଷ ବର୍ଷ ଧରି ଟାଣି ହୋଇ ଚାଲିବ, ତାକୁ ପି.ଏଚ.ଡି ମିଳିପାରିବନି। ରେଜିଷ୍ଟ୍ରେସନ ହେବା ପରେ ପରୀକ୍ଷକମାନଙ୍କ ଯିବା ଆସିବା ପାଇଁ ଟୁ-ଟାୟାର ଏ.ସି ର ଭଡା ସେ ଦେବ, ସେମାନେ ୟୁନିଭର୍ସିଟି ଠାରୁ ମଧ୍ୟ ସେଥିପାଇଁ ଟଙ୍କା ନେବା ସତ୍ୱେ। ସମସ୍ତେ ଏଇଆ କରନ୍ତି, ପଚାରି ନିଅ। ତୃତୀୟରେ, ସହରରେ ସେମାନେ ବୁଲାବୁଲି କରିବା ପାଇଁ ଦୁଇଦିନ ପାଇଁ ଟ୍ୟାକ୍ସିର ବ୍ୟବସ୍ଥା ବି କରିବାକୁ ହେବ ଓ ସେଥିପାଇଁ ଟଙ୍କା ବି ତାକୁ ଦେବାକୁ ହେବ। କାରଣ ୟୁନିଭର୍ସିଟି ଗେଷ୍ଟ ହାଉସରେ ପ୍ରାୟ ରହିବାକୁ ନ ମିଳିଲେ ମୌଖିକ ପରୀକ୍ଷା କରୁଥିବା ପରୀକ୍ଷକ ଗୋଟିଏ ଦିନ ପାଇଁ ହୋଟେଲରେ ରହିବେ ଓ ରହିବା ଖାଇବା ପାଇଁ ତିନି - ତିନି ହଜାର ଟଙ୍କା। ଏସବୁ ପଇସା ପ୍ରଫେସର କୋଶିକଙ୍କ ପାଖରେ ଜମା କରିବାକୁ ପଡିବ। ମୌଖିକ ପରୀକ୍ଷା ପୂର୍ବରୁ ସେ ତାକୁ ପରୀକ୍ଷକମାନଙ୍କ ସହ ଔପଚାରିକ ଭାବରେ ସାକ୍ଷାତ କରେଇବା ପାଇଁ ନେଇ ଯିବେ ଏବଂ ତା ଆଗରେ ହିଁ ଏ ସବୁ ଟଙ୍କା ସେମାନଙ୍କୁ ଦେଇଦେବେ....

ଅତି କମ୍‌ରେ କୋଡିଏ ହଜାର ଟଙ୍କାର ଖର୍ଚ୍ଚ ଆଖିଆଗରେ ଥିଲା। ଆଗ ସମୟ ନ ଥିଲା ଯେ ସ୍ୱାମୀଠାରୁ ମାଗିଥାନ୍ତା... ସେ କେଉଁଠୁ ବି ହେଉ ଉଧାର ଆଣି ଦେଇଥାନ୍ତା, ଏବେ ବି ମାଗି ପାରିଥାନ୍ତା... କିନ୍ତୁ ଗୋଟିଏ ଅଲିଖିତ ସର୍ତ୍ତ ସେମାନଙ୍କ ଭିତରେ ଆସିଯାଇଥିଲା, ନିଜର ଜିଦ୍ ସେ ପ୍ରକାଶ କରି ସାରିଥିଲା- ସେ ଶରୀର ମାଗିବନି, ଇଏ ଟଙ୍କା ମାଗିବନି। ଶାଶୁଶ୍ୱଶୁରଙ୍କ ଠାରୁ ନେଇ ପାରିଥାନ୍ତା.... ହେଲେ ସେମାନେ ବି ସ୍ୱାମୀର ଅଂଶ ଥିଲେ। ଦଶ ପ୍ରକାର ଖୁଣ୍ଟା ଦେଇଥାନ୍ତେ।

ଶରଣ ସ୍ଥଳୀ ପ୍ରେମପ୍ରକାଶ, ଯାହାଙ୍କ ପାଖରେ ସେ ପହଞ୍ଚି ଯାଉଥିଲା, ଯେତେବେଳେ ବି କୌଣସି ଦ୍ୱିଧାରେ ପଡେ। ସେସବୁ ଦେବା କେତେଦୂର ନ୍ୟାୟ ସଙ୍ଗତ.... କଥା ପ୍ରସଙ୍ଗରେ ସେ ପଚାରିଲା କଣ ଏହା ଲାଞ୍ଚ ଦେବା ନୁହେଁ?

“ଲାଞ୍ଚ ତ ନିଶ୍ଚୟ....” ପ୍ରେମ ପ୍ରକାଶ କହିଲେ.... “କିନ୍ତୁ ଏ କଥା ବି ସତ ଯେ ଯଦି ତୁମେ ଏ ସବୁ ନ ହେଉଛ ତା ହେଲେ ତୁମର ପି.ଏଚ.ଡି ପୁଣି ବର୍ଷେ

ଆଗକୁ ଘୁଞ୍ଚିଯିବ- ବଦମାସ ମାନେ ଏମିତି ଜାଲ ବିଛେଇ ରଖିଛନ୍ତି। ନ ଦିଅ ନିଃଶେଷ ହୋଇଯାଅ, ତଥାପି ତୁମେ ଏହି ଭ୍ରଷ୍ଟାଚାରକୁ ତ ବନ୍ଦ କରିପାରିବନି। କେବଳ ଏକୁଟିଆ ତୁମେ ନ ଦେଲେ କଣ ଏ ଘଟଣା କଣ ବନ୍ଦ ହୋଇଯିବ କେବଳ ଜଣେ ଡ. କୌଶିକ ହିଁ ନୁହନ୍ତି..... ଠିକ୍ ଏହି ସମୟରେ କେତେ ଡ.କୌଶିକ କେତେ ବିଦ୍ୟାର୍ଥୀ ମାନଙ୍କୁ ଏସବୁ ଦେବା ପାଇଁ ବାଧ୍ୟ କରୁଥିବେ ସବୁଠାରୁ ସାଂଘାତିକ କଥା ହେଲା ଯେ, ବିଚରା ଯେଉଁମାନେ ରୋଜଗାର କରୁନାହାନ୍ତି, ଗରିବ ଅଟନ୍ତି, ସେମାନଙ୍କୁ ମଧ୍ୟ ଲାଞ୍ଚ ଦେବା ପାଇଁ ବାଧ୍ୟ କରାଯାଉଛି ଏବଂ ବାଧ୍ୟ କରୁଥିବା ଲୋକମାନେ ବି ସେଇମାନେ, ଯାହାଙ୍କ ପାଖକୁ ଶିକ୍ଷାଲାଭ ପାଇଁ ଆସନ୍ତି ?

ତୁମେ ଯଦି ଏଟଙ୍କା ନଦେବ ତାହେଲେ ତୁମ ପରିଶ୍ରମ ବେକାର ଯିବ। ଯେ ପର୍ଯ୍ୟନ୍ତ ତୁମକୁ ଡିଗ୍ରୀ ନ ମିଳୁଛି, ତୁମେ ଜୀବନ ଅଧାରେ ଅଟକି ରହିବ, ତୁମେ କେଉଁଠି ବି ଚାକିରି ପାଇଁ ଆବେଦନ କରିପାରିବ ନାହିଁ, ତୁମେ ଯଦି ଏ ଦୁର୍ନିତୀ ବିରୁଦ୍ଧରେ ଲଢିବାକୁ ବାହାରି ପଡିବ ତେବେ ତୁମ ଜୀବନ ଏକ ଭିନ୍ନ ମାର୍ଗରେ ଚାଲିଯିବ।"

"ତା ହେଲେ କଣ କେହି ବି ପ୍ରତିବାଦ କରିବା ଦରକାର ନାହିଁ?"

"କରିବା ତ ଆବଶ୍ୟକ... କିନ୍ତୁ ନିଜକୁ ନିଜେ ସୁରକ୍ଷିତ ରଖି। ନିଜକୁ ବଳି ଦେଇ ନୁହେଁ, କାରଣ ଜୀବନ ତ ବାରମ୍ବାର ମିଳେନି।"

"ଯଦି ଉପରିସ୍ଥ ଅଧିକାରୀଙ୍କୁ ଖବର ଦିଆଯାଏ....।"

"ଏମିତି ତ ନୁହେଁ... ଯେ ସେମାନଙ୍କୁ କଥା ଅଛପା ଥିବ। ଉପର ସ୍ତରରେ ଥିବା ଲୋକମାନେ ତ ଏମାନଙ୍କଠାରୁ ବେଶୀ ଦୁର୍ନିତୀଗ୍ରସ୍ତ ସେମାନେ ହିଁ ଏମାନଙ୍କୁ ଆଣିଛନ୍ତି। କଣ ପୂର୍ବରୁ ଶିକ୍ଷକ ନ ଥିଲେ ? ଆମ ସମୟରେ ତ ପୁଣି ଏହି ସବୁ ପରୀକ୍ଷା ହେଉଥିଲା... କିନ୍ତୁ ସେତେବେଳେ ଲୋକ ଭିନ୍ନ ଥିଲେ... ପରିବେଶ ସଂପୂର୍ଣ୍ଣ ଅଲଗା ଥିଲା !"

ପ୍ରେମ ପ୍ରକାଶ ଉଦାସ ହୋଇ ଯାଇଥିଲେ। ସେ କିଛି ବୁଝିପାରୁ ନଥିଲେ ଯେ ସେ ଏସବୁର କି ସମାଧାନ ବତେଇବେ.... ସେହି ଝିଅ ଯିଏ କି ସ୍ୱାଭିମାନୀ ଥିଲା, ସେ ଯଦିବା ଏ ପାହାଚ ଅତିକ୍ରମ କରି ଯାଉଛି ତଥାପି ଆଗକୁ ଆହୁରି ଏମିତି ଅନେକ ପାହାଚ ଅଛି.... ସେ କେତେ ଚଢି ପାରିବ, କେଉଁଠି ସବୁ ଲଢିପାରିବ। ବ୍ୟବସ୍ଥା, ପରିସ୍ଥିତି ବା ଲୋକମାନଙ୍କ ବଦଳିବାର ପ୍ରଶ୍ନ ତ ପଛ କଥା... ପ୍ରଥମେ ଏକ ଜୀବନ ଥିଲା - ଯାହା ସାମ୍ନାରେ ଥିଲେ। ତା ମୁହଁର ବ୍ୟସ୍ତତା ଉପରେ ହତାଶାର କାଳିମା ତାଙ୍କ ହୋଇ ଆସୁଥିଲା।

"ଗୋଟେ କାମ କର, ଯଦି ତୁମକୁ ଠିକ୍ ମନେହୁଏ ତେବେ । ଏବେ ପାଇଁ ଏହି ଧୂର୍ତ୍ତ ଲୋକମାନଙ୍କ ସହ ଚତୁରତାର ସହ କାମ କର । ନିଜର ପରିସ୍ଥିତି ବିଷୟରେ କହି ପରିମାଣଟା ଟିକେ କମ୍ କରାଅ.... ସେତିକି ଟଙ୍କା ଦେଇ ଖୁବ ଛୁଟିରେ ରୁହ । ଯେତେବେଳେ ଫଳାଫଳ ତୁମ ହାତକୁ ଆସିଯିବ, ସେତେବେଳେ ଧନ୍ୟବାଦ ଦେବା ପାଇଁ ଏମାନଙ୍କ ପାଖକୁ ଯିବ, ଆଉ ସେମାନଙ୍କୁ ସବୁ ଏମିତି କିଛି ଶୁଣାଇ ଆସିବ ଯେଉଁଥିରେ ତାଙ୍କ ମନ ଅପରାଧବୋଧରେ ଗ୍ଲାନିରେ ଭରିଯିବ, ଭବିଷ୍ୟତରେ ଏପରି କରିବା ଆଗରୁ ସେମାନେ ଚିନ୍ତା କରିବେ । ଯଦି ଜଣଙ୍କ ଭିତରେ ବି ପରିବର୍ତ୍ତନ ଆସେ ତାହେଲେ ଆମେ କହପାରିବା ଯେ ଯଥାସମ୍ଭବ ପ୍ରତିବାଦ କଲୁ ଓ ଅଳ୍ପ ବହୁତ ପରିବର୍ତ୍ତନ ବି ଆଣିପାରିଲୁ... ଆଉ ହଁ ଜୀବନରେ ତୁମେ ଏ ଲୋକମାନଙ୍କ ପରି କେବେ ହେବନି...."

ତାକୁ ଏ ଉପାୟ ଉଚିତ ଲାଗିଲା.... ଏମିତି କି ସେ ସାଙ୍ଗେ ସାଙ୍ଗେ ଚିନ୍ତାଶୂନ୍ୟ ହୋଇଗଲା । ସେ ଆଦର୍ଶବାଦୀ ଥିଲା, କ୍ରାନ୍ତିକାରୀ ଥିଲା କିନ୍ତୁ ନିଜର କ୍ଷତି ହେବାକୁ ଦେବା ଚାହୁଁ ନ ଥିଲା.... କାରଣ ସେ ବହୁତ କଷ୍ଟ କରି ପଢିଥିଲା... ଲୋକମାନଙ୍କ ଦୟା ଅନୁକମ୍ପାକୁ ମୁଣ୍ଡରେ ଲଦି, ପାଠପଢାର ବୟସ ଚାଲିଯିବା ପରେ ବି । ଗୋଟିଏ ଗୋଟିଏ ବର୍ଷ କଣ ପାଠପଢାର ପ୍ରତ୍ୟେକ ଦିନ ତାକୁ କଠିନ ସଂଘର୍ଷର ସମ୍ମୁଖୀନ ହେବା ପରେ ଏକ ପ୍ରକାର ବିଜୟ ମିଳିଥିଲା ।

"ମୋର ଆଉ ଗୋଟିଏ ସମସ୍ୟା ଅଛି । ମୋ ପାଖରେ ଟଙ୍କା ନାହିଁ ଆଉ ମୁଁ ସ୍ୱାମୀ କି ଘର ଲୋକଙ୍କୁ ମାଗିବାକୁ ଚାହୁଁନି । ମୁଁ ଆସନ୍ତା ମାସରେ ମୋର ସବୁତକ ଦରମା ଟଙ୍କା ଏଥିପାଇଁ ଦେଇଦେବି । ବାକି ଟଙ୍କା କଣ ଆପଣ କେଉଠୁ ମୋ ପାଇଁ ଧାର ଆଣିବା ବ୍ୟବସ୍ଥା କରେଇ ଦେଇ ପାରିବେ ? ମୁଁ ଅଳ୍ପ ଅଳ୍ପ କରି ସୁଝି ଦେବି ।"

"ଏଇଟା କୌଣସି ବଡ ସମସ୍ୟା ନୁହେଁ । ଆଉ କିଏ କାହିଁକି.... ମୁଁ ନିଜେ ଧାର ଦେଇଦେବି ।" ପ୍ରେମ ପ୍ରକାଶ ଜାଣିଥିଲେ ଯେ ସେ କୌଣସି ଟଙ୍କା ପଇସା ଲୋଭୀ ଝିଅ ନୁହେଁ । ଘର କିଣା ବିକା କେସ୍‌ରେ ଯେତେବେଳେ ସେ ଟଙ୍କା ଦେବା କଥା ଉଠାଇ ଥିଲେ, ସେତେବେଳେ ଏଇ ସେଇ ଝିଅ ଥିଲା, ଯିଏ କି ଆଗେଇ ଆସି ସମସ୍ତଙ୍କୁ ପ୍ରତିବାଦ କରିଥିଲା । ତା ଭିତରେ ଆତ୍ମସମ୍ମାନ ଏତେ ଥିଲା ଯେ ପ୍ରେମ ପ୍ରକାଶ ଯଦି ଏମିତି ହିଁ ଦେଇ ଦେଇଥାନ୍ତେ, ସେ ନେଇ ନ ଥାନ୍ତା, ସେ ଧାର ମାଗିଥିଲା ।

ଟଙ୍କା ପଇସାର ବନ୍ଦୋବସ୍ତ ହୋଇ ଯିବାରୁ ପି.ଏଚ.ଡି ଡିଗ୍ରୀ ପାଇବାର କାମ ତ୍ୱରାନ୍ୱିତ ହୋଇଗଲା । ସେ ଡ. କୌଶିକଙ୍କୁ ନିଜ ଶରୀର ଆଡକୁ ବଢିବାକୁ ଦେଇ ନ

ଥିଲା - ଏହାକୁ ନେଇ ଡ. କୌଶିକଙ୍କ ଭିତରେ ଯେଉଁ ବିଦ୍ୱେଷ ଥିଲା ତାହା ପଇସା ପାଇବା ପରେ ଉଭେଇ ଗଲା.... କିଛ ମିଳିବା ଦରକାର ସବୁଆଡୁ। ଯେଉଁଠି ଏସବୁ ନଥାଏ ସେଇଠି ଡ.କୌଶିକଙ୍କୁ ବହୁତ ଖାଲି ଖାଲି ଲାଗେ, କାରଣ ନିଜର ଚାରି ପାଖରେ ସେ ପ୍ରତ୍ୟେକ କ୍ଷେତ୍ରରେ ଲୋକମାନଙ୍କୁ ନିଜର କ୍ଷମତାର ବ୍ୟବହାର କରିବା ପଇସା ଖାଇବା ଦେଖୁଥିଲେ। ସେ ପ୍ରଫେସର ହେଲେ, ସେପରି କୌଣସି କ୍ଷମତା ହାତକୁ ଆସିଲାନି... କିନ୍ତୁ କ୍ଷମତା ଦେଖାଇଲେ ରୁପସୀମାନଙ୍କ ଉପରେ, ବିଦ୍ୟାର୍ଥୀ ମାନଙ୍କ ଉପରେ... ତେଣୁ ପ୍ରତ୍ୟେକ କାମର ପ୍ରତିଦାନ ତ କିଛି ମିଳିବା ଦରକାର। ସହକର୍ମୀମାନେ ବାଟ ବତାଇ ଦେଲେ। ନା କେବଳ ଡ. କୌଶିକଙ୍କୁ ସେ ମାଗିଥିବା ଟଙ୍କା ମିଳିଲା, ତାଙ୍କ ମାର୍ଫତରେ ବାହାରର ପରୀକ୍ଷକମାନଙ୍କୁ ମଧ୍ୟ। ତାକୁ ଏକଥା ଅଡୁଆ ଲାଗିଲା ଯେ ହୋଟେଲ ପାଇଁ ପଇସା ନେବା ସତ୍ତ୍ୱେ ପରୀକ୍ଷକମାନେ ୟୁନିଭର୍ସିଟିର ଗେଷ୍ଟ୍ ହାଉସରେ ରହିବେ, ଯେଉଁଠି ଖର୍ଚ୍ଚ କେବଳ ନାମମାତ୍ର ଥିଲା। ନିୟମାନୁସାରେ ଏହି ବାବଦକୁ ଦିଆଯାଇଥିବା ଟଙ୍କା ଫେରସ୍ତ କରାଯିବା ଉଚିତ ଥିଲା କିନ୍ତୁ ପରୀକ୍ଷକମାନେ ସେଇଟା ବି ହଜମ କରିଦେଲେ ସେ ପ୍ରେମପ୍ରକାଶଙ୍କୁ ବାରମ୍ବାର ପଚାରେ, ସେ ତାକୁ ନିଜର ମୌଖିକ ପରୀକ୍ଷା ଓ ଫଳାଫଳ ବାହାରିବା ଯାଏଁ ଚୁପ ରହିବାକୁ କୁହନ୍ତି। ଫଳାଫଳ ଶୀଘ୍ର ଆସିଗଲା।

ଡିଗ୍ରୀ ମିଳିବା ମାତ୍ରେ ହିଁ ସେ ସେହି ସହରରେ ଅଧ୍ୟାପକ ପଦ ପାଇଁ ଦରଖାସ୍ତ ପକାଇବା ଆରମ୍ଭ କରିଦେଲା। ଏଠି ମଧ୍ୟ ବେପାର ଚାଲିଥିଲା। ଅନେକ ସଂସ୍ଥା ଏପରି ଥିଲେ ଯେଉଁମାନେ ଆବେଦନ ପତ୍ର ସହ ବ୍ୟାଙ୍କ ଡ୍ରାଫ୍ଟ ମଧ୍ୟ ମାଗି ଦେଉଥିଲା, ଆଉ ଏହିପରି ସେମାନେ ମୋଟାଅଙ୍କର ଟଙ୍କା ଆଦାୟ କରି ନେଉଥିଲେ। ତାର ସୁଧ ଖାଇବାପାଇଁ। ତା ପରେ ସେ ପଦ ପୂରଣ କରିବାପାଇଁ କୌଣସି ପଦକ୍ଷେପ ନିଆଯାଏନି ଅବା କାମ କରୁଥିବା ପୁରୁଣା ଲୋକଙ୍କୁ ହିଁ ଆଉ ଗୋଟେ ବର୍ଷପାଇଁ ରଖିଦିଆ ହୁଏ।

ପୁରୁଣା ମାନଙ୍କୁ ମଧ୍ୟ ସବୁବେଳେ ଅସ୍ଥାୟୀ ଭାବରେ ହିଁ ରଖାଯାଉଥିଲା। ଆଉ ଗୋଟିଏ ବାହାନା କରିବାର ରାସ୍ତା ସରକାର ବି ଦେଖାଇ ଦେଇଥିଲେ। ଅସ୍ଥାୟୀ ଭାବରେ ବି ନିଯୁକ୍ତି ଦିଅନି... ଠିକାରେ ରଖ... ସତୁରୀ ଟଙ୍କା ପ୍ରତି କ୍ଲାସକୁ। ଜୁଲାଇରେ ରଖନ୍ତି ଆଉ ଖରାଛୁଟି ପୂର୍ବରୁ ହିଁ ପ୍ରାୟ ଅଧ୍ୟାପକମାନଙ୍କ ଛୁଟି। ଛୁଟିରେ ଦରମା ଦେବାର କୌଣସି ଆବଶ୍ୟକତା ନାହିଁ। ନୂଆ ଶିକ୍ଷା ବର୍ଷ ଆରମ୍ଭ ହେବା ମାତ୍ରେ ଆଶାୟୀ ପ୍ରାର୍ଥୀ ପୁଣି ଧାଇଁବେ। କଣ୍ଟ୍ରାକ୍‌ଚୁଆଲ ଏମ୍ପ୍ଲୟମେଣ୍ଟର ଏ ନାଟକ ସରକାରଙ୍କ ଉପରିସ୍ଥ ଅଫିସର ମାନେ ହିଁ ଆରମ୍ଭ କରିଥିଲେ... ଯାହା ଦ୍ୱାରା ସେମାନଙ୍କ ପତ୍ନୀମାନେ ଯେଉଁ କିଟି ପାର୍ଟି କରି କରି ବୋର୍ ହୋଇ ଯାଉଥିଲେ, ଏବେ ଯେଉଁଠି ଯେତେବେଳେ

ବି ସେମାନଙ୍କ ସ୍ୱାମୀ ବଦଳି ହୋଇଯାଉଥିଲେ, ଏମାନଙ୍କ ଲେକ୍‌ଚରସିପ୍ ସ୍ଥିର। ସ୍ଥାୟୀ ନିଯୁକ୍ତିରେ ଯଦି ଯୋଗ୍ୟ ଲେକ୍‌ଚର ମିଳିଯାଆନ୍ତି, ଜଣେ ଭଲ ଫ୍ୟାକଲଟି ସୃଷ୍ଟି ହୋଇପାରୁଛନ୍ତି.... ତା ହେଲେ ନ ହୁଅନ୍ତୁ। ଦେଶରେ ଉଚ୍ଚଶିକ୍ଷାର ସତ୍ୟାନାଶ ହେଉଛି ଯଦି ହେଉଥାଉ.... ଅଫିସର ମାନଙ୍କର ଚାରି ଆଙ୍ଗୁଳି ଘିଅରେ !

ପ୍ରାଇଭେଟ୍ କଲେଜ ମାଲିକମାନେ ପ୍ରାୟତଃ ଛୋଟମୋଟ ନେତା ହୋଇଥାନ୍ତି, ବଡ ନେତାମାନଙ୍କର ଚାମଚାଗିରି କରିବା ବଦଳରେ ଯେଉଁମାନଙ୍କୁ ଖଇରାତରେ କଲେଜ ଖୋଲିବାର ଅନୁମତି, ସେମାନଙ୍କ କଲେଜକୁ ମାନ୍ୟତା ଆଜି ଦେଇ ଦିଆଯାଉଥିଲା କାଗଜପତ୍ରରେ ଏସବୁ କଲେଜ ୟୁନିଭର୍ସିଟିର ନିୟମର ପାଳନ କରୁଥିବାର ଦେଖାଇଦିଆ ଯାଉଥିଲା, ଏମିତି କି ଅଧ୍ୟାପକମାନଙ୍କୁ ଦିଆଯାଉଥିବା ବେତନ ଆଦିକୁ ମଧ୍ୟ... କିନ୍ତୁ ହେଉଥିଲା ସବୁକିଛି ଓଲଟା ହିଁ। ଅଧ୍ୟାପକମାନଙ୍କୁ ନାମ ମାତ୍ର କିଛି ଟଙ୍କା ନଗଦ ଧରାଇ ଦେଇ ସେମାନଙ୍କ ପାଖରୁ ଖାଲି ରସିଦ ନେଇ ନିଆଯାଉଥିଲା, ଆଉ ତା ଉପରେ ୟୁନିଭର୍ସିଟିର ଧାର୍ଯ୍ୟ ବେତନ ପରିମାଣ ଲେଖି ଦିଆଯାଉ ଥିଲା। ଯିଏ ଆପତ୍ତି କରୁଥିଲା, ତାକୁ ବାହାର ଦରଜା ଦେଖାଇ ଦିଆ ଯାଉଥିଲା.... ଏଠି ତ ଏଇ ବ୍ୟବସ୍ଥା ଚାଲିଛି, ପସନ୍ଦ ନ ହେଲେ ଅଲଗା କଲେଜ ଦେଖ। ସବୁ ସ୍ଥାନରେ ଏଇ ଗୋଟିଏ କଥା.... ତେଣୁ ବିଚରା ପି.ଏଚ.ଡି କରିଥିବା ସବୁ ଯିବେ କୁଆଡେ- ଆଉ କେଉଁଠି ତ ଏହି ସର୍ତ୍ତରେ ବି ଅଧ୍ୟାପକ ନିଯୁକ୍ତି ଦେବା ପାଇଁ ଲାଞ୍ଚ କରାବାର ଦେଉଥିଲେ। ତାକୁ ସେହି ପୁରୁଣା ଚାକିରିରେ ହିଁ ସନ୍ତୁଷ୍ଟ ରହିବାକୁ ପଡୁଥିଲା ପି.ଏଚ.ଡି ଡିଗ୍ରୀ ମିଳିବା ମାତ୍ରେ ହିଁ ଭଲ ଦରମା ମିଳୁଥିବା କୌଣସି ଚାକିରି କରିବାର ସ୍ୱପ୍ନ... ସ୍ୱପ୍ନରେ ହିଁ ରହିଯାଉଥିଲା। ଭଲ ମାର୍କ ରଖି ପାସ୍ ହେବା କେବଳ ମାର୍କଲିଷ୍ଟରେ ହିଁ ସିମୀତ ହୋଇ ରହିଯାଇଥିଲା।

●●●

"ତୁମେ ତୁମ ମାଆ ଘରକୁ କେବେ ଯାଅନି ?" ଯୁବାଗୁରୁର ଚାକିରି ଚାଲିଯିବା କଥା ବହୁତ ଦିନ ଲୁଚେଇବା ପରେ ଯେତେବେଳେ ସେ କହିଲା, କଥାର ଦିଗ ବଦଳାଇବାକୁ ପ୍ରେମପ୍ରକାଶ ତାକୁ ପଚାରିଲେ ତା' ଘର ବିକ୍ରି ପରି ଏ ଘଟଣା ଭିତରେ ବି ସେ ପଡିବାକୁ ଚାହୁଁ ନ ଥିଲେ.... ଯେଉଁଠି ସେ କିଛି ବି କରିପାରିବେନି। ସେ ଟିକେ ଉଦାସିଆ ହସ ହସିଦେଇ ସାଙ୍ଗେ ସାଙ୍ଗେ ମୁହଁକୁ ଅନ୍ୟ ଆଡକୁ ବୁଲେଇ ଦେଲା ଓ ସେଇ ଦିଗରେ ହିଁ ଚାହିଁ ରହିଲା। ପ୍ରେମ ପ୍ରକାଶଙ୍କର କୌଣସି କଥାରେ ଯେ ସେ ଉତ୍ତର ଦେବନି ଏପରି ବହୁତ କମ୍ ହେଉଥିଲା। ପ୍ରେମ ପ୍ରକାଶ ଭାବିଲେ ଯେ ସେ ସ୍ୱାମୀର ଚାକିରି ଚାଲିଯିବା କଥାରେ ବେଶୀ ବିବ୍ରତ ହୋଇ ଯାଇଛି। ସେ

କିଛି ଭଲକଥା ଆଡକୁ ତା ଦୃଷ୍ଟି ଆର୍କଷଣ କରିବାକୁ ଚାହୁଁଥିଲେ। ଏପରି ବିଷାଦମୟ କ୍ଷଣରେ ସେ ମାଆବାପା, ଭାଇ-ଭଉଣୀଙ୍କୁ ମନେ ପକାଉ, ପିଲାଦିନ ଆଉ ପିଲାଦିନର ଖେଳ ବିଷୟରେ ଭାବୁ, ସାଙ୍ଗସାଥିମାନଙ୍କୁ ମନେପକାଉ, ଅତୀତର ସ୍ମୃତିରେ ହଜିଯାଉ...

କିଏ ଜାଣେ, ହୁଏତ ସେପଟକୁ ମୁହଁ କରି ସେ ସତକୁ ସତ ଏ ସବୁ କଥାରେ ହିଁ ହଜିଯାଇଥିବ। ବେଳେବେଳେ ଏମିତି ବି ହୋଇଥାଏ, ସ୍ୱଭାବତଃ... ସେଥିପାଇଁ ତ ଆମେ ଦୁଃଖକୁ ନିଜ ଭିତରେ ଏ ଦୀର୍ଘ ଅବଧି ପର୍ଯ୍ୟନ୍ତ ଧରି ରଖି ପାରୁ।

ଉତ୍ସାହିତ ହୋଇ ପ୍ରେମ ପ୍ରକାଶ ପୁଣିଥରେ ନିଜ କଥାକୁ ଦୋହାରାଇଲେ- "ତୁମେ ନିଜ ବାପ ଘରକୁ କେବେ ଯାଅନି ?"

"ମୋର ବାପଘର ନାହିଁ।"

ଉତ୍ତର ଆସିଲା ରୋକଠୋକ୍, ରୁକ୍ଷ ନୀରସ ସ୍ୱରରେ ... ଏପରିକି ଅଚାନକ୍ ନୀରବତା ଖେଳିଗଲା। ପ୍ରେମପ୍ରକାଶଙ୍କ ପାଟିରେ ବି ଯେମିତି ତାଲା ପଡିଗଲା। କିଛି ଗୋଟିଏ ରାଗ କି ଅଭିମାନ ଥିବ, ଯେଉଁଥିପାଇଁ ତାର ମାଆବାପାଙ୍କ ଘରକୁ ଯିବା ବନ୍ଦ ହୋଇଗଲା.... ନ ହେଲେ ଶ୍ୱଶୁରଘର ନୂଆଘର ହୋଇ ଯିବା ପରେ ମଧ୍ୟ ଭାରତୀୟ ନାରୀ ପାଇଁ ବାପଘର କେତେବଡ ସାହାରା ହୋଇଥାଏ, ଯେଉଁଠିକୁ ସେ ଆବଶ୍ୟକ ସମୟରେ ଯାଇ ରହିପାରିବ। ଆମ ସାମାଜିକ ବ୍ୟବସ୍ଥାରେ ଏହା ବହୁତ ବଡ କଥା।

ସେ ଚଟ୍‌କିନା ପ୍ରେମପ୍ରକାଶଙ୍କ ଆଡକୁ ବୁଲିପଡିଲା ଆଉ କହିଲା - "ଆପଣ ଯେତେବେଳେ କଥା ଆରମ୍ଭ କରି ଦେଇଛନ୍ତି ... ତେବେ ଆଜି ହିଁ ସବୁକିଛି ଜାଣି ଯାଆନ୍ତୁ-

ମୋ ବାପା ବହୁତ ଭଲ ମଣିଷ ଥିଲେ। ମୋତେ ସେ ବହୁତ ଭଲ ପାଆନ୍ତି। ମୁଁ ଛୋଟ ଥିବାବେଳେ ସେ ମୋତେ ହାତରେ ଟେକି ଧରି ଉପରକୁ ଫିଙ୍ଗି ଦିଅନ୍ତି ଓ ପୁଣି ହାତରେ ଧରି ନିଅନ୍ତି। ତାଙ୍କ ସହ ଖେଳିବା ବେଳେ ମୁଁ ଖିଲି ଖିଲି ହୋଇ ହସି ପକାଏ, ଶୂନ୍ୟକୁ ଫିଙ୍ଗା ଯିବା ବେଳେ ଡରିଯାଏ, କିନ୍ତୁ ବିଶ୍ୱାସ ଥାଏ ଯେ ବାପାଙ୍କ ହାତ ମୋତେ ଧରି ନେବ। କେବେ ମୋତେ କାନ୍ଧରେ ବସାଇ ପୋଲ ଯାଏଁ ନେଇ ଯାଆନ୍ତି, ସେଇଠୁ ଆକାଶରେ ଏକ ନିର୍ଦ୍ଧିଷ୍ଟ ଦିଗ ଆଡକୁ ଉଡିଯାଉଥିବା ଦଳଦଳ ଧଳା ପକ୍ଷୀମାନଙ୍କୁ ଦେଖାନ୍ତି। ସେ ମୋତେ ବହୁତ କିଛି ଜଣେଇବାକୁ ଶିଖାଇବାକୁ ଚାହୁଁଥିଲେ, ମୋତେ ସବୁବେଳେ ହସାଇବାକୁ ଚାହୁଁଥିଲେ, ସେଥିପାଇଁ ସେ କିଛି ନ ହେଲେ ବି ମୋତେ କୁତୁକୁତୁ କରୁଥିଲେ। ଏସବୁ ଛବି ଛଡା ତାଙ୍କର କେବଳ ଆଉ ଗୋଟିଏ ଚିତ୍ର ମୋ ଆଖିଆଗରେ ଭାସିଆସେ - ତାଙ୍କୁ ତଳେ ଶୁଆଇ ଦିଆ

ଯାଇଥିଲା.... ସାରା ଶରୀରକୁ ଧଳା ଚାଦରରେ ଢାଙ୍କି, କେବଳ ମୁହଁ ବାହାରେ, ଆଖି ବନ୍ଦ... ଦୁଇ ନାକପୁଡାରେ ତୁଳା... ଯିଏ ସବୁବେଳେ ମୋ ସହ ଖିଲି ଖିଲି ହୋଇ ହସୁଥିଲେ, ସେ ଆଜି ଏମିତି ପଡିଥିଲେ, କୌଣସି ଟିକେ ବି ହଲଚଲ ନ ହୋଇ। ମୁଁ ବହୁତ ସାନ ଥିଲି.... ମୁଁ ବୁଝି ପାରୁ ନ ଥିଲି ଯେ ସେ ଉଠୁ ନାହାନ୍ତି କାହିଁକି, ଯଦିଓ ମୋତେ ଦେଖିବା ମାତ୍ରେ ଉଠି ପଡୁଥିଲେ। କେହି ମୋତେ କିଛି ବି ଜଣେଇଲେ ନାହିଁ, କିନ୍ତୁ ମୋତେ ଏତିକି ବୁଝା ପଡିଗଲା ଯେ ଯେତେବେଳେ କୌଣସି ହଲଚଲ ହୋଇପାରେନି ସେତେବେଳେ ତାର ଦେହାନ୍ତ ହୋଇଗଲା ବୋଲି କୁହନ୍ତି। ସେ ପୁରା ଚାଲିଗଲେ - ହୃଦଘାତ ହୋଇ ଯାଇଥିଲା।

ଅନେକ ଦିନ ପରେ ବାପାଙ୍କ ବାକ୍ସରୁ ମୋତେ କିଛି କାଗଜ ପତ୍ର ମିଳିଲା, ଯେଉଁଥିରୁ ଜାଣି ପାରିଲି ଯେ ବାପା ତ ମୋ ନିଜର ଥିଲେ, କିନ୍ତୁ ମାଆ ଆଉ କିଏ ଥିଲେ। କିଏ ଥିଲେ... ମୁଁ କେବେ ବି ଜାଣି ପାରିଲିନି। ଯାହା ଶୁଣିବାକୁ ପାଇଲି ଯେ ବାପାଙ୍କର କାହା ସହ ପ୍ରେମ ହୋଇ ଯାଇଥିଲା। ମୁଁ ଆଉ ମୋ ଭାଇ ତାଙ୍କ ଠାରୁ ଜନ୍ମ ହୋଇଥିଲୁ ଯାହାକୁ ଆମ ବାପା ମୋ ମାଆ ନ ରହିବାରୁ ନିଜ ଘରକୁ ନେଇ ଆସିଥିଲେ।

ସାବତ ମାଆଙ୍କର ତିନି ପୁଅ ଥିଲେ। ସେମାନେ ବହୁତ ଦୁଷ୍ଟ ଥିଲେ। ମୋତେ ଜୋର କରି ଗଛରେ ଏମିତି ଜାଗାକୁ ଚଢେଇ ଦେଉଥିଲେ, ଯେଉଁଠୁ ମୁଁ ଓହ୍ଲେଇ ନ ପାରିବି... ମୋ ଡ୍ରେସ୍ ଚିରି ଯାଉଥିଲା, ମୁଁ ଡରୁଥିଲି, ବଡ ପାଟିରେ ପାଟି କରୁଥିଲି, ତଥାପି ସେମାନେ ଓହ୍ଲାଇ ଦେଉ ନ ଥିଲେ, କୁଆଡେ ଚାଲିଯାଉଥିଲେ। ମୁଁ ଓହ୍ଲେଇ ପାରେନି... ବେଳେ ବେଳେ ତ ସାରା ଦିନ ଗଛ ଉପରେ ବସି ରହେ... ଡର ଏବଂ ଭୋକରେ ବିକଳ ହୋଇ। କାହା ପାଖରେ ଅଭିଯୋଗ ବି କରିପାରେନି। ବାପାଙ୍କ ଚାଲିଯିବା ପରେ ସେ ଭାଇମାନଙ୍କର ଏ ନିଷ୍ଠୁର ମଜାକ୍ ପ୍ରତ୍ୟେକ ଦିନ ଚାଲୁଥିଲା। ମୁଁ ଗଛରୁ ସେତେବେଳେ ଓହ୍ଲେଇ ପାରେ ଯେତେବେଳେ ମୋ ଭାଇ କିମ୍ବା କୌଣସି ବାଟରେ ଯାଉଥିବା ଲୋକର ଆଖିରେ ପଡେ।

ସାବତ ଭାଇମାନେ ମୋତେ ମାରୁଥିଲେ... ମୋ ଭାଇ ସେମାନଙ୍କ ମାଡରୁ ମୋତେ ରକ୍ଷା କରିବାକୁ ଚେଷ୍ଟା କରେ, ଯାହା ଫଳରେ ସେ ମଧ୍ୟ ମାଡ ଖାଏ। ବାପା ନ ରହିବା ଯୋଗୁଁ ସାବତ ମାଆଙ୍କ ନିଷ୍ଠୁରତା ମଧ୍ୟ ବଢି ଯାଉଥିଲା। ସେ ମୋ ଦ୍ୱାରା ଘରର ସବୁ କାମ କରାନ୍ତି। ସବୁ ପିଲାମାନଙ୍କ ଜଳଖିଆ ଖୁଆଇ ସାରିବା ପରେ ହିଁ ମୋତେ ସ୍କୁଲ ଯିବାକୁ ପଡୁଥିଲା... ମୋ ଭାଇ ମୋତେ କାମରେ ସାହାଯ୍ୟ କରୁଥିଲା। ରାନ୍ଧିବାରେ କିଛି ଏପଟ ସେପଟ ହୋଇଗଲେ ସାବତ ମାଆ ଦଣ୍ଡ

ଦେଉଥିଲେ- ଥରେ ଭେଣ୍ଡି ଭଜାରେ ଦୁଇଥର ଲୁଣ ପଡିଯାଇଥିଲା, ସେ ମୋତେ ଏଇଆ ଶାସ୍ତି ଦେଲେ ଯେ ସବୁତକ ଭଜା ମୁଁ ହିଁ ଖାଇବି ଓ ତାକୁ ଖାଲି ଗିନା ଦେଖାଇବି। ମୋ ଭାଇ ଲୁଚିଲୁଚି ଆସିଲା ମୋ ପାଇଁ ସେ ସେଇ ସବୁ ଲୁଣିଆ ଭଜାତକ ଖାଇଦେଲା। ଗୋଟେ ସାବତଭାଇ ତ ଗୁଣ୍ଡା ଥିଲା। ଥରେ ରାସ୍ତା ଦୁର୍ଘଟଣାରେ ସେ ରାସ୍ତା ଉପରେ ପଡିଥିଲା.... ଜଣେ ରିକ୍ସାବାଲା ତାକୁ ଉଠାଇ ହସ୍ପିଟାଲ ନେଇଗଲା, ଘରେ ଖବର କଲା। ସେ ଠିକ ହୋଇଗଲା ପରେ ଯେ କୌଣସି ରିକ୍ସାରେ ବସି ସାରାଦିନ ଘୂରି ବୁଲିଲା... ରିକ୍ସାବାଲା ଟଙ୍କା ମାଗିଲେ ତାକୁ ଗାଳି ଦେଉଥିଲା। ତା ପକେଟରେ ସବୁବେଳେ ପଇସା ଥାଏ... ତା ମାଆ ଦିଏ। ମୋ ଭାଇ ମାନଙ୍କ ଭିତରେ ସବୁଠାରୁ ମୁଁ ହିଁ ଭଲ ପଢୁଥିଲି, ସବୁବେଳେ ଫାର୍ଷ୍ଟ ହୁଏ। ଦଶମରେ ମୁଁ ସ୍କୁଲରେ ପ୍ରଥମ ହୋଇଥିଲି। ଆପଣଙ୍କୁ କହିଥିଲି ମୁଁ ଗୋଲ୍ଡ ମେଡାଲ ଆଣିବାକୁ ଚାହୁଁଥିଲି, ମାଆ ପାଖରେ ବହୁତ କାନ୍ଦିଲି .... କିନ୍ତୁ ସେ ଗାଳି ଦେଇ ମୋ ଦ୍ୱାରା ଲେଖାଇ ନେଲେ ଯେ ମୋତେ କ୍ୟାଶ୍ ଦରକାର। ସେ କହୁଥିଲା ଯେ... ମେଡାଲ କଣ ହେବ, କେଉଁଠି ଖାଲି ପଡିରହିବ। ଟଙ୍କା କାମରେ ଲାଗିବ। ମେଡାଲ ହୋଇଥିଲେ ସେଥିରେ ମୋ ନାଆଁ ଲେଖାହୋଇଥାନ୍ତା, ସାରା ଜୀବନ ସେ କଥା ମନେ ରହିଥାନ୍ତା, ତାକୁ ମୁଁ ମୋ ପିଲାକୁ ଦେଖାଇ ପାରିଥାନ୍ତି।

ମୋ ନିଜ ଭାଇ ମୋ ଠାରୁ ବଡ ଥିଲା, ସେ ମୋତେ ଘରେ ପଢାଏ - କୁହେ ଯେ ତୁ ବଡ ହେଲେ ବାପା ଯାହା ଥିଲେ ସେଇଆ ହେବୁ, ଯାହାକି ତାଙ୍କର ସନ୍ତାନମାନଙ୍କ ଭିତରୁ ତୋ ଛଡା ଆଉ କିଏ ବି ହୋଇ ପାରିବେନି। ମୁଁ ତୋତେ ଡାକ୍ତର କରିବି। ଦିନେ ମୁଁ ରୋଷେଇଘରେ ଥିଲି ଓ ମୋ ସାବତଭାଇ ଆସି ଖବର ଦେଲା ଯେ ମଣ୍ଡଳକମିଶନ ବିରୁଦ୍ଧରେ ଆନ୍ଦୋଳନରେ ମୋ ଭାଇ ଆତ୍ମାହୂତି ଦେଇଦେଲା, କିଛି କ୍ଷଣ ପାଇଁ ମୋ ନିଶ୍ୱାସ ପ୍ରଶ୍ୱାସ ବନ୍ଦ ହୋଇଗଲା...। ନିଜ ଭାଇକୁ ଦେଖିବାକୁ ମୁଁ ଧାଇଁଲି, କିନ୍ତୁ ମୋ ସାବତଭାଇମାନେ ମୋତେ ଅଟକାଇ କହିଲେ, ପୁଲିସ ତାକୁ ନିଆଁରୁ ବାହାରକରି ତା ଶବକୁ ନେଇଯାଇଛନ୍ତି। ଘରୁ କେହି ବି ହେଲେ ଗଲେନି, ମୋତେ ମଧ୍ୟ ଯିବାକୁ ଦେଲେନି... ତା ଅନ୍ତିମ ସଂସ୍କାର ମଧ୍ୟ କରାଗଲାନି। ମାଆ କହିଲେ - ଜଳିକି ତ ପୋଡିଗଲା, ତା ମୃତ୍ୟୁରେ ହିଁ ଅନ୍ତିମ ସଂସ୍କାର ହୋଇଗଲା।

ଆଜି ମଧ୍ୟ ମୋ ଆଖି ଆଗରେ ଗୋଟିଏ ଛବି ସବୁବେଳେ ଭାସି ଉଠୁଛି- ଅଗଣାରେ ନିଆଁ ଜଳୁଛି, ପିଠିରେ ନିଆଁ ଲାଗିଥିବା ମୋ ଭାଇ ବାହାରକୁ ଆସିବାକୁ ବାରମ୍ୱାର ଚେଷ୍ଟା କରୁଛି, ଦଳେ ଆନ୍ଦୋଳନକାରୀ ପିଲା ତାକୁ ଚାରିଆଡୁ ଘେରି ଆସି

ତାକୁ ପୁଣି ନିଆଁ ଭିତରକୁ ଠେଲି ଦେଉଛନ୍ତି। ସେ ଦଳ ଭିତରେ ମୋ ସାବତଭାଇ ସବା ଆଗରେ ଅଛି...

ମୋ ଭାଇକୁ ଜୀଅନ୍ତା ଜଳାଇ ଦିଆଗଲା, କାରଣ ତାର ମୋ ଛଡା କେହି ନ ଥିଲେ... ଆଉ ମୁଁ ଥିଲି କଣ... ଅସହାୟ ପରି ଘରେ ବନ୍ଦୀ। ବାପା ଥାଆନ୍ତେ ଯଦି ହୁଏତ ଏପରି ହୋଇ ନ ଥାନ୍ତା! ମୁଁ ବିଶ୍ୱାସ କରି ପାରୁନି ଯେ ସେ ଆତ୍ମଦାହ କରିଥିବ। ସେ ମୋତେ ଛାଡି ମରି ହିଁ ପାରିବନି। ତାକୁ ଜୋର କରି ସେ ନିଆଁକୁ ଠେଲି ଦିଆଗଲା, ଅଦରକାରୀ ଥିଲା ନା, ମୋ ପରି....

ଭାଇ ଚାଲିଯିବା ପରେ ମୁଁ ପୁରା ଏକା ହୋଇଗଲି... କିନ୍ତୁ ତା ସ୍ୱପ୍ନ ମୋ ସହ ଥିଲା, ତାକୁ ପୁରା କରିବା ପାଇଁ ହିଁ ମୁଁ ସାଇନ୍ସ ପଢିଥିଲି, ମୁଁ ମେଡିକାଲ ଏଣ୍ଟ୍ରାନ୍ସ ଦେବାକୁ ଚାହୁଁଥିଲି, କିନ୍ତୁ ମୋ ସ୍ୱାମୀ ଦେବାକୁ ଦେଲେନି...।"

ସେ କଇଁକଇଁ ହୋଇ କାନ୍ଦି ପକାଇଲା। ପ୍ରେମପ୍ରକାଶ ରୁମାଲ ବାହାର କରି ଦେବାକୁ ଚାହିଁଲେ କିନ୍ତୁ ସେ ହାତକୁ ଦୂରେଇ ଦେଲା।

"ସେ ଦିନଗୁଡିକର କଥା ମୋତେ ମନେ ପକାନ୍ତୁନି। ଆପଣ ବୁଝି ପାରିବେନି ଯେ ସେ ଘଟଣାକୁ ପୁଣିଥରେ ମନେପକାଇବା କେତେ ଯନ୍ତ୍ରଣା ଦାୟକ..."

ଓଢଣୀରେ ଲୁହପୋଛି ସେ ଅନ୍ୟ ଦିଗକୁ ମୁହଁ ବୁଲେଇ ଦେଲା। ସେ ପ୍ରେମପ୍ରକାଶଙ୍କ ଉପରେ ଟିକେ ରୁଷ୍ଟହେବାପରି ଜଣାପଡୁଥିଲା। ପ୍ରେମପ୍ରକାଶ ଟିକେ ଉଦାସ ହୋଇଗଲେ। କଥା କେଉଁଠି ଆରମ୍ଭ ହୋଇଥିଲା ଆଉ ଶେଷ ବେଳକୁ କେଉଁଠି ପହଞ୍ଚିଗଲା? ଗୋଟିଏ ଦୁଃଖ ନେଇ ସେ ଆସିଥିଲା, ତାକୁ ଦୂର କରିବା ବଦଳରେ ତା ଠାରୁ ବି ବଡ ଦୁଃଖ ତାକୁ ଦେଇଦେଲେ। ତା ମୁହଁ ଅଳ୍ପ ଫୁଲି ଯାଇଥିଲା ମନ ଭିତରେ ଅସଲ ମାଆର କୌଣସି ଛବି ନାହିଁ, ବାପାଙ୍କର ଏତେ ଶୀଘ୍ର ଚାଲିଯିବା, ଭାଇର ଏପରି ମୃତ୍ୟୁ! ଶାଶୁଘର ଏମିତି... ଶାଶୁ ଘରକୁ ଛାଡି ଦେଲେ ଆଉ ଗୋଟେ ବି ଏମିତି ଯାଗା ନ ଥିଲା ଯେଉଁଠିକୁ ସେ ଯାଇପାରିବ.... କିଛି ଦିନ ପାଇଁ ହେଉ ଅବା କିଛି ନ ହେଲେ କୌଣସି ଏକ ଭିନ୍ନ ବାତାବରଣରେ ମନରେ ପରିବର୍ତ୍ତନ ପାଇଁ ଯାଇପାରିବ... କେଉଁଠି ଅଛି ତା ବାପଘର....!

"ମୋତେ ଲାଗେ ମୁଁ ଗୋଟିଏ ଯାଯାବର, ଯିଏ କି ଏକ ମନପସନ୍ଦର ରହିବା ଯୋଗ୍ୟ ସ୍ଥାୟୀ ଘରଟିଏ ପାଇଁ କେବେଠୁ ବୁଲୁଛି।"

କିଛି ସମୟ ପରେ ସେ କହିଲା –

"ମୋତେ ମୋ ମାଆବାପାଙ୍କ ଘର ମିଳିଲାନି। ଯେଉଁଠି ରହୁଛି.... ମୋତେ

ସେଠାରୁ ଠେଲି ଦିଆଗଲା ମୁଁ ଏପରି ଏକ ଘରର ସ୍ୱପ୍ନଦେଖୁଛି ଯାହାକୁ ମୁଁ ପ୍ରେମ କରୁଛି, ସେ ହିଁ ମୋ ସ୍ୱାମୀ ହେବ, ମୁଁ ତା ପିଲାର ମାଆ ହେବି...”

ପ୍ରେମପ୍ରକାଶ ଟିକେ ଚମକି ପଡିଲେ। ସେ ସ୍ୱପ୍ନ ତା ଦୁଃଖକୁ ଆହୁରି ଗଭୀର କରିଦେଉଥିଲା। ଏ ଝିଅକୁ ନିଜ ମାଆ ବିଷୟରେ ଜଣା ନାହିଁ, ସେ ଆଉ ସତକୁ ସତ ଯାଯାବର ନ ଥିଲା ତ! ଯେଉଁଥି ପାଇଁ ତା ସନ୍ତାନ ଭିତରେ ଘରଟିଏ ପାଇଁ ଏତେ ଦୁର୍ବାର ଇଚ୍ଛା । ଯାଯାବରମାନେ ହିଁ ଅସଲ ପ୍ରେମ ପାଇଁ ଏତେ ପାଗଳ ବୋଲି କୁହାଯାଏ, ସେମାନଙ୍କ ଭିତରେ ହିଁ ସଙ୍କୋଚତାର ଏପରି ପ୍ରବଣତା ରହିଥାଏ । ସମ୍ଭବତଃ ତା'ବାପା ସତକୁ ସତ କୌଣସି ଯାଯାବର ଝିଅର ପ୍ରେମରେ ପଡି ଯାଇଥିବେ... ଯିଏ ତାଙ୍କଠୁ ପିଲା, ଘର ଆଦି ଚାହିଁଥିବ। ପିଲା ତ ସେ ଦେଇପାରିଲେ, କିନ୍ତୁ ଘର ନୁହେଁ...

“ଯଦି ତୁମକୁ ତୁମ ମନପସନ୍ଦର ଘର ନ ମିଳୁଛି ତା ହେଲେ ଏବେ କରିପାରିବ, କିଏ ମନା କରୁଛି। ଛାଡପତ୍ର ଦେଇଦିଅ...” ପ୍ରେମପ୍ରକାଶ ଟିକେ ରୁକ୍ଷ ସ୍ୱରରେ କହିଲେ।

“ଆପଣ ଦେଇ ପାରିବେ ?”

ପ୍ରେମପ୍ରକାଶ ହଡବଡେଇ ଗଲେ। ମନର ଅବସ୍ଥାକୁ ଲୁଚେଇବା ପାଇଁ ସେ କଥାକୁ ଆଗ ପରି ଜାରି ରଖିଲେ -

“ମୋ କହିବା ଅର୍ଥ.... ତୁମ ପିଢିରେ ଛାଡପତ୍ର କୌଣସି ଅସମ୍ଭବ କଥା ନୁହଁ। ତୁମେ ଏବେ ଯୁବତୀ ଅଛ, ସୁନ୍ଦରୀ ଅଛ। କେହି ବି ତୁମକୁ ଓ ତୁମ ପିଲାକୁ ଆପଣେଇ ନେବ... ଏମିତି ବି ତି ମିଳିଯିବ ?”

“ହଁ ମିଳିଯିବ.... କିନ୍ତୁ ମୋତେ ବି ତ ସେ ଲୋକ ଭିତରେ କିଛି ଦରକାର ? ”

“କଣ”

“ତା ମନ ଆପଣଙ୍କ ମନ ପରି ସୁନ୍ଦର ହୋଇଥିବ।”

ପ୍ରେମପ୍ରକାଶଙ୍କୁ ନିଜର ମୁହଁ ଉତ୍ତପ୍ତ, ଜଳିଯିବା ପରି ମନେହେଲା.... ସତେ ଯେମିତି ଯଦି ସେ ସମୟରେ ସେ ନିଜ ଆଙ୍ଗୁଳିକୁ କାନ ଉପରେ ରଖିଦେଇଥାନ୍ତେ ତେବେ ସେ ଫୋଟକା ହୋଇ ଯାଇଥାନ୍ତା...

କିଛି ସମୟ ପାଇଁ ଦୁହେଁ ନୀରବ ରହିଲେ। ପ୍ରେମପ୍ରକାଶଙ୍କ ମୁଖମଣ୍ଡଳର ଭାବ ସ୍ୱାଭାବିକ ଓ ଶାନ୍ତ ହେବାକୁ ଦୁହେଁ ପ୍ରତୀକ୍ଷା କରୁଥିଲେ।

“ଆପଣଙ୍କ ସହ ଦେଖାହେବା ପୂର୍ବରୁ ମୁଁ ଯନ୍ତ୍ରଟିଏ ପରି ପଡି ରହିଥିଲି। ଆପଣ ଛୁଇଁଦେବା ମାତ୍ରେ ଜୀବିତ ହୋଇଉଠିଲି। ଏତେ କୋମଳତାର ସହ

ଆନ୍ତରିକତାର ସହ ମୋତେ କେହି କେବେ ଛୁଇଁ ନଥିଲେ, ଏହିପରି ଭାବରେ ମୋତେ କେହି ବୁଝାଇ ନଥିଲେ। ପ୍ରଥମ ଥର ପାଇଁ ମୁଁ ନିଜକୁ ଅନୁଭବ କରିବା ଆରମ୍ଭ କଲି, ଯେ... ମୁଁ ବି କିଛି ଅଟେ, ମୋ ସହ ବି କିଛି ଘଟିପାରେ, ଆଉ ଘଟିବା ଉଚିତ। ମୁଁ ମୃତ ଥିଲି, ଜୀଇଁଉଠିଲି। ଏବେ ମୁଁ ଜୀଇଁବାକୁ ଚାହେଁ...."

"ତା ହେଲେ କିଏ ମନା କରୁଛି। ଯଦି ସେଥିପାଇଁ ଏ ଘର ସଂସାର ଛାଡି ନୂଆ ଆରମ୍ଭ କରିବାକୁ ହେବ ତା ହେଲେ ସେଥିପାଇଁ ମଧ୍ୟ ତୁମ ପାଖରେ ସମୟ ଅଛି...."

"ଆଉ ଆପଣଙ୍କ ପାଖରେ ନାହିଁ?"

"ମୋ ଜୀବନ ତ ସରି ଗଲାଣି"

"ଏଇଟା ଆପଣ କେମିତି କହିପାରିବେ.... ଯଦି କୋଡିଏ ବର୍ଷ ବି ମଣିଷକୁ ବଞ୍ଚି ରହିବାର ଅଛି ତା ହେଲେ ତିନି ଭାଗରୁ ଭାଗେ ଜୀବନ ତ ନିଶ୍ଚିତ ଅଛି, ଆପଣ ତ ଅତି କମରେ ଆହୁରି ତିରିଶି ବର୍ଷ ବଞ୍ଚିବେ...."

ତା'ସ୍ୱର ଭିଜାଭିଜା ଶୁଭୁଥିଲା, ଆଖିରେ ଦୀପଟିଏ ଦିକ୍‌ଦିକ୍ ହୋଇ ଜଳୁଥିଲା। ଆଲୋକର ଡୋର ପ୍ରେମପ୍ରକାଶଙ୍କୁ ନିଜ ଆଡକୁ ଟାଣୁଥିଲା। ତାଙ୍କ ଭିତରେ ନିଆଁର ଯେଉଁ ସ୍ଫୁଲିଙ୍ଗ ପାଉଁଶ ତଳେ ଦବିହୋଇ ପଡି ରହିଥିଲା... ଏକ ପ୍ରକାର ଲିଭି ଆସୁଥିଲା... ତାକୁ ଫୁଙ୍କିଫୁଙ୍କି ସେ ଜୀବନ୍ତ କରି ଦେଉଥିଲା।

●●●

ସତ କହିବାକୁ ଗଲେ.... ତୁମେ ବି ତା ସାନ୍ନିଧ୍ୟ ଚାହୁଁଛ... ତାକୁ ସ୍ପର୍ଶ କରୁଛ, ନିଜ ବାହୁରେ ନେବା ମାତ୍ରେ ତୁମ ମନ ଏବଂ ଶରୀର ଦୁହେଁ ଏକ ହୋଇ ଯାଆନ୍ତି। ପୂର୍ଣ୍ଣତାର ଅନୁଭବ ତୁମକୁ ହୋଇଥାଏ.... କିନ୍ତୁ ତୁମେ ସେହି ପୂର୍ଣ୍ଣତାକୁ ଗୋଟିଏ ମୁହୂର୍ତ୍ତରେ ଜୀଇଁ ତୃପ୍ତ ହୋଇଯାଅ। ସେ ସେହି ପୂର୍ଣ୍ଣତାର ଘର ଗଢିବାକୁ ଚାହେଁ, ସେ ଭାଗଭାଗ ହୋଇ ଜୀଇଁବାକୁ ଚାହେଁନି... ଯେପରି ସମୟର ଭାଗ ଏତିକି ତୁମ ପାଖରେ, ଏତିକି ସେ ଘରେ – ସେହିଭଳି ବି କଣ ତା ଜୀବନ ମଧ୍ୟ ଭାଗ ଭାଗ ? ଯେତେବେଳେ କି ତୁମେ ଯେବେ ଇଚ୍ଛା ଫେରି ଆସିବାର ସୁବିଧା ଚାହୁଁଛ... ସେହି ସୀମାରେଖା ଭିତରକୁ , ଯେଉଁଠି ତୁମେ କିଛି ସମୟ ପାଇଁ ବାହାରକୁ ଆସୁଛ। ତାର ଭାବନା ସବୁକୁ ପ୍ରେମ କୁହାଯିବ, ଯଦିଓ ତୁମ ପାଇଁ ଏହା ବର୍ଜିତ ସଂପର୍କର ମିଠାପଣର ଆକର୍ଷଣ ଅଟେ.....

ତୁମେ କହୁଛ ସମବେଦନା... ଯାହା ଗଭୀରରୁ ଗଭୀରତର ହୋଇ ପ୍ରେମ ପାଲଟି ଯାଇଛି।

ତୁମେ ଯଦି ବନ୍ଧନରେ ଅଛ... ତା ହେଲେ ସେ ବି ତ ବନ୍ଧନରେ ଅଛି । ତା ଭିତରେ ବାହାରି ଯିବାର ସାହସ ଅଛି, ତୁମେ ଭିତରେ ନାହିଁ। ତୁମେ ଭୀରୁ.... ପୁସ୍ତକକୀଟ ! ସେ ପ୍ରଜାପତି.... ଡେଣା ଝାଡ଼ୁଛି ମୁକ୍ତ ଆକାଶକୁ ଯିବା ପାଇଁ ବ୍ୟାକୁଳ !

●●●

"ତୁ ବହୁତ ଆଗକୁ ମାଡି ଯାଉଛୁ। ଯେବେଠାରୁ ଚାକିରି କରିବାକୁ ଯିବା ଆରମ୍ଭ କରି ଦେଲୁଣି, ତୋ ଚାଲିଚଳନ ବଦଳି ଗଲାଣି। ତୋର ଆଉ ଏକଥା ବି ମନେ ନାହିଁ ଯେ ତୋତେ ଚାକିରି କରିବା ଯୋଗ୍ୟ କଲା କିଏ ? ଆମ ଘରକୁ ଦଶମ ଯାଏଁ ପଢି ହିଁ ଆସିଥିଲୁ, ଆଗକୁ ମୁଁ ହିଁ ପଢେଇଲି।"

"ପରିଶ୍ରମ ତ ମୁଁ ହିଁ କରିଥିଲି। ଜଣକୁ ଯିଏ ଯେତେ ଟଙ୍କା ଖର୍ଚ୍ଚ କରି ପଢାଉ ପଛକେ.... ଯଦି ପଢିବା ଲୋକ ନ ପଢିବ ତା ହେଲେ ?" ସେ ପ୍ରତିବାଦ କଲା।

"ତୁ ଏବେ ସେମିତି ରହୁନୁ ଯେମିତି ଆଗରୁ ରହୁଥିଲୁ।"

"କେମିତି ରହୁନି ?"

"ପତ୍ନୀ ପରି।"

"ରହୁନି କେମିତି ?"

"ସ୍ୱାମୀର ଯତ୍ନ ନେଉଛୁ ?

"ଦୁଇଟି କଥାକୁ ଛାଡିଦେଲେ କୁହ କେଉଁ କାମ କରୁନି ?"

"ମନ୍ଦିରରେ ନ ବସିବା କାମକୁ ଛାଡ... ଗ୍ରହଣ କରାଯାଇପାରେ.... ଯେତେବେଳେ ତୋ ଭିତରେ ଶ୍ରଦ୍ଧା ହିଁ ନାହିଁ ତୁ ସେଠି ବସିବା ମଧ୍ୟ ମୁଁ ଚାହୁଁନି.... କିନ୍ତୁ କୌଣସି ଏମିତି ସ୍ୱାମୀ ସ୍ତ୍ରୀ ଦେଖିଛୁ ଯାହାଙ୍କ ଭିତରେ ଶାରିରୀକ ସଂପର୍କ ନ ଥିବ ?"

"ଏପରି ଅଛନ୍ତି କି ନାହିଁ ମୋତେ ଜଣା ନାହିଁ... କିନ୍ତୁ ମୁଁ କହି ସାରିଛି। ମୋର ଇଚ୍ଛା ହେଉନି।"

"ତୁ ସେଇଆ କରିବୁ ଯାହା ତୋର ଇଚ୍ଛା ହେବ ?"

"ହଁ"

"ଚାକିରି କରି ତୋ ମୁଣ୍ଡ ଖରାପ ହୋଇଗଲାଣି। ଯେବେଠୁ ତୁ ପ୍ରକାଶ ସାରଙ୍କ ସଂସ୍ପର୍ଶରେ ଆସିଲୁଣି ତୋ ହାବଭାବ ବିଗିଡି ଗଲାଣି। ସବୁ ଦିନ ମୋତେ ଲୋକଙ୍କ ପାଖରୁ ଶୁଣିବାକୁ ପଡୁଛି ଯେ ତାଙ୍କ କାରରେ ଘୁରି ବୁଲୁଛି.. . ଅଏସ୍ କରୁଛି।"

"କଦର୍ଯ୍ୟ ଲୋକେ କଦର୍ଯ୍ୟ କଥା ହିଁ ଚିନ୍ତା କରନ୍ତି।"

"ମୁଁ କଦର୍ଯ୍ୟ ଲୋକ ?"

"ମୁଁ କହିନି, ତୁମେ ନିଜେ ନିଜ ବିଷୟରେ ଭାବିଲ।"

"ତୁ ତାଙ୍କ ସହ ମିଳାମିଶା କରିବା ଛାଡି ଦେ।"

"କାହିଁକି ?"

"ମୋତେ ପସନ୍ଦ ନୁହେଁ।"

"ଏଇ ଗୋଟିଏ କାରଣ ? ମୋ ନିଜର କୌଣସି ପସନ୍ଦ ନାହିଁ ? ତୁମେ କିଏ ମୋ ପସନ୍ଦ ଅପସନ୍ଦ ଠିକ୍ କରିବାକୁ ?"

"ମୁଁ.... ମୁଁ ତୋ ସ୍ୱାମୀ।"

"ମୁଁ ତୁମ ପତ୍ନୀ, କିନ୍ତୁ କଣ ମୁଁ ତୁମ ପସନ୍ଦ ଅପସନ୍ଦ ବିଷୟରେ ନିଷ୍ପତ୍ତି ନିଏ ?"

"ସ୍ୱାମୀର ଚଳିବ.... କିନ୍ତୁ ସ୍ତ୍ରୀର ନୁହେଁ... ଯେ କୌଣସି ଘର ଦେଖିନେ।"

"ମୁଁ ଏମିତି ମାନେନି।"

"ତୋ ମାନିବା ନ ମାନିବା ଏତେ ବଡ ହୋଇଗଲା ଯେ ତୋତେ ଦୁନିଆ ବିଷୟରେ ପରବାଏ ନାହିଁ। ପ୍ରକାଶ ସାରଙ୍କ ସହ ମିଳିମିଶା କଲେ ଆମର ବଦନାମୀ ହେଉଛି.... ଏକଥାକୁ ତୋର ଟିକେ ବି ଖାତିରି ନାହିଁ ? ତୁ ତାଙ୍କ ସହ ରେଷ୍ଟୁରାଣ୍ଟରେ ବସୁଛୁ, ଅନ୍ଧାରରେ ପାର୍କରେ ବସୁଛୁ, କାର୍ ରେ ବୁଲୁଛୁ। ଲୋକେ ମୋତେ ଆକ୍ଷେପ କରୁଛନ୍ତି। କହୁଛନ୍ତି ଯେ ଯା ସ୍ୱାମୀ ମାଇଚିଆ।"

"ଆଉ ତୁମେ ଶୁଣୁଛ ? କିଏ କଣ କହୁଛି... ଟିକେ ତାକୁ ଆଣିଲ ମୋ ଆଗକୁ !"

"ତୋତେ ପ୍ରକାଶ ସାରଙ୍କ ସହ ମିଳାମିଶା ବନ୍ଦ କରିବାକୁ ପଡିବ।"

"ମୁଁ ଏମିତି କରିପାରିବିନି।"

"କାହିଁକି... ତାଙ୍କ ଠାରୁ ତୋତେ ଏମିତି କଣ ମିଳୁଛି। ଚାକିରି ଛଡା ଆଉ କଣ ଅଛି, ଯାହା ତୋତେ ସେ ବୁଢା ଦେଉଛି ଆଉ ମୁଁ ତୋତେ ମୋ ଠାରୁ ମିଳିନି।"

"ବୟସରେ କିଛି ନ ଥାଏ। କିଛି ସଂପର୍କ ମୃତ୍ୟୁ ଦେଇଥାଏ ଆଉ କିଛି ଜୀବନ।"

"ଯେବେଠୁ ଚାକିରି କଲୁଣି ବଡବଡ କଥା କହିବା ଶିଖିଗଲୁଣି। ଆଗରୁ ତୋ ଜିଭ ଏମିତି କଇଁଚି ପରି ଚାଲୁ ନ ଥିଲା। ତୁ ଚାକିରି ଛାଡିଦେ।"

"ଆଉ ତୁମ ଭଳି ଘରେ ପଡିରହିବି। କେବେ ଭାବିଚ - ଘର ଖର୍ଚ୍ଚ କେମିତି ଚଳିବ ?"

"ଏବେ କଣ ତୋ ଦରମାରେ ଘର ଖର୍ଚ୍ଚ ଚାଲୁଛି ?"

"ନାଁ, କିନ୍ତୁ ନିଜ ସାମର୍ଥ୍ୟ ଅନୁସାରେ ତ ରୋଜଗାର କରୁଛି, ନିଜ ଖର୍ଚ୍ଚ ମୁତାବକ ତ ଆଣୁଛି।"

"ତୁ ଚାକିରି ଛାଡିଦେ।"

"ଛାଡିବିନି। ମୁଁ କାହାର ଆଶ୍ରିତା ହୋଇ ରହିବାକୁ ଚାହେଁନି। ତୁମେ ଏଇଆ ଚାହୁଁଛ ଯେ ଯେମିତି ତୁମେ ନିଜ ଇଚ୍ଛା ଅନୁସାରେ ମୋତେ ନଚେଇ ପାରିବ।"

"ମୁଁ ତୋତେ ଯେଉଁ ସ୍ୱାଧୀନତା ଦେଇଛି ତାହାରି ଫାଇଦା ତୁ ଉଠାଉଛୁ। ଏଇ ଓଲଟା ସିଧା କଥା ପ୍ରେମ ପ୍ରକାଶ ପାଖରୁ ଶିଖୁଛୁ ଯେତେବେଳେ ବି ଦେଖିଲେ ତାରି ସାଙ୍ଗରେ ଉଠାବସା ହେଉଛୁ, କଣ ହେବ ସେ ତୋର... ଏଁ ?"

"ସେ.... ସେ ମୋର ସବୁକିଛି।"

ଗୋଟିଏ ଛୋଟିଆ ବାକ୍ୟ.... ଶୀତଳଦୃଢ। ଗୋଟିଏ ପାଗଳପଣରେ ଜିଦ୍‌ରେ କହି ପକାଇଲା.... ପାଗଳାମୀ, ଯାହା ତା ବୟସରେ ଥିଲା। ସତ ପାଇଁ କେଜାଣି ଏ କି ଆଗ୍ରହ କେମିତିକା ଜିଦ୍! ଆଉ ସେପଟେ ପାହାଡ ଖସି ପଡିଲା।

"ଚୋପ୍!.... ଶାଳୀ ଛିଣ୍ଡାଳି, ଲାଜ ଲାଗୁନି। ସ୍ୱାମୀ ଥାଉ ଥାଉ ଆଉ ଗେରସ୍ତ କରି ବାହାରିଛି।"

"ସ୍ୱାମୀ ସବୁକିଛି ହୋଇ ନ ଥାଏ।" ସେ ନିର୍ଲିପ୍ତ ସ୍ୱରରେ କହିଲା।

"ଆଉ କଣ ହୋଇଥାଏ ?"

"ସେ ସ୍ୱାମୀ ହୋଇଥାଏ। ସ୍ୱାମୀମାନେ ତୁମେ, ପ୍ରତିକ୍ଷେତ୍ରରେ ଅଧିକାରର କଥା... ଅଧିକାର ସାବ୍ୟସ୍ତ କରିବାବାଲା। ତୁମ ପାଇଁ ସ୍ତ୍ରୀ କଣ... ରୋଷେଇ କର, ଏଇଟା କରନି... ଆଉ ସ୍ତ୍ରୀ ଆଜ୍ଞା ହଜୁର ଆଜ୍ଞା ହଜୁର କହିଚାଲିଥିବ, ଯେମିତି କି ତୁମକୁ ଏଇ ସୁଖ ମିଳିବ ଯେ ତୁମ ଆଜ୍ଞାର ପାଳନ ହେଉଛି... ପତି ରାଜାଧିରାଜ.... ଆଉ ପତ୍ନୀ ଦାସୀ..... "

"ଏ ଶାଳୀ ସହ କଥା ହେବା ହିଁ ବେକାର...."

ଫଁ ଫଁ ହୋଇ ଯୁବାଗୁରୁ ଉଠି ବାହାରକୁ ବାହାରିଗଲା... କିନ୍ତୁ କଥା ସେଇଠି ଶେଷ ହୋଇ ନ ଥିଲା। ସେ ତାକୁ ଆଉ ଗୋଟେ ବାଟରେ ବୁଦ୍ଧି ଶିଖାଇବାକୁ ଚିନ୍ତା କଲା। ରାତିରେ ମନ୍ଦିରରେ ନିଜ ଗଦି ଉପରେ ବସି ଯୋଜନା କରିବାକୁ ଲାଗିଲା। ଚାକିରି ଛାଡିବା ପରେ ମନ୍ଦିରରେ ହିଁ ସେ ନିଜର ଗୋଟିଏ ଛୋଟିଆ ଅଫିସ ଖୋଲି ଦେଇଥିଲା। ଘର ଫୋନର ମେନ୍ କନେକ୍ସନ ଏଇଠି ଲଗାଇ ଦେଲା ଯାହା ଫଳରେ ସେ ତାର ଓ ପ୍ରେମପ୍ରକାଶଙ୍କ କଥାବାର୍ତ୍ତା ଶୁଣିପାରିବ। ଗୋଟିଏ ମୋବାଇଲ ନେଇ

ଆସିଲା.... ଯେତେବେଳେ ବାହାରକୁ ଯାଉଥିଲା ଏମିତି ସେଟିଂ କରିଦେଉଥିଲା ଯେମିତି ଘରକୁ ଫୋନଆସିଲେ ତା' ମୋବାଇଲକୁ ଟ୍ରାନ୍ସଫର ହୋଇଯିବ.... ଯେପରିକି ତା ଅନୁପସ୍ଥିତିରେ ସେ ଦୁହେଁ ଯାହା କଥାବାର୍ତ୍ତା ହେବେ ଇଏ ଜାଣିପାରିବ। ସେ ଏକଥାରେ ପୁରା ଦୃଢ ଥିଲା ଯେ ସ୍ତ୍ରୀର ନଷ୍ଟ ହେବାର ମୁଖ୍ୟ କାରଣ ଚାକିରି ଅଟେ, ବାହାରକୁ ବାହାରିବା ମାତ୍ରେ ଉଡିଚାଲିଲା। ଚାକିରି ହିଁ ତା ଦେହରେ ଡେଣା ଲଗେଇ ଦେଇଛି, ସେଥିପାଇଁ ପ୍ରଥମେ ତାର ଚାକିରିକୁ ଯିବା ବନ୍ଦକରିବା ଦରକାର.... ସେ ଘରେ ବସିଲା ମାନେ ଭାବିନେବ ଯେ ଗାଈ ଯେମିତି ଖୁଣ୍ଟରେ ବନ୍ଧା ହୋଇଗଲା। ଇଏ କହିଲେ ତ ସେ ଚାକିରି ଛାଡି ଦେବନି, ତେଣୁ ଗଦି ଉପରେ ବସି ବସି ଯୁବାଗୁରୁ ଉପାୟ ଭାବିବାକୁ ଲାଗିଲା....

ଚାକିରି ସଂସ୍ଥାର ନିର୍ଦ୍ଦେଶକ ଓ ମ୍ୟାନେଜରଙ୍କୁ ବେନାମୀ ଅଭିଯୋଗ ସବୁ ଲଗାତାର ଆସିବାକୁ ଲାଗିଲା... କିଛି ଲିଖିତ ଓ କିଛି ଫୋନରେ, ଯେ... ସେ ଚରିତ୍ରହୀନା ଅଟେ, ପ୍ରେମ ପ୍ରକାଶ... ଯିଏ ତାକୁ ଏଠି ଚାକିରିରେ ରଖାଇଦେଇଛନ୍ତି, ଇଏ ତାଙ୍କ ରକ୍ଷିତା। ଦୁଇ ଜଣଙ୍କୁ କେବେ ପାର୍କରେ ଅବା କାର ଭିତରେ ପ୍ରେମ କରୁଥିବାର ଦେଖିବାକୁ ମିଳେ। ଦୁଇଟି ଘର ନଷ୍ଟ ହେବାକୁ ଯାଉଛି... ଇତ୍ୟାଦି ଇତ୍ୟାଦି। ବାହାର ଲୋକ କିଏ ଜଣେ ଅଭିଯୋଗ ପଠାଉଛି। ଏଇଆ ଦେଖେଇବାକୁ ସେ ତାକୁ ଘରେ ଯେତେବେଳେ ନାହିଁ ସେତେବେଳେ କୁହେ "କେଜାଣି କିଏ ଫୋନ କରୁଛି, ଫୋନ କରି ଗାଳି ଦଉଛି - ଶଳା ହିଞ୍ଜଡା, ତୋ ସ୍ତ୍ରୀକୁ ଆଉ କେହି ଉପଭୋଗ କରୁଛି ଆଉ ତୁ ପୂଜା ପାଠରେ ଲାଗି ରହିଛୁ, ସାବଧାନ ହ... ଚଢେଇ ଉଡିଯିବାକୁ ବସିଛି, ଦୁହେଁ ମିଶି ପଳେଇବେ... ମୁଁ ନା ପଚାରିଲେ ଫୋନ କାଟିଦେଉଛି" ଯେଉଁ ଲେଖା ସଂସ୍ଥାକୁ ଯାଉଥିଲା, ସେଥିରୁ ଗୋଟିଏ ଦୁଇଟି କପିକୁ ଯୁବାଗୁରୁ ଡାକରେ ନିଜ ଘରର ଠିକଣାରେ ପଠାଇ ଦେଲା। ସେ ବିଚଳିତ ଥିଲା କିନ୍ତୁ ସ୍ଥିର ମଧ୍ୟ... ଘରେ ଯେତେବେଳେ ଯୁବାଗୁରୁ ପୁଣି ଶୁଣାଇବାକୁ ଆରମ୍ଭ କଲା, ସେ ଚିତ୍କାର କରି କହେ, ତୁମେ ଏମିତି ଫୋନ କାଟି ଦେଉନ କାହିଁକି... ନ ହେଲେ ତାକୁ କୁହ ଯେ ମୋ ସାମ୍ନାକୁ ଆସୁ... ତା ମୁହଁ ଭାଙ୍ଗି ଦେବି। ଯୁବାଗୁରୁ ମଝି ମଝିରେ ବୁଝାଇବା ପରି ତାକୁ ଚାକିରି ଛାଡିଦେବାକୁ କୁହେ, ଚାରି ହଜାର ଟଙ୍କାରୁ କଣ ମିଳିବ ଯେ ସେ ସମାଜରେ ବଦନାମୀ ସହିବ। ଏସବୁ କଥାର କୌଣସି ପ୍ରଭାବ ତା ଉପରେ ନ ପଡିବାରୁ ଦିନେ ଯୁବାଗୁରୁ ନିଜର କୌଣସି ପରିଚିତ ଦ୍ୱାରା ତା ପାଖକୁ ଫୋନ କରାଇଲା - "ଚାକିରି ବାହାନାରେ ବାହାରକୁ ଯାଉଛୁ ଆଉ ପ୍ରେମପ୍ରକାଶ ସହ ଫୁର୍ତ୍ତି କରୁଛୁ, ରକ୍ଷିତା ହୋଇ ରହିଛୁ। ସ୍ୱାମୀ ଯଦି ମାଇଚିଆ ତେବେ ମୋ ପାଖକୁ କାହିଁକି ଆସିଯାଉନୁ... ତା'ପରେ

ଖୁବ୍ ଅଶ୍ଳୀଳ କଥା... ଶେଷରେ ଧମକ- ଦିନେ ଖବର କାଗଜରେ ସେ ତୋର ସବୁ କାମର ଚିଠା ଖୋଲିଦେବି ଆଉ ସେ ବୁଢା ସହ ତୋ ଫୋଟ ବି..."

ସେଇ ସମୟରେ ତ ସେ ଫୋନ କରିଥିବା ଲୋକକୁ ଗାଳି କରିଦେଲା... କିନ୍ତୁ ଭିତରେ ସେ ଡରିଗଲା। ତାକୁ ନିଜ ବଦନାମ ହେବାର ଚିନ୍ତା ନ ଥିଲା, ସେ ଆଉ ଏମିତି କଣ ଥିଲା କି! କିନ୍ତୁ ପ୍ରେମପ୍ରକାଶଙ୍କର ସୁନାମ ଥିଲା। ଆଉ ତା ଯୋଗୁଁ ତାଙ୍କ ନାଁରେ ଦାଗ ଲାଗିବାକୁ ଯାଉଥିଲା। ଯଦି ଏମିତି ହୁଏ, ତା ହେଲେ ସେ ଚାକିରି ଛାଡି ଦେବ। ବ୍ୟସ୍ତ ହୋଇ ସେ ପ୍ରେମ ପ୍ରକାଶଙ୍କ ପାଖରେ ପହଞ୍ଚିଲା।

ପ୍ରେମ ପ୍ରକାଶ ଚିନ୍ତିତ ତ ହେଲେ, କିନ୍ତୁ ତା ଚିନ୍ତାର ଗଭୀରତା ଯାଏଁ ପହଞ୍ଚି ପାରିଲେନି -

"ହୋଇଥିବା ଚାକିରି ଛାଡିଦେବାର ଏଇଟା କୌଣସି ବଡ କାରଣ ନୁହେଁ।" ସେ କହିଲେ। "ଖବରକାଗଜବାଲା ଏମିତି ହିଁ କୌଣସି ଖବର ଛାପିପାରିବେ ନାହିଁ, ସେମାନଙ୍କୁ ଜବାବ ଦେବାକୁ ପଡେ। ସେମାନେ ଜାଣନ୍ତି ଯେ ବିନା କୌଣସି ଆଧାରରେ ଏମିତି କିଛି ଛାପି ଦେଲେ ଯେ କେହି ବି ମାନହାନୀ ମକଦ୍ଦମା କରିପାରେ। ସେ ପ୍ରମାଣକୁ ଦେଖାଇ ନ ପାରନ୍ତି କିନ୍ତୁ ନିଜ ପାଖରେ ଅବଶ୍ୟ ରଖନ୍ତି। ଏପରି କୌଣସି ଉଡାଶୁଣା ମିଛ ଗୁଜବ ସେମାନଙ୍କ ପାଇଁ କି ଖବର ହେବ?"

"କିନ୍ତୁ ଆପଣଙ୍କ ପରି ବିଶିଷ୍ଟ ବ୍ୟକ୍ତିଙ୍କ ବିଷୟରେ ଏପରି ଚର୍ଚ୍ଚା ତ ଖବର ହୋଇ ପାରିବ।"

"ହୋଇ ପାରିବ... କିନ୍ତୁ ସେମାନେ ଦାୟିତ୍ୱଶୀଳ ହେବେ।"

"ଆଉ ଅଫିସ୍?"

"ସେମାନଙ୍କ ଉପରେ ଏ ସବୁର କୌଣସି ପ୍ରଭାବ ପଡେନି। ସେମାନେ ମୋତେ ଭଲଭାବରେ ଜାଣନ୍ତି। ସେମାନେ ଏଇକଥା ବି ଜାଣନ୍ତି ଯେ ଝିଅ ଯଦି ଟିକେ ମେଳାପି ଓ ସୁନ୍ଦରୀ ହେଲା ତେବେ ଏ ସବୁ ହୁଏ। ସେମାନେ ପ୍ରଫେସନାଲ ଲୋକ, ଏମିତି ଅଭିଯୋଗ ଗୁଜବକୁ ଚିରି ଫୋପାଡି ଦିଅନ୍ତି, ସେମାନଙ୍କ ପାଖରେ ସମୟ ନାହିଁ। କିଏ କେମିତି କାମ କରୁଛି ଓ ସେମାନଙ୍କ ପାଇଁ ସେ କେତେ ଦରକାରୀ... ସେମାନେ ଏଇଆ ଦେଖନ୍ତି... ଆଉ କର୍ମଚାରୀ ଭାବରେ ତୁମର ଭଲ ସୁନାମ ଅଛି!"

"କିନ୍ତୁ ମୁଁ କାହିଁକି ଚାକିରି ନ ଛାଡିବି। ସେ ଚାରିହଜାର ଟଙ୍କା କଣ.... ଯାହା ମୁଁ ଏମିତିରେ ବି ଘରେ ହିଁ ଦେଇଦିଏ। ମୋ ପାଇଁ ତ ସତରେ ଏଇଟା ଆପଣଙ୍କୁ ଦେଖା କରିବାର, କେବେ କେମିତି ଘରୁ ଟିକେ ବାହାରିବାର ବାହାନା ହିଁ ଅଟେ, ନ

ହେଲେ ସାରା ଦିନ ଘରେ ହିଁ ପଡିରୁହ। ଯେବେଠୁ ସେ ଚାକିରି ଛାଡି ଦେଲାଣି, ସକାଳୁ ସନ୍ଧ୍ୟା ପୂଜା ପରେ ସେ ଘରେ ହିଁ ପଡି ରହୁଛି। ରବିବାର ଦିନ ମୋ ପାଇଁ କେତେ ଅସହ୍ୟ ସେ କଥା ମୁଁ ହିଁ ଜାଣେ। କିଛି ନା କିଛି କହି ଚାଲିଥିବ, ପାଖକୁ ଆସିବାକୁ ଚେଷ୍ଟା କରିବ, ଯାଉଣୁ ଆସୁଣୁ ଛୁଇଁଦେବ... ତା ଛୁଇଁବା ଯେମିତି ଦେହରେ ଝିଟିପିଟି ଚଢି ଆସିବା ପରି ଲାଗେ... ମୋତେ ବାନ୍ତି ଲାଗେ। ତା ଜୀବନରେ ଆଉ ଯେମିତି କିଛି ନାହିଁ ମୋ ଛଡା... କେବଳ ମୋ ବିଷୟରେ ଭାବି ପଡି ରହିବ,ଯେତିକି ସମୟ ମୁଁ ଘରେ ରହେ, ସେ କୁଆଡେ ଯାଏନି। ଯେତେ ଦୂରେଇ ଯିବାକୁ ଚେଷ୍ଟା କରେ, ସେ ସେତିକି ନିକଟକୁ ଆସିବାକୁ ଚେଷ୍ଟା କରିବ...."

"ରାତିରେ ?"

"ପୁଅକୁ ମଝିରେ ଶୁଆଏ। ସେଥିରେ ମଧ୍ୟ ମଝି ମଝିରେ ଏମିତି ଦେଖାଇ ହୁଏ ଯେମିତି ପୁରା ଗାଢ ନିଦରେ ଶୋଇଯାଇଛି....ଆଉ ଗୋଡ ଆଣି ମୋ ଗୋଡ ଉପରେ ରଖିଦେବ.... ମୁଁ ପୁରା ନିଶ୍ଚିତ ହୋଇ କେବେ ଶୋଇପାରେନି... ସବୁବେଳେ ଆଖି ରଖିଥାଏ।"

"ତୁମକୁ ଲାଗେନି ଯେ ଏଇଟା ତୁମର ଅନ୍ୟାୟ ! ଯେତେହେଲେ ବି ସେ ତୁମର ସ୍ୱାମୀ।"

"ଆପଣ ମଧ୍ୟ ପୁରୁଷମାନଙ୍କ ଭାଷା କହିବାକୁ ଲାଗିଲେ। ତା ସ୍ପର୍ଶ ପ୍ରତି ମୋ ମନରେ ପ୍ରଥମରୁ ହିଁ ଘୃଣା ଥିଲା... ଆପଣଙ୍କ ସହ ପରିଚୟ ହେବା ପୂର୍ବରୁ। ଆପଣଙ୍କ ସ୍ପର୍ଶ ପାଇ ମୋ ଶରୀରରେ ତରଙ୍ଗ ଖେଳିଯାଏ। ମୋତେ ମୋ ଶରୀର ବହୁତ ପବିତ୍ର ମନେ ହେବାକୁ ଲାଗିଲାଣି। ତାକୁ ଆଉ କେହି ଛୁଇଁଲେ... ମୋତେ ଲାଗେ ଯେମିତି କେହି ମୋ ଉପରେ କାଦୁଅ ଫିଙ୍ଗି ଦେଲା।"

ପ୍ରେମପ୍ରକାଶ ତାର ଏ କଥାଉପରେ ବିଶେଷ ଧ୍ୟାନ ଦେଲେନି। ସେ ଜାଣିଥିଲେ ଯେ ସେ ବହୁତ ଭାବୁକ ସ୍ୱଭାବର ଝିଅ... ଏ କଥା ସବୁ ପବନ ପରି ଭାସି ଚାଲିଯିବ। ସେ ଅସଲ ସମସ୍ୟାରେ ଧନ୍ଦି ହେଉଥିଲା।

"ଅଫିସରେ ଅଭିଯୋଗ, ଘରେ ଫୋନ... ଏତେ ତଳକୁ କେବଳ ସେ ହିଁ ଯାଇ ପାରିବ, ଯିଏ ତୁମକୁ - ମୋତେ ନେଇ ବେଶୀ ଆହତ ହୋଇଥିବ। ତୁମକୁ ଆଉ କେହି ଭଲ ପାଉଛି କି ?"

"ଧେତ୍...."

"ତା ହେଲେ ଦୁଇ ଜଣ ହିଁ ହୋଇ ପାରିବେ - ତୁମ ସ୍ୱାମୀ ନ ହେଲେ ମୋ ସ୍ତ୍ରୀ। ମୋ ସ୍ତ୍ରୀ ପାଖରେ ଏସବୁ ବିଷୟରେ ଏତେ ବୁଦ୍ଧି ନାହିଁ।"

"କାହିଁକି.... ତାଙ୍କର କୌଣସି ବାନ୍ଧବୀ କିମ୍ବା ସଂପର୍କୀୟ... ଭାଇ ଇତ୍ୟାଦି ହୋଇ ପାରିବେନି ?"

"ହୋଇ ପାରନ୍ତି... ଯାହାଙ୍କୁ ସେ ଚୁପଚାପ୍ ଅଭିଯୋଗ କରିଥିବ ଓ ସାହାଯ୍ୟ ମାଗିଥିବ। ତାର ଏମିତି ପ୍ରକୃତି ଅଛି... କିନ୍ତୁ ମୋର ତୁମ ସ୍ୱାମୀ ଉପରେ ବେଶୀ ସନ୍ଦେହ ହେଉଛି.... ।"

ସେ ଏକଦମ୍ ଚୁପ୍ ହୋଇଗଲା। ଏ ଦିଗରେ ସେ କେବେ ଚିନ୍ତା ବି କରି ନ ଥିଲା। ସେ କଣ ଏମିତି କରିବ ଯେଉଁଥିରେ ତା ନିଜ ସମ୍ମାନ ହିଁ ହାନୀ ହେଉଥିବ। କରି ମଧ୍ୟ ପାରେ, କାରଣ ବହୁତ ଧୂର୍ତ୍ତ ଥିଲା। ସେଥିରେ ପୁଣି ଏବେ ତା ପାଖରେ କିଛି କାମ ନାହିଁ, ଖାଲି ମୁଣ୍ଡ ଶୈତାନର ଘର। ସେ ଦେଖୁଥିବ ଯେ ସିଧାସିଧା ସେ ତା କହିବା ଅନୁସାରେ ଚାକିରି ଛାଡୁନି.... ତେଣୁ ହୁଏ ତ ଏମିତି ! ଯିଏ ଏଇଆ ବି ଚିନ୍ତା କରୁନି ଯେ ଦୁଇଜଣ ଯାକ ଚାକିରି ଛାଡି ଘରେ ଯଦି ବସି ଯାଉଛନ୍ତି ତା ହେଲେ ଛୋଟ ଛୋଟ ଖର୍ଚ୍ଚ ପାଇଁ ମଧ୍ୟ ପେନସନ୍ ଭୋଗୀ ବାପାଙ୍କ ମୁହଁକୁ ଚାହିଁ ରହିବାକୁ ପଡିବ। ଯିଏ ତାକୁ ହରଭଜନ ଆଗକୁ ଠେଲି ଦେଇପାରିଲା.... ସେ ଏଇଆ ମଧ୍ୟ କରିପାରିବ।

ସେ ନୀରବ ରହିଗଲା। ସେ ଦେଖିଛି ଯେ ଲୋକମାନଙ୍କ ବିଷୟରେ ପ୍ରେମପ୍ରକାଶଙ୍କ ରାୟ ପ୍ରାୟ ସମୟରେ ଠିକ ହୋଇଥାଏ।

"ଦେଖ, ତୁମ ପୁଅ ପ୍ରତି ତୁମର ବହୁତ ସ୍ନେହ। ପିଲା ପାଇଁ ବାପା ମାଆ ଦୁଇଜଣଙ୍କର ଆବଶ୍ୟକତା ରହିଛି। ଘରେ କଳି ଝଗଡାର ତା ଉପରେ ଭଲ ପ୍ରଭାବ ପଡେନି। ତୁମକୁ ତୁମ ସ୍ୱାମୀ ସହ ଆଡଜଷ୍ଟ କରିବା ଉଚିତ। ସମସ୍ତେ କରନ୍ତି ଏହା ଦ୍ୱାରା ତୁମ କ୍ୟାରିୟରରେ ଯେଉଁ ସବୁ ବାଧା ସମସ୍ୟା ସେ ସୃଷ୍ଟି କରୁଛି, ଏ ଅଭିଯୋଗ, ଏ ଫୋନକଲ୍... ଏ ସବୁ ମଧ୍ୟ ବନ୍ଦ ହୋଇ ଯିବ ଏବଂ...."

"ଆପଣ ନା ନିଜକୁ ବୁଝନ୍ତି, ନା ମୋତେ... ଆଉ ଆମ ଭିତରେ ଯାହା କିଛି ଅଛି... ତାକୁ ତ କଦାପି ନୁହେଁ। ନିଜ ଘରେ ଆଡଜଷ୍ଟ କରନ୍ତୁ... ମୋତେ ଶିଖାଇବା ଦରକାର ନାହିଁ...

ଆପଣ ପ୍ରଥମେ ମୃତ ଭିତରେ ପ୍ରାଣଦେଇ ତାକୁ ଜୀବିତ କଲେ, ଉଠାଇଲେ... ଯେତେବେଳେ ସେ ଚାଲିବା ଆରମ୍ଭ କଲା ତାକୁ ପୁଣି ସେଇ ଜାଗାକୁ ଠେଲି ଦେଉଛନ୍ତି ଯେଉଁଠି ସେ ମୃତବତ୍ ପଡିରହିଥିଲା।"

"ତୁମ ପିଲାର ଭବିଷ୍ୟତ ପାଇଁ ମୁଁ ଏ ପରାମର୍ଶ ଦେଲି।"

"ଆଗ ମୁଁ ତ ବଞ୍ଚି ରହେ। ଯଦି ମୁଁ ହିଁ ବଞ୍ଚି ନ ରହିବି, ତେବେ କୋଉ ପିଲା, କାହା

ପିଲା ! ମୁଁ ଏତେ ବେଶୀ ଦୁଃଖ ଦେଖିଛି ଯେ ଯଦି ଅଳ୍ପ ଟିକେ ସୁଖ ମିଳୁଛି ତାହେଲେ ତାକୁ ସ୍ଥାୟୀ କରି ରଖିବାର ସ୍ୱପ୍ନ ଦେଖିବାକୁ ଲାଗୁଛି। ଯେଉଁ ସୁଖର ଟୁକୁଡା ଟିକକ ମିଳୁଛି ତାକୁ ଧରି ରଖି ନେବାକୁ ଚାହୁଁଛି। ଆପଣ ଆସିଲେ ମୋ ଜୀବନକୁ... ଏବେ ପୁଣି ଆପଣ ହିଁ ନିଜକୁ ନିଜେ ମୋ ଠାରୁ ଫେରାଇ ନେଉଛନ୍ତି। ଏମିତି ଯଦି କରିବାର ଥିଲା ତା ହେଲେ କାହିଁକି ମୋତେ ନିଜ ଆଡକୁ ଟାଣୁଥିଲେ..."

ଯେତେବେଳେ ତାକୁ ନିଜର ପ୍ରିୟ ଜିନିଷ ହଜିଯିବାର ଆଶଙ୍କା ହୁଏ, ତା ଭିତରେ ଚାପି ହୋଇ ରହିଥିବା କ୍ରୋଧ ତାର ସାରା ଶରୀରକୁ ଦୋହଲାଇ ଦିଏ... ଯେପରି ଏକ ଝଡ, ପବନ ଭିତରେ ଠିଆ ହୋଇ ରହିଥିବା ଏକ ଦୁର୍ବଳ ଅଟ୍ଟାଳିକା।

ତାର ସୁନ୍ଦର ମୁହଁ ଫୁଲି ଯାଇଥିଲା, ସତେ ଯେମିତି ଏଇନେ ସମୁଦ୍ର ଲହରୀ ଛୁଇଁଦେଇ ଯାଇଥିବା ଓଦା ବେଳାଭୂଇଁ। ଯେଉଁ ଚେହେରା ସବୁବେଳେ ଚପଳତାରେ ଭରି ରହୁଥିଲା, ସତେ ଅବା ଭିତରେ ଉଠୁଥିବା ଭାବର ଲହରୀ ସବୁ ମୁହଁର ବେଳାଭୂଇଁକୁ ଛୁଇଁ ଚାଲିଯାଉଛନ୍ତି... ତାହା ଏବେ ଏପରି। ଅତ୍ୟାଚାରର ଦୁଇଟି ସୀମାରେ ଜୀବନ ଜୀଇଁଥିଲା ସେ - ଗୋଟିଏ ଏଇଟା ଯେବେ ତାର ମୁହଁ କଣ ପୁରା ଶରୀର ହିଁ ଭିତରର କ୍ରୋଧକୁ ଚାପିରଖି ବାହାରକୁ ଆସିବାକୁ ନ ଦେବାର ପ୍ରଚେଷ୍ଟାରେ ଲାଗି ରହିଥିଲା। ସ୍ପଷ୍ଟ ଦେଖାଯାଉଥିଲା ଯେ ତାର ପ୍ରତିଟି ସ୍ନାୟୁତନ୍ତ୍ରୀ ନିଜକୁ କଥା କହିବାକୁ ନ ଦେବାର ପ୍ରଚେଷ୍ଟାରେ ଆପ୍ରାଣ ଲାଗିରହିଛନ୍ତି, କ୍ରୋଧ ସବୁ ଜ୍ୱାଳାମୁଖୀ ପରି ବାହାରି ଆସିବାକୁ ବ୍ୟସ୍ତ ହେଉଥିଲେ, ତାକୁ ନିଜର ସଂପୂର୍ଣ୍ଣ ଶକ୍ତି ଖଟାଇ ଭିତରେ ଚାପି ରଖିବାର ପ୍ରୟାସ କରୁଥିଲା, ସତେ ଯେମିତି ସେସବୁ ଯଦି ବାହାରକୁ ଆସିଲେ ସାମ୍ନାରେ ଥିବା ତା ପ୍ରିୟବସ୍ତୁ ଓ ବ୍ୟକ୍ତିମାନଙ୍କୁ ଜାଳିଦେଇ ଚାଲିଯିବ... ତା ପୁଅ ଅବା ପ୍ରେମପ୍ରକାଶ। ବର୍ଷବର୍ଷ ଧରି ଏହିପରି କ୍ରୋଧକୁ ଚାପିରଖି ଯେପରି ତା ଭିତରେ କ୍ରୋଧର ଏକ ମୋଟା ଆସ୍ତରଣ ଜମିଯାଇଥିଲା, ଟିକିଏ କିଛି ହେଲେ ବିସ୍ଫୋରଣ ହେବାପରି ବାହାରକୁ ବାହାରି ଆସିବାକୁ ପ୍ରସ୍ତୁତ... ସତେ ଅବା ସାକ୍ଷାତ ଅଗ୍ନି, ଯିଏ କି ଯାହା ବି ସାମ୍ନାକୁ ଆସିଲେ ଭସ୍ମ କରି ଦେଇ ଯିବ....

ଏପରି ବ୍ୟକ୍ତିର ଭିତରେ କୋମଳତା ଏତେବେଳକୁ ସରିଯାଇଥିବା କଥା... କିନ୍ତୁ ଯନ୍ତ୍ରଣାର ଅନ୍ୟ ଏକ ପାଖ ମଧ୍ୟ ଥିଲା- ପ୍ରେମ ଯାହା ତା ଆଖିରୁ ବାହାରି ବର୍ଷାର ନରମ ଛୁଆଁରେ ପ୍ରେମପ୍ରକାଶଙ୍କୁ ଭିଜେଇ ଦେଇଯାଆନ୍ତା... ବର୍ଷାର ମୃଦୁ ସ୍ପର୍ଶ ତା ଆଖିରେ ଲାଖିରହି ପ୍ରେମପ୍ରକାଶଙ୍କ ଉପରେ ବର୍ଷି ଯିବାକୁ ଆତୁର ହୋଇଥାନ୍ତା ! ଏମିତିରେ ତାର ଗୋରା ସୁନ୍ଦର ହାତ ଆହୁରି ବେଶୀ ସୁନ୍ଦର ହୋଇ ଯାଆନ୍ତା, ପ୍ରେମପ୍ରକାଶଙ୍କୁ ତାର ସ୍ପର୍ଶ ବହୁତ ଶୀତଳ ଓ ସ୍ନେହସିକ୍ତ ଲାଗନ୍ତା। ସେ ତାଙ୍କ ମୁହଁକୁ

ପାପୁଲି ଭିତରେ ରଖି ଦିଅନ୍ତେ.... ସେଠି ଏତେ ଶାନ୍ତି... ସେ ଆଶ୍ଚର୍ଯ୍ୟ ହୁଅନ୍ତେ ଯେ ଯେଉଁ ବ୍ୟକ୍ତି ନିଜ ଭିତରେ ଏତେ ଅଶାନ୍ତ, ସେ ପୁଣି ଏତେ ଶାନ୍ତିର ସ୍ପର୍ଶ କେମିତି ଦେଇପାରେ! ଯିଏ କି ଏ କଥା ଜାଣିପାରୁ ନ ଥିଲା ଯେ ଯାହା ତା ନିଜ ଭିତରୁ ବାହାରକୁ ପ୍ରକାଶ ପାଉଥିଲା, ତାହା ପ୍ରେମ ଥିଲା... ନା ପ୍ରେମର ତୃଷ୍ଣା, ପ୍ରେମ... ଯାହା ତାକୁ କେବେ ବି ମିଳିନି!

କିନ୍ତୁ ସେ ସମୟରେ ତା ଆଖି ପୁରା ପୁରି ଶୂନ୍ୟ ଥିଲା, ସେଥିରେ ତଳେ... ଅନେକ ତଳେ ଆର୍ଦ୍ରତା ଲାଖି ରହିଥିଲା, ଯାହାକି ବହୁତ କାନ୍ଦିବା ପରେ ମଧ୍ୟ ଆଖିରେ ରହିଯାଇଥାଏ।

ମୁହଁରେ ଯେଉଁ ଶୂନ୍ୟତା ଥିଲା... ସେଥିରୁ ଏପରି ବ୍ୟକ୍ତିର ଚିତ୍ରଟିଏ ସୃଷ୍ଟି ହେଉଥିଲା, ଯେଉଁଥିରୁ ଏହା ପ୍ରତିତ ହେଉଥିଲା ଯେ ତା' ପିଠିରେ ଦୁଃଖ ଯନ୍ତ୍ରଣା ଭରା ଅତୀତ ଲଦାହେଇଅଛି... ଯାହାକୁ ପିଠିରେ ଲଦି ଚାଲିବାକୁ ପଡିବ... ଭବିଷ୍ୟ ଆଡକୁ... ଭବିଷ୍ୟତ ଯାହା ଆଦୌ ନାହିଁ। ଶୂନ୍ୟତା ଯାହା ଏବେ ତା' ସହ ଅଛି.... ଆଗକୁ ହିଁ ରହିବ, ତାକୁ ତା' ସହିତ ହିଁ ଆଗକୁ ବଢିବାର ଅଛି... ଯେତେଦିନ ପର୍ଯ୍ୟନ୍ତ ସେ ଜୀବିତ ଅଛି -

"ଦେଖ, ଏତେ ଭାବପ୍ରବଣ ହୋଇ ଜୀବନରେ କିଛି ନିଷ୍ପତ୍ତି ନିଆଯାଏନି। ଏ ପ୍ରକାର ପ୍ରତିକ୍ରିୟା କେବଳ ନିଜକୁ କଷ୍ଟ ଦେଇଥାଏ, ପ୍ରତ୍ୟେକ ପରିସ୍ଥିତି କୁ ସାମ୍ନା କରିବା ଓ ତା ବିଷୟରେ ତର୍ଜମା କରିବା କେବଳ ପ୍ରକୃତିସ୍ଥ ହୋଇ ହିଁ କରାଯାଇ ପାରେ।"

"ମୋର ସ୍ୱଭାବ ତ ଏମିତି, ମୁଁ କଣ କରିବି...."

ଏକଥା ସତ ଯେ ସେ ଏମିତି ହିଁ ଥିଲା।

ଇମ୍ପସିବଲ... ବହୁତ ଭାବପ୍ରବଣ, ଭାବ ଛଳଛଳ। ବାହାରୁ ଗର୍ବୀ, ଜିଦ୍‌ଖୋର। ପ୍ରେମପ୍ରକାଶଙ୍କ ସହ ହସଖୁସି ହେବା ବେଳେ ତାକୁ ଅଚାନକ କୌଣସି କଥା ଲାଗିଯାଏ। ବାଧିଯାଏ.... ଆଉ ସେ ଯେମିତି ସେ କଥାକୁ ଧରି ଏପଟ ସେପଟ ଛାଟିପିଟି ହୁଏ। ଦେଖୁଦେଖୁ ସେ ଆଉ କେହି ପାଲଟି ଯାଏ। ଆଖି କଣ, ପୁରା ମୁହଁ ହିଁ ଫୁଲିଯାଏ.... ରଙ୍ଗହୀନ ଦିଶେ। କିଛି କୁହେନି, କେବଳ ଶୂନ୍ୟ ଶୂନ୍ୟ ଆଖିରେ ଚାହିଁରହେ... ଏକଦମ୍ ରିକ୍ତ ଯେପରି ସାରା ଶରୀର ହିଁ ଚିପୁଡି ହୋଇ ନିଃଶେଷ ହୋଇ ଯାଇଛି। ତା ସ୍ୱର ବଦଳି ଯାଏ, ବହୁତ ଭିତରୁ କୌଣସି ଘାଇ ଭିତରୁ ଆସୁଥିବା ପରି ଗଭୀର ଓ ଗମ୍ଭୀର ସ୍ୱର ସତେ ଅବା ତାହା ଆଉ କାହାର।

ଏପରି ପରିବର୍ତ୍ତନ ତୃପ୍ତିର ସେଇ ମୁହୂର୍ତ୍ତଗୁଡିକରେ ମଧ୍ୟ ଅଚାନକ

ଆସିଯାଉଥିଲା, ସତେ ଯେମିତି ସୁଖର କ୍ଷଣଗୁଡିକୁ ଦୀର୍ଘସମୟ ପାଇଁ ଭୋଗ ନ କରିବାକୁ ତାକୁ ପୁଣି ନିଜର ପୂର୍ବ ସ୍ଥିତିରେ ଯେଉଁଠି ସେ ଜୀବନର କଚାଡି ହୋଇ ପଡିବାକୁ ଅର୍ଦ୍ଧାଧିକ ସମୟ କାଟିଛି। ସେ ଶାପଗ୍ରସ୍ତ ହୋଇଛି !

ଏମିତି ବି ହୋଇପାରେ ଯେ ସବୁବେଳେ ଯନ୍ତ୍ରଣା ଭୋଗିବା ଓ ପୁଣି ସେଥିରୁ ବାହାରି ଆସିବା କାରଣରୁ ଏପରି ହୋଇ ଯାଇଥିଲା ଯେ ତାକୁ ସୁଖ ହିଁ ବୋଝ ପରି ଲାଗୁଥିଲା ଏବଂ ଯଥାଶୀଘ୍ର ସେ ନିଜକୁ ପୁନଃଶ୍ଚ ସେଇ ପୂର୍ବ ସ୍ଥିତି ଭିତରକୁ ଠେଲିଦିଏ... ନିଜକୁ କଷ୍ଟ ଦେବାକୁ ଲାଗୁଥିଲା। ପ୍ରେମପ୍ରକାଶଙ୍କର ମନେହୁଏ ଯେପରି କୌଣସି ପ୍ରେତାତ୍ମା ତା'ଭିତରକୁ ପ୍ରବେଶ କରିଯାଇ ତାକୁ ସେହି ମୁଖ ଭିତରୁ ବଳପୂର୍ବକ ଟାଣିଆଣି ତାକୁ ପୁଣି ଥରେ ଅବସାଦ ଭିତରକୁ ଫିଙ୍ଗି ଦେଉଛି। ଆଉ ଏହିପରି ସେ ନିଜ ସୁଖର କାରଣଗୁଡିକ ମଧ୍ୟ ହତାଦର କରି, ନିଜ ହିତୈଷୀମାନଙ୍କୁ ପାଦରେ ଆଡେଇ ଦେଇ... ନିଜକୁ ବିଷାଦର ଗହ୍ୱର ଭିତରକୁ ଠେଲି ଦିଏ। ସେ ସୁଖର ମୂହୁର୍ତ୍ତଗୁଡିକୁ ଧରି ରଖିବାକୁ ଚାହେଁ, ସେମାନେ କାଳ୍ପନିକ ରୂପଠାରୁ ଟିକେ ବି ବିଚ୍ୟୁତ ହେବା ମାତ୍ରେ କ୍ରୋଧରେ ହତଜ୍ଞାନ ହୋଇ ଯାଏ ଓ ଅବସାଦକୁ ଚାଲିଯାଏ। ଏବଂ ତାକୁ ସେହି ସ୍ଥିତିରୁ ଏତେ ଶିଘ୍ର ଓ ସହଜରେ କେହି ମଧ୍ୟ ବାହାର କରିପାରନ୍ତି ନାହିଁ। ସେଥିରୁ ମୁକୁଳିବାକୁ ତାକୁ ସାତ ସାତ ଦିନ ଲାଗିଯାଏ, ରୀତିମତ ଫୁଲିଯାଇଥିବା ମୁହଁ, ନିଥର ଆଖି, ଭାରୀ ଭାରୀ ସ୍ୱର। ରହି ରହି ସେ ଶୂନ୍ୟକୁ ଚାହିଁ ରହୁଥାଏ, ସେଇଠି ହଜିଯିବା ପରି। ପ୍ରେମପ୍ରକାଶଙ୍କର ପ୍ରେତାତ୍ମା ଗ୍ରାସ କରିବା ଆଶଙ୍କା ଏଥିପାଇଁ ଆହୁରି ବେଶୀ ଦୃଢ ହୋଇ ଯାଉଥିଲା ଯେ, ଯେଉଁ କଥା ପାଇଁ ସେ ରାଗି ଯାଉଥିଲା ତାହା ସାଧାରଣତଃ ଏତେ ମାମୁଲି ହୋଇଥାଏ ଯେ ଏତେ ଶୀଘ୍ର କଥାଟି ସାମ୍ନାରେ ଥିବା ଲୋକଟିକୁ ଖୁସିର ମୁହୂର୍ତ୍ତରୁ ବାହାର କରିନେଇ ଦୁଃଖ ଓ ଅବସାଦ ଭିତରକୁ ଠେଲିଦେବ.... ଏ କଥା ବିଶ୍ୱାସ ହେଉ ନ ଥିଲା। ଯେପରିକି ତା ଭିତରେ ଏ ଅନୁଭବ ହଠାତ୍ ସୃଷ୍ଟି ହେଉଥିଲା ଯେ ପ୍ରେମପ୍ରକାଶ ତା ନିକଟରେ ଥାଇ ମଧ୍ୟ ଧ୍ୟାନ... ଆଉ କେଉଁଠି ଅଛି... ଯାହା କି ଏକଦମ୍ ଅମୂଳକ ଥିଲା, ଅଥବା ସାଧାରଣ କୌଣସି କଥାର କିଛି ଅଂଶ ଯାହାର ଦଶ ପ୍ରକାରର ଅର୍ଥ କରାଯାଇ ପାରେ ଅଥବା କୌଣସି ଏପରି କଥା ଯାହା ପ୍ରେମପ୍ରକାଶ ମଜାରେ ହିଁ କହିଥିବେ... କିନ୍ତୁ ଯାହାକୁ ସେ ନିଜ ଆଡକୁ ଟାଣି ଏପରି ଅର୍ଥ ବାହାର କରିନେବ ଯାହାତାକୁ କଷ୍ଟ ହିଁ ଦେବ। ପ୍ରେମପ୍ରକାଶ ଭାବନ୍ତି ମେସୋଚିଜମ୍ ଏହାକୁ ହିଁ କୁହାଯାଏ... ସେଫ୍ଟିପିନ୍ ନେଇ ନିଜେ ନିଜେ ଫୋଡି ହେବା....

ବୁଝାଇ ସୁଝାଇ ତାକୁ ସେପରି ସ୍ଥିତିରୁ ବାହାରକୁ ଅଣାଯାଇ ପାରି ନ ଥାନ୍ତା।

କିଛି ବୁଝିବାଠୁ ବହୁ ଦୂରରେ ଥିଲା ସିଏ। ଗୋଟିଏ ପ୍ରକାରରେ ହିଁ ସେ ପୂର୍ବ ଅବସ୍ଥାକୁ ଫେରୁଥିଲା... ପ୍ରେମର ହାଲୁକା ସ୍ପର୍ଶ, ପ୍ରେମଭରା କେଇପଦ କଥା... ମିଛି ମିଛିକା ହେଉପଛେ। ପ୍ରେମପ୍ରକାଶଙ୍କୁ ଲାଗେ ଯେ ସେ ଝିଅର ରୋମେ ରୋମେ ପ୍ରେମ ପାଇଁ ବ୍ୟାକୁଳତା ଭରି ରହିଛି... କିନ୍ତୁ ସେ ଏଇଆ ମଧ୍ୟ ଭାବନ୍ତି ଯେ ସେ କେତେଦିନ ଯାଏ ତାକୁ ଏହିପରି ଭାବେ ସାମାନ୍ୟ ସ୍ଥିତିକୁ ଆଣି ପାରିବେ, କଣ ଏପରି ଗୋଟିଏ ମୂହୁର୍ତ୍ତ ଆସିବନି ଯାଏଁ ଯନ୍ତ୍ରଣାର ଏହି ଦୁଇଟି ବିନ୍ଦୁ ମଧ୍ୟରେ ହିଁ ଝୁଲି ରହିବ-ପ୍ରେମର ଅନୁଭବରେ ବୁଡି ରହି ଅଥବା ଭିତରେ ଗ୍ରାସ କରିଥିବା ପ୍ରେତ ସହ ସଂଘର୍ଷ କରି। ତା ଭିତରେ ପଶିରହିଥିବା ପ୍ରେତତ୍ମା ଆଉ ସେ ଘରର ପ୍ରଥମ ବୋହୂର ନ ଥିଲା ତ ?

କିନ୍ତୁ ସେ ଦିନ ପ୍ରେମପ୍ରକାଶ ତାକୁ ସହରଠୁ ଦୂରକୁ ଏକାନ୍ତ ପରିବେଶକୁ ନେଇଗଲେ, ତାକୁ ପ୍ରେମ କରିବାକୁ ଲାଗିଲେ। ପ୍ରେମପ୍ରକାଶଙ୍କ ବେକମୂଳରେ ମୁଣ୍ଡ ଗୁଞ୍ଜି ଦେଇ ସେ କାନ୍ଦିବାକୁ ଲାଗିଲା।

ସେ ମୋ କୋଳରେ ଥିଲା। ଝରଝର ହୋଇ ଲୁହ ଢାଳୁଥିବା ତା ଆଖି, ଥରି ଉଠୁଥିବା ସରୁ ଓଠ, ମସୃଣ ବାହୂ... ମୁଁ ତାକୁ ପାଗଳଙ୍କ ପରି ଚୁମି ଯାଉଥିଲି। ତାର ଘନ ଗହଳିଆ କେଶ, ସୁନ୍ଦର ମୁହଁ, ଗଭୀର ଆଖି ମସୃଣ ବାହୂରେ ଏଠି ସେଠି ଫୁଲ ଫୁଟିଯାଉଥିଲା.... ମୁଁ ଓଠ ଦେଇ ସେ ଫୁଲ ଗୁଡିକୁ ନିଜ ଭିତରେ ଶୋଷି ନେବାକୁ ଆତୁର ହୋଇ ଯାଉଥିଲି... ଯଦି ନେଇଯାଉଥିଲି, ତା ହେଲେ ସେଠାରେ ସାଙ୍ଗେସାଙ୍ଗେ ଏକ ସୁଗନ୍ଧର ଏକ ଉତ୍ସ ହୋଇ ଯାଉଥିଲା, କାନ୍ଦି ଚାଲିଥିଲା ଆଉ ପ୍ରେମ ବି ଦେଇ ଚାଲିଥିଲା, ବର୍ଷାରେ ଜୁଡୁବୁଡୁ ଏକ ନହକା ଡାଳ, ଯିଏକି ପବନର ଟିକିଏ ଛୁଆଁରେ ହଲି ଉଠୁଥିଲା ଓ ପ୍ରେମର କେଇ ବୁନ୍ଦା ମୋ ଉପରେ ଝରି ପଡୁଥିଲା।

ପ୍ରେମରେ ଶରୀର କଣରୁ କଣ ପାଲଟି ଯାଏ... ବୁଝି ହେଉଛି ଅଳ୍ପ ଅଳ୍ପ, ଜୀବନରେ ଏତେ ଡେରିରେ। ସେ ଚାଲିଗଲା, ତେବେ ବି ସେ ବାସ୍ନା ମୋ ଦେହରେ ଲାଖି ରହିଥିଲା... ଯେପରି କିଛି ସମୟ ପୂର୍ବରୁ ସେ ଥିଲା।

ଯେବେ ସେ ମୋତେ ସଂପୂର୍ଣ୍ଣ ଭାବରେ ନିଜ ଭିତରେ ଧରି ରଖିବ... ସେ ସମୟରେ ଜଣା ନାହିଁ ସେ ନିଜେ କଣ ହୋଇଯିବ.... ଆଉ ମୋତେ କଣ ବନେଇ ଦେବ।

ଏଦୁନିଆରୁ ଯିବା ପୂର୍ବରୁ ମୁଁ ସେହି ଅନୁଭୂତିକୁ ଚାହେଁ .... ଯେଉଁଠି ଦୁଇଟି ପ୍ରାଣ ସମ୍ପୂର୍ଣ୍ଣ ଭାବରେ ଏକ ହୋଇ ଯାଆନ୍ତି. ଯେଉଁଠି ତାଙ୍କ ମନର ପ୍ରେମ ସମସ୍ତ

ଭାବ ପ୍ରବଣତା ସେମାନଙ୍କ ଶରୀରରେ ଭରିଯାଏ। ସେଠାରେ କମ୍ପନ ସୃଷ୍ଟି କରେ, ସେମାନଙ୍କୁ ଏକ କରିଦେଇ ଥାଏ....

ଭାବନା ମାତ୍ରେ ହିଁ ପୁରା ଶରୀରରେ ଶିହରଣ ଖେଳିଯାଉଛି।

●●●

ଯୁବାଗୁରୁ ତା ଯିବା ଆସିବା ବିଷୟରେ ପୁରା ଖବର ରଖୁଥିଲା, କିନ୍ତୁ ସେ ଏବେ ତାକୁ ପୁରା ପ୍ରମାଣ ସହ ଧରିବାକୁ ଚାହୁଁଥିଲା। ଏଥର ସେ ତା ପିଛା କଲା, ଦେଖିଲା ଯେ ସେ ନିଜର ସ୍କୁଟି ସୁପର୍ ମାର୍କେଟର ପାର୍କିଂ ଷ୍ଟାଣ୍ଡରେ ରଖିଦେଲା ଓ ପାଖରେ ଅପେକ୍ଷା କରିଥିବା ପ୍ରେମପ୍ରକାଶଙ୍କ କାର୍‌ରେ ଯାଇ ବସିପଡିଲା। ତା'ପରେ ଦୁହେଁ କେଉଁଆଡେ ବାହାରି ଗଲେ। ସେ ଘରକୁ ଫେରି ଆସିବା ପରେ ଯୁବାଗୁରୁ ନିଜର ମାଆ ବାପାଙ୍କ ଆଗରେ ହିଁ ତାକୁ ଜେରା କଲା –

"କହ ତୁ କୁଆଡେ ଯାଇଥିଲୁ! କୁଆଡେ ଯିବାର ବାହାନା କରି ଘରୁ ବାହାରୁଛୁ, ଆଉ କୁଆଡେ ଚାଲିଯାଉଛୁ। ତା କାର ତୋ ପାଇଁ ଠିଆ ହୋଇ ରହୁଛି... ସେଥିରେ ବସି ତୁ କୁଆଡେ ଚାଲି ଯାଉଛୁ, କହ ତୁ ଯାଉଛୁ କୁଆଡେ। କଣ ଏସବୁ ? ସମସ୍ତଙ୍କ ସାମ୍ନାରେ ଏ ସବୁ କରିବାକୁ ତୋତେ ଲାଜ ଲାଗୁନି.... ?"

"କଣ ପାଇଁ ଲାଜ! କାରରେ ବସି ଯିବା ପାଇଁ.... ସେହି ଲୋକ ସହ ଯିଏ କି ମୋର ପରିଚିତ... ଏ ଘରର ମଧ୍ୟ ଚିହ୍ନା? ମୁଁ ତାଙ୍କ ସହ ଦେଖା କରିବା କଥା କେବେ କାହାକୁ ଲୁଚାଇନି... ତା ହେଲେ ଲାଜ କଣ ପାଇଁ। ଲାଜ ତ ତୁମକୁ ଲାଗିବା କଥା ଯେ ଏମିତି ଲୁଚି ଲୁଚି ଚୋର ପରି କାହାର ପିଛା କରୁଛ।"

"ମୁଁ ଆଉ କାହାର ପିଛା କରୁନି, ନିଜ ସ୍ତ୍ରୀର କରୁଛି.... କହ, କୁଆଡେ ଯାଅ ତୁମେ ଦୁହେଁ?"

"କାହିଁକି, କଣ ମୁଁ ମୋ ନିଜ ଇଚ୍ଛାରେ କୋଉ ଜାଗାକୁ ଯାଇ ପାରିବନି!"

"କିନ୍ତୁ ତୋତେ କହିବାକୁ ହେବ।"

"କାହିଁକି?"

"ମୁଁ ତୋ ସ୍ୱାମୀ।"

"ସ୍ୱାମୀ ନା ମାଲିକ! ମୁଁ ତୁମର ସଂପତ୍ତି ଆଉ ତୁମେ ଏହି ସଂପତ୍ତି ଉପରେ ମାଲିକାନା ଜାହିର କରିବା ଲୋକ! ତାହା ପୁଣି ସ୍ୱାମୀ ହେବାର ଗୋଟିଏ ବି ଦାୟିତ୍ୱ ନ ନେଇ...."

ସେ ପ୍ରତି ଆକ୍ରମଣ କଲା। ନିଜର ସୁରକ୍ଷା ପାଇଁ ସେ ଏଇଆ ହିଁ କରୁଥିଲା।

"କୋଉ ଦାୟିତ୍ୱ ନେଉନି.... କହ, କଣ କରୁନି... ତୋର କୋଉଁ ଆବଶ୍ୟକତା ପୂରଣ ହେଉନି ?"

"କଣ ତୁମେ ମୋର ଓ ନିଜ ପିଲା ପ୍ରତି ଦାୟିତ୍ୱ ପାଳନ କରୁଛ ?"

"କାହିଁକି କରୁନି... ପୁଅକୁ ସ୍କୁଲ ବସ ପାଖରୁ ଘରକୁ ଆଣୁଛି। ସକାଳେ ପୂଜାରେ ବସୁଛି ସେଥିପାଇଁ ଛାଡିବାକୁ ବାପା ଯାଉଛନ୍ତି। ତୁ କଣ ଯାଉଛୁ କି।"

"ଦାୟିତ୍ୱ ଅଛି ବୋଲି ଭାବୁଥିଲେ ଚାକିରି ଛାଡି ନ ଥାନ୍ତ।"

"ମୁଁ କଣ କରୁଛି କଣ ନାଇଁ ତୋର ସେଥିରେ କଣ ଯାଏ ଆସେ। ଚାକିରି ନ ହେଉ ପଛେ ଯେଉଁଠୁ ବି ପଇସା ଆଣେ... ତୋର କଣ ଯାଏ... ତୋର ଓ ପୁଅର ସବୁ ଖର୍ଚ୍ଚ ବୁଝିବି। କହ ତୋତେ କଣ ଦରକାର। କେବେଠୁ କହୁଛି ଯେ ତୁ ଏ ବେକାର ଚାକିରି ଛାଡିଦେ... ଅଛି କଣ ଏ ଚାରି ହଜାର ଟଙ୍କିଆ ଚାକିରିରେ ?"

"ଚାକିରି କେବଳ ଟଙ୍କା ପାଇଁ କରାଯାଏନି। ତା ଜରିଆରେ ଆମେ ଆମ ଭାଗର କର୍ମ ମଧ୍ୟ କରନ୍ତି। ଅନୁଶାସନରେ ରୁହନ୍ତି... ଖାଲି ଦିମାଗକୁ ସୈତାନର ଘର ହେବାକୁ ଦିଅନ୍ତିନି। ଏଇଟା ମୋ ହାତରେ ନାହିଁ ଯେ ଆଜିର ସମାଜରେ ମୋ ଯୋଗ୍ୟତାନୁସାରେ କଣ ଦରମା ମିଳିବ... କିନ୍ତୁ ଯାହା ଯେତିକି ବି ମିଳିବ.... ସେଥିରେ ପୁଅର ସ୍କୁଲ ଫିସ, ଟ୍ୟୁସନ ପଇସା, ମୋ ଖର୍ଚ୍ଚ ମଧ୍ୟ ଉଠିଯାଉଛି।"

"ମୁଁ ଦେବି... ତୁ ଚାକିରି ଛାଡ"

"ଖର୍ଚ୍ଚ କେବଳ ଆଜି ପାଇଁ ନୁହେଁ... ପିଲା ଅଛି ମାନେ ଭବିଷ୍ୟତ କଥା ମଧ୍ୟ ଭାବିବାକୁ ପଡେ। କାଲି ଯଦି ଆମେ ତାର ଆଡିମିସନ ଇଞ୍ଜିନିୟରିଂ ଅବା ଡାକ୍ତରୀ ପଢିବା ପାଇଁ କରିବାକୁ ଚାହିଁବା ତା ହେଲେ କୋଉଠୁ ଆସିବ ଟଙ୍କା ?"

"ପ୍ରତ୍ୟେକ କଥା ପାଇଁ ଲୋନ ମିଳୁଛି... ଯେତେବେଳେ ଯେଉଁ ସମୟରେ ଦରକାର ପଡିବ ଲୋନ୍ କରିଦେବି। ତୋର କଣ ହେଲା ?"

"ଲୋନ ଉପରେ ଭରସା କରି ବସି ରହିବା ? ଗୃହସ୍ଥ ହୋଇ ଆମେ କାହିଁକି ଆମ ଭବିଷ୍ୟତ ପାଇଁ ସଞ୍ଚୟ ନ କରିବା। ଆଉ ତୁମେ ଏବେ ଠାରୁ ଚାକିରି ଛାଡି ବସିଛ... ଏଇଟା ହେଲା ସ୍ୱାମୀର ଦାୟିତ୍ୱ ନେବା !"

"ତୁ କେଉଁ ସ୍ତ୍ରୀର କର୍ତ୍ତବ୍ୟ କରି ପକାଉଛୁ।"

ଯୁବାଗୁରୁ ମାଆ ବାପାଙ୍କୁ ଶୁଣାଇ ଶୁଣାଇ କହିଲା "ଆଜିକୁ ବର୍ଷେ ହୋଇଯିବ ନିଜ ଦେହ ମୋତେ ଛୁଇଁବାକୁ ଦେଇନି। ଆମ ଭିତରେ ଶାରୀରିକ ସମ୍ବନ୍ଧ ନାହିଁ, ଆମେ କି ସ୍ୱାମୀ ସ୍ତ୍ରୀ...."

ଯିଏ ମୋ ସମ୍ମାନର ମାନ ରଖିବା ଉଚିତ, ମୋତେ ସୁରକ୍ଷା ଦେବା ଉଚିତ

ସେଇ ସ୍ୱାମୀ ହିଁ ଏଇଆ କଲା । ଏଇଟା ଆମ ଭିତରର କଥା ଥିଲା । ଆଜି ଯାଏଁ ତା ଉପରେ ଏକ ପରଦା ପଡିଥିଲା, ଏଇ ଲୋକଟି ତାକୁ ଟାଣି ବାହାରକରି ଫୋପାଡି ଦେଲା । ଯେଉଁ ଘଟଣାର ସମାଧାନ ଆମ ଦୁହିଁଙ୍କ ଭିତରେ ହେବାର ଥିଲା ତାକୁ ସମସ୍ତଙ୍କ ସାମ୍ନାରେ ଖୋଲିଦେଲା....

ତାକୁ ନିଜ ମୁହଁ ଜଳିଯିବା ପରି ଲାଗିଲା। "ଏଇଟା ଠିକ କଥା ନୁହେଁ, ପତ୍ନୀର କର୍ତ୍ତବ୍ୟ ତ ପାଳନ କରିବା ଉଚିତ।" ଶ୍ୱଶୁର କହିଲେ ।

ପତ୍ନୀର ଧର୍ମ କଣ ଏଇଆ ଯେ ପତି ଯେମିତି ବି ହେଇଥାଉ ସେ ଯେତେବେଳେ ଚାହିଁବ ତାକୁ ନିଜ ଉପରେ ପଡି ରହିବାକୁ ଦେବ, ତାକୁ ନିଜ ମାଂସକୁ ଝୁଣିବାକୁ ଦେବ, କୁକୁର ପରି ସବୁ ପ୍ରକାର ଅତ୍ୟାଚାର କରିବାକୁ ଦେବ...

କ୍ରୋଧ ଆକ୍ରୋଶରେ କେଜାଣି କଣ ସବୁ ତା ଭିତରୁ ବାହାରି ଆସୁଥିଲା, ବାନ୍ତି କରିବା ପରି.... ବାହାରି ଯାଇଥାନ୍ତା ମଧ୍ୟ... ଯଦି ସେ ତମତମ ହୋଇ ଉପରେ ଥିବା ନିଜ ରୁମକୁ ଚାଲିଯାଇ ନ ଥାନ୍ତା। ତଳୁ ଯୁବାଗୁରୁ ତା ପଛେ ପଛେ ଧାଇଁଲା ଏବଂ ଗୋଟିଏ ହାତରେ ତା ବାଳକୁ ଝିଙ୍କିକି, ଆଉ ଗୋଟିଏ ହାତରେ ତା ବାହୁକୁ ଭିଡି ଧରି ଟାଣି ଟାଣି ପୁଣି ତଳକୁ ହଲକୁ ନେଇ ଆସିଲା -

"ତୁ ସବୁ ବେଳେ ଏଇମିତି କଥାକୁ ଟାଳି ଦେଇ ଚାଲିଯାଉଛୁ। ଆଜି ଫଇସଲା ହୋଇ ଯିବା ଉଚିତ। ଏଇଟା ଭଲ ଲାଗୁଛି ଯେ ବିବାହିତା ପତ୍ନୀ ଘରେ ଥାଉ ଥାଉ ମୁଁ ଏମିତି ରହିବି। ତୋ କାମ ତ ସେଇ ଦରବୁଢା ସହ ହୋଇ ଯାଉଛି, ମୁଁ କଣ କରିବି... ମୋର ତ ବୟସ ଅଛି...."

"ବାସ୍.... ବନ୍ଦ କର.... ଏ କଦର୍ଯ୍ୟ କଥା -"

ସେ ଚିତ୍କାର କଲା। ସେ ଲୋକଟା ନିଜ ମାଆ ବାପାଙ୍କ ଆଗରେ ଏସବୁ କହିଯାଉଥିଲା ଆଉ ଧାର୍ମିକ ବୋଲି ଡିଣ୍ଡିମ ପିଟୁଛି।

"କାହିଁକି ଚୁପ୍ କରିବି... ଆଜି ଫଇସଲା ହୋଇ ଯିବା ହିଁ ଦରକାର। ମୁଁ ଏମାନଙ୍କ ଆଗରେ କହୁଛି.. ବସ୍ ଏଇଠି, ଏଇଟା ପଢିନେ ଆଉ ଦସ୍ତଖତ କର.."

ଷ୍ଟାମ୍ପ ପେପର ଥିଲା... ସେହିପରି ହିଁ ଯେମିତି ଘର ବିକ୍ରି ସମୟରେ ଲେଖାପଢା ହୋଇଥିଲା। ସେ ତା ସାମ୍ନାରେ ରଖାଯାଇଥିବା କାଗଜ ପ୍ରତି କୌଣସି ଆଗ୍ରହ ନ ଦେଖାଇବାରୁ ଯୁବାଗୁରୁ ଷ୍ଟାମ୍ପ ପେପରକୁ ନିଜ ଆଡକୁ ଟାଣି ନେଲା ଆଉ ସମସ୍ତଙ୍କୁ ଶୁଣାଇ ପଢିବାକୁ ଆରମ୍ଭ କରିଦେଲା।

"ଏକ - ମୁଁ ଆଜିଠୁ ଏଇ ମୁହୂର୍ତ୍ତରୁ ପ୍ରେମ ପ୍ରକାଶଙ୍କ ସହ ଦେଖା କରିବା ବନ୍ଦ କରିଦେବି।

ଦୁଇ- ଭଦ୍ର ସ୍ତ୍ରୀ ଲୋକଙ୍କ ପରି ସିଧା ଚାକିରି କରୁଥିବା ଅଫିସକୁ ଯିବି ଓ ସିଧା ଘରକୁ ଫେରିବି।

ତିନି- ଚାକିରିକୁ ଛାଡି ଅନ୍ୟ କେଉଁଠିକୁ ଯିବାର ହେଲେ, ଘରେ ଜଣେଇକି ଯିବି ଯେ କେଉଁଠିକୁ ଯାଉଛି ଓ କେତେବେଳେ ଫେରିବି।

ଚାରି- ରାତି ଖାଇବା ଯାହା ବାପା ସବୁଦିନ ରାନ୍ଧନ୍ତି, ସେଇଟା ମଧ୍ୟ ମୁଁ ରାନ୍ଧିବି। ସକାଳର ଖାଇବା ମଧ୍ୟ ପୂର୍ବବତ୍ ମୁଁ କରିବି।

ପାଞ୍ଚ- ପତିର ଆଦେଶ ମାନିବି ଏବଂ ତତ୍କାଳ ପ୍ରଭାବ ରୂପେ ତାଙ୍କ ସହ ଶାରୀରିକ ସମ୍ବନ୍ଧ ମଧ୍ୟ ସ୍ଥାପନ କରିବି....."

ତତ୍କାଳ ପ୍ରଭାବରେ...ୱିଥ ଇମିଡିଏଟ୍ ଇଫେକ୍ଟ! ଯେମିତି ସରକାରୀ ଆଦେଶନାମାରେ ଲେଖାଯାଏ। ଚାକିରି କରିବାର ସ୍ୱାଧୀନତା ଦେଇ ଦିଆ ଯାଇଥିଲା... ଏଥିପାଇଁ ଯେ ସେହି ତିନିଟା ଲୋକଙ୍କୁ ଘରକୁ ଟଙ୍କା ଆସିବା ଖରାପ ଲାଗୁ ନ ଥିଲା... କିନ୍ତୁ ଚାକିରିକୁ ସିଧା ଯିବା, ସିଧା ଘରକୁ ଫେରିବା... ମେସିନ ପରି। ଚାକିରି କରୁଥିବା ଲୋକର କୌଣସି ଇଚ୍ଛା ରହିପାରିବନି, ଇଚ୍ଛା କରିବାର କୌଣସି ଅଧିକାର ନାହିଁ, କାରଣ ସେ ପତ୍ନୀ। ଏଯାବତ୍ ଚାକିରି କରୁଥିବା କାରଣରୁ ସଂଧ୍ୟା ବେଳେ ଖାଇବା ପ୍ରସ୍ତୁତି କରିବାରୁ ମୁକ୍ତି ମିଳିଥିଲା। ବାପା କରିଦେଉଥିଲେ, ତାଙ୍କର ରାନ୍ଧିବାରେ ସଉକ ଥିଲା, ଆଉ ଏ ବାହାନାରେ ତାଙ୍କର କିଛି ସମୟ ମଧ୍ୟ କଟି ଯାଉଥିଲା। ଏବେ ଏ କାମ ମଧ୍ୟ ସେ ହିଁ କରିବ... ଅର୍ଥାତ ଯେଉଁ ସ୍ୱେଚ୍ଛାଚାରିତା ସେ କରିଥିଲା, ତାହାର ଦଣ୍ଡ!

ପଢିବା ଶେଷ କରି, ଯୁବାଗୁରୁ ଗର୍ଜନ କଲା -

"ଦସ୍ତଖତ କର।"

"ଏ ସବୁ ନାଟକ।"

"ନାଟକ? ମୁଁ ଓକିଲ ପାଖରୁ କରି ଆଣିଛି।"

ଅର୍ଥାତ... ଓକିଲକୁ ମଧ୍ୟ ଯାଇ ଜଣେଇଦେଇ ଆସିଲା... ତା ଆଗରେ ମଧ୍ୟ ଉଲଗ୍ନ କରିଦେଲା, କିଏ ଜାଣେ, ହୁଏତ ହରଭଜନ ପାଖକୁ ହିଁ ଯାଇଥିବ, ପାନ ଖୁଆଇବାକୁ ଯାହା ପାଖକୁ ଠେଲି ଦେଇଥିଲା... ଆଉ କାହା ପାଖକୁ ଯାଇଥିବ, ସେଇ ଗୋଟିଏ ଲୋକକୁ ତ ସେ ଜାଣେ।

"ମୁଁ ଏସବୁ କିଛି ମାନେନି। ଯଦି ସଂଧ୍ୟାରେ ଖାଇବା ବନେଇବାକୁ ବାପାଙ୍କୁ କଷ୍ଟ ଦେଉଛି... ତା ହେଲେ ମୁଁ କରିଦେବି.... କିନ୍ତୁ ସେଥିପାଇଁ ଏ କାଗଜ ପତ୍ର ଲେଖାପଢା ଦରକାର ନାହିଁ...."

"ତା ହେଲେ ତୁ ନିଜ ମନଇଛା କାମ ହିଁ କରିଚାଲିବୁ ?"

"ହଁ, କାରଣ ମୁଁ ଜାଣିଚି ଯେ ମୁଁ କିଛି ଭୁଲ କରୁନାହିଁ।"

"ପ୍ରେମ ପ୍ରକାଶଙ୍କ ସହ ମିଳାମିଶା କରିବା ମଧ୍ୟ ଭୁଲ ନୁହଁ? କି ସଂପର୍କ ତାର ତୋ ସହ ?"

"ଯିଏ ଏପରି ଅଶ୍ଳୀଳ ଭାଷା କହୁଛି ସେ ବୁଝିପାରିବନି ମୋର ଓ ତାଙ୍କ ଭିତରର ସଂପର୍କ। ମୁଁ କେବଳ ଏତିକି ଜାଣିଛି ଯେ ଆମ ଭିତରେ କିଛି ବି ଭୁଲ ନାହିଁ। ଏବଂ ମୋ ଜାଣିବା ହିଁ ଯଥେଷ୍ଟ।"

"ତୁ ଯାହା ମୋ ସହ କରୁଛୁ ସେଇଟା ବି କଣ ଭୁଲ ନୁହେଁ ?"

"ନାଁ" ସେ ଶୀତଳ ଶାନ୍ତ ସ୍ୱରରେ କହିଲା।

"ବାହାରି ଯା ....।" ଯୁବାଗୁରୁ ଚିତ୍କାର କରି ଉଠିଲା

"ଆମ ଘରୁ ବାହାରି ଯା। ଏଇଟା ଆମ ଘର, ଘରର ମର୍ଯ୍ୟଦା ବିଷୟରେ ତୋର ଟିକେ ବି ଚିନ୍ତା ନାହିଁ ଯଦି ତୁ ଆମ ଘରେ ରହି ପାରିବୁନି। ଗୋଟିଏ ସପ୍ତାହ ଭିତରେ ଘର ଛାଡି ଦେ..."

ସତେ ଯେମିତି ଭଡା ଘର ଛାଡିଦେବାକୁ କୁହାଯାଉଛି।

ସେ ଉଠି ଉପରକୁ ଚାଲିଗଲା। ଯୁବାଗୁରୁ ତଳେ ବକ୍‌ବକ୍ ହେବାକୁ ଲାଗିଥିଲା। କବାଟ ବନ୍ଦ କରିବା ମାତ୍ରେ ସେ କାନ୍ଦରେ ଫାଟି ପଡିଲା।

ସେ ଯୁବାଗୁରୁ ନାଁରେ ପୁଲିସ ପାଖରେ କମ୍ପ୍ଲେନ ଲେଖାଇ ପାରିବ। ନାରୀ ନିର୍ଯ୍ୟାତନା ସମ୍ବନ୍ଧିତ ଯେ କୌଣସି ସଂସ୍ଥାରେ ଅଭିଯୋଗ କରି ପାରିବ। କିନ୍ତୁ ସର୍ବପ୍ରଥମେ ସେମାନେ ତାକୁ ହିଁ ସନ୍ଦେହୀ ଦୃଷ୍ଟିରେ ଚାହିଁବେ। ପୁଣି ଖାଲି ଦେଖେଇବାକୁ ସ୍ୱାମୀକୁ ଡକରା ହେବ। ଯଦି ସ୍ୱାମୀ କହିବ ଯେ ତାର ସମ୍ବନ୍ଧ ପ୍ରେମ ପ୍ରକାଶଙ୍କ ସହ ଅଛି... ସମସ୍ତଙ୍କ ସମବେଦନା ସ୍ୱାମୀ ସହ ରହିବ, ସେମାନେ ସ୍ୱାମୀ କଥାକୁ ହିଁ ମାନିନେବେ... ତାର ଗୋଟିଏ ବି କଥାକୁ ନ ଶୁଣି। ସ୍ୱାମୀ କହୁଥିବା ମନଗଢା ଗପ ଶୁଣି ସେମାନେ ତା ଉପରେ ହସିବେ, ମଜା ନେବେ... ଆଉ ପୁଣି ଏସବୁ ଘରଭିତରର କଥା, ଯେହେତୁ ସେ ସ୍ତ୍ରୀ ତେଣୁ ଘରର ମର୍ଯ୍ୟଦା ରକ୍ଷା କରିବ ତାର ହିଁ କର୍ତ୍ତବ୍ୟ, ସ୍ୱାମୀର ଇଛାକୁ ମାନିବା ଉଚିତ... ଇତ୍ୟାଦି କଥା କହି ବୁଝାଇ ସୁଝାଇ ମହିଳା ପୁଲିସମାନେ ତାକୁ ପୁଣି ସେହି ଘରକୁ ପଠାଇ ଦେବେ... ଆହୁରି ମାଡଖାଇବା ପାଇଁ !

●●●

ଇଏ ଏକ ଅଦ୍ଭୁତ ସଂପର୍କ ହେଲା ! ବାହାଘରର ଏତେ ବର୍ଷ ପରେ ! ସେମାନଙ୍କ ପୁଅ ହିଁ ସାତ ବର୍ଷର ହୋଇ ଗଲାଣି... ଏକା ବେଳକେ ଏଠାରେ ତୁମର କେହି

ନାହିଁ, ଘର ସେମାନଙ୍କର, ତାକୁ ଯେ କୌଣସି ମୁହୂର୍ତ୍ତରେ ଘରୁ ବାହାର କରାଯାଇ ପାରିବ.... କେବଳ ଏହି ଗୋଟିଏ କାରଣରୁ ଯେ ସେ ସେଠାରେ ରହୁଥିବା ଜଣକର ମନ ମୁତାବକ କାମ କରୁନି। ଆଜି ଯଦିବା ସବୁକିଛି ଶାନ୍ତ ହୋଇ ଯାଏ... ତେବେ ବି ମୁଣ୍ଡ ଉପରେ ଖଣ୍ଡା ସବୁବେଳେ ଝୁଲିରହିବ... ବିବାହର ପଚିଶ - ଚାଳିଶି ବର୍ଷ ପରେ ମଧ୍ୟ ଯେ ତାକୁ ବାହାରକୁ ରାସ୍ତା ଦେଖାଇ ଦିଆ ନ ଯିବ... ଏଥିରେ କି ଗ୍ୟାରେଣ୍ଟି ଅଛି ! କେବଳ ଦୁଇଟି ଶବ୍ଦ ହିଁ ତ... ବାହାରି ଯା।

ସ୍ୱାମୀର ଘର... ଯେଉଁଠିକୁ ପଠେଇ ଦେଇ ମାଆବାପା ଝିଅ ବୋଝରୁ ମୁକ୍ତି ପାଇ ଯାଆନ୍ତି !

ଯେଉଁ ଘରେ ସେ ଦିନରାତି ଖଟି ଚାଲିଥିଲା ଯାହାର ଚଟାଣକୁ ପୋଛିବାରେ ଲାଗିଥିଲା... ସେ ଘର ତାର କେବେ ବି ନ ଥିଲା। ତା ହେଲେ ସେ ଏଘରର କିଏ ! ବାଇ, ଚାକରାଣୀ, ଝାଡୁପୋଛା କରିବା ଲୋକ? ଯାହାକୁ ଆଜି ରଖିହେବ, କାଲି ବାହାର କରିହେବ।

ସେ କେମିତି କହିବ ଯେ ପ୍ରେମପ୍ରକାଶ ତାର କଣ ହୁଅନ୍ତି, ଯିଏ ତାକୁ ଜୀବିତ କଲେ, ଯିଏ ତାକୁ ଧିରେଧିରେବଞ୍ଚିବା ଶିଖାଉଛନ୍ତି ! ସେ କହିଲେ ବି କଣ ଏ ଲୋକମାନେ ବୁଝିପାରିବେ ଏପରି କଥା। କହିବେ- ବଞ୍ଚି ନ ଥିଲୁ ! ଖାଉଥିଲୁ, ଶୋଉଥିଲୁ, ପିଉଥିଲୁ, ପଢିବାକୁ ଯାଉଥିଲୁ, ପିଲା ଜନ୍ମ କରୁଥିଲୁ, ଘରର ସବୁ କାମ କରୁଥିଲୁ ! ତୁ ତ ଏବେ ଯାଇ ମଲୁ... ଯେତେବେଳେ ଗୃହିଣୀ ଧର୍ମରୁ ମୁହଁ ମୋଡିବାକୁ ଲାଗିଲୁ !

ତା ମନରେ ଗୋଟିଏ ଡର ବସା ବାନ୍ଧିନେଲା - "ବାହାରି ଯା।" ଗୋଟିଏ ସପ୍ତାହ ଭିତରେ ଆମ ଘର ଛାଡିଦେ। ଏ ଆଦେଶନାମା ପୁଣି ଜାରି ହୋଇପାରେ ଯଦି ପ୍ରେମପ୍ରକାଶ ତା ଜୀବନରେ ନ ରୁହନ୍ତି ତେବେ ବି... କୌଣସି ବି ବାହାନାରେ ଜାରି ହୋଇପାରିବ....

କେଉଁଠି ଠିଆ ହୋଇଛି ସେ? ଏପରି କିଛି ଅଛି କି ଯେଉଁଥିପାଇଁ ସେ କହିପାରିବ ଏଇଟା ତା'ର ବୋଲି।

ଏ ଘରେ ରହି ଚାକିରି କରିବାର ଅର୍ଥ କଣ.... ଯେତେବେଳେ ନା ଏ ପଇସା ତାର ନା ଏ ଘର? ଭବିଷ୍ୟତ ସୁରକ୍ଷିତ ନୁହେଁ। ଚାକିରିର ରୋଜଗାର ତକ ଘରେ ଦେଇଦେବା, ଯେଉଁଠି ଯାଇ ସବୁ କିଛି ସ୍ୱାହା ହୋଇଯାଏ... ଯେଉଁଠି ଯେ କୌଣସି ସମୟରେ ତାକୁ ବାହାରି ଯିବାକୁ କୁହାଯାଇ ପାରିବ, ସେ ସମୟରେ ମଧ୍ୟ, ଯେତେବେଳେ ଟିକେଟ କାଟି ଯିବା ପାଇଁ ତା ପାଖରେ ଟଙ୍କାଟିଏ ବି ନ ଥିବ !

କାହିଁକି ସ୍ତ୍ରୀକୁ କୌଣସି ପୁରୁଷର ଘରେ ରହିବା ହିଁ ଜରୁରୀ ଅଟେ, ଯେମିତି କି ସେ ଯେବେ ଇଚ୍ଛା ସେତେବେଳେ କହିବ ବାହାରି ଯା! ରାଗ ତମ ତମ ହୋଇ। ସେ ବେଳେବେଳେ ଭାବେ ଯେ ଏ ସହର ଛାଡି ଆଉ କୁଆଡେ ଚାଲିଯିବ। ପୁଣି ପୁଅକୁ କଣ କରିବ... ପୁଅର ମୋହ ଛାଡି ସେ ଯଦିବା ଚାଲିଯାଏ... ତା ହେଲେ ଯିବ କେଉଁଠିକୁ। ତାର ନା ମାଆବାପା ଅଛନ୍ତି ନା ଭାଇଭଉଣୀ.... ଯେଉଁ ସହରରୁ ସେ ଆସିଥିଲା, ସେଠି କିଏ ଅଛି... ବାପାଙ୍କ ଦାଦା ପୁଅ ଭାଇ, ଯିଏ ତା ବିବାହ ସମୟରେ ବାପାଙ୍କ ବଦଳରେ ଦାୟିତ୍ୱ ନେଇଥିଲେ, ତାଙ୍କୁ ପଚାରିକି ଦେଖିବ ?

ଏଇ ସହରରେ ପୁଅକୁ ନେଇ ଅଲଗା ରହିବ... ? ସେତିକି ରୋଜଗାର କଣ ଅଛି ତାର? ଯେତେବେଳେ ବି ସେ ପ୍ରତିରୋଧ କରିବାକୁ ଅଥବା ନିଜକୁ ସଫେଇ ଦେବାକୁ ଯାଇ ଏ କଥା ଆରମ୍ଭ କରିଛି... ତା ସ୍ୱାମୀ ରାଗରେ ଫାଟି ପଡିଛି –

"ତୋର ତ ଇଜ୍ଜତ ବୋଲି କିଛି ନାହିଁ, ମୋର ତ ଅଛି। ଲୋକମାନେ ଏଠି ମୋତେ ପୂଜା କରୁଛନ୍ତି। ଏଇ ସହରରେ ଯଦି ତୁ ବାହାରେ ରହିବୁ ତା ହେଲେ ମୋ ଇଜ୍ଜତ ତ ଗଲା। ଏବେ ତ ଅଳ୍ପ କିଛି ଲୋକ ଟୁପୁରୁ ଟାପର ହୋଇ କଥା ହେଉଛନ୍ତି, ସେତେବେଳେ ସାରା ସହର କହିବ, କିଏ ଆସିବ ମନ୍ଦିର କୁ.... ଲୋକମାନେ ମୋଠାରୁ କାହିଁକି ଆଶୀର୍ବାଦ ନେବେ, ମୋର ମୂଳପୋଛ କରି ଦେବାକୁ ଚାହୁଁଛୁ ?"

ପ୍ରେମପ୍ରକାଶଙ୍କୁ କହିବାରୁ ତାଙ୍କ ମୁହଁ ଶୁଖିଗଲା। "ସେ ଏଇଆ ତ କହୁଛି ଯେ ମୋତେ ଛାଡିଦିଅ ବୋଲି..., ତା ହେଲେ ଛାଡିଦିଅ। ମୋ ବିନା ତୁମର କଣ ବିଗିଡି ଯିବ!"

"ପ୍ରଶ୍ନ ଆପଣଙ୍କୁ କି ଆଉ କାହାକୁ ଛାଡିବାର ନୁହେଁ – ପ୍ରଶ୍ନ ହେଉଛି ମୋ ଅପମାନର, ତା ଅଧିକାର ଓ ମୋ ସ୍ୱାଧୀନତାର। କାଲି ସେ ଆଉ କେଉଁ ବ୍ୟକ୍ତି ପାଇଁ ଏ କଥା କହିବ। ଅର୍ଥାତ ମୁଁ ସେମାନଙ୍କ ସହ ମିଳାମିଶା କରିବି ଯାହାକୁ ସେ କହିବ। ଯଦି ତାକୁ ପସନ୍ଦ ନ ହେଲା ତା ହେଲେ ବନ୍ଦ କରିଦେବି, ସେ ବ୍ୟକ୍ତି ମୋ ପାଇଁ ଯେତେ ମହତ୍ତ୍ୱପୂର୍ଣ୍ଣ ହୋଇଥାଉ ପଛେ।"

"ମୁଁ ତୁମ ପାଇଁ ମହତ୍ତ୍ୱପୂର୍ଣ୍ଣ ନୁହେଁ।"

"ଆପଣଙ୍କୁ ଯଦି ଜଣା ନାହିଁ, ତା ହେଲେ ନ ଥାଉ... କିନ୍ତୁ ମୁଁ ତ ଜାଣିଛି ।"

"ସମୟ ସମୟରେ ତୁମକୁ ପରାମର୍ଶ ଦେବା... ତୁମର ସମସ୍ୟା... ଯନ୍ତ୍ରଣାକୁ ବାଣ୍ଟିବା... ଏସବୁ ଆମେ କେବେ କେମିତି କେଉଁଠି ଦେଖା ହୋଇ ସମାଧାନ କରିନେବା। ତୁମେ ତାକୁ ଜଣାଇଦିଅ ଯେ ଠିକ୍ ଅଛି, ମୋ ସହ ଆଉ ଦେଖା କରିବନି।"

"ଲୁଚି ଛପି ଆପଣଙ୍କୁ ଦେଖା କରିବା.... ଏଇଟା ହେବନି ମୋ ଦ୍ୱାରା। ଯୋଉଁଟା ଭୁଲ ବୋଲି ମୁଁ ମାନେନି ତାକୁ କଣ ପାଇଁ ଅନ୍ୟ ମାନଙ୍କ ଠାରୁ ଲୁଚେଇ ରଖିବି, କାହିଁକି କାହାକୁ ମିଛ ପ୍ରତିଶ୍ରୁତି ଦେବି।"

ପ୍ରେମପ୍ରକାଶ.... ଏତେ ଶିକ୍ଷିତ, ବିଚାରବନ୍ତ ତାଙ୍କ ଭିତରେ ସେହି ନୈତିକତା ନାହିଁ, ଯାହା ଏଇ ସାଧାରଣ ଝିଅଟି ଭିତରେ ଥିଲା, ବୋଧ ହୁଏ ସହଜାତ। ପ୍ରେମ ପ୍ରକାଶଙ୍କ ଭିତରେ ହୁଏତ କେବେ ଥାଇପାରେ... କିନ୍ତୁ ବ୍ୟବହାରିକତା ଏବଂ ଲେଖାପଢା, ବୌଦ୍ଧିକତାରେ ସବୁ ନିଃଶେଷ ହୋଇଗଲା। ସେ ସଫଳ ବ୍ୟକ୍ତି ହୋଇଗଲେ!

ଗୋଟିଏ ଉପାୟ କରାଯାଇ ପାରନ୍ତା, ପ୍ରେମ ପ୍ରକାଶ ଚିନ୍ତା କରି କହିଲେ -

"ଅସଲ ସମସ୍ୟା ତୁମର ମୋ ସହ ଦେଖାକରିବା ନୁହେଁ ବରଂ ତାର ଦୈହିକ କ୍ଷୁଧା ଅଟେ। କଣ ଏପରି ହୋଇ ପାରିବ ଯେ..."

"ନାଁ " ସେ କଥା ପୁରା କରିବାକୁ ନ ଦେଇ ମଝିରୁ ହିଁ ବାଧା ଦେଲା।

"ଆଗରୁ ତ ତୁମର ସଂପର୍କ ଥିଲା... ଯଦିଓ ତୁମ ପାଇଁ ଯନ୍ତ୍ରଣାଦାୟକ। କଣ ତାହା ଏତେ ଅସହନୀୟ ହୋଇଗଲା ଯେ...."

"ସେତେବେଳେ ମୋ ଜୀବନରେ ଆପଣ ନ ଥିଲେ।"

"ଆମ ଦୁହିଁକି ଭିତରେ ଶାରୀରିକ ସମ୍ବନ୍ଧ ବି କେଉଁଠି ଅଛି।"

"କେବଳ ଖାଲି ସେକ୍ସ ନ ହେଲେ କଣ ହେଲା! ଆପଣ ମୋତେ ଛୁଅନ୍ତି, ଆଲିଙ୍ଗନ କରନ୍ତି... ମୋତେ ଥାପୁଡାନ୍ତି, ଗେଲ କରନ୍ତି.... ଆପଣଙ୍କ ପ୍ରେମ ମୋ ଭିତରେ ସ୍ପର୍ଶକରେ- ବଂଶୀ ଭିତରେ ପବନ ପ୍ରବେଶ କରି ସଙ୍ଗୀତ ସୃଷ୍ଟି କରେ, ବଂଶୀର ସ୍ୱଚ୍ଛ ରହିବା ଜରୁରୀ ଅଟେ। ଏ ବ୍ୟକ୍ତିର ସ୍ପର୍ଶ ହିଁ ମୋତେ କଳୁଷିତ କରିଦିଏ, ମୋତେ ଲାଗେ ମୁଁ ବେଶ୍ୟା ହୋଇ ଯାଉଛି।"

"କିନ୍ତୁ ପୂର୍ବରୁ ତ ତୁମ ଦୁହିଁଙ୍କର ଶାରୀରିକ ସମ୍ବନ୍ଧ ଥିଲା। ତୁମର ପୁଅ ଟିଏ ଅଛି।"

"ମୁଁ କେବେ ଗୋଟିଏ ମୁହୂର୍ତ୍ତ ପାଇଁ ମଧ୍ୟ ସେ ସଂପର୍କକୁ ଉପଭୋଗ କରିପାରିନି। ତାହା ମୋତେ କେବେ ବି ସୁଖ ଦେଇନାହିଁ। ମୁଁ ସର୍ବଦା ସହି ଆସିଛି। ପୂର୍ବରୁ ମୁଁ ଏପରି ଚିନ୍ତା ବି କରୁ ନ ଥିଲି।"

"ମୁଁ ତୁମ ଜୀବନରେ ଯଦି ନ ଆସିଥାନ୍ତି, ତେବେ ବି କଣ ତୁମେ ଅନ୍ୟ କୌଣସି କାରଣରୁ ମଧ୍ୟ ଏପରି ଅନୁଭବ କରି ପାରିଥାନ୍ତ ?"

"ହଁ... ସେବେ ବି ତା ପାଇଁ ମୋ ମନରେ ଏପରି ହିଁ ଭାବନା ଥାଆନ୍ତା। ଶରୀରର ଯେଉଁ ସ୍ପର୍ଶକୁ ମନର ସ୍ୱୀକୃତି ନ ମିଳେ... ତା ବେଶ୍ୟାବୃତ୍ତି ହିଁ ଅଟେ।"

"କଣ ସବୁ ବିବାହିତ ସ୍ତ୍ରୀମାନଙ୍କର ମନ ସ୍ୱାମୀଙ୍କଠାରେ ସମର୍ପିତ ଥାଏ ?"

"ସେମାନେ ବେଶ୍ୟାବୃତ୍ତି କରନ୍ତି। କିଛିଙ୍କ ସାରା ଜୀବନ ବିତିଯାଏ। ମୋର ତ କିଛି ସମୟ ହିଁ କଟିଛି।"

"ଶାସ୍ତ୍ରରେ ପତ୍ନୀ ପାଇଁ ଆଚାରସଂହିତାରେ କୁହାଯାଇଛି ଯେ ସେ ବିଛଣାରେ ସ୍ୱାମୀ ସହ ପ୍ରେମିକା ପରି ଆଚରଣ କରିବ।"

"ପ୍ରେମିକା ପରି ନା... ପ୍ରେମିକା ତ ହୋଇ ପାରିବନି, ଯେ ପର୍ଯ୍ୟନ୍ତ ମନରେ ପ୍ରେମର ଫୁଲ ପ୍ରସ୍ଫୁଟିତ ନ ହୋଇଛି। ଅର୍ଥାତ ଦେଖାଣିଆ, ବେଶ୍ୟାମାନେ ବି ତ ଏଇଆ ହିଁ କରନ୍ତି। ଏଇସବୁ ଆଚାରସଂହିତା... ଇତ୍ୟାଦି ସବୁ କଳି ପୁରୁଷମାନେ ହିଁ ତିଆରି କରିଛନ୍ତି।"

"ନାଁ, ସ୍ୱାମୀମାନଙ୍କ ପାଇଁ ମଧ୍ୟ ଆଚାର ସଂହିତା ଅଛି।"

"ତା ହେଲେ ଆଜିର ସ୍ୱାମୀ ଦେଖିବା ସେସବୁ ଆଚାରସଂହିତାର ପାଳନ କରୁ। କୌଣସି ବିବାହିତା ସ୍ତ୍ରୀ ବିନା କାରଣରେ ବାହାରକୁ ଗୋଡ କାଢେନି, ଚାକିରି ପାଇଁ ମଧ୍ୟ ନୁହେଁ। ସେ ଘର ଭିତରେ ହିଁ ପୂର୍ଣ୍ଣତା ଖୋଜିଥାଏ ଏବଂ କୌଣସି ଅନ୍ୟ ପୁରୁଷ ସହ ସମ୍ବନ୍ଧ ସ୍ଥାପନ କରିବା ପୂର୍ବରୁ ତ ସେ କେଜାଣି କେତେ ପ୍ରକାରର ଅନ୍ତର୍ଦ୍ୱନ୍ଦର ସମ୍ମୁଖୀନ ହୋଇଥାଏ।"

"ଏଇଟା ବି ତ ହୋଇପାରେ ଯେ ତୁମେ ମୋତେ ପ୍ରେମ କରୁଥାଇ ପାର କିନ୍ତୁ ମୁଁ କରୁ ନଥିବି।"

"ନାଁ, ଆପଣ ଜାଣନ୍ତି ଏହା ସତ ନୁହେଁ।"

"ପ୍ରେମକୁ... ଯେମିତି ତୁମେ ବୁଝୁଛ ସେପରି ପ୍ରେମ ତ ଆଦୌ କରୁନି। ତୁମେ ପ୍ରେମ ପାଇଁ ସବୁ କିଛି ଭାଙ୍ଗି ଚୁରମାର୍ କରିଦେବାରେ ବିଶ୍ୱାସ କର। ହେଲେ ମୁଁ କରେନି... କାରଣ ମୁଁ ଜାଣିଛି ଯେ ଜୀବନରେ ପ୍ରେମ ହିଁ ସବୁକିଛି ହୋଇ ନ ଥାଏ। ଏକାଠି ରହିବାକୁ ଲାଗିଲେ ଲୋକଙ୍କ ମନରେ ପରସ୍ପର ପ୍ରତି ବିତୃଷ୍ଣା ଭାବ ଜାତହୁଏ... ଏବଂ ସେ ସମୟରେ ଯେଉଁ ଏକାକୀପଣ ସୃଷ୍ଟି ହୁଏ ତାକୁ ସେମାନେ ସହି ପାରନ୍ତିନି, ଟଲଷ୍ଟୟଙ୍କ ଏନ୍ନା କରନୀନା ଶେଷରେ ଆତ୍ମହତ୍ୟା କରିଦିଏ।"

"ଏ ଗପ କାହାଣୀ ସବୁ ସମସ୍ତଙ୍କ ପ୍ରତି ଲାଗୁ ହୁଏନି। ମୁଁ କୌଣସି ବହିର ଏନ୍ନା କି ଫନ୍ନା ନୁହେଁ... ଏହି ଶତାବ୍ଦୀରେ ଜନ୍ମ ହୋଇଥିବା ହାଡ ମାଂସର ଏକ ଝିଅ। କିନ୍ତୁ ଛାଡନ୍ତୁ ସେ ସବୁ। ମୁଁ ଆପଣଙ୍କଠାରୁ ଆପଣଙ୍କୁ ମାଗିବାକୁ ଆସିନି, ପରାମର୍ଶ ନୋବାକୁ ଆସିଛି। ସେ ମୋତେ ସପ୍ତାହେ ଭିତରେ ଘର ଛାଡି ଦେବାକୁ କହିଛି, ମୁଁ ଛାଡି ଦେବାକୁ ଚାହୁଁଛି।"

"ରାଗରେ ଏପରି କଥା ସବୁ ମୁହଁରୁ ବାହାରି ଯାଏ... ତା ଛଡା ସ୍ୱାମୀ ସ୍ତ୍ରୀ ଭିତରେ ଏମିତି ସବୁ ପ୍ରାୟ ହୋଇଥାଏ।"

"ଏ ଖୋସାମତ କରିବା ମୋର ସ୍ୱଭାବ ନୁହେଁ। ମୁଁ ଏ ଘରକୁ ଗୋଟିଏ ସପ୍ତାହରେ ଛାଡିଦେବାକୁ ଚାହୁଁଛି... ଯେମିତିକି ସେ କହିଛି।"

"ନିଜ ସ୍ୱଭାବକୁ ନେଇ ଅହଂକାର ତ ତୁମ ଭିତରେ ଅଛି... କିନ୍ତୁ ତୁମେ ନିଜକୁ ଦେଖୁନ ଯେ ତୁମେ କେତେ ଶକ୍ତିହୀନ.... କଣ କରିପାରିବ, ତୁମ ପାଖରେ ଏମିତି ଗୋଟେ ବି ଜାଗା ନାହିଁ ଯେଉଁଠିକୁ ଯାଇ ପାରିବ। କୁଆଡେ ଯିବ ?"

"ସେଇ କଥା ତ ଆପଣଙ୍କୁ ପଚାରିବାକୁ ଆସିଛି।" ସେ ବାଁ ପଟ ଓଠକୁ ତେରେଛେଇ କହିଲା। ସେଥିରେ ବ୍ୟଙ୍ଗ ଭରି ରହିଥିଲା। ସତେ ଯେମିତି କହୁଛି - "ଏବେ କୁହ"

"ମୁଁ ମୋ କକାଙ୍କ ପାଖକୁ ଚାଲିଯିବି... ଯିଏ କି ମୋ ବାପାଙ୍କ ପରେ ମୋ ବାହାଘର ସମ୍ଭାଳିଥିଲେ।"

"ପ୍ରଥମେ ତ ସେ ତୁମକୁ ପଚାରିବେ ଯେ କଣ ହେଲା। ତୁମ ସ୍ୱାମୀ ସହ କଥା ହେବେ। ସେ ଅଭିଯୋଗ କରିବ- ଦେହକୁ ଛୁଇଁବାକୁ ଦେଉନି, ପରପୁରୁଷ ସହ ସଂପର୍କ ରଖୁଛି। ବାସ୍, କେବଳ ଏଇ ଗୋଟିଏ କଥାରେ ତୁମ କକା ମଧ୍ୟ ତୁମ ଉପରେ ଦୋଷ ଲଦିଦେବେ। ଏଇଟା କିନ୍ତୁ ତୁ ବହୁତ ବଡ ଅନ୍ୟାୟ କରିଛୁ ତା ସହ। ସେ ନିରୀହ ପାଲଟି ଯିବ। ସେ ପୁଣି ପରାମର୍ଶ ଦେବେ, ସ୍ୱାମୀର ଘର ଛାଡନି, ଏବେ ସେଇଟା ହିଁ ତୋର ଘର, ତୋର ସବୁ କିଛି ତାର ଅଟେ, ସ୍ତ୍ରୀ ମାନେ ଏପରି ହିଁ ରୁହନ୍ତି... ଇତ୍ୟାଦି ଇତ୍ୟାଦି। ତୁମେ ଯଦି ଜିଦ୍ କରିବ କହିଦେବ ଯେ ତୁମେ ସେଠି ଚାକିରି କରିବ, ସେ ଦଶ ପନ୍ଦର ଦିନ ତୁମକୁ ରଖିନେବେ... ତା ପରେ ତୁମକୁ ନେଇ ତୁମ କକାଙ୍କ ଘରେ ଝଗଡା ଆରମ୍ଭ ହୋଇଯିବ। ତୁମେ ବାଧ୍ୟ ହୋଇ ଫେରି ଯିବ...."

"ଏତେ ସବୁ ହେବା ପରେ ମୁଁ ତ ସେ ଘରେ ରହି ପାରିବିନି।"

"ତା ହେଲେ ଠିକ ଅଛି, ବାହାରେ ଗୋଟିଏ ଛୋଟିଆ ଘରଟିଏ ଭଡା ନିଅ। ପୁଅକୁ ନେଇ ସେଠିକୁ ଚାଲିଯାଅ।"

"ମୁଁ ଏ ସହରରେ ରହିବାକୁ ଚାହୁଁନି।"

"ତୁମେ ଯାହା ଚାହୁଁଛ ତାହା ସବୁ ବେଳେ ହୋଇ ପାରିବନି।"

"ହଁ, କାହିଁକି ହେବ.... ମୋ ଭିତରେ ଏମିତି ଅଛି ବା କଣ... " ତା ଆଖି କୋଣରେ ଲୁହବୁନ୍ଦା ଟଳମଳ ହେବାକୁ ଲାଗିଥିଲା। ପ୍ରେମପ୍ରକାଶ ପୁଣି ନରମିଗଲେ... ଯେମିତି ସେ ପ୍ରାୟ ତା ପାଖରେ ହୋଇ ଯାଉଥିଲେ। ନିଜର ବିରକ୍ତି ଭାବ, ଅସନ୍ତୁଷ୍ଟତା ତାଙ୍କୁ ବହୁତ ନ୍ୟୁନ ହରକତ ପରି ସେତେବେଳେ ମନେ ହେଲା।

"ଯଦି ତୁମେ ନିଜ ସ୍ୱାମୀକୁ ଏଇଆ କୁହ ଯେ ତୁମେ ଏ ଘର ଛାଡି ଯିବନି ଓ ବିନା ଛାଡପତ୍ରରେ ତୁମକୁ ଏ ଘରୁ ବାହାର କରାଯାଇପାରିବନି, ତେବେ କଣ ଏଇଟା ତୁମ ଆତ୍ମା ସମ୍ମାନରେ ଆଞ୍ଚ ଆଣିବ ?"

"କିନ୍ତୁ ମୁଁ ନିଜେ ସେଠି ରହିବାକୁ ଚାହୁଁନି ।"

"ଆରେ...ଶୁଣ, ତୁମେ ତାକୁ ଏଇଆ କୁହ ଯେ ତୁମେ ଚାଲିଯିବ... କିନ୍ତୁ ନିଜ ଇଚ୍ଛାରେ ବାହାରି ଯିବ, ନିଜ ସୁବିଧା ଅନୁସାରେ ... ଯେତେବେଳେ ତୁମକୁ ଆଉ କେଉଁ ଅଲଗା ସହରରେ ଚାକିରି ମିଳିଯିବ । ତୁମେ ତାର ସପ୍ତାହେ ପାଇଁ ଦେଇଥିବା କଣ୍ଟ ମାନିବାକୁ ପ୍ରସ୍ତୁତ ନୁହଁ । କୁହ ଯେ, ତୁମେ ଏଇ ସହରରେ ଆଉ ଏକ ଅଲଗା ଘରକୁ ଚାଲିଯାଇ ପାରିବ... କିନ୍ତୁ ସେଥିରେ ତାର ପ୍ରତିଷ୍ଠାରେ ଆଞ୍ଚ ଆସିବ, ତେଣୁ ଏ ଦୃଷ୍ଟିରୁ ତାକୁ ମଧ୍ୟ ଧୈର୍ଯ୍ୟର ସହ ଅପେକ୍ଷା କରିବା ଉଚିତ... ଯେ ପର୍ଯ୍ୟନ୍ତ ତୁମକୁ ବାହାରେ କେଉଁଠି ଚାକିରି ମିଳି ନ ଯାଇଛି.... "

ପ୍ରେମ ପ୍ରକାଶଙ୍କର ଏ ପ୍ରସ୍ତାବ ତାକୁ ନିଜ ଆତ୍ମସମ୍ମାନକୁ ସୁହାଇବା ପରି ଲାଗିଲା, ଯଥାର୍ଥ ମଧ୍ୟ । ଯୁବାଗୁରୁର ତ ଘରର ପ୍ରତିଷ୍ଠା ପ୍ରତି ଧ୍ୟାନ ନ ଥିଲା, ତାକୁ ହିଁ ଏ ସବୁ ପ୍ରତି ଦୃଷ୍ଟି ଦେବାକୁ ପଡିବ । ଯେତେହେଲେ ଗୃହିଣୀ ଥିଲା । ଏ କଥା ମଧ୍ୟ ଚିନ୍ତା କରିବାର ଆବଶ୍ୟକତା ନ ଥିଲା ଯେ ପ୍ରେମପ୍ରକାଶ ଏ ସବୁ ଭିତରେ ବାହାରେ ଚାକିରି ପାଇଁ ଚେଷ୍ଟା କରିବେ ।

●●●

ନୂଆ ଚାକିରି... ସ୍କୁଲରେ.... ନୂଆ ସହର... ନୂଆ ଘର... ଶଶୁର ଘରର ବଡ ଘର ବଦଳରେ ଏଠି ଏକ ବଖୁରିଆ ଘର । ରହିବା ଲୋକ ଚାରି ଜଣ ବଦଳରେ ଜଣେ । ସବୁ କିଛି ପଛରେ ରହିଗଲା.... ପ୍ରେମପ୍ରକାଶ ମଧ୍ୟ । ଫୋନରେ କଥାବାର୍ତ୍ତା ହୋଇ ଯାଏ ପ୍ରେମପ୍ରକାଶଙ୍କ ସହ, ତା ସ୍ୱାମୀ ବୋଲାଉଥିବା ସେ ଲୋକଟା ସହ ମଧ୍ୟ ।

ଯୁବାଗୁରୁ ଭାବୁଥିଲେ ଯେ ସେ ଯାଇହିଁ ପାରିବନି । ଟ୍ରେନରେ ବି କେବେ ଏକୁଟିଆ ଯାତ୍ରା କରି ନ ଥିବା ଗୋଟେ ଝିଅ, ସେ ନୂଆ ଅପରିଚିତ ସହରରେ ଏକୁଟିଆ ରହିବ... କେମିତି ? ଆଉ ଚାକିରି ବି କଣ ଥୁଆ ହୋଇଛି । ଯଦି ବା ମିଳିଗଲା ତେବେ ଦରମା ମଧ୍ୟ ଏତେ କୋଉଠୁ ଥିବ ଯେ ତା ଖର୍ଚ୍ଚ ଉଠିଯିବ, ଏକୁଟିଆ ଭୟ କରିବ... ଯୁବାଗୁରୁ ବିନା ଚଳି ପାରିବନି....ସେ ଭାବୁଥିଲା ଯେ ବୋଧହୁଏ ସେ ଲୋକମାନେ ତାକୁ ଯିବାକୁ ଦେବେନି... ଜୋର କରି ଅଟକାଇ ଦେବେ.... କିନ୍ତୁ ଯୁବାଗୁରୁ ତାକୁ ସମସ୍ତଙ୍କ ସାମ୍ନାରେ କହିଥିଲା – ବାହାରି ଯା...

ତେଣୁ ଏବେ ଅଟକାଇବା ତାର ପ୍ରତିଷ୍ଠାହାନୀ କରୁଥିଲା । ମାଆବାପା ପୁଅର ମୁହଁ ଦେଖି ବଞ୍ଚିଥିଲେ । କେହି କିଛି ବି କହିଲେନି... ଯେତେବେଳେ ସେ ଅମୁକ ସହରରେ ତାର ଚାକିରି ହୋଇ ଯାଇଛି ଏବଂ ସେ ସେଠାକୁ ଅମୁକ ତାରିଖରେ ଜଏନ କରିବାକୁ ଯାଉଛି । ପ୍ରେମପ୍ରକାଶଙ୍କ ସାହାଯ୍ୟରେ ସେ ଚୁପଚାପ୍ ରିଜର୍ଭେସନ କରାଇ ନେଇଥିଲା, ଏବେ ପାଇଁ ରହିବାକୁ ଏକ ଲେଡିଜ୍ ହଷ୍ଟେଲ ମିଳିଯାଇଥିଲା... ପରେ ସେ ନିଜେ ଦେଖିନେବ ।

ବାଟ ଫିଟିବାକୁ ଲାଗିଥିଲା... କାରଣ ଏଠାରେ ସେ ନିଜ ନିଜର ନିଷ୍ପତ୍ତି ନେଇ ପାରୁଥିଲା । ହଷ୍ଟେଲରେ ବହୁତ ନୀତିନିୟମ ଥିଲା... ସେଥିପାଇଁ ସେ ଗୋଟିଏ ପରିବାର ରହୁଥିବା ଘରର ବାହାର ପଟକୁ ଥିବା କୋଠରୀଟିଏ ଭଡାରେ ନେଲା । ଯିବା ସମୟରେ ପ୍ରେମପ୍ରକାଶ କିଛି ଟଙ୍କା ଦେଇଥିଲେ... ସେଥିରୁ ଓ ନିଜ ଦରମା ଟଙ୍କାରୁ ସେ କିଛି ଦରକାରୀ ଜିନିଷ କିଣିଲା ଓ ମୋବାଇଲ ମଧ୍ୟ । ସେମାନଙ୍କୁ ନମ୍ବର ମଧ୍ୟ ଜଣେଇ ଦେଲା, କିନ୍ତୁ ସେ ପାଖରୁ ଗୋଟିଏ ବି ଫୋନ କଲ ନାହିଁ... ସତେ ଯେମିତି ସେମାନେ ଦୃଢ ନିଶ୍ଚିତ ଥିଲେ ଯେ ହାରିଯାଇ ଶେଷରେ ଏଇଠି ହିଁ ଫେରିବ, ଆଉ ଯିବ କୁଆଡେ । ପ୍ରେମପ୍ରକାଶ ପ୍ରାୟ ସବୁଦିନ ଫୋନ କରୁଥିଲେ, ଧୈର୍ଯ୍ୟର ସହ ତା'ର ସବୁକଥା ଶୁଣନ୍ତି ଓ ଶେଷରେ ଅଧିକାଂଶ ସମୟ ସେଇ ଗୋଟିଏ କଥା - ତୁମେ ମୋ ଅପେକ୍ଷା ଭଲ ନିଷ୍ପତ୍ତି ନେଇପାର... ତୁମକୁ ହିଁ ନିର୍ଣ୍ଣୟ କରିବାର ଅଛି । ପ୍ରକୃତ କଥା ହେଲା ସେ ତାକୁ ଏକ କର୍ମଠ ତର୍କସଙ୍ଗତ ଦୃଷ୍ଟିରୁ ଚିନ୍ତା କରୁଥିବା, ପ୍ରାକ୍ଟିକାଲ୍, ଆତ୍ମନିର୍ଭର ମହିଳା ରୂପରେ ଦେଖିବାକୁ ଚାହୁଁଥିଲେ । ସେ ତାର ଭାବପ୍ରବଣତାରେ ଭାସିଯାଉ ନଥିଲେ, ଯଦିଓ ସେ ନିଶ୍ଚିତ ରୂପେ ଭାସିଯାଉଥିଲା । ତାକୁ ଏକାକୀତ୍ୱ ଖାଇ ଗୋଡାଏ, ସେ କାନ୍ଦିଲେ ତାକୁ ସାନ୍ତ୍ୱନା ଦିଅନ୍ତି, ବୁଝାନ୍ତି ଯେ ଖୁବ୍‌ଶୀଘ୍ର ତାର ସେଠାରେ ସମସ୍ତେ ପରିଚିତ ହୋଇଯିବେ, ତା'ପରେ ସେଠି ଧିରେଧିରେ ଭଲ ଲାଗିବ ।

ପୁଅ ସହ କଥା ହେବା ପାଇଁ ବହୁତ ଇଚ୍ଛା ହେଉଥିଲା । ଘରେ ଯଦି କେହି ଫୋନ ଉଠାଉଥିଲେ, ସେ ପୁଅକୁ ଡାକିବା ପାଇଁ କୁହେ, କିନ୍ତୁ ସେ ସମୁକଙ୍କ ଘରକୁ ଯାଇଛି, ସେ ଖେଳିବାରେ ବ୍ୟସ୍ତ ଅଛି, ଏବେ ପଡିଆରେ ଖେଳୁଛି, ଏଠି କେହି ନାହିଁ ତାକୁ ଯାଇ ଡାକି ଆଣିବାକୁ... ଇତ୍ୟାଦି ବାହାନା ଶୁଣିବାକୁ ମିଳେ । କେବେ ପୁଣି ଡାକିବା ପରି ଦେଖେଇ କହିବେ- ଆଉ ଟିକେ ପରେ ଫୋନ କର । ସେ ଆଉଥରେ ପୁଣି ଫୋନ କଲେ ଶୁଖିଲା ସ୍ୱରରେ ନାଁ ସେ ଆସିନି ବୋଲି ଶୁଣାଇ ଦିଆଯାଏ । ବେଳେ ବେଳେ ତ ଏଇଆ ବି କୁହନ୍ତି ଯେ, ପୁଅକୁ କହିଲୁ, ହେଲେ

ସେ ଆସୁନି, କହୁଛି ମୁଁ କଥା ହେବିନି। ପୁଣି କେବେ ଡାକୁଛି କହିଦେଇ ଫୋନ ରିସିଭରକୁ ଝୁଲାଇ ରଖିଦିଆଯାଏ, ସେ ହେଲୋ -ହେଲୋ କରି ଚାଲିଥାଏ... ଏ ପଟେ ଫୋନର ବିଲ୍ ବଢି ଚାଲି ଥାଏ... ସେ ଅଯଥାରେ ଫୋନଧରି ଛିଡା ହୋଇଥାଏ । ଏ କଥା ସ୍ପଷ୍ଟ ଥିଲା ଯେ ଯୁବାଗୁରୁ ହିଁ ସମସ୍ତଙ୍କୁ ନିର୍ଦ୍ଦେଶ ଦେଇଥିଲା ଯେ କିଛି ଦରକାର ନାହିଁ କେହି ତା ସହ କଥା ହେବା, ଜିଦ୍ କରି ଯାଇଛି ଯଦି ଭୋଗୁ... ଯଦିଓ ତା ଯିବାର କାରଣ ତା ନିଜର ଜିଦ୍ ନୁହେଁ ତା ସ୍ୱାମୀର ଅହଂ ଥିଲା । ଥରେ ପୁଅ ହିଁ ଫୋନ ଉଠାଇଲା... ଜାଣିପାରିଲା ଯେ ତାକୁ କେହି ହେଲେ କୁହନ୍ତିନି ଯେ ମାଆର ଫୋନ ଆସିଛି, ତାର ବି ବହୁତ ମନ ହୁଏ ମାଆ ସହ କଥା ହେବାକୁ। ସେ ପୁଅକୁ ନିଜ ନମ୍ବର ଲେଖିବାକୁ ଡାକି ଦେଲା, ବୁଝାଇ ଦେଲା ଯେ ଜୀରୋ ଲଗାଇ ଫୋନ କରିବ। ଦୁଇ ତିନି ଥର ତାର ଫୋନ ମଧ୍ୟ ଆସିଲା... ତା ପରେ ଫୋନ ଆସିବା ବନ୍ଦ। ପୁଣି ଯେତେବେଳେ ଦିନେ ଫୋନରେ ହଠାତ୍ ପୁଅକୁ ପାଇଲା, ସେତେବେଳେ ସେ କହିଲା ଯେ- ଆଉ ଫୋନ ଲାଗୁନି। ଯୁବାଗୁରୁ ପୁଅର ଫୋନର ଏସ.ଟି.ଡି କନେକ୍ସନ ହିଁ କଟେଇ ଦେଲା। ଦରକାର ହେଲେ ତା ପାଖରେ ନିଜର ମୋବାଇଲ ତ ଥିଲା।

ଏପରି ମାସ ମାସ କଟିଗଲା। ସେ ପୁଅ ସହ କଥା ହୋଇ ପାରେନି।

ଉଦାସୀନତା, ଏକାକୀତ୍ୱ... ଏ ସବୁକୁ ତ ସେ ସ୍କୁଲର କାମ ଭିତରେ ଭୁଲି ଯାଉଥିଲା... କିନ୍ତୁ ପୁଅ ପାଇଁ ବ୍ୟସ୍ତତା, ବ୍ୟାକୁଳତା ! ତା କଣ୍ଠସ୍ୱର ଶୁଣିବା ପାଇଁ ସେ ଛଟପଟ ହୋଇଯାଏ। କେମିତି ଥିବ ସେ, ଠିକ୍ ସମୟରେ ତାକୁ ଖାଇବାକୁ ଦିଆଯାଉଛି ନା ନାହିଁ... ସବୁଦିନ ସ୍କୁଲ ଯାଉଥିବ ? ହୋମଓ୍ୱାର୍କ କରୁ ନ ଥିଲେ ସ୍କୁଲରେ ଗାଳି ଶୁଣୁଥିବ। ସବୁ ଦିନ ଗାଳି ଶୁଣି ଶୁଣି ସେ ଦେହସୁଆ ହୋଇ ଯାଇଥିବ... ପାଠପଢାରେ ଆଗ୍ରହ କମି ଯାଇଥିବ.... ସେ ଭାବିଚାଲେ ଏବଂ ପୁଣି ଏଇ କଥାରେ ପହଞ୍ଚି ଯାଏ ଯେ ପୁଅକୁ ଛାଡି ଚାଲିଆସି ଭୁଲ କଲା।

ନିଜ ସମ୍ମାନ ବିଷୟରେ ଭାବିବା... କଣ ଏତେ ବଡ ଥିଲା ଯେ ପୁଅକୁ ବରବାଦ ହେବା ପାଇଁ ଛାଡି ଦିଆଯିବ। ଏ କଥା କାହିଁ ଭାବି ପାରିଲାନି ଯଦି ସେ ଚାଲିଯିବ ତେବେ ତା ପରେ ପୁଅର ଯତ୍ନ ନେବାକୁ ଆଉ କେହି ନାହିଁ। ଅନ୍ୟ ସ୍ତ୍ରୀ ଲୋକମାନେ ଏପରି ପରିସ୍ଥିତିରେ ପିଲାମାନଙ୍କ ପାଇଁ ସବୁ ସହନ୍ତି...

ସେ ସ୍ୱାର୍ଥପର ଅଟେ !

କିନ୍ତୁ ସେତିକିବେଳେ ଆସ୍ତେ କରି ଏକ ସ୍ପଷ୍ଟ ପ୍ରଶ୍ନଟିଏ ମନ ଭିତରୁ ଶୁଭିଲା... ପୁଅର ଯତ୍ନ ନେଇ ପାରିବୁ... କିନ୍ତୁ ବଞ୍ଚି ରହିଲେ ସିନା ?

ମଣିଷ କେତେ ନିଷ୍ଠୁର ହୋଇଥାଏ ! ଝଗଡା ଲଢେଇ ,ସବୁ ତା ସହ, ପୁଅ ଉପରେ କାହିଁକି ସୁଝାଉଛି ? ଖାଲି ତାକୁ ନୁହେଁ, ପୁଅକୁ ବି ତ ମାଆ ଦରକାର... ଅନ୍ତତଃ ଏଇ କାରଣରୁ କଥାବାର୍ତ୍ତା ହେବାକୁ ଦିଅନ୍ତା । ଯଦି ତା ସ୍ୱାମୀ ନିର୍ମମ ତେବେ କଣ ସେ ବୁଢା ବୁଢୀ ଦି ଜଣ, ଯେଉଁମାନେ ଦୁନିଆକୁ ଦେଖିଛନ୍ତି - ତାଙ୍କ ମନରେ ମଧ୍ୟ ପିଲାଟି ପାଇଁ ଦୟା ଆସୁନି ? ନା ସମସ୍ତେ ମିଶି ଠିକ୍ କରିଛନ୍ତି ଯେ... ପୁଅର ଏମିତି ଅଭ୍ୟାସ କରେଇ ଦିଅ । ଯେମିତିକି ସେହି ପିଲାମାନେ ଅଭ୍ୟସ୍ତ ହୋଇ ଯାଆନ୍ତି, ଯେଉଁ ମାନଙ୍କର ମାଆ ମରି ଯାଇଛନ୍ତି, କିଛି ଦିନ ପରେ ମାଆକୁ ଭୁଲିଯିବ, ଯେତେବେଳେ ଆସିବ, ସେ ଚିହ୍ନି ବି ପାରିବନି । ସେ କଣ କେବେ ଯିବ ? ସେମାନେ ତାକୁ ଘରେ ପଶିବାକୁ ଦେବେ ? ସେ ଝଗଡା କରି , ସଂପର୍କ କାଟି ତ ଚାଲି ଆସିନି... ବାହାରି ଯା ର ପୁରୁଣା ରାଗକୁ ମଧ୍ୟ ମନେପକାଇ ଆସିନି । କେବଳ ସୂଚନା ଦେଇଥିଲା ଯେ ଏ ଚାକିରି ଅପେକ୍ଷା ନୂଆ ଚାକିରି ଭଲ, ଯାଉଛି । ସେମାନେ ଅଟକାଇଲେ ନାହିଁ ।

ଏଇଟା ଅଲଗା ହୋଇ ଯିବା, ଘର ଛାଡି ଦେବା ତ ହେଲାନି ?

●●●

ରୀତା ମାଡାମ୍, ତା ହେଡ୍ । ପାଠପଢେଇବାର ଅଭିଜ୍ଞତା ମଧ୍ୟ ସେତିକି ଯେତିକି ତାଙ୍କ ଦେହରେ ଲାଖି ରହିଥିବା ମାଂସ । କେତେ ଦିନ ବା ତାଙ୍କୁ ଟାଳି ପାରିଥାନ୍ତା । ସେ ପ୍ରଶ୍ନିଳ ଆଖି, ଜାଣିବାକୁ ଉତ୍ସୁକ... ଏ ଝିଅ କିଏ, କେମିତି ରହୁଛି, ସ୍ୱାମୀ ? ପ୍ରଥମ ଥର ମିଛର ଆଶ୍ରୟ ନେବାକୁ ପଡିଲା - ସ୍ୱାମୀ ସାଙ୍ଗରେ ରୁହନ୍ତି, ଟୁର୍ ଜବ୍, ଫେରୁ ଫେରୁ ରାତି ଅଧ... ଦିନେ ଦିନେ ଆସି ପାରନ୍ତିନି ମଧ୍ୟ ।

ଘରେ ତ କିଛି ନାହିଁ ? ବହୁତ ଜରୁରୀ ଜିନିଷ ହିଁ କିଛି ଆଣିଛୁ, ଜଣା ନାହିଁ ଏଠି ଏ ଚାକିରି କେତେ ଦିନ ପାଇଁ ଅଛି ।

ହେଲେ ଭାଇ, ଘରକୁ କେହି ଆସିଲେ ବସିବାକୁ ଜାଗା ବି ତ ଥିବା ଦରକାର ?

ମାଡାମଙ୍କୁ କେମିତି କହିହେବ ! ଯଦି କାହାକୁ ଡାକି ବସାଇ ଗପସପ କରିବାର ଇଚ୍ଛା ହିଁ ନ ଥିବ... କିଏ ସହିବ ଏମିତି ୟାଡୁ ସାଡୁ ପ୍ରଶ୍ନ । ସେ ଏକା ହିଁ ଖୁସି ଅଛି... କିନ୍ତୁ ରୀତା ମାଡାମ୍ ନିଜ ଚାକର ହାତରେ ଦୁଇଟି ବେତ ଚେୟାର ଓ ଗୋଟିଏ ଟିପୟ ପଠେଇ ଦେଲେ । ତାଙ୍କ ବାଲକୋନୀରେ ସେ ସବୁ ଜାଗାମାଡି ରହିଥିଲେ । ଏଇଆ କହେ ଯେ ଆମେ ଆସିଲେ ବସିବା ପାଇଁ କିଛି ତ ଥାଉ । ତୁମେ ମୋ ଜୁନିୟର ଷ୍ଟାଫ୍... ଏଠିକୁ ନୂଆ କରି ଆସିଛ, ତେଣୁ ତୁମ କଥା ବୁଝିବା ମୋର ବି ତ ଦାୟିତ୍ୱ । ପୁଅକୁ କାହିଁକି ଆଣିଲନି ?

"ଏବେଠୁ କେମିତି ମାଡାମ୍ .... ଏଠି ଟିକେ ସ୍ଥିର ହୋଇ ଯାଏ, ଏବେଠୁ ସ୍କୁଲରୁ କେମିତି ବାହାର କରି ଆଣିବି।"

"ତୁମେ ଦୁହେଁ ଏଇଠି ରହିଲେ, ସେଠି ତା କଥା କିଏ ବୁଝୁଛି।"

"ଶାଶୁ- ଶ୍ୱଶୁର।"

" ଓଃ ! ଏମିତି କି !"

ପୁଣି, ପ୍ରଶ୍ନ ପରେ ପ୍ରଶ୍ନ।

ତାଙ୍କ କଥାବାର୍ତ୍ତା ବି ତାଙ୍କ ପରି ଆକର୍ଷଣ ଶୂନ୍ୟ- ତୁମକୁ ନିଜ ପୁଅ କଥା ମନେ ପଡୁଥିବ ! ମୁଁ ମୋ ସାନଝିଅକୁ ଗୋଟେ ଘଣ୍ଟା ପାଇଁ ପଠେଇ ଦେଉଥିବି, ସ୍କୁଲ ପରର ବାକି ସମୟ ତୁମର କଟିଯିବ। ତୁମେ ତାର ହୋମୱାର୍କ ଇତ୍ୟାଦି ଦେଖିଦେଉଥିବ... ଅଳ୍ପବହୁତ... ତୁମର ଦରମା ତ ଏବେ କମ୍ ଅଛି, ତେଣୁ ମାସକୁ ୫ଶହ ଟଙ୍କା ଦେଇ ଦେବି, ଟିକେ ସାହାଯ୍ୟ ହୋଇ ଯିବ....

ସ୍କୁଲର ନିୟମ ଅନୁସାରେ ଟ୍ୟୁସନ କରିବା ମନା ଥିଲା। ତା ସ୍କୁଲର ହେଡ୍ ହିଁ ବାଇପାସ କରି ନିୟମ ଭାଙ୍ଗୁଛନ୍ତି। ସେ କହିଲେନି କିନ୍ତୁ ସୂଚେଇ ଦେଇଥିଲେ ଯେ ତାଙ୍କ ଅଭିଜ୍ଞତା ସଂପନ୍ନ ଆଖି ଦେଖି ପାରୁଛି ଯେ ସ୍ୱାମୀ କୌଣସି ଆଖି ଦୃଶିଆ ଭଲ ଚାକିରି କରୁନାହାନ୍ତି... ସେଥିପାଇଁ ତ ସ୍ତ୍ରୀ କାମ କରିବାକୁ ଘରୁ ପଦାକୁ ବାହାରିଛି, ଏତେ ଦୂର ଆସିଛି... ଏବଂ ସ୍କୁଲରେ ତାର ଯାହା ଯେତିକି ଦରମା, ସେ ତ ଦେଖୁଛନ୍ତି... ତେଣୁ ଟଙ୍କା ତ ଆବଶ୍ୟକ.... ଏବେ ସିଏ ଘଣ୍ଟାଏ... ଦୁଇ ଘଣ୍ଟା ରୀତା ମାଡାମଙ୍କ ଝିଅକୁ ପଢାଏ... ପଢାଏ କଣ ତାକୁ ବରଦାସ୍ତ କରେ, ତା ସାଙ୍ଗରେ ଖେଳେ.... ଯେ ପର୍ଯ୍ୟନ୍ତ ସେ ରହିବାକୁ ଚାହେଁ। ଝିଅଟିର ମୁଣ୍ଡ ଟିକେ ଢିଲା, ମାଡାମଙ୍କ ପ୍ରଭାବରୁ ସେ ଏଇ ସ୍କୁଲରେ ପଢୁଛି, ନଚେତ୍ ଆଡମିଶନ ମଧ୍ୟ ମିଳି ନ ଥାନ୍ତା। ଯେ ପର୍ଯ୍ୟନ୍ତ ଝିଅ ତା ପାଖରେ ଥାଏ, ମାଡାମ ଓ ତାଙ୍କ ସ୍ୱାମୀ ଆରାମରେ ବୁଲାବୁଲି କରିପାରନ୍ତି। ଟଙ୍କା ନେବାକୁ ସେ ଅବଶ୍ୟ ମନା କରି ଦେଇଥିଲା... ନେଇଥାନ୍ତା ଯଦି ତା ଉପରେ ଚାପ ସୃଷ୍ଟି କରିବାକୁ ରୀତା ମାଡାମଙ୍କୁ ଆଉ ଏକ ଦୁର୍ବଳତା ମିଳି ଯାଇଥାନ୍ତା।

ପ୍ରିନ୍ସିପାଲଙ୍କ ବ୍ୟକ୍ତିତ୍ୱ ତାକୁ ଭଲ ଲାଗେ। ସୁନ୍ଦର, ଚଳଚଞ୍ଚଳ ସ୍ୱାସ୍ଥ୍ୟବାନ, ଡେଙ୍ଗା ଚୌଡା, ଫଟ୍ ଫଟ୍ ଚାଲି। ସତେ ଅବା କେବଳ ସ୍କୁଲ ହିଁ ନୁହେଁ, ଜୀବନ ହିଁ ତାଙ୍କ ହାତ ମୁଠାରେ, ଶକ୍ତ ମୁଠା ଭିତରେ। ବୁଦ୍ଧି ଏବଂ ଯୁକ୍ତି ଦ୍ୱାରା ପ୍ରତ୍ୟେକ ଜିନିଷକୁ ଦେଖୁଥିବା, ପ୍ରତ୍ୟେକ କଥାରେ ସେ ପାରଙ୍ଗମ। ଆଖପାଖରେ କିଛି ବି ଢିଲା ନାହିଁ, ମୂଲ୍ୟହୀନ କଥାକୁ ସେ ଏପରି ଆଡେଇ ବାହାର କରି ଦିଅନ୍ତି, ଯେପରି କୌଣସି

ଶୁଖିଲା ପତ୍ର କି ଅଳିଆ ଖଣ୍ଡେ ଉଡିଆସି ଶାଢୀ ଉପରେ ପଡିଛି.... ସ୍କୁଲର ମାଡାମ ଓ ସାର.... ସମସ୍ତେ ତାଙ୍କ ଆଗରେ ନିଷ୍ପ୍ରଭ ହୋଇ ଯାଆନ୍ତି....

ପ୍ରେମ ପ୍ରକାଶ ତାକୁ ପ୍ରିନ୍ସିପାଲ ମାଡାମଙ୍କ ପରି ଦେଖିବାକୁ ଚାହାନ୍ତି !

ତାଙ୍କ ବ୍ୟକ୍ତିତ୍ୱ ଆକର୍ଷଣ କରେ, କିନ୍ତୁ ସିଏ ତାକୁ ପ୍ରିନ୍ସିପାଲଙ୍କ ରୂପେ ପସନ୍ଦ ଆସନ୍ତିନି। ସ୍କୁଲ ମାଲିକଙ୍କ ପ୍ରତିନିଧି ତ ଯିଏ ପରିଚାଳନା ଦେଖିବା ପାଇଁ ସ୍କୁଲର ଏକ ଭବ୍ୟ କୋଠରୀରେ ହିଁ ବସି ରୁହେ... ତା ଆଗରେ ପ୍ରିନ୍ସପାଲ ମାଡାମଙ୍କୁ ହେଁ ହେଁ ହେଉଥିବାର ଦେଖିବାକୁ ମିଳେ। ସ୍କୁଲରେ ପ୍ରିନ୍ସିପାଲଙ୍କ ଉପରକୁ ଆଉ କେହି ରହିବା ଉଚିତ ନୁହେଁ.... କିନ୍ତୁ ସେହି ମାନେ, ଯେଉଁମାନେ ସ୍କୁଲ ପାଇଁ ଟଙ୍କା ଲଗାଇଛନ୍ତି, ସେମାନଙ୍କୁ ପ୍ରୋଫିଟ୍ ଦରକାର, ପାଓ୍ୱାର ମଧ୍ୟ ଦରକାର.... ସ୍କୁଲ ତ ନିଜ ବାଟରେ ଚାଲିବ।

ତେବେ ସେଇ ପ୍ରିନ୍ସିପାଲ ମାଡାମ ଯିଏ ପିଲାମାନେ ଓ ଶିକ୍ଷକମାନଙ୍କ ମଧ୍ୟରେ ବାଘୁଣୀ ପରି ଥାଆନ୍ତି... ଏପରି ଏକ ବ୍ୟକ୍ତି ଯାହା ପାଖରେ ନା ଅକଲ ଅଛି ନା ଯୋଗ୍ୟତା- ତା' ଆଗରେ କୁକୁର ପାଲଟି ଯାଆନ୍ତି। ଯେତେବେଳେ ଅସଲ ମାଲିକ ସ୍କୁଲକୁ ଆସେ ଯେତେବେଳେ ପ୍ରିନ୍ସିପାଲ ମାଡାମ୍ ପ୍ରବେଶ ଦ୍ୱାରରେ ଗୋଟିଏ ଲମ୍ବା ଅଣଓସାରିଆ ନାଲି କାର୍ପେଟ୍‌ଟିଏ ବିଛେଇ ଦିଅନ୍ତି.... କାର୍ପେଟର ନାଲି ରାସ୍ତା ! ଦୁଇ ପାଖରେ ହାତରେ ଫୁଲ ଧରି ଛିଡାହୋଇ ରୁହନ୍ତି ଅଧ୍ୟାପିକାମାନେ। ଫୁଲ ନେଇ ପ୍ରବେଶ କରେ ସେ... ପେଟୁଆ। ପାଟି ନ ଥାଇ ମୁହଁଟା.... ଯେଉଁଠି ମୁଣ୍ଡ ଭିତରେ ଗୋବର ଭରି ରହିଥିବାର ଛାପ ସ୍ପଷ୍ଟ। ଯିଏ କେବଳ ଟଙ୍କା ଖଟେଇବା ଓ କମେଇବା ହିଁ ଜାଣେ ସେ ଅନାରକଲିଙ୍କ ଭିତରେ ଶାହଜାଦା ସଲିମ୍ ପରି ଯାଉଥାଏ...

ଏବଂ ଏହି ସବୁ କରାନ୍ତି ପ୍ରିନ୍ସିପାଲ ମାଡାମ୍। ସ୍କୁଲର ମୁଖ୍ୟ ହେବା ଅଧିକାରରେ ସେ କହିପାରନ୍ତେ ଯେ, ଅଧ୍ୟାପିକାମାନେ କେବଳ ଅଧ୍ୟାପିକା। କୌଣସି ରୂପଜୀବି ନୁହେଁ। ଏପରି ଗୋଲାମୀ ତ ସ୍ତ୍ରୀ ନିଜ ଦେଶରେ ସେତେବେଳେ ବି କରି ନ ଥିବ ଯେବେ ସେ ପ୍ରଥମଥର ଚାକିରି ପାଇଁ ଘରୁ ପଦାକୁ ଗୋଡ କାଢିଥିବ। ଯେ କୌଣସି ଟିଚରକୁ ସମସ୍ତଙ୍କ ଆଗରେ ହିଁ ଗାଳି କରନ୍ତି - "ଇଏ ତ ମୋ ଚାକିରି ନେଇ ଯିବ ... ବା ଏବେ ତୁମେ ରହିବ ନଚେତ୍ ମୁଁ... " ଏ ଭାଷା ତାଙ୍କ ବ୍ୟକ୍ତିତ୍ୱ ସହ ମେଳ ଖାଏନି... ଏ ସବୁ ସ୍କୁଲର ସେହି ମୂର୍ଖ ମାଲିକର ଶିଖାଇଥିବା ଫିଲ୍ମି ଭାଷା ଲାଗେ, ରକ୍ଷା ହୁଅନ୍ତା ଯଦି ସେ ଏ ସବୁ ଭାଷା ସେଇ ପିଲାଙ୍କ ଆଗରେ କିମ୍ବା ସେମାନଙ୍କ ମାଆବାପାଙ୍କ ଆଗରେ ନ କୁହନ୍ତେ...

କିନ୍ତୁ ସେମାନଙ୍କ ଆଗରେ ମଧ୍ୟ ପ୍ରିନ୍ସିପାଲଙ୍କ ଏପ୍ରକାର ବ୍ୟବହାର ତାକୁ ଭଲ ଲାଗେନି।

ପିଲାମାନଙ୍କର ହଜାରେ ଭୁଲ ଥାଉ ପଛେ ତୁମେ ତାକୁ କିଛି କହିପାରିବନି, ପ୍ୟାରେଣ୍ଟ୍ସ୍ ଡେ ରେ ପ୍ରିନ୍ସିପାଲ ମାଡାମ ପିଲା ଓ ମାଆବାପାଙ୍କ ଆଗରେ ହିଁ ଅଧ୍ୟାପିକା ଅଧ୍ୟାପକମାନଙ୍କୁ ଗାଳି କରିଦେବେ। ମାଲିକମାନଙ୍କ ପାଇଁ ଓ ପ୍ରିନ୍ସିପାଲଙ୍କ ପାଇଁ ମଧ୍ୟ ପ୍ରତ୍ୟେକ ଛାତ୍ର ଏଥିପାଇଁ ମୂଲ୍ୟବାନ ଅଟେ କାରଣ ଆଡମିଶନ ହେବା ସହ ସିଏ ଡୋନେସନ୍ ରୂପେ ଏତେ ଏତେ ଟଙ୍କା ଆଣିଥିଲା। ତା ମାଧ୍ୟମରେ ଆହୁରି ପିଲା ଆସିବେ, ଟଙ୍କା ଆଣିବେ। ତେଣୁ ମାଆ ବାପାଙ୍କର ନିଜ ଗେହ୍ଲା ପାଇଁ କୁହାଯାଇଥିବା ପ୍ରତ୍ୟେକ କଥା ସ୍କୁଲକୁ ମାନିବାକୁ ହେବ! ସ୍କୁଲ ନା କୌଣସି ଧନୀ ପିଲାର ଘର, ଯେଉଁଠି ପିଲାର ସବୁ କଥା ମାନିବାକୁ ପଡିବ। ଯେବେ ସ୍କୁଲ ସେହି ଘର ନୁହେଁ, ସେତେବେଳେ ଦୋକାନ ହୋଇଯାଏ!

ପ୍ରିନ୍ସିପାଲ ସ୍କୁଲର ମୁଖ୍ୟ... ତାଙ୍କୁ ଶିକ୍ଷାର ଉଦ୍ଦେଶ୍ୟ, ସ୍କୁଲର ଲକ୍ଷ୍ୟ, ପିଲାମାନଙ୍କର ଭବିଷ୍ୟତ ପରି ବଡବଡ କଥା ବିଷୟରେ ଚିନ୍ତା କରିବା ଉଚିତ, ନିଜର ସହକର୍ମୀମାନଙ୍କୁ ମଧ୍ୟ ସେପରି ଚିନ୍ତା କରିବା ପାଇଁ ପ୍ରେରଣା ଦେବା ଉଚିତ... କିନ୍ତୁ ମାଡାମ ଛୋଟିଆ ଛୋଟିଆ କଥାରେ ହିଁ ଘାଣ୍ଟି ହୁଅନ୍ତି- ସ୍କୁଲର ମାଲିକଙ୍କୁ ଖୁସି କରିବା, ନିଜ କାମକୁ ବଢାଇ ଚଢେଇ କହିବା। ଅଳ୍ପ କେତେକ ଲୋକଙ୍କ ଆଗରେ ତାଙ୍କ ଭାବମୂର୍ତ୍ତି କିପରି ହୋଇ ରହୁଛି... ତାଙ୍କପାଇଁ ଏହା ହିଁ ସବୁଠାରୁ ବେଶୀ ଗୁରୁତ୍ୱପୂର୍ଣ୍ଣ, ଛାତ୍ରମାନେ, ଶିକ୍ଷକମାନଙ୍କ ଆଗରେ ଅବା ସହରବାସୀଙ୍କ ଆଗରେ ଜଣେ ପ୍ରିନ୍ସିପାଲର ଛବି ରଖିବା ଅପେକ୍ଷା....

ତା' ପରି ନୂଆ ଅଧ୍ୟାପିକାମାନଙ୍କ ଠାରୁ ପ୍ରିନ୍ସିପାଲ ମାଡାମ୍ ବହୁତ କାମ କରାଇ ନିଅନ୍ତି, ସେମାନଙ୍କୁ ନାନା ପ୍ରକାରର ସମସ୍ୟା ଭିତରେ ରଖନ୍ତି, ସେମାନଙ୍କୁ ବହୁତ କଡା ତାଗିଦ ଓ ଗାଳି କରନ୍ତି। ତାଙ୍କ କହିବା କଥା ହେଲା - ସେ ଅନୁଶାସନ ପ୍ରିୟ ଅଟନ୍ତି। ସେ ନବୀନ ମାନଙ୍କୁ ସଠିକ ଶିକ୍ଷା ଦେଉଛନ୍ତି, କିନ୍ତୁ ନବୀନମାନଙ୍କୁ ପ୍ରୋତ୍ସାହନ ବି ତ ଦରକାର.... ଏଇଟା କଣ ଯେ କ୍ୟାରିଅର୍ ଆରମ୍ଭରୁ ହିଁ ସେମାନଙ୍କୁ କ୍ଳାନ୍ତଶ୍ରାନ୍ତ କରିଦିଆଯିବ। ସେମିତି ବି ଏବେ ଆଉ କ୍ୟାରିଅର ଅଛି କୋଉଠି! ଏଇଠି ଯେତେଦିନ ଯାଏଁ ସେମାନେ ଅଛନ୍ତି ତାଙ୍କଠାରୁ ସବୁତକ କାମ ହାସଲ କରାଇନେବେ। ଏମାନେ ଚାହୁଁଛନ୍ତି ଯେ ଅଧ୍ୟାପିକାମାନେ ହଇରାଣ ବିରକ୍ତ ହୋଇ ଚାକିରି ଛାଡିଦେବେ... ମ୍ୟାନେଜମେଣ୍ଟକୁ ନୂଆ ଲୋକଙ୍କୁ କମ୍ ପଇସା ଦେବାକୁ ପଡିବ, ନୂଆମାନଙ୍କୁ ପୋଷ୍ଟିଂ ଦେବା ସେମାନଙ୍କ ହାତରେ ଥାଏ, ଯେଉଁଥିପାଇଁ ଲୋକମାନେ ଖାତିର୍ କରନ୍ତି। ନୂଆମାନେ ଟିକେ ଦବିହୋଇ ରୁହନ୍ତି, ପୁରୁଣା ମାନେ ଟିକେ ଅଡୁଆ କରନ୍ତି। ତେଣୁ ଆଜି ନ ହେଲେ ବି କାଲି ଛାଡି କି ଯିବାକୁ ହିଁ ପଡିବ। ଏବଂ

ଗୋଟିଏ ସ୍କୁଲ ଛାଡି ଆଉ ଗୋଟେ ସ୍କୁଲକୁ ଯିବାର ଅର୍ଥ ଗୋଟେ ଦୋକାନ ଛାଡି ଆଉ ଗୋଟେ ଦୋକାନରେ କାମ କରିବାକୁ ଲାଗିବା।

ରୀତା ମାଡାମଙ୍କ ପରି ଅନ୍ୟ ଅଧ୍ୟାପିକାମାନଙ୍କ ପାଇଁ ମଧ୍ୟ ଏହା କୌତୁହଳ ବିଷୟ ଯେ ସେ ଏତେ ଦୂରକୁ ଚାକିରି କରିବାକୁ କାହିଁକି ଆସିଛି, ଚାକିରି ହିଁ କାହିଁକି କରୁଛି, ନିଜ ଘରେ କାହିଁକି ରହୁନି। ବିଭିନ୍ନ ଦିଗରୁ ଯାଞ୍ଚ ପରୀକ୍ଷା କରିବାକୁ ଚେଷ୍ଟା କରନ୍ତି.... ଯଦିଓ ସେମାନେ ଜାଣନ୍ତି ଯେ ଆର୍ଥିକ ରୂପେ ସ୍ୱାବଲମ୍ବୀ ହେଲେ ହିଁ ନାରୀଟିଏ ସ୍ୱତନ୍ତ୍ର ହୋଇ ପାରିବ। ଏହା ପ୍ରଥମ ପାହାଚ... କିନ୍ତୁ ସତେ ଯେପରି ସେମାନେ ପରାଧିନ ହୋଇ ରହିବାକୁ ଚାହାଁନ୍ତି ତେଣୁ ଅନ୍ୟମାନଙ୍କୁ ମଧ୍ୟ ସେପରି ହିଁ ଦେଖିବାକୁ ଇଚ୍ଛା କରନ୍ତି।

ସେ କାହାକୁ ମଧ୍ୟ ନିଜ ଘରକୁ ଆସିବାକୁ ନିମନ୍ତ୍ରଣ କରେନି, ଗୋଟେ ମିଛ ଧାରଣା ସୃଷ୍ଟି କରିଦେଇଥାଏ ଯେ, ସଂଧ୍ୟାରେ ସ୍ୱାମୀ ଘରେ ଥାଆନ୍ତି... କିନ୍ତୁ ଥରେ ଦୁଇ ଜଣ ଅଚାନକ ଚାଲି ଆସିଲେ- "ରୀତା ମ୍ୟାମ୍ ଏବଂ ରାହୁଲ ସାର୍। ମାଡାମ୍ ହେଡ୍ ଅଟନ୍ତି, ଏସବୁ ନିଜର ଅଧିକାର ବୋଲି ଭାବନ୍ତି। ଏଇ ଭଡା ଘରଟି ଖୋଜିବାକୁ ତାକୁ ରାହୁଲ ସାରଙ୍କ ସାହାଯ୍ୟ ନେବାକୁ ପଡିଥିଲା, କାରଣ କିଛି କାମ ପୁରୁଷମାନେ ଆଗରେ ନ ଥିଲେ ସମ୍ଭବ ହୁଏନି। ଏକୁଟିଆ ଝିଅକୁ ଘରମାଲିକମାନେ ନାନା ପ୍ରକାର ପ୍ରଶ୍ନ ପଚାରିବାର ଅଧିକାର ଏମିତି ହିଁ ପାଇ ଯାଇଥାନ୍ତି... କୋଉଠୁ ଆସିଛ, ସେଠି କିଏ କିଏ ଅଛନ୍ତି, ଏଠି କିଏ ଅଛି, ସ୍ୱାମୀ କେଉଁ କମ୍ପାନୀରେ ଚାକିରି କରନ୍ତି, କଣ କାମ କରନ୍ତି... ଏମିତି ନାନା ପ୍ରକାରର। ପୁରୁଷ ଥିଲେ ଗୋଟିଏ ଉତ୍ତରରେ ହିଁ ପ୍ରଶ୍ନ ବନ୍ଦ ହୋଇଯାଏ। ଅମୁକ ସ୍କୁଲରେ କାମ କରନ୍ତି, ସ୍କୁଲର ପ୍ରତିଷ୍ଠା ନାଁ ଡାକ ଅଛି ଶୁଣିଥିବେ, ଭଡା ଠିକ୍ ସମୟରେ ମିଳିଯିବ... କଥା ଏଇଠି ଶେଷ। ରୀତା ମାଡାମଙ୍କ ପରି ରାହୁଲ ସାର ଅଧିକାର ଦେଖେଇବା ପରି ଧସେଇ ପଶି ପାରନ୍ତିନି... ପୁରୁଷ ଅଟନ୍ତି... କିନ୍ତୁ ଏଇ ପ୍ରଚେଷ୍ଟାରେ ଥାଆନ୍ତି ଯେ ଯେତେବେଳେ ଇଚ୍ଛା ହେଲେ ତା ଘରକୁ ଆସି ବସି ପାରିବେ, ସମବେଦନା ସାଉଣ୍ଟିବା ଆଳରେ କଥାବାର୍ତ୍ତା ଆରମ୍ଭ କରିସାରିଲେଣି- ବାହାଘର ବେଶୀ ବର୍ଷ ହେଲା ହୋଇନି କିନ୍ତୁ ପାରିବାରିକ ଜୀବନ ସୁଖକର ନୁହେଁ... ପତ୍ନୀ ଉଚ୍ଚାଭିଳାଷୀ, ତାକୁ ମୋର ଏଇ ମାମୁଲି ଶିକ୍ଷକତା ପସନ୍ଦ ନୁହେଁ, ସେଥିପାଇଁ ଏଠି ସବୁବେଳେ ରୁହନ୍ତିନି, ଯିବା ଆସିବା କରୁଥାନ୍ତି। ଆମ ବାହାଘର ତିଷ୍ଠିବନି ବେଶୀ ଦିନ। ଏଠି ଏକା ରହୁଛି, ନିଜ ଖାଇବା ନିଜେ ରୋଷେଇ କରେ।" ରାହୁଲ ସାରଙ୍କ ବିଷୟରେ... ଆଉ କାହା ବିଷୟରେ ସେ କେବେ ଏତେ କିଛି ଖବର ରଖିବାକୁ

ଚେଷ୍ଟା କରିନି... ସମସ୍ତଙ୍କ ପାଖରେ ଲୁଚେଇ ରଖିବା ପାଇଁ କିଛି ନା କିଛି ରହିଥାଏ, ସେ ସ୍ୱାଧୀନତା ପ୍ରତ୍ୟେକ ବ୍ୟକ୍ତିଙ୍କୁ ମିଳିବା ଉଚିତ...

ରାହୁଲ ସାର ବିପଦଜନକ, ପ୍ରତ୍ୟେକ ପୁରୁଷ ହୋଇଥାନ୍ତି... ଟିକେ ଖାଲି ସୁଯୋଗ ଦେଲା ମାତ୍ରେ...। ଏକୁଟିଆ ରହୁଥିବା ଝିଅ ସିଏ। ରୁକ୍ଷ କଠୋର ହେବାକୁ ପଡେ, ନିଜକୁ ଦୃଢ ରଖିବାକୁ ହୁଏ। ଏଇଟା ନିଜର ଶକ୍ତି। ମାନସିକ ଭାବେ ରିଲାକ୍ସ ହେବା ପାଇଁ ମଧ୍ୟ ସେ କୌଣସି ପୁରୁଷର ସହାୟତା ନେଇ ପାରିବନି... ଯଦି ନିଏ ତେବେ... ନାରୀର ଦୁନିଆ, ଦରଜା ଟିକିଏ ଖୋଲିବା ମାତ୍ରେ ହିଁ ଅସୁରକ୍ଷିତ... କେଜାଣି କେତେବେଳେ କଣ ହୋଇଯିବ। ସେଥିପାଇଁ ସେ ରାହୁଲ ସାରଙ୍କ ସହ ରେଷ୍ଟୁରାଣ୍ଟ ହିଁ ବସେ... କିନ୍ତୁ ଥରେ ସେ ଘର ଭିତରକୁ ହିଁ ଆସି ଗଲେ, ବସି ରହିଲେ ଯେ ପତିଦେବ ଆସିଲେ ତାଙ୍କ ସହ ଦେଖାକରି ଯିବେ। ସିଏ ହିଁ ରୀତା ମାଡାମଙ୍କ ଘରକୁ ଯିବାର ବାହାନା କରି ସେଠୁ ଖସିଗଲା ! ରାହୁଲ ସାରଙ୍କ ଆଖିରୁ ସ୍ପଷ୍ଟ ଜଣାପଡେ- ତାଙ୍କୁ ଏକୁଟିଆ ରହୁଥିବା ଝିଅ ଆକର୍ଷିତ କରେ...

ଅନ୍ୟମାନଙ୍କୁ ଦୋଷ କାହିଁକି ଦେବ... ଏଠାକୁ ଆସି ସେ ବି ତ ବଦଳିବାରେ ଲାଗିଲାଣି। ଅନ୍ୟ ଝିଅମାନଙ୍କୁ ସେ ପୁରୁଷ ବନ୍ଧୁ ମାନଙ୍କ ସହ ସାର୍ଟ ପ୍ୟାଣ୍ଟ ପିନ୍ଧି ସ୍କୁଟିରେ ବସିବା ଦେଖିଲା... ତେଣୁ ସେ ବି ନିଜ ପାଇଁ ଜିନ୍ସ ନେଇଆସିଲା, ଶାଶୁଘରେ ତ ଜିନ୍ସ ସାର୍ଟ ପିନ୍ଧିବାକୁ ଅନୁମତି ନ ଥିଲା, ସାବତ ଆଉ ମାଆ ଘରେ ପ୍ରଥମେ ତ ସେ ସାନ ପିଲାଟେ ହୋଇଥିଲା, ପରେ ବଡ ହେବା ପରେ କାମବାଲୀ ପାଲଟି ଗଲା। ଜିନ୍ସ ପିନ୍ଧିବାର ଆଶା ଆଶାରେ ହିଁ ରହିଗଲା। ଶାଶୁ ଘରେ ତ କେବେ ବି କଦାପି ଏଥିପାଇଁ ଅନୁମତି ମିଳିବନି ! ଜିନ୍ସ ସାର୍ଟ ପିନ୍ଧି ଯେତେବେଳେ ରାହୁଲସାରଙ୍କ ପଛରେ ଗାଡିରେ ବସିଲା... ସେତେବେଳେ ଲାଗିଲା ଆଜି ସେ ସ୍ୱାଧୀନ, ପୁରୁଷର ସମକକ୍ଷ, ସେ ଉଡିବାକୁ ଲାଗିଛି। ଏମିତି ଆଉଗୋଟେ ଡ୍ରେସ ଆଣିବାକୁ ହେବ ନ ହେଲେ ରାହୁଲସାର ଭାବିବେ ଯେ ପାଖରେ ଏଇ ଗୋଟିଏ ହଳ ସାର୍ଟ ପ୍ୟାଣ୍ଟ ଅଛି, ବାରମ୍ବାର ପିନ୍ଧୁଛି।

ରାହୁଲ ସାରଙ୍କ ସହ ରେଷ୍ଟୁରାଣ୍ଟରେ ବସେ, ତାଙ୍କ ସ୍କୁଟିର ପଛରେ ବସେ... ସେ ଦୁହେଁ ସମବୟସ୍କ... କିନ୍ତୁ ତାଙ୍କୁ ସ୍ପର୍ଶ କରିବାର ଇଛା କେବେ ବି ହୁଏନି... ଯାହାକି ପ୍ରେମପ୍ରକାଶଙ୍କ ପାଇଁ ହୋଇଥାଏ ! ରାହୁଲ ସାରଙ୍କ ସହ ସେ ପ୍ରକାରର କଥାବାର୍ତ୍ତା ବି କରାଯାଇ ପାରିବନି ଯେପରି ସେ ପ୍ରେମପ୍ରକାଶଙ୍କ ସହ କରିଥାଏ। ଏଇ ଲୋକଟା ଭିତରେ ଗମ୍ଭୀରତା ନାହିଁ, ବରଂ ଗୋଟେ ପ୍ରକାରର ହେଁ-ହେଁ ଗୁଣ ଅଛି... ସେଥିପାଇଁ ତାଙ୍କ ସହ ଏମିତି ଛୋଟମୋଟ କାମ କରିଦେବା ଆଉ ତା'

ବଦଳରେ କେବଳ ସହକର୍ମୀ ପରି ସମ୍ବନ୍ଧ ହିଁ ରଖାଯାଇ ପାରିବ। ରାହୁଲ ସାର ଟିକେ ଆଗକୁ ବଢିବାକୁ ଚେଷ୍ଟା କଲେ, ସେ କୌଣସି ପ୍ରକାରେ ତାଙ୍କୁ ମନେ ପକାଇ ଦିଏ ଯେ ସେ ଦୁହେଁ ଗୋଟିଏ ସ୍କୁଲରେ କାମ କରନ୍ତି ଏବଂ ସେଠାରେ ପୁରୁଷ ସ୍ତ୍ରୀ ଭିତରେ ବେଶୀ ଘନିଷ୍ଠତାକୁ ଭଲ ଦୃଷ୍ଟିରେ ଦେଖାଯାଏନି ! ସେ ଦୁହିଁଙ୍କ ପାଇଁ ଏହା ଠିକ ହେବନି।

ସବୁବେଳେ ସତ କହିବାକୁ ନେଇ ବଡବଡ କଥା କହୁଥିବା ସିଏ କିପରି ମିଛ ପଛରେ ଲୁଚି ବୁଲୁଛି, ସ୍ୱାମୀ ବିଷୟରେ କେମିତି ମିଛ ପରେ ମିଛ କହି ଚାଲିଛି। ଆଜିର ଦୁନିଆଁରେ କେତେ ସ୍ତ୍ରୀଲୋକ ଅଛନ୍ତି ଯେଉଁମାନଙ୍କର ନିଜ ସ୍ୱାମୀ ସହ ଭଲ ନ ପଡିଲେ, ସେମାନେ ଅଲଗା ରହିବାକୁ ଲାଗନ୍ତି। ଏହା ଏବେ ସାଧାରଣ କଥା ହୋଇଗଲାଣି। ପ୍ରେମପ୍ରକାଶ ହିଁ ଏ ସହରରେ ରହୁଥିବା ଜଣେ ଏପରି ମହିଳାଙ୍କ ଠିକଣା ଦେଇଥିଲେ, ଯିଏ କି ସ୍ୱାମୀଙ୍କୁ ଛାଡପତ୍ର ଦେଇ ଏଠି ଏକା ରହନ୍ତି, ତାଙ୍କ ସହକର୍ମୀ, ବନ୍ଧୁ ଇତ୍ୟାଦି ଯେବେ ଇଚ୍ଛା ସେବେ ତାଙ୍କ ପାଖକୁ ଯିବା ଆସିବା କରନ୍ତି। ସିଏ ସେହି ମହିଳାଙ୍କୁ ଭେଟି ଥିଲା... ଅଦ୍ଭୁତ ପ୍ରକାରର ଆତ୍ମବିଶ୍ୱାସ ତାଙ୍କ ଭିତରେ... କେହି ବି ତାଙ୍କର ଏକା ରହିବାର ଫାଇଦା ଉଠାଇ ପାରିବେନି। ଘରେ ଏବଂ ବାହାରେ ତାଙ୍କର ଚାଲିଚଳନରେ ଏକ ସ୍ୱାଭାବିକତା ଅଛି। କୌଣସି ଗ୍ଲାନି ନାହିଁ, କୌଣସି ଚିନ୍ତା ନାହିଁ, କୌଣସି ଚିନ୍ତା ନାହିଁ ଯେ କିଏ କଣ ଭାବିବ, ତାଙ୍କ ବିଷୟରେ କଣ ମତ ଦେବ। ସେ ତା ସ୍ୱାମୀ ବିଷୟରେ କିଛି ବି ପଚରାଉଚରା କଲେ ନାହିଁ... ଏହା ହିଁ ଯଥେଷ୍ଟ ଥିଲା ଯେ ସେ ଏଇ ସ୍କୁଲରେ ଚାକିରି କରୁଛି, ପ୍ରେମପ୍ରକାଶଙ୍କ ସନ୍ଦେଶ ନେଇ ଆସିଛି। ସେ ଭରସା ଦେଇଥିଲେ ଯେତେବେଳେ କିଛି ଆବଶ୍ୟକ ପଡିବ ବିନା ଦ୍ୱିଧାରେ ତାଙ୍କୁ ଖବର ଦବାକୁ। ସେ ହିଁ ଟିକେ ସଙ୍କୋଚ କରି ଦ୍ୱିତୀୟ ଥର ଗଲା ନାହିଁ...

କିନ୍ତୁ ସେ ମହିଳାଙ୍କ ପରିସ୍ଥିତିରେ ପାର୍ଥକ୍ୟ ଅଛି... ତାଙ୍କର ପିଲାପିଲି ନାହାନ୍ତି, ଦ୍ୱିତୀୟ କଥା ସେ ୟୁନିଭର୍ସିଟିରେ ପଢାନ୍ତି। ସେଠାର ଲୋକଙ୍କ ଦୃଷ୍ଟିଭଙ୍ଗୀ ଟିକେ ଉଚ୍ଚ ହୋଇଥାଏ। ଏଠି ଏଇ ସ୍କୁଲରେ ସବୁ କିଛି ଦେଖାଣିଆ, ସେମାନଙ୍କୁ ଦେଖେଇବାର ଅଛି ପିଲାମାନଙ୍କ ଅଭିଭାବକ ମାନଙ୍କୁ ଯେ, ସେମାନେ ଚରିତ୍ର ଉପରେ କେତେ ଗୁରୁତ୍ୱ ଦିଅନ୍ତି... ପ୍ରଲୋଭିତ କରିବାକୁ ପଡିବ, କାରଣ ପ୍ରତ୍ୟେକ ପିଲାର ଆଡମିଶନ୍ ଲକ୍ଷେ ଦେଢ ଲକ୍ଷ ଟଙ୍କାର ହୋଇଥାଏ, ପବ୍ଲିକ ସ୍କୁଲ ବୋଲି। ମ୍ୟାନେଜର ସାର୍ ଏବଂ ପ୍ରିନ୍ସିପାଲ ମ୍ୟାଡମ୍... ଦୁଇ ଜଣ ହିଁ ଏକଥା କହିବାରେ ଥକନ୍ତିନି ଯେ ଆମ ଶିକ୍ଷକମାନଙ୍କୁ ଆଦର୍ଶ ସୃଷ୍ଟି କରିବାର ଅଛି, ଚରିତ୍ରବାନ ହେବାର ଅଛି। କୁହନ୍ତି ଯେ

ବିବାହରେ ଅସଫଳ ହୋଇଥିବା ଅଥବା ଅସଫଳ ହେବାକୁ ଯାଉଥିବା ବିବାହିତ ଅଧ୍ୟାପକ-ଅଧ୍ୟାପିକାମାନେ ଭୁଲ ଉଦାହରଣ ସୃଷ୍ଟି କରିଥାନ୍ତି... ଆମେ ଏମିତି ଶିକ୍ଷକମାନଙ୍କୁ ସ୍କୁଲରେ ରଖୁନା... ଯଦିଓ ରାହୁଲ ସାର ଏବଂ ଇଂରାଜୀ ଅଧ୍ୟାପିକା ପ୍ରମିଳା, ଯେଉଁମାନଙ୍କୁ ସ୍କୁଲମାଲିକଙ୍କ ସୁପାରିଶରେ ରଖାଯାଇଛି... ସେମାନଙ୍କ ବିଷୟରେ ସମସ୍ତେ ଜାଣନ୍ତି। ପ୍ରମିଳା ତ ଖୋଲା ଖୋଲି ଭାବରେ କୁହେ ଯେ- ସେ ତା ସ୍ୱାମୀ ଇନକମ୍ପାଟିବଲ ଅଟନ୍ତି... ଅର୍ଥାତ କୌଣସି ମେଳ ନାହିଁ। ସେଇଠୁ କଣ ହେଲା! ଏଇଟା ଆମର ପ୍ରାଇଭେଟ୍ କଥା। ପ୍ରମିଳା ତୁଳନାରେ ସେ ଟିକେ ଭୀରୁ...କାରଣ ଛୋଟ ସହରରୁ ଆସିଛି। ସ୍କୁଲର ପରିସ୍ଥିତି ପରିବେଶକୁ ଦେଖି ସେ ନିଜ ଘର କଥା ସବୁ ଲୁଚାଇ ରଖିଛି। ନିଜେ ଆଗତୁରା କହି ରଖିଛି ଯେ ଚାକିରି ସ୍ଥାୟୀ ହୋଇଗଲେ ସେ ଆସନ୍ତା ବର୍ଷ ନିଜ ପୁଅର ଆଡମିସନ ଏହି ସ୍କୁଲରେ କରିଦେବ। ପୁଅ ବିଷୟରେ ସତ କଥାରେ ସ୍ୱାମୀ ବିଷୟରେ କହିଥିବା ମିଛ ଲୁଚିଯାଏ। ସେ ଏଇଆ ବି ଭାବିଥିଲା ଯେ ଆସନ୍ତା ବର୍ଷକୁ ପୁରା ଫ୍ଲାଟ୍ ଭଡା ନେବ, ବେଡରୁମରେ ଡବଲ ବେଡ୍ ପକାଇଦେବ... ଯଦ୍ୱାରା ସମସ୍ତଙ୍କୁ ଏଇଆ ଲାଗିବ, ଯେ ସ୍ୱାମୀ ଏଇଠି ରୁହନ୍ତି.... ଶାଳୀନତା ଦୃଷ୍ଟିରୁ ବେଡରୁମ ଭିତରକୁ ଲୋକେ ଉଙ୍କି ମାରନ୍ତିନି... କିନ୍ତୁ ଫ୍ଲାଟର ଖର୍ଚ୍ଚ ତାର କେବଳ ଚାକିରିରୁ ଉଠାଯାଇ ପାରିବନି। ପ୍ରେମପ୍ରକାଶଙ୍କ ସାହାଯ୍ୟ ନେବାକୁ ପଡିବ। ଏସବୁ ବିଷୟରେ ସେ ସବୁବେଳେ ଆଶ୍ୱସ୍ତ ରହିବାକୁ କୁହନ୍ତି ଯେ - ଟଙ୍କା ପଇସା ବିଷୟରେ ଚିନ୍ତା କରିବାର ଆବଶ୍ୟକତା ନାହିଁ, ସେଥିପାଇଁ କେବେ କୌଣସି ଚିନ୍ତା କରିବନି... କିନ୍ତୁ ଜରୁରୀ ବା ଅତ୍ୟାବଶ୍ୟକ ଜିନିଷ ପାଇଁ ତାଙ୍କଠାରୁ ସାହାଯ୍ୟ ନେବା ଅଲଗା କଥା, କିନ୍ତୁ ଫ୍ଲାଟ ପାଇଁ! ଏହାକୁତ ବିଳାସ କୁହାଯିବ!

●●●

ପ୍ରଥମଥର ପାଇଁ ନିଜ ଘରୁ ବାହାରକୁ ଯାଇଛି। ନୂଆ ସହରର ନୂଆ ପଣ ଏକାକୀତ୍ୱ ଏବଂ ଘରଠାରୁ ଦୂର... ବୋଧହୁଏ ଏଇ ତିନି କାରଣରୁ ସେ ଫୋନରେ ଢେର୍ ସମୟ ଯାଏଁ କଥାହୁଏ, ଅଧିକ ଗଭୀର, ଭାବପ୍ରବଣତାରେ ଛଳଛଳ ହୋଇ, ଆଉ ମୁଁ... ସେଥିରେ ଭାସିଯାଏ ଅନେକ ଦୂରକୁ। ତା ପାଇଁ ପ୍ରେମ ଭରିଆସେ ହୃଦୟରେ, ଏଇ ବିଶ୍ୱାସ ଦୃଢ ହେବାରେ ଲାଗେ ଯେ ପ୍ରେମରେ ବୟସ ବୋଲି କିଛି ନ ଥାଏ।

କିନ୍ତୁ ମୋତେ ମୂହର୍ତ୍ତଟେ ପାଇଁ ଅଟକି ଯାଇ ଭାବିନେବା ଦରକାର। ସେ କହେ - ଆପଣ ଚିନ୍ତା କରନ୍ତି ବହୁତ। ଚିନ୍ତା କରୁଥିବା ବ୍ୟକ୍ତି କେଉଁଠି ବି ପହଞ୍ଚି ପାରନ୍ତିନି।

ପାଖାପାଖି ଏକ ଭାବପ୍ରବଣତାରେ ସେ ମୋ ସହ ଯୋଡିହୋଇ ଯାଇଛି, ସେ ତା କଥାରେ ଠିକ ବି ହୋଇପାରେ ଯେ ଚିନ୍ତା ଭାବନା କରିବା ଲୋକ ଭାବନାରେ ହିଁ ରହି ଯାଆନ୍ତି। ଭାବୁ ଭାବୁ ସେହି ବିରଳ ଅନୁଭୂତି ଗୁଡିକୁ ମଧ୍ୟ ହରେଇ ବସନ୍ତି ଯାହାକୁ ଜୀବନ ନିଜ ଆଞ୍ଜୁଳାରେ ଧରି ତା ଆଗରେ ଛିଡା ହୋଇଥାଏ। ଚିନ୍ତା କରିବା ଆମକୁ ପରିସ୍ଥିତିକୁ ବଦଳାଇବା ଠାରୁ ବିମୁଖ କରିଥାଏ, ଏପରିକି କାପୁରୁଷ ମଧ୍ୟ ସଜାଇଦିଏ।

ପ୍ରଥମେ ପ୍ରଥମେ ମୁଁ ମଧ୍ୟ ତା ପ୍ରତି ଏପରି ଆକର୍ଷିତ ହୋଇ ଯାଇଥିଲି ଯେପରି ପାଗଳ ହୋଇ ଯାଇଛି। କିନ୍ତୁ ଯେତେ ବେଶୀ ତାକୁ ଏବଂ ତା ବିଷୟରେ ଜାଣିବାକୁ ଲାଗିଲି, ତା ବିଷୟରେ ମୋ ଭାବନା ସେତେ ଅଧିକ ବଢି ଚାଲିଲା, ଗଭୀର ହେବାକୁ ଲାଗିଲା। ପାଗଳପଣର କୁହୁଡି ହଟିଯିବାକୁ ଲାଗିଲା। ସେ ଏକ ଶରୀର ନୁହେଁ, ଏକ ବ୍ୟକ୍ତି, ଏକ ପ୍ରାଣସତ୍ତା ରୂପେ ମୋ ମନରେ ବସା ବାନ୍ଧିବାକୁ ଲାଗିଲା।

ମୁଁ ତାର ନିଜର ଏବଂ ଆମ ଦୁହିଁଙ୍କ ବିଷୟରେ ବେଶୀ ଭାବିବାକୁ ଲାଗିଲି। ଭାବିବା କଣ କେବେ କାହାର ବନ୍ଦ ହୋଇଯାଏ, ଅନ୍ତତଃ ମୋର ତ ହୋଇପାରିବନି। ତା ସ୍ୱଭାବ ଯଦି ସେମିତି ତେବେ ମୋର ମଧ୍ୟ ଏମିତି। ଇଚ୍ଛା କଲେ ବି ଭାବିବା ବନ୍ଦ କରି ହେବନି।

ମୁସ୍କିଲ୍ ଏଇଆ ଯେ ଭାବିବା ଆରମ୍ଭ ହିଁ ହୋଇପାରେନି ଏବଂ ଜୀବନ ଆଗକୁ ବଢି ସାରିଥାଏ। କେଉଁଠି ନା କେଉଁଠି ପହଞ୍ଚି ଯାଏ, ପୁଣି ଭାବନା ତା ପଛେ ପଛେ ଚାଲିଥାଏ ଘୋଷାରି ହୋଇ।

ମୋ ସମବେଦନା ତା ପାଖରେ ପ୍ରେମ ପରି ପହଞ୍ଚିଲା। ସମବେଦନା ଥାଇପାରେ ଆରମ୍ଭରେ, ଆଗକୁ ଯାଇ ତାହା ପ୍ରେମ ହିଁ ପାଲଟି ଯାଇଥିଲା, ବୟସର ତାରତମ୍ୟକୁ ଲୁଚାଇବା ପାଇଁ ମୁଁ ତାହାକୁ ସମବେଦନା ବୋଲି ମାନି ଚାଲିଥିଲି, ନିଜକୁ ଭ୍ରମ ଧାରଣା ଦେଇ ଆସୁଥିଲି ଯେମିତିକି ଅନ୍ୟ କାମ ଗୁଡିକରେ କରିଥାଏ, କିନ୍ତୁ ଏହା ହିଁ ତ ପ୍ରେମ.... ତା ବିନା ଏତେ ଗଭୀରତାର ସହ ଅନ୍ୟର ଦୁଃଖ ସମସ୍ୟାକୁ ନିଜେ ଅନୁଭବ କରିହୁଏନି। ସେ ସତ ପଛରେ ଥିବା ଆମର ଏହି ପ୍ରେମକୁ ଅନାୟାସରେ ଜାଣିଦେଲା, ଆୟୂଷ- ବୟସର ଜାଲକୁ ଛିନ୍ନ କରି ତାକୁ କୋମଳ ସ୍ପର୍ଶ ମିଳିବାରୁ ତା ଭିତରେ ଜୀଇଁ ରହିବାର ଇଚ୍ଛା ସୃଷ୍ଟି ହେଲା, ଜିଜୀବିଷା... ଏବଂ ଯାହା ତୁମ ଭିତରେ ଜୀଇଁ ରହିବାର ଇଚ୍ଛା ଭରିଦେବ, ତାହା ଭୂଲ କେମିତି ହୋଇ ପାରିବ !

ମୁଁ ଭାବିଥିଲି ଯେ ତା ଡେଣା ତଳେ ଯେଉଁ କ୍ଷତ ସୃଷ୍ଟି ହୋଇଛି, ମୋ ସ୍ପର୍ଶ ପାଇ ଯେତେବେଳେ ସେସବୁ ଭରି ଉଠିବ ସେତେବେଳେ ସେ ଉଡିପାରିବ। ଏବେ ଯେବେ ମୁଁ ତାକୁ କହେ ଯେ ସେ ନିଜ ପ୍ରଚେଷ୍ଟାରେ ଗୋଟିଏ ନୂଆ ସହରରେ ଅଛି, ମୋ ଆହତ ପକ୍ଷୀଟି ସୁସ୍ଥ ହେଉଛି, ଖୁବ୍ ଶୀଘ୍ର ଆକାଶକୁ ଉଡିଯିବ... ସେ କହେ ଯେ ତାକୁ ଠିକ୍ ହେବାର ନାହିଁ, ସେ ଏମିତି ଆହତ କ୍ଷତାକ୍ତ ହୋଇ ରହିବାକୁ ଚାହେଁ, ଏଇ ବସା ଭିତରେ ପଶି ରହିବାକୁ ଚାହେଁ।

ସେ ମୋଠାରୁ ବୟସରେ କମ୍ ଅଭିଜ୍ଞତାରେ ବି କମ୍ ଅଟେ କିନ୍ତୁ ତା ଭିତରେ ମୋ ଠାରୁ ବି ଯଥେଷ୍ଟ ବେଶୀ ସାହସ ଭରି ରହିଛି। ମୁଁ ପରିସ୍ଥିତି ଗୁଡିକୁ ଦେଖି ମୁଣ୍ଡ ନୁଆଁଇ ଦିଏ ଯେପରି ପଞ୍ଜୁରି ଭିତରେ ଥିବା କୌଣସି ଜୀବଜନ୍ତୁ ପଞ୍ଜୁରି ଦେଖି ମୁହଁ ଶୁଖେଇ ଦିଏ। ଆଉ ଗୋଟିଏ କଥା ବି ସତ ଯେ ମୋ ନିକଟରେ ହରେଇବାକୁ ଅନେକ କିଛି ଅଛି, ତା ପାଖରେ କିଛି ବି ନାହିଁ। ମୁଁ ବହୁତ ଆଗକୁ ଭାବିନିଏ, ଆଉ ସେ ଦୁଇପାଦ ଆଗକୁ ବି କଥା ଭାବେନି।

ସେ କହେ ଯେ ଆମ ସଂପର୍କକୁ ନେଇ ଯଦି କେହି ମନରେ ଦୁଃଖ କି ଆଘାତ ପାଇଛି, ସେ ବିଷୟରେ କାହିଁକି ଚିନ୍ତା କରାଯିବ ! କେହି କଣ କେବେ ଟିକେ ଅଟକି ଯାଇ ଚିନ୍ତା କରିଛି ଯେ ତାକୁ କଣ କଷ୍ଟ ହେଉଛି। କାହାକୁ ନା କାହାକୁ ତ କଷ୍ଟ ହେବ ହିଁ କେଉଁଠି ସେମାନଙ୍କ ବିନା କେଉ ଖୁସି ଅବା କେଉଁଠି ମିଳିବ। ଯଦି ତାଙ୍କ ଭିତରେ ଜୀବାତ୍ମା ଅଛି, ତା ହେଲେ ତୁମ ଭିତରେ ବି ତ ଅଛି, ତାକୁ ମାରୁଛ କାହିଁକି। ନିଜ ପାଇଁ ଜୀଇଁବା ସବୁବେଳେ ସ୍ୱାର୍ଥ ହୋଇ ନ ଥାଏ, ଖୁସି ପାଇବାର ଏଇଟା ହିଁ ଗୋଟେ ମାଧ୍ୟମ। କିନ୍ତୁ ଖୁସି ନାମକ ବସ୍ତୁଟି କେବେ ମିଳେକି.... ଯଦି ମିଳେ ତେବେ କେତେ ସମୟ ପାଇଁ। ଆମେ ପରସ୍ପର ସହ ବେଶୀ ସମୟ ରହିଲେ ଏକଥା ନିଶ୍ଚୟ ସମ୍ଭବ ଯେ ପରସ୍ପର ପ୍ରତି ଆକର୍ଷଣ କମିଯାଇ ପାରେ, କଣ ଏପରି ବ୍ୟାକୁଳତା ଆଗକୁ ବି ରହିବ ? ଭବିଷ୍ୟତରେ ଏ ପ୍ରଶ୍ନ ଉଠିପାରେ ଯେ ତାର ଅବା ମୋ ପରିବାରର ଦୁଃଖର ମୂଳଦୂଆ ଉପରେ ଯେଉଁମହଲ ଆମେ ଆମ ନିଜ ପାଇଁ ଗଢ଼ିଲେ ତାହା କଣ ଏହାର ହିଁ ଯୋଗ୍ୟ ଥିଲା ? ଅନେକ ଉପନ୍ୟାସରେ ଏପରି ସ୍ଥିତି ଆସିଛି ।

ତାର ଏପରି କହିବାରେ ଯଥାର୍ଥତା ମଧ୍ୟ ଅଛି ଯେ ସେ ହାଡମାଂସର ଏକ ନାରୀ ଅଟେ ଯିଏ କି ଆଜିର ଦୁନିଆଁରେ, ଆଜିର ତାରିଖରେ ରହେ, ପୂର୍ବରୁ କେବେ ହୋଇନି। ତାକୁ କୌଣସି ବହିର ସୀମା ଭିତରେ ବାନ୍ଧି ରଖାଯାଇ ପାରିବନି। କିନ୍ତୁ ବହିର ଉଦାହରଣରୁ ଆଖି ଆଗରେ ନ ରଖିଲେ ଏକଥା କିପରି

ଅନୁମାନ କରିପାରିବ ଯେ ଆଗକୁ ଆମ ସହ କଣ ଘଟି ପାରିବ । ତା କହିବା କଥା ଯେ ଏହା ସେବେ ଯାଇ ଜାଣିହେବ, ଯେତେବେଳେ ତାହା ହୋଇ ସାରିଥିବ, ଯେତେବେଳେ ଆମେ ସେ ସମୟକୁ ଜୀଇଁ ସାରିଥିବା... ଆମେ ଏକଥା କାହିଁକି ମାନି ଚାଲିବା ଯେ ବିରକ୍ତି ହିଁ ଆସିବ। ଏମିତି ବି ହୋଇପାରେ - ଆସକ୍ତି ବଢି ଚାଲିବ। ସେ ମାନେ ଯେ ପ୍ରେମରେ କେବଳ ଉତ୍ଥାନ ପତନ ହିଁ ନ ଥାଏ। ପ୍ରକୃତ ପ୍ରେମ ତ କେବଳ ଉଚ୍ଚତରରେ ହିଁ ପ୍ରକାଶିତ ହୋଇଥାଏ, ସେଇଠି ହିଁ ଦୃଢ ରହିଥାଏ, ନିଜର ଆଲୋକରେ ନୂଆ ନୂଆ ଦିଗକୁ ଖୋଲିଦେଇଥାଏ, ଆମ ପଡିଯିବା ବେଳେ ସେ ଆମକୁ ଉଠାଇ ଦିଏ, ଆମ ଭିତରେ ପ୍ରତିଟି କ୍ଷଣେ ଜୀବନ ଭରିଦେଉଥାଏ। ପ୍ରେମର ତୀବ୍ରତା ଏବଂ ଗଭୀରତା ସେଇଠି ହିଁ ରହିଥାଏ... ତାର ଦୃଶ୍ୟପଟହିଁ ବଦଳି ଚାଲିଥାଏ.... ଯେପରି ଜହ୍ନ ତ ପୁରା ଗୋଲ ହିଁ ଥାଏ... ବଢିବା - କମିବା ପରି କେବଳ ସେ ଦେଖାଯାଇଥାଏ। ଆଶ୍ଚର୍ଯ୍ୟର କଥା ଯେ ଜୀବନରେ ମୋ ସହ ଏତେଟା ବି ଅଘଟଣ ଘଟିନାହିଁ କିନ୍ତୁ ମୁଁ ଏଇଆ ଭାବିଥାଏ ଯେ ପ୍ରତ୍ୟେକ ଜିନିଷର ଅନ୍ତ ହେବା ନିଶ୍ଚିତ, ଏଠାକୁ କିଛି କଥା ସବୁଦିନ ପାଇଁ ରହିବାକୁ ଆସିନି, ଆତସବାଜିର ଚମକ ପରି... ଗୋଟିଏ ମୂହୁର୍ତ୍ତ ପାଇଁ ... ତା ପରେ ଫୁସ୍। ତା ସହ ଏତେସବୁ ଭୟଙ୍କର ଘଟଣା ଘଟିଯାଇଛି, କିନ୍ତୁ ସେ ଏଇଆ ଭାବିନିଏ ଯେ ଆମ ସଂପର୍କ କେବେ ଶେଷ ହେବନି।

ସ୍ୱପ୍ନ ଦେଖୁଥିବା ରୋମାଣ୍ଟିକ୍ ଝିଅ। ସେଥିପାଇଁ ଆଘାତ ପରେ ଆଘାତ ପାଉଛି।

ମୁଁ ତାକୁ ଆଘାତ ଦେବାକୁ ଚାହୁଁନି। ସେଥିପାଇଁ ତାକୁ ପ୍ରାକ୍ଟିକାଲ ହୋଇ ଯୁକ୍ତି ସମ୍ମତ ଢଙ୍ଗରେ ଚିନ୍ତା କରିବା ବ୍ୟକ୍ତିଟିଏ ପରି ଗଢିବାକୁ ଚାହେଁ।

ଅନ୍ୟ ସମାଜ ତୁଳନାରେ ମୋତେ ଭାରତୀୟ ସମାଜ ଅପେକ୍ଷାକୃତ ପ୍ରତିକ୍ରିୟାଶୀଳ ଏବଂ କ୍ରୁର ମନେ ହୋଇଥାଏ। ଜୀବାତ୍ମା - ପରମାତ୍ମା ପରି ବଡବଡ ଭାଷଣ ସତ୍ତ୍ୱେ ଆମର ଏଠି ମନୁଷ୍ୟର କୌଣସି ସମ୍ମାନ ନାହିଁ। ବିଦେଶରେ ଏକଥା ଅତି ସାଧାରଣ ଭାବେ ଗ୍ରହଣୀୟ ଯେ - ଜୀବନ ଯେ ପର୍ଯ୍ୟନ୍ତ ଅଛି, ଜୀବନ ହୋଇଅଛି... ଏହା ପରେ ଆଉ କିଛି ନାହିଁ.... ସେଥିପାଇଁ ମଣିଷକୁ ଜୀବନ ବା ସଂପର୍କ କ୍ଷେତ୍ରରେ ସବୁ ପ୍ରକାର ସ୍ୱାଧୀନତା ମିଳିବା ଉଚିତ... ଏବଂ ସହଜରେ। ଆମର ଏଠି ଏଇ ଜନ୍ମରେ ବଳି ପଡିଯାଅ ଯଦ୍ୱାରା ଜନ୍ମାନ୍ତର ମିଳିବ। ଜନ୍ମାନ୍ତର କଥା ଜଣାନାହିଁ, ତୁମେ କିନ୍ତୁ ନିଷ୍ଚୟ ଜନ୍ମ ଜନ୍ମାନ୍ତର ଚେଷ୍ଟା କରୁଥାଅ ! ସେଠି କେବଳ ବ୍ୟକ୍ତି ଥାଏ, ଆମର ଏଠି ଏ ଜାଲ ମାଆ ବାପା, ଭାଇ ଭଉଣୀ,

ପୁଅଝିଅ, ପୁଅ ବୋହୂ, ନାତିନାତୁଣୀ... କେଜାଣି ଆହୁରି କେତେବାଟ ଯାଏଁ ବିଛେଇ ହେଇଥାଏ। ବ୍ୟକ୍ତିଟିଏ କେଉଁଠି କିଛି କଲେ, ଏ ସମସ୍ତେ ବାସନ ପରି ଖଡଖଡ ହୋଇ ବାଜିଉଠନ୍ତି। ଯାହା କିଛି ଆପଣ ସମଗ୍ର ଜୀବନ କାଳ ଭିତରେ ଅର୍ଜନ କରିଛନ୍ତି ତାହା ଏଇ ଗୋଟିଏ ବିଶ୍ୱସ୍ତ ସ୍ୱୀକାରୋକ୍ତିରେ ହିଁ ଧ୍ୱସ୍ତ ହୋଇଯିବ ଯେ - ଜୀବନରେ ଏଇ ଜାଗାରେ ପହଞ୍ଚି ଆଜି ଆପଣ ଅମୁକ ସହ ଏକାଠି ରହିବାକୁ ଚାହୁଁଛନ୍ତି !

●●●

ଯେବେଠାରୁ ଇଏ ଶାଶୁଘର ଛାଡିକି ଗଲା, ନିଶାର ସେଠାକୁ ଯିବା ଆସିବା ବଢି ଯାଇଥିଲା। ଯୁବାଗୁରୁର ମାଆ ବାପା ତାକୁ ଏବଂ ନିଶାକୁ ସଂପୂର୍ଣ୍ଣ ଭାବେ ସ୍ୱାଧୀନତା ଦେଉଥିଲେ। ସେମାନଙ୍କ ପାଇଁ ଭଲ ଥିଲା ଯେ ଗୋଟେ ବୋହୂ ଚାଲିଯିବା ପରେ ତା ଜାଗାରେ ବୋହୂ ପରି ଆଉ ଜଣେ ଚାଲିଆସିଲା.... ହେଉ ପଛକେ ଅନୌପଚାରିକ ରୂପେ, ଲୁଚାଛପାରେ, କମ୍ ସମୟ ପାଇଁ... କିନ୍ତୁ ସେଇଠି ହିଁ ଥାଏ, ଯେତେ ସମୟ ପାଇଁ ହେଉ ପଛେ। ସେମାନେ ନିଜେ ସାରାଦିନ ଟି.ଭି ଆଗରେ ପଡିରହନ୍ତି, ସକାଳର ପୂଜା ଏବଂ ସଂଧ୍ୟା ଆଳତୀର ସମୟରେ ହିଁ ମନ୍ଦିର ଆସନ୍ତି। ସେମାନଙ୍କ ମୂଳଲକ୍ଷ୍ୟ ଗୋଟିଏ ହିଁ ଥିଲା- ପୁଅ ଖୁସିରେ ରହୁ.... ଯେମିତି ବି ହେଉ.... କାରଣ ଗୋଟିଏ ବୋଲି ପୁଅ ଥିଲା ଏବଂ ପ୍ରକୃତ ବୋହୂ ତାକୁ କେତେ ଅତୃପ୍ତ ରଖେ ସେମାନେ ଏହା ଜାଣି ସାରିଥିଲେ।

ଯୁବାଗୁରୁ ଏବଂ ନିଶା ପ୍ରାୟ ସାକ୍ଷାତ ହୁଅନ୍ତି। ନିଶା କେବେକେବେ ସଂଧ୍ୟାରେ ମଧ୍ୟ ଆସିଯାଏ। ଏଣିକି ମନ୍ଦିର ନ ଯାଇ ସିଧା ଘରକୁ ଯାଏ ଏବଂ ସେଇଠୁ ହିଁ ଯୁବାଗୁରୁକୁ ମୋବାଇଲରେ ଫୋନ କରେ। ଯୁବାଗୁରୁ ଆସିଯାଏ ଏବଂ ସେମାନେ ଉପରେ ସେହି ରୁମରେ ବସନ୍ତି ଯେଉଁଠି କେବେ ଦିନେ ତା ପତ୍ନୀ ରହୁଥିଲା। ପୁଅ ସ୍କୁଲ ଚାଲିଯାଇଥିବାରୁ ସେମାନଙ୍କୁ ମନ ମୁତାବକ ଏକାନ୍ତ ମିଳିଯାଏ। ସେ ଯଦି ଥାଏ ତେବେ ନିଶା ମନ୍ଦିର ଚାଲିଯାଏ। ବେଳେ ବେଳେ ନିଶା ଆସି ସିଧା ରୋଷେଇ ଘରେ ପଶିଯାଏ... ଯାହା ମନକୁ ପାଏ ବନାଏ, ନିଜ ପାଇଁ, ଯୁବାଗୁରୁ ପାଇଁ... ତା ବାପା ମାଆଙ୍କୁ ମଧ୍ୟ ଖାଇବାକୁ ଦିଏ। ଘର ଭିତରେ ସେ ଏପରି ଭାବରେ ଚଲାବୁଲା କରୁଥାଏ ସତେ ଯେମିତି ସେ ଏ ଘରର ମାଲିକାଣୀ। ମାଆ ବାପାଙ୍କୁ କିଛି ପଚାରିବାର ଆବଶ୍ୟକତା ନାହିଁ। ଯୁବାଗୁରୁର ମାଆବାପାଙ୍କୁ ଏସବୁ ଭଲ ଲାଗୁଥିଲା... ଘରକୁ ନୂଆ ବୋହୂ ଆସିବା ପରି।

କିନ୍ତୁ କିଛି ସମୟ ପରେ ସମସ୍ୟା ସେମାନଙ୍କ ଆନ୍ତରିକତା ଭିତରେ ଆସି କରାଘାତ କରିବାକୁ ଲାଗିଲା।

"ମାଆ ଓ ବାପା ମୋ ବାହାଘର କଥା ପୁଣି ଥରେ ଉଠାଇଲେଣି" ନିଶା ଦିନେ ଯୁବାଗୁରୁକୁ ଜଣାଇଲା। ସଞ୍ଜ ଆଳତୀ ପାଇଁ ଆସିଥିବା ଲୋକମାନେ ଯାଇ ସାରିଥିଲେ ଏବଂ ସେ ଦୁହେଁ ମନ୍ଦିର ଭିତର କକ୍ଷରେ ଥିଲେ।

"କାହିଁକି.... ଏବେ ତ ତିନି ବର୍ଷ ହୋଇନି, ଗ୍ରହଦୋଷ କଟିଲାଣି କୋଉଠୁ।"

"ସେ ଆଉ କେଉଁ ଜ୍ୟୋତିଷଙ୍କୁ ମୋ ଜାତକ ଦେଖାଇଛନ୍ତି। ସେ କହିଛି ଯେ କେବେ କୌଣସି ଦୋଷ ହିଁ ନ ଥିଲା।"

ଯୁବାଗୁରୁ ଟିକେ ହଡବଡେଇ ଗଲା, କିନ୍ତୁ ସମ୍ଭାଳି ନେଲା।

"ଦୃଷ୍ଟିକୋଣ ଭିନ୍ନ ହୋଇଥାଏ... କିନ୍ତୁ ତୁମେ କେମିତି ଜାଣିଲ ଯେ ସେମାନେ ବାହାଘର ପାଇଁ ଲାଗିଛନ୍ତି ବୋଲି।"

"କାଲି ମୋତେ କିଛି ଫଟୋ ଦେଖାଇ ପସନ୍ଦ କରିବାକୁ କହିଥିଲେ।"

"କେହି ପସନ୍ଦ ଆସିଲା ?" ଯୁବାଗୁରୁ କୁଟୀଳ ହସ ହସ ପଚାରିଲା।

"ଯାଃ!...." ନିଶା ଲାଜେଇଯାଇ ଏକ ପ୍ରେମଭରା ଚାହାଁଣୀରେ ଯୁବାଗୁରୁକୁ ଚାହିଁଲା।

"ଅପା ଆସିଗଲେ ତ ଆମର ଦେଖା ହେବା ମିଳାମିଶା ସବୁ କମିଯିବ।" ସେ ଚିନ୍ତିତ ଥିଲା।

"ସେ ଆସିବନି।"

"ତୁମେ ତାଙ୍କୁ ଆଦୌ ପ୍ରେମ କରନି ?"

"ସେ ଚରିତ୍ର ହୀନାକୁ ? ତାର ସବୁ କୃତକର୍ମ ତୁମକୁ ଜଣେଇ ସାରିଛି। ସେ ଆଉ ଜଣଙ୍କର ରକ୍ଷିତା ହୋଇଯାଇଛି। ତାଆରି ବଳରେ ଡିଆଁ ମାରୁଥିଲା। ମୁଁ ବାହାର କରିଦେଲି ତାକୁ। କୋଉ ମୁହଁରେ ସେ ଆଉ ଫେରିବ ?"

"ନିଜ ପୁଅକୁ ସ୍ନେହ କର ?"

"ମୁଁ ବି ଜାଣିନି ସେ କେମିତି ଜନ୍ମ ହୋଇଗଲା... କାରଣ ସେ ବଦମାସ ସ୍ତ୍ରୀ ଲୋକର ଲକ୍ଷଣ ପ୍ରଥମରୁ ହିଁ ଖରାପ ଥିଲା, ତାକୁ ଦେଖି ମୋତେ ଅରୁଚି ଆସୁଥିଲା। କେଉଁ ଗୋଟିଏ ଦୁର୍ବଳ ମୁହୂର୍ତ୍ତରେ ସେ ଜନ୍ମ ହୋଇଗଲା। ଏବେ ଅଛି, ତେଣୁ ଦାୟିତ୍ୱ ତ ନେବାକୁ ପଡିବ। ସମାଜରେ ରହିବାର ଅଛି ତ।"

"ମୋତେ ସତରେ ପ୍ରେମ କରୁଛ ତ।"

"ତୁମେ ଜାଣ ଯେ ମୋ ଜୀବନରେ ଆଉ କେହି ନାହିଁ। ମୁଁ ନିଶ୍ଚୟ ଏଠି ବସି

ସମସ୍ତଙ୍କ ଦୁଃଖ ସମସ୍ୟା ଶୁଣୁଛି... କିନ୍ତୁ ମୋ ସମସ୍ୟା ଶୁଣିବାକୁ କେହି ନାହିଁ, କେବଳ ତୁମକୁ ଛାଡି ଦେଲେ...."

"ମୋ ପାଇଁ ନିଜ ସ୍ତ୍ରୀ ଓ ପୁଅକୁ ଛାଡିପାରିବ ?"

"ସେ ତ ଚାଲିଯାଇଛି, ପୁଅକୁ ବି ଦିନେ ନା ଦିନେ ନେଇଯିବ।"

"ମୋତେ ବିବାହ କରିବ ?"

"ବିବାହର ବନ୍ଧନ ଦରକାର ଅଛି କି ? ତୁମେ ତ ଜାଣିଛ ଯେ ମୋର ଏଇ ଧର୍ମ ମାର୍ଗରେ ଛାଡପତ୍ରକୁ ଭଲ ଦୃଷ୍ଟିରେ ଦେଖାଯାଏନି। କାହିଁକି ଆମେ ଦୁହେଁ ଏମିତି ସ୍ୱାଧୀନ ଭାବରେ ନ ରହିବ ? ବିଦେଶରେ ତ ରୁହନ୍ତି ଏମିତି....କଣ କୁହନ୍ତି ତ ତାକୁ... ହଁ, ଲିଭ୍ ଇନ୍ ରିଲେସନଶିପ୍ ! ଆମ ପାଖରେ କେଉଁ କଥାର ଅଭାବ ଅଛି ? ସେ ଆଉ ପୁଅ ଚାଲିଯିବା ପରେ ତ ସ୍ୱାଧୀନତା ହିଁ ସ୍ୱାଧୀନତା। ଆଉ ଏମିତି ବି ଘରଟା ଆର ପାଖକୁ ଅଛି। ମୋ ଘର ତ ଏଇଟା। ଆମେ ଯେତେବେଳେ ବି ଇଛା ବାହାରକୁ ମଧ୍ୟ ଯାଇ ପାରିବା, କେଉଁ ଗୋଟେ ଭଲ ହୋଟେଲରେ କିଛି ଦିନ ପାଇଁ ରହି ପାରିବା। ତୁମେ ମଧ୍ୟ ଏଠାରେ ଯେତେବେଳେ ଇଛା ହେବ ରାତିରେ ରହିପାରିବ।"

"ଯଦି ମୋତେ ପିଲାପିଲି ଦରକାର ହେବ ତେବେ... ?"

"ଏମିତି ତ ଦେଶରେ ଜନସଂଖ୍ୟା ବଢି ଚାଲିଛି। ଆମର ବେକାରୀ ସଂଖ୍ୟା କେତେ ଜାଣିଛ ? କାହିଁକି ସେଥିରେ ଆହୁରି ସଂଖ୍ୟା ଯୋଡିବା ? ପ୍ରଥମେ ଆମେ ଦୁଇ ଆମର ଦୁଇର ସ୍ଲୋଗାନ ଥିଲା, ତା ପରେ ଏକ ହେଲା.... ଏବେ ଗୋଟିଏ ବି ନାହିଁର ଜମାନା। ଅଯଥା ଦାୟିତ୍ୱକୁ ମୁଣ୍ଡେଇ ନିଜ ଜୀବନ ନଷ୍ଟ କରିବା କଥା ! ଆମେ ଏମିତି ହିଁ ଠିକ ଅଛନ୍ତି, ବାହାହେବା କଣ ଦରକାର।"

"ମୋ ବାପାମାଆ କଣ ରାଜି ହେବେ ଏଥିପାଇଁ ?"

"ତାଙ୍କୁ ଏଥିପାଇଁ ତୁମେ ରାଜି କରାଅ, କୁହ ଯେ ତୁମେ ଏବେ ବାହାହେବାକୁ ପ୍ରସ୍ତୁତ ନୁହେଁ... ପାଠପଢା ସରୁ ଦେଖିବ.... ନ ହେଲେ ମନପସନ୍ଦ ବର ଖୋଜୁଛି ବୋଲି କୁହ ଏମିତି ବି ମୋ ସହ ବାହାଘର କରିବାକୁ ରାଜି ହେବନି, କହିବେ ବାହା ହୋଇଛି, ଗୋଟେ ପିଲାର ବାପା ବି। ମୁଁ ଛାଡପତ୍ର ଦେଇଦେଲେ ସୁଦ୍ଧା ସେ ଦଶଟା ଖୁଣ ଗୁଣ ବାହାର କରିବେ। କହିବେ - ଛାଡପତ୍ର ଦେଇଛି, କିଛି କାମ କରୁନି, ମାଆ-ବାପାଙ୍କ ପଇସାରେ ବସି ଖାଉଛି। ଆମ ଦେଶରେ ଆଧ୍ୟାତ୍ମିକ କର୍ମକୁ ତ କେହି ଆଦୌ ମାନନ୍ତିନି କି ଗୁରୁତ୍ୱ ଦିଅନ୍ତିନି, ଯଦିଓ ଏହା ହିଁ ଆମର ଜମା ପୁଞ୍ଜି ଅଟେ। ଏଥିପାଇଁ ଚାକିରି ପରି ସାଂସାରିକ କର୍ମକୁ ତ୍ୟାଗ କରିବାକୁ ପଡିଥାଏ... ଏ କଥା କିଏ ବୁଝେ। ତୁମେ ଖାଲି ଏବେ ବାହାଘର ପ୍ରସଙ୍ଗଙ୍କୁ ଟାଳି ଚାଲ। ସେଥିରେ

ଏମିତି ଆଉ କଣ ଅଛି ଯାହା ଆମ ଭିତରେ ନାହିଁ ବା ହୋଇପାରିବନି । ଏମିତି ହିଁ ଚାଲିବାକୁ ଦିଅ । ଯେତେବେଳେ ଟିକେ ବୟସ ଆଗକୁ ଗଡିଯିବ, ଏ ବିପଦ ବି ଆପଣା ଛାଏଁ ଚାଲି ଯିବ । ଆମେ ଆଜୀବନ ଏମିତି ଯଦି ରହିବା ତେବେ ପ୍ରେମ ବି ଏମିତି ହିଁ ରହିବ ।"

ନିଶା ପ୍ରଥମ ଥର ପାଇଁ ଯୁବାଗୁରୁ ପାଖରୁ ନିରାଶ ହେଲା । ଗୋଟିଏ ପରେ ଗୋଟିଏ ଯୁକ୍ତି ଦେଖାଇ ଯୁବାଗୁରୁ ଯଦିଓ ନିଜ କଥାକୁ ଠିକ ବୋଲି ପ୍ରମାଣିତ କରି ଦେଉଥିଲା... ତଥାପି ଏସବୁ ସଂପୂର୍ଣ୍ଣ ଘଟଣା ଭିତରେ ଏମିତି କିଛି ଥିଲା ଯାହା ତାକୁ ଅପୂର୍ଣ୍ଣ କରି ରଖୁଥିଲା । ଏପରି ସାଙ୍ଗ ହୋଇ ଏକାଠି ରହିଲେ ମଧ୍ୟ ଏହାକୁ ଜୀବନ ସାଥି ସହ ଜୀବନ କାଟିବା ତ କୁହାଯାଇ ପାରିବ ନାହିଁ । କିନ୍ତୁ ଏ ଚଳଣୀ ଭିତରେ କିଛି ତ ଅଛି ନିଶ୍ଚୟ, ଯେଉଁଥି ପାଇଁ ଏହା ପାଶ୍ଚାତ୍ୟ ଦେଶରେ ପ୍ରଚଳିତ, ସେଠାରେ ତ ବିବାହ ବିନା ମଧ୍ୟ ପିଲା ଜନ୍ମ କରନ୍ତି.... ଆଉ ତାହା ସମାଜ ଦ୍ୱାରା ଗ୍ରହଣୀୟ ମଧ୍ୟ ହୋଇଥାଏ । ଆମ ଦେଶରେ ମଧ୍ୟ ଏହା ଆରମ୍ଭ ହୋଇ ସାରିଛି ।

ଏବେଠୁ କାହିଁକି ଏତେ ଆଗକୁ ଚିନ୍ତା କରିବା ମାଆ ବାପାଙ୍କୁ ଦେଖିବାକୁ ଦିଆଯାଉ... ଯଦି କେହି ମିଳିଯାଏ ତେବେ ସେ ମଧ୍ୟ ତାକୁ ପସନ୍ଦ ଆସିବା ଦରକାର । ଯେତେବେଳେ ଏପରି କେହି ମିଳିଯିବ.... ସେତେବେଳେ ଦେଖାଯିବ । ସେତେଦିନ ଯାଏଁ....

ସମୟ ତ ଭଲରେ କଟୁଛି । ଯୁବାଗୁରୁ ତ ପାଇଁ, ତା ଘର, ମାଆ- ବାପାଙ୍କ ବିଷୟରେ ଏତେ କିଛି ଚିନ୍ତା କରୁଛି । ସବୁବେଳେ ଯତ୍ନ ନେଉଛି । ତାର ସାହାରା ପାଲଟିଛି ।

"ମୋତେ ଏଠି ପ୍ରାୟ ଡେରି ହେଇଯାଉଛି । ତୁମକୁ ଛାଡିବାକୁ ଯିବାକୁ ପଡୁଛି । ତୁମେ କହୁଥିଲ ଯେ ମୋତେ ଗାଡି କିଣିଦେବ ?"

"ଯେବେ ବି କହିବ ।"

"କିଛି ଟଙ୍କା ଜମା ହୋଇଯାଉ ତା ପରେ.... ।"

"ସେ ଯାଏଁ କାହିଁକି ଅପେକ୍ଷା କରିବ । ଆଗକାଳରେ ଲୋକେ ସେମିତି କରୁଥିଲେ । ଏବେ ଲୋନ୍‌ର ଯୁଗ, ଅପେକ୍ଷା ନ କରିବାର ଯୁଗ । କାଲି ହିଁ ବ୍ୟାଙ୍କରୁ ଲୋନ ଆଣି ଗାଡି କିଣିବା, ନିଜ ସମସ୍ୟାକୁ କାହିଁକି ବେଶୀଦିନ ଯାଏଁ ଘୋଷାରିବା !"

କିଛି ସମୟ ପୂର୍ବର ନିରାଶା ଉଭେଇଗଲା । ଯୁବାଗୁରୁ ତା ଇଚ୍ଛାକୁ କେତେ ସମ୍ମାନ ଦେଉଛି... ନିଶା ଭାବୁଥିଲା

●●●

"ଗୁରୁଜୀ, ଗୁରୁମାତାଙ୍କ ବିନା ଭଲଲାଗୁନି। ଲୋକମାନେ ବିଭିନ୍ନ ପ୍ରକାର କଥା କହୁଛନ୍ତି। ଆମର ପ୍ରତିଷ୍ଠା କମିବାରେ ଲାଗିଛି।"

ଯୁବାଗୁରୁଙ୍କ ପ୍ରିୟ ଶିଷ୍ୟ ଭିତରୁ ଜଣେ ଦିନେ କହିପକାଇଲା। ଯୁବାଗୁରୁର ଏହା ସବୁଠାରୁ ନିଭୃତ ବଳୟ ଥିଲା- ବେକାର ହୋଇ ବୁଲୁଥିବା ତିନି ଚାରି ଜଣ ଲୋକ ତାର ପ୍ରଶଂସାରେ ଶତମୁଖ ହୋଇ ତାକୁ ଗଦଗଦ୍ କରିଦେଉଥିଲେ। ଯେତେବେଳେ ଏହି ଲୋକମାନେ ତା ବିଷୟରେ ଏପରି ଭାବୁଛନ୍ତି ତେବେ ବଳୟ ବାହାରେ ଥିବା ଭକ୍ତମାନେ ତ କେଜାଣି କଣ ସବୁ ଆଲୋଚନା କରୁଥିବେ, ତା ସାମ୍ନାରେ କିଛି ନ କହନ୍ତୁ ପଛେ... ଯୁବାଗୁରୁ ଚିନ୍ତିତ ହୋଇ ଉଠିଲା....।

"କଣ କହୁଛନ୍ତି।"

"କହୁଛନ୍ତି ଯେ ଗୁରୁଜୀଙ୍କର ମନ ଏବେ ଆଉ ଧର୍ମକର୍ମରେ ଲାଗୁନି, ବେଳେବେଳେ ତ ସକାଳ - ସଞ୍ଜ ଆଳତୀ ସମୟରେ ମଧ୍ୟ ଆସୁନାହାନ୍ତି, ବାପାଙ୍କୁ ପଠେଇ ଦେଉଛନ୍ତି। ଗୋଟେ ଝିଅକୁ ସ୍କୁଟି ପଛରେ ବସାଇ ବୁଲୁଛନ୍ତି। ତାଆରି ପାଇଁ ହିଁ ଗୁରୁମା ଛାଡି ଚାଲିଗଲେ... ନିଜ ଘର ସମ୍ଭାଳି ପାରୁନାହାନ୍ତି ଆଉ ଅନ୍ୟମାନଙ୍କ ଶିକ୍ଷା ଦେଉଛନ୍ତି!"

ଦେଖାଇବା ପାଇଁ ଉପର ମନରେ ଯୁବାଗୁରୁ ହସିଦେଲା.... କିନ୍ତୁ ତୀରଟା ଭିତରକୁ ଭେଦି ଯାଇ ଲାଖି ରହିଥିଲା। ଯେଉଁ ମାନେ ଏଇଆ ଭାବୁଛନ୍ତି ଯେ ନିଶା ପାଇଁ ତା ପତ୍ନୀ ଚାଲିଗଲା, ସେମାନେ ଆହୁରି କେତେ କଣ ସବୁ ନିଜ ଭିତରେ ଆଲୋଚନା କରୁଥିବେ କିଏ ଜାଣେ! ନିଶ୍ଚୟ ନିଶା ଓ ତା ଉପରେ ଦୃଷ୍ଟି ରଖାଯାଇଛି.... କିଏ ଜାଣେ - ହୁଏତ ଏଇ ଶିଷ୍ୟମାନେ ହିଁ ବାହାରେ ଗୁଜବ ସୃଷ୍ଟି କରୁଛନ୍ତି।

ବିଜୟୀ ହେବାର ଅନୁଭବ ତ ଯୁବାଗୁରୁକୁ ସେତେବେଳେ ବି ହୋଇ ନ ଥିଲା ସେ ଯେବେ ପତ୍ନୀକୁ ଛାଡିବାକୁ ପୁଅ ସହ ଷ୍ଟେସନ ଆସିଥିଲା। ସେତେବେଳେ ନିଜକୁ ବୁଝାଇ ଚାଲିଥିଲା ଯେ ଏହା ଏକ ସାଧାରଣ ସୌଜନ୍ୟତା ଯେ ତାକୁ ଟ୍ରେନରେ ବସାଇ ଦେଇ ଆସିବ। ପତ୍ନୀ ସେ, ପ୍ରଥମ ଥର ପାଇଁ ବାହାରକୁ ଯାଉଥିଲା। ସେ ସେଠାକୁ ଯିବା ପରେ କିଛି ଦିନ ଦୂରେଇ କି ମଧ୍ୟ ରହିଲା - ପୁଅ ମନରେ ଏଇ ଧାରଣା ଦୃଢ କରିବାର ଥିଲା ଯେ ତା ମାଆ ବହୁତ କଠୋର ଅଟେ, ତାକୁ ଛାଡି ଚାଲିଗଲା। ଇଚ୍ଛା କରିଥିଲେ ନୂଆ କରି ଯାଉଥିବା ସହରରେ ରହିବାର ସୁବିଧା କରେଇବା ପାଇଁ ପ୍ରଥମେ ସେ ତା ସହ ଯାଇ ପାରିଥାନ୍ତା, କିନ୍ତୁ ଭାବିଲା ତାକୁ ଏକା ଏକା ଭୋଗିବାକୁ ଦିଆଯାଉ... ସେ ଧିରେଧିରେ ଦୁର୍ବଳ ହୋଇପଡିବ... କିନ୍ତୁ ଆଜି ରତ୍ନେସାନନ୍ଦ (ଶିଷ୍ୟକୁ ସେ ନିଜେ ଦେଇଥିବା ନାମ) ଯେତେବେଳେ କହିଲା କିଛି

ଠିକ୍ ହେଲାନି, କଥାଟି ଯୁବାଗୁରୁଙ୍କୁ ଆଘାତ ଦେଲା। ଯଦି ଲୋକମାନେ ଏପରି ଭାବୁଛନ୍ତି ଏବଂ ଏହିପରି ଆଲୋଚନା କରିଚାଲିବେ ତେବେ ତାର ପ୍ରତିଷ୍ଠା ତ ମାଟିରେ ମିଶିଯିବ। ବାହାରେ ଫ୍ରେମରେ ଝୁଲୁଥିବା ସ୍ୱାମୀ... ଆନନ୍ଦ...ର ବେପାର ଠପ୍ ହୋଇଯିବ। ସେ ଭୁଲ୍ ଖେଳ ଖେଳୁଥିଲା, ଏବେ ଚାଲ୍ ଓଲଟା ଚଳେଇବାକୁ ହେବ। ପତ୍ନୀର ସେଠାରେ ସ୍ଥାୟୀ ଭାବରେ ରହିଯିବା, ଯୁବାଗୁରୁର ନିଜ ବେପାର ମୂଳପୋଛ ହେବା ପରି ଥିଲା। ଭକ୍ତଗଣଙ୍କ ଆଗରେ ଆଦର୍ଶ ଗୃହସ୍ଥର ଉଦାହରଣ ରଖିବାକୁ ପଡିବ। ଆମ ଦେଶ ହିଁ ଏମିତି - ଦେବୀ ଦେବତାଙ୍କୁ ପୂଜା କରୁଥିବା ଏ ଲୋକମାନେ ଶୁଦ୍ଧ ପବିତ୍ର ମଣିଷ ଖୋଜନ୍ତି। ଯୁବାଗୁରୁଙ୍କୁ ଦେଖାଇବାକୁ ପଡିବ। ମଣିଷ ହେବାର ସ୍ୱାଧୀନତା ଯଦିଓ ତାର ରହିଛି କିନ୍ତୁ ତାହା ଲୁଚାଇପାରେ। ଯଦି ଲୋକମାନେ ଏହିପରି ଗୁଜବ କରିଚାଲିବେ ତେବେ ଭବିଷ୍ୟତରେ ଯୁବାଗୁରୁର ଗୁରୁ ସ୍ୱାମୀ ଅରୁପାନନ୍ଦଙ୍କ ପାଖରେ ମଧ୍ୟ ଖବର ପହଞ୍ଚି ଯାଇପାରେ...

ଯୁବାଗୁରୁର ଦୁଷ୍ଟ ବୁଦ୍ଧି କାମ କରିବାକୁ ଲାଗିଲା। ସେ ସେହିପରି ଉପାୟ ପାଞ୍ଚିବାକୁ ଲାଗିଲା- ଗୁରୁର ଆସନ ତାକୁ ସୁରକ୍ଷିତ ରଖିବାକୁ ପଡିବ, ସେଥିରେ ଆମଦାନୀ ବି ହେବ ଓ ନିଶା ବି ରହିବ। ପତ୍ନୀ ସେ ନୂଆ ସହରରେ ରହିଯିବ ଓ ଏଠାକୁ ମନା କରିଦେବ.... ଏହା ପୂର୍ବରୁ କିଛି କରିବାକୁ ପଡିବ... ନଚେତ୍ ବହୁତ ଡେରି ହୋଇଯିବ.... ମାୟା ଜାଲ ବିଛାଇବାର ପ୍ରାରମ୍ଭ କରାଯାଉ...

ଏଣିକି ଆଗାମୀ ଦିନମାନଙ୍କରେ ପତ୍ନୀ ସହ ତାର ବ୍ୟବହାରରେ ଅଚାନକ ପରିବର୍ତ୍ତନ ଆସିଗଲା। ଏବେ ସେ ପୁଅକୁ ନିଜ ମାଆ ସହ କେବଳ କଥା ହେବାର ସୁଯୋଗ ହେଲାନି, ବରଂ ବେଶୀ ଦିନ ପର୍ଯ୍ୟନ୍ତ ପତ୍ନୀର ଫୋନ ନ ଆସିଲେ ନିଜଆଡୁ ଫୋନ ଲଗାଇ ମାଆ ପୁଅଙ୍କ ଭିତରେ କଥାବାର୍ତ୍ତା କରାଇ ଦିଏ। ପାଖରେ ଥାଇ ନିଜେ ବି କୁଶଳ ମଙ୍ଗଳ ପଚାରି ନିଏ। ଦିନେ ସେ ଏ ପ୍ରସ୍ତାବ ବି ରଖି ଦେଇଦେଲା ଯେ କହିବ ଯଦି କିଛି ଦିନ ପାଇଁ ଚାଲି ଆସିବ ଓ ରହିବା ଆଦି ଭଲରେ ବ୍ୟବସ୍ଥା କରିଦେଇ ଯିବ। ଏ କଥା ଶୁଣିବା ମାତ୍ରେ ସେ ଡରିଗଲା... ତା ସହ ଏକାକୀ ରହିବା କଥା ଭାବିବା ମାତ୍ରେ ହିଁ ଥରି ଉଠିଲା। ଏକୁଟିଆ ଦେଖି ସେ ବଳାତ୍କାର ବି କରିଦେଇପାରେ। ତା ଦ୍ୱାରା କିଛି କାମ ଯଦି କରାଏ ତେବେ ଜଣା ନାହିଁ ତା ବଦଳରେ ସେ କେଜାଣି କଣ କଣ ମାଗି ବସିବ, କଣ କରି ବସିବ କିଏ ଜାଣେ, ଏଠାରେ ସ୍କୁଲ ଲୋକଙ୍କ ସହ ମିଶି କି ଯୋଜନା ସବୁ କରିବସିବ। ସେ ସଫା ସଫା ମନା କରିଦେଲା। ଏତିକି ହିଁ ଯଥେଷ୍ଟ ଯେ ଯୁବାଗୁରୁ ସେଠି ରହି ପୁଅର ସଂପୂର୍ଣ୍ଣ ଭାବରେ ଯତ୍ନନେବେ, ସିଦ୍ଧାର୍ଥ ଭଲରେ ଖିଆପିଆ କରୁ, ନିୟମିତ ସ୍କୁଲ ଯାଉ। ସେ ବସି ତା ହୋମଓ୍ୱାର୍କ

କରାଇ ଦେଉ। ଗୋଟିଏ ଭଲ ଟ୍ୟୁସନ ଟିଚର ରଖିଦେଉ। ପୁଅର ପଢାପଢି ଖର୍ଚ୍ଚ ପାଇଁ ସେ ମାସକୁ ଦୁଇ ହଜାର ଟଙ୍କା ପଠାଇ ଦେଉଥିବ। ଯୁବାଗୁରୁ ପ୍ରଥମେ ତଟସ୍ଥ ହୋଇଯାଇ ପରେ ଏହି ପ୍ରସ୍ତାବକୁ ସ୍ୱୀକାର କରିନେଲା। ଆସୁଥିବା ଲକ୍ଷ୍ମୀଙ୍କୁ ଅଗ୍ରାହ୍ୟ କଲେ ଦେବୀଙ୍କର ଅପମାନ ହୋଇଥାଏ! କିନ୍ତୁ ଏଇଆ କହିଲା ଯେ ଆଉ, ବାହାର ଜାଗାରେ ନୂଆ ସହରରେ ଟଙ୍କା ପଇସାର ଆବଶ୍ୟକତା ପଡିବ।

ପୁଅ ଜରିଆରେ ସେ ମାୟାଜାଲ ବିଛେଇବାକୁ ଆରମ୍ଭ କଲା। ତାକୁ ଶିଖାଇଲା- ମାଆକୁ କହ ତୋ କଥା ବହୁତ ମନେ ପଡୁଛି, ମାଆ ତୁ ଜଲଦି ଆସେ। ଏମିତି କହିଲେ ମାଆ ଆସିଯିବ...? ସିଦ୍ଧାର୍ଥ ଯେତେବେଳେ ଏମିତି କୁହେ ଏପଟେ ସେ କାନ୍ଦି ପକାଏ, ଘଣ୍ଟା ଘଣ୍ଟା ଧରି ଉଦାସ ରହେ..।

ଦଶହରା ଦୀପାବଳୀ ଛୁଟିରେ ସେ ପୁଅ ପାଖକୁ ଯିବା ପାଇଁ ମନେ ମନେ ସ୍ଥିର କଲା। ଯାହା ହେଲେ ବି ସେ ତା ସହ ଝଗଡା କରି କିମ୍ବା ଏଇଆ କହି ତ ଆସି ନ ଥିଲା ଯେ ସେ ଆଉ ଆସିବନି ବୋଲି। ସେ କହିଲା- ବାହାରି ଯା ଓ ସେ ବାହାରି ମଧ୍ୟ ଆସିଲା, କିନ୍ତୁ ଭଦ୍ର ଭାବରେ ଚାଲିଆସିଲା, ଯେମିତି କେହି ଜାଣି ବି ପାରିବେନି। ଆଉ ଏଇ ଧାରଣାକୁ ସତ ବୋଲି ପ୍ରମାଣିତ କରିବାକୁ ସେ ମଝିମଝିରେ ଘରକୁ ଯିବା ଜରୁରୀ, ସମସ୍ତେ ଯେମିତି ଏଇଆ ଭାବିବେ ଯେ ସେ ଚାକିରି ପାଇଁ ବାହାରେ ରହିଛି।

ସେ ପହଞ୍ଚିବା ବେଳକୁ ଯୁବାଗୁରୁ ସିଦ୍ଧାର୍ଥ ସହ ଷ୍ଟେସନରେ ହାଜିର ଥିଲା, ଫୁଲତୋଡା ହାତରେ ଧରି ଏପଟେ ସେପଟେ ଧାଇଁ... ଏଡବାରୁ ସେ ଡବା ଖୋଜି ଖୋଜି। ତାକୁ ଖୁସି କରିବାକୁ ସେ ପ୍ୟାଣ୍ଟ ଟି ସାର୍ଟ ପିନ୍ଧି ଆସିଥିଲା। ଫୁଲତୋଡା ନେଇ ସେ ସ୍କୁଲରେ ଜଣାଇବା ପରି ଔପଚାରିକତା ଦୃଷ୍ଟିରୁ ଧନ୍ୟବାଦ କହିଲା ଏବଂ ପୁଅକୁ କୁଣ୍ଢେଇ ପକାଇଲା।

ଘରେ ପହଞ୍ଚି ସର୍ବ ପ୍ରଥମେ ସେ ସିଦ୍ଧାର୍ଥର ଡାଏରୀ ଆଣି ଦେଖିଲା। ଆଶ୍ଚର୍ଯ୍ୟ ହୋଇଗଲା ଯେ ଗତ ଟେଷ୍ଟରେ ସେ ହିନ୍ଦୀକୁ ଛାଡି ବାକି ସବୁ ବିଷୟରେ ଫେଲ ହୋଇଥିଲା। କ୍ଲାସ ଟିଚରଙ୍କ ମନ୍ତବ୍ୟ ନକରାତ୍ମକ ସହ ଏକଥା ବି ଲେଖାଯାଇଥିଲା ଯେ ସ୍କୁଲରେ ପୁଅର ଉପସ୍ଥାନ ବହୁତ କମ୍.....

"କଣ ସବୁଦିନ ସ୍କୁଲ ଯାଉ ନ ଥିଲୁ?" ସେ ସମସ୍ତଙ୍କ ସାମ୍ନାରେ ପୁଅକୁ ପଚାରିଲା। ଯେମିତିକି ପ୍ରଶ୍ନଟି ସମସ୍ତଙ୍କ ପାଇଁ ଥିଲା। ସିଦ୍ଧାର୍ଥ ଚୁପ ରହିଲା, ଯୁବାଗୁରୁ ହିଁ କହିଲା -

"କାହିଁକି ଯାଉ ନଥିଲା। ତୁ ଚାଲିଯିବା ପରେ ଯା ଦେହ ଟିକେ ବେଶୀ

ଖରାପ ହେଉଥିଲା। ଯେଉଁ ଦିନ କହୁଥିଲା ଦେହ ଭଲ ଲାଗୁନି ବୋଲି, ମୁଁ ଆଉ ସ୍କୁଲ ଯିବାକୁ ଜୋର ଦେଉ ନ ଥିଲି... କାଳେ ସ୍କୁଲରେ ଆହୁରି ବେଶୀ ଖରାପ ହେଇଯିବ!"

"ଏଇଆ କାହିଁକି କହୁନ ଯେ ଏହା ସହିତ ତୁମେ ନିଜ ଛୁଟିର ବ୍ୟବସ୍ଥା ବି କରିଦେଉଥିଲ - ନା ଛାଡିବାକୁ ଯିବାକୁ ପଡିବ... ନା ଆଣିବାକୁ। ଟ୍ୟୁସନ ଯାଉଥିଲା ?"

"ଗତ ମାସ ହିଁ ବନ୍ଦ କରି ଦେଲି.... ମୁଁ ଯେତେବେଳେ ଛାଡିବାକୁ ଯାଉଥିଲି ସେ ମାଡାମଙ୍କ ସହ ଭେଟ ହିଁ ହୁଏନି। ମୁଁ ବନ୍ଦ କରିଦେଲି। ଆଉ ଜଣେ ଟିଚର ଖୋଜୁଛି।"

"ତୁମେ ଥରେ ବି ଟ୍ୟୁସନ ମାଡାମଙ୍କୁ ଦେଖା କରିଛ ? ତାଙ୍କୁ ଫୋନ କଲ ? ଟିଚରମାନେ ସାଧାରଣତଃ ଦାୟିତ୍ୱହୀନ ନଥାନ୍ତି।"

"ଇଏ ସେଇ ଭଳିଆ ଟିଚର ନୁହଁନ୍ତି। ଇଏ ସେଇମାନଙ୍କ ଭିତରୁ, ଯେଉଁମାନେ କିଛି କାମ ନ ପାଇଲେ ଟ୍ୟୁସନ କରିବସନ୍ତି।"

"ତା ହେଲେ କୌଣସି ଭଲ ଶିକ୍ଷକ ଠିକ କରି ଦେଇଥାନ୍ତ, ଦିନ ସାରା ତ ଏପଟ ସେପଟ ଘୂରି ବୁଲୁଛ।"

"ଖୋଜୁଛି। ମିଳିଯିବ।"

ଶାଶୁ ଶ୍ୱଶୁର ବସି ବସି ତାମସା ଦେଖୁଥିଲେ। ସେମାନଙ୍କ ପାଇଁ ନିଜର ଗୋଟିଏ ବୋଲି ପୁଅର ଇଚ୍ଛା ହିଁ ସର୍ବୋତ୍ତମ ଥିଲା। ସେ ଖୁସିରେ ରହିଲେ ସେମାନେ ଶାନ୍ତି। ଆଗାମୀ ପିଢୀ ପାଇଁ ତାଙ୍କର ଏମିତି ବି କିଛି ଯାଏ ଆସେ ନାହିଁ , କାରଣ ସେତେବେଳକୁ ସେମାନେ ଚାଲିଯାଇଥିବେ। ସେ ପଢିଲା କି ନାହିଁ ତାଙ୍କର କଣ ଯାଉଥିଲା ! ଘର ତିଆରି କରି ଛାଡି ଯାଉଛନ୍ତି, ପୁଅ ବୋହୂ ଦୁହିଁଙ୍କ ନାଁରେ କରିଦେଇଛନ୍ତି ଯେମିତି ପୁଅ ଏକା ବିକିଭାଙ୍ଗି ସଫା କରି ନ ପାରିବ। ତେଣୁ ନାତି ପାଇଁ ତ ଏଇ ଘରଟା ରହିବ ହିଁ... ଦୁଇ ଓଳି ଖାଇବା ତ ସମସ୍ତଙ୍କ ପାଇଁ ହୋଇଯାଇଛି। ଶ୍ୱଶୁର ଚୁପ ରହିଲେ, ଶାଶୁ ଅବଶ୍ୟ ସିଆଡକୁ ମୁହଁ କରି ଆସ୍ତେ କରି ଗୁରୁଗୁରୁ ହେଲେ -

"ପାଠ ପଢି ଯେମିତି ବଡ ଲାଟ ସାହେବ ହୋଇଯିବ।"

ଯୁକ୍ତିତର୍କ ଯେତେବେଳେ ବନ୍ଦ ହୋଇଗଲା, ସମସ୍ତେ ଯେଝା ଯାଗାକୁ ଚାଲିଗଲେ, ସେତେବେଳେ ଶାଶୁ ଗୋଟେ କଳାବୁଦ୍ଧି ପାଞ୍ଚିଲେ, ତାକୁ ଏକୁଟିଆ ଫୁସୁଲେଇଲେ- "ଯଦି ପୁଅକୁ ପଢାଇବାକୁ ଚାହୁଁଛୁ ଯଦି ତାକୁ ନିଜ ସହ ନେଇ ଯା, ତୋ ଛଡା ସେ ଆଉ କାହା କଥା ଶୁଣୁନି...."

ଯୁବାଗୁରୁ ନିଜ ଖେଳ ଖେଳି ଚାଲିଥିଲା। ପତ୍ନୀ ସେଠି ରହିବ, ରୋଜଗାର

କରିବ.... ପୁଅର ଖର୍ଚ୍ଚ ବି ପଠେଇବ ତେବେ ତାକୁ ଏଠି ଆଉ କଣ ମିଳିବ। ବରଂ ଲୋକମାନେ ଆହୁରି ଅଧିକ ନଜର ରଖିବେ। ସେ ସେଠି ଥଏସ୍ କରିବ.... ଏକୁଟିଆ ଏଠି ଯୁବାଗୁରୁ ଉପରେ ଦଶ ପ୍ରକାରର ପ୍ରତିବନ୍ଧକ।

ଘରେ ସ୍ତ୍ରୀ ଯଦି ରୁହେ ତେବେ ସମ୍ମାନ ବି ରହିଯିବ ଓ ନିଶା ପାଇଁ ମଧ୍ୟ ସୁବିଧା ହୋଇଯିବ। ତା ମାଆବାପା ତାକୁ ତା ଇଚ୍ଛା ମୁତାବକ ଡେରିଯାଏଁ ରହିବାକୁ ଅନୁମତି ଦେଇ ପାରିବ। ସ୍ତ୍ରୀ ତ ଏମିତିରେ ବି ମନ୍ଦିର ଆଡକୁ ଯାଏନି, ପ୍ରେମ ପ୍ରକାଶକୁ ନେଇ ତା ମନରେ କିଛି ଅଛି ଯେହେତୁ, ସେ କେଉଁ ମୁହଁରେ ବାରଣ କରିବ। ଦେଖେଇବା ପାଇଁ ସେ ସ୍ତ୍ରୀ, ନିଶା କିନ୍ତୁ ଅସଲ ସ୍ତ୍ରୀ ହୋଇ ରହିବ। ସବୁ ବଡବଡ଼ିଆମାନେ ଦୁଇ ଦୁଇଟା ରଖନ୍ତି। ସେ ଏଠି ଯଦି ରହେ ତେବେ ଘରକାମ ବି ଦେଖିବ, ରୋଷେଇ କରିବ, ପୁଅକୁ ସମ୍ଭାଳିବ.... ନିଶ୍ଚିତ ହୋଇ ସେ ନିଜ କାମରେ ଲାଗିଯିବ। ସେ ଯଦି ବାହାରେ ରହିବାରେ ଅଭ୍ୟସ୍ତ ହୋଇଗଲା ତେବେ ହାତ ମୁଠାରୁ ଖସିଯିବ, ତାର ଏକା ରହିବା, ସ୍ୱାଧୀନ ଭାବରେ ରହିବା ଅଭ୍ୟାସ ହୋଇଯିବ, ପାଟିରେ ଏହାର ସ୍ୱାଦ ଲାଗିଯିବ। ସେଠାର ସବୁ ସଂସ୍ଥାରୁ ଛଡେଇ ତାକୁ ଏଠାକୁ ନେଇ ଆସିବାକୁ ହେବ... ବାହାରେ ଯେତେବେଳେ ବି ରହିବା କଥା ଉଠିବ ସବୁ ପଣ୍ଡ କରିଦିଆଯିବ।

ଯୁବାଗୁରୁ ମନ ଭିତରେ ଏସବୁ ଭାବି ଚାଲିଥିଲା। ତା ହଁ ରେ ହଁ ମିଶାଇ ଚାଲିଥିଲା- ସେ ଯାହା କହିବ... ପୁଅର ଭବିଷ୍ୟତର କଥା... ଇତ୍ୟାଦି। ସେ କଠୋର ସ୍ୱରରେ କହିଥିଲେ ମଧ୍ୟ ଇଏ ସହିଯାଇଥାନ୍ତା ସାଦାସିଧା ଲୋକଟେ ପରି।

ସେ ସିଦ୍ଧାର୍ଥକୁ କେମିତି ସେଠାକୁ ନେଇଯିବ.... ଚାକିରିର ସ୍ଥିରତା ନାହିଁ, ଦରମା ବି ଏତେ ବେଶୀ ନୁହେଁ ଯେ ଦୁହିଁଙ୍କର ଖର୍ଚ୍ଚ ଉଠାଇ ପାରିବ, ଘର ବୋଲି ଖାଲି ଗୋଟିଏ ବଖରା ଥିବା ଭଡାଘର। ପୁଣି ପୁରୁଷ କେହି ନଥିବାରୁ ସବୁ ବ୍ୟବସ୍ଥାର ଭାର ନିଜ ଉପରେ... ପ୍ରତି କ୍ଷେତ୍ରରେ ରାହୁଲ ସାର୍ ବା ଅନ୍ୟ କୌଣସି ପୁରୁଷର ସାହାଯ୍ୟ ଲୋଡିବା। ଯଦି ବା ସିଦ୍ଧାର୍ଥକୁ ନେଇ ଯିବ... ତେବେ ବି ନିଜ ସ୍କୁଲରେ ପଢେଇବନି, ସେଠି ସମସ୍ତେ ଖୋଳତାଡ କରି ସେ ଲୁଚେଇଥିବା ସବୁ କଥା ତା ଠାରୁ ବାହାର କରିନେବେ- ବାପା କୋଉଠି, ଏଠି କାହିଁକି ନାହାଁନ୍ତି, କଣ କରନ୍ତି। ଯାର ପାଠପଢାର ଅବସ୍ଥା ଯାହା ଆଉ କେଇମାସ ଭିତରେ ସବୁ ଖାଇଯାଇଥିବ। ନୂଆ ସହରରେ କୌଣସି ଭଲ ସ୍କୁଲରେ ଆଡମିଶନ କଣ ମିଳିପାରିବ? ଯଦିବା ହୋଇଯାଏ ତେବେ ସେହି ବଡସ୍କୁଲଗୁଡିକ ଭିତରେ କଣ ଇଏ ମାନସିକ ରୂପେ ଭାଙ୍ଗି ପଡିବନି... ମାନସିକ ସମସ୍ୟା ସୃଷ୍ଟି ହୋଇଯିବ। ତା ଭବିଷ୍ୟତ ସଜାଡିବାକୁ ବାହାରିଥିଲା ଆଉ ତାକୁ ଅପଙ୍ଗ କରିଦେବ, ତା ଜୀବନ ମଧ୍ୟ ସଂକଟରେ ପଡିଯିବ...

ସେ ବହୁତ ଆଗକୁ ଭାବି ପକାଇଲା ।

ବେଳେବେଳେ ମନେହୁଏ ଯେ ଯେପରି ତା ନିଜ ଭିତରେ ହିଁ ଦୋଷ ଅଛି- ସେ ନିଜ ଇଚ୍ଛାନୁସାରେ ସବୁ କରିବାକୁ ଚାହେଁ.... ଏବଂ କିଛି ଛାଡିବାକୁ ବି ଚାହୁଁନି । ତାକୁ ସ୍ୱାଧୀନତା ଦରକାର କିନ୍ତୁ ଘରର ଚାରିକାନ୍ଥ ମଧ୍ୟ, ସ୍ୱାମୀର ଏକଛତ୍ରବାଦକୁ ଅସ୍ୱୀକାର କରୁଥିଲା କିନ୍ତୁ ସ୍ୱାମୀ ଆବଶ୍ୟକ ଥିଲା... ସମାଜକୁ ଖାତିର ନାହିଁ କିନ୍ତୁ ସାଙ୍ଗରେ ସ୍ୱାମୀ ରହୁଛି କି ନାହିଁ, ସେ ଚାକିରି କାହିଁକି କରୁଛି.... ଏସବୁ କଥା ବାବଦରେ ଲୋକମାନେ ଯାହା ଭାବନ୍ତି ସେ ସବୁକୁ ପରବାୟ କରେ, ଲୋକମାନଙ୍କୁ ଭଲ ଲାଗିବା ପରି ଦେଖାଣିଆ କାମ ବି କରେ ।

ସ୍ୱାମୀ ସହ ବସି ଟିକେ ଆଲୋଚନା କରାଯାଇପାରେ । ଏଣିକି ସେ ଟିକେ ଶାନ୍ତ ରହୁଥିଲା, ବୋଧହୁଏ ସେ ଚାଲିଯିବାର ଝଟକା ଲାଗିଥିଲା !

"ସିଦ୍ଧାର୍ଥର ପାଠପଢା ବିଗିଡି ଯାଉଛି । ତୁମେ ଟିକେ ଲକ୍ଷ୍ୟ ରଖିବା ଦରକାର । କେଜାଣି ସେ ଏଥର ପାସ୍ କରିପାରିବ କି ନାହିଁ ।"

"ମୁଁ କଣ କରିବି, ସେ ଯଦି ତୋରି କଥା ହିଁ ମାନୁଛି, ମୋ ଦେଇ ଯେତିକି ସମ୍ଭବ ମୁଁ ଧ୍ୟାନ ଦେଉଛି ।"

"ଆସନ୍ତା ବର୍ଷ ତ ତାକୁ ନେଇଯିବି.... କିନ୍ତୁ ଏଇଆ ଡର ଯେ ଏ ବର୍ଷ ଆଉ ଏମିତି ରେଜଲ୍ଟ ନ କରୁ ଯେମିତି ସେଠି ଆଡମିସନ ହିଁ ମିଳିବନି । ଯଦି ବା ହୋଇଯାଏ ତେବେ କ୍ଲାସରେ ପାଠ ଧରି ପାରିବ କି ନାହିଁ.... । ସେଠି ପିଲାମାନେ ବହୁତ ବିଚକ୍ଷଣ, ଏହାଠୁ ଦଶଗୁଣ ଆଗରେ...."

"ଏମିତି କର, ତୁ ତାକୁ ହଷ୍ଟେଲରେ ଛାଡିଦେ ।"

"ବାଃ ! କି ଆଇଡିଆ । ସେଠିତ ସେ ଆଦୌ ଚଳିପାରିବନି । ଆହୁରି ବରଂ ବେଶୀ ବିଗିଡି ଯିବ । ଏ ବୟସରେ କିଏ ହଷ୍ଟେଲରେ ଛାଡେ..... ଆଉ ସେଥିରେ କେତେ ଟଙ୍କା ଖର୍ଚ୍ଚ ହେବ କିଛି ଧାରଣା ଅଛି ?"

"ସେ ସବୁ ହେଇଯିବ, ତୁ ଚିନ୍ତା କରନି । ମୁଁ ଅଧା ଦେଇଦେବି ଆଉ ବାକି ଅଧାକ ତୁ ।"

ଯୁବାଗୁରୁ ଏମିତି ତୁଚ୍ଛାଟାରେ ବାହାସ୍ଫୋଟ ମାରୁଥିଲା ବୋଲି ସେ ଜାଣିଥିଲା । ତା ପାଖରୁ କୌଣସି ପ୍ରତିକ୍ରିୟା ନ ପାଇବାରୁ ଯୁବାଗୁରୁ ଆସ୍ତେକରି ନିଜ କୂଟନୀତି ପ୍ରୟୋଗ କଲା- "ତୁ ଏଇଠି କୋଉଠି ଚାକିରି ଦେଖିନେ । ସିଦ୍ଧାର୍ଥ ତୋ ଆଖିଆଗରେ ତୋ ଦାୟିତ୍ୱରେ ରହିଯିବ ।"

"ମୁଁ ତ କରୁଥିଲି । ମୋତେ ବାହାରି ଯିବାକୁ କାହିଁକି କହିଲ ।"

"ସେ ସବୁ କଥା ଭୂଲି ଯା....।" ପାଟିରେ ହ୍ୱିସିଲି ଫୁଙ୍କିବା ପରି ସେ ବାହାରକୁ ପବନ ଛାଡିବାକୁ ଲାଗିଲା, ସତେ ଅବା ତାକୁ କହୁଛି ଯେ ଯେମିତି ସେ ପବନ ବାହାରକୁ ଫିଙ୍ଗୁଛି ସେହିପରି ସେ ମଧ୍ୟ ସେ କଥାକୁ ବାହାରକୁ ଫୋପାଡିଦେଉ। ତାର ଏପରି ବ୍ୟବହାର ତାକୁ ବହୁତ ଅଶାଳୀନ ଲାଗିଥିଲା।

"ଏତେ ସହଜ ହୋଇଥାଏ କି। ମୁଁ ତୁମ ପରି ନୁହେଁ, ଏବେ ଏମିତି... ଆଉ ଟିକେ ପରେ ଅନ୍ୟ ପ୍ରକାରର। ଆଜି ଏଇଠି... କାଲି। ସେଠି... ଛେପ ପକାଇ ପୁଣି ଢୋକିଦେବି ମୁଁ ଏଠାରେ କରୁଥିବା ଚାକିରି ଛାଡିଲି, ସେଠି ନୂଆ ଖୋଜିଲି... ସେଠି ଲିଖିତ ମୌଖିକ ପରୀକ୍ଷା ଦେଲି.... ସେଠି ଘର ଖୋଜିଲି, ଘର କରଣା ଆରମ୍ଭ କଲି... ଏତେ ସବୁ କଲି, ଭାବିଦେଖ ଯେ କେତେ ଖରାପ ଲାଗିଥିବ ବୋଲି ଏସବୁ କଲି।"

"ରାଗରେ ହେଇଯାଏ।"

"ତାହା କେବଳ ରାଗ ନ ଥିଲା, ସପ୍ତାହ ସାରା ତୁମେ କହିଚାଲିଥିଲ ବାରମ୍ବାର 'ବାହାରି ଯା'। ତା ପରେ କିଏ ରହିବ। ମୁଁ କେବଳ ନିଜ ଚଳିବା ମୁତାବକ ରୋଜଗାର କରିପାରିବି। ଆଉ ବାକି ରହିଲା ପୁଅ କଥା, ତା'ହେଲେ ସେ ଦୁଇଜଣଙ୍କର। ତୁମର ମଧ୍ୟ କିଛି କରିବା ଉଚିତ।"

"ମୁଁ କୋଉଠି ମନା କରୁଛି। କହିଲି ନା.... ହଷ୍ଟେଲରେ ରଖିଦେ। ଅଧା ପଇସା ମୁଁ ଦେବି.... ଯେଉଁଠୁ ଆଣେ ପଛକେ।"

"ହଷ୍ଟେଲରେ ଛାଡିବାର ସମୟ ଏଇଟା ନୁହେଁ। ଦେଖୁଛ ତ କିଏ କଣ ଟିକେ କହିଦେଲେ ଗୋଟେ କୋଣରେ ମୁହଁ ଥମଥମ କରି ବସି ରହୁଛି, ଅଖିଆ ଅପିଆ। ଯେ ପର୍ଯ୍ୟନ୍ତ ତାକୁ କେହି ଗେଲ କରି ନ ବୁଝାଇଛି.... ସେଠି ତାକୁ କିଏ ବୁଝେଇବ...."

"ତା ହେଲେ, ତୁ ଗୋଟିଏ କାମ କର... ଏଇଠିକୁ ଫେରିଆ।"

"ଫେରି ଆସିବି... ଆଉ ପୁଣି କହିଦେବ ବାହାରି ଯା ! ଏକଥାର କି ଗ୍ୟାରେଣ୍ଟି ଯେ ସେମିତି ପୁଣିଥରେ ହେବନି। ତୁମେ ବାରମ୍ବାର କହୁଛ ଘର ତୁମର ବୋଲି।"

"ମୁଁ ଲେଖିକି ଦେଇ ଦେଇଛି.... ଷ୍ଟାମ୍ପ ପେପରରେ" ସେମିତି ଗୋଟେ ଷ୍ଟାମ୍ପ ପେପର.... ଯାହା ଉପରେ ଇଏ ସେତେବେଳେ ନିଜର ସର୍ତ୍ତ ସବୁ ଲେଖିକି ଆଣିଥିଲା- ଏଇଟା କରିବୁ, ସେଇଟା କରିବୁନି। ତାର ସବୁକଥା ମନେଥିଲା।

ଏଠି ଆଉ ଏବେ ଚାକିରି ମିଳିବ? ତାକୁ କହିଲେ ତ ସିଏ ଫଟ୍ କରି

କହିଦେବ- କି ଦରକାର ଏବେ ସେ ରୋଜଗାର କରି ଆଣିବ, ଯେଉଁଠୁ ବି ହେଉ। ଚାକିରିର ଆବଶ୍ୟକତା ଏବେ ତାର ରହିଛି। ସେ ଆର୍ଥିକ ଦୃଷ୍ଟିକୋଣରୁ କେବେ ବି ଏହା ପାଖରେ ଆଶ୍ରିତା ହେବନି।

କଥାକୁ ସେଇଠି ଅଧା ରଖି ସେ ଉଠିଗଲା। ପ୍ରଥମେ ନିଜେ ଚିନ୍ତା କରୁ.... ସେ କଣ ଚାହେଁ। ସିଦ୍ଧାର୍ଥ ସାନ ପିଲା ହେଲେ ବି.... ତାର ବି କିଛି ମତ ଥାଇପାରେ, ତାକୁ ମଧ୍ୟ ପଚାରି ଦେଖିବା ଉଚିତ। ବେଳେବେଳେ ସେ ଭାବେ ଯେ ପୁଅର ନିଜ ବାପା ପ୍ରତି ଅଧିକ ଆକର୍ଷଣ ଅଛି ବା କିଏ ଜାଣେ ହୁଏତ ତା ଅନୁପସ୍ଥିତିରେ ଏମାନେ ମିଳିମିଶି ପୁଅକୁ ସେମିତି କରି ଦେଇଛନ୍ତି। ଦୁର୍ବଳ ଅଛି... କେମିତି ଗୋଟାଏ ଚୁପଚାପ୍.... ଡରି ଡରି ରହିଥାଏ ଭିତରେ ଭିତରେ ଘାଣ୍ଟି ହେବା ପରି। ତେଣୁ ପ୍ରଥମ ନିଜର ଗାଳି ବିରକ୍ତି ଆଦି ପରେ ସେ ଏକୁଟିଆ ସମୟ ଦେଖି ତା ପାଖରେ ଯାଇ ବସିଲା, ସ୍ନେହରେ ଆଉଁସି ଦେଇ ପଚାରିଲା -

"ମୋ ଧନ, ତୁ ସବୁଦିନ ସ୍କୁଲ କାହିଁକି ଯାଉନୁ?"

"ସ୍କୁଲ ଭଲ ଲାଗୁନି।"

"ଦେଖେ, ସବୁ ପିଲାମାନେ ସ୍କୁଲ ଯାଆନ୍ତି। ପାଠ ନ ପଢିଲେ ବଡ ହେଲେ ସମସ୍ତେ ତୋତେ ଦେଖି ହସିବେ ଯେ ଇଏ ପାଠଶାଠ ପଢିନି ବୋଲି। ଚାକିରି କରିପାରିବୁନି, ବାହାଘର ହୋଇପାରିବନି!"

"ଏ ସ୍କୁଲ ଭଲ ନୁହେଁ, ସମସ୍ତେ ଗାଳି କରନ୍ତି।"

"ଏଥିପାଇଁ ଗାଳି କରନ୍ତି ଯେ ତୁ ପାଠପଢାରେ ଦୁର୍ବଳ। ଭଲ ଭାବରେ ପାଠ ପଢିଲେ, ହୋମୱାର୍କ କରିକି ଗଲେ କିଏ କାହିଁକି ଗାଳି କରିବ।"

"ମୁଁ ଏଇ ସ୍କୁଲରେ ପଢିବିନି।"

"ତା ହେଲେ ଠିକ ଅଛି, ଆସନ୍ତାବର୍ଷ ତୋ ଆଡମିଶନ ଆଉ ଗୋଟେ ସ୍କୁଲରେ କରେଇଦେବି। କିନ୍ତୁ ଏ କ୍ଲାସଟା ତ ଏଇ ସ୍କୁଲରେ ସାରିବାକୁ ପଡିବ। ବର୍ଷ ଅଧାରୁ ସ୍କୁଲ ବଦଳା ଯାଇ ପାରିବନି। ଆଉ ଭଲ ଭାବରେ ଖିଆପିଆ କାହିଁକି କରୁନୁ?"

"ସେଇ ଏକା ପ୍ରକାର ଖାଇବା ସବୁଦିନ ହେଉଛି, ଭଲ ଲାଗୁନି।"

ଏମିତି ବି ତାକୁ ଯେତେବେଳେ ବି ଦେଖେ ମନରେ ଦୟା ଆସେ.... ଏବେ ଆଖି ଲୁହ ଛଳଛଳ ହୋଇଗଲା। ବିଚରା! ମାଆ ବାପାଙ୍କ ମଝିରେ ପେଷି ହୋଇ ଯାଉଛି.... ଏବେ ତ ପୁରା ଅନାଥ ହୋଇଯାଇଛି.... ଏଠି ତାକୁ କିଏ ପଚାରୁଥିବ, ପୁଅ, କଣ ଖାଇବୁ।

"ଯାହା ତୋର ଖାଇବାକୁ ଇଚ୍ଛା ହେଉଛି ଜେଜେମାଙ୍କୁ କହିବୁ।"

ସିଦ୍ଧାର୍ଥ କିଛି କହିଲାନି। ସେ ତାକୁ ଆହୁରି ବେଶୀ ଗୁମସୁମ ହୋଇଯିବା ପରି ଲାଗିଲା।

"ବାପା ମାରନ୍ତି ?"

"ନାଁ, କେବେ ଗାଳି ବି କରନ୍ତିନି। ସେ ବହୁତ ଭଲ।"

"ତୋର ଯାହା ଦରକାର, ଆଣିକି ଦିଅନ୍ତି ?" ପୁଅ ହଁ କରି ମୁଣ୍ଡ ଟୁଙ୍ଗାରିଲା।

"ଜେଜେବାପା ଜେଜେମା ଗାଳି କରନ୍ତି ?"

"ନାଁ"

"ଦେଖ୍ ଧନ, ମୁଁ ଟ୍ୟୁସନ ଠିକ କରିଦେଇ ଯାଉଛି। ସେଠୁ ଟ୍ୟୁସନ ପାଇଁ ଟଙ୍କା ବି ପଠେଇବି। ମନ ଦେଇ ପାଠ ପଢିବୁ, ଭଲ ପାଠ ପଢିଲେ ତୋତେ ସ୍କୁଲ ବି ଭଲ ଲାଗିବ।"

"ମାଆ ! ତୁମେ ମୋ ପାଖରେ କାହିଁକି ରହୁନ ?"

ତାକୁ କେମିତି କଣ ବୁଝେଇବ..... ଜୋରରେ କାନ୍ଦ ଲାଗୁଥିଲା।

"ସେଠି ମୁଁ ଚାକିରି କରିଛି। ଚାକିରି ନ କଲେ ତୋ ପାଇଁ ଆଉ ମୋ ଖର୍ଚ୍ଚ ପାଇଁ ଟଙ୍କା କୋଉଠୁ ଆସିବ ?"

"ତୁମେ ଟିଚର.... ଏଇଠି ବି ତ ହେଇ ପାରିବ। କେତେ ସ୍କୁଲ ଏଠି ଅଛି। ମୋ ସାଙ୍ଗରେ ରୁହ ମାଆ, ତୁମେ ନ ଥିଲେ ମୋତେ ଭଲ ଲାଗୁନି।"।

ସେ ସିଦ୍ଧାର୍ଥକୁ କୁଣ୍ଢେଇ ଧରିଲା ତାକୁ ବି କୋଉ ଭଲଲାଗୁଛି ପୁଅକୁ ଛାଡି। ତା ଦେହରେ ଏ ବାସ୍ନା ଯାହା ଏବେ ତା ନାକରେ ଭରିଯାଇଛି, ଯେତେବେଳେ ସେ ରାତିରେ ତାକୁ ନିଜ ପାଖରେ ଶୁଆଏ.... ଯେଉଁ ବାସ୍ନା ତା ଦେହରୁ ଭାସିଆସେ, ସେଇ ବାସ୍ନା ପାଇଁ ସେ କେତେ ଛଟପଟ ହୁଏ ସେ ଅଜଣା ସହରରେ.... ସେ କାହାକୁ ଆଉ କେମିତି କହିବ। ବେଳେ ବେଳେ ଭାବେ ତାର ଓ ଯୁବାଗୁରୁ ଭିତରେ ଏ ଝଗଡା, ଘର ଓ ସ୍ୱାମୀ ପାଇଁ ତା ମନର ଘୃଣା... ଇତ୍ୟାଦି ସବୁ କେବଳ ଭାସିଉଠୁଥିଲା ଫେଣ ଅଟେ.... ଭିତରେ ଥିବା ସ୍ୱଚ୍ଛ ଜଳଧାରା ଏଇ.... ତା ପୁଅ ଅଟେ। ଯା ପାଇଁ ତାକୁ ଯିଏ ଯେତେ ବି ଅପମାନିତ କରୁ, ମାଡପିଟ କରୁ.... ସେ ନିଜ ପୁଅ ସହ ହିଁ ରହିବ।

ସେ ନିଜକୁ ସମ୍ଭାଳିଲା।

"ତୁ ମୋ ସାଙ୍ଗରେ ହିଁ ରହିବାକୁ ଚାହୁଁଛୁ ?"

"ହିଁ"

"ତା ହେଲେ ଏ ବର୍ଷ ଏଇଠି ମନଦେଇ ପାଠପଢ। ଆସନ୍ତା ବର୍ଷ ମୁଁ ତୋତେ

ସେଠିକୁ ନେଇଯିବି, ନିଜ ସ୍କୁଲରେ ଆଡମିଶନ କରାଇ ଦେବି, କିନ୍ତୁ ସେଥିପାଇଁ ତୋତେ ଏଠି କ୍ଲାସରେ ଭଲ ନମ୍ବର ଆଣିବାକୁ ହେବ। ଯିବୁ ସେଠାକୁ ?"

"ହୁଁ"

"ସେଠି ବାପା ନ ଥିବେ।"

ପୁଅ କିଛି କହିଲାନି, ତା ଭିତରେ କିଛି ଗୋଟିଏ ଗୋଳେଇ ଘାଣ୍ଟି ଦେଉଥିଲା। ମାଆ ଉଠିବାକୁ ବାହାରିବାରୁ ସେ କହିଲା -

"ମାଆ, କଣ ଏମିତି ହୋଇ ପାରିବନି ଯେ, ବାପା ବି ସେଠି ଆମ ସହ ଆସିବେ ?"

ସେ ଦାନ୍ତଚିପି ଦେହକୁ ଶକ୍ତ କରିଦେଲା। ଯେଉଁ କୋମଳତାର ସହ ସେ ଏଯାଏଁ ପୁଅ ସହ ବସି କଥା ହେଉଥିଲା... ତାହା ଗୋଟିଏ ମୁହୂର୍ତ୍ତରେ କୁଆଡେ ଉଭେଇଗଲା।

"ଦୁନିଆଁ ଯାକର ଚିନ୍ତା କରିବା ତୋର ଦରକାର ନାହିଁ। କେବଳ ମନ ଦେଇ ପାଠ ପଢ। ଏ ବର୍ଷ ଏଠି ରହି ଭଲ ନମ୍ବର ଆଣ। ଆସନ୍ତା ବର୍ଷ ଆମେ ଦୁହେଁ ସାଙ୍ଗରେ ଏକାଠି ରହିବା। ପ୍ରମିଜ୍।"

●●●

ପ୍ରେମ ପ୍ରକାଶ ଏକଥା ପସନ୍ଦ କରନ୍ତିନି ଯେ ସେ କାହାର ଆଶ୍ରିତା ହୋଇ ରହୁ, ତା ପାଇଁ ନିଷ୍ପତ୍ତି ଅନ୍ୟ କେହି ନେଉ, କିନ୍ତୁ ସେ କଣ ବା କରିବ... ଯେତେ ନିଜକୁ ନିଜେ ବିଶ୍ଳେଷଣ କରୁଛି, ଜାଣି ପାରୁଛି ଯେ ତା ଭିତରେ ସ୍ୱାଭିମାନ ଯେତିକି ଭରି ରହିଛି, ସ୍ୱାଧୀନ ଭାବରେ ରହିବାର ତୀବ୍ର ଇଚ୍ଛା ରହିଛି.... ସେତିକି ହିଁ ପ୍ରେମ ପାଇଁ ବ୍ୟାକୁଳତା ଭରିରହିଛି। ପ୍ରେମପ୍ରକାଶଙ୍କ ବିନା ସେ ଶୂନ୍ୟ ଅଟେ... ସେ ନ ଥିଲେ ଆଗକୁ ବଢିବାର... କିଛି ହେବାର ଉତ୍ସାହ ଲିଭିଯାଏ, ସେ ଭୟଙ୍କର ବିଷାଦ ଭିତରେ ବୁଡିଯାଏ। ତାଙ୍କ ସାହସ ପାଇଁ ତା ମନ ଭିତରେ ମନୋବଳ ଦୃଢ ହେଲା ଯେ ଟ୍ରେନ୍‌ରେ ଯିବା ଆସିବା କରିବା ଶିଖିଲା, ନୂଆ ସହରରେ ଏକାଏକା ରହିବା ଶିଖିଲା... ଏବଂ ଏବେ ଯାହା ବି ସେ କରିବାକୁ ଚିନ୍ତା କରୁଛି.... ତାହା କେବଳ ଏଥିପାଇଁ ଯେ କେହି ଜଣେ ସୂର୍ଯ୍ୟ ପରି ତା ଭିତରେ ଶକ୍ତି ଭରୁଛି। ସେ ଯଦି ନ ଥାନ୍ତେ ତା ହେଲେ ସେ ପୁଣି ଆସି ଏଇ ଘର ଭିତରେ ପଡି ରହିଥାନ୍ତା ମୂର୍ଦ୍ଧାର ପରି। ସିଦ୍ଧାର୍ଥର ବାହାନା ନେଇ ସେ ଯେଉଁ ଏଠାକୁ ଚାଲି ଆସିବା କଥା ଭାବୁଛି.... ତାର କାରଣ ଆଉ ଏଇଆ ନୁହେଁ ତ ଯେ ସେଠାରେ ତା ପାଖରେ ପ୍ରେମପ୍ରକାଶ ନାହାଁନ୍ତି ? ଏଠାରେ ତାଙ୍କ ସହ ଏକାଠି ରହିବାକୁ ନ ମିଳୁ ପଛକେ, ଏଇ ଅନୁଭବ ତ ରହିବ

ଯେ ସେ ଏଇ ସହରରେ ହିଁ ଅଛନ୍ତି। ସେ କେଇ ମିନିଟ୍ ଭିତରେ ତାଙ୍କ ପାଖରେ ପହଞ୍ଚିଯାଇ ପାରିବ। କଥାଟି ପ୍ରେମପ୍ରକାଶଙ୍କ ଛଳରେ ଆଉ ପୁରୁଷର କଥା ନୁହଁ ତ ? କାହିଁକି ଏପରି ଲାଗୁଛି ଯେ ନୂଆ ସହରରେ ଏହିପରି ଏକାକୀ ସେ ବହୁତ ଦିନ ଯାଏଁ ରହିପାରିବନି।

ତା ଭିତରେ ସେ ସାହସ ନାହିଁ ଯେ ରୀତା ମାଡାମ୍ ପ୍ରିନ୍ସିପାଲ ମାଡାମ ଆଦି ବାହାର ଲୋକମାନଙ୍କୁ ଖାତିର ନ କରି ପ୍ରମିଳା ପରି ନିଜ ଜୀବନ ଜୀଇଁ ଚାଲିବ, ସେମାନଙ୍କ ଖୋଲତାଡ ପ୍ରଶ୍ନବାଣକୁ ସାମ୍ନା କରିପାରିବ। ସେ ଆତ୍ମବିଶ୍ୱାସ ନାହିଁ ଯେ ବାହାରେ ଯୋଉ ଭୋକିଲା ଡାହାଳ ହେଟା ବୁଲୁଛନ୍ତି.... ସେମାନଙ୍କଠାରୁ ନିଜକୁ ରକ୍ଷା କରିପାରିବ। ଏକାଠି ରହିବାକୁ ପୁରୁଷଟିଏ ଦରକାର। ସିଦ୍ଧାର୍ଥ ମଧ୍ୟ ଦରକାର... କଣ ଏସବୁର ଅର୍ଥ ଏଇଆ ନୁହଁ ଯେ ଏଇ ଘର ହିଁ ଦରକାର, ଇଏ ସେଠିକି ଚାଲିଯିବ.... କାରଣ ସିଦ୍ଧାର୍ଥ ସାଙ୍ଗରେ ଥିଲେଏକାଠି ରହିବାର ପୁରୁଷ ବି ସେ ହିଁ ହୋଇ ପାରିବ, ଯାହାତାର ବାପା ହୋଇଥାନ୍ତେ। ତା ହେଲେ ଏଠି- ସେଠି ଭିତରେ ପାର୍ଥକ୍ୟ କଣ ରହିଲା, କେବଳ ଶାଶୁଶ୍ୱଶୁର ନାହାନ୍ତି.... କେବଳ ଦୁଇ ଜଣ ବୁଢାବୁଢୀ, ସେମାନଙ୍କର ବି ତ ଜଞ୍ଜାଳ ବେଶୀ ନାହିଁ।

ତା ଭିତରେ ଏତିକି ବି ନାହିଁ ଯେ, ପୁରୁଷର ବିନା ସହାୟତାରେ ନିଜ ଜୀବନ ସମ୍ବନ୍ଧୀୟ କୌଣସି ନିଷ୍ପତ୍ତି ନେଇ ପାରିବ। ନିଃସନ୍ଦେହରେ ସେ ପୁରୁଷଟି କେବଳ ଜଣେ ହିଁ- ପ୍ରେମପ୍ରକାଶ। ଏ ସହର ଛାଡିବାର ନିଷ୍ପତ୍ତି ମଧ୍ୟ ସେ ତାଙ୍କ ଭରସାରେ ନେଇଥିଲା। ତାଙ୍କ ବିନା ସେ କେବଳ ଗୋଟିଏ ହିଁ କାମ କରିପାରିବ - ଜଞ୍ଜାଳରେ ଘାଣ୍ଟିହେବା। କେତେ ଅସହାୟ..... ନିରୁପାୟ.... ଛି ! କାହିଁକି ସେ ଏମିତି ହେଲା ?

ଛୁଟିରେ ଆସିଛି। ଥରୁଟେ ତ ଦେଖା କରିପାରିବ ତାଙ୍କୁ.... ତେଣୁ ପ୍ରେମ ପ୍ରକାଶଙ୍କୁ ଏକୁଟିଆ ଦେଖା କରିବାକୁ ଆଗ୍ରହ ପ୍ରକାଶ କଲା। ନିଜ ବିଷୟରେ କମ୍, ପୁଅ ବିଷୟରେ ବେଶୀ ଶୁଣେଇଲା। ପ୍ରେମ ପ୍ରକାଶ ସ୍ପଷ୍ଟ ଦେଖିପାରିଲେ ଯେ ପୁଅକୁ ଛାଡି ସେ ରହିପାରିବନି। ହିନ୍ଦୁ ପରିବାର ନାରୀକୁ ଆଜୀବନ ବନ୍ଦୀକରି ରଖିବା ପାଇଁ ପ୍ରଥମରୁ ହିଁ ଏଇଆ କରି ଆସୁଛନ୍ତି- ଗାଈର ବେକରେ ପଘା ପକାଇ ଦିଅନ୍ତି। ତା ପ୍ରତି ଟିକେ ବିତୃଷ୍ଣା ବି ଯଦି ଭରି ଆସେ ଯେ ତା ଭିତରେ ମହତ୍ୱାକାଂକ୍ଷା ନ ଥାଉ ପଛେ, ଆଗକୁ ବଢିବାର ସେ ତୀବ୍ର ଉଦ୍ୟମ ନାହିଁ.... ଯାହା ସମସ୍ତ ବାଧାବିଘ୍ନ, ନିଜର ସମସ୍ତ ଦୁର୍ବଳତାକୁ ମଧ୍ୟ ଶୁଖିଲା ପତ୍ରପରି ତ୍ୟାଗର ଅଗ୍ନିରେ ଜଳାଇ ଆଗକୁ ବଢି ଚାଲିଯିବ।

"ଯାହା ପାଇଁ ମୁଁ ଚାକିରି କରିବାକୁ ବାହାରିଲି, ଅଜଣା ସହରକୁ ଗଲି....

ଯଦି ତାଆରି ଭବିଷ୍ୟତ ସଜାଡି ନ ହେଲା ତେବେ ଲାଭ କଣ ହେଲା...." ସେ କହୁଥିଲା ।

"ତୁମେ ତା ପାଇଁ ଘରୁ ବାହାରିନ, ତୁମେ ଏଥିପାଇଁ ବାହାରିଥିଲ, କାରଣ ତୁମକୁ ବାହାରି ଯା ବୋଲି କୁହାଯାଇଥିଲା । ଆତ୍ମସମ୍ମାନ ଥିଲା ତୁମ ଭିତରେ, ସେଥିପାଇଁ ସେ ଅପମାନ ହଜମ କରି ପାରିଲନି ।"

"ମୁଁ ଜାଣିଛି, ଯଦି ମୁଁ ଏଠାକୁ ପୁଣି ଫେରେ ତେବେ ଆପଣଙ୍କ ଦୃଷ୍ଟିରେ ତଳକୁ ଖସିଯିବି ।"

"ସେଥିରେ କଣ ଫରକ ପଡିବ ।"

"ଆପଣଙ୍କୁ ନ ପଡିବାରେ, କିନ୍ତୁ ମୋତେ ପଡିବ । ମୁଁ କଣ କରିବି, ମୁଁ ପୁଅକୁ ଛାଡି ପାରିବିନି । ଗୋଟିଏ ପରିସ୍ଥିତିରେ ଛାଡିପାରେ, ଯଦି ଆପଣ ସବୁ କିଛି ଛାଡି ମୋ ସହ ରହିବେ ।"

ପ୍ରେମ ପ୍ରକାଶଙ୍କୁ ସତେ ଅବା ବିଜୁଳି ଝଟକା ଲାଗିଲା । ଆଖପାଖରେ ସବୁ କିଛି ଏକ ଅଦୃଶ୍ୟ କମ୍ପନରେ କମ୍ପିତ ହେବା ପରି ମନେ ହେଲା ଦୃଶ୍ୟ ହେଲା । କିଛି ସମୟ ଲାଗିଗଲା ତାଙ୍କୁ ନିଜକୁ ସମ୍ଭାଳି ନେବାକୁ । କେଉଁ କେଉଁ ପ୍ରକାରର ବିଷାଦ ଦୁଃଖ ଦେଇ ଏ ଝିଅ ଗତି କରୁଛି ! ତଥାପି ସ୍ୱପ୍ନ ଦେଖୁଛି । ସେ ଏକଲୟରେ ପ୍ରେମପ୍ରକାଶଙ୍କୁ ଚାହିଁ ରହିଥିଲା, ସତେ ଯେମିତି ତାଙ୍କ ଚେହେରାରେ ଉଜ୍ଜଳତା ହେଉ ଅବା ବିଷାଦ... ଯେଉଁ ରଙ୍ଗ ବି ଦେଖାଯିବ, ତାକୁ ବୁଝିନେବ.... ସେଇଥିରୁ ହିଁ ନିଜେ ଦେଇଥିବା ପ୍ରସ୍ତାବର ଉତ୍ତର ଖୋଜିନେବ । ବଡ ଅଜବ ଏଇ ଝିଅଟି, ଫେରି ଆସିବା ପରି କିଛି ପଦକ୍ଷେପ ନେବା ନିଷ୍ପତ୍ତି ଯେବେ ସ୍ୱୟଂ ତା ନିଜ ପାଖରେ ଅସ୍ପଷ୍ଟ ହୋଇଯାଏ, ତାର କାରଣ ସେ ନିଜକୁ ବାହାରେ ଖୋଜି ନେବାକୁ ଚାହେଁ.... ନିଜେ ଦାୟିତ୍ୱ ନେବାକୁ ଚାହେଁନି, ସେହି କାରଣ ଉପରେ ଲଦି ଦେବାକୁ ଚାହେଁ । ରୋମାଣ୍ଟିକ୍ ଅଟେ.... କିନ୍ତୁ ଏଇ ବ୍ୟବସାୟୀ ବୁଦ୍ଧି- ତୁମେ ଏଇଟା ଛାଡିଦେଲେ, ମୁଁ ସେଇଟା ଛାଡିଦେବି । ବୋଧହୁଏ କିଛି ରୋମାଣ୍ଟିସିଜିମ୍ ଚରମ ବିନ୍ଦୁରେ ଏପରି ହୋଇଯାଇଥିବ.... କିନ୍ତୁ ଜୀବନ ଅଥବା ସଂପର୍କଗୁଡିକ ବିଷୟରେ ନିଷ୍ପତ୍ତି କଣ ଏହିପରି ଭାବରେ କରାଯାଇ ପାରିବ କି ? ଏଠି ତ ଯାହା କରିବାର ଅଛି ନିଜକୁ ହିଁ କରିବାକୁ ପଡିବ କାରଣ ଆର ଜଣଙ୍କର କଥା ତୁମ ହାତରେ ହିଁ ନ ଥାଏ ।

ପ୍ରେମପ୍ରକାଶଙ୍କ ମୁହଁରେ ହାଲକା କାଳିମା ଲେସି ହୋଇଯାଇଥିଲା । ଦୁନିଆଁ ଯାକର ଥକାପଣ ମନ ଉପରକୁ ମାଡି ଆସିଲା, ଶରୀର ଥଣ୍ଡା ହୋଇଗଲା, ମୃତବତ୍....

"ଆପଣ ଜାଣନ୍ତି ଯେ ମୁଁ ଆପଣଙ୍କୁ ପ୍ରେମ କରେ, ସତ କୁହନ୍ତୁ, କଣ ଆପଣ ମୋତେ ପ୍ରେମ କରନ୍ତନି ?"

"କରେ।"

"ତା ହେଲେ... ଯଦି ମୁଁ ମୋ ପୁଅକୁ ଛାଡିବାକୁ ପ୍ରସ୍ତୁତ, ତେବେ ଆପଣ ନିଜ ପରିବାରକୁ କାହିଁକି ଛାଡି ପାରିବେନି ?"

"କାରନୀନା ନିଜ ପୁଅକୁ ଛାଡି ଯାଉଥିଲା... କଣ ହେଲା।"

"ପୁଣି ଏନ୍ନା.... ପୁଣି ବହି ?"

"ସ୍ୱାର୍ଥପର ହେବା ପ୍ରେମ ହୋଇ ନ ଥାଏ। ପ୍ରେମ ଦେବାର ଥାଏ ନେବାର ନୁହେଁ।"

"ଆପଣ ତ ଏ ପର୍ଯ୍ୟନ୍ତ ଲୋକମାନଙ୍କୁ ତ କେବଳ ଦେଇଛନ୍ତି। ଆପଣଙ୍କୁ ନିଜ ପାଇଁ ନେବା କଥା ବି ତ.. ଶିଖିବା ଦରକାର।"

କାଲିକା ଝିଅ ! ନିଜ ଜୀବନ ସମ୍ଭାଳି ହେଉନି ମୋତେ ଶିଖାଉଛି। ନାଁ, ଏଇଟା ନୂଆ ପିଢିର ନୂଆ ମୂଲ୍ୟବୋଧ - ନିଜ ସୁଖ। କହୁଛି ସିନା, କିନ୍ତୁ ଇଏ ଜାଣିନି ଯେ ପୁଅକୁ ସେ କେବେ ଛାଡି ପାରିବନି, ନିଜ ମନରେ ମଣିଷ ସହ ରହିବାକୁ ଯଦି ମିଳେ... ତେବେ ବି ନୁହେଁ। କିଛି ଦିନରେ ହିଁ କଣ୍ଟା ପରି ଫୋଡି ହେବାକୁ ଲାଗିବ।

"ତୁମେ ସେଠାକୁ ନୂଆ ଜୀବନ ଆରମ୍ଭ କରିବାକୁ ଯାଇଛ, ଖୋଜିନିଅ ନିଜ ପାଇଁ କୌଣସି ଉପଯୁକ୍ତ...."

"ସାରା ଜୀବନ ଏଇଆ ହିଁ କରୁଛି.... ପ୍ରଥମେ ପରେ ଦ୍ୱିତୀୟ, ଦ୍ୱିତୀୟ ପରେ ତୃତୀୟ। ଦେହଜୀବୀ କି ମୁଁ.... ଯେତେବେଳେ ଜଣେ ମିଳି ହିଁ ଯାଇଛି, ତେବେ ସେ କାହିଁକି ନୁହେଁ। ସେ ନୁହେଁ ତ ଆଉ କେହି ନୁହେଁ।"

"ତୁମର ଓ ମୋ ଭିତରେ ବୟସର ପାର୍ଥକ୍ୟ ବହୁତ।"

"ଏ ପାର୍ଥକ୍ୟଟା ଅନ୍ୟମାନଙ୍କ ପାଇଁ। ଯେଉଁଠି ଆପଣ ଓ ମୁଁ ଏକଥା ଅନୁଭବ କରୁ ନାହାଁନ୍ତି ତା ହେଲେ... ?

ଗୋଟିଏ କଥା କୁହନ୍ତୁ- ଏବେ ଆପଣ ଅତିକମ୍‌ରେ ଆହୁରି କୋଡିଏ ବର୍ଷ ସୁସ୍ଥ ରହିବେ, କୋଡିଏ ବର୍ଷ ପରେ ମୁଁ ବି ବୁଢୀ ହୋଇ ଆପଣଙ୍କ ଅବସ୍ଥାକୁ ଚାଲି ଆସିବି। ତେବେ ଆଉ ପାର୍ଥକ୍ୟ କୋଉଠି ରହିଲା ?"

"ଯାହା ସାର୍ବଜନୀକ ଭାବରେ ବର୍ଜିତ ଅଟେ, ତାକୁ ସାର୍ବଜନୀକ କରାଯିବ ଉଚିତ ନୁହେଁ, ଯେମିତି କି ଆମ ସମାଜରେ ସମସ୍ତଙ୍କ ଆଗରେ ଖୋଲାଖୋଲି ରୂପେ

ଆଲିଙ୍ଗନ ଓ ଚୁମ୍ବନ କରିବା ନିଷିଦ୍ଧ ଅଟେ, ତେଣୁ ଆମେ ତାହା କରନ୍ତିନି। ନୀତି ନିୟମ ଭିତରେ ସେସବୁ ଗ୍ରହଣ କରାଯାଇ ପାରିବ। ଯେ କୌଣସି ଅପରିଚିତ ମୋତେ ଅଙ୍କଲ କହେ, ତୁମ ସହ ଯଦି ଦେଖିବ ତେବେ ହସିବ। ସମାଜରେ ମୋର ପ୍ରତିଷ୍ଠା ଅଛି।"

"ସମ୍ମାନ ଉପରେ ଆଞ୍ଚ୍ ଆସେ... ଏଇଆ ନା ?" ତା ମୁହଁ ଉପରେ ବ୍ୟଙ୍ଗଭରା ହସ ଖେଳି ଯାଉଥିଲା।

"ହଁ"

କିପରି ଏହି ଗୋଟିଏ ବିନ୍ଦୁ ଉପରେ ଦୁହେଁ ଏକା ପ୍ରକାର ଅଟନ୍ତି - ପ୍ରେମ ପ୍ରକାଶ ଓ ମୋ ସ୍ୱାମୀ ? ଦୁହେଁ ସମ୍ମାନ ଓ ପ୍ରତିଷ୍ଠାରେ ବନ୍ଧା... ସ୍ୱାମୀର ପ୍ରତିଷ୍ଠା କେତେ ଫମ୍ପା ଅଟେ, ମୁଁ ଦେଖିଛି। ୟାଙ୍କର ? ମୁଁ ଦେଖିନି କିନ୍ତୁ ହୁଏତ ସେଇଟା ମଧ୍ୟ ଏତିକି ଫମ୍ପା ହୋଇଥିବ !

"ଆଚ୍ଛା, ମୁଁ ଯେଉଁ ସେଇଟା ପଚାରିଥିଲି - ଯଦି ମୁଁ ପୁଣି ଏଠାକୁ ଆସି ସେହିପରି ରହିବାକୁ ଲାଗେ, ଯେମିତି ପୂର୍ବରୁ ରହୁଥିଲି, ତା ହେଲେ ତ ଆପଣଙ୍କର ଦୁଆର ମୋ ପାଇଁ ବନ୍ଦ ହିଁ ହୋଇଯିବ।"

"କାହିଁକି..... ମୁଁ ତ ସବୁବେଳେ ସ୍ୱାଧୀନତା ସପକ୍ଷରେ। ସ୍ୱତନ୍ତ୍ରତା ଅର୍ଥ ନିଜ ବିଶ୍ୱାସ ବଳରେ ଚାଲିବା। ତୁମେ ନିଜ ଜୀବନ ବିଷୟରେ ଯାହା ଇଚ୍ଛା ନିଷ୍ପତ୍ତି ନିଅ। ଯଦି ତୁମ ସ୍ୱାମୀ ସହ ତୁମର ପଡୁନି ତାହେଲେ ଆଉ କାହା ସହ ଜୀବନ କାଟିବାର ଅଧିକାର ମଧ୍ୟ ତୁମର ଅଛି। ଏହିପରି ତୁମେ ପୁଣି ଥରେ ଏ ଘରକୁ ଗୋଟିଏ ସୁଯୋଗ ଦେବାର.... ଅଥବା ସବୁଦିନ ପାଇଁ ଏ ଘରକୁ ସ୍ୱୀକାର କରିନେବାର ଅଧିକାର ଅଛି। ଫେରିବାର ମଧ୍ୟ। ଲୋକେ ଏମିତି କରନ୍ତି - ଆଗକୁ ଯିବା, ଫେରିବା, ପୁଣି ଆଗକୁ ଯିବା.... ଏଇଟା ହିଁ ଜୀବନ ।"

•••

ସ୍ୱାମୀ କହିଲା ବାହାରି ଯା.... ମୁଁ ବାହାରି ଆସିଲି। ସେ ଭାବୁଛି ମୁଁ ବହୁତ ଆଗକୁ ଚାଲିଯାଉଛି। ଚାହୁଁଛି ତ.... ଆଗକୁ ବହୁତ ଆଗକୁ ଚାଲିଯିବାକୁ.... କିନ୍ତୁ କେଉଁଠିକୁ ଯାଇ ପାରିବି, କାହାରି ସାହାଯ୍ୟ ବିନା। ଚୋରାବାଲି ଉପରେ ରହି ଆସିଛି। କିଛି ବି ହୋଇ ରହି ପାରିଲିନି - ନା ପତ୍ନୀ ହେଇପାରିଲି, ନା ପ୍ରେମିକା। ସ୍ୱାମୀ ମିଳିଲା କ୍ରୁର, ସ୍ୱେଚ୍ଛାଚାରୀ, ପ୍ରେମବିହୀନ। ପ୍ରେମିକ ବି ମିଳିଲା କିନ୍ତୁ ସେ ବି ନିଜ ପ୍ରତିଷ୍ଠାରେ ବନ୍ଧା ହୋଇଥିବା। ଦୂରରୁ ଥାଇ ବି ମୋତେ ସାହାଯ୍ୟ କରିଚାଲିବ, ତା ଉପରେ

ଅବିଶ୍ୱାସ କରିପାରିବିନି.... ଏ ଘର ଛାଡିଦେଲେ ମଧ୍ୟ ନିଜ ଚାକିରି ଏବଂ ତା ସହଯୋଗରେ ରହିପାରିବି, ହୁଏତ ସେ ମୋ ପାଖକୁ ଯିବା ଆସିବା ବି କରିପାରେ । ସେ ଟଙ୍କା ପଇସାର ସାହାଯ୍ୟ କରି ଆତ୍ମ ସନ୍ତୋଷ ପ୍ରାପ୍ତ କରେ । ଏତିକି କଥା ବୁଝେନି ଯେ ମୋତେ ପ୍ରେମ ଦରକାର..... ସେଇଟା ଯାହା ମୋତେ ଏ ପର୍ଯ୍ୟନ୍ତ ମିଳିଲାନି । ଯଦି ତା ଠାରୁ ପ୍ରେମ ପାଇଲିନି ତେବେ ମୁଁ ତାଠାରୁ ଟଙ୍କା ବା ଅନ୍ୟ କୌଣସି ସାହାଯ୍ୟ ଗ୍ରହଣ କରିପାରିବିନି । ସେ ନିଜର ବୋଲି ଭାବିଲା, ସେଥିପାଇଁ ତ ନେଉଛି.... ନଚେତ୍ ମୋତେ କଣ ଭିକ ଦରକାର ? ଏପରି ସଂପର୍କର ଭବିଷ୍ୟତ କଣ.... କିଛି ବି ନୁହେଁ.... ହାୱାରେ ଝୁଲିବା ପରି । ଏବେ ଏହି ନାମକୁ ମାତ୍ର ଘରେ ଅନ୍ତଃତ ସାମାଜିକ ସମ୍ମାନ ତ ଅଛି । ବିବାହିତାର ମୋହର ବି ଅଛି, ସୁରକ୍ଷା ମଧ୍ୟ । ବାହାରେ ଏକା ରହିବାକୁ ଆରମ୍ଭ କରେ ଯଦି...ଅପମାନିତ ହୋଇ ରହିବାକୁ ପିଡିବ, ପାଦେ ପାଦେ ସେଇ ଗୋଟିଏ ପ୍ରଶ୍ନ - ସ୍ୱାମୀର ଘରେ କାହିଁକି ରହୁନ ? କିଛି ପୁରୁଷ ତ ମୋତେ ପ୍ରାପ୍ୟ ବୋଲି ଭାବିନେବେ ।

ଯେହେତୁ ଏକା ରହୁଛି ! ଏବେ ସେ କିଛି କହୁଛି ସ୍ୱାମୀର ସ୍ଥାୟୀ ଭାବ ହେଲା- ଗଞ୍ଜଣା ଦେବା, ବ୍ୟଙ୍ଗବାଣରେ କ୍ଷତାକ୍ତ କରିଦେବା... ସତେ ଯେମିତି କେହି ଚିରି ଟୁକୁଡା ଟୁକୁଡା କରି ଦେଇଛି । ଅଧିକାର ସାବ୍ୟସ୍ତ କରିବାକୁ ଆସିବା । ତା ପାଇଁ ମନରେ କେବଳ ବିରୋଧ ଭାବ ହିଁ ସୃଷ୍ଟି ହୋଇଥାଏ । ପ୍ରେମିକାର ସ୍ଥାୟୀ ଭାବ- କ୍ଷତରେ ପ୍ରଲେପ ଦେବା, ଦୟା ନିଃସ୍ୱାର୍ଥ ଭାବ ନେଇ ସାହାଯ୍ୟ କରିବା । ମୁଁ ତାକୁ ଅଧିକାର ଦେବାକୁ ଚାହେଁ, ସେ ନିଏନି.... ମୋ ହାତରେ ସ୍ୱାଧୀନତା ଦେଇଦିଏ । ମୁଁ ଚାହେଁ ନୀଡଟିଏ ବାନ୍ଧିବାକୁ ଯେଉଁଠି ତାଆର ବାସ୍ନା ଭରି ରହିଥିବ, ମୋର ଅସ୍ତିତ୍ୱ ଥିବ... ଯେଉଁଠି ମୁଁ ପ୍ରତି ମୁହୂର୍ତ୍ତରେ ତା ସହ ରହିପାରିବି, କେବଳ ତାରି ବାସ୍ନାରେ ହଜିଯାଇ । ସେ ସକ୍ଷମ ଅଟେ... କାହିଁକି ଗଢିପାରିବନି ଏପରି ନୀଡଟିଏ ? କଣ ନିଜର ପତ୍ନୀ ସହ ଥିବା ଏକ ପୁରୁଣା ବନ୍ଧନ ଯୋଗୁଁ.... ଯାହାକୁ ସେ କେବଳ ବୋହି ଚାଲିଛି, ଏବେ ବି ବୋହୁଛି, ସମାଜର ଡରରେ । କହେ- ସ୍ୱପ୍ନ ଦେଖନି । ଯାହାକୁ ସମାଜ ଜୀବନରେ ହାସଲ କରିବାକୁ ଦିଏ ନାହିଁ, ସେ ବିଷୟରେ ସ୍ୱପ୍ନ ବି ଦେଖିବାକୁ ଦେବନି ? ଆରେ ! ସ୍ୱପ୍ନ ତ ଅନ୍ତଃତ ଦିଅ ଦେଖିବାକୁ !

ଏତେ ଶିକ୍ଷିତ, ବୁଦ୍ଧିମାନ ହୋଇଥିବା ସତ୍ତ୍ୱେ ସେ ମୋତେ ବୁଝେନି, ହୃଦୟରେ କୋମଳତା ଥିବା ସତ୍ତ୍ୱେ କଠୋର ହୋଇଉଠେ । ଏଇଟା ପୁଣି କଣ

ଯେ.... ଚାରା ଗଛଟେ ଲଗାଇଲ ଆଉ ତା' ଉପରେ ଧୂଳି ଢାଳି ଦେଲ, ଯେମିତି କି ଆଉ ବଢି ବି ପାରିବନି।

ମୁଁ କ୍ରୋଧର ଭଉଁରୀ ଭିତରେ ଆସି ଫସିଯାଏ- ତଥାପି କଣ ଅଛି ଯେ କ୍ରୋଧରୁ ମୁକୁଳିବା ମାତ୍ରେ ହିଁ କେହି ମୋତେ ପୁଣି ତାଆରି ପାଖରେ ଫିଙ୍ଗିଦିଏ....

କୂଅରୁ ବାହାରିବାକୁ ଚାହୁଁଥିଲି, ବାହାରି ଗଲି ମଧ୍ୟ... ତଥାପି ପୁଣି ଯାଇ ତା ସହ ଅଡୁଆ ସୂତାରେ ଛନ୍ଦି ହୋଇଗଲି ଯିଏ ମୋତେ କେଉଁଠିକୁ ମଧ୍ୟ ନେଇ ଯାଇ ପାରିବନି।

ସେ ମନ ଭିତରେ ଥିବା ପ୍ରେମର କଥା କହେ.... ଏପରି ପ୍ରେମ ଯାହା ଦୂରରେ ଥାଇ ଦୀପପରି ଦିକିଦିକି ହୋଇ ଜଳୁଥିଲା, ଆମକୁ ଜୀଇଁବାକୁ, କର୍ମ କରିବାକୁ, ଆଗକୁ ବଢିବାକୁ ପ୍ରେରଣା ଦେବ। କହେ ଯେ ପ୍ରେମ କେବଳ ଆଉ କେବଳ ଦେଇଥାଏ, ନିଏ ନାହିଁ.... କିନ୍ତୁ ମୁଁ ନେବାକୁ ଚାହେଁ। ମୋତେ ସାକ୍ଷାତ ସିଏ ହିଁ ଦରକାର। ତାଆରି ସ୍ପର୍ଶ, ଯାହାକୁ ମୁଁ ମୋ ତ୍ୱଚାରେ ଶିରା ପ୍ରଶିରାରେ ଅନୁଭବ କରି ପାରିବି... ଘଣ୍ଟା ଘଣ୍ଟା... ଦିନ ଦିନ ଧରି.... ମାସ ମାସ ଧରି ସବୁଦିନ ପାଇଁ। ତେବେ ଯାଇ ସିନା ମନ ଯାଏ ପହଞ୍ଚିବ। ସଂପୂର୍ଣ୍ଣ ପ୍ରେମ... ଯେଉଁଠି କୌଣସି ପ୍ରକାର ବାଧା ନଥିବ - ନା ଶରୀରର ନା ସମୟର, ନା ଏକାଠି ରହିବାର। ନ ହେଲେ କଣ ବା ଆଉ ଫରକ ରହିଲା - ସ୍ୱାମୀ ଘରେ ଶରୀର ଅଛି, ମନ ନାହିଁ... ଏଠାରେ ମନ ଅଛି, ଶରୀର ନାହିଁ। ଦୁହେଁ ହିଁ ଜଳେଇ ମାରୁଛନ୍ତି।

ଏଇ ଅପୂର୍ଣ୍ଣ ପ୍ରେମ, ତଥାପି ପ୍ରେମ ହିଁ... ସେଥିପାଇଁ ନିରାଶା ସତ୍ତ୍ୱେ ଶାନ୍ତି ଏବଂ ପ୍ରକାଶ ଦେଇଥାଏ ମନରେ। ପ୍ରେମିକର ପ୍ରେମରେ ନିଜ ପାଇଁ ଆଦର ଭରି ରହିଛି। ମୋ ସ୍ୱତନ୍ତ୍ରତା ସ୍ୱାଭିମାନର ମୂଲ୍ୟ ଅଛି... ନିଜର କିଛି କାରଣ ଯୋଗୁଁ ସେ ମୋତେ ମୁଁ ଚାହୁଁଥିବା ମୁତାବକ ଗ୍ରହଣ କରି ନ ପାରୁ ପଛକେ....। ମୋତେ ତ ସ୍ନେହ ଆଦର ଦେଇଥାଏ.... ନଚେତ୍ ମୋ ଭିତରେ ଏପରି କଣ ଅଛି ଯାହା ପାଇଁ କେହି ପ୍ରେମ ଅନୁଭବ କରିବ, ମୁଁ ତ କିଛି ନୁହେଁ ତା ଆଗରେ, ଏଇଟା ତାର ବଡପଣ ଯେ ମୋ ପରି ଧୂଳିକଣାଟିକୁ ମଧ୍ୟ ଆଦର କରୁଛି.... ଅନ୍ୟ ପକ୍ଷରେ ମୋ ସ୍ୱାମୀ ତିଳତିଳ କରି ଜାଳି ମୋ ଅସ୍ତିତ୍ୱ ହିଁ ହଜେଇ ଦେବାକୁ ଚାହୁଁଛି !

ଏଇଟା ମୋ ଭାଗ୍ୟ... ମୋତେ ଅଧା ହିଁ ମିଳିବାର ଥିଲା। ଭାଗ୍ୟରେ ଯଦି ପୁରା ମିଳିବା ଲେଖା ହୋଇଥାନ୍ତା, ତେବେ ଏକ ସଂପୂର୍ଣ୍ଣ ପରିବାରରେ ଜନ୍ମ

ହୋଇ ନ ଥାନ୍ତି ? ସବୁବେଳେ ଧକ୍କା ଖାଇ ଆସିଲି । ପ୍ରକୃତ ପରିବାରରୁ ସାବତ ମାଆର ପରିବାରକୁ.... ସେ ପରିବାରରୁ ଶାଶୁଘର ଆଡକୁ... ଯାହା ହେଲେ ବି ଅସଂପୂର୍ଣ୍ଣ ହିଁ ରହିଲି । ସ୍ୱାମୀ ରୂପରେ ଜଣେ ଭଲ ମଣିଷଟିଏ ବି ତ ମିଳି ପାରିଥାନ୍ତା !

ଏଇ ଯେଉଁ ଅପୂର୍ଣ୍ଣ ପ୍ରେମୀ ଅଛି... ତାକୁ ହିଁ ନିୟତି ବୋଲି ମନେ କରି ସନ୍ତୁଷ୍ଟ ହୋଇଯାଏ । ଯଦି ଦିନଗୁଡିକ ଏପରି ଭାବରେ ହିଁ ବିତିଗଲେ, ତେବେ କ୍ଷତି କଣ.... ମନ ତ ବହୁତ କିଛି ଚାହୁଁଥାଏ ।

ଏଇଟା କଣ କିଛି କମ୍ କଥା ଯେ, ଜଣେ ବ୍ୟକ୍ତି ମୋର ଆଦର କରୁଛି, ମୋତେ ପ୍ରେମ କରୁଛି, ଜୀବନରେ ଆଶାର ଆଲୋକ ଭରୁଛି... ଯାହାଙ୍କ ସାହସରେ ମୁଁ ଏକ ରାକ୍ଷସ ପାଖରେ ମଧ୍ୟ ନିଜକୁ ସୁରକ୍ଷିତ ରଖିପାରୁଛି ।

କିନ୍ତୁ ଆଶ୍ରିତା, ଶାରୀରିକ ଅଥବା ମାନସିକ ରୂପରେ- ଏବେ ପ୍ରେମିକର ମଧ୍ୟ ହୋଇପାରିବନି । କ୍ୟାରିଅରରେ ଅଥବା ନିଜ ସଂଘର୍ଷରେ କାହାରି ସାହାଯ୍ୟ ନାହିଁ । ନିଜ ସଂଘର୍ଷ ନିଜ ଶକ୍ତିରେ ହିଁ ଲଢିବ । ପ୍ରେମପ୍ରକାଶ ଏପରି ହିଁ ତ ମୋତେ ଗଢିବାକୁ ଚାହୁଁଥିଲେ । ଏବେ ତାଙ୍କ ସହ ସମାସ୍କନ୍ଧ ସଂପର୍କ ରହିବ । ପ୍ରେମ ପାଉଛୁ ବୋଲି ଆମେ ପ୍ରେମ ଦେଉ, ପ୍ରେମ ଦେଲେ ହିଁ ପ୍ରେମ ମିଳିଥାଏ । ନିଜର ନିଷ୍ପତ୍ତି ଏବେ ମୁଁ ନିଜେ ନେବି, କାହାରିକୁ ନ ପଚାରି । ନିଜ ଭବିଷ୍ୟତ ନିଜେ ଦେଖିବି ।

..... ଟ୍ରେନରେ ଫେରିବା ବେଳେ ସେ ରାସ୍ତା ସାରା ଭାବି ଚାଲିଲା । ସେ ଯେଉଁପରି, ସେଥିରେ ଦୁଇଟି କଥା ମୁଖ୍ୟ ଅଟେ- (୧) ତା ପକ୍ଷରେ ଘରୁ ବାହାରେ ଏକୁଟିଆ ରହିବା କଷ୍ଟକର ଅଟେ । ସମାଜକୁ ଏକୁଟିଆ ସାମ୍ନା କରିବାର ଦାମ୍ଭିକତା ତା ଭିତରେ ନାହିଁ, ଅଳ୍ପ ସମୟ ପରେ ହିଁ ସେ ଭାଙ୍ଗିଯାଏ ।

(୨) ମୂଳରୁ ହିଁ ତା ଭିତରେ ପୁରୁଷଙ୍କ ପ୍ରତି ବିତୃଷ୍ଣା ରହିଛି । ଏ ପର୍ଯ୍ୟନ୍ତ କେବଳ ଦୁଇ ଜଣଙ୍କ ପ୍ରତି ତା ମନରେ ଭଲପାଇବା ସୃଷ୍ଟି ହୋଇ ପାରିଛି, ପ୍ରଥମରେ ନିଜ ବାପାଙ୍କ ପାଇଁ ଏବଂ ଦ୍ୱିତୀୟରେ ପ୍ରେମପ୍ରକାଶଙ୍କ ପାଇଁ ।

ତାକୁ ପୁରୁଷପାଖରୁ କେବଳ ସୁରକ୍ଷା ଆବଶ୍ୟକ... ଯେପରିକି କେହି ଶିକାରୀ କୁକୁର ପରି ତା ଉପରକୁ ଝାମ୍ପି ନ ପଡନ୍ତି । ଯେଉଁଠି ସ୍ତ୍ରୀଟିଏ ଆଗକୁ ବଢି ନ ପାରେ.... ସେଠାରେ ଏପରି କାମ ପାଇଁ ପୁରୁଷଟିଏ ଆବଶ୍ୟକତା ରହିଛି । ସମସ୍ୟା ଏଇଆ ଯେ, ଯେଉଁ ପୁରୁଷ ଏପରି ଛୋଟ ଛୋଟ ସାହାଯ୍ୟ କରିଥାଏ, ସେ ପ୍ରତିଦାନରେ ଅନାୟାସରେ ବହୁତ ବଡ ବଡ ଦାବୀ କରିବସେ । କଣ ଏପରି ହୋଇ ପାରିବ ଯେ ସେ ନିଜର ସ୍ୱାମୀକୁ କେବଳ ଏଇ ଦୁଇଟି କଥା ହିଁ ମାଗିବ (୧) ଘରୋଇ ସୁରକ୍ଷା ଯାହା ପାଇଁ ସ୍ୱାମୀର କିଛି କରିବାର ନାହିଁ । (୨) କେବେ କେମିତି ଏପରି କୌଣସି କାମରେ,

ଯେଉଁଠି ପୁରୁଷର ଆବଶ୍ୟକତା ପଡିଥାଏ, ସେ ସମୟରେ ଆଗକୁ ଆସିବ। ପ୍ରତିବଦଳରେ ସେ ତା ଘରର ଦେଖାଶୁଣା କରିବ, ରୋଷେଇ ବାସ କରିବ, ପୁଅର ଯତ୍ନ ନେବ। ସେ ଦୁହିଁଙ୍କ ସଂପର୍କ କେବଳ ଘର ସହିତ ଯୋଡି ହୋଇ ରହିବ, ବ୍ୟକ୍ତି ସ୍ତରରେ ନୁହେଁ। ଦୁହେଁ ନିଜ ନିଜର ସୀମା ଭିତରେ ରହିବେ। ତାଆର ଉଦ୍ଦେଶ୍ୟ ହେଲା ପୁଅକୁ ପଢେଇବା.... ତା ଭବିଷ୍ୟ ସଜାଡିବା, ତା ପାଇଁ ସେ ଯୁବାଗୁରୁ ସହ ବୁଝାମଣା କରିବ, ନିଜ ଅଂହକୁ ଜଳାଞ୍ଜଳି ଦେଇ। ପୁଅର ଏ ବର୍ଷଟା ତ ନଷ୍ଟ ହୋଇଗଲା, ଆସନ୍ତା ବର୍ଷଠୁ ତା ପଢା ପଢିକୁ ଖୁବ୍ ଧ୍ୟାନ ଦେବାକୁ ହେବ ଏବଂ ଏଇଟା କେବଳ ତାକୁ ହିଁ କରିବାକୁ ପଡିବ କାରଣ ସେଠି କାହାର ମଧ୍ୟ ପାଠପଢା ପ୍ରତି ଆଗ୍ରହ ନାହିଁ।

ସେ ଯାହା ନିଜ ପାଇଁ ଦରକାର କରୁଛି ତାହା ଯୁବାଗୁରୁକୁ ମଧ୍ୟ ଦେବ.... ସ୍ୱାଧୀନତା। ସେ ଯୁବାଗୁରୁକୁ ଚିନ୍ତା କରିବାକୁ ସୁଯୋଗ ଦେବ। ଗୋଟିଏ ସପ୍ତାହ ଭିତରେ ସେ ଫୋନ କରି ତାକୁ ନିଜର ସର୍ତ୍ତ ସବୁ ମଧ୍ୟ ଶୁଣାଇ ଦେଲା।

(୧) ଯେମିତି ବି ହେଉ ସିଦ୍ଧାର୍ଥ ଆସନ୍ତା ବର୍ଷଠୁ ତା ପାଖରେ ରହିବ। ସେ ଚାକିରି କରି ମଧ୍ୟ ରହିବନି। ସେଠାକୁ ଆସିପାରେ, ଯଦି ସେଠି କିଛି ଚାକିରି ମିଳିଯାଏ, ନଚେତ୍ ସିଦ୍ଧାର୍ଥକୁ ଏଠିକୁ ନେଇ ଆସିବ।

(୨) ଉଭୟେ ସ୍ୱାମୀ ସ୍ତ୍ରୀ ପରି ସିଦ୍ଧାର୍ଥର ଅଭିଭାବକ ଭାବେ ଗୋଟିଏ ଛାତ ତଳେ ଏକାଠି ରହିବେ। ସ୍ୱାମୀ ସ୍ତ୍ରୀ କେବଳ ବାହାରକୁ ଦେଖାଇବା ପାଇଁ। ସେମାନଙ୍କ ଭିତରେ ଶାରୀରିକ ସମ୍ବନ୍ଧ ରହିବନି। ଚାକିରିରୁ ଫେରିବା ପରର ସମୟ ଓ ଶକ୍ତି ଅନୁସାରେ ସେ ଘରକାମ କରିବ।

(୩) ନିଜର ସଂପୂର୍ଣ୍ଣ ଦରମା ସେ ସିଦ୍ଧାର୍ଥ ଓ ନିଜ ପାଇଁ ହିଁ ଖର୍ଚ୍ଚ କରିବ। ତାକୁ ବା ଘରଲୋକଙ୍କୁ କିଛି ମାଗିବନି କି ସେମାନଙ୍କୁ କିଛି ଦେବନି।

(୪) ସେ ଦୁହେଁ ନିଜ ନିଜର ଜୀବନରେ ସ୍ୱାଧୀନ ଭାବରେ ରହିବେ। ଯୁବାଗୁରୁ ପଛକେ ଚାକିରି କରୁ କି ନ କରୁ, କେହି ପରସ୍ପରର କାମରେ ମୁଣ୍ଡ ପୁରାଇବେ ନାହିଁ। ଏଇ କଥା କାହାକୁ ଦେଖାସାକ୍ଷାତ କରିବା ପାଇଁ ଲାଗୁ ହେବ। ସେମାନେ ପରସ୍ପରକୁ କାହା ସହ ଦେଖା କରିବା ନ କରିବାକୁ ନେଇ ବାଧ୍ୟ କରିବେନି। ସେ ନିଜର ଯିବା ଆସିବା, ଲୋକଙ୍କୁ ଦେଖାକରିବା ଇତ୍ୟାଦିରେ ଘରର ପ୍ରତିଷ୍ଠା ପ୍ରତି ମଧ୍ୟ ଧ୍ୟାନ ରଖିବ।

(୫) ସେମାନଙ୍କ ଭିତରେ ଶାରୀରିକ ସମ୍ବନ୍ଧ, ଯାହା ଉପରେ ଯୁବାଗୁରୁ ଏତେ ଜୋର୍ ଦେଉଥାଏ, ହେଇପାରେ.... କିନ୍ତୁ କେବଳ ବିବାହ ହୋଇଥିଲା, ଏତିକି

ଯଥେଷ୍ଟ ନୁହେଁ, ମନ ମଧ୍ୟ ମିଶିବା ଦରକାର। ଭବିଷ୍ୟତରେ ଏପରି ହୋଇପାରେ ଓ ନ ହୋଇ ବି ପାରେ। ଏହା ସେ ଦୁହିଁଙ୍କ ଆଚରଣ ବ୍ୟବହାର ଆଦି ଉପରେ ନିର୍ଭର କରିବ।

ନିଜ ତରଫରୁ ସେ ବହୁତ ବଡବଡ ଏବଂ ସ୍ପଷ୍ଟ ସର୍ତ୍ତ ରଖିଥିଲା। ସେପଟେ ଯୁବାଗୁରୁ ତୁରନ୍ତ ରାଜି ହୋଇଗଲା। ତାର ଦୁଇଟି ଉଦ୍ଦେଶ୍ୟ ପୂରଣ ହେଉଥିଲା – ସ୍ତ୍ରୀ ସେଠି ସ୍ଥାୟୀ ଭାବରେ ରହିପାରିବନି, ଦ୍ୱିତୀୟରେ ଏଠାରେ ରହିଲେ ତାର ସମ୍ମାନ ମଧ୍ୟ ରହିଯିବ। ନିଶା ସହ ଦେଖା କରିବାର ସ୍ୱାଧୀନତା ମଧ୍ୟ। ସବୁ ଦାୟିତ୍ୱ ସିଏ ହିଁ ନେବ, ଯୁବାଗୁରୁ ପାଖରେ କେବଳ ସମୟ ହିଁ ସମୟ ରହିବ ନିଶାକୁ ଦେଖା କରିବାକୁ। ସେ ଅତିରିକ୍ତ ଉତ୍ସାହ ଦେଖାଇ କହିଲା –

"ତା ହେଲେ ମୁଁ କଣ ଏଠି ତୋ ପାଇଁ ଚାକିରି ଆରମ୍ଭ କରିଦେବି।" ତା ଭିତରେ ହସ ଉଛୁଳି ଉଠିଲା – ଯିଏ ନିଜ ପାଇଁ ଚାକିରି ଖୋଜି ପାରୁନି, ସେ ପୁଣି ଅନ୍ୟ ପାଇଁ ଖୋଜିଦେବ... ଚେୟାର କରି ଯେଉଁ ସିଂହାସନ ଉପରେ ବସୁଛି କଣ ସେଇ ବଳରେ ! ତଥାପି ସେ ଏକଥାକୁ ପ୍ରକାଶ ନ କରି ଆଉ କିଛି କହିଲା –

"ଚାକିରି ପାଇଁ ଯେତେବେଳେ ଅନ୍ୟ କାହାର ବି ସାହାଯ୍ୟ ନେଇପାରେ ତେବେ ତୁମର କାହିଁକି ନୁହେଁ ! କିନ୍ତୁ ପରେ ମୋ ଉପରେ ଦୟା କରିଛ ବୋଲି ଦେଖେଇ ହେବନି କି ତା ବଦଳରେ ମୋତେ କିଛି ବିଶେଷ କାମ କରିବାକୁ କହିବନି। ମୁଁ ଜାଣିଛି – ତୁମେ ଏମିତି ହିଁ କର।"

"ନାଁ ନାଁ। ସମସ୍ତେ ଚେଷ୍ଟା କରିବା... ମୁଁ, ତୁ, ପ୍ରେମପ୍ରକାଶ ସାର ମଧ୍ୟ। "ନଗରବନ୍ଧୁ" ଖବରକାଗଜ ଗ୍ରୁପର ମାଲିକ ମୋର ଭକ୍ତ। ଗୋଟିଏ ବଡ ସ୍କୁଲଟେ ସେ ଖୋଲିଛନ୍ତି। ତୁ ଯଦି କହିବୁ.... କଥାବାର୍ତ୍ତା କରିବି.... ତୋ ବାୟୋଡାଟା ଦେଇଦେବି।"

"ମୋର ଆପତ୍ତି ନାହିଁ.... କିନ୍ତୁ ସେ ଦୟା ଦେଖେଇବା କଥା ମନେ ରଖିଥିବ। ଆମ ଭିତରେ ସର୍ତ୍ତ ସେଇଆ ରହିବ, ଯାହା ମୁଁ ଲେଖିଛି।"

"ହା ହା" ଯୁବାଗୁରୁ ଫେଁ କରି ହସିଦେଲା।

●●●

ପ୍ରେମପ୍ରକାଶ ନୁହେଁ, ଯୁବାଗୁରୁ ବି ନୁହଁ.... ନିଜ ଯୋଗ୍ୟତା ବଳରେ ହିଁ ଏଥର ତାକୁ ଚାକିରି ମିଳିଗଲା। ନଗରବନ୍ଧୁର ସ୍କୁଲରେ ନୁହେଁ, ଆଉ ଏକ ଅଲଗା ସ୍କୁଲରେ। ନୂଆ ସହରର ଯେଉଁ ସ୍କୁଲରେ ପଢାଇବାକୁ ଆସିଥିଲା, ତାହା ଏତେ ପ୍ରସିଦ୍ଧ ଓ ପ୍ରତିଷ୍ଠିତ ଥିଲା ଯେ ସେ ସ୍କୁଲରେ ଥିବା ଅଭିଜ୍ଞତାକୁ ବହୁତ ଗୁରୁତ୍ୱ

ଦିଆଯାଉଥିଲା। ଶଶୁର ଘର ଥିବା ସେହି ସାଧାରଣ ସହର ପାଇଁ ସେହି ଅଭିଜ୍ଞତା ବହୁତ ପ୍ରଭାବଶାଳୀ ପ୍ରମାଣିତ ହେଲା।

ଫେରି ଆସିବା ପରେ ପ୍ରାୟ ତାକୁ ଲାଗୁଥିଲା ଯେ ଏଠାରୁ ବାହାରିବାର ସୁଯୋଗ କେତେ କଷ୍ଟରେ ମିଳିଥିଲା.... ସେହି ନୂଆ ସହରରେ ସେ ଅଭ୍ୟସ୍ତ ବି ହୋଇ ଆସୁଥିଲା ଯେ ପୁଣି ଥରେ ସେ ନିଜକୁ ସେଇ ନର୍କ ଭିତରକୁ ଠେଲିଦେଲା ଯେଉଁଠୁ ବାହାରି ଚାଲିଯାଇଥିଲା। ଯଦି ପୁତ୍ର ମୋହ.... ତା ହେଲେ ପୁଅକୁ ସେଠାକୁ ନେଇ ଯାଇପାରିଥାନ୍ତା। ଯଦି ପୁଅର ପାଠପଢା ପାଇଁ... ତେବେ ସେଠି ତାକୁ ପଢାଇ ମଧ୍ୟ ପାରିଥାନ୍ତା ବଡ ସ୍କୁଲରେ ନ ହେଲେ ପଛେ, ମଧ୍ୟମ ଧରଣର କୌଣସି ସ୍କୁଲରେ ଆଡମିସନ ମିଳିଯାଇଥାନ୍ତେ ନିଶ୍ଚୟ। ଟିକେ ବେଶୀ ଚେଷ୍ଟା କରିଥିଲେ, ଯେଉଁ ସ୍କୁଲରେ ସେ ପଢାଉଛି, ସେଇ ସ୍କୁଲରେ ମିଳିଯାଇଥାନ୍ତା। ଏମିତି ଆଉ ନୁହେଁ ତ.... ଯେ ପାଠପଢା କେବଳ ବାହାନା ଥିଲା ଫେରି ଆସିବାର..... ପ୍ରକୃତ କଥା ହେଲା ତାକୁ ଘରର ଚାରିକାନ୍ଥ ଓ ସ୍ୱାମୀର ସୁରକ୍ଷା ଦରକାର। ପ୍ରତିଟି କ୍ଷେତ୍ରରେ ନିଜେ ଆଗକୁ ଆସି ଘର ପରିବାର ସମ୍ଭାଳିବା.... ଆଉ ସେସବୁ ଭିତରେ ଲୋକମାନଙ୍କର ଘୁରି ବୁଲୁଥିବା ସନ୍ଦେହୀ ଆଖିର ଶିକାର ହେବା.... ଚାରି ପାଖରେ ଯୁବକ, ବୃଦ୍ଧ, ପୌଢମାନଙ୍କର ଲୋଭିଲା ଦୃଷ୍ଟି.... ସତେ ଯେମିତି ନାଲି ପିମ୍ପୁଡିର ଧାର ସାରା ଦେହରେ ଚରିଯାଉଛନ୍ତି! ଏସବୁ କଥାର ସାମ୍ନା କରିବାର ସାହସ ନ ଥିଲା ତା ଭିତରେ। ସେ ସେଠାରୁ ଚାଲିଆସିଲା।

ପ୍ରେମପ୍ରକାଶଙ୍କ ସହ ଦେଖାକରିବାର ସାହସ ସେ ଜୁଟାଇ ପାରିଲାନି। ତାଙ୍କ ଭିତରେ ଯେଉଁ ଆଶାଟିଏ ଥିଲା ତା ଭିତରେ ମହତାକାଂକ୍ଷା ଅଙ୍କୁରିତ ହେବ, ଆଗକୁ ବଢିବାର ପ୍ରବଳ ପ୍ରଲୋଭନ ସୃଷ୍ଟି ହେବ- ତାହା ଭାଙ୍ଗି ଯାଇଥିଲା। ତାଙ୍କ ଦୃଷ୍ଟିରେ ସେ ନିଶ୍ଚୟ ତଳକୁ ଖସିଯାଇଥିବ, କେଉଁ ମୁହଁ ନେଇ ତାଙ୍କ ପାଖକୁ ଯିବ.... ଏବଂ କଣ ପାଇଁ ଯିବ... କଣ ଏହି ଧ୍ୱଂସାଭିମୁଖୀ ଘରକୁ ସମ୍ଭାଳିବା ପାଇଁ ତାଙ୍କର ସାହାଯ୍ୟ ଦରକାର.... ଏଠି ସେ କଣ କରିପାରିବେ, ଯାହା କରିବାର ଅଛି, ଏବେ ତାକୁ ହିଁ କରିବାକୁ ପଡିବ।

ଯଦି ତାଙ୍କ ଦୃଷ୍ଟିରେ ସେ ତଳକୁ ଖସି ଯାଇଛି ତା ହେଲେ ତା ନଜରରେ ମଧ୍ୟ ସେ ବି କୋଉ ରହିଲେ। ଯେଉଁ ପ୍ରେମ ସେମାନଙ୍କ ମଧ୍ୟରେ ପଲ୍ଲବିତ ହେଲା, ଯେଉଁ ପ୍ରେମରେ ସେ ଭିଜିଲା, ଯାହା ପ୍ରେମପ୍ରକାଶ ମଧ୍ୟ ଅନୁଭବ କଲେ.... ସେହି ପ୍ରେମ ପାଇଁ ଯାହା କରାଯିବା ଉଚିତ... ସେ କଣ କଲେ ? ସେ ଏପରି ପ୍ରେମ କରିବାକୁ ଚାହାଁନ୍ତି ଯାହା ତାଙ୍କର ଗଢିଥିବା ସେ ସଂସାରରେ କୌଣସି ଚିହ୍ନ ଲଗାଇବନି। ସେ ସଂସାର ସୁରକ୍ଷିତ ରହୁ, ଉପରେ ଅଙ୍କ ବହୁତ ଯାହା ଚାଲିଛି ଚାଲୁ,

ଜୀବନରେ ସ୍ୱାଦର ମସଲା। ତା ଦୁନିଆରେ ହଲଚଲ୍ ସୃଷ୍ଟି ହେବା ଆରମ୍ଭ ହେଲା, ସିଏ ଚଟ୍‌କରି ପଛକୁ ଘୁଞ୍ଚିଗଲେ.... କାପୁରୁଷତା ! ତାର ଆଉ ତାଙ୍କ ପାଖକୁ ଏବେ ଯିବାର ନାହିଁ। ସେ ଯଦି ନିଜ ଘରକୁ ଦେଖୁଛନ୍ତି, ତେବେ ସେ କାହିଁକି ନିଜ ଘରକୁ ନ ଦେଖିବ ! ସିଦ୍ଧାର୍ଥ ଭିତରେ ପୁଣିଥରେ ଆତ୍ମବିଶ୍ୱାସ ଆସିବାକୁ ଆରମ୍ଭ ହେବା ଦେଖି ତାକୁ ଆଶ୍ୱସ୍ତି ଲାଗୁଥିଲା।

ବୁଝାମଣା ଦୃଷ୍ଟିରୁ ନୁହେଁ, ପ୍ରଥମରୁ ହିଁ ସ୍ୱାମୀର କାର୍ଯ୍ୟକଳାପ ପାଇଁ ତା ଭିତରେ ଏକ ଶୁଷ୍କତା, ନିରାସକ୍ତ ନିସଙ୍ଗତ ଭାବ ଥିଲା। ଯେଉଁ ପର୍ଯ୍ୟନ୍ତ ଯୁବାଗୁରୁର କୌଣସି ବ୍ୟବହାର ତାକୁ ବା ପୁଅକୁ ପ୍ରଭାବିତ ନ କରିଛି, ତାର କିଛି କହିବାର ନ ଥିଲା। ନିଜ ପାଇଁ ଅବା ପୁଅ ପାଇଁ, ଏପରିକି ସ୍କୁଲର ଫିସ୍, ସ୍କୁଲର ଅନ୍ୟାନ୍ୟ ଖର୍ଚ୍ଚ .... ଯେମିତିକି ଡ୍ରେସ୍, ପିକନିକରେ ଯିବା, ଟ୍ୟୁସନ ଟିଚରଙ୍କ ଦରମା... କୌଣସି ବି ଖର୍ଚ୍ଚ ପାଇଁ ସେ ନା ସ୍ୱାମୀ ନା ଶାଶୁଶ୍ୱଶୁର... କାହା ଆଗରେ ବି ହାତ ପତାଏନି । ସେମାନଙ୍କୁ କିଛି ଦେଉ ନ ଥିଲା ମଧ୍ୟ, ଯାହାର ଅଭ୍ୟାସ ସେମାନଙ୍କର ଇଏ ସେ ସହରରେ ଥିବା ବେଳେ ହୋଇଯାଇଥିଲା।

ନିଶାର ଯିବା ଆସିବା ତାକୁ ଆଗ ପରି ହିଁ ମନେହେଲା। ଭଲଭାବରେ ଲକ୍ଷ୍ୟ କରିବା, ଖୋଳତାଡ କରିବା... ଏସବୁରେ ତାର ଆଦୌ କୌଣସି ଆଗ୍ରହ ନ ଥିଲା କି ତା ପାଖରେ ସମୟ ବି ନ ଥିଲା। କେବେକେବେ ଉଡାଖବର ଆସି କାନରେ ପଡେ ଯେ ବିଳମ୍ବିତ ରାତି ଯାଏଁ ନିଶାର ସ୍କୁଟି ମନ୍ଦିର ବାହାରେ ରଖା ହୋଇଛି, ତେବେ ବି ଗୋଟିଏ ପତ୍ନୀ ଭିତରେ ଯେଉଁ ସ୍ୱାଭାବିକ ଇର୍ଷା ସୃଷ୍ଟି ହେବା କଥା, ତାହା ତା ଆଦୌ ଆସେନି। ବରଂ ସେ ଆଶ୍ୱସ୍ତ ହୁଏ ଯେ ଯୁବାଗୁରୁ ନିଶା ସହ ଯେତେ ବ୍ୟସ୍ତ ରହିବ, ସେ ଟିକେ ଶାନ୍ତିରେ ନିଃଶ୍ୱାସ ମାରିବ। ଏମିତି ବି ନୁହେଁ ଯେ ସେ ଯୁବାଗୁରୁକୁ ନିଶା ପାଖକୁ ଠେଲି ଦିଏ। କେବଳ ଏକ ନିରାସକ୍ତ ଭାବ... ଛଳନାର ନିରାସକ୍ତ ଭାବ ନୁହେଁ, ସେଇଟା ଯାହା ଏକ ବୀଜ ରୂପେ ପ୍ରଥମରୁ ହିଁ ତା ଭିତରେ ଥିଲା, ଏବେ ଦ୍ରୁମଟିଏର ରୂପ ନେଇ ବିସ୍ତାରିତ ହୋଇଯାଇଛି, କାରଣ ତା ପଛରେ ଏବେ ଏକ ଗଭୀର ଦୁଃଖ ଥିଲା, ଯେଉଁଥି ପାଇଁ ସେହି ନୂଆ ସହରରେ ଯାଇ ସେ ପହଞ୍ଚି ଯାଇଥିଲା। ସେଥିପାଇଁ ଯେତେବେଳେ ତା ପାଖରେ ଏ ଖବର ପହଞ୍ଚିଲା ଯେ ନିଶାକୁ ସ୍କୁଟି ମଧ୍ୟ ଯୁବାଗୁରୁର ହିଁ କିଣିକି ଦେଇଛି, ତାର କୌଣସି ପ୍ରତିକ୍ରିୟା ହେଲା ନାହିଁ। ସେ ଏଥିରେ ଖୁସି ଥିଲା ଯେ ଯୁବାଗୁରୁ କୌଣସି କଥା ପାଇଁ ତାର କୌଣସି ଆଗ୍ରହ ନାହିଁ। ଏବଂ ଏପରି ହିଁ ନିରାଶକ୍ତ ଭାବ ସେ ତା'ଠାରୁ ବି ନିଜପାଇଁ ଆଶା କରୁଥିଲା।

ଦୁର୍ଭାଗ୍ୟର କଥା ଯେ ଏପରି ଆଉ ବେଶୀଦିନ ପାଇଁ ଚାଲିଲା ନାହିଁ। ଯୁବାଗୁରୁଠାରୁ ଏତେ ଦୂରେଇ ରହିବ ଯେ, ଯେମିତି ସିଏ ତା ଭାବନାରେ ମଧ୍ୟ ନ ଆସିବ- ଧିରେଧିରେ ଭୁଷୁଡିବାକୁ ଆରମ୍ଭ କଲା। ତିନି ଚାରି ମାସ ହିଁ ଯାଇଛି କି ନାହିଁ ଯୁବାଗୁରୁର ବ୍ୟବହାରରେ ପରିବର୍ତ୍ତନ ଆସିବାକୁ ଲାଗିଲା। ଏବେ ଘର ଭିତରେ ଯିବା ଆସିବା କରିବା ସମୟରେ ସେ କେବେ ତାର କାନ୍ଧକୁ ଛୁଇଁ ଦିଏ, କେବେ କିଛି କହିବା ପାଇଁ ହାଲକା କରି ଦୁଇ ବାହୁକୁ ଧରି ନିଜ ଆଡକୁ ବୁଲାଇ ଦିଏ... ଏମିତି ଯେମିତି ଚଳପ୍ରଚଳ ସମୟରେ ସାଧାରଣ ଭାବରେ ଏସବୁ ହେଉଛି। ହେଇପାରେ ଏଇଟା ବି ସତ ହୋଇଥାଇପାରେ, କିନ୍ତୁ ତା ଉପରେ ଯେମିତି ଝିଟିପିଟି ଚଢିଯାଏ, ଘୃଣା ଲାଗେ... ବେଳେବେଳେ ତ ବାନ୍ତି ବି ଉଠାଏ... କିନ୍ତୁ ସେ ଏସବୁକୁ ଟାଳିଦିଏ, ଯେତେହେଲେ ବି ଦୁହେଁ ଗୋଟିଏ ଘରେ ହିଁ ରହୁଥିଲେ, ଯେତିକି ଦୂରତ୍ୱ ସେ ଚାହୁଁଥିଲା, ତାହା କିପରି ସମ୍ଭବ ହୋଇ ପାରିଥାନ୍ତା। ତା ପରେ ଯୁବାଗୁରୁ ତରଫରୁ ଧିରେଧିରେ ଛୋଟଛୋଟ ଅଭିଯୋଗ ଆସିବାକୁ ଲାଗିଲା - ତୁ ତ ମୋ ପାଖରେ ଟିକେ ବି ବସୁନୁ, ରାନ୍ଧି ଦେଇ ଟେବୁଲ ଉପରେ ରଖି ଦେଉଛୁ... ସାଙ୍ଗରେ ଖାଇବାକୁ ବି ବସୁନୁ, ମୋ ସହ ଦୁଇପଦ କଥା ହେବାକୁ ବି ସମୟ ନାହିଁ....। ଅବଶ୍ୟ ଫୁରସତ ନ ଥିବା କଥାଟି ସତ ଥିଲା। ସ୍କୁଲରେ ଛଅ ଘଣ୍ଟା, ଯିବା ଆସିବା ଦୁଇ ଘଣ୍ଟା.... ଅନେକ ଗୁଡାଏ ସ୍କୁଲକାମ ଯାହା ତାକୁ ଘରେ ବସି କରିବାକୁ ପଡିଥାଏ, ପିଲାଙ୍କ ଖାତା ଦେଖିବା ଇତ୍ୟାଦି ପୁଣି ତା ସହ ଘର କାମ ଯାହା ସେ ନିଜେ କରିବ ବୋଲି ଦାୟିତ୍ୱ ନେଇଥିଲା। ଛୁଟି ଦିନରେ ନିଜର ଓ ସିଦ୍ଧାର୍ଥର ଲୁଗା ସଫା କରିବା, ଇସ୍ତ୍ରୀ କରିବା, ପୁରା ସପ୍ତାହଟା ପାଇଁ ପ୍ରସ୍ତୁତ ହେବା... ସମୟ କେଉଁଠି ଥିଲା, ଆଉ ଯୁବାଗୁରୁ ତ ସାରା ଦିନ ଘରେ ପଡି ରହିଥାଏ। ଯେତେବେଳେ ସେ ସ୍କୁଲରୁ ଘରକୁ ଆସିବା ପରେ ଇଚ୍ଛା ହୁଏ କେହି ତା ସହ କଥାବାର୍ତ୍ତା ନ କରୁ, ସ୍କୁଲରେ ଗପିଗପି ଥକି ଯାଇଥାଏ, ଚାହେଁ ଯେ ତାକୁ ଟିକେ ବି ଯେମିତି କଥା କହିବାକୁ ନ ପଡୁ... ଆଉ ଏପଟେ ସାରାଦିନ ବେକାର ହୋଇ ବସିଥିବା ଯୁବାଗୁରୁ ଗପିବାକୁ ଚାହିଁ ବସିଥାଏ।

ସେ ଚାହେଁ ଯେ ଅନ୍ତଃତ ପୁଅ ତା ସହ କଥା ହେଉ, ଆଜି ସ୍କୁଲରେ କଣ ହେଲା ଏସବୁ କହୁ, ହେଲେ ପୁଅ ବି ଥକି ଯାଇଥାଏ, ମାଆ ଦେଖାଦେଖି ସେ ମଧ୍ୟ ବାପା ଆଗକୁ ନ ଆସି ଲୁଚି ଲୁଚି ଏପଟେ ସେପଟେ ଚାଲିଯାଏ। ଯୁବାଗୁରୁ ଛାଟିପିଟି ହୋଇ ଚୁପ ରହେ। ସେ ଯୁବାଗୁରୁର ସମସ୍ୟା ବୁଝିପାରେ.... କିନ୍ତୁ ଟିକେ କଠୋର ହୋଇ ଚିନ୍ତା କରେ ଯେ, ସେ ସମସ୍ୟାର ସମାଧାନ ବି ଯୁବାଗୁରୁ ହାତରେ ହିଁ ଅଛି, ସେ କାହିଁକି କିଛି କାମ କରୁନି ? ଦିନେ ଗୋଟେ ଛୁଟି ଦିନରେ ଯୁବାଗୁରୁ ହାବୁଡରେ

ସେ ପଡିଗଲା । ଖାଇବା ପରେ ସେ ଯେମିତି ଉପର ରୁମକୁ ଆସିଲା, ପଛେ ପଛେ ଚାଲି ଆସିଲା ଏବଂ ତାକୁ ଧରି ବିଛଣାରେ ବସାଇଦେଲା, ନିଜେ ତା ଆଗରେ ବସି ପଡିଲା ।

"ମୁଁ କଣ ଦୁଇପଦ କଥା ହେବାର ବି ଯୋଗ୍ୟ ନୁହେଁ ?"

ସେ ସିଧା ସଳଖ ପଚାରି ବସିଲା ।

"କାହିଁକି ନୁହେଁ, ଆମେ ଆବଶ୍ୟକ ସମୟରେ ଜରୁରୀ କଥାବାର୍ତ୍ତା କଣ କରୁ ନାହାନ୍ତି କି ! କୁହ, କଣ କହିବାର ଅଛି ।"

"ଦରକାରୀ କଥା ହିଁ.... ଆଉ ଅଲଗା କଥା ତ ହେଉ ନାହାଁନ୍ତି ।"

ସେ କିଛି କହିଲାନି । ଯୁବାଗୁରୁ ବୁଝିବା ଦରକାର ମନେ ରଖିବା ଉଚିତ- ଯାହା ସବୁ ସେମାନଙ୍କ ଭିତରେ ଘଟିଯାଇଛି ଯା ଭିତରେ, ସେହି ସର୍ତ୍ତ ଯାହା ସେମାନଙ୍କ ଭିତରେ ସ୍ଥିର ହୋଇଥିଲା... ସେ ଫେରିବା ପୂର୍ବରୁ । ସମସ୍ୟା ଏଇଆ ଥିଲା ଯୁବାଗୁରୁ ଆରାମରେ ସେସବୁ କଥା ଭୁଲିଯାଇଥିଲ ଯାହା ସବୁ ତା ପାଇଁ ଅସୁବିଧା ଜନକ ହେଉଥିଲା । ଯେବେ କି ସେ ସେସବୁ ଭୁଲିପାରୁ ନ ଥିଲା ଆଦୌ, ଗୋଟିଏ ଗୋଟିଏ କଥା ସବୁ ତାର ମନେଥିଲା ।

"ମୁଁ କଣ ତୋର କିଛି ବି ନୁହେଁ ।"

"କାହିଁକି ନୁହେଁ, ଆମେ ଏକାଠି ରହୁଛନ୍ତି । ଏତେ ବର୍ଷ ହେଲା ଏକାଠି ଅଛନ୍ତି । ଦେହ ଖରାପ ହେଲେ ପରସ୍ପରର ଯତ୍ନ ନିଅନ୍ତି । ତୁମେ ମୋ ପିଲାର ବାପା, ମୁଁ ତାକୁ ପଢାଉଛି । ତୁମକୁ ତୁମ ବାପା ମାଆଙ୍କୁ ରାନ୍ଧି ଖାଇବାକୁ ଦେଉଛି... କେହି କାମବାଲୀ ନ ଆସିଲେ ତା କାମ ବି କରୁଛି ଏସବୁ ଏଥିପାଇଁ ଯେ ତୁମ ସହ ମୋର କିଛି ସଂପର୍କ ଅଛି ।"

"ଆମ ଭିତରେ ସେଇଆ ତ ନାହିଁ ଯାହା ସ୍ୱାମୀ ସ୍ତ୍ରୀ ଭିତରେ ଥାଏ ।"

"ସେଇଟା ହିଁ ସବୁକିଛି ହୋଇ ନ ଥାଏ । ତୁମେ ବୋଧହୁଏ ଭୁଲି ଯାଇଛି ଯେ ଆମ ଭିତରେ କଣ ସ୍ଥିର ହୋଇଥିଲା । ତୁମେ ସେଥିରେ ରାଜି ହେବା ପରେ ହିଁ ମୁଁ ଫେରି ଆସିଥିଲି ।"

"ମୁଁ ଭାବିଥିଲି ଯେ ଧିରେ ଧିରେ ସମୟ ସହ ତୁ ବଦଳି ଯିବୁ...."

"ପୁଣି ସେହି ଭାଷା –" ସେ ଚମକି ପଡିଲା ।

"ତୁମେ କିଏ ମୋତେ ସୁଧାରିବାକୁ, ନିଜକୁ ଆଗ ସୁଧାର ।"

"ମୁଁ କଣ ସୁଧୁରିବି... । ତୁ କହ.... ତୁ କଣ ଚାହୁଁଛୁ । ମୁଁ ସେଇଆ କରିବି ।"

"ପୁଣି ସେଇ ଯୁକ୍ତି, ମୋତେ ଏସବୁ ଯୁକ୍ତିତର୍କ ଭିତରେ ପଡିବାର ନାହିଁ

ଯେମିତି ଆଗରୁ ଆମେ କରିଆସୁଥିଲେ। ତୁମେ ଚିନ୍ତା କର ଯାହା ତୁମକୁ କରିବାର ଅଛି, ମୋର କଣ ଯାଏ ଆସେ। ତୁମେ... ତୁମ ନିଜ କଥା ଦେଖ, ମୁଁ ମୋ କଥା ଦେଖିବି।" ସେ ସେଠୁ ଉଠିଗଲା।

●●●

ପୁରୁଣା କଥା ସବୁ ପୁଣି ଫେରିଛି। ଏବେ ସବୁ ଝଗଡା ହେଲା ଏବଂ ଆମେ ତିଳେ ହେଲେ ବି ଆଗକୁ ବଢିଲୁନି। ଏ ଲୋକଟିର ଜୀବନର ଘଣ୍ଟାକଣ୍ଟା ବୋଧେ ଗୋଟିଏ ବିନ୍ଦୁ ଉପରେ ଅଟକି ରହିଯାଇଛି... ସେଇଠି ହିଁ ଟିକ୍‌ଟିକ୍ କରି ଚାଲିଛି। ମୋ ଭିତରେ ବି ବିଶେଷ ପରିବର୍ତ୍ତନ କାହିଁ... ପାଦେ ଆଗକୁ ବଢିଲେ ଦୁଇ ପାଦ ପଛକୁ ଚାଲି ଆସୁଛି। ସେଇ ଜଞ୍ଜାଳ ଭିତରେ ଆଣି ନିଜକୁ ପୁଣିଥରେ ଛନ୍ଦି ଦେଲି ଯେଉଁଠୁ ଖସି ଚାଲିଯିବାକୁ ଦିନେ କେତେ ସଂଘର୍ଷ କରିଥିଲି। ସେତେବେଳେ ପ୍ରେମ ପ୍ରକାଶ ଥିଲେ ପାଖରେ... ଏଠାରୁ ବାହାରିବା ଯିବା ପାଇଁ ତାଙ୍କର ମଧ୍ୟ କେତେ ସମୟ ଓ ଶକ୍ତି ନଷ୍ଟ କରେଇଲି। ଆଗକୁ ବଢିବା, କିଛି ହେବା, ନିଜର ଜୀବନ ସଜାଡିବା.... ଏପରି କୌଣସି ଇଚ୍ଛା ଏବେ ମନରେ ନାହିଁ। ପ୍ରେମପ୍ରକାଶ ଥିବା ଯୋଗୁଁ ସିନା ସେସବୁ ଥିଲା। ଏବେ ତାଙ୍କୁ ଦେଖା କରିବାର ସାହସ ହିଁ ହେଉନି ଆଉ ସିଏ... ସେ ଜାଣିଛନ୍ତି ଯେ ମୁଁ ଫେରି ଆସିଛି, ତଥାପି କେବେ ନିଜ ତରଫରୁ ଫୋନ କଲେନି... ଅର୍ଥାତ ସେ ମୋ ନିଷ୍ପତ୍ତିରେ ଆଘାତ ପାଇଛନ୍ତି। କିଏ ଜାଣେ, ହୁଏତ ସେ ମୋତେ ସ୍ୱାମୀ ସହ ନିଜର ସଂପର୍କ ସୁଧାରିବା, ନିଜ ଘର ସଂସାରକୁ ସଜାଡିବା ପାଇଁ ମୋତେ ଛାଡି ଦୂରେଇ ଯାଇଛନ୍ତି... ସେ ତ ଏମିତି ହିଁ।

ଘର.... ଯେମିତି ଥିଲା ସେମିତି ହିଁ ଅଛି, ସେମିତି ହିଁ ରହିବ। ସ୍ୱାମୀ ସହ ସଂପର୍କ ହୁଏତ ସୁଧୁରି ଯାଇ ପାରେ, କିନ୍ତୁ ମୁଁ ହିଁ ଚାହେଁନି ଅବଶ୍ୟ କେବେ କେମିତି ଏ ଲୋକଟା ପ୍ରତି ମନରେ ଦୟା ଆସେ... କଣ ଦେଉଛି ମୁଁ ତାକୁ, ଯଦିଓ ସେ ଘରେ ମୋତେ ରହିବାକୁ ଦେଇଛି, ଶରୀରକୁ ନେଇ ମୋ ଭିତରେ ସିନା ବିତୃଷ୍ଣା ଭରି ରହିଛି କିନ୍ତୁ ତା ଭିତରେ ତ ଶରୀର ପାଇଁ କ୍ଷୁଧା ରହିଛି... ପୁରୁଷ ଅଟେ.... ଯୁବକ ମଧ୍ୟ। କଣ କରିବି, ତା ଭିତରେ କିଛି ଭଲ ଗୁଣ ଦେଖିବାକୁ ଚେଷ୍ଟା କରୁଛି, ହେଲେ କିଛି ବି ଦେଖିପାରୁନି... ତାର ମୋଟା ମୋଟା ଓଠ, ଛୋଟ ଛୋଟ ବାଳ, ନାଲି ଲୁଗା ଏବଂ ସେଥିରେ ପୁଣି ସେ ଯୋଉ ହସ ମୁହଁରେ ଖେଳେଇ ମୋ ଆଡକୁ ଚାହିଁ ରହେ.... ସେଥିରେ କୁଟୀଳତା ସ୍ପଷ୍ଟ ବାରି ହୋଇ ପଡେ। ଏସବୁ ମିଶି ହିଁ ମନ ଭିତରେ ଏତେ ଘୃଣା ସୃଷ୍ଟି କରନ୍ତି ଯେ

ଭିତରୁ ଅଇ ଉଠାଏ, ଲାଗେ ଯେମିତି ସେଇ ଓଠ ଗୁଡିକ ମୋତେ ଛୁଇଁ ଯାଉଛନ୍ତି.... ଅବା ସେ ମୋତେ ଆଖି ପୁରାଇ ଚାହିଁ ଦେବା ମାତ୍ରେ ଶରୀର ଘୃଣାରେ ଶିହରୀ ଉଠେ। ତା ସାମ୍ନାରେ ଯେମିତି ବାନ୍ତି ହୋଇଯିବ। ଏ ବ୍ୟକ୍ତିଟି ପାଖରେ କେବଳ ଗୋଟିଏ ପ୍ରକାରେ ଶରୀର ଅଜାଡି ଦେଇ ପାରେ ଯେମିତି ଆଗରୁ କରୁଥିଲି.... ଯନ୍ତ୍ର ପରି ପଡିରୁହ , ଆଉ ତାର ଯାହା ଇଚ୍ଛା ସେଇଆ କରିବାକୁ ଛାଡିଦିଅ, ଉପର ଛାତକୁ ଅନାଇ ରୁହ ସେଇ ମୂହୁର୍ତ୍ତ ପର୍ଯ୍ୟନ୍ତ.... ଯେ ଯାଏଁ ଏହି କଦର୍ଯ୍ୟ କାମ ଶେଷ ନ ହୋଇଛି। ଅର୍ଥାତ୍ ଏଠି ମଧ୍ୟ ପୁଣି ସେଇ ପୂର୍ବ ପରିସ୍ଥିତିକୁ ଫେରିବାକୁ ହେବ। ଗତ ଦୁଇ ବର୍ଷର ସଂଘର୍ଷରୁ କିଛି ବି ମିଳିଲାନି। ତା ଛଡା ଏଇଟା ତ ଆଉ ଥରକର କଥା ନୁହଁ.... ସେ ପ୍ରତି ରାତିରେ ଖ୍ୱନଭିନ୍ କରିବ। ସ୍କୁଲରେ ଖଟି ଖଟି ନୟାନ୍ତ ହୋଇ ଆସିବି, ପୁଣି ଏଠି ମଧ୍ୟ, ଏତେ କଣ ଶକ୍ତି ବାକି ଥାଏ ଦେହରେ... ଆଉ ଯାର କଣ... ଦିନରାତି ଘରେ ଷଣ୍ଢ ପରି ପଡିରହି ପାକୁଳି କରିବା ଛଡା ! ମୁଁ ସ୍ତ୍ରୀ। ସମସ୍ତେ କହିବେ ଯେ ଘରକୁ ସମ୍ଭାଳିବା, ସଜାଡିବା ଦାୟିତ୍ୱ ମୋ ଉପରେ। ସେଥିପାଇଁ ମୁଁ ଏ ଲୋକଟାକୁ ସୁଧାରିବି। ସେ ମଧ୍ୟ ପଚାରୁଛି ଯେ, ଏମିତି କଣ କରିବ ସେ ଯେଉଁଥିରେ.... କଣ ଏପରି ଚିନ୍ତା କରାଯାଇପାରେ ଯେ, ସେ ଯଦି ଏଇଆ କରେ ତେବେ ଦ୍ୱିତୀୟ ବ୍ୟକ୍ତିଟି ମଧ୍ୟ ସେଇଆ କରିବା ଆରମ୍ଭ କରିବ ? କଣ କରିବ ଯୁବାଗୁରୁ ଯେ, ସେ ତାକୁ ପସନ୍ଦ ନ କଲେ ବି ଅନ୍ତଃତ ବରଦାସ୍ତ ତ କରିପାରିବ ଅତି କମରେ। ମନ୍ଦିର ଛାଡିଦେବ, ଚାକିରି କରିବା ଆରମ୍ଭ କରିବ, ଦରମା ପାଇ ମୋତେ ଆଣି ଦେବ, ମୋର ଏବଂ ପୁଅର ଆବଶ୍ୟକତା ପୂରଣ କରିବ, ଦାୟିତ୍ୱବାନ ହୋଇଯିବ.... ସେବେ ଯାଇ କିଛି ହୋଇପାରିବ ? ବୋଧ ହୁଏ ଧିରେ ଧିରେ ମୋ ଦୃଷ୍ଟିରେ ସେ ଉପରକୁ ଉଠିଯିବ.... କିନ୍ତୁ ସେ ତ ତୁରନ୍ତ ଫଳାଫଳ ଆଶା କରୁଛି, ଚାକିରିକୁ ଯିବାର ପ୍ରଥମ ଦିନ ହିଁ କହିବ - ତୁ କହିବାରୁ ମୁଁ ଚାକିରି କରିବାକୁ ଗଲି, ଏବେ ମୋର ଶରୀର ଦରକାର। କିଛି ଚିନ୍ତା ଭାବନା କରିବାକୁ ସମୟ ଦେବା ଉଚିତ, ଏକଥା ସେ ହିଁ ଚିନ୍ତା କରି ପାରେନି। ମନ କି ଭାବନା... କିଛି ବି ନାହିଁ ତା ପାଖରେ। କେବଳ ଶରୀର, ଶରୀର।

ଆଉ ଏ ଲୋକଟା ମାଆ ବାପାଙ୍କ ଆଗରେ ଯେଉଁ ଲାଞ୍ଛନା ଲଗାଇଲା, ସିଡିରେ ଘୋଷାରି ଆଣିଲା.. ବାହାରି ଯା ବୋଲି କହିଥିଲା... ସେ କଥାକୁ କଣ କେବଳ ଏଥିପାଇଁ ଭୁଲିଯାଇ ପାରିବି ଯେ ମୁଁ ଫେରି ଆସିଲି, ତାହା କଣ ସ୍ୱାମୀ-ସ୍ତ୍ରୀଙ୍କର ସାଧାରଣ ଝଗଡା ଥିଲା ?

ଆରମ୍ଭ ସେ କଲା... ସେ ନୁହେଁ ତା ଅନ୍ତରାତ୍ମା କଲା... ହୋଇଗଲା।

ରାତିରେ ନିଜ ବିଛଣା ସଜାଡିବା ବେଳେ ଯୁବାଗୁରୁର ମଧ୍ୟ ରଖିଦିଏ, କେବେକେବେ ନିଜର ଓ ସିଦ୍ଧାର୍ଥର ଲୁଗାପଟା ସହ ଯୁବାଗୁରୁର ଡ୍ରେସ ମଧ୍ୟ ସଫା କରିଦିଏ, ଇସ୍ତ୍ରୀ କରିଦିଏ... ନାଲି ଲୁଗାକୁ କିନ୍ତୁ ଆଦୌ ନୁହେଁ। ଯୁବାଗୁରୁ ଖାଇବ ଆଉ ସେ ସାମ୍ନାରେ ବସି ଦେଖି ଚାଲିବ- ଏପରି ହୋଇ ପାରିଲାନି... କିନ୍ତୁ ଚେଷ୍ଟା କରେ ଯେ ରାତିର ଖାଇବା ସିଦ୍ଧାର୍ଥ ଓ ସେ ଯୁବାଗୁରୁ ସହ ହିଁ ଖାଇବେ.... ଯେପରି ପ୍ରତ୍ୟେକ ପରିବାରରେ ହୋଇଥାଏ। ସେ ଅପେକ୍ଷା କରେ... ଯୁବାଗୁରୁ ମନ୍ଦିରରେ ଥିଲେ, ସିଦ୍ଧାର୍ଥ ସହ ଡାକି ପଠାଏ।

କିଛି ହୋଇପାରିବ ଯଦି ଯୁବାଗୁରୁ ବଦଳି ଯାଏ.... କିନ୍ତୁ ମୋର ବା ଆଉ କାହାରି କହିବାରେ ଯଦି ସେ ବଦଳେ ତେବେ ତାହା ସତକୁ ସତ ପରିବର୍ତ୍ତନ ହୋଇଯିବା ହେବ ନାହିଁ, କେବଳ ମୋତେ ଦେଖାଇବା ପାଇଁ ହେବ। ସେ ବଦଳି ପାରିବ, ଯଦି ସତକୁ ସତ ତା ଭିତରେ କିଛି ପ୍ରତିକ୍ରିୟା ସୃଷ୍ଟି ହେବ ଏବଂ ସେଇଟା ଏତେ ତୀବ୍ର ହେବ - ଯେ ସେ ନ ବଦଳି ରହିପାରିବନି। ତା ଭିତରେ ଆପେ ଆପେ ଯଦି କିଛି ପ୍ରତିକ୍ରିୟା ନ ହେଉଛି ତାହେଲେ ବାହାରୁ କେହି ଆସି ତାକୁ ହୃଦୟଙ୍ଗମ କରାଉ... ଯେପରି ମୋ ଭିତରେ ପ୍ରେମ ପ୍ରକାଶ ସାର କରିଥିଲେ। ମୋର ତା ଉପରେ ସେତିକି ପ୍ରଭାବ ପଡିରହିବନି, କାରଣ ତା ପାଇଁ ପ୍ରେମପ୍ରକାଶ ସାରଙ୍କ କୋମଳତା ମୋ ମନରେ ନାହିଁ... ତେବେ ନିଶା ଦ୍ୱାରା ଯଦି ଏହା ହୋଇ ଯାଇ ପାରେ...

ଫେରି ଆସିବା ପରେ ଯୁବାଗୁରୁ ପରି ନିଶା ପ୍ରତି ମଧ୍ୟ ତାର ବ୍ୟବହାର ଉପରଠାଉରିଆ ହୋଇଯାଇଥିଲା। ଏବେ ସେଠାରେ ସେ ଟିକେ ସ୍ୱାଭାବିକତା ଆଣିବାକୁ ଚେଷ୍ଟା କରିବାକୁ ଲାଗିଲା। ଯୁବାଗୁରୁର ସମାଲୋଚନା କରିବା ବନ୍ଦ କରିଦେଇଥିଲା, ଯେତେ ଦୂର ସମ୍ଭବ ସେଥିରୁ ଦୂରେଇ ରହିବାକୁ ଚେଷ୍ଟା କରୁଥିଲା।

ହୁଏତ ତା ବ୍ୟବହାରରେ କୋମଳତା ଯୁବାଗୁରୁ ଭିତରେ କୌଣସି ପରିବର୍ତ୍ତନ ଆଣିପାରେ... ଏବଂ ତା ଭିତରେ ମଧ୍ୟ।

●●●

ସେ ଚେଷ୍ଟା କରି ଆସୁଥାଏ, କିନ୍ତୁ ଇତିମଧ୍ୟରେ ଥରେ ରାତିରେ ଗୋଟିଏ ହଙ୍ଗାମା ଆରମ୍ଭ ହୋଇଗଲା। ସିଦ୍ଧାର୍ଥ ଏବଂ ସେ ଶୋଇ ଯାଇଥିଲେ, ଯୁବାଗୁରୁ ଆସି ନ ଥିଲା। ସେ ପ୍ରାୟତଃ ମନ୍ଦିରରୁ ଡେରିରେ ହିଁ ଆସୁଥିଲା - ସେତେବେଳକୁ ଏ ଦୁହେଁ ଶୋଇ ଯାଇଥାନ୍ତି, କାରଣ ସେମାନଙ୍କୁ ସକାଳୁ ଶୀଘ୍ର ଉଠିବାକୁ ପଡିଥାଏ। ଯୁବାଗୁରୁ

ରାତିରେ ଡେରିରେ ଫେରି ଚୁପଚାପ୍ ସିଦ୍ଧାର୍ଥ ପାଖରେ ନିଜ ଯାଗାରେ ଶୋଇଯାଏ। ତାକୁ ସକାଳୁ ଶୀଘ୍ର ଉଠିବାର ବ୍ୟସ୍ତତା ନ ଥାଏ।

ଶ୍ୱଶୁର ତାକୁ ବ୍ୟସ୍ତ ହୋଇ ଉଠାଇବାରେ ଲାଗିଥିଲେ...

"ପୁଅ ନିଜକୁ ମନ୍ଦିର ଭିତରେ ବନ୍ଦ କରି ରଖିଦେଇଛି। ଆମେ କବାଟ ପିଟି ପିଟି ଥକି ଗଲୁଣି। ଆଉ କିଛି ଅଘଟଣ ଘଟି ନ ଯାଉ.... ଶୀଘ୍ର ତଳକୁ ଆସ..."

ରାତି ବାରଟା ପଇଁଚାଳିଶି ହୋଇଥିଲା। ଯୁବାଗୁରୁ କେବେ ଏତେ ଡେରି କରେନି... ସେ ଶ୍ୱଶୁରଙ୍କ ପଛେ ପଛେ ମନ୍ଦିର ଆଡକୁ ଧାଇଁଗଲା। ମନ୍ଦିରର ଭିତର କବାଟ ଭିତର ଆଡୁ ବନ୍ଦ ଥିଲା, ଶାଶୁଶ୍ୱଶୁର... ଦୁଇ ତିନି ଜଣ ଅନ୍ୟ ଲୋକ ବାହାରୁ ଯୁବାଗୁରୁକୁ ଡାକୁଥିଲେ, ଭିତରୁ କୌଣସି ଉତ୍ତର ଆସୁ ନ ଥିଲା। ବାହାର ଲୋକମାନେ କବାଟ ପିଟୁଥିଲେ, ରାତି ଅଧର ଖାଁ ଖାଁ ଭିତରେ ସେ ଶବ୍ଦ ଆହୁରି ପ୍ରତିଧ୍ୱନିତ ହୋଇ ଚାରିପଟେ ଶୁଭୁଥିଲା, ଯାହାକୁ ଶୁଣି ଆଉରି କିଛି ଲୋକ ଜମା ହୋଇ ଯାଉଥିଲେ ।

ଶେଷରେ ବାହାରର ଲୋକଟିଏ ପରାମର୍ଶ ଦେଲା- ଆମର ଆଉ ବେଶୀ ଡେରି କରିବା ଉଚିତ ହେବନି, କବାଟକୁ ଭାଙ୍ଗି ଦେବାକୁ ପଡିବ। ଅନ୍ୟମାନଙ୍କୁ ଅପେକ୍ଷା ନ କରି ସେ ପାଖରେ ଥିବା ତା ଘରକୁ ଧାଇଁ ଗଲା ଆଉ କୁରାଢୀ ନେଇ ଆସିଲା। ଏବେ କବାଟ ଉପରେ ଓଜନିଆ ଆଘାତ ପଡିବାକୁ ଲାଗିଲା... ଶବ୍ଦ ଶୁଣି ପାଖ ପଡିଶା ଆଉ କିଛି ଲୋକ ଜମା ହେଇଗଲେ।

"ଦେଖିକି, କବାଟ ଯେମିତି ଭାଙ୍ଗି ସେପଟକୁ ପଡି ନ ଯାଏ... ତା'ଉପରେ ପଡି ନ ଯାଉ ଯେମିତି..." ଭିଡ ଭିତରୁ ଜଣେ ସତର୍କ କରେଇ ଦେଲା। କୁରାଢୀରେ ହାଣୁଥିବା ଲୋକଟି କବାଟରେ ଉପରେ ବା ମଝିରେ ହାଣିବା ବଦଳରେ କବାଟର ତଳ ଭାଗ କୋଣରେ ଗୋଟିଏ ବଡ କଣା କରିବାକୁ ଲାଗିଲା। କଣା ହୋଇଯିବା ପରେ ସେ ଘର ଭିତରକୁ ଗଳି ଅନେଇ ଦେଖିଲା - ଯୁବାଗୁରୁ ଚଟାଣ ଉପରେ ପଡି ଆଖି ଫାଡି କବାଟ ଆଡକୁ ଚାହିଁ ରହିଛି...

"ଗୁରୁଜୀ... ଗୁରୁଜୀ... ଆପଣ ଠିକ ଅଛନ୍ତି ତ ? କବାଟ ଖୋଲନ୍ତୁ।"

ଯୁବାଗୁରୁ ଆଖି ଫାଡି ଖାଲି କବାଟ ଆଡକୁ ଚାହିଁ ରହିଲା, କିଛି କହିଲାନି... କିନ୍ତୁ ସେ କବାଟ ବି ଖୋଲିଲାନି। ବାହାରୁ କେତେ ଅନୁରୋଧ କରିବା ପରେ ମଧ୍ୟ ଯେତେବେଳେ ପରିସ୍ଥିତି ନ ବଦଳିଲା ସେତେବେଳେ, କୁରାଢୀ ଧରିଥିବା ବ୍ୟକ୍ତିଟି କବାଟର କଣାଟିକୁ ଆହୁରି ବଡ କରିବାକୁ ଆରମ୍ଭ କଲା। ଏବେ ଭିତର ଆଡୁ ଅଳ୍ପ ଅଳ୍ପ ଶବ୍ଦ ଶୁଭିବାରେ ଲାଗିଲା। ଶେଷରେ ଲୁହା ଆଲମିରା ଖୋଲିବା ଓ ପୁଣି ବନ୍ଦ

ହେବାର ଶବ୍ଦ ଶୁଣାଗଲା । ଲୋକଟି କବାଟ ଫାଙ୍କରେ ଚାହିଁ ଫୁସଫୁସ୍ ହୋଇ କହିଲା- "ଉଠି ଗଲେଣି।"

"ଗୁରୁଜୀ କବାଟ ଖୋଲିଦିଅ.... ଆମେ ଆପଣଙ୍କ ପାଇଁ ବ୍ୟସ୍ତ ହେଉଛୁ। ଅଯଥାରେ କବାଟ ଭାଙ୍ଗିବାକୁ ପଡିବ।"

କିଛି ସମୟରେ ଭିତର ପଟୁ କବାଟ ଖୋଲିଗଲା । ନାଲି ଲୁଗାରେ ଯୁବାଗୁରୁ.... ଆଖି ମୁହଁ ଲାଲ୍.... ନିଜ ପଛରେ ଥିବା କବାଟ ବନ୍ଦ କରି ବାହାରିଲା, ଦେବୀଙ୍କ ସିଂହାସନ ପାରି ହୋଇ ଧିରେ ଧିରେ ବାହାରକୁ ଆସିଲା ଅଗଣାକୁ। ପଛେ ପଛେ ପାଖ ପଡିଶାର ସ୍ତ୍ରୀ ପୁରୁଷ ଆଦି ସମସ୍ତେ ଆସି ରୁଣ୍ଡ ହୋଇଗଲେ। କେଇ ପାଦ ବାହାରେ ଅଗଣାରେ ଚାଲିବା ପରେ ଯୁବାଗୁରୁ ବୁଲି ପଡିଲା ଏବଂ ଚଢା ଗଳାରେ କହିବାକୁ ଲାଗିଲା -

"ମୁଁ ସତ୍ୟେନ୍ଦ୍ର କହୁଛି (ସତ୍ୟେନ୍ଦ୍ର ତା ବାପା-ମାଆଙ୍କ ପୋଷ୍ୟପୁତ୍ର ଥିଲା, ଯିଏ ଆତ୍ମହତ୍ୟା କରିଦେଇଥିଲା) । ଏଇ ଘରେ ଯେଉଁ ସ୍ତ୍ରୀ ଲୋକ ଅଛି ତାଆର ପରପୁରୁଷ ସହ ସଂପର୍କ ରହିଛି। ତୁମେମାନେ ଦେଖି ପାରୁନ, ମୁଁ ଉପରେ ଅଛି... ସେଥିପାଇଁ ମୋତେ ସବୁ ଦେଖାଯାଉଛି। ତୁମେ ମାନେ ମୋତେ ବି ଦେଖିପାରୁନ, ଯଦିଓ ମୁଁ ଏଇଠି ହିଁ ଅଛି। ମୁଁ ସବୁ ଜାଗାରେ ଅଛି, ସବୁ କିଛି ଦେଖୁଛି...."

"ଏଇଟା ତ ବଡ ପୁଅର ସ୍ୱର, ତା ଆତ୍ମା ଘୁରି ବୁଲୁଛି, ତା ଭାଇ ଭିତରେ ପ୍ରବେଶ କରିଯାଇଛି..."

ଯୁବାଗୁରୁର ବାପା କାନ୍ଦିବାକୁ ଲାଗିଲେ। ଆତ୍ମା କଥା ଶୁଣି ଲୋକମାନେ ଟିକେ ପଛେଇ ଯିବାକୁ ଲାଗିଲେ, ଯୁବାଗୁରୁ ପାଖରୁ ଦୂରତା ରକ୍ଷା କରି। ଯୁବାଗୁରୁ ପ୍ରତି ସେମାନଙ୍କ ମନରେ ଭୟ ସୃଷ୍ଟି ହୋଇଯାଇଥିଲା। ସାଧାରଣ ଘଟଣା ହୋଇଥିଲେ ଏତେବେଳକୁ କେହି ଭିତରୁ ଆସି ଯୁବାଗୁରୁର ପାଖରେ ପହଞ୍ଚି ସାରିଥାନ୍ତା। ଯୁବାଗୁରୁ ଦେବଦୂତ ପରି ଧିରେଧିରେ ଚାଲୁ ଚାଲୁ ସାମ୍ନାରେ ଥିବା ଲୋକମାନଙ୍କ ଉଦ୍ଦେଶ୍ୟରେ କହୁଥିଲା-

"ତାକୁ ବାହାର କର... ସେ ଦୁଷ୍ଟଚରିତ୍ରାକୁ ଘରୁ ବାହାରକୁ ବିଦା କର... ନଚେତ୍ ଏ ଘରର... ଏ ସାହିର ବିନାଶ ହୋଇଯିବ... ବିନାଶ... ଯୁବାଗୁରୁ ପୁରା ଚଢା ଗଳାରେ କହୁଥିଲା...." ତିନି ବର୍ଷ ହୋଇଗଲା, ସେ ନିଜର ସ୍ୱାମୀ ସହ କୌଣସି ଶାରୀରିକ ସମ୍ବନ୍ଧ ରଖି ନାହିଁ, କାରଣ ତାର ଆଉ ଜଣଙ୍କ ସହ ସମ୍ବନ୍ଧ ଅଛି । ତାକୁ ବାହାର କର, ନିଜ ସୁରକ୍ଷା ଚାହୁଁଛ ଯଦି ତାକୁ ତୁରନ୍ତ ଘରୁ ବାହାର କରିଦିଅ...."

ସେ ଘର ଦୁଆର ମୁହଁରେ ଠିଆ ହୋଇ ଦେଖୁଥିଲା, ଶୁଣୁଥିଲା। ଉପରେ ଶୋଇବା ଘର ବାଲକୋନୀରେ ସିଦ୍ଧାର୍ଥ ଠିଆ ହୋଇଥିଲା... ପାଟିତୁଣ୍ଡ ଶୁଣି ସେ ଉଠି ପଡିଥିଲା। ଯୁବାଗୁରୁ ଯେତେବେଳେ ଆହୁରି ବଡ ପାଟି କରି ବାହାରିଯିବା କଥା ବାରମ୍ବାର କହିଚାଲିଲା... ସେ ଭିତରକୁ ଧାଇଁ ପଳାଇ ଆସିଲା... ସେଇ ଘର ଭିତରକୁ, ଯେଉଁଠୁ ବାହାରି ଯିବା କଥା ଯୁବାଗୁରୁ ବର୍ଷେ ଆଗରୁ ଘର ଭିତରେ ଥାଇ କହିଥିଲା, ଆଜି ସେ ବାହାରେ ଥାଇ କହୁଛି। ସମସ୍ତଙ୍କ ଆଗରେ... ଗର୍ଜନ କରି। କେତେ ଅପମାନ ! ଘର ଭିତରେ ଗାଳି, ମାରପିଟ୍ ସହିବା କିଛି ବି ନ ଥିଲା ଯା ଆଗରେ। ଏ ଲୋକଟି କେମିତିକା.... ସମସ୍ତଙ୍କ ଆଗରେ ନିଜ ସ୍ତ୍ରୀର ଚରିତ୍ର ସଂହାର କରୁଛି, ତା ସହ ନିଜକୁ ବି ବଦନାମ କରୁଛି... କିନ୍ତୁ କିଏ ଜାଣେ ସତକୁ ସତ ତା ଭାଇର ଭୂତ ହିଁ ଯିଏ ଏସବୁ କହୁଛି, ସ୍ୱର ଟିକେ ବଦଳିବା ପରି ଲାଗୁଛି।

ସେଇ ମୁହୂର୍ତ୍ତ.... ଯେଉଁଠି ଆମେ ସଂପୂର୍ଣ୍ଣ ଅସହାୟ ହୋଇ ସବୁ ପ୍ରକାର ପରିସ୍ଥିତି ଈଶ୍ୱରଙ୍କୁ ସମର୍ପି ଦେଇ ଚାଲିଆସନ୍ତି... ଯାହା ସବୁ ସେ ସମୟରେ ଉପଲବ୍ଧ ହୋଇ ପାରିଲା। ଘର, ଚାରିକାନ୍ଥ,ରୁମ୍... ଆଉ କିଛି ନ ହେଲା ଯଦି ନିଜ ଶରୀର ରୂପକ ପିଞ୍ଜରା ଭିତରେ ହିଁ ବନ୍ଦୀ କରି ନିଅ ନିଜକୁ ତା ଭିତରେ, ଯାହା ହେଉଛି ହେବାକୁ ଦିଅ, କାରଣ ସେସବୁ ଉପରେ ତୁମର କିଛିବି ନିୟନ୍ତ୍ରଣ ନାହିଁ।

ବାହାରର ପାଟିତୁଣ୍ଡକୁ ସେ ଯେତେ ଦୂର ସମ୍ଭବ ନିଜଠାରୁ ଦୂରେଇ ଦେଲା। ବାହାରେ ଜମା ହୋଇଥିବା ଲୋକମାନେ ଟିକେ ଘଟଣାଟିକୁ ଉପଭୋଗ କଲେ। ପରେ ଯୁବାଗୁରୁର ମାଆବାପା ସହ ତାକୁ ଠେଲି ଠେଲି ଘର ଭିତରେ ଛାଡିଦେଇ ନିଜ ନିଜ ଘରକୁ ଶୋଇବାକୁ ଚାଲିଗଲେ। ବାପା ଯୁବାଗୁରୁକୁ ତା ମାଆ ପାଖରେ ଛାଡି ମନ୍ଦିରକୁ ବାହାର ପଟୁ ତାଲା ଦେଇଦେଲେ।

ସେ ଉପରେ ନିଜ ରୁମରେ ଥିଲା, ପୁଅ ସହ... ଯିଏ କି ସବୁକିଛି ଦେଖି ଡରି ଯାଇଥିଲା। ଘରର କବାଟ ବନ୍ଦ କରି ଦିଆଯାଇଥିଲା... କିନ୍ତୁ ପାଟି ତଥାପି ଶୁଭୁଥିଲା। ମାଆ ବାପା ଯୁବାଗୁରୁକୁ ଆଉଁସି ଦେଇ, ମୁଣ୍ଡରେ ଥଣ୍ଡା ପାଣି ଢାଳିବା, ତୁଳସୀ ଖୁଆଇବା, ଦହି ଚଟାଇବା ଆଦି କାମରେ ଲାଗିଥିଲେ...

"ସେ କୁଲକ୍ଷଣୀକୁ ଘରୁ ବାହାର କର, ଏବେ... ସାଙ୍ଗେ ସାଙ୍ଗେ। ତାକୁ ବାହାର ନ କରିବା ଯାଏଁ ମୁଁ ଏଠୁ ଯିବିନି। ଶପଥ କରି ଆସିଛି। ସେ ଯଦି ଏଠୁ ନ ଯାଏ, ମୁଁ ଏଇଠି ରହିବି... ଏଇ ଶରୀରରେ, ଯେ ପର୍ଯ୍ୟନ୍ତ ସେ ଚାଲି ନ ଯାଉଛି।"

"କୋଉଠି ପଠେଇବୁ ତାକୁ.... ପୁରୁଣା ଘର ତ ଆମେ ବିକ୍ରି କରି ସାରିଛୁ। ତାର କୌଣସି ସଂପର୍କୀୟ ମଧ୍ୟ ନାହାନ୍ତି। କୁଆଡେ ଯିବ...." ଶ୍ୱଶୁର ହାତ ଯୋଡିଲେ।

"କୁଆଡେ ବି ଯାଉ, ସେ ବାହାରି ଯାଉ... ତେବେ ଯାଇ ମୁଁ ଏ ଘର ଛାଡିବି।"

ବାପା ଯେତିକି ଧିର ଗଳାରେ ଅନୁରୋଧ କରୁଥାନ୍ତି। ସେତିକି ହିଁ ବଡ ପାଟିରେ ପୁଅ, (ସାନ ହେଉ କି ବଡ, ଜୀବିତ ହେଉ କି ମୃତ) କହି ଚାଲିଥାଏ -

"କିଛି ନାହିଁ, ତାକୁ ବହୁତ ସ୍ୱାଧୀନତା ଦିଆ ହୋଇଯାଇଛି, ଏଇ ସ୍ୱାଧୀନତା ହିଁ ତାକୁ ବିଗାଡି ଦେଉଛି... ସେ ଏଇ ସମୟରେ ହିଁ ବାହାରି ଯାଉ..."

"ଏତେ ରାତିରେ..."

"ମୁଁ ଯେଉଁଠି ଅଛି ସେଠି କିଛି ରାତି ନାହିଁ କି ଦିନ ନାହିଁ... ପୂଜା ପାଠ ହେଉଥିବା ଘରେ, ମନ୍ଦିରର ଏତେ ନିକଟରେ ଗୋଟିଏ ଦୁଶ୍ଚରିତ୍ରା ରହି ପାରିବନି। ତାକୁ ବାହାର କର।"

ଶ୍ୱଶୁର ଡରିଗଲେ। କାନ୍ଦି କାନ୍ଦି ତା ପାଖକୁ ଆସିଲେ -

"ବଡର ଆତ୍ମା ବିଦ୍ରୋହ କରିବା ଆରମ୍ଭ କଲାଣି। ଜିଦ୍ ଧରି ବସିଛି। ତୁ ଏବେ କେଉଁଠିକୁ ଚାଲି ଯା ସକାଳକୁ ଚାଲିଆସିବୁ। ତୁ ଚାଲିଯିବା ପରେ ବଡର ଆତ୍ମା ତାକୁ ଛାଡିଦେବ, ଏବେ ତୁ ଯା... କେଉଁଠିକୁ ବି ହେଉ। ପୁଅର ଯଦି କିଛି ହୋଇଯାଏ ତେବେ..."

କିଛି ନ କହି ସେ ଚୁପଚାପ୍ ଆଲମାରୀ ଭିତରୁ ବ୍ୟାଗ ବାହାର କଲା। ପରଦିନ ସ୍କୁଲକୁ ପିନ୍ଧି ଯିବା ଲୁଗା ସବୁ ରଖିଲା, ତା ଉପରେ ସିଦ୍ଧାର୍ଥର ମଧ୍ୟ। ଯେତିକି ଟଙ୍କା ଥିଲା ସବୁ ରଖିଲା। ତା ପରେ ପୁଅର ହାତ ଧରିଲା ଓ ତଳକୁ ଚାଲି ଆସିଲା। ଡିଭାନ ଉପରେ ଯୁବାଗୁରୁ ମାଆ ପାଖରେ ବସିଥିଲା, ସେ ସେମାନଙ୍କୁ ଥରୁଟେ ଚାହିଁଲେନି। ସିଦ୍ଧାର୍ଥ ଅବଶ୍ୟ ନିଜ ବାପା ଆଡକୁ ବୁଲିବୁଲି ଚାହୁଁଥିଲା। ସେ ବହୁତ ଡରିଯାଇ ଥିଲା।

ବାହାରେ.... ଅଗଣାରେ। ଯେଉଁଠି ଟିକେ ଆଗରୁ ଯୁବାଗୁରୁର ପାଟି ଶୁଭୁଥିଲା, ସେଠି ଏବେ ଖାଁ ଖାଁ ନୀରବତା। ଏବେ ଏ ସମୟରେ କେଉଁଠି ଯିବାକୁ ଅଟୋଟିଏ ମିଳିବନି... ବାକି ଥିବା ସମୟ ତକ କୌଣସି ପାର୍କରେ... କିନ୍ତୁ ଏତେ ରାତିରେ ତାହା ବିପଜ୍ଜନକ, କାରଣ ସେ ଝିଅଟିଏ। ସେ ନିଜର ସ୍କୁଟି ବାହାର କଲା, ସିଦ୍ଧାର୍ଥକୁ ପଛରେ ବସାଇଲା ଆଉ ବାହାରି ଗଲା। ଆଉ କେଉଁଠି ନ ହେଲେ ବି ଷ୍ଟେସନର ପ୍ଲାଟଫର୍ମ ଅଛି, କିନ୍ତୁ ସକାଳୁ ବାଥରୁମ୍? ଶ୍ୱଶୁର କହିଛନ୍ତି - ସକାଳୁ ଚାଲି ଆସିବୁ। ତା ହେଲେ ଏମିତି ବୁଲିବୁଲି ସକାଳ ହେବା ମାତ୍ରେ ସେଇଠିକୁ ଫେରିଆସିବ ଯେଉଁଠୁ ତାକୁ ଯେତେବେଳେ ଇଚ୍ଛା ସେତେବେଳେ ବାହାର କରିଦିଆ ଯାଉଛି! ତୁରନ୍ତ ସ୍କୁଲ

ପାଇଁ ରେଡି ହେବାକୁ ହେବ... ସ୍କୁଲ ଯିବାର ଅଛି, ତାକୁ ବି... ସିଦ୍ଧାର୍ଥ ମଧ୍ୟ... କାମ ଅନେକ , କାମ ଭିତରେ ନିଜକୁ ହଜେଇ ଦେଲେ ହିଁ ଏଇ ରାତିରେ ଏଇସବୁ ଦୁଃସ୍ୱପ୍ନ- ପରି କୁଆଡେ ହଜି ଯାଇପାରିବ... ତା ମନରୁ, ସିଦ୍ଧାର୍ଥର ମନରୁ ମଧ୍ୟ। ସେଥିପାଇଁ ଭଲ ହେବ ଯେ ଏବେଠାରୁ ନେଇ ପୁଣି ତା ପରଦିନ ସ୍କୁଲରୁ ଫେରିବା ଯାଏଁ ସେ ଦୁହେଁ ବାହାରେ ରହିବେ।

ସେ ପାଖରେ ଥିବା ଗୋଟିଏ ହୋଟେଲକୁ ଚାଲିଗଲା। ସ୍କୁଲ ପାଇଁ ଦୁହେଁ ସକାଳୁ ସେଇଠୁ ହିଁ ବାହାରି ଗଲେ ସ୍କୁଟିରେ.... ବାଟରେ ଗୋଟେ ଯାଗାରେ ସ୍କୁଟି ରଖି ସେଇଠୁ ସ୍କୁଲ ବସରେ ଚଢିଲେ।

ଦ୍ୱି-ପ୍ରହରକୁ ପୁଣି... ସେହି ଘର.... ଯେଉଁଠୁ ମନଇଚ୍ଛା ତାକୁ ବାହାର କରିଦିଆ ଯାଉଛି ଏବଂ ପୁଣି ସେ କେମିତି କିଭଳି ଫେରି ଆସୁଛି !

ସବୁ କିଛି ଆଗ ପରି ହିଁ ଥିଲା.... ସ୍ୱାଭାବିକ, ଯେପରି ଗତ ରାତିରେ କିଛି ଘଟି ହିଁ ନ ଥିଲା। ଶାଶୁ- ଶ୍ୱଶୁର ନିଜ ନିଜ ରୁମରେ, ଟେବୁଲ ଉପରେ ସିଦ୍ଧାର୍ଥ ଓ ତା ପାଇଁ ଖାଇବା ଘୋଡା ହୋଇଥିଲା। ଉପର ରୁମରେ ଯୁବାଗୁରୁ ବିଛଣାରେ ପଡି ରହିଥିଲା,ଯେମିତି ସବୁବେଳେ ଥାଏ। ଲୁଗା ବଦଳାଇ ଖାଇସାରି ସେ ସିଦ୍ଧାର୍ଥ ହୋମୱାର୍କ କରିବାକୁ ବସେଇ ଦେଲା, ନିଜେ ସ୍କୁଲ ଖାତା ଧରି ଦେଖିବାକୁ ବସିଗଲା.... ଯେପରି ସବୁବେଳେ କରିଥାଏ। ଅପରାହ୍ନର ନିଦ କେବଳ ତାରି କପାଳରେ ଲେଖାଥିଲା। ଯାହାର କିଛି କାମ ଦାମ ନାହିଁ, ଯିଏ ଦିନରାତି ଘରେ ହିଁ ରହୁଥିଲା।

ସନ୍ଧ୍ୟା ୫ଟା ବେଳେ ଯୁବାଗୁରୁ ନିଦରୁ ଉଠିଲା। ପାଖାପାଖି ସେଇ ସମୟରେ ଯେତେବେଳେ ସିଏ କଫି ବନାଉଥାଏ। ଆଜି ମଧ୍ୟ ବନେଇଲା ଓ ତା ପାଇଁ ଉପରକୁ ନେଇ ଆସିଲା। ସିଦ୍ଧାର୍ଥ ପାଇଁ କ୍ଷୀର.... ଯେପରି ସବୁବେଳେ କରେ।

ସିଦ୍ଧାର୍ଥ ଉପରେ ରହିବା ପର୍ଯ୍ୟନ୍ତ କେହି କିଛି କଥା ହେଲେନି। ଯେତେବେଳେ ସେ ଖେଳିବା ପାଇଁ ବାହାରକୁ ଚାଲିଗଲା ସେତେବେଳେ ଯୁବାଗୁରୁ ହିଁ ଆରମ୍ଭ କଲା....

"ସ୍କୁଲରୁ ଆସି ଖାତା ଧରି ବସି ଯାଉଛୁ। ମୋ ସହ ଗୋଟେ ପଦ କଥା ବି ଦେଉନୁ... ଯେମିତି ମୁଁ ଘରେ ନାହିଁ।"

"କହିବା ପାଇଁ ଆଉ ବାକି କଣ ରଖିଛ ତୁମେ ?"

"ଏଇଆ କହିବୁ ନା ଯେ ଚାକିରି କରୁନି, ଦିନ ସାରା ଘରେ ହିଁ ପଡି ରହୁଛି। କହ, ସେଇଆ କହ।"

"ସେଇଟା ତ ଦେଖାଯାଉଛି। ଯାହା ଦେଖାଯାଉନି ତାକୁ ସମସ୍ତଙ୍କ ଆଗରେ ଇଆଡୁ ସିଆଡୁ କହି ଦେଖାଇ ଦେଉଛ। ଆଗରୁ ଯେଉଁ କଥା ଘର ଭିତରେ କରୁଥିଲ,

ଏବେ ସମସ୍ତଙ୍କ ସାମ୍ନାରେ ବାହାର କରୁଛ। ଲଜ୍ଜା ଲାଗିଲାନି ନିଜ ସ୍ତ୍ରୀ ଆଉ ନିଜକୁ ସାଇ ସାରା ଲୋକଙ୍କ ଆଗରେ ଅପମାନିତ କରିବାକୁ....”

ମନ ଭିତର ଆକ୍ରୋଶ ଶେଷରେ ବାହାରକୁ ବାହାରି ଆସିଲା। ଯୁବାଗୁରୁର ମୁହଁରେ ଆଶ୍ଚର୍ଯ୍ୟର ଭାବ...

“ମୁଁ କଣ କଲି... କାହାକୁ କହିଲି ?”

“ରାତି ଅଧରେ ମନ୍ଦିର ଭିତରେ.... ବାହାରେ.... ନାଟକ କରିବା କଣ ଦରକାର ଥିଲା ?”

“ଅଧ ରାତିରେ..... କେବେ ?”

“ମୁଁ ତ ଶୋଇଯାଇଥିଲି, ଆଉ ଅନ୍ୟ ଦିନ ଅପେକ୍ଷା କାଲି ଖୁବ୍ ଗଭୀର ନିଦ ହୋଇଯାଇଥିଲା। ଏବେ ଯାଇ ଉଠିଲି... ସକାଳୁ ତୁମେମାନେ କେତେବେଳେ ସ୍କୁଲ ଚାଲିଗଲ... ମୁଁ ଜାଣି ବି ପାରିଲିନି।”

“ତୁମ ଧର୍ମ, ପୂଜା ପାଠ ସବୁ କଣ ଏତେ ମିଛ କହିବା ଶିଖାଏ - ଯାହା ତୁମେ ଲୋକମାନଙ୍କୁ ଡକାଇ ମଝି ଅଗଣାରେ କହିଲ, ମିଛ ଉପରେ ମିଛ.... ସମସ୍ତଙ୍କ ଆଗରେ ମୋ ନା ରେ ଯେଉଁ ଅପନିନ୍ଦା ଦେଲ, କହିଲ ଯେ ମୋର ପରପୁରୁଷ ସହ ସଂପର୍କ ଅଛି.... ଏଥିରେ ତୁମ ନିଜର ଯେ କେତେ ସମ୍ମାନହାନୀ ହେଉଛି ସେ କଥାର ବି ଧ୍ୟାନ ରଖିଲନି। ରାତିରେ ମୋତେ ଘରୁ ବାହାର କରି ଦେଲ, ସିଦ୍ଧାର୍ଥକୁ ନେଇ ମୁଁ ହୋଟେଲରେ ରହିଲି। ମୋ ପାଖରେ ପଇସା ଥାଆନ୍ତା ଯଦି ସେଇଠି ହିଁ ରହିଥାନ୍ତି, ଆଉ ଏଠିକୁ କେବେ ବି ଫେରି ନ ଥାନ୍ତି।”

“ଏ ସବୁ ମିଛ କଥା, ମୁଁ କାହାକୁ ବି କିଛି କହିନି.... କାଲି ରାତିରେ ମୁଁ ତ ମୁଁ ଶୋଇଥିଲି.... ଏଇଠି ଏଇ ପଲଙ୍କରେ।”

“ବାଃ କେତେ ନିରୀହ! ଯାଅ ଯାଇ ସେଇମାନଙ୍କୁ ପଚାର, ଯେଉଁମାନେ ତୁମକୁ ଜନ୍ମ ଦେଇଛନ୍ତି.... ପଚାର ନିଜ କାରନାମା ବିଷୟରେ ମନ୍ଦିର ଘରର କବାଟ ଯାଇ ଦେଖ ଯାହାକୁ କୁରାଢୀରେ ହାଣି ଭାଙ୍ଗିବାକୁ ପଡିଲା। ଲୋକମାନଙ୍କ ଆଗରେ କି ଇଜ୍ଜତ ରହିଲା... ମୋର, ସିଦ୍ଧାର୍ଥର... ତୁମର ତ ଛାଡ... କେବେ ବି ନ ଥିଲା। ଛିଃ! ଏସବୁ ପରେ ବି ତୁମେ ଆଶା କରୁଛ ଯେ କୋଉ ସ୍ତ୍ରୀ ତୁମକୁ ନିଜ ଶରୀର ସ୍ପର୍ଶ କରିବାକୁ ଦେବ.... ହେଲେ ବି କାଲି ପୁଣି ସେମିତି ଗୋଟେ ନାଟକ କରି ସମସ୍ତଙ୍କ ଆଗରେ ଘୋଷଣା କରିବ.... ଯେ ଏବେ ଇଏ ମୋ ସହ ଶୋଇଲାଣି....”

ଯୁବାଗୁରୁ ଆଉ ଶୁଣି ପାରିଲାନି, ତଉଲିଆ ଧରି ବାଥରୁମକୁ ପଶିଗଲା।

●●●

ଯୁବାଗୁରୁ ଅସୁସ୍ଥ ଥିଲା । ସେ ଡାକ୍ତର ଡାକି ଆଣିଲା । ଗ୍ୟାସ୍, ଏସିଡିଟି ଆଉ ଲିଭର ମଧ୍ୟ ଟିକେ ଖରାପ ଅଛି । ଡାକ୍ତର ଲେଖିଥିବା ଔଷଧ କିଣି ଆଣିଲା । ଯେ ପର୍ଯ୍ୟନ୍ତ ଘରେ ଥାଏ ନିଜେ ଔଷଧ ଦେଇଦିଏ, ତା ପରେ ବୁଝେଇ ଦେଇଯାଏ- ଏଇଟା ଏଇଟା ଏମିତି, ଏତିକି ବେଳେ ଖାଇବାକୁ । ଦିନରେ ଖାଇବାକୁ ରାନ୍ଧି ରଖିଦେଇ ଥାଏ, ସନ୍ଧ୍ୟାରେ ଆଉଥରେ ରାନ୍ଧି ବାଢିଦିଏ ।

ସବୁ କିଛି ନିସ୍ପୃହ ନିରାସକ୍ତ ଭାବରେ, ସବୁ ରାଗରୋଷ ଭୁଲି.... ସତେ ଯେମିତି ଘର ଗୋଟିଏ ଡାକ୍ତରଖାନା, ଯୁବାଗୁରୁ ରୋଗୀ ଓ ସେ ନର୍ସ । ରୋଗୀ ସହ ଆଉ କି ଶତ୍ରୁତା କରାଯାଇପାରେ ! ହୋଇପାରେ, ସତକୁ ସତ ପ୍ରେତାତ୍ମା ଯୁବାଗୁରୁ ଶରୀରକୁ ଦୋହଲାଇ ଦେଇଛି ।

ଆଗକୁ କଣ କରିବାକୁ ହେବ ବୁଝିବା ପାଇଁ ଡାକ୍ତରଙ୍କ କ୍ଲିନିକ୍ ଯିବାର ଥିଲା । ଯାହା ଔଷଧ ସେ ଲେଖିବେ ତାକୁ ମଧ୍ୟ କିଣି ଆଣିବାର ଥିଲା । ତା ପାଖରେ ସେତେ ଟଙ୍କା ନ ଥିଲା । ସେ ଶାଶୁଙ୍କୁ ପଇସା ମାଗିଲା ।

"ତା ପର୍ସରୁ ନେଇ ଯା । ମନ୍ଦିରରେ ଥିବା ତା ଆଲମାରୀରେ ଥିବ ।"

ଶାଶୁ ଗୋଟିଏ ଛୋଟିଆ ଚାବିପେନ୍ଥା ଧରେଇ ଦେଲେ । ତିନିଟା ଚାବି - ବାହାର ମନ୍ଦିର ଗେଟ୍‌ର, ଭିତର ରୁମ୍‌ର ଓ ଆଲମାରୀର ।

ରୁମ୍ ବାହାରେ..... ସେହି କବାଟ, ଯେଉଁଠି ତଳେ କଣା କରାଯାଇଥିଲା । ତାକୁ କଣ୍ଟା ପିଟି ଠିକ୍ କରିଦିଆ ଯାଇଥିଲା । ସେହି ରୁମ୍ ଭିତରକୁ ସେ ଆଜି ଦ୍ୱିତୀୟ ଥର ପାଇଁ ଯାଉଥିଲା । ପ୍ରଥମ ଥର, ଯେତେବେଳେ ଖାସ ନିଜ ପାଇଁ ତିଆରି କରାଇଥିଲେ ସେତେବେଳେ... । କେତେ ଭବ୍ୟ କଠୋରୀ ଥିଲା, ଆଜି କିନ୍ତୁ ତା ଭିତରେ ପାଦ ରଖିବା ମାତ୍ରେ ଦୁର୍ଗନ୍ଧ ତାକୁ ଚାରିଆଡୁ ମାଡିଆସିଲା, ସେ ଅଣନିଃଶ୍ୱାସୀ ହୋଇଗଲା... ଯେମିତି କେହି ପୁରୁଣା ଶାଢୀରେ ତା ବେକକୁ ଚାପି ଧରିଛି... ଗୋଟିଏ ମୁହୂର୍ତ୍ତ ପାଇଁ ସେ ଡରିଗଲା, ସେ ପ୍ରେତାତ୍ମା ଆଉ କେଉଁଠି ନାହିଁ ତ.... ଏଇଠି ଲୁଚି ବସିଥିଲା ଆଉ ସେ ତ ତାର ଶତ୍ରୁ ଥିଲା । ସେ ଧଡ୍ କରି ବାହାରକୁ ଚାଲିଆସିଲା ତାଜା ପବନ ଦେହ ଭିତରେ ପଶିବାରୁ ତା ପିଣ୍ଡରେ ପ୍ରାଣ ପଶିଲା, କିଛି ସମୟ କବାଟ ଖୋଲି ସେ ଠିଆ ହୋଇରହିଲା - ଘରଟି ବହୁତ ଦିନରୁ ବନ୍ଦ ଥିଲା, ସେଥିପାଇଁ ଭିତରଟା ଦୁର୍ଗନ୍ଧ ହେଉଥିବ.... ତାକୁ ବାସ୍ତବିକତା ଦୃଷ୍ଟି କୋଣରୁ ଚିନ୍ତା କରିବାକୁ ହେବ, ପ୍ରେତାତ୍ମା ପରି ଜିନିଷକୁ ମାନିବା ଅନ୍ଧବିଶ୍ୱାସ, ନ ହେଲେ ପାଠପଢାର ମୂଲ୍ୟ କଣ ?

ଭିତରର ଦୁର୍ଗନ୍ଧ ଟିକେ କମ୍‌ହେଲା, କିନ୍ତୁ ସଂପୂର୍ଣ୍ଣ ରୂପେ ଚାଲି ଗଲାନି । ତାର

କଣ ଯାଉଛି, କିଏ ଏଠି ବସି ରହିବ ନା କଣ! ଝଟ୍ କରି ପର୍ସ ବାହାର କର, ଆଲମାରୀ ବନ୍ଦ କରି। ଏପଟ ସେପଟକୁ ଦେଖିବା ଦରକାର ନାହିଁ। ଓଢଣୀକୁ ନାକରେ ଦେଇ ସେ ସିଧା ଲୁହା ଆଲମାରୀ ଆଡକୁ ବଢିଲା... ଖୋଲିବା ମାତ୍ରେ ତୀବ୍ର ଦୁର୍ଗନ୍ଧରେ ମାଡ ଖାଇବାପରି ଚମକି ପଡିଲା.... ଆଲମାରୀ ଭିତରେ ଭୋଡକା, ରମ୍, ହ୍ୱିସ୍କିର ଖାଲି, ଭର୍ତ୍ତିଥିବା, ଅଧାଥିବା ବୋତଲ, ଧୂଆ ହୋଇ ନ ଥିବା ମଇଳା ଗ୍ଲାସ ରଖାଯାଇଥିଲା। କିଛି ଗ୍ଲାସର ତଳିରେ ଏବେ ବି ମଦ ପଡି ରହିଥିଲା....

ଦୀକ୍ଷା ନେଇ ସାରିଥିବା ଏ ଲୋକ, ନାଲି ପୋଷାକ ପିନ୍ଧୁଥିବା ସ୍ୱାମୀ, ଗୁରୁ, ଉପାସକ,ସାଧକ, ଲୋକମାନଙ୍କୁ ପ୍ରବଚନ ଦେଉଥିବା ସୁଧାରିବା ବାଲା... ଶ୍ରୀ ଶ୍ରୀ ଶହେ ଆଠ ଶ୍ରୀ ସ୍ୱାମୀ... ଅମୁକ, ଆନନ୍ଦ, ଜ୍ୟୋତିଷାଚାର୍ଯ୍ୟ....

ଗାଳିଗୁଲଜ କରିବା ବେଳେ ତ ସେ କେବେ କେବେ କହିଦେଉଥିଲା - କିନ୍ତୁ ଇଏ ତ ସତକୁ ସତ ପାଖଣ୍ଡୀଟିଏ କିଏ ଜାଣେ.... ଏଠି ମାଛ ମାଂସ ଖାଉ ନ ଥିବ! ମନ୍ଦିରର ଏକଦମ୍ ପାଖରେ! ପ୍ଲେଟ୍ ତ ଥିଲା... ଯଦିଓ ସେସବୁ ସଫା ହୋଇ ଗୋଟିଏ ପାଖରେ ରଖାଯାଇଥିଲା।

ସେ ପର୍ସ ଧରିଲା, ଆଲମାରୀ ଧଡ କରି ବନ୍ଦ କରି ଦେଲା ଆଉ ଧଡାସ୍ କରି ଘରୁ ବାହାରି ଆସିଲା। ଘରେ ପହଞ୍ଚି ପର୍ସ-ଚାବି ଶାଶୁ ହାତରେ ଧରେଇ ଦେଇ କହିଲା - "ଦୁଇ ଶହ ଟଙ୍କା ବାହାର କରି ମୋତେ ଦେଇ ଦିଅନ୍ତୁ ... ଯଦି ଚାହୁଁଛନ୍ତି ଆପଣ ବି ଦେଖିଆସନ୍ତୁ ଆଲମାରୀରେ ଯେଉଁ ଦେବୀ ଦେବତାଙ୍କୁ ଆପଣଙ୍କ ସୁପୁତ୍ର ସଜାଇ ରଖିଛନ୍ତି ଆଉ ଯାହାର ସେ ପୂଜା କରୁଛନ୍ତି...."

ଶାଶୁ କିଛି ନ କହି ଚାବି ପର୍ସ ନେଇ ନେଲେ, ଟଙ୍କା ବାହାର କରି ତାକୁ ଦେଲେ ଆଉ ବୁଲି ପଡି ରୋଷେଇ ଘରକୁ ଚାଲିଗଲେ, ଯେମିତି କିଛି କୁହାଯାଇନି କି ସେ କିଛି ଶୁଣି ନାହାନ୍ତି।

ଯୁବାଗୁରୁକୁ ସେ କିଛି କହିଲାନି, ସେପରି ସଂପର୍କ ହିଁ ନ ଥିଲା ତାଙ୍କ ଭିତରେ। ରୋଗୀର ସେବା ଶୁଶ୍ରୂଷାରେ ଯେଉଁ ଟିକେ କରୁଣା, କୋମଳତା ମନ ଭିତରେ ଜାତ ହେଉଥିଲା, ତାହା ହଜିଗଲା, କେବଳ ଔପଚାରିକତା ରହିଯାଇଥିଲା।

କାହା ସହ ସେ ସେଇ ସମୟରେ କଥା ହେଲାନି। ନିଶା - ଯାହାକୁ ଗତ ଦିନ ମାନଙ୍କରେ ସେ ଟିକେ ସ୍ନେହ, ଟିକେ ଆଦର କରିବାରେ ଲାଗିଥିଲା..... ତାକୁ ଅବଶ୍ୟ ଦିନେ ଏକୁଟିଆ ବେଳେ କହୁ କହୁ କହିପକାଇଲା.... ଉଦ୍ଦେଶ୍ୟହୀନ ଭାବେ।

"ତୁମେ ଜାଣିଛ ତୁମର ଏ ଗୁରୁ ମଦ ପିଅନ୍ତି।"

"ହଁ, କେବେ କେମିତି ପିଅନ୍ତି। ସେ ମୋତେ କହିଥିଲେ।" ନିଶା ଏତେ

ଶାନ୍ତ ସ୍ୱାଭାବିକ ଭାବରେ କହିଲା ଯେ ସେ ଆଶ୍ଚର୍ଯ୍ୟ ହୋଇ ଚାହିଁ ରହିଲା। ବୋଧ ହୁଏ ସେ ଆଲମାରୀରେ ରଖାଯାଇଥିବା ଧାଡି ଧାଡି ବୋତଲ ଦେଖି ନ ଥିଲା।

"ତୁମେ କେବେ ମନା କରିନ?"

"ସେ ବହୁତ ବୁଝିବା ସୁଝିବା ଲୋକ, ସେ ଜାଣନ୍ତି। ମୋ ଆଗରେ କେବେ ପିଇ ନାହାଁନ୍ତି, ଆଉ ନାଁ ମୁଁ କେବେ ତାଙ୍କୁ ମଦ ପିଉଥିବାର ଦେଖିଛି। କହିଥିଲେ ଯେ କେବେ କେମିତି ପିଅନ୍ତି ବୋଲି... ଆଜିକାଲି ସମସ୍ତେ ପିଅନ୍ତି। "

ନିଶା ତା ଠାରୁ ଅଳ୍ପ ଟିକେ ସାନ ଥିଲା, କିନ୍ତୁ ସତେ ଯେମିତି ସେ ଆଉ ଏକ ନୂଆ ପିଢିର ଥିଲା।

"ତୁମର କୌଣସି ଅସୁବିଧା ହୁଏନି?"

"ମୋର କଣ ଅଛି...." ନିଶା କାନ୍ଧକୁ ହଲେଇ ଦେଇ କହିଲା - "ଏଇଟା ତାଙ୍କ ନିଜ ବ୍ୟକ୍ତିଗତ କଥା।"

"ତୁମର ମନା କରିବା ଉଚିତ ଥିଲା।"

"ମୁଁ କାହିଁକି ଏ ସବୁରେ ପଶିବି। ଆପଣ ଜାଣନ୍ତି ସେ ଜାଣନ୍ତି।"

ସେ ଦେଖିଲା ଯେ ନିଶା ନିଜକୁ ସଂପୂର୍ଣ୍ଣ ଭାବରେ ଦୂରେଇ ଦେଲାଣି। ମଦ ପାଇଁ ଗୁରୁଙ୍କ ଦେହ ଖରାପ ହେବ ବା ଗୁରୁର ସ୍ୱାସ୍ଥ୍ୟ ଉପରେ କୁପ୍ରଭାବ ପଡିବ.... ଏ ସବୁରେ ତାର କିଛି ଯାଏ ଆସେ ନାହିଁ। ଘରେ ଏ ସମସ୍ତଙ୍କୁ ଜଣା ଥିଲା ଯେ ନିଶା ଯୁବାଗୁରୁର ଅତି ଘନିଷ୍ଠ.... କିନ୍ତୁ ନିଶା କି ଶାଶୁଶ୍ୱଶୁର କେହି ହେଲେ ଯୁବାଗୁରୁକୁ ସାବଧାନ କରେଇଲେନି, କେହି କିଛି କଷ୍ଟ ବି ଅନୁଭବ କଲେନି। ସେ ଅନୁଭବ କରୁଥିଲା.... ଯିଏ ମାନସିକ ଭାବେ ଯୁବାଗୁରୁ ଠାରୁ ଦୂରରେ ଥିଲା। କଣ ଏଥିପାଇଁ ଯେ ଯେତେବେଳେ ସେ ପତ୍ନୀ ଥିଲା, ପତ୍ନୀର ସଂସ୍କାର? ତାହା ବି ଥିଲା.... କିନ୍ତୁ ବେଶୀ ବୋଧହୁଏ ଏଥିପାଇଁ ଯେ ସୁଧାରିବାକୁ ଯେଉଁ ରାସ୍ତାରେ ସେ ଗତଦିନ ମାନଙ୍କରେ ସଚ୍ଚୋଟତାର ସହ ଚାଲିବାକୁ ଆରମ୍ଭ କରିଥିଲା, ସେଥିରେ ଆଘାତ ଲାଗିଥିଲା। ପ୍ରେତାତ୍ମା.... ଆଗରୁ କେବେ କେମିତି ମାନି ନେଉଥିଲା ଯେ ହୁଏତ ସବାର ହୋଇ ଯାଇଥିବ, କିନ୍ତୁ ଯାହା ସେ ଦେଖିଲା - ମଦ ବୋତଲ, ଗ୍ଲାସ, ପ୍ଲେଟ୍.... ଏ ସବୁ ଘଟଣା କେଜାଣି କେବେଠୁ ଚାଲିଛି। ନିଶ୍ଚୟ ଏଇଆ ହୋଇଥିବ ଯେ ସେଦିନ ଯୁବାଗୁରୁ ମଦ ନିଶାରେ ଥିଲା, ପ୍ରେତାତ୍ମାର ନାଟକ କରୁଥିଲା।

ସେ ନିରାଶ ହୋଇ ଯାଇଥିଲା .... ଯେଉଁ ଘଟଣା କେବେ ଠିକ ହେବାର ନ ଥାଏ, ସେ କେବେ ବଦଳିବନି, ଯାହା କଲେ ମଧ୍ୟ।

ଗୋଟିଏ ସମୟ ଥିଲା ଯେତେବେଳେ ଏ ଲୋକର ମନ ପସନ୍ଦର କରିବା

ପାଇଁ ସେ କେତେ କଣ ସବୁ ନ କରିଥିଲା। ଦୀକ୍ଷା.... ପୂଜାପାଠରେ ତାର ଉତ୍ସାହରେ ସେ ସମାନ ଭାବରେ ଭାଗ ନେଉଥିଲା.... ଯୁବାଗୁରୁ ଲଙ୍ଗର୍ ର ଆୟୋଜନ କଲେ ଦୁଇଶହ ଲୋକଙ୍କ ପାଇଁ ସେ ଖାଇବା ତିଆରି କରୁଥିଲା... ସକାଳଠୁ ଲାଗିଥାଏ, ଦିନ ସାରା ରୋଷେଇ ଘରେ। ବଡ ବଡ ପୂଜାପାଠ ଆଦି ହେଲେ ସେ ଅନ୍ୟ ସ୍ତ୍ରୀ ଲୋକମାନଙ୍କ ସହ ନାଚେ। କେବେ କେବେ ତ ପାଦରେ ଫୋଟକା ହେବାଯାଏଁ... ବିରକ୍ତି ଭାବ ଆସିବା ସେବେ ଆରମ୍ଭ ହେଲା ଯେବେ ଦେଖିଲା ଧର୍ମର ଯେଉଁ ସତ୍ୟ... କରୁଣା, ତାହା ତ ଏ ବ୍ୟକ୍ତିକୁ ଛୁଇଁ ନାହିଁ। ଏହା କେବଳ ବାହ୍ୟ ଆଡମ୍ବରର ଦେଖେଇ ହେବାରେ ଲାଗିଛି, ଧର୍ମ ଦ୍ୱାରା ତା ଭିତରଟା ପରିବର୍ତ୍ତିତ ହେଉ... ଏ ଚିନ୍ତା ବି ତାର ନାହିଁ।

କେମିତି ତା ଜୀବନ... ଯେ ଦୁଇ ପାଦ ଆଗକୁ ଯାଇ ଅଢେଇ ପାଦ ପଛକୁ ଫେରି ଯାଉଛି। ପୁଣି ସେଇଠି, ଯେଉଁଠି ସେତେବେଳେ ଥିଲା ଯେତେବେଳେ ଜୀବନରେ ପ୍ରେମପ୍ରକାଶ ଆସିଥିଲେ। ସେ କହନ୍ତି ଜୀବନରେ ଏପରି ହୋଇଥାଏ.... ଆଗକୁ ଯିବା, ପୁଣି ଫେରିବା, ପୁଣି ଯିବା.... କିନ୍ତୁ ଇଏ କି ଲେଉଟାଣି ହେଲା ଯେ ଯେଉଁଠି ସେଇଠି ପୁଣି ଯେମିତିକୁ ସେମିତି ! ଆଗକୁ ଯିବା ପାଇଁ ଯେଉଁ ଦୁଇ ଚାରି ପାଦ ଉଠେଇଲା ତାର କୌଣସି ପ୍ରଭାବ ପଡିବା ତ ଦୂରର କଥା, ନାମ ଗନ୍ଧ ମଧ୍ୟ ନାହିଁ। ଏଇ ଚଉହଦୀ ଭିତରେ ଯେଉଁ ଜୀବନ ଲାଖି ରହିଥିଲା ଯେ, ଏଠୁ ଘୁଞ୍ଚିବାର ନାଁ ବି ନେଉନି...

ଭୁଲ ତ ତାଆରି ଦ୍ୱାରା ହେଇଛି। ଗୋଟିଏ ସୁଯୋଗ ମିଳିଥିଲା... ସେଇ ରାସ୍ତାରେ ସିଧା ଚାଲିଯାଇଥାନ୍ତା ଯଦି ଆଗକୁ ଆଗକୁ ହିଁ ଯାଇଥାନ୍ତା। ସେଇଟା ନ ହେଲେ ବି ଅତି କମ୍ରେ ଏଇଠୁ ଦୂରରେ ତ ରହିଥାନ୍ତା। ତା ପାଦ ଟଳମଳ ହୋଇଗଲା, ନିଜକୁ ଆଣି ପୁଣିଥରେ ଠେଲି ଦେଲା ଏଇଠି ଅସୁରକ୍ଷାର ଭାବନା, ଆତ୍ମବିଶ୍ୱାସର ଅଭାବ... ବାହାନା କଲା ଯେ ପୁଅ ପାଇଁ... ଆଉ ଏବେ ସେଇ ପୁଅର ମନ ଉପରେ କେତେ କଠୋର ପ୍ରହାର ପଡୁଛି, ସେ ଦେଖୁଛି – ବାପାକୁ ନିଶାଗ୍ରସ୍ତ ଅବସ୍ଥାରେ ସେ ପ୍ରତ୍ୟେକ ଦିନ ଦେଖୁଛି, ଯେଉଁ ନାଟକ ବାପା କରୁଛି, ଶରୀରକୁ ପାଇବା ପାଇଁ ଯେଉଁ ତାମସା ସବୁ ସେ କରୁଛି, ନିଜ ସ୍ତ୍ରୀ କୁ ସମସ୍ତଙ୍କ ଆଗରେ ବଦନାମ କରୁଛି.... ଏ ସବୁର ନିଜ ପୁଅ ଉପରେ କି ପ୍ରଭାବ ପଡୁଛି। ସେ କଥାକୁ ମଧ୍ୟ ଟିକେ ଲକ୍ଷ୍ୟ ନାହିଁ, ତା କିଶୋର ମନ ଉପରେ ମାଆ-ବାପାଙ୍କର କି ପ୍ରକାର ଛବି ଆଙ୍କି ହେଉଛି- ମଦ୍ୟପ ବାପା, ବ୍ୟଭିଚାରିଣୀ ମାଆ ! ଯଦି କୌଣସି ପ୍ରକାରେ ଜାଣି ପାରିଥାନ୍ତା ଯେ ଏମିତି ହେବାକୁ ଅଛି ବୋଲି.... ତା ହେଲେ କେବେ ବି ଫେରି ନ ଥାନ୍ତା।

ଏବେ ଏଇଠୁ ? ପୁଣି କେଜାଣି କେବେ ପଳେଇଯିବାର ସୁଯୋଗ ମିଳିବ.... ସେ ଜାଣିନି। ଏ ଘର ସହ ସେ ଲାଖି ହୋଇ ରହିଛି ହତାଶା... ଅଭାବ ବୋଧ। ଯେପରି ମେସିନକୁ ଗୋଟିଏ ଜାଗାରେ ନଟ୍ ବୋଲଟ୍ ଦେଇ ସେ ଭିଡି ଦେଲେ ସେ ସେଇ ଜାଗାରେ ଅଟକି ଯାଇ ଖଡ୍‌ଖଡ୍ କରିଚାଲେ.... ସେମିତି। ସ୍କୁଲ ଘର, ଘର-ସ୍କୁଲ... ସ୍କୁଲର କାମ, ଘରର କାମ, ପୁଣି ସ୍କୁଲର କାମ। ଏମିତି କୌଣସି ଯାଗା ନାହିଁ ଯେଉଁଠି ଟିକେ ପରିବର୍ତ୍ତନ ପାଇଁ ଛୁଟି କାଟିବାକୁ ଯାଇହେବ। ବୟସ ହୋଇନି କିନ୍ତୁ ଯେମିତି ଜୀଇଁ ଜୀଇଁ ଥକି ଗଲାଣି। ମାସ ମାସ ବିତି ଯାଏ କିନ୍ତୁ ଟିକେ ହସ ଆସେନି ଓଠରେ। କିଛି ବାଟ ନାହିଁ କି କିଛି ଆଶା ନାହିଁ। କୌଣସି ପ୍ରକାର ଉତ୍ସାହ କି ଆଗ୍ରହ ନାହିଁ। ଲାଗୁଛି, ପଚିଶି ତିରିଶି ବର୍ଷ ବୟସ ଭିତରେ ଗୋଟିଏ ଥର ହିଁ ଜୀବନ ଲମ୍ଫ ଦେଇଥାଏ, ଉପରକୁ ଉଠିଗଲା ଯଦି ଉଠିଗଲା.... ନଚେତ୍ ପୁଣି ସାରା ଜୀବନ ସେଇ ଓଦା କାଦୁଅ ଚଟାଣରେ ଘୁସୁରି ଥିବା କେଞ୍ଚୁଆ.... ଧୂଳି କାଦୁଅ ସରସର... ସାଲୁବାଲୁ....

ଯାହା ଭିତରେ ଉତ୍ସାହ ବାକି ରହେନି, ସେମାନେ ବି ତ ବଞ୍ଚି ରୁହନ୍ତି..... ସେ ବି ତ ବଞ୍ଚୁଥିଲା, କିନ୍ତୁ ପ୍ରେମ ପ୍ରକାଶ ଜାଗ୍ରତ କରିଦେଲେ। ଆଶା, ଉତ୍ସାହ, ଜୀବନର ଗତି, ସ୍ୱପ୍ନ.... ସବୁ ନକ୍ଷତ୍ର ପରି ଚମକି ଆସିଲେ ଜୀବନରେ, ଗୋଟିଏ ଗୋଟିଏ ହୋଇ। କିନ୍ତୁ ସେସବୁ ଅଳ୍ପ ସମୟ ପରେ କେଜାଣି କୁଆଡେ ହଜିଗଲେ। କେବଳ ରାତି ରହିଗଲା, ନକ୍ଷତ୍ରବିହୀନ.... ଶୂନ୍ୟ, ପୂର୍ବ ଅପେକ୍ଷା ଆହୁରି ଅନ୍ଧକାରମୟ। ପ୍ରେମ ପ୍ରକାଶ ମଧ୍ୟ ଏ ସବୁ ଭିତରେ କେଉଁଠି ଝରିଗଲେ। ସେ ହିଁ ସ୍ଥିର କରିଥିଲେ ଯେ ଏଣିକି ନିଜ ସହ ନିଜେ ମୁକାବିଲା କରିବ, ତା ସହ ଯାହା ସବୁ ଘଟୁଛି ସେ ବିଷୟରେ ତାଙ୍କୁ ଖବର ବି ଦେବନି। ତାଙ୍କୁ ଫୋନ କରିବା ବନ୍ଦ କରିଦେଲା। ସେ ବି ତ ଏଇଆ ଚାହୁଁଥିଲେ ଯେ ସିଏ ସ୍ୱାବଲମ୍ବୀ ହେଉ, ନିଜ ନିଷ୍ପତ୍ତି ନିଜେ ନେଉ.....

ଏବେ ଆଉ ଜୀବନରେ କିଛି ହେବାକୁ ନାହିଁ। ଯନ୍ତ୍ରଟିଏ ପରି ଏଇଠି ପଡି ରହିବ ଏମିତି ହିଁ ଖଟ୍ ଖଟ୍ ହୋଇ ଚାଲୁଥିବ। ପାଞ୍ଚ-ଛଅ ବର୍ଷ ଭିତରେ ସିଦ୍ଧାର୍ଥ ନିଜର ଭଲମନ୍ଦ ବୁଝିବା ଯୋଗ୍ୟ ହୋଇଯିବ... ସିଏ ପଇଁତିରିଶି - ଚାଳିଶ୍ ବର୍ଷର ହୋଇଯିବ... ବାସ୍..... ଜୀବନ ଶେଷ।

କେତେ ଜୀବନ ତ ଏମିତି ହିଁ ବିତିଯାଏ, ଅଧା ରାସ୍ତାରେ ହିଁ ଶେଷ ହୋଇଯାଏ।

●●●

ସେ ଆସିବାକୁ ଚାହୁଁଛି.... ଏତେ ଦିନ ପରେ ..... ପୁଣି ଥରେ ଗେଟ୍ ଖୋଲିବ... ଯେମିତି ସେତେବେଳେ.... ଯେବେ ମୋତେ କଲେଜ ଯିବାକୁ

ଡାକିବାକୁ ଆସିଥିଲା । ସେତେବେଳେ ତା ସ୍ୱରରେ କେମିତି ଏକ ଉତ୍ସାହ ଥିଲା, କେତେ ଆତ୍ମବିଶ୍ୱାସ ! ଆଜି କେତେ ଗମ୍ଭୀର କ୍ଳାନ୍ତ ଶ୍ରାନ୍ତ ।

କଣ କରିଦେଲି ମୁଁ ତା ଜୀବନ.... ହଁ ଦାୟୀ ତ ମୁଁ ମଧ୍ୟ ଅଟେ । ସେ ତ କମ୍ ବୟସର ଥିଲା, ମୁଁ ନିଜେ ଭାବପ୍ରବଣତା ଭିତରେ ଭାସି ଚାଲିଲି, ତାକୁ ମଧ୍ୟ ଭସେଇ ନେଲି । ଏପଟେ ଯେବେ ସେ ଫେରି ଆସିଲା ଏବଂ ମୋତେ ଲାଗିଲା ଯେ ସେ ନିଜର ଘର ସଂସାର ସଜାଡିବାରେ ଲାଗିଛି, ମୁଁ ନିଜକୁ ଦୂରେଇ ବାନ୍ଧି ରଖିଲି.... ନିଜକୁ ବାରମ୍ବାର ବୁଝେଇଲି ଯେ ମୋତେ ଦୈହିକ ମୋହରୁ ଉପରକୁ ଉଠିବା ଉଚିତ । ସେ ଆସୁଛି, ପୁଣି ସେହି ପ୍ରଶ୍ନ ଉଠିବ, ଯାହା ସବୁବେଳେ ଉଠିଥାଏ ।

ସେ ଝିଅ ନିଜ ଜୀବନରେ ଯେଉଁମାନଙ୍କ କାନ୍ଧରେ ମୁଣ୍ଡ ରଖିଲା, ସେମାନେ ଜଣ ଜଣ କରି ଦୂରେଇ ଗଲେ- ମାଆ, ବାପା, ଭାଇ, ସ୍ୱାମୀ । ଏବେ ମୁଁ ବି ?

ତା ମାଆ... ଏକ ପ୍ରେମିକା । କେଉଁଠୁ ଆସିଥିବା ଏକ ବିବାହିତ ବ୍ୟକ୍ତି ସହ ମନ ମିଶିଗଲା ଓ ତାକୁ ନିଜର ସବୁକିଛି ଦେଇବସିଲା । ବଞ୍ଚିରହିଥିବା ପର୍ଯ୍ୟନ୍ତ ନିଜ ଜନ୍ମ କଲା ପିଲାଙ୍କୁ ନିଜେ ଛାତିରେ ଜାକି ରଖିଲା ମଧ୍ୟ କେବଳ ନିଜ ପ୍ରେମିକର ପାରିବାରିକ ଜୀବନରେ ଅଶାନ୍ତି ସୃଷ୍ଟି ନ ହେଉ ବୋଲି ।

ତା ବାପା, ପ୍ରେମିକ । ପ୍ରେମକୁ ସ୍ୱୀକାର କଲେ । ପ୍ରେମିକାର ଦେହାନ୍ତ ପରେ ପାରିବାରିକ କହଳର ସମ୍ଭାବନା ଜାଣି ମଧ୍ୟ ଏକ ସାହସିକ ପଦକ୍ଷେପ ନେଇ ନିଜ ପ୍ରେମର ପ୍ରତୀକ ଦୁଇ ସନ୍ତାନକୁ ଘରକୁ ନେଇ ଆସିଲେ, ଯେ ପର୍ଯ୍ୟନ୍ତ ଜୀବିତ ରହିଲେ, ସେ ପିଲାମାନଙ୍କ ଲାଳନପାଳନ କଲେ, ସ୍ନେହ ଦେଲେ... ଏ ଦୁହେଁ କେଉଁଠି ଭୂଲ ଥିଲେ ? ଉଭୟେ ପ୍ରେମୀ ନିଜର ପ୍ରେମ-ଧର୍ମ ପାଳନ କଲେ । ଦୁଇ ପ୍ରେମୀଙ୍କର ଏହି ସନ୍ତାନ ଭିତରେ ଯଦି ପ୍ରେମ.... ପ୍ରେମର ତୃଷ୍ଣା ଅଛି ତେବେ ଏଥିରେ ଆଶ୍ଚର୍ଯ୍ୟ କଣ... ତା ଭିତରେ ହିଁ ତ ରହିବ.... ତା ଭିତରେ ନ ରହିଲେ ଆଉ କାହା ପାଖରେ ରହିବ ?

ତା ଭାଇ... ମାଆବାପାଙ୍କ ଅନୁପସ୍ଥିତିରେ ନିଜ ଭଉଣୀର ଚାରିପାଖରେ ଏକ ବଳୟ ସୃଷ୍ଟି କରି ରଖିଥିଲା । ସେ ମଧ୍ୟ.....

ମୃତକଙ୍କ ଦୁନିଆରୁ ବାହାରି ଏ ତିନିଜଣ ମୋ ପାଖକୁ ଆସନ୍ତି....

ପୁରିଲା ପୁରିଲା ଦେହ ଥିବା, ଉଜ୍ଜଳ ଶ୍ୟାମଳ ରଙ୍ଗର ସ୍ତ୍ରୀ... ନାକରେ ବଡ ଗୁଣା, କାନରୁ ଝୁଲୁଥିବା ବଡ ବଡ କୁଣ୍ଡଳ, ସୀମନ୍ତରେ ପଡିଥିବା ରୂପାର ଜଞ୍ଜିର ଯାହାର ଗୋଟିଏ ମୁଣ୍ଡ କପାଳ ଉପରେ ଅଛି, ଯେଉଁଠି ଜଞ୍ଜିରର ହିଁ

ଚେପଟା ଚେପଟା ଅର୍ଦ୍ଧଚନ୍ଦ୍ର ଟିକିଲି ପରି କପାଳ ଉପରେ ଏପଟ ସେପଟ ହୋଇ ଦୋହଲୁଛି । ଅର୍ଦ୍ଧଚନ୍ଦ୍ର ଲାଗିଥିବା ଜଞ୍ଜିରର ମୁଣ୍ଡଟି ସିନ୍ଥି ଉପରେ କେବେ ଏପଟକୁ କେବେ ସେପଟକୁ ଖସିଯାଉଛି । ସେ ନିଜ ରୋଷେଇଘରର କଳା ବାସନକୁ ପାଉଁଶରେ ଘଷି ଚାଲିଛି । ଗାଁ ମୁଣ୍ଡରେ ବସିଥିବା ଯାଯାବରଙ୍କ ବସ୍ତିରୁ ଧୂଆଁ ଉଠୁଛି । ପ୍ରାୟ ଶହେ ଗଜ ଦୂରରେ ସେମାନଙ୍କ ପିଲାମାନେ ଖେଳୁଛନ୍ତି... ସେଠାରେ ଗୋଟିଏ କୁନି ଗୋରୀ ଝିଅଟିଏ ଅଛି, ଯାହାର ବାହୂ ଦୁଇଟି ବେଶ୍ ମସୃଣ । ସ୍ୱାସ୍ଥ୍ୟବତୀ ସ୍ତ୍ରୀ ଲୋକଟି ଟିକେ ଦୂରରେ ଖେଳୁଥିବା ନିଜ ପୁଅକୁ ଡାକ ପକାଏ.... ଚନ୍ଦୁ, ଏ ପୁଅ ଚନ୍ଦୁ ! ଚୁନ୍‌ମୁନ୍ କୁ ଲକ୍ଷ୍ୟ ରଖିଥିବୁ । ସେ ପାଟି ମୋତେ ବି ଶୁଭିଯାଉଛି, ମୁଁ ଶୁଣି ପାରୁଛି ।

ଭୂଇଁ ଉପରେ ଚାଦରରେ ଘୋଡା ହୋଇ ପଡିଥିବା ଏକ ମୃତ ଶରୀର, ନାକ ପୁଡାରେ ତୁଳା... ହଠାତ୍ ଚାଦର ଉଠେଇ ଦେଇ ଉଠି ବସେ । ଉତ୍ତୀର୍ଣ୍ଣ ଅବସ୍ଥା, ଢିଲା ଶରୀର, ଧିର ସ୍ଥିର, କପାଳରେ ଧଳା ଚନ୍ଦନ ଟିପା, ମୁଣ୍ଡରେ ଛୋଟ ଛୋଟ ଧଳାବାଳ, ସ୍ନେହସିକ୍ତ ଚେହେରା, କେବଳ ମିଠାପଣ ହିଁ । ସେ ପାଦରେ କପଡ଼ା ତିଆରି ଜୋତା ଗଳେଇ ବାହାରକୁ ବାହାରି ଆସେ -

"ଚନ୍ଦୁ, କୋଉଠି ତୁ, ମୁଁ ତୁମ ଦୁଇଜଣଙ୍କ ପାଇଁ ନିଜକୁ ବହୁତ ସମ୍ଭାଳି ରଖିଥିଲି... ନିଜ ସାନ ଭଉଣୀର ଯତ୍ନ ନେବୁ ପୁଅ ! ତୁ କୋଉଠି, ତୋ ସାଇକେଲ୍ କୋଉଠି ଅଛି...."

ମୋ ଆଖି ସାଇକେଲ ଖୋଜିବାକୁ ଲାଗିଯାଏ...

ନିଆଁର କରାଳ ଗ୍ରାସ ଭିତରେ ଫସି ଯାଇଥିବା, ତାକୁ ଚିରି ବାହାରକୁ ଆସିବାର ଚେଷ୍ଟା କରୁଥିବା ଏକ ଯୁବକ.... ନହକା ପତଳା, ପାଇଜାମା - କାମିଜ -ଚପଲରେ ସେ ନିଆଁର ଧାସକୁ ଏଡାଇ ଦେଉ ଦେଉ - "ବାପା, ମୁଁ ଆପଣଙ୍କ କଥା ଶୁଣି ପାରିଥିଲି, ମୁଁ ଆସୁଛି, ମୁଁ ବଞ୍ଚିବାକୁ ଚାହୁଁଛି, ମୁଁ ଆସୁଛି...."

ଧଳା କାମିଜ ପାଇଜାମା, ନାଲି ନାଲି ଧାସ ଭିତରୁ ଧୂ ଧୂ କରି ମୋ ଆଡକୁ ମାଡି ଆସୁଛି । ସେ ଯଦି ଆଜି ଥାଆନ୍ତା ତେବେ ମୋ ଠାରୁ ବୟସରେ ଅଳ୍ପ ଟିକେ ସାନ ହୋଇଥାନ୍ତା !

ମୁଁ ମୋ ପତ୍ନୀର କେବଳ ସ୍ୱାମୀ ହିଁ ଅଟେ, କିନ୍ତୁ ଏ ଝିଅଟିର ମାଆ, ବାପା, ଭାଇ ମଧ୍ୟ ଅଟେ । ସବୁ କିଛି ଜଣକ ଭିତରେ ଗୁନ୍ଥା ହୋଇ ରହିଛନ୍ତି । ଯାହାକୁ ପ୍ରେମିକ କହିପାରିବା । ମୋ ରହିବା ବା ନ ରହିବା ଦ୍ୱାରା ପତ୍ନୀର ଜୀବନରେ ବିଶେଷ କିଛି ହେବ ନାହିଁ, ଟିକେ ମାନସିକ କ୍ଲେଶ ଯାହା ହେବ... ବଡ ଲୋକଙ୍କ

ବିଳାସ ! ପତ୍ନୀ ଏମିତି ହିଁ ରହି ଚାଲିଥିବ... କିନ୍ତୁ ଏ ଝିଅର ତ ଜୀବନ ମରଣର ପ୍ରଶ୍ନ । ଇଏ ନିଜ ମାଆ, ବାପା, ଭାଇଙ୍କ ରାସ୍ତାରେ ଚାଲିଯାଇ ପାରେ ।

ଯାହାସବୁ ପାଇବା ଏ ଝିଅର ଅଧିକାର ଥିଲା- ମାଆ, ବାପା, ଭାଇ, ମନଲାଖି ଯୋଗ୍ୟ ସ୍ୱାମୀ ମଧ୍ୟ ତାକୁ ମିଳିଲାନି । ଏମାନଙ୍କର ଅଳ୍ପ ବହୁତ ଉପସ୍ଥିତି ତାକୁ ମୋ ଜରିଆରେ ମିଳି ଯାଉଛି ବୋଲି ଯେପରି ତା ଭିତରେ ପ୍ରାଣ ସଞ୍ଚାର ହୋଇଯାଇଛି । ମୋ ପରିଧି ସହ ସଂପୃକ୍ତ ଆଉ ସବୁ ଲୋକ.... ସେଇମାନଙ୍କ ଚିନ୍ତା କରିବି ନା ଏହାର ? କୋମଳ ଟିକି ଚୁନ୍‌ମୁନ୍ ! ମିଠାଭରା ସ୍ନେହୀ ବାପାଙ୍କ ଚୁନମୁନ୍... ଚୁନମୁନ୍ ଯାହାର ନା ପିଲାଦିନ ଆସିଲା... ନା ଯୁବାବସ୍ଥା... ଆଗକୁ ମଧ୍ୟ ଶୂନ୍ୟ....

କିନ୍ତୁ ପ୍ରେମର ଯେଉଁ ଗଭୀର ତୃଷ୍ଣା ତା ଭିତରେ ରହିଛି... କଣ କେବେ କାହାର ମେଣ୍ଟିଛି ଯେ ୟାର ମେଣ୍ଟିବ ? କେବେ ନା କେବେ ତାକୁ ଶୀତଳ ଶୁଷ୍କ ଜୀବନ ଭୂଇଁରେ ଚାଲିବାକୁ ହେବ ହିଁ ହେବ... ମୋ ସହ ହେଉ ବା ଆଉ କାହା ସହ । ପ୍ରେମ ତ ଶୂନ୍ୟକୁ ଡିଆଁ ମାରିବା ପରି ହୋଇଥାଏ, କେଉଁ ପର୍ଯ୍ୟନ୍ତ ଜଣେ କେହି ଶୂନ୍ୟରେ ଝୁଲି ରହିପାରିବ !

ସେ ଝିଅର ପ୍ରାଣ ହିଁ ଯଦି ପ୍ରେମ ଆଉ ପ୍ରେମ ହିଁ ଅଟେ, କୌଣସି ଜରୁରୀ ନୁହଁ ଯେ ତାହା ମୋର ମଧ୍ୟ ହୋଇଥିବ । ମୁଁ ହୁଏତ ବୁଢିଆଣୀ ଜାତୀୟ ହୋଇପାରେ- ନିଜ ପାଇଁ ଜାଲ ବୁଣେ... ତାଆରି ଉପରେ ହିଁ ଘୋଷାରି ହେଉଥାଏ । ଦୁହିଁଙ୍କୁ ନିଜ ନିଜର ଜୀବନକୁ ଚିହ୍ନିବା- ନିଜ ସ୍ୱଭାବ ଅନୁସାରେ ଚଳିବାର ଅଧିକାର ଅଛି । ଅଧିକାର କଣ... ସେମାନେ ସେମିତି ହିଁ ଚାଲିବେ ।

ସେ ଯଦି ମୋତେ ନିଜ ପରି କରି ନ ପାରୁଚି ତେବେ ଭାବୁଚି ଯେ ସେ ମରିଯାଉଛି... ଯଦିଓ ମୁଁ କେବଳ ମୋ ସ୍ୱଭାବ ଅନୁସାରେ ଚାଲୁଛି, ସେ ଝିଅ ପାଇଁ ହୃଦୟରେ ପ୍ରେମ ନେଇ ମଧ୍ୟ....

ସେ ଅଜ୍ଞାନ ଅଟେ... ଗୋଟେ ସୁଅରେ ଭାସି ଚାଲି ଯାଉଛି, ନିଜକୁ ସ୍ଥିର କରି ରଖିବା ଶିଖୁ ନାହିଁ । ତାକୁ ଯଦି ଜୀଇଁବାର ଅଛି, ତେବେ ଏସବୁ ଶିଖିବାକୁ ପଡିବ । କଣ ମୋଠାରୁ ଶିଖି ପାରିବ ? ଜୀବନ ହିଁ ତାକୁ ଶିଖାଇବ... ଜୀବନର ସଂଘର୍ଷ । ଆଉ ମୁଁ ତାକୁ ଏ ସଂଘର୍ଷରୁ ସବୁବେଳେ ବଞ୍ଚେଇବା ଚିନ୍ତାରେ ରହୁଛି । ସେ ଯେପରି ପ୍ରେମ ଚାହୁଁଛି, ଦେଇ ପାରିବିନି । ମୋ ପରି ଦେଇଥାଏ... ଯେ ସେ ବଞ୍ଚି ରହୁ ଅନ୍ତଃତ ।

କିନ୍ତୁ କେତେ ଦିନ ଯାଏଁ ସେ ମୋ ମାଧ୍ୟମରେ ବଞ୍ଚିବା ଏବଂ ମୁଁ ତାକୁ

ବଞ୍ଚେଇବାର ପ୍ରୟାସ କରି ଚାଲିବି । କଣ ମୁଁ ତା ଜୀବନକୁ କୌଣସି ରାସ୍ତା ଦେଖାଇ ପାରିବି ?

ଏବଂ ଏଇ ବଞ୍ଚେଇବା, ମାର୍ଗ ଦେଖାଇବା.... ଆଜି ଏସବୁ କଣ ଭ୍ରମ ନୁହେଁ ?

ଜୀବନର ଏକ ରହସ୍ୟାତ୍ମକତା ଏଇଆ ଅଟେ ଯେ ସେ କିଛି ବାଟ ଯାଏଁ ଆମକୁ ଏପରି ଭ୍ରମରେ ଚାଲିବାର ସୁଖ ଦେଇଥାଏ... ପୁଣି ଅଚାନକ ନିଜେ ହିଁ ପ୍ରକଟ ହୋଇ ଭ୍ରମଜାଲକୁ ଚିରି ଟିକଟିକ୍ କରିଦିଏ । ଆମେ ଜୀବନକୁ ଦେଖି ପାରନ୍ତିନି... କିନ୍ତୁ ଯାହା ହେଲା ତାହା ନିଶ୍ଚୟ ଦେଖି ପାରନ୍ତି । ତାକୁ ହିଁ ନିୟତି କୁହାଯାଏ ।

ବୋଧହୁଏ ନିଜ ନିଜର ନିୟତି ବା ଭାଗ୍ୟଉଦୟ ହେବା ଯାଏଁ ଭ୍ରମକୁ ନେଇ ଜୀଇଁବା.... ଏହା ହିଁ ଅଟେ ଯାହା ଆମେ କରି ପାରିବା... ତା ପରେ ନିଜର ନିଜର ଭାଗ୍ୟକୁ ବୋହି ଚାଲିବା.....

●●●

ଏଠାକୁ ଯେତେବେଳେ ଫେରିକି ଆସିଥିଲା ସେବେଠୁ ନେଇ ଏ ପର୍ଯ୍ୟନ୍ତର ସମସ୍ତ ଘଟଣା ଶୁଣାଇବା ପରେ ସେ କହିଲା –

"ମୁଁ ଭାବିଥିଲି ଯେ ନିଜ ଲଢେଇ ମୁଁ ନିଜେ ଲଢିବି, ଆପଣଙ୍କୁ ହଇରାଣ କରିବିନି.... କିନ୍ତୁ ମୁଁ କଣ କରିବି.... ଯଦି ଆପଣଙ୍କ ବିନା ମୁଁ ଚଳିପାରିବିନି । ଏପରି ଲାଗୁଛି, ଫେରି ଆସିବା ବହୁତ ବଡ ଭୁଲ ହେଲା... ଯାହା ମୁଁ କରିଛି, ସାପ ସିଡି ଖେଳ ପରି ହୋଇଗଲା । ମୁଁ ସାପର ଆଁ ଭିତରକୁ ଚାଲି ଆସିଲି । ମୁଁ ସୁଧାରିବାକୁ ଚେଷ୍ଟା କଲି, ପରିସ୍ଥିତି ଆହୁରି ଖରାପ ହୋଇଗଲା ।"

"ସବୁ କିଛି ଆମ ହାତରେ ନ ଥାଏ ।"

"ଆପଣଙ୍କ ଠାରୁ ଦୂରେଇ ରହି ମଧ୍ୟ ଦେଖି ନେଲି ।"

"ଏବେ କଣ ଚିନ୍ତା କରୁଛ ?"

"କିଛି ବି ଭାବି ପାରୁନି । ଆପଣ କିଛି ଚିନ୍ତା କରିପାରିଲେ ?"

"କେଉଁ ବିଷୟରେ ?"

"ନିଜ ବିଷୟରେ.... ମୋ ବିଷୟରେ ।"

"ତୁମେ ଠିକ କହିଥିଲ ଯେ ମୁଁ ନିଜ ପାଇଁ କେବେ ବି ଚିନ୍ତା କରେନି । ମୋର ଯାହା ସ୍ୱଭାବ, ସେଥିରେ ମୁଁ ନିଜ ପାଇଁ କିଛି ଜୋର କରି ହାସଲ କରିବା ବଦଳରେ, ଦେବା, ନିଜ ଆଖ ପାଖରେ ଲୋକମାନଙ୍କୁ ଦେବା ତାକୁ ହିଁ ଗୁରୁତ୍ୱ

ଦେଇଛି। ସେଇ ହିସାବରେ ମୁଁ ତୁମକୁ ସାହାଯ୍ୟ କରିବା ପାଇଁ ଆଗେଇ ଆସିଲି। ସେଇ ନ୍ୟାୟରେ ମୁଁ ମୋ ପତ୍ନୀକୁ ଛାଡି ପାରିବିନି। ତୁମେ ତ ରୋଜଗାର କରିପାରିବ, ସେ ତ ବ୍ୟାଙ୍କରୁ ଟଙ୍କା ମଧ୍ୟ ବାହାର କରିବା ଜାଣେନି। ମୁଁ ଯଦି ତୁମର ସହାୟତା କରିବାକୁ ଆଗେଇ ଆସିପାରିବି ତେବେ ତାକୁ ଅସହାୟ କରି କିପରି ଛାଡି ପାରିବି!"

"ଆପଣ ତାଙ୍କୁ ପ୍ରେମ କରନ୍ତିନି।"

"ପ୍ରେମ ନ ଥାଉ ପଛକେ, ଆମେ ଏତେ ବର୍ଷ ଏକାଠି କାଟିଛୁ, ସାଙ୍ଗରେ ଚାଲିଛୁ। କିଛି ନ ହେଲେ ବି ସେ ତ ସହଯାତ୍ରୀଟିଏ, ତାକୁ ଅଧା ରାସ୍ତାରେ ଛାଡିଦେବା....

ପୁଣି ଯେଉଁ ସ୍ଥାନରେ ମୁଁ ଏବେ ଅଛି, ସେଠାରେ ପହଞ୍ଚିବା ବେଳକୁ ଜୀବନ ତୁମ ଆଖ ପାଖରେ ଗୋଟିଏ ଜାଲ ବୁଣି ସାରିଥାଏ। ସେହି ଜାଲ ହିଁ ତାର ପରିଚୟ ହୋଇଥାଏ। ମୋର ଯେଉଁ ଜାଲ ତାହା, ଏଇ ପଦବୀ, ସମାଜରେ ଏହି ପ୍ରତିଷ୍ଠା, ଏପରି ବ୍ୟକ୍ତି... ଯେପରିକି ତାରାରେ ତିଆରି ହୋଇଛି, ତିଆରି ହୋଇ ଯାଇଛି। ଯଦି ମୁଁ ଏଇ ଜାଲକୁ ଚିରି ଦେଉଛି, ତା ହେଲେ ନିଜର ପରିଚୟ ହିଁ ହଜେଇ ବସୁଛି..."

"ଏଇଟା ତ ସମାଜରେ ଆପଣଙ୍କ ପରିଚୟ...."

"ପ୍ରକୃତ ପରିଚୟ ତ ଆମ ଭିତରେ ହୋଇଥାଏ।"

"ହିଁ.... ତୁମେ କହିପାର। କିନ୍ତୁ ସାଧାରଣ ମଣିଷ ତ ସେହି ବାହ୍ୟ ପରିଚୟକୁ ଛାତିରେ ଝୁଲେଇ ଜୀଇଁଥାଏ।"

"ଆପଣ ସାଧାରଣ ଲୋକ ନୁହଁନ୍ତି।"

"ଜୀଇଁବାର ସ୍ତର ସମସ୍ତଙ୍କର ସାଧାରଣ ହିଁ ହୋଇଥାଏ। ତୁମ ଜୀବନକୁ ମୁଁ ପୂର୍ଣ୍ଣତା ଦେଇ ପାରିବିନି। ହୁଏତ କେହି ଦେଇ ପାରିବିନି, କାରଣ ତୁମ ପୁଅ କାହାକୁ ବି ସ୍ୱୀକାର କରିପାରିବନି ..... ଆଉ ତୁମେ ଛାଡି ଦେବା କଥା ଲକ୍ଷେ ଥର କହିଲେ ବି, ଛାଡି ପାରିବିନି... ଜିଦ୍‌ରେ ଆସି ଛାଡିଦେଲେ ବି ମନ ତ ବିଭକ୍ତ ହୋଇରହିବ?

"ମାନେ ଆମ ପ୍ରେମ କିଛି ନୁହେଁ... ଯାହା ଗତ ବର୍ଷ ଗୁଡିକରେ ଆମେ ପରସ୍ପରକୁ ଦେଲେ... ନେଲେ ସେ ସବୁ କିଛି ନୁହେଁ।"

"ତାହା ସବୁଠୁ ବଡ ସତ। ଏଇଟା ହିଁ ତ ସମସ୍ୟା। ବାସ୍ତବତାକୁ ଜୀବନ ଏମିତି ଗୋଳିଆମିଶା କରି ଛନ୍ଦି ହେଇଥାଏ ଯେ ତାହା ଦେଖାଯାଏନି।"

"ମୁଁ ଏସବୁ ରହସ୍ୟ ଭରା କଥା ଜାଣେନି। ସିଧା ସିଧା ଜାଣିବାକୁ ଚାହୁଁଛି ଯେ ଆପଣ କଣ ମୋ ଜୀବନରେ .... ଆଉ ମୋତେ ଆଜି ହିଁ ଜାଣିବାର ଅଛି, ଏବେ... ଏଇ ବର୍ତ୍ତମାନ..."

ସେ ହଠାତ୍ ଟିକେ ଉତ୍ତେଜିତ ହୋଇଯାଇଥିଲା, ଯେପରି ପ୍ରାୟ ହୋଇଯାଉଥିଲା। ପ୍ରେମପ୍ରକାଶ ହଡବଡେଇ ଗଲେ! ସମ୍ଭାଳି ନେଲେ ନିଜକୁ।

"ତୁମେ କହୁଥିଲ ନା ଯେ ମୁଁ ବହୁତ ଚିନ୍ତା କରିଥାଏ। ଚିନ୍ତା କରି ଯଦି ଆମେ କେଉଁଠି ପହଞ୍ଚି ପାରନ୍ତିନି... ତେବେ କାହିଁକି ଆମେ ଜୀବନ ଆମକୁ ଯେଉଁଠି ପହଞ୍ଚାଇ ଦେଇଛି, ତାକୁ ହିଁ ନିଜର ବୋଲି ମାନି ନ ନେବା!

ତୁମେ ଜାଣିବାକୁ ଚାହୁଁଛ ଯେ ମୁଁ ତୁମ ଜୀବନରେ କଣ ଅଟେ, ତା ହେଲେ ଶୁଣ-ଜୀବନ ମୋତେ ତୁମର ଯାହା ବି କରିଦେଇଛି, ମୁଁ ସେଇଆ ଅଟେ। ମୁଁ ତୁମର ମାଆ ଅଟେ, ବାପା, ଭାଇ... ଯିଏ ଯିଏ ତୁମଠାରୁ ହଜି ଦୂରେଇ ଗଲେ, ଯାହା ତୁମକୁ ମିଳିଲାନି- ପ୍ରେମ ମଧ୍ୟ, ସେସବୁ ମୁଁ ହିଁ ଅଟେ। ମୁଁ ତୁମ ବାପଘର ଯାହା ତୁମ ଭାଗ୍ୟରେ ମିଳିଲାନି। ବାପଘର ମାନେ ସେହି ଜାଗା... ଯେଉଁଠି ଭାରତୀୟ ଝିଅ ସବୁ ପ୍ରକାରର ଅସୁବିଧା ସମୟରେ ପହଞ୍ଚିଯାଏ, ସେଠି ନିଜକୁ ସମ୍ଭାଳିଥାଏ ଓ ପୁଣି ଆମକୁ ଚାଲିବା ପାଇଁ ପ୍ରସ୍ତୁତ ହୋଇଯାଏ... ଯେମିତି ତୁମେ ଏବେ ମୋ ପାଖକୁ ଆସିଛ..."

"ମୁଁ ଏଠି ତ ରହିପାରିବିନି।"

"ରହି ନ ପାର, କିନ୍ତୁ ଏକ ଆଧାର ତ ଅଟେ, ଯାହା ଉପରେ ତୁମେ ମାନସିକ ରୂପେ ଆସ୍ଥା ରଖି ପାରିବ। ରହିବା ସାଙ୍ଗରେ ତ ସମସ୍ୟା ବା ଝିଂଝଟ ବି ଆସିଥାଏ ବାସନ ମାନଙ୍କର ଖଡଖଡ ହେବା ପରି କଥା ପ୍ରାୟ ଆଧାର ହିଁ ହାତ ମୁଠାରୁ ଖସିଯାଏ ଯାହା ମୁଖ୍ୟ କଥା ଅଟେ। ସିଏ ଯିଏ ତୁମ ଜୀବନକୁ କୌଣସି ଅର୍ଥ ଦେଇ ପାରିବ ଏବଂ ଯିଏ ତୁମ ଅବଚେତନରେ ତୁମ ଜୀବନରେ ଲକ୍ଷ୍ୟ ମଧ୍ୟ ହୋଇ ସାରିଛି, ତାହା ହେଲା ପୁଅର ଜୀବନକୁ ଭବିଷ୍ୟତକୁ ସଜାଡିବା, ଯେଉଁ ଅପୂର୍ଣ୍ଣତା ତୁମ ଜୀବନରେ ରହିଛି, ଯେଉଁ ଭୁଲ ସବୁ ହୋଇଛି ସେ ସବୁ ତା ଜୀବନରେ ନ ହେଉ.... ତା ଉପରେ ହିଁ ମନକୁ ଏକାଗ୍ର କର। ସେମିତି ବିଶେଷ କିଛି ହୋଇନି। ତୁମେ କେବଳ ଝୁଣ୍ଟି ପଡିଛ... ଉଠ, ନିଜକୁ ସମ୍ଭାଳ ଏବଂ ପୁଣି ଚାଲ। ମୁଁ ତୁମ ସାଙ୍ଗରେ ଅଛି.... ସବୁବେଳେ ରହିବି। ଏବେ ପୁଣିଥରେ କୁହ- ମୋତେ ଆପଣଙ୍କ ସାଙ୍ଗରେ ରଖିବେ।"

ତା ଆଖିରେ ଲୁହ ଟଳମଳ ହୋଇ ଆସିଲା। ଭିତରର ଉତ୍ତେଜନା, କ୍ରୋଧ, ଗ୍ଲାନି ସବୁ ଧୋଇ ହୋଇଗଲା। ପ୍ରେମପ୍ରକାଶ ତାକୁ ଦୁଇ ବାହୁରେ ଜାକି ଧରିଲେ।

ତା' ଆଖିର ଲୁହ ଧାରରେ ତାଙ୍କ ସାର୍ଟ ଭିଜି ଯାଇଥିଲା। ଲୁହରେ ସେପାଖେ ଯାହା ଥିଲା, ତାହା ସ୍ୱଚ୍ଛ ଏବଂ ସତେଜ ଥିଲା... ପ୍ରେମ ପ୍ରକାଶ ମଧ୍ୟ। ସେ ସ୍ୱୟଂ ସଦ୍ୟ ଗାଧୋଇବା ପରି ସତେଜ ଲାଗୁଥିଲା।

"ମୁଁ ଖୁବ୍ ଶୀଘ୍ର ଚାକିରି କରିବାକୁ ବାହାରକୁ ଚାଲିଯିବି, ପୁଅକୁ ସାଙ୍ଗରେ ନେଇ ଯିବି ଓ ଆଉ କେବେ ସେ ଘରକୁ ଫେରିବିନି।"

ପ୍ରେମପ୍ରକାଶଙ୍କ ସାର୍ଟରେ ହିଁ ଓଦା ଆଖିକୁ ପୋଛିଦେଇ ସେ କହିଲା। ପ୍ରେମପ୍ରକାଶ ତା ପିଠି ଥାପୁଡାଇ ଦେଲେ।

●●

BLACK EAGLE BOOKS

www.blackeaglebooks.org
info@blackeaglebooks.org

Black Eagle Books, an independent publisher, was founded as
a nonprofit organization in April, 2019. It is our mission to
connect and engage the Indian diaspora and the world at large
with the best of works of world literature published on a
collaborative platform, with special emphasis on
foregrounding Contemporary Classics and New Writing.